SUPERBESTSELLER

364

*Della stessa autrice*

ANNA DAGLI OCCHI VERDI
IL BARONE
COME STELLE CADENTI
DISPERATAMENTE GIULIA
DONNA D'ONORE
E INFINE UNA PIOGGIA DI DIAMANTI
LO SPLENDORE DELLA VITA
IL CIGNO NERO
COME VENTO SELVAGGIO
IL CORSARO E LA ROSA
CATERINA A MODO SUO
LEZIONE DI TANGO
VANIGLIA E CIOCCOLATO
VICOLO DELLA DUCHESCA

SVEVA CASATI MODIGNANI

# SAULINA

## IL VENTO DEL PASSATO

SPERLING
PAPERBACK

SAULINA
IL VENTO DEL PASSATO

*Proprietà Letteraria Riservata*

*I edizione «Superbestseller» Paperback maggio 1994*
*In copertina:* The Mirror *di William Orpen, 1900*
*Sul retro: Foto dell'autrice di Dominique Laugé*

*ISBN 88-8274-235-4*
*86-I-02*

XIII EDIZIONE

Il sito dell'autrice è www.sveva.ws

RINGRAZIAMENTI
L'Autrice ringrazia per le notizie storiche: Anna Maria Andreini Arisi, studiosa di storia moderna; Maria Teresa Borromeo da Passano; Gigina Colombo, docente di storia e filosofia; don Valli, parroco di Cassano d'Adda. Per le notizie medico-scientifiche: Aristotle Economon, specialista in chirurgia plastica; Hermes Emanuelli, primario di anestesia e rianimazione dell'Istituto Nazionale dei Tumori di Milano; Giuseppe Ferrari Parabita, chirurgo maxillo-facciale dell'Università Statale di Brescia; Luigi Oreste Speciani, libero docente in medicina sociale all'Università Statale di Milano; Rosanna Viola, specialista in ostetricia e ginecologia. Per le ricerche bibliografiche: Giancarlo Maggi, Lucy Maggi Albini, Pino Ruta, Daniela Tardini.

*Dedicato a Nicola*

# *Indice*

# *La pianta di Milano nel 1788*

Baluardo Velasco
Baluardo S. Diego
PIAZZA CASTELLO
Baluardo D. Pietro
Bal. Velasco
Baluardo Padiglia
Strada del Castello
Strada del Castello
Strada del Castello
Corso di P. Vercellina
Stradone di S. Ambrogio
Carobbio
C. de Stampi
C. di S. Simone
C. di P. Ticinese
C. dalle Meravigli

Corso di P. Nuova
Borgo di P. Orientale
Ponte di P.O.
Spiga
C. di S. Andrea
C. de Servi
C. del Monte
C. del Monte di Pietà
Corsia del Giardino
S. Teresa
Corso di P. Orientale
C. di S. Romano
Corsia de Servi
C. San Paolo
C. dell'Agnello
C. del Duomo
Corsia del Duomo
Piazza Duomo
Piazza
Fontana
C. di P. Tosa
Strada di S. Damiano
C. della Dogana
C. dei Tre Re
C. Largo
S. Antonio
C. dell'Ospedale
Strada dell'Ospedale
Laghetto
Strada di S. Barnaba
Strada della Commenda
Corso di P. Romana
Borgo di Porta Romana
Via della Commenda

# *Prologo*

« TANTO, prima o poi mi uccideranno », avevo detto al patriarca del sogno. « Certo, ti uccideranno », aveva risposto con voce grave. Mi svegliai di colpo. Le parole angosciose del sogno corrispondevano al vero. Se non avessi accettato le loro condizioni qualcuno avrebbe trovato il mio cadavere in un vicolo o in una discarica o in un posto qualsiasi di questo vasto e squallido mondo. Forse il killer che mi avrebbe eliminato stava già studiando il modo più semplice ed efficace per guadagnarsi il compenso stabilito. Ero matematicamente certo che perlomeno ci avrebbero provato e sulla loro efficienza non avevo motivo di dubitare.

La presenza di Stella Diana mi calmò. Diana doveva avere poco più di vent'anni, era bionda, aveva gli occhi pieni di pagliuzze d'oro e la voce d'acqua chiara. E io l'amavo. Galleggiava immobile nell'isola segreta di un sonno profondo e io la guardavo dormire cercando di decifrare il mistero sigillato dalle morbide labbra increspate da un sogno.

Mi piacevano la musicalità della sua voce, il suo odore delicato di antica cipria così insolito in una camera d'albergo, il suo nome da fumetto Anni Trenta, la sua disponibilità, la sua discrezione, il suo coraggio un po' folle. Chissà perché il suo corpo flessuoso e tenace come un giovane salice evocò un lontano ricordo letterario: « Il nostro tempo è essenzialmente tragico, quindi ci rifiutiamo di prenderlo tragicamente ».

Da qualche settimana mi dibattevo nel pantano di un

dramma personale del quale non potevo parlare con nessuno, neppure con questa donna appena conosciuta e già amica, già unica, preziosa, rara.

Il garbato cicalino del telefono prese a ronzare a brevi intervalli nel salotto. Scesi dal letto e passai nell'altro locale illuminato dalla luce tenue che filtrava dalla porta-finestra. I resti della colazione nel vassoio mi procurarono un leggero senso di nausea.

Mi lasciai scivolare sulla poltrona e presi il telefono.

« Il signor Marco Cattaneo chiede di lei », disse la centralinista con voce allegra.

« Me lo passi », mormorai per non svegliare Diana.

Marco Cattaneo era un antiquario di via Sant'Andrea, una specie di istituzione a Milano. Personaggio singolare, straordinariamente preparato, molto avanti negli anni, vestiva e gestiva come un dandy ed era impegnato in un fitto commercio di antichità.

« Il dottor Alessandro Valera? » domandò esitante. L'emozione l'aveva tradito facendolo inciampare in un lapsus. In condizioni normali non avrebbe mai chiamato dottore un professore emerito, il numero uno della chirurgia plastica nel mondo.

« Sono io », confermai.

« Ho finalmente l'informazione che le interessa », esclamò.

« Me la dia », dissi.

« Quel dipinto su tela... »

« Quello che ho acquistato da lei? » l'interruppi.

« Esattamente. Quel dipinto su tela non è del Londonio come le avevo detto in un primo tempo. » L'orgoglio e l'eccitazione tremavano nella sua voce.

« E di chi è allora? » replicai fingendo indifferenza.

« È di un allievo della sua scuola milanese », riprese il vecchio.

« Quindi è stato dipinto dopo la morte del maestro. »

« Un esperto dell'accademia di Brera lo ha datato intorno al 1807. »

« È un curioso rompicapo », dissi con un tono troppo disinvolto per essere vero. La notizia rimetteva tutto in discussione e offriva una nuova chiave per leggere dall'inizio la storia della mia vita.

« Ma c'è dell'altro », fece l'antiquario disponendosi a giocare la sua carta migliore.

« Allora non mi faccia stare in pena. »

« Ho saputo il luogo esatto di provenienza del quadro. »

« Da dove viene? » domandai trattenendo il respiro. Sentii il cuore battere furiosamente.

« Viene da villa Alberighi. »

« A Milano? »

« No, a Cassano d'Adda. »

« Sicuro? » chiesi. Piccolissime gocce di sudore mi coprirono la fronte e desiderai rabbiosamente una sigaretta che però non era a portata di mano.

« Matematicamente », garantì il vecchio con tono perentorio.

Attraverso il vano della porta spalancata osservai Stella Diana in una nuova prospettiva che la portava lontano nello spazio e nel tempo, mentre prendevano forma e rilievo antiche speranze.

« Quando l'ha saputo? » gli chiesi.

« L'informazione è certa », disse lui eludendo la mia domanda. Non avevo motivo di dubitare. Da assiduo frequentatore di gallerie d'arte, di aste e di antiquari sapevo con quanta gelosia gli addetti ai lavori custodissero il segreto di provenienza dei loro tesori. Il mercato non escludeva i trafugamenti e capivo benissimo certe reticenze.

« Che strada si fa per andare a Cassano? » m'informai. Avevo già sentito il nome del paese, ma non ricordavo d'esserci stato, non conoscevo il percorso, né quanto esattamente distasse da Milano.

« Ma è domenica! » esclamò il vecchio.

« Fa niente », dissi.

« Se vuole posso accompagnarla io », si offrì l'antiquario.

« Grazie, no », rifiutai bruscamente. Era un appuntamento troppo importante, forse unico, un'emozione che non poteva essere condivisa con nessuno. « Le sono molto grato comunque », lo liquidai.

Tolsi la comunicazione, mi alzai, ritornai in camera da letto, e presi a vestirmi in silenzio. Sbirciai l'orologio: mancava poco a mezzogiorno.

« Perché ti vesti? » domandò Stella Diana completamente sveglia. Mi guardava di sotto in su con un fare civettuolo e sensuale. Era distesa su un fianco, il busto appena sollevato, la faccia appoggiata al palmo della mano, il gomito puntellato al letto.

« Mi vesto perché è mezzogiorno », mentii.

« Non per andare a Cassano? » interrogò con lo stesso tono affettuoso.

« Anche per andare a Cassano », ammisi. « Hai sentito? » aggiunsi alludendo alla telefonata.

« Tutto », rispose lei.

« Vuoi sapere anche la versione dall'altra parte del filo? »

« Se un giorno ne avrai voglia », disse, « mi racconterai tutta la storia. »

Le sorrisi con gratitudine e la baciai.

« Ti amo », le sussurrai.

« Ci conosciamo da poco », replicò dolcemente. « I tempi brevi portano alla luce soltanto il bello della vita. »

« Può darsi », concessi per evitare d'imbarcarmi in un lungo e complicato discorso.

« Non sembri molto convinto. »

« Niente mi convince da qualche tempo », confessai. « Tranne il nostro presente. Noi due insieme. Io e te. Qui. Adesso. In questo istante. »

« Allora il presente di cui parlavi un attimo fa è già passato », obiettò lei per puro spirito di contraddizione. « È già tra le cose che non ti convincono », rincarò la dose.

Le pagliuzze d'oro brillarono nei suoi grandi occhi a mandorla illuminandole il viso; la bocca perfetta, la grazia del naso greco e diritto che nessun chirurgo plastico avrebbe saputo ricostruire. Neppure io.

« Mi impegni con pensieri troppo profondi », scherzai con una punta di imbarazzo.

Stella Diana capì e cambiò discorso.

« Tornerai tardi? » chiese senza aver l'aria di inquisire.

« Il più presto possibile », risposi.

« Forse ti aspetterò », scherzò lei con la sua voce d'acqua chiara.

Ci baciammo ancora. Quando presi dal cassetto del comodino la tabacchiera per infilarla nella tasca della giacca, Diana si voltò fingendo di cercare qualcosa dall'altra parte. In realtà non aveva nulla da cercare e mi lasciava libero di celebrare il mio rito quotidiano.

« Ci vediamo più tardi », dissi incamminandomi verso la porta.

« Sei proprio il mio tipo », dichiarò raggiungendomi. Mi girò intorno e si produsse nella parodia di una cronista televisiva che commenta una sfilata di moda.

« Modello affascinante », declamò, « figura elegante, capelli corvini striati d'argento, sguardo grigio e pieno di forza, naso aquilino, mento deciso. »

« Dai, devo andare », cercai di farla smettere.

« Indossa una giacca color panna di squisita fattura », proseguì ironicamente, « pantaloni di lino blu e camicia azzurra. Volto pallido, espressione romanticamente sofferta, occhi di un gelido grigio azzurro, sguardo intenso. »

« Ti amo », dissi abbracciandola. « Io non saprei descriverti. »

« Eppure nel tuo genere sei un artista », disse piano stringendosi a me.

Sentii il suo corpo giovane contro il mio e provai un desiderio ardente di possederla.

« Vuoi? » sussurrò lei. Era un'offerta irresistibile alla quale tuttavia seppi resistere. Imperdonabilmente.

« Tornerò presto », dissi allontanandola da me. Dovevo andare. Dovevo conoscere il mio passato. Era l'unica speranza che mi restava per tentare di salvare la mia vita.

« Certo », sorrise Diana aprendomi la porta. Ma era cambiata e mi guardava con amarezza, come si guarda qualcuno che ha perso la sua grande occasione.

Il portiere del *Grand Hotel* di via Manzoni, dove m'ero insediato dopo la conferenza stampa con la quale avevo annunciato il mio ritiro dalla professione, mi consegnò due messaggi: due chiamate da Capri. Evidentemente Laura voleva ricordarmi l'appuntamento con i nostri legali per completare le formalità del divorzio e quelle, le più importanti per lei, della spartizione dei beni. Un soprassalto affettivo dei ragazzi era improbabile: avevano ricevuto da poco un congruo assegno e se la stavano spassando un mondo.

« Posso esserle utile? » s'offrì il portiere che sapeva di poter contare sulla mia generosità che, dopo tutto, non mi costava certo dei sacrifici. Il danaro che avevo accumulato rifacendo nasi celebri, facce arcinote, seni che non corrispondevano più al rango, al prestigio o ai desideri delle portatrici, pance illustri e celebri deretani, per quasi vent'anni, facilitava le cose adesso che dovevo ripartire da zero. A quarantasei anni ricominciare daccapo è sempre difficile, soprattutto per chi è abituato a segnare le tappe del proprio successo con archi di trionfo.

« Sì, può essermi utile », dissi. Feci scivolare diecimila lire sul bancone e soggiunsi: « Può insegnarmi la strada più breve per Cassano d'Adda ».

« È semplicissimo », spiegò con entusiasmo, mentre il biglietto scompariva come nel gioco di un prestigiatore. « Non può sbagliare », proseguì facendo apparire sul lucido ripiano una cartina geografica. « Ecco », indicò con una biro rossa, « questa è la Padana Superiore. Lei raggiunge Vimodrone, Cassina de' Pecchi, Gorgonzola, Villa Fornaci e, infine, arriva a Cassano d'Adda. »

Guidai tra una siepe di recenti costruzioni di cemento, case e piccole fabbriche con brevi varchi che lasciavano intravedere vasti campi di granturco e di erba medica, lontane quinte di pioppi e ciuffi di robinie. Tentai persino un bilancio e conclusi che a quarantasei anni avevo raggiunto il massimo del prestigio e del successo. Poi in un momento m'ero disfatto di tutto, perché non ero riuscito a compiere l'operazione più difficile: scendere a patti con la mia coscienza.

Convenni per onestà verso me stesso che anche nei momenti migliori c'era stata sempre un'ombra alla sorgente dei miei desideri, una nebbia che non avevo mai saputo dissipare; e questo buio mi dava un tormento sordo, come un triste presagio, la prospettiva di un vuoto ribollente nel quale naufragavano le aspirazioni realizzate e si deformavano i traguardi.

Gli archi di trionfo che marcavano le tappe di un'esistenza tumultuosa e ricca, per via di questa imprecisione, perdevano il loro splendore e assumevano i toni della decadenza e dell'abbandono.

Le rondini sfrecciavano basse, mentre uno stormo di gabbiani in formazione navigava ordinatamente verso sud.

Scesi dalla 131 blu sullo spiazzo erboso prospiciente la corte d'onore della villa e guardai l'obbrobrio delle cartacce e delle lattine vuote disseminate intorno. Allo scempio quotidiano cui ci dedichiamo con sistematica assiduità è difficile abituarsi anche se il mondo, dappertutto ormai, è pieno di cartacce, di lattine, di negligenze, di disordine. E nessuno può farci niente.

Anche il mio passato era costellato di mucchi d'immondizia, poi un mucchio più grande degli altri m'aveva suggerito di fare piazza pulita. Ma ero veramente riuscito a ripulire la mia coscienza? Le città in cui viviamo, l'intero pianeta, somigliano a quella distesa di cartacce e lattine vuote, di siringhe abbandonate che a loro volta somigliano al panorama espresso dai notiziari giornalistici: crisi, scandali, accuse reciproche, reciproche indegnità, querimonie, ricatti, patteggiamenti.

Avevo frequentato tante persone e conoscevo bene gli esponenti della politica dei bassi imbrogli. Avevo vissuto nel doppio ruolo di spettatore e protagonista l'indecenza dei tempi bui nella quale affonda un paese sfiancato dall'inflazione, dagli scandali, dal debito pubblico.

Oltre la cancellata altissima fiancheggiata da malandati edifici, l'elegante costruzione, nonostante il decadimento dovuto a un secolare abbandono, manifestava l'aristocratico distacco di una nobildonna che riesce a esprimere la propria razza pur tra le insidie del tempo, la colpevole indifferenza e lo spregio degli uomini.

Istintivamente portai la mano alla tasca della giacca: la preziosa tabacchiera era lì. Camminai nel prato di erba rada ombreggiato da giganteschi alberi e raggiunsi la cancellata. Una catena e un lucchetto arrugginiti accentuavano il desolato abbandono. Evidentemente non c'era pericolo di rapine, solo il rischio d'invasione da parte di sparsi drappelli di drogati o di vagabondi. Per tenere alla larga gli uni e gli altri bastavano quella catena e quel lucchetto.

Alzai lo sguardo verso lo stemma degli Alberighi d'Adda, un'aquila ad ali spiegate che incuteva rispetto. Scelsi il cancello laterale di sinistra per istinto, impugnai l'elegante maniglia di ferro battuto, esercitai una leggera pressione e il cancello si aprì con uno stridore lieve. In quell'istante avvertii distintamente i ritmici battiti del mio cuore e mi sentii percorso da un fluido elettrico che si manifestava solo nei momenti magici, dandomi una sensazione esaltante e indescrivibile, paragonabile al saettare di un fulmine.

Era una carica d'intensa vitalità che nei momenti decisivi sapevo comunicare ai miei collaboratori, un segnale scritto nel mio corredo cromosomico, il marchio impresso nel codice genetico della mia famiglia, già posseduto da mio padre, dal nonno e dal bisnonno che si traduceva nella capacità di manovrare rapidamente uomini e cose. Varcai quella soglia dove poteva nascondersi il primo e l'ultimo, forse l'unico grande mistero della mia vita.

« Ora o mai più », pensai con un brivido.

La fragilità, l'inconsistenza e la curiosità dolorosa del bambino di fronte a una porta chiusa su un universo segreto che può contenere tutto il bene e tutto il male del mondo mi restituivano un'umanità e un coraggio dimenticati.

Il mistero indecifrabile era lì, davanti a me, protetto dall'ultimo e forse più tenace baluardo. L'istinto che qualche volta s'era rivelato veritiero mi segnalava che nel labirinto delle ricerche avevo infilato il corridoio giusto, quello che mi avrebbe portato nel cuore di un segreto perduto nel tempo, ma mai dimenticato, il segreto delle mie origini.

Mi avvicinai alla villa sentendomi osservato, mi girai verso l'edificio laterale di sinistra e riuscii a inquadrare in una porta a vetri l'immagine di una vecchia con la faccia da bambina prima che si celasse dietro una cortina di mussola bianca e fui colpito, in quei pochi secondi, dai suoi occhi celesti e straordinariamente limpidi rivelati dal sole tagliente.

Spostai la mia attenzione sulle grandi finestre della villa e abbracciai con lo sguardo quella meraviglia architettonica che aveva il colore pallido del sole quando affiora dalla nebbia e la semplicità delle realizzazioni grandiose.

Camminai verso la porta a vetri della vecchina dove campeggiava una targa di ferro con antichi caratteri in rilievo e la scritta: AMMINISTRAZIONE. Grossi gatti camminavano guardinghi nell'erba.

Lontano da quel cortile, oltre il prato che circondava la villa, la vita procedeva freneticamente verso un futuro incerto e caotico, ma lì, in quel regno maestoso che andava alla deriva in un mare dimenticato, il tempo sembrava essersi fermato.

Ero arrivato quasi per caso in quel punto della verde vallata dell'Adda e sapevo che la vita e la storia sono spesso determinate da un gioco del caso. Anche la scoperta del dipinto di due metri per uno e mezzo, che avevo riposto in luogo sicuro, era avvenuta casualmente. Ma era davvero un caso che il paesaggio sul coperchio della tabacchiera datata Parigi 1769 fosse stato riprodotto esattamente sul dipinto proveniente dalla villa di Cassano d'Adda? Era un soggetto pastorale: un bosco con grandi robinie e cespugli di rovi, attraversato da un ruscello sullo sfondo di un cielo dorato e, in primo piano, una pastorella ingenuamente discinta che offre una ciotola d'acqua a un cavaliere in abiti settecenteschi. La tela era perforata da diciotto buchi provocati da altrettante pallottole. I fori, attentamente studiati, seguivano un tratteggio ben preciso e lasciavano intuire i contorni di una figura umana.

E nello stesso retrobottega dell'antiquario Marco Cattaneo, dove avevo trovato per caso il dipinto riproducente l'identico paesaggio della mia tabacchiera, avevo conosciuto Stella Diana. Allora, come in questo momento davanti a villa Alberighi, il pensiero e la mano erano corsi alla piccola tabacchiera d'oro con il coperchio miniato incorniciato da una fila di piccole perle dai riflessi lunari. Questo oggetto prezioso che mi avrebbe orientato nel labirinto mi era venuto da mio padre, che l'aveva ereditato dal nonno Efrem, che l'aveva ricevuto dal bisnonno Ribaldo Valera.

Strinsi nel pugno il prezioso talismano. Nel corso degli anni l'avevo scrutato, analizzato, l'avevo sottoposto al giudizio di esperti che l'avevano definito un gioiello di rara bellezza e di notevole valore. L'unica pecca era una piccola incrinatura nello smalto.

Il paesaggio miniato sul coperchio rivelava il talento dell'autore. Solo elemento certo era la data di nascita del minuscolo capolavoro: PARIS 1769. La tela riproducente lo stesso identico disegno era stata dipinta trentotto anni dopo, presumibilmente da un allievo del Londonio. Ma che legame c'era tra la mia famiglia e gli Alberighi d'Adda?

Dal fondo di una corsia d'ospedale, quand'ero solo un bambino, mio padre mi aveva passato il prezioso oggetto pronunciando parole sconnesse.

« Là mi hanno torturato », m'aveva confidato con voce allucinata. « Là mi hanno tormentato. Alle mie spalle c'era il paesaggio della tabacchiera. Là hanno sparato... sparato... »

Ora che avevo scoperto la grande tela di villa Alberighi, sapevo che quelle di mio padre non erano le farneticazioni di un moribondo, ma la testimonianza di un sopravvissuto.

Bussai alla porta a vetri e aspettai un tempo che mi parve lunghissimo, prima che la tendina di mussola si scostasse nuovamente per inquadrare la vecchina. Finalmente la porta si aprì e lei comparve con un viso allegro da bambina dispettosa accarezzando un morbido soriano che faceva le fusa tra le sue braccia.

« Abbiamo visite, Napoleone », disse piano al gatto che aprì due fessure negli occhi gialli.

La donna aveva una figura esile e indossava un abito nero e lungo. In quel momento tanto delicato e atteso, non seppi reprimere un violento starnuto, incoercibile, fragoroso. Al primo starnuto ne seguirono un secondo, un terzo e un quarto. A ogni starnuto il soriano chiudeva infastidito le gialle fessure per riaprirle subito dopo.

« Tu sei un elfo », sentenziò la vecchina con voce chiara e ferma.

« Un elfo? » mi stupii.

« Non sai cos'è un elfo? » ironizzò lei chiamando a consulto il soriano con un'occhiata. « Scommetto che non sa neanche la poesia. »

Non sapevo la poesia, ma andavo sempre più convincendomi che la vecchina stesse dando i numeri.

« Quando spunta la luna », cominciò a recitare lei, « gli elfi lasciano i tronchi degli alberi cavi dove si sono rifugiati durante il giorno e s'adunano sull'erba per le danze notturne. Lo sapevi? »

« No », risposi abbastanza sconvolto da quell'imprevedibile incontro. « Sono cattivi gli elfi? » chiesi.

« Gli elfi sono neri, brutti, piccoli e cattivi. »

Mi rifiutai di riconoscermi in quell'identikit.

« Tu sei un elfo della luce », mi rassicurò. « Sei amabile e gentile, ma hai il mal della pietra. »

« È grave? »

« No. Tutti gli elfi ce l'hanno. Perché loro vivono nei boschi e quando arrivano a una casa di pietra prendono a starnutire. Tu sei un elfo. »

« E tu chi sei? » chiesi adattandomi a quel gioco un po' folle.

« Sono la strega cattiva. »

« Mi sembri buona. »
« Perché racconto fiabe e leggende. »
« Davvero? »
La sua presenza mi rendeva inquieto. Una densa nuvolaglia, spinta dal vento, contendeva spazio all'azzurro e al sole.
« Ho scherzato », si scusò lei. L'atmosfera magica sembrava essersi dissolta all'improvviso.
« È lei la custode della villa? » chiesi adattandomi alla nuova situazione.
« Sono la custode dei miei gatti », rispose. « E dei miei ricordi. »
« È possibile visitarla? » tentai.
« Cosa? »
« La villa. »
« Dipende », fece lei pronta scrutandomi con i limpidi occhi azzurri.
« Dipende da cosa? » m'innervosii. Ero abituato a travolgere gli ostacoli e quell'insensato minuetto metteva a dura prova la mia pazienza.
« Dipende dall'amministratore », sorrise.
« Potrei parlargli? »
« Ma lei chi è? » intervenne ribaltando nuovamente la situazione.
« Passavo per caso », inventai con l'aria di scusarmi.
« Nessuno passa di qui per caso », sentenziò.
« Io passavo per caso », insistetti. « La villa m'interessa. Vorrei vederla meglio », aggiunsi mentre cercavo di sbirciare nella penombra della stanza.
« Sì, ma lei chi è? » ripeté garbata, sorridente ma inflessibile.
Che senso aveva dirle la verità o annunciarle invece che ero l'imperatore delle Indie? Il mio vero nome non aveva probabilmente per lei significato alcuno. In fondo, nemmeno io sapevo chi ero, anzi ero lì proprio per scoprirlo.
« Sono un medico », decisi. Era un'affermazione stupida che mi serviva a portare avanti un discorso insensato. « E vorrei sapere se la villa è in vendita. »
« No », affermò senza esitazioni. « La villa non è in vendita. »
« È sicura? »
« Naturalmente. Non è ancora scaduto il vincolo », precisò.

« Quale vincolo? »

« Il vincolo dei cent'anni dalla morte della marchesa Saulina. Vediamo », incominciò a contare mentalmente, « la marchesa Saulina è morta nell'ottobre del 1882. Mancano ancora due mesi. »

« Due mesi perché scadano esattamente cent'anni », ripetei piano.

Alcuni gatti vincendo la naturale ritrosia s'erano fatti audaci e ora si aggiravano guardinghi intorno a me tenendosi tuttavia fuori della mia portata.

« Non avere paura, Ribaldo », disse la vecchina rivolta a un gigantesco siamese che si strusciava contro le sue gambe senza perdermi di vista.

Trasecolai. Anche il fatto che uno dei gatti portasse il nome del mio bisnonno dal quale, per quanto m'era dato di ricordare, partiva la storia della tabacchiera, era una semplice coincidenza?

« Perché Ribaldo? » domandai.

« Perché Saulina, allora. Perché Febo, Ippolita, Fortunato, o Stella Diana. »

« Perché Stella Diana? » l'interruppi sbigottito.

« Perché Napoleone », continuò eludendo la domanda e alludendo invece al soriano che stringeva tra le braccia. Il gatto al suono del proprio nome si voltò verso di lei e miagolò affettuosamente.

« Perché? »

« Perché la memoria », si confidò, « a volte fa brutti scherzi. Così chiamo i miei gatti con i nomi dei personaggi che si sono avvicendati nella grande casa. E non li dimentico. »

« Capisco », affermai nel momento in cui capivo meno.

« Dice che capisce, Napoleone », fece lei rivolgendosi con aria di complicità al soriano. « Crede davvero che non l'abbiamo riconosciuto », soggiunse maliziosa.

« Riconosciuto? »

« Signor marchese, lei vuole proprio burlarsi di me? » disse quasi risentita. « La sua fisionomia è inconfondibile. L'avrei riconosciuta tra mille: i capelli corvini striati d'argento, lo sguardo intenso, grigio e pieno di forza, il naso aquilino, il mento deciso. Quel volto pallido. »

« Diana », dissi. « Diana questa mattina ha usato le sue stesse parole. »

« Diana è un nome forestiero, non so chi sia. Stella Diana invece è un nome della famiglia. »

Era la seconda volta che nominava Stella Diana. Poteva anche non trattarsi della stessa persona che avevo lasciato poche ore prima, ma tutto poteva accadere in quella strana domenica d'agosto.

« Chi è Stella Diana? » domandai con apprensione.

« Non lo so. Perché, lei la conosce? »

Strinsi i denti per non reagire brutalmente.

« Lei, signor marchese », tornò alla carica, « ha evocato antichi fantasmi. Pensi che quando ho udito il rumore dei suoi passi leggeri, ho ricordato altri passi. » Abbassò la testa come fosse stata percossa da un ricordo crudele.

« Quali passi? » cercai di sapere senza troppa speranza.

« Il trepestio tumultuoso e cupo dei tedeschi in fuga. Prima lo scempio d'uomini e d'arredi, poi la ritirata. » La sua voce era vecchia e stanca adesso.

Pensai a mio padre, al suo racconto allucinato e sconnesso.

« Di che cosa esattamente fecero scempio i tedeschi? » domandai.

« Queste non sono cose per lei, signor marchese », disse ritornando ilare e maliziosa. « Ai suoi tempi c'era un mondo sfarzoso e pieno di gioia. Mi lasci indovinare. Lei si è detto: vediamo se la piccola Amelia mi riconosce. Anche Napoleone l'ha riconosciuta, vede? » Il soriano sgusciò dalle braccia della vecchina e cominciò a strusciarsi contro le mie gambe facendo le fusa.

Mi sentii prendere da un senso di vertigine. Cercai nella tasca della giacca per accertarmi che la tabacchiera fosse ancora al suo posto, spartiacque tra passato e presente, punto di riferimento con la realtà di cui avevo tanto bisogno nel momento in cui cominciavo a dubitare di esistere.

La vecchina alzò una mano col palmo rivolto al cielo.

« Probabilmente pioverà », disse. « Ma non è detto. Da qualche anno è difficile persino prevedere il tempo. Sono cambiate tante cose. È cambiato il mondo. Forse sono soltanto discorsi da vecchi. Lei è giovane. Non può capire. »

Invece capivo. Con il progredire dell'età, molte certezze mi avevano abbandonato e mi sorprendevo sempre più spesso a formulare con riluttanza e pessimismo i programmi a lunga scadenza.

« Venga », m'invitò a seguirla. « Sediamoci un momento a ricordare i vecchi tempi. » E mi precedette a piccoli passi svelti sulla panchina di pietra di fianco all'ingresso dell'amministrazione.

I gatti circondarono la panchina dove ci sedemmo. Lontano brontolò il tuono.

« Si scarica laggiù, per fortuna », commentò appoggiando le mani giunte in grembo. L'aria sapeva di pioggia e il vento fece stormire le foglie dei platani. « Tutto sommato è piacevole », concluse. « Posso garantirle che la villa non è in vendita », recuperò con sicurezza il discorso abbandonato. « È impossibile. C'è un vincolo preciso. Ma l'amministratore potrebbe dirle le cose meglio di me. Perché vede, caro signore, io sono vecchia, molto più vecchia di quanto lei possa immaginare. E i ricordi... sapesse... Si comportano come folletti: compaiono e scompaiono quando vogliono loro. Si burlano di me. »

« Posso sapere chi è l'amministratore? » domandai pieno di speranza.

« Certo che lo può sapere, ma io non sono in grado di dirglielo. In casa ho l'indirizzo. Posso darglielo se vuole. »

« Mi farebbe una vera cortesia. »

« So tante cose », riprese dimenticando la promessa e piegandosi leggermente verso di me con intenzioni di complicità. « A lei forse non sembra, ma io conosco tutta la storia. »

« Non ne dubito », l'incoraggiai.

« Vede, signore », cominciò a raccontare abbracciando con un largo gesto della esile mano lo spazio circostante, « questo è il cortile d'onore. Tutto quello che vede è opera del Piermarini. Un grande architetto. Sa la Scala? È sua. Il Palazzo Reale a Milano e la Villa Reale a Monza, li ha progettati lui. Lavorava con la protezione degli Asburgo e aveva il titolo di architetto arciducale.

« Ai bei tempi, ai tempi della Saulina, sul tetto della villa sventolava lo stendardo dei marchesi d'Adda. Voleva dire che la casa era aperta agli ospiti. Era un susseguirsi di carrozze, un viavai di bella gente che animava feste meravigliose. Per le ottanta stanze della casa c'erano novanta persone di servizio. Un servitore aveva il compito esclusivo di aprire e chiudere porte e finestre. Cominciava al mattino e finiva la sera. »

« E lì », proseguì indicando i settori che via via descriveva, « c'era la lavanderia. E laggiù la rimessa delle carrozze. E dietro, la corte dei corrieri. Di fronte c'erano i granai e l'amministrazione. »

Ascoltavo le parole della vecchina e le amavo perché avevano la capacità di farmi rivivere un'epoca. Sotto i miei occhi si cancellavano i segni del tempo e le ingiurie degli uomini. Scomparivano polvere ed erbacce, l'aria si riempiva di colori e di profumi e da lontano il vento del passato portava il suono di un corno, s'udiva uno scalpitio di zoccoli, il solerte accorrere dei servi. Le statue che giacevano mutilate nell'erba bruciata dal sole si ricomponevano tornando sui loro piedistalli. Erano leggiadre figure femminili in abiti neoclassici che rappresentavano le muse: Calliope, Urania, Melpomene, Clio, Euterpe, Talia, Tersicore, Erato e Polinnia. Sembrava stessero per muovere aerei passi di danza. Alberi di limoni in grandi vasi di pietra colmavano i vuoti fra le statue.

Dalla fontana ovale scompariva il muschio e l'acqua riprendeva a zampillare tra le delicate ninfee della vasca. L'erba era punteggiata di pratoline rosate e sulla minuta, candida ghiaia del viale passeggiavano dame eleganti in abiti stile impero, generosamente scollati, al braccio di giovani signori in marsina.

Dalle balconate del primo piano aperte sul grande cortile giungeva un'allegra musica d'archi e clavicembalo. Un tiro a quattro attraversava il cancello e il cocchiere fermava i cavalli ai piedi della breve scalea che portava all'ingresso. Era tutto uno sfavillio di specchi, di metalli, di vernici, di livree colorate.

Un lacchè, aperta la portiera, calava gli scalini su cui poggiavano i piedi nudi della marchesa Saulina che arrivava da chissà dove, dopo essersi intrattenuta con chissà chi, salutata da inchini, sorrisi e gridolini di gioia. Cortigiani e servitori le sciamavano intorno come insetti colorati e gentili, i secondi più sinceri e devoti dei primi disposti a dannarsi l'anima per ingraziarsi i favori della potente nobildonna.

I cani abbaiavano nel cortile retrostante per salutare l'arrivo del marchese che aveva sfiancato il suo purosangue per arrivare puntuale all'incontro.

« Nonna, che ci fai qui fuori? » La voce che distrusse la magica evocazione apparteneva a una robusta signora sulla quarantina, nel suo genere attraente in un vivace abito di seta a fiori, il trucco garbato e i capelli biondo platino, che era arrivata in bicicletta.

« Questa è venuta a guastarci la festa », mormorò la vecchia indispettita.

« Sta per piovere », si preoccupò la donna. « L'aria è fresca. »

« È mia mamma », mi confidò la vecchina in gran segreto indicando la nuova venuta. « Capace che mi picchia perché mi ha scoperto con lei. »

« Andiamo, nonna », la rimproverò paziente la signora. « Non sono tua mamma. Sono Silvana, tua nipote. Tua mamma è morta. »

« Mi pareva », disse la vecchina rassegnata. « E il mio uomo, dov'è? Dov'è tuo nonno? »

« È morto anche lui, nonna. » Cercava di riportarla dolcemente alla realtà senza contrariarla troppo. « Sempre lo stesso discorso », soggiunse rivolta a me.

« Meno male che è morto », si consolò la vecchina. « Sono proprio contenta, così neanche lui mi picchia più. Pace all'anima sua. »

« Chissà che cosa avrà pensato questo signore », disse Silvana scuotendo il capo.

« Niente », la tranquillizzai. « Speravo che sua nonna potesse essermi utile in una ricerca che sto facendo. »

« Ha una memoria molto confusa », sorrise la donna accarezzando la vecchina.

« Gliel'ho detto della mia memoria », disse la piccola Amelia seccata.

« Penso che tutto sommato non sia infelice », si consolò la nipote. « Io abito in paese con la mia famiglia », spiegò, « e ogni giorno vengo a darle una mano. Devo dire che nonostante l'età è ancora autosufficiente. »

« Vive sola qui? » domandai.

« È un suo desiderio », si giustificò Silvana. « Non saprebbe vivere in nessun altro posto. La nonna è nata qui nel 1886. Ha novantasei anni. Suo padre era uno dei vecchi amministratori. Come vede ha una salute eccellente, ma non c'è sempre con la testa, povera nonna. »

La vecchina seguiva il nostro dialogo senza interesse, con un vacuo sorriso, fissando a volte il vuoto dove probabilmente si muovevano i personaggi di un mondo che avevo appena intravisto.

« Questa villa mi affascina », dissi, ma non continuai nella mia menzogna fornendo ulteriori particolari.

« Questo vecchio rudere? » si stupì la donna dai capelli biondo platino.

« Amo le case antiche, i ruderi, come dice lei. »

« Il signore sa cosa c'è nella villa », intervenne la nonna.

« Detto fra noi, signore, lì dentro c'è ben poco da vedere », spiegò Silvana appoggiandosi alla bicicletta. « Sta andando tutto in rovina. »

« Tutto? »

« I pezzi di pregio sono stati trafugati. Molte tra le cose rimaste sono state danneggiate dai tedeschi. »

« Hanno lasciato il loro segno dappertutto », dissi pensando a mio padre.

« Qui in pochi giorni hanno fatto un disastro », confermò Silvana.

« Mi piacerebbe calarmi nell'atmosfera di quelle stanze, di quelle sale », dissi con intenzione.

« Noi abbiamo le chiavi, ma abbiamo anche l'ordine tassa tivo di non fare entrare nessuno », mi prevenne ostinatamente.

« Esiste ancora un marchese Alberighi? » domandai.

« No. La famiglia si è estinta. L'ultimo Alberighi, Adalberto, è morto molti anni fa. C'è ancora una vedova, una principessa Orsini. Vive a Roma, credo. E non se la passa nemmeno tanto bene. »

« Ma la villa è sua », affermai con eccessiva partecipazione.

« Non credo », precisò la donna. « C'è uno strano legato notarile che le concede l'usufrutto della proprietà. Ma cosa vuole, quel po' che si ricava basta per i contadini e per le tasse. »

« È una proprietà immensa », dissi.

« Si figuri che una volta dalla facciata posteriore, che è del tardo Seicento, partiva un viale che arrivava fino a Bergamo, attraversando per chilometri e chilometri tutti i possedimenti dei marchesi d'Adda. Ma ormai è tutto lottizzato o in rovina. »

« Comunque io non posso visitare nemmeno le rovine », conclusi.

« Non senza il consenso dell'amministratore. Mi dispiace. » Sembrava sincera.

« Posso avere l'indirizzo e il numero di telefono di questo signore? »

« Contento lei », disse Silvana con una mezza smorfia che non era sicuramente di simpatia per l'interessato. « Prenda nota: ragionier Carbonelli; via De Amicis 8, Milano. Vuole accomodarsi? » m'invitò a entrare nel locale dal quale era uscita la vecchina. « Posso farle un caffè. »

« Grazie », accettai, « con vero piacere. » Era comunque un passo avanti.

Entrammo che il sole gettava un'occhiata sfolgorante sulle antiche vestigia. Nella fresca penombra dell'ampia stanza respirai un odore di gatti e di cose passate. Napoleone s'accovacciò al centro del grande camino in beola, sulla parete di fondo, con ai lati delle panche di legno scuro e sovrastato dal grande stemma in bronzo degli Alberighi.

« Questa è la mia casa », disse la vecchina con orgoglio.

Nella parete di fronte al camino c'erano un lungo divano scuro *capitonné* alla francese in pelle stampata e un tavolo quadrato ricoperto da un consunto tappeto di seta. Sulla sinistra notai uno stupendo cassettone intagliato, laccato e dipinto a mazzi floreali policromi. Sul mobile prezioso un orologio a pendolo in marmo bianco e bronzo dorato dove erano incastonati due medaglioni in lapislazzulo riproducenti i profili di Napoleone Bonaparte e Giuseppina de Beauharnais.

« I mobili sono della signora? » domandai.

« Appartengono alla casa », rispose la donna. « Gli Alberighi sono sempre stati prodighi di attestati di benemerenza, mai di concrete testimonianze. »

Sopra la credenza, fissato al muro con quattro puntine da disegno, un poster di Marilyn Monroe creava un singolare contrasto con il resto dell'arredamento.

« Quello è nostro », precisò Silvana indicandolo.

La vecchina che ci precedeva con i suoi passettini si avvicinò all'immagine dell'attrice, si fece il segno della croce e cominciò a pregare. Recitò l'Ave Maria con grande devozione.

« Il poster è di mio figlio », mi spiegò Silvana. « Sa come sono i giovani. Attaccano manifesti dappertutto. Lei s'è convinta che sia la Madonna. Ogni volta che passa si fa il segno della croce e dice una preghiera. È più semplice lasciarla fare che deluderla con la storia di un mito hollywoodiano. Ammesso che possa capirlo. »

« Certo », convenni. Ma c'era un altro discorso che mi stava a cuore. « Poco fa lei mi diceva che qui ci sono stati i tedeschi. »

« Be', sì », cercò di ricordare, « nel Quarantacinque. Ma io ero appena nata. So quello che sanno tutti. I tedeschi vennero portandosi dietro alcuni prigionieri. Partigiani catturati durante la ritirata. Ostaggi, forse. Gente importante, credo. Li torturarono e li uccisero. »

« Non tutti », si intromise la vecchina che aveva concluso la preghiera alla Madonna.

« Qualcuno si salvò? » l'interrogai.

« Uno », affermò. « Soltanto uno. Uno era ancora vivo », precisò. Poi serrò infantilmente le labbra in un tenace mutismo. Sedette sul divano scuro e Napoleone le saltò in grembo per farsi coccolare.

Mi chinai su di lei: era piccola, lontana, inaccessibile. Facevo così con i miei figli quand'erano bambini per metterli a loro agio, per aiutarli a trovare le parole a sostegno dei loro pensieri.

« Mi dica, signora », chiesi cercando il tono giusto, « quell'uomo, sì, il sopravvissuto, lei, lo ricorda? »

La vecchina si strinse nelle spalle e sorrise indulgente.

« Lei mi chiede di tradire un segreto », disse.

« Non le badi », disse Silvana. « La nonna dice molte cose. Però è difficile distinguere il vero dal falso. Lei dice anche che qui soggiornò Napoleone quand'era re d'Italia e imperatore dei francesi. Ma possono essere fantasie stratificate negli anni. Credo che non vi sia dimora di qualche prestigio che non abbia ospitato Napoleone o Garibaldi. »

« Perché? Non potrebbe essere vero? » Io pensavo al sopravvissuto alle sevizie dei tedeschi, lei a Napoleone.

« Potrebbe essere », convenne alludendo però al suo pensiero. « C'è ancora la camera verde, mi pare si chiami così, che è detta anche la camera di Napoleone. Ma poi, che importanza ha. »

Servì con aria compunta un fragrante caffè in tazzine di porcellana finissima dai disegni ormai sbiaditi.

« Il sopravvissuto potrebbe essere mio padre », confessai.

« Lei crede che suo padre sia il solo scampato a un eccidio

e cerca di appurarlo quarant'anni dopo? » C'era astio e disinganno adesso nella sua voce. Per qualche verso si sentiva tradita o semplicemente presa in giro.

« È una lunga storia. » Rinunciai a spiegarle. Invece obbedii al mio impulso e tirai fuori la tabacchiera.

« Questo dipinto », dissi alla vecchina mostrandole la miniatura, « le ricorda niente? »

« Non vedo », disse scuotendo la testa bianca. Poi affondò una mano in una tasca del vestito nero dove teneva gli occhiali. Inforcò le lenti a pince-nez con un cordoncino scuro che pendeva da una montatura ottocentesca. Osservò attentamente il soggetto pastorale, mise a fuoco il bosco con le robinie e i cespugli di rovi, parve riconoscere il ruscello e la pastorella discinta. A mano a mano che procedeva nell'ispezione minuziosa, l'espressione del suo viso passava dai toni allegri a quelli di un profondo dolore e di una grande costernazione.

« Le ricorda niente? » ripetei chinandomi ancora più su di lei, per cercare un segno, una conferma, una negazione.

La vecchina sollevò la faccia verso di me e i limpidi occhi azzurri si riempirono di lacrime.

« Sono stanca, signore », si lamentò con voce infantile. « Sono molto stanca. »

« Ma questo disegno », provai a insistere, « queste figure le sono familiari? »

« Sono stanca, signore », ripeté mentre le lacrime le rigavano il volto. « Lei mi deve perdonare, ma sono costretta a chiederle il permesso di congedarmi. »

« Capisco, signora », dissi. « Sono io che le devo delle scuse. »

La vecchina dagli occhi azzurri che era stata la follia, la tenerezza e il sogno, in quel momento forse era finalmente e soltanto se stessa, avvolta in un brandello di verità intriso di dolore.

Cercai lo sguardo della nipote con l'intenzione di chiederle se era proprio il caso che me ne andassi.

« Si rivolga all'amministratore », mi congedò bruscamente Silvana.

« Lo farò », risposi salutando.

Un lampo saettò nel cielo color seppia e l'acqua scrosciò con grande violenza insieme con l'esplosione del tuono. Attraversai lentamente la corte d'onore e fui sullo spiazzo pieno di cartacce e lattine. Quella confusione mi somigliava. L'unica cosa pulita e chiara era la pioggia. Salii in macchina per tornare a Milano, ma l'intenzione era di spingermi più lontano per vedere che cosa c'era oltre il buio del temporale.

« C'è un messaggio per lei », annunciò il portiere.

Avvertii una vibrazione negativa molto simile a un brivido di freddo oppure a una folata d'aria umida, ma non era né l'una né l'altra cosa.

« È della signora », fece allungando la mano con aria preoccupata, ansiosamente partecipe.

Presi la busta e l'aprii. Non avevo mai visto la grafia di Stella Diana, ma l'avrei riconosciuta tra mille. Quei caratteri costanti nella dimensione e nella spaziatura, quelle righe ordinate e misurate per qualche verso le somigliavano. La sua scrittura rivelava una grande energia vitale e una notevole personalità.

« Caro Alex », diceva la lettera, « mi sembra d'aver capito che tu hai bisogno di molta concentrazione per dedicarti al tuo problema. Fai pure con comodo. Per ogni eventualità sai dove trovarmi. Ti amo. Diana. »

Era certamente partita per la Sardegna.

« Olbia? » interrogai il portiere alludendo a Stella Diana.

« Sì, signore », rispose.

Rimasi un attimo pensieroso massaggiandomi la punta del mento, un automatismo idiota che negli altri detestavo.

« Posso esserle utile? » lui domandò.

« Lei mi è stato già molto utile », lo ringraziai.

Il mattino dopo splendeva il sole, il cielo era azzurro e l'aria fresca irrompeva dalla grande finestra. Da lontano veniva il suono d'una vecchia pianola. Indugiai piacevolmente nell'acqua calda del bagno e mi rasai con cura.

Il caffè della prima colazione mi schiarì le idee favorendo la riflessione. Mia moglie e i ragazzi erano a Capri. Stella Diana era in Sardegna, dove potevo raggiungerla quando volevo. Sembrava che tutti si fossero messi in disparte perché potessi dedicarmi completamente alle mie ricerche.

Cercai inutilmente l'amministratore della villa di Cassano; era partito per le ferie e non aveva lasciato alcun recapito. Ero probabilmente a un passo dalla verità e avevo la certezza che se avessi sollevato il tenue velo che mi separava dal passato avrei potuto evocare demoni assopiti, drammi dimenticati, dolorose memorie, ma avrei forse risolto i miei problemi.

Tutte le inquietanti coincidenze di quelle ultime ore sembrano le tessere di un mosaico nel quale andava delineandosi la figura di una marchesa Alberighi d'Adda che forse in qualche modo, ancora non sapevo come, era legata a me, o comunque alla storia della mia famiglia.

Un commesso compiacente dell'archivio di Stato si lasciò convincere, così scartabellai fasci di documenti relativi alla famiglia Alberighi d'Adda e cominciò a prendere forma un per sonaggio: Saulina.

« Saulina Alberighi d'Adda », lessi su un certificato stinto dagli anni, « nata Viola, nell'anno del Signore 1784 nel Borgo di Corte Regina, figlia di Ambrogio e di Vimercati Luigia Maria. Andata sposa al marchese Febo Alberighi d'Adda nell'anno 1800. »

Obiettivamente l'archivio mi svelò ben poco, ma avevo ritrovato negli scaffali polverosi alcuni degli stessi nomi che la vecchina dagli occhi azzurri aveva imposto ai suoi gatti. Tra le carte non avevo trovato invece il nome di Ribaldo e quello di Stella Diana. L'archivio non avrebbe potuto dirmi niente di più, perché la storia che volevo sapere, ormai ne ero convinto, era a Cassano d'Adda, a villa Alberighi. Avrei potuto tornare da Amelia, ma ero inquieto, insoddisfatto e avevo bisogno di qualche certezza dopo la precarietà allucinata della situazione in cui ero improvvisamente piombato.

Il DC-9 atterrò dolcemente alle undici e trenta in perfetto orario sulla pista di Olbia. Stella Diana mi aspettava nella sala degli arrivi. Indossava un abito semplicissimo di seta azzurra e sorrideva. Mi aprii un varco tra la folla verso quel sorriso.

« Ciao », mormorò abbracciandomi.

« Avevo una gran voglia di vederti », dissi respirando il suo profumo di fresca giovinezza. « Mi sei mancata. »

« È dipeso soltanto da te », osservò lei.

« Lasciati guardare », dissi allontanandola un poco. L'abito che modellava plasticamente il corpo incantevole aveva la leggerezza di una veste greca.

Uscimmo nel piazzale e salimmo sulla sua Rover T.C.-3500 del 1964 che conservava dopo tanti anni il fascino discreto delle vetture di classe. Guidava lei. Sedetti al suo fianco e accesi una sigaretta. Stella Diana non fumava mai in macchina, ma tollerava la mia deplorevole abitudine. Il vento aveva scompigliato la sua zazzera bionda che risaltava dal contrasto con la pelle ramata dal sole.

La Rover frusciava veloce lungo la strada tutta curve che si snoda attraverso una campagna brulla e avara.

« Ti fermerai molto? » lei domandò senza distrarsi dalla guida.

« Dipende da noi », risposi.

« Qui il mare è bello », lei disse.

« Perché sei partita? » domandai risentito.

« Pensavo avessi cose più importanti a cui pensare », fece con serietà. « E poi se non fossi partita non saresti qui. Non saremmo qui. »

« La cosa più importante sei tu », dissi. Non era un pensiero originale, ma era sostanzialmente quello che pensavo.

« Spero che saremo felici insieme », lei disse con un segno quasi impercettibile di tristezza nella voce.

« Faremo del nostro meglio », promisi.

Mi sentivo improvvisamente giovane e pieno di vita.

« Ci siamo », disse.

Imboccò una stradina in discesa verso il mare che arrivava davanti a una costruzione bianca, a un solo piano, dall'aria vagamente moresca. Sembrava che qualcuno l'avesse costruita da poco per girarvi un film.

« Eccoci arrivati », disse infine Stella Diana spegnendo il motore.

Una domestica piccola, bruna e tonda, dalla faccia cupa ci venne incontro.

« Buongiorno », salutò.

« Buongiorno », ricambiai.

Lei prese la mia sacca di tela marrone e scomparve. Seguii Diana verso un portico aperto sui due lati rivestito di mattonelle di maiolica azzurra dove poltrone e divani dai morbidi cuscini si alternavano a bassi tavolini tra piante, fiori e cesti di frutta. Passammo per un dedalo di corridoi su cui s'affacciavano lucide porte di legno scuro. Stella Diana spalancò una porta su una camera chiara inondata di sole arredata con un letto bianco e due poltrone.

« Ti piace qui? » Il suo sguardo era pieno di malizia.

« Mi piaci tu », dissi commosso.

« Vediamo se è vero », ribatté Diana.

L'attirai a me e la baciai. Sentii la sua bocca morbida e calda.

Mi svegliai che era pomeriggio inoltrato. La camera non era più invasa dal sole e di là dalla finestra l'aria chiara continuava a splendere sul mare trasparente. Presi l'orologio sul tavolino accanto al letto.

« Sono le quattro », annunciò Diana.

« Pensavo che dormissi ancora », dissi voltandomi dalla sua parte.

Le accarezzai la schiena color rame, ma lei non reagì: era inerte come un manichino, improvvisamente fredda e distante.

« Sei una creatura meravigliosa », le dissi obbligandola a girarsi verso di me.

« E tu sei uno stupendo ragazzo », ricambiò lei senza entusiasmo. « Aggressivo », soggiunse, « forte e gentile. »

I colori del cielo s'appesantivano nell'approssimarsi della sera.

« Potrei suscitare invidia se si risapesse », scherzai.

« Avresti molti rivali pericolosi. »

« Gli antagonisti troppo pericolosi vengono eliminati », dissi. Avevo pronunciato davanti a lei la frase infelice che mi bruciava dentro da molti giorni.

« Non dire mai cose simili », s'impensierì Stella Diana. Anche lei aveva visto l'ombra passata tra noi perché mi abbracciò forte e smise di sorridere.

« Cercherò di controllarmi », scherzai.

« Lascia che sbrighi alcune cosette », disse. « Poi faremo un bagno in mare. L'acqua a quest'ora è splendida. »

C'era qualcosa di falso nel formalismo architettonico e nel design a effetto di quella costruzione recente. Mi domandai se quella casa da rivista d'arredamento fosse proprietà di Diana o se la ragazza l'avesse affittata. In un caso come nell'altro doveva costare una fortuna. Mi vestii e andai nel soggiorno dove c'era una parete color avorio sulla quale campeggiava una tela di David Ligar, un dipinto molto quotato, tecnicamente molto ben riuscito, con sabbia cielo e mare e sull'arenile colonne di ghiaccio trasparente. Ritornai nel portico e, guardando verso il mare, vidi Stella Diana che nuotava nell'acqua chiara, dai riflessi smeraldini.

Lei mi salutò agitando le braccia. Scesi la scaletta di pietra che portava alla piccola baia e le andai incontro mentre usciva dal mare.

« Non fai il bagno? » chiese avvolgendosi in un morbido accappatoio azzurro.

« Penso di no », risposi.

L'aria era fresca e profumata.

« Sai cucinare? » mi sorprese.

« Riesco soltanto a mangiare quello che preparano gli altri », dissi. « In questo me la cavo benissimo. »

« Allora preparerò qualcosa per tutti e due », sorrise precedendomi verso la scaletta.

Preparò rapidamente un'insalata mista con lattuga, carote, pomodori, cetrioli e olive.

« Il piatto forte deve ancora venire », disse. E si mise a disporre piccole mozzarelle su un vassoio decorato con larghe foglie di profumato basilico e fette di pomodoro.

« Come ti pare? » volle sapere.

« Sublime », esagerai.

Andava tutto benissimo, in effetti, soprattutto d'estate, amavo i cibi semplici.

Ci ritrovammo seduti al tavolo di cucina come vecchi amici. Sfumature rosate accarezzavano le pareti candide. Versai per tutti e due del chianti di Badia Coltibuono che Diana aveva messo in tavola.

« Sei stupenda », dissi con ammirazione fissandola.

« Già detto », rise. « L'arte della seduzione non è semplice. Dovresti far lavorare un po' di più la fantasia. »

« Hai voglia di uscire? » domandai.

« Sarebbe sciocco dividerti con altri », rispose con tristezza. « Le feste sono brevi. »

« Nessuna festa dura per sempre », dissi. « Sennò non sarebbe una festa. »

La rosata penombra rendeva più intenso il suo sguardo.

« La nostra finirà domani », decretò.

« Perché domani? » feci con apprensione.

« Domani viene mio marito », mi comunicò calma.
« Lo sapevi anche prima? »
« L'ho saputo poco fa. »
« Mi rendo conto », commentai brevemente.
« Puoi arrabbiarti, se vuoi », mi suggerì.
« Non mi sembra il caso », dissi con tono cortese.
« Come vuoi. »
« Posso andarmene anche subito, se credi. »
« L'hai presa male », decise accarezzandomi.
« Non mi pare. »
« Guarda che fra mio marito e me c'è rimasta soltanto questa casa. L'abbiamo messa in vendita ed è di questo che viene a parlarmi. Punto e basta. Se resti non è un problema. Per lui e per me, almeno. »
« Preferisco di no », dissi piano.
« Eviterai di vedere quello che resta di un disastro matrimoniale », disse.
« Sull'argomento credo di avere conseguito una libera docenza », mi sentivo legato a lei da una nuova complicità.
Bevemmo in silenzio e io versai altro vino.
« Sono stata felice con te », disse con riconoscenza.
Sul mare scivolò una luce fuggitiva e nel cielo brillarono le prime stelle. Stella Diana si alzò e mi venne vicino.
« Ci rivedremo ancora », mormorò. Ci baciammo nell'atmosfera incantata sul confine tra il crepuscolo e la sera.

C'era un'immobilità sospetta nello spiazzo erboso prospiciente la villa Alberighi. Il sole picchiava impietoso su quel silenzio irreale. Improvvisamente mi resi conto dell'assenza che turbava l'equilibrio che conoscevo. I gatti non c'erano più: Napoleone, Ribaldo, Stella Diana, Saulina, Febo e Ippolita sembrava non avessero mai abitato oltre quel cancello. Mancava un soffio di vita, per quanto folle e randagio, a quella desolazione.
Impugnai la maniglia di ferro battuto del cancello laterale, provai prima con una leggera pressione, poi spinsi con tutte le mie forze senza risultato. Il cancello non si apriva.
« C'è mica nessuno, lì », pronunciò alle mie spalle una voce rozza che apparteneva a un uomo di mezza età, tarchiato, solidamente costruito, la faccia larga, gli occhi piccoli e infossati.

era cotto dal sole, indossava una camicia a quadri, pantaloni sporchi di terra e grosse scarpe da contadino.

« Dove, non c'è nessuno? » chiesi allarmato.

« Lì dentro. Dentro la casa. C'è mica nessuno », ripete con la sua voce nebbiosa tutta di gola. Il sole gli batteva sui capelli d'un rosso polveroso e stinto.

« E la custode? » tentai.

« L'Amelia, dice? »

« Lei, proprio lei », confermai ricordando il suo limpido sguardo azzurro e la sua tenera follia.

« C'è mica più », ribatté l'uomo.

« E dov'è? » domandai.

« L'è morta », disse.

« Le ho parlato pochi giorni fa », replicai stupidamente. « Stava benissimo. »

« È successo la settimana passata. Un colpo. La sera stava bene e la mattina dopo, la Silvana, sua nipote, l'ha trovata bell'e morta. Una morte cristiana », considerò l'uomo passandosi le dita tra i capelli crespi e polverosi. « Adesso qui c'è più nessuno », spiegò. « Il parroco ha messo il lucchetto. »

Venne una folata di vento a mitigare l'afa.

« Il vento del passato » diss' piano

« Non cambia niente questo », disse. « Il tempo sta così. Ci aspettano giorni e giorni di calura. »

« È la sua stagione », mi sintonizzai sulla sua lunghezza d'onda.

« La chiesa è là », disse il contadino protendendo il dito nodoso della grande mano in direzione del paese.

« La ringrazio dell'informazione », dissi abbastanza colpito dal fatto che quell'individuo potesse avere intuito il mio pensiero.

Seguii l'indicazione e vidi la facciata della chiesa, una chiesa alta, stretta, di stile settecentesco. Suonai alla porta della canonica e venne ad aprirmi un'anziana signora dall'aria materna e dall'espressione mite.

« In che cosa posso servirla? » domandò con voce calda e amichevole.

« Vorrei parlare col parroco », dissi.

« Così? Subito? » Gli occhi fermi e cortesi della signora espressero un garbato rimprovero.

« Avrei dovuto telefonare. »

« Forse era meglio. »

« Il fatto è che mi sono trovato improvvisamente di fronte a un problema importante. »

« Certo, signore », annuì la donna. Era abituata ai problemi importanti e urgenti. Tutti ne avevano uno. « S'accomodi », m'invitò facendosi da parte.

Entrai in un fresco vestibolo ornato di rigogliose piante in vaso: larghi frasconi, kenzie, anturio. Profumi dimenticati portavano alla luce antiche certezze.

« Don Colli sta confessando. Se proprio la sua è una cosa urgente, le conviene aspettare qui fuori », continuò precedendomi.

La seguii oltre la porta del vestibolo in un graziosissimo orto-giardino cinto da mura ch'era tutto un fiorire di rose, un rosseggiare di turgidi pomodori, tra ciuffi di cicoria amara, basilico a foglie larghe e balsamiche, odorosa erba cipollina e fragrante prezzemolo.

« S'accomodi », disse ancora la donna indicandomi una panchina di pietra. Il sole del mattino inondava fiori e frutta e solo la panchina di pietra era avvolta in un'ombra piacevole. Un grosso merlo dal becco giallo si posò sul fico da dove prese a guardarci muovendo la testina a destra e a sinistra.

Osservai la signora scomparire oltre la porta del vestibolo e mi stupii della serenità ch'era subentrata alla mia ansia di sapere. Respiravo quei profumi, m'inebriavo di quei colori in soliti, in attesa che un evento si verificasse, mentre riprendeva a soffiare in quel caldo pomeriggio d'agosto il vento del passato.

« Ecco, don Colli, credo di averle detto tutto », affermai re spirando di sollievo. « La prenda come vuole. Come una confessione. O una richiesta d'aiuto. » Forse per la prima volta avevo raccontato tutta la storia di seguito con assoluta sincerità.

« È una storia affascinante », commentò il sacerdote.

Era un prete all'antica, la lunga veste nera e il collettino bianco, un prete vero, attempato e benevolo. Sembrava eccitato e interessato al mio racconto.

« Sono contento che lei non mi giudichi un visionario », dissi.

« La storia delle religioni », mi rassicurò, « è piena di ricerche apparentemente assurde e di visioni apparentemente irreali. »

Sedevamo al tavolo del tinello davanti a due tazzine di caffè fragrante e alla tabacchiera.

« Vede, professor Valera », riprese il parroco, « le antiche storie, che Dio mi perdoni, mi avvincono perdutamente. Mi comporto come un bambino di fronte a una fiaba. »

« Lei pensa che possa esserci del vero? » l'interrogai ansioso.

« Il suo racconto è verosimile. Vede, io ho passato tutti i ritagli del mio tempo a studiare documenti della storia cassanese. Conosco tutte le supposizioni sulla parola Cassano e sull'origine di questa grossa borgata che si erge sulla destra dell'Adda. Potrei enumerarle i documenti storici e i monumenti insigni a partire dalle origini romane, quando l'imperatore Augusto assegnò le nostre terre ai soldati della legione di Cassio. Ma troverebbe ben pochi riferimenti con la sua storia. »

« Ma il nome di Ribaldo », cercai di stimolarlo, « non le dice niente? »

« Ribaldo era il nome di un bandito di strada che spadroneggiò nella zona tra la fine del Settecento e i primi dell'Ottocento. Non ha niente a che vedere con gli Alberighi. La vecchia Amelia m'ha invece raccontato una volta di una certa Saulina. Di sicuro non poteva riferire esperienze dirette. Amelia non può avere conosciuto Saulina, perché era nata qualche anno dopo la morte della marchesa. Che morì vecchissima. »

« Può avere raccolto delle testimonianze », dissi.

« È probabile », ammise calmo il sacerdote. « Comunque il racconto di Amelia, a confronto con le mie letture, ha rafforzato in me la convinzione che la marchesa Saulina abbia avuto un ruolo di primo piano nelle sorti della casata. »

« Lei ha visto molti documenti? »

« No. Ma so per certo che nella villa esistono delle carte. »

L'ombra stava invadendo la parte di orto-giardino che vedevo dalla finestra del tinello. I colori dei fiori e dei pomodori erano più vivi e il profumo più intenso.

« Dove si trovano i documenti? »

Il parroco non volle sentire o non sentì effettivamente la mia domanda. Seguì comunque il filo di un suo ragionamento. « Vede, la figura di Saulina mi ha incuriosito fin da quando arrivai qui, trent'anni or sono, e vidi la sua tomba nel nostro cimitero. Ci sono dei versi scolpiti sulla lapide. »

« Versi? » m'incuriosii.

« Versi del Foscolo », sorrise il prete con bonomia. « E mi raccontò Amelia, ma non mi chieda come la buona donna l'abbia saputo, che il poeta si prese, come diremmo oggi, una solenne cotta per lei. »

« Versi », ripetei.

« Aspetti », disse il parroco, « credo di ricordarmeli. Dicono così: 'Mesci odorosa Dea, rosee le fila; / e nel mezzo del velo ardita balli, / canti fra 'l coro delle sue speranze / Giovinezza'. Il poeta alludeva al velo che proteggerà la verecondia delle grazie nel poema a esse dedicato. Ed è Flora colei che mesce le rosee fila. E il Foscolo chiama Flora la sua Saulina. Ma il dato più singolare è che aveva appena vent'anni questa marchesa Saulina quando fece incidere i versi sulla sua pietra tombale e commissionò al Canova la statua che possiamo ammirare sulla sua tomba. Una posa neoclassica come usava allora. Vada a vederla. Quantunque il Canova badasse più ad assecondare gli schemi classici che non la realtà, la marchesa deve avergli preso la mano. Ne è venuta fuori una faccia straordinaria, di una singolare potenza espressiva. »

« Bella, ricca e corteggiata, dunque », intervenni approfittando del fatto che il sacerdote volle bere il caffè rimasto nella tazzina.

« È freddo », notò con rammarico. « Non le nascondo », confessò, « che il caffè è il mio solo peccato di gola. »

« Mi chiedo se esista davvero un nesso tra il dipinto perforato dalle pallottole, questa tabacchiera, la marchesa Saulina e la mia famiglia. »

« È tutto da verificare », ragionò don Colli. « La mia è la curiosità dello storico. La sua è l'ansia di chi cerca se stesso. Mi piacerebbe aiutarla a dissipare le ombre di questo mistero. »

« Era davvero tanto importante la famiglia Alberighi? » domandai.

« Gli Alberighi d'Adda, in origine, erano grossi proprietari terrieri », prese a raccontare. « Certamente i più importanti di Cassano. Nel 1400 la famiglia acquista dai Visconti, signori di

Milano, una quantità incredibile di terreni. Poi, attraverso alterne vicende, questo marchesato diventa completamente appannaggio degli Alberighi che acquisiscono anche i diritti di dazio sul ponte, i diritti di mercato, il diritto di riscuotere gabelle anche dai contadini dei paesi dipendenti, diritti di acque, di cava dei sassi, di pesca, il diritto di eleggere il pretore e di stabilire tutte le appendici in base alle quali la famiglia decide, per esempio, il numero dei capponi, il quantitativo di carni, di salami, di uova, di formaggi che deve esserle annualmente assegnato. Cito a memoria, ma è, più o meno, così. »

« Una grande famiglia ormai completamente estinta », l'interruppi

« Non completamente », affermò il prete. « Credo ci sia ancora un Alberighi da qualche parte, che però non ha diritti sulla villa. Esiste infatti un legato in base al quale la proprietà è inalienabile fino all'ottobre di quest'anno. Ancora due mesi. O due anni. Non posso essere preciso, mi dispiace. »

« E Saulina? » Il personaggio m'incuriosiva.

« Oggi gli specialisti dell'anima cosiddetta laica misurabile con gli strumenti, ahimè discutibili, della psicoanalisi, direbbero che questa Saulina si è subito costituita come un leader e per quasi un secolo ha guidato le sorti della casata. »

« E continua tutt'ora a farsi sentire, se è vera la storia del legato », obiettai.

« Forse in lei parla la voce del sangue », disse il prete con serietà.

« Che cosa mi consiglia di fare? » domandai con insolita umiltà.

« Posso dirle quello che farò io », disse il sacerdote. « Fino a quando l'amministratore rientrerà dalle vacanze per assumere un altro custode o prendere qualsiasi altra decisione, il responsabile della proprietà sono io. Io aprirò la villa e lei verrà con me. »

Le rughe sulla sua faccia intensa s'erano spianate e una vaga eccitazione passava nel suo sguardo buono.

« Lei sa da che parte cominciare, reverendo? » Mi lasciavo riprendere dall'ansia e dalla paura.

« Cominceremo controllando se esiste davvero lo spazio vuoto di una tela e i buchi delle pallottole. Poi passeremo dalla stanza di Napoleone, seguendo il racconto che mi fece la vecchia Amelia. »

« Ci fu davvero l'imperatore dei francesi in questa villa? »

Il vecchio parroco accennò di sì con la testa.

« È la sola certezza che abbiamo », disse. « Napoleone soggiornò nella villa di Cassano il 26 novembre 1807. Arrivò alle ore dieci di Francia, viaggiando su una carrozza tirata da otto cavalli. Pioveva. »

« Tutto rigorosamente accertato? »

« Sono dati inoppugnabili che ho rilevato dai documenti della parrocchia. Perché in quegli anni lontani ci fu un parroco molto curioso e scrupoloso nei suoi appunti. Così sappiamo che la carrozza dell'imperatore era seguita da altre quattro carrozze con tiro a sei cavalli, in una c'era Gioacchino Murat. Ricevette l'imperatore e il suo seguito, sotto la pioggia, il marchese Febo Alberighi, marito di Saulina. Il pranzo offerto al sovrano comprendeva zuppa di ortaggi fatta con brodo di castrato, un piatto di lesso misto con salse varie, due piatti di selvatico e un budino alla francese. »

« Lei crede che troveremo qualcosa d'interessante nella villa? » dissi pieno di speranza.

« Nella stanza dove dormì Napoleone c'è una cassapanca in cui la marchesa aveva riposto molti documenti », disse il prete.

« Li ha visti? »

« Me l'ha detto la vecchia Amelia. E non c'è motivo di non crederle fino a prova contraria. »

Mi dichiarai d'accordo con lui.

Mio padre era stato davvero a villa Alberighi. In una parete del vasto ingresso, completamente vuota, contai i fori di diciotto proiettili contenuti in uno spazio che aveva esattamente le dimensioni del quadro che avevo acquistato dall'antiquario di via Sant'Andrea. Lì l'avevano torturato, ma come era arrivato fino a Cassano? E da Cassano, come aveva potuto raggiungere Modena?

« Io soddisferò molte curiosità storiche », mi disse don Colli. « Lei, a Dio piacendo, troverà le tessere per completare il mosaico della sua famiglia. »

Il sacerdote m'accompagnò fino alla stanza dell'imperatore al primo piano dell'ala est della villa, un locale cui si accedeva attraverso una scala indipendente con una grande finestra che si affacciava sul parco. Era un cubo perfetto di quattro metri per quattro con un letto a baldacchino di broccato verde e argento. Lungo i muri correva uno zoccolo di legno a pannelli verde pallido filettati di bianco. Le pareti verdi erano decorate a motivi floreali stilizzati. Di fronte al letto il tema delle candide margherite di stucco s'interrompeva per fare spazio a una specchiera alta fino al soffitto che sovrastava un caminetto piccolo e lineare. La cornice della specchiera era un intreccio di foglie d'alloro identica a quella che incastonava la porta d'ingresso e quella del bagno. In alto, al centro, c'era la testa di un capro con le corna inghirlandate di fiori. Il soffitto era decorato con gli stessi motivi floreali.

« Il segreto probabilmente è nascosto lì », disse don Colli dopo che lo ebbi aiutato a spalancare la finestra. « Ma lei », soggiunse con meditata lentezza, « è proprio sicuro di volerlo conoscere? »

Ebbi un attimo di perplessità, ma soltanto un attimo.

« Sì », decisi. « Devo conoscerlo. »

« Allora apra quella. »

M'avvicinai alla cassapanca sotto la finestra, un mobile seicentesco austero e semplice. M'accinsi ad aprirla.

« No », mi ammonì don Colli, « aspetti di essere solo. »

« La ringrazio, don Colli », dissi con riconoscenza.

« Che Dio la benedica », lui disse alzando paternamente la mano prima di uscire.

Ero solo, adesso. Sollevai il pesante coperchio e il vento del passato mi avvolse come una carezza. La prima cosa che vidi fu un pesante fascicolo nero legato da nastri bianchi. A lettere d'oro aveva impresso un nome e una data: SAULINA: MAGGIO 1796.

sempre quando con un certo [illegible] di broccato verde e argento. [illegible] uno zoccolo di legno a pannelli verde pallido [illegible] di fiori. Le pareti [illegible] decorate a fiori [illegible] della camera [illegible] di stucco [illegible] fin sul soffitto, che [illegible] un [illegible] di foglie d'alloro identico a quello che [illegible] la [illegible] e quello dell'albergo. [illegible] al centro, c'era la testa di un capro [illegible] il soffitto era decorato [illegible] gli stessi motivi floreali.

«Il soffitto probabilmente è un [illegible]», disse don Cioffi dopo che lei ebbe [illegible] la finestra. «Ma lei [illegible] meditata [illegible]», e [illegible] di [illegible] conoscerla.»

Pilli [illegible] di perplessità, ma [illegible] un attimo.

«Sì», disse. «Dovrei conoscerlo.»

«Allora apra questa.»

Ma [illegible] sotto la finestra, un mobile [illegible] chiuso [illegible] e semplice. [illegible] aperta.

«No», [illegible] don Cioffi, «[illegible] di essere sola.»

«La [illegible] don Cioffi», disse con [illegible].

«Che Dio la benedica», [illegible] alzando [illegible] prima di uscire.

[illegible] sola, adesso. Sollevò il [illegible] coperchio e il [illegible] del passato [illegible] come [illegible]. La [illegible] di un [illegible] nero [illegible] bianchi. [illegible] aveva impresso [illegible] 1796.

# *Saulina: maggio 1796*

# 1

SAULINA sentì suonare la sesta dal campanile della chiesa. Ai musicali rintocchi si opponeva il tiepido favonio, il dolce vento di ponente che aveva favorito la crescita dei germogli e la densa vegetazione del bosco, così che il suono familiare del bronzo giungeva attutito fino a lei.

Guardò in alto verso il folto delle acacie. L'intrico dei rami e delle foglie era così fitto che il sole penetrava a fatica e soltanto sparsi barbagli dorati accendevano qua e là prugnoli e cornioli, tenere viole e delicati ranuncoli nel profumato sottobosco.

Il tempo era volato senza che la bambina potesse vedere gli aironi rossi tornare ai nidi costruiti alla biforcazione dei rami di altissimi pioppi. Anche lo spietato nibbio bruno era in attesa, navigava nell'aria azzurra con la leggerezza di una vela, la forza di un lottatore, la determinazione di un guerriero.

Saulina fu percorsa da un brivido di paura e il suo cuore fece una capriola. Non la spaventava il fiero rapace, ma la consapevolezza che era ormai mezzogiorno e ancora una volta le ore erano passate davanti ai suoi occhi curiosi senza che lei se ne accorgesse.

Rintoccava la terza dal campanile di Corte Regina quando aveva deposto la dura scopa di tamerice con cui doveva spazzare l'aia e s'era invece inoltrata nel bosco da dove poteva vedere senza essere vista. Nel bosco si placava la sua ansia di libertà, si realizzavano i suoi sogni, si appagavano i suoi desideri.

Le incombenze che le venivano affidate dal padre erano tante, oltre a ramazzare il cortile, e i castighi, quando non le assolveva, erano duri, ma il bosco era una tentazione irresistibile che cancellava la prospettiva delle frustate che l'uomo le avrebbe inflitto. L'arrivo di quei diavoli di francesi aveva peggiorato il già brutto carattere di Ambrogio Viola che era diventato intrattabile. Tutti quelli che contavano qualcosa erano intrattabili, soprattutto il parroco, don Giuseppe, che dal pulpito tuonava contro quella masnada di peccatori che avevano valicato le Alpi saccheggiando e brutalizzando, sconsacrando chiese, innalzando alberi della libertà, rubando anche dove non c'era niente da rubare e presto avrebbero scatenato qualche grande flagello. I preti si rivolgevano al popolo per sollevarlo contro l'invasore, dal momento che il buon Dio sembrava non avere accolto le preghiere dell'arciduca Ferdinando, dei nobili collegi dei giureconsulti e dei fisici che avevano consumato gli inginocchiatoi del Duomo quando il cannone tuonava al Po. La processione con tutte le reliquie non aveva arginato l'armata d'Italia, dilagata nel milanese attraverso il ponte di Lodi.

La sera prima, al vespro, nel piccolo borgo di Corte Regina, era giunto da Milano lo stagnino con il suo carico di simpatia, di anticipazioni, di notizie. Era un giovane ben fatto, dalla espressione schietta e cordiale, capelli e occhi nerissimi, denti bianchi e forti e un folto paio di baffi. Sapeva di piacere per il suo aspetto e di esercitare sull'umile uditorio il fascino del narratore di storie vere, rese più suggestive dalle aggiunte, dalle omissioni o dalle deformazioni che il cronista apportava con talento di attore.

L'abbigliamento, che lo qualificava, era pulito e in ordine. I pantaloni neri e la marsina grigia erano di rozza ma buona stoffa confezionati sulla sua misura. Il berretto di panno, buttato là alla malandrina, dava risalto ai larghi basettoni.

A Saulina piaceva lo stagnino, quel suo modo franco di ridere e di raccontare le trasmetteva un sentimento di felicità che non era quello del bosco ma in qualche modo gli somigliava. Sua madre, come le altre donne del borgo, gli aveva portato le pentole di rame che avevano bisogno dell'opera sua. Il giovane artigiano lavorava sull'aia a ridosso di un muro e rattoppava i buchi con delle « pezze » che venivano fissate per mezzo di chiodi di rame accuratamente ribattuti per assicurarne la tenuta stagna. E mentre procedeva alacremente nel suo la voro lo stagnino raccontava e tutti lo ascoltavano con grande interesse.

Lui aveva sentito tuonare il cannone e rullare il tamburo agli angoli delle strade per chiamare a raccolta la scalcinata milizia urbana. Aveva visto l'arciduca abbandonare Milano tra la più completa indifferenza, aveva assistito al fuggi fuggi di molte famiglie aristocratiche verso il confortevole asilo delle loro ville sui laghi e in Brianza.

« Ma questi Francesi, come sono? » aveva coraggiosamente domandato un vecchietto arcigno e canuto che non aveva più molto da perdere.

« Soldati », aveva risposto lo stagnino con filosofia tirando su le spalle. « Magari più allegri e più poveri degli Austriaci, ma sempre soldati. Buontemponi, ma affamati e male in arnese. Ti guardano con invidia anche le brache con le pezze nel didietro. Per dire come sono conciati. »

« Ma che cosa fanno questi soldati? » s'era informato un uomo appoggiato al manico d'un forcone piantato in terra.

« Fate presto voi a chiedere. Per le contrade del centro », aveva spiegato il giovane sollevando di tanto in tanto sulla curiosità altrui gli occhi neri e scintillanti, « e alle porte delle mura spagnole è stato affisso un manifesto in francese e in italiano. È intitolato: LIBERTÀ E UGUAGLIANZA. Porta la firma del comandante in capo dell'armata d'Italia. Bonaparte. E anche quella del commissario del Direttorio, Saliceti. È un avviso grande così. » Aveva deposto un attimo i suoi arnesi per allargare le braccia.

« Che cosa ci sarà mai scritto in quel manifesto? » l'aveva stimolato un terzo uomo.

« C'è scritto delle robe tremende Dice che siccome le armate francesi hanno liberato Milano e la Lombardia dal tiranno, è giusto che i lombardi diano una contribuzione speciale per i bisogni dell'esercito liberatore. »

Anche le donne avrebbero voluto chiedere, ma la presenza di pochi uomini le metteva in soggezione. Luigia, la mamma di Saulina, aveva trovato il coraggio d'intervenire per tutte.

« Ma chi è questo tiranno? » aveva chiesto.

C'erano sempre un tiranno e un salvatore e di solito il tiranno era quello che perdeva.

« Il governatore d'Austria », aveva spiegato con aria saputa lo stagnino ritmando bene le martellate.

« E quella *tribolazione* speciale? » s'era intromessa Saulina ‹ Che cosa significa quella *tribolazione* speciale? »

Gli occhi di tutti s'erano voltati verso di lei pieni di sorpresa e di scandalo. Quando mai s'era vista una bambina impicciarsi nei discorsi dei grandi? Era già tanto se poteva ascoltare. I tempi cambiavano e l'arroganza dei giovani aumentava.

« Zitta tu », l'aveva ammonita la madre.

Ma ora, in tutti, s'era insinuato il dubbio: che cosa significava effettivamente la parola pronunciata dallo stagnino?

« È sveglia la ragazzina », disse il giovane. Era un giudizio lusinghiero pronunciato da uno che girava di borgo in borgo, di paese in paese, stava per lunghi periodi anche in città, conosceva il mondo e s'era fatto un'istruzione.

« Sì », era intervenuto il vecchio arcigno, « cos'è quella *tri bolazione* speciale? »

« I francesi le chiamano contribuzioni, ma voglion proprio dire tribolazioni. Significa che dovremo pagare tributi più alti. Vuol dire che se, mettiamo, gli salta in mente di venire qui, da voi, a chiedervi dieci polli, voi glieli dovete dare. »

« E chi li paga? » s'intromise una donna.

« Nessuno! »

Volarono rapidi segni di croce.

« E questo è niente », disse lo stagnino lasciando intendere chissà quali altre soperchierie.

Il giovane aveva continuato a ripetere le storie con qualche variante anche dopo il vespro, quando erano ritornati gli uomini dai campi e i paioli e le casseruole erano ormai rappezzati e lui, nell'incipiente crepuscolo in cui saettavano le rondini, mangiava di gusto un piatto di minestra fatta con riso, rape e carote accompagnato da un bicchiere di vino schietto.

Saulina aveva visto palpitare nell'aria stanca la prima lucciola della stagione, l'aveva rincorsa e catturata e ora la vedeva brillare nel cavo delle mani chiuse a conchiglia. Le sembrava d'avere un tesoro stretto nel pugno

Era scesa la sera, s'erano accese timidamente le stelle. Don Giuseppe non aveva resistito alla tentazione del cronista e voleva interrogarlo su questi gran disordini che stavano sconvolgendo una terra di gente onesta e laboriosa, con idee rivoluzionarie e ladrocinii inauditi.

Don Giuseppe era un uomo di mezza età con una gran testa devastata dalla calvizie, un naso robusto pieno di venuzze violacee che testimoniavano la sua familiarità con il buon vino. Aveva labbra grosse e carnose, occhi azzurri, piccoli e penetranti, orecchie accartocciate da lottatore, una voce convincente da uomo abituato a parlare e a essere ascoltato.

« Questo generale in capo, questo Buonaparte o Bonaparte, voi, dico voi! » gli aveva puntato contro un dito accusatore, « l'avete visto? »

La veemenza del prete gli aveva fatto perdere la sicurezza che gli era abituale.

« Proprio visto no », s'era inceppato. « Me lo hanno raccontato. »

« Cosa vuol dire me lo hanno raccontato? »

« Vuol dire quello che ho detto », aveva ripreso. « Me lo ha raccontato la sguattera dei conti Litta. »

« Quando? » l'aveva incalzato.

« Proprio ieri. Quando sono andato a rappezzare il rame. »

« Ma lei, questa sguattera, l'ha visto? »

« Dice che l'hanno visto i conti suoi padroni. »

« Nientemeno », aveva bofonchiato il sacerdote.

« La sguattera racconta che la contessa diceva che è un giovanotto mica tanto alto, anzi piuttosto basso, magro, di pelle olivastra e capelli neri, con un bel naso aristocratico e occhi grigi che quando guardano lanciano fulmini. Dice che è bello. »

« Anche il diavolo », s'era prontamente segnato don Giuseppe.

« Il diavolo? »

« Lucifero brilla come una stella. Satana sceglie le spoglie tentatrici della bellezza. »

Quella notte Saulina aveva dormito poco e male. Era la prima volta, da quando era nata, che nel borgo accadeva qualcosa d'insolito e un fermento nuovo vibrava nell'aria e nel cuore della gente. Nemmeno per la festa della Madonna quando arriva gente dai borghi vicini c'era tanta agitazione. Ma forse quel sommovimento dell'anima era soltanto suo, perché i fratelli e le sorelle riposavano tranquillamente, mentre lei si rigirava sul paglione di foglie di granturco chiedendosi quando sarebbero arrivati i francesi nel borgo a chiedere i polli del prete e quelli del padre.

Quando finalmente era riuscita ad addormentarsi, aveva fatto un sogno. Aveva sognato che un drappello di francesi, esseri strani, curiosi, irriverenti e beffardi ma decisamente non brutti, metà uomini e metà diavoletti, con una lunga coda e un forcone in mano, attaccavano il pollaio di suo padre che lui difendeva accanitamente. Allora i diavoli francesi lo avevano trafitto con i forconi mentre sopraggiungeva don Giuseppe. Saulina sognava spesso che suo padre moriva e ogni volta, nel sogno, provava un grande dolore, mentre quando lui la picchiava e lei si sorprendeva a desiderarne la morte, sentiva che se questa eventualità si fosse verificata, lei sarebbe rimasta del tutto indifferente.

S'era svegliata molto presto e al mattutino era già in cucina con la madre, sempre la prima ad alzarsi, davanti alla colazione: una scodella di latte annacquato con una puntina di sale per renderlo gradevole e una fetta di pane giallo che faceva minuziosamente a pezzetti per immergerli in quel caldo liquido. Saulina adorava la colazione del mattino, perché era l'unico pasto della giornata che non temeva di vedersi sottratto. Al mattino ognuno aveva la sua scodella di terraglia nera, mentre a mezzogiorno la famiglia riunita attingeva con i cucchiai di legno direttamente dalla zuppiera posta al centro della tavola. Lei e i fratellini più piccoli non tenevano il passo con il padre e i maggiori i quali si rimpinzavano a spese degli altri. Luigia, sua madre, si teneva indietro sacrificandosi per tutti.

Quella mattina, quando il padre, prima di avviarsi nei campi, le aveva messo in mano la pesante ramazza, Saulina aveva cominciato a spazzare l'aia, piena di buona volontà.

« Il mondo cambia », avrebbe detto se avesse saputo tradurre il proprio pensiero in parole, « e io sono sempre incatenata a una scopa di tamerice. » Era troppo eccitata per un lavoro così monotono.

La cascina s'era risvegliata all'attività consueta, il sole già cominciava ad alzarsi all'orizzonte e Luigia aveva preparato il pastone di granturco per i polli. Sarebbe toccato a lei chiamarli a raccolta con il caratteristico « pio-pio-pio-pio-pio! » per poi guardarli prendere d'assalto furiosamente il catino del pastone, come suo padre e i suoi fratelli s'avventavano sulla zuppiera del mezzogiorno. Anche lì, i più deboli soccombevano.

Intanto sua madre avrebbe dato inizio alla lavorazione del pane per la settimana, cominciando con l'impastare una mistura di granturco, miglio, fagioli macinati e segale.

I fratelli più grandi, Anteo il pacifico, Pino il collerico, Angelo il sornione, lavoravano nei campi insieme con il padre. I più piccoli, Tano il sognatore, divenuto zoppo da una gamba dopo una febbre maligna, e Ghita la solitaria, erano sotto la sua tutela. Ma lei, Saulina la vagabonda, aveva dodici anni compiuti, la testa piena di sogni e obbediva volentieri soltanto al richiamo del bosco.

Nell'aria calda ronzavano mosconi verdi e tafani maligni, pungenti e spietati. Il letame ammassato dietro la stalla mandava un afrore denso, molle e graveolente nel baluginio del primo sole. Lontano la verde boscaglia stormiva nella brezza.

Saulina non aveva saputo resistere ed era fuggita oltre l'aia e i campi, di là dai filari dei gelsi, dove cominciava l'arcano respiro del bosco pieno di fruscii e di animali selvatici, dove si rifugiavano lepri e fagiani, dove i cacciatori bravi stanavano persino il cinghiale. La vegetazione s'infittiva fino alle rive del Naviglio sul quale s'inchinavano i salici piangenti e dove si aprivano vaste recinzioni di basse colonnette e balaustre di granito a delimitare i parchi sontuosi delle vecchie e nuove ville di delizie.

Ma Saulina la vagabonda, bellezza barbara e inafferrabile, biondo animaletto selvatico dagli occhi neri come la pece, non s'era mai spinta fin lì. Timida come la lepre, guardinga come la volpe, svelta come lo scoiattolo, lei si trovava a proprio agio soltanto nel suo bosco pieno di misteri. Sapeva, perché la gente ne parlava nelle sere d'inverno a veglia, che era infestato dai briganti. Dicevano che i viaggiatori facevano testamento prima di avventurarsi verso Milano, ma dicevano tante cose. E lei credeva soltanto a quello che le raccontavano i suoi occhi: Saulina i briganti non li aveva mai visti. Sapeva invece dove crescono le more, dove raccogliere i fiori del sambuco e dov'era il grande masso di pietra nello spiazzo assolato, pista prediletta di verdi lucertole.

Il grande masso levigato dal tempo e reso scintillante dal sole aveva una storia. Si diceva che un viandante sfiancato vi si fermò un giorno per riposare. Il forestiero s'avvide subito di una scritta faticosamente ma decisamente incisa sul macigno, e poiché sapeva leggere la decifrò: « Chi mi volterà », erano le parole, « fortuna troverà ». Il viaggiatore esausto cominciò a darci dentro per rivoltarlo, quel dannatissimo masso. Ci mise tanto impegno e tanta forza che alla fine lo capovolse, ma dall'altra parte invece della fortuna trovò una scritta che smentiva crudelmente la promessa: « Hai fatto bene a *rivultarmi* perché le coste mi *dulivano* ».

Saulina rideva di quella beffa atroce e l'episodio le tornava in mente ogni volta che si spingeva sul sentiero del viandante che nessuno aveva mai visto. Sul grande masso quella mattina aveva fatto buona caccia. Le sue mani piccole e svelte, indifferenti fino alla crudeltà, avevano catturato almeno trenta lucertole, subito infilate per la testa in un flessuoso rametto di salice. Il sole picchiava forte sullo spiazzo del macigno e Saulina s'era inoltrata nel folto del bosco per terminare il suo capolavoro: chiudere a cerchio il rametto di salice ricavandone una superba, guizzante collana di lucertole da fare invidia a tutti i bambini di Corte Regina.

Aveva compiuto l'opera, poi s'era concentrata sui nidi degli aironi rossi e sul volo maestoso nel nibbio bruno. Così il tempo le era scivolato tra le dita e soltanto quando la sesta rintoccò dal campanile della chiesa si rese conto che era mezzogiorno. Suo padre sarebbe tornato dai campi con i fratelli grandi per scoprire ancora una volta che Saulina aveva disobbedito ai suoi ordini. Sicuramente l'avrebbe colpita con la frusta o con la cinghia o con le mani, se non avesse trovato di meglio, ma l'avrebbe punita duramente. Su questo la bambina non aveva dubbi. Fin da piccola aveva imparato che la libertà ha un prezzo e lei, stoicamente, era disposta a pagarlo. S'avviò di buon passo verso casa: quando il peggio è inevitabile, tanto vale affrontarlo subito.

Era arrivata all'altezza della strada maestra, la via che partendo da Porta Orientale a Milano andava verso Cassano d'Adda correndo parallela al Naviglio, costeggiata da pioppi con le foglie che si muovevano alla brezza e brillavano al sole. Subito oltre la strada verdeggiavano immense robinie, gelsi frondosi e nel sottobosco fiorivano delicate campanule e profumate malve.

A Saulina parve di udire un rumore sordo che avrebbe potuto far pensare al brontolio lontano del tuono se il cielo non fosse stato completamente azzurro e sgombro di nuvole. Guardò in alto e scorse il nibbio bruno che continuava la sua lenta, implacabile perlustrazione.

Allora, come aveva visto fare ai grandi, si chinò sulla terra polverosa, appoggiò un orecchio al suolo e si rese conto che il rumore sordo proveniva dalla strada. Erano carrozze e cavalli che si avvicinavano. Aveva già sentito quel rumore, ma mai così forte; dovevano essere molti animali e diverse vetture, quindi non era la diligenza diretta a Brescia, Verona, Venezia e Udine, perché quella passava il martedì; né poteva trattarsi dell'arrivo dei signori in qualche villa.

La stagione della villeggiatura non era ancora iniziata e poi i cavalli che facevano rimbombare il terreno, pareva a Saulina, avevano un incedere troppo energico, quasi marziale. La piccola, selvatica vagabonda di Corte Regina sapeva prevedere il tempo leggendo i colori del cielo o interpretando il respiro del vento, riconosceva la voce degli animali, sapeva se ci sarebbe stata o no un'estate torrida dalla quantità di millepiedi verdi e gialli che divoravano le foglie degli alberi e, appoggiando l'orecchio a terra, sapeva distinguere a grande distanza un carro da una carrozza. Quel mattino di maggio, a giudicare dai suoni che riusciva a captare, dedusse che erano in arrivo non meno di quattro carrozze precedute o seguite da gente a cavallo.

Quel fatto nuovo, insolito e misterioso, catturò completamente la sua attenzione al punto da farle nuovamente dimenticare che la campana aveva annunciato la sesta e che doveva affrettarsi verso casa.

Presa dalla curiosità di assistere al passaggio dei forestieri, spettacolo tra i più suggestivi e rari, non pensò che ogni ritardo avrebbe aumentato la severità del castigo.

Saulina si nascose dietro un cespuglio di more stringendo forte nella mano il suo collare di lucertoline. E fu proprio da quel punto d'osservazione che vide spuntare la carrozza.

Era un legno elegante e solido senza i fronzoli delle vetture aristocratiche con fregi e dipinti che qualche volta aveva visto sollevare polvere lungo la via per Padova e Venezia, città lontane di cui i viaggiatori favoleggiavano. La carrozza, in quella nuvola bianca che sfumava i contorni delle cose, veniva avanti di gran corsa seguita da soldati a cavallo. Era uno spettacolo mai visto e Saulina si domandò come avrebbe potuto raccontarlo, si domandò se a Corte Regina qualcuno le avrebbe dato credito.

L'emozione del momento, il tumultuoso batticuore e lo stupore che la rendeva immobile come una statua non impedirono ai suoi occhi attenti di cogliere, nel tempo che un lampo impiega a illuminare la terra, un particolare drammatico: in quella corsa sfrenata una ruota della carrozza stava per uscire dal mozzo. In pochi, rapidi attimi si prefigurò il dramma: vide la carrozza azzoppata fracassarsi sulla strada mentre i cavalli proseguivano nella folle corsa.

Saulina agì d'impulso. Balzò sulla strada urlando e gesticolando senza pensare che gli animali avrebbero potuto travolgerla.

« *La roeuda! La roeuda!* » gridò in milanese, la sola parlata che le fosse familiare.

I cavalli sbandarono e quasi s'impennarono mentre il cocchiere affiancato da un soldato in divisa azzurra, una divisa che Saulina non aveva mai visto prima, s'affannò con le redini bestemmiando, con la sola preoccupazione di non dare addosso a quella piccola pazza che gridava a perdifiato parole incomprensibili.

« *La roeuda! La roeuda!* » ripeté la bambina roteando le braccia come un mulino a vento.

I freni che nel frattempo erano stati azionati, la bravura del cocchiere, la docilità dei pur focosi cavalli evidentemente addestrati alle situazioni d'emergenza, scongiurarono il peggio e i sei animali schiumanti e sbuffanti si fermarono a un passo da Saulina che adesso per la paura tremava come una foglia, circondata dai cavalieri in una nuvola di polvere.

Il cocchiere, la frusta in mano, s'apprestò a scendere, ma proprio in quel momento la ruota uscì dal mozzo, la carrozza s'inclinò su un fianco e s'abbatté pesantemente sulla strada.

In quel caos di cavalli e di soldati Saulina fu presa dal panico. Uomini armati vestiti di lacere divise male assortite, gli stivali sfondati, prestavano soccorso ai viaggiatori e guardavano la ragazzina dai biondi capelli aggrovigliati che a sua volta li scrutava come un animale in trappola, l'esile petto che si alzava e si abbassava nel ritmo affannoso di un respiro frenetico. I grandi occhi neri e umidi la facevano somigliare a un cerbiatto insidiato da un predatore.

Era raccolta in se stessa come una molla pronta a scattare. Dal lungo abito di cotonina chiara rappezzata e logora spuntavano due piccoli piedi coperti solo di sporcizia e di graffi. In mano stringeva il suo tesoro, il collare fatto di lucertoline verdi. Qualcuna guizzava ancora. Prima che qualcuno trovasse il modo di pronunciare una parola, la molla scattò: Saulina schizzò come una lepre dal covo e scomparve nel bosco.

« Questa ragazzina mi ha salvato la vita », disse l'ufficiale che era sceso nel frattempo dalla carrozza sinistrata. « Quell'animaletto mi ha salvato la vita », ripeté.

« Grazie a Dio, nulla di grave », intervenne premuroso un borghese, vestito elegantemente, il profilo aristocratico, gli occhi intelligenti, l'alta fronte circondata da candidi capelli, che era sceso da una delle cinque carrozze del seguito per constatare gli eventuali danni.

« Nulla di nulla », confermò l'ufficiale che dimostrava poco più di vent'anni. Era pallido, aveva occhi d'un gelido grigioazzurro e indossava una redingote blu mare. « Nulla, grazie a Dio », soggiunse, « e a quella ragazzetta. »

« Per non perdere tempo, generale », consigliò il borghese, « possiamo proseguire con la mia carrozza. »

« Prima devo pagare un debito, cittadino Melzi d'Eril », tagliò corto l'ufficiale. Afferrò le redini del cavallo più vicino, salì agilmente in sella e galoppò furiosamente verso il campanile che s'intravedeva tra gli alberi.

Saulina aveva le ali ai piedi e conosceva la strada più breve per raggiungere la sicurezza nell'aia di Corte Regina, ma l'ufficiale sapeva che il solo posto dove la bambina avrebbe potuto rifugiarsi era il borgo costruito intorno al campanile. Così la precedette e quando Saulina sbucò nello spiazzo, tutta affannata, lo trovò immobile ad attenderla, mentre cento occhi nascosti dietro le porte e le finestre seguivano la scena.

« Non l'ho fatto apposta », disse Saulina con voce ferma quando si rese conto che non aveva vie di scampo. Diceva sempre così anche a suo padre quando le si avvicinava con la frusta in mano. « Non l'ho fatto apposta », ripeté.

« Non voglio farti del male », cercò di rassicurarla l'ufficiale.

« Cosa volete da me? » domandò Saulina impaurita.

« Voglio ringraziarti. »

« Perché? »

« Mi hai salvato la vita. Lo sai questo? »

Saulina si strinse nelle esili spalle e fece una smorfia come se la cosa non avesse per lei nessuna importanza.

« *So minga* », lei disse. Ora guardava senza paura il giovane ufficiale, dalla figura smilza e gentile, il cui sguardo aveva una forza smisurata e una determinatezza assoluta.

« Se te lo dico io mi puoi credere. » Aveva un bel naso imperioso e gradevolmente aquilino, labbra morbide e ben disegnate.

« Sì? » ammise Saulina interrogando.

Aveva un odore strano quel giovane dai lunghi capelli neri che le parlava in italiano con voce appassionata e un accento che non era delle sue parti.

L'ufficiale scese da cavallo e s'avvicinò a Saulina che ora non aveva più nessuna voglia di scappare.

« Come ti chiami? » le domandò.

« *So no* », lei rispose confusa.

Dalla cascina erano timidamente usciti il padre, i fratelli, la madre, che si mantenevano tuttavia a una certa distanza. Arrivavano intanto carrozze e soldati e altra gente ancora.

Saulina si rese conto, pensando al racconto dello stagnino, che erano francesi.

« Se sono loro, addio polli », pensò e scoppiò a ridere.

« Cosa c'è adesso? » domandò l'ufficiale.

Saulina non rispose e scosse la testa in segno di diniego mentre sorrideva. Erano francesi ma non erano mezzi uomini e mezzi diavoli come li aveva descritti il parroco e come lei li aveva sognati. Erano uomini come tutti gli altri e non erano armati di forcone, ma avevano fucili e baionette come gli austriaci che aveva visto una volta, solo che questi erano peggio vestiti.

« Capisci quello che ti ho detto? » disse l'uomo.

« Sì », disse questa volta.

« Allora vuoi dirmi come ti chiami? »

« Saulina. »

« Saulina, come? »

« Viola Saulina di Corte Regina », rispose prontamente ora che sentiva di non avere più paura. Al contrario si sentiva protetta da quel soldato gentile che non sapeva sorridere, ma che riusciva a infonderle tanta fiducia. Nessuno ora avrebbe osato toccarla, neppure suo padre che, nonostante il ritardo, restava a rispettosa distanza.

« Sai chi sono io? » le chiese.

« No. »

« Sono Napoleone Bonaparte. »

« Quello che ruba i polli », si lasciò candidamente scappare Saulina.

« No », replicò con benevolenza, « ma può darsi che qualcuno l'abbia fatto e lo faccia ancora. Io no. Tu hai salvato la vita al generale dell'armata d'Italia. »

« Non l'ho fatto apposta », si scusò la ragazzina.

« Non è un rimprovero », cercò di spiegarle.

« Ah, no? E cos'è allora? »

« Un elogio. »

Dalla chiesa era giunto anche il parroco che s'era messo al fianco di Ambrogio Viola, il padre di Saulina, e guardava anch'egli timoroso e incredulo quella scena che neppure la fantasia più sfrenata avrebbe saputo costruire.

Il generale cavò da una tasca interna della sua marsina un piccolo oggetto tondeggiante e lo mostrò alla bambina tenendolo sul palmo della mano. Lei vide che era una scatoletta circondata da minuscole sfere dai riflessi lunari sulla quale era dipinto un paesaggio di singolare bellezza: un bosco con grandi robinie, cespugli di rovi, attraversato da un ruscello sullo sfondo di un cielo dorato e, in primo piano, una pastorella discinta che offre una ciotola d'acqua a un cavaliere

« Ti piace? » disse il generale.

« *L'è ròtta* », disse Saulina notando una piccola incrinatura nello smalto.

« Stamani m'è caduta e qui s'è un pochino scheggiata. Questa tabacchiera mi è molto cara », soggiunse.

Saulina lo guardò con sospetto perché non capiva dove voleva arrivare col suo discorso sulla tabacchiera.

« E allora? » lei chiese.

« Te la regalo. È tua. Conservala gelosamente. Ti porterà fortuna. »

« A me? » fece la bambina sbigottita.

« Perché no? »

« Perché sì? »

E poiché lei restava immobile e indecisa a fissare quel gioiello di rara bellezza, lui prese la mano sporca della ragazzina, vi posò la scatoletta e gliela richiuse sopra.

« Saulina Viola », proseguì, « io ricorderò sempre il tuo nome. E ricorderò che hai rischiato la tua vita per la mia. Se un giorno avrai bisogno di me io correrò in tuo aiuto. »

Il volto di Saulina s'illuminò d'un sorriso radioso mentre tendeva verso di lui una collana di lucertoline verdi.

« È tua », disse.

Il generale capì che in quel modo lei voleva contraccambiare il suo dono oftrendogli la cosa più preziosa che possedeva. Allora si chinò verso di lei e disse: « Anche il tuo è un dono bello e raro. Non ci sono generali che abbiano un simile trofeo ». E si agganciò la collana al bavero della redingote.

Il conte Francesco Melzi d'Eril si avvicinò al parroco che lo riconobbe.

« Eccellenza », mormorò don Giuseppe. « Signor conte... »

« Cittadino! » lo interruppe Melzi d'Eril. « I titoli nobiliari sono stati aboliti. »

« Questi diavoli di francesi », sibilò il prete.

« Credo di non aver capito », disse il nobiluomo.

« Ma cos'ha fatto quella vagabonda? » chiese don Giuseppe.

Melzi d'Eril spiegò brevemente al sacerdote l'accaduto. Parlava in dialetto milanese, la parlata di tutti.

« Ma noi che cosa dobbiamo fare? » implorò il parroco tremante.

« Ci serve aiuto per rimettere in strada la carrozza del generale », ordinò il nobiluomo.

Il parroco era in preda a una terribile agitazione e non sapeva in cuor suo se maledire o benedire la bambina che aveva portato nel borgo tranquillo quei diavoli di francesi. Lo consolava il fatto che il conte Melzi, signore d'antica nobiltà, uomo probo e di grande reputazione in Milano, fosse ora accanto a quei soldati e in tanta confidenza con il famoso gene rale in capo, Napoleone Bonaparte.

Che fossero meno brutti, questi francesi, di quanto i suoi superiori in curia li avevano dipinti? Ora il conte Francesco Melzi d'Eril chiedeva aiuto per riparare la carrozza del generale e bisognava assecondarlo nel migliore e più sollecito dei modi.

« Purché se ne tornino al più presto da dove sono venuti », pensò don Giuseppe.

S'era infoltita la schiera dei curiosi e fra i contadini si pronunciava un solo nome: Bonaparte.

« È quel giovane ufficiale esile che s'è inginocchiato davanti alla Saulina », disse uno.

« Le ha consegnato un sacchetto di monete d'oro a quella vagabonda », intervenne un altro con invidia.

« No », s'intromise un terzo, « è una scatoletta colorata. »

« È sicuramente d'oro », sognò estasiata una donna.

Sulle facce degli adulti e dei bambini s'era diffusa una profonda meraviglia. Era il più clamoroso avvenimento che mai si fosse verificato nella storia di Corte Regina.

Saulina si convinse d'essere la protagonista di una storia che nessuno avrebbe più dimenticato. Guardò intensamente il dono ricevuto, poi sollevò sul generale i suoi lampeggianti occhi neri.

« Sei bello come un principe », disse. « E diventerai re. Perché solo un re poteva farmi un regalo tanto bello. »

La innocente profezia piacque al comandante dell'armata di Italia che aveva giurato fedeltà alla repubblica.

« È un'idea pericolosa, piccola Saulina », sorrise per la prima volta. « Addio », salutò.

« Addio, francese », disse Saulina.

Bonaparte l'accarezzò, rimontò a cavallo e prese la via del bosco seguito dal conte Francesco Melzi d'Eril e dai soldati della scorta.

## 2

S'ERA verificato un evento storico nel piccolo borgo di Corte Regina: il vincitore di Lodi, il generale in capo dell'armata d'Italia che i suoi uomini chiamavano ormai « Bonaparte », e non più « Buonaparte », era entrato nell'aia di poveri contadini e, invece di pretendere, aveva donato.

Il regalo era una piccola, grandiosa opera d'arte di notevole valore ed equivaleva quasi a un titolo di merito, a una decorazione e Saulina aveva bisogno più di qualsiasi altro di un talismano.

La bambina, infatti, si chiamava Viola come il capofami glia soltanto per l'apparente generosità e la sostanziale vigliac cheria di Ambrogio che non aveva voluto ripudiarla per non ufficializzare il tradimento subito pur sapendo, come tutti, che Saulina era nata dall'unione di Maria Luigia con un saltimbanco girovago, uno zingaro teatrante di passaggio.

« Avete la faccia stanca e gli occhi tristi », le aveva detto l'uomo dallo sguardo ardente. « E in fondo alla vostra anima c'è un disperato bisogno d'amore. Se non temessi di commettere un delitto contro Dio, vi chiederei di seguirmi nella mia vita randagia. Vi donerei il bosco e trasformerei per voi i pagliai inospitali in meravigliosi castelli. »

Luigia, che a vent'anni si considerava una donna finita, rifiorì sotto la pioggia di parole d'amore ed ebbe il primo e solo rapporto dolce della sua vita. Valeva la pena di buttarsi via per quell'attimo da ricordare? Non se lo chiese allora mentre stringeva tra le braccia il tenero amante, forse perché non c'era nulla da chiedersi. È forse possibile domandare a un sogno di venirci a visitare per mitigare l'aspro e dolente trascorrere dei giorni? Il coraggio è nell'accettarlo, quando arriva, nel riconoscerlo.

Così pensava Maria Luigia Viola mentre si offriva ai baci del teatrante girovago. Da quel breve incontro d'amore nacque Saulina, che aveva l'anima di una zingara come il padre.

« Proprio a quella bastarda doveva andare un regalo simile! » imprecò Ambrogio Viola pestando un pugno sul massiccio tavolo della cucina, al quale sedevano tutti i componenti la famiglia e il parroco.

« Si tratta di un oggetto di una certa importanza », stimò don Giuseppe che per conto suo, sul gioiello, aveva già fatto un pensierino.

La tabacchiera d'oro e smalto ornata da piccole perle era lì e luccicava come un sole al centro del tavolo sul legno annerito dal fumo del camino e dagli anni.

« È un tesoro », precisò Ambrogio.

Lo stupendo oggetto calamitava lo sguardo e la cupidigia di tutti.

« Che cosa pensate di farne? » interrogò il parroco con la gola secca. Avrebbe bevuto volentieri un bicchiere di vino ma in quella casa c'era soltanto povertà.

« C'è ben poco da fare », disse Ambrogio.

Che idea aveva avuto quel generale in capo a regalare l'oggetto a Saulina davanti a tutti! Se la vagabonda l'avesse avuto in maniera meno plateale, sarebbe stato un gioco prenderglielo. Era il capofamiglia. Ma tutti avevano visto com'erano andate le cose e adesso persino il parroco si sentiva in dovere di metterci il naso.

Davanti all'uscio della cucina, un grande stanzone senza finestre, s'era formato un assembramento di gente che schermava la luce del tramonto. La gente del borgo aspettava in religioso silenzio l'esito di quel consiglio di famiglia.

« Stanno decidendo il destino della tabacchiera », uno disse

Parlavano dell'oggetto prezioso come se avesse un'anima.

« Fate silenzio », saltò su un altro.

« Dopotutto il padre sono io », decise improvvisamente Ambrogio con autorità. « Perciò la tabacchiera è mia. È mia », ripeté. « È mia di diritto. »

Il parroco scosse il capo e fece qualche smorfia come se riflettesse.

« Il problema è molto più complesso », osservò dall'alto della sua autorità.

« Che problema e problema », scantonò Ambrogio. « Io sono il padre. E le cose dei miei figli piccoli mi appartengono », riaffermò senza troppa convinzione.

C'era una sola certezza: gli unici a poter dire una parola sulla tabacchiera erano Ambrogio e don Giuseppe. Luigia non aveva voce in capitolo, i ragazzi men che meno e Saulina, legittima proprietaria, doveva tacere, ma non perdeva d'occhio il talismano che aveva avuto dalle mani di Napoleone Bonaparte.

« Tu il padre? » lo provocò il prete a voce bassa.

« Per la legge sono io », ribadì Ambrogio con furbizia contadina.

« Che Dio ti perdoni! » l'aggredì il sacerdote. « Per te Saulina è sempre stata una zingara bastarda. E diventa tua figlia solo adesso che c'è in gioco la tabacchiera. » Desiderava quel gioiello più d'ogni cosa al mondo anche se in cuor suo malediceva i francesi miscredenti che erano arrivati in quel borgo tranquillo per portarvi la confusione e il caos.

La faccia di Ambrogio si fece paonazza per la collera.

« Foste voi », gli rinfacciò, « a dirmi che da buon cristiano dovevo perdonare. »

« Certo », si placò, « certo », soggiunse mettendo pace anche con un gesto delle mani. « Io non ti rimprovero la buona azione di allora. Ti rimprovero la cupidigia di adesso. Ricordi che cosa dice Gesù all'uomo ricco quando l'incontra? »

« No », parò Ambrogio mettendosi istintivamente sulla difensiva.

« Dice: 'Vendi tutto quello che hai e dallo ai poveri. Così avrai un tesoro nei cieli'. »

« Perché proprio io? » protestò persuaso d'essere vittima di un raggiro, d'un sopruso o di tutt'e due.

« Perché oggi tu sei ricco. »

« E chi è povero? »

« La Chiesa è povera », l'ammonì il parroco alzandosi e apprestandosi a uscire dalla umile casa. « Le offerte alla Chiesa vengono distribuite a chi ha bisogno. »

Ci fu un mormorio tra la gente assiepata sull'uscio che Ambrogio interpretò come una manifestazione di ostilità verso di lui e di assenso per le parole del parroco. Avrebbe voluto cacciarli tutti, ma non poteva. Il fatto accaduto riguardava l'intera comunità.

« Con voi tutti lì davanti », li rimproverò, « qui non ci si vede più. »

« Accendete la candela, Ambrogio », uno propose. « Un po' di sego in più, adesso che vostra figlia è ricca, non vi manderà in malora. »

« Ma dove è ricca? » s'infuriò come un toro scuotendo il testone come se volesse staccarselo dal collo. « Forse », argomentò, « la piccola vagabonda può andare a Milano in Curia e dire: 'Con questa tabacchiera voglio riscattare un campo di tre pertiche'? Io casomai posso farlo. Lei no. Come fai a dire che è ricca, eh? »

L'aveva spiattellata la verità. Tutto il borgo di Corte Regina era proprietà della Curia e i contadini si sfiancavano sulla terra d'altri e stentavano una vita grama. Una volta l'anno, un incaricato passava a riscuotere i tributi in danaro e in natura, secondo quanto stabilito dal contratto d'affittanza che veniva aggiornato e rinnovato ogni cinque anni.

C'era un campo, dietro l'orto della chiesa, il più bello e il più grasso della zona che Ambrogio non avrebbe mai neppure sognato di poter desiderare. Adesso invece poteva desiderarlo, perché forse quella tabacchiera d'oro ne valeva il prezzo.

« Hai detto un campo di tre pertiche? » saltò su don Giuseppe.

« Ho detto un campo di tre pertiche », s'intestardì il furbo contadino.

« Non potrai mai riscattarlo », cercò di dissuaderlo. Le tre pertiche cui Ambrogio si riferiva costituivano il campo dei Tre faggi, lo stesso su cui il parroco teneva gli occhi da anni.

« Perché non si potrebbe fare? » finse di meravigliarsi il contadino che conosceva le difficoltà e subiva l'autorità del prete.

« Nessuno ti darebbe un soldo per la tabacchiera », mentì.

« Perché no? » s'imbufalì il villano mentre le vene del collo s'ingrossavano paurosamente.

« Penserebbero che l'hai rubata », lo provocò il sacerdote.

La faccia di Ambrogio divenne dapprima rossa, poi paonazza e nessuno si sarebbe stupito se a un certo punto gli fosse preso un colpo.

« Io sono onesto », gridò abbassando il pugno sulla tavola.
« E noi lo sappiamo », ammise don Giuseppe guardandosi intorno. « Ma non è a noi che dovrai vendere la tabacchiera. »
Ambrogio sbuffò come un mantice.
« Non è detto che la voglia vendere », si contraddisse.
Seguì un silenzio carico di tensione che permise di udire il respiro innocente di Ghita e Tano, i bimbi più piccoli, che si erano addormentati, la prima sulle ginocchia di Luigia, l'altro sulle braccia della madre appoggiate al tavolo. Gli altri, Saulina più di tutti, seguivano col fiato sospeso l'andamento della discussione. La candela di sego mandava un odore pungente e le braci nel grande camino si stavano consumando.
« La tabacchiera non si vende! » intervenne a sorpresa la mite Luigia.
« Ma questa l'è bella! » tuonò Ambrogio pestando una poderosa manata sul tavolo provocando uno strillo di Tano che s'era svegliato di soprassalto. « E perché non si venderebbe? »
« Non si vende perché è di Saulina », dichiarò senza alzare la voce, mentre negli occhi le brillò una grande determinazione.
La figlia la guardò con riconoscenza.
« E te », disse guardandola, « devi stare tranquilla. Se qual cuno te la porta via, io l'ammazzo. » La rassegnata Luigia sem brava ora una leonessa che difende i suoi piccoli. Tutti furono intimiditi da quella forza insospettata così, quando attraversò la cucina, nessuno parlò. Con la piccola Ghita in braccio, trascinandosi dietro Tano zoppicante e piangente, prese a salire la vecchia scala di legno che portava alla « stanza di sopra », la camera dove dormiva tutta la famiglia
Saulina aveva apprezzato l'atteggiamento della madre, ma non aveva mai dubitato che qualcuno potesse sottrarle il suo tesoro. Con un gesto lento, preciso e determinato allungò un braccio verso la tabacchiera e la coprì con la sua mano sudicia per decretarne il possesso.
« La MIA tabacchiera dovrà essere portata in chiesa, don Giuseppe », proclamò Saulina.
Al prete scintillarono gli occhi.
« Il Signore ti ha illuminato », approvò.
« Dovrà essere chiusa nella vetrina sotto la statua della Madonna », puntualizzò proponendogli una realtà diversa da quel-

la desiderata. « Starà in chiesa ma continuerà a essere mia L'affido alla Madonna perché la conservi. »

Don Giuseppe e Ambrogio tacquero allibiti. La vagabonda li aveva messi definitivamente fuori causa.

« Bastarda! » sibilò il padre.

« La Madonna », incassò il sacerdote, « saprà suggerirti giusti proponimenti. »

Un mormorio d'approvazione serpeggiò tra la gente.

« La bambina ha parlato bene », disse un anziano con folti baffi e una lunga barba.

« Forse è proprio la Vergine che ti ha ispirato », disse il parroco che non s'era ancora arreso. « Ma prima di tutto bisogna benedirlo quest'oggetto profano. È appartenuto a un miscredente. » E già allungava la mano per farsi consegnare la tabacchiera.

Lei sorrise. « No, don Giuseppe », gli disse risoluta. « La scatoletta non la do a nessuno. Nemmeno a voi. Verrò io e davanti a tutti la metterò ai piedi della Madonna. »

# 3

L'ANTICA chiesa romanica del borgo di Corte Regina era deserta. Già da un'ora don Giuseppe, rivolto ai fedeli, aveva pronunciato le parole rituali: « *Ite, missa est* ». I parrocchiani non masticavano latino, ma conoscevano a orecchio ogni passaggio della liturgia festiva resa più solenne dalle note vibranti dell'organo suonato da un novizio scarno e ossuto con le spalle un po' curve e la faccia piena di brufoli. Il giovane veniva dall'oratorio dei padri cistercensi della Madonna di Loreto, un convento distante da Corte Regina un paio di miglia a metà strada tra il borgo e la Porta Orientale di Milano.

Ufficialmente il convento era stato soppresso nel 1782 insieme con altri da Giuseppe II d'Austria la cui « tempesta » aveva arginato in Lombardia la proliferazione dei centri religiosi che stavano diventando un gravame insostenibile per la spesa pubblica. Ufficiosamente, del convento della Madonna di Loreto funzionava ancora l'oratorio e i novizi, francesi permettendo, venivano inviati nei borghi circostanti a suonare l'organo il cui suono maestoso apriva l'anima alle rivelazioni della fede.

Un buon odore d'incenso, di cera consumata e fiori di campo aleggiava nell'aria. Soltanto Saulina era rimasta inginocchiata ai piedi del piccolo altare della Vergine, il volto nascosto tra le mani, come rapita da una crisi mistica. Da pochi giorni, da quando possedeva la tabacchiera, la sua vita era radicalmente cambiata: suo padre aveva smesso di picchiarla, i fratelli più grandi non la tormentavano più e le lasciavano più spazio e più tempo perché potesse meglio alimentarsi anche durante il pasto di mezzogiorno. La chiamavano tutti Saulina, adesso, non più bastarda, zingara o vagabonda.

Il giorno prima, quand'era andata alla roggia insieme con la madre per lavare i panni e le pentole, Luigia aveva trovato il tempo e il modo di accarezzarla, un gesto che non ricordava, anche se la donna era sempre stata più tenera con lei che con gli altri figli. E poi le aveva parlato.

« Sei diversa da tutti », le aveva detto guardandola intensamente con i suoi occhi stanchi.

« Perché, mamma? »

« Perché tu sei figlia di un attimo di gioia », s'era confidata

L'idea d'essere figlia di un attimo di gioia aveva riempito d'orgoglio Saulina come se le avessero detto ch'era figlia del bosco o del vento.

« Sì, mamma. »

« Io l'ho sempre saputo. » Gli occhi della donna s'erano riempiti di lacrime.

« Cosa? »

« Che sei diversa da tutti gli altri. »

« È un bene? »

« Questo non lo so, ma certo la tua vita sarà piena di cose nuove. »

« Se è così, perché piangete? » s'era stupita la bambina.

« Perché la gioia è sorella del dolore. Però è bello sentirsi felici », aveva concluso sorridendo tra le lacrime.

La triste Luigia manteneva una lucina accesa in un angolo della memoria e la nutriva con quello che restava dei suoi sogni di ragazza, anche se a volte avrebbe preferito il buio completo e la rassegnazione.

« Per noi contadini che non conosciamo niente del mondo », aveva aggiunto, « la vita, in fondo, non è né bella né brutta. »

« E quando non c'è da mangiare e il padre mi bastona? »

« È la vita e basta », aveva insistito. « Ma noi non abbiamo niente, e quindi niente può esserci tolto. Per te, d'ora in avanti, può essere diverso. »

Saulina aveva ascoltato quelle strane parole di sua madre senza capirne bene il significato.

« Mamma, mi sembra che abbiate pena per me: che cosa ho fatto? »

« Non hai fatto niente. Sei figlia della gioia. Sei diversa da noi. Che Dio t'assista. »

« Sì, mamma », aveva annuito Saulina senza capire.

Ora, però, inginocchiata ai piedi della Vergine, sollevati gli occhi per contemplare la tabacchiera appoggiata sulla balaustra dell'altare cominciava a capire una cosa: lei era veramente diversa dagli altri perché nessuno nel borgo aveva mai posseduto un tesoro. Nessuno tranne lei, che aveva visto ai suoi piedi un generale cui aveva salvato la vita.

« Saulina! Saulina! » la sommessa concitazione di un richiamo la strappò ai suoi pensieri.

Sentì i passi di don Giuseppe, si voltò e vide il sacerdote che attraversava con la sua andatura pesante la navata centrale della chiesa e dirigeva verso di lei. Si alzò e gli andò incontro.

« Cosa volete? » domandò timorosa che la tregua felice potesse essere interrotta.

« Io niente », disse facendo intendere che non era lì per decisione sua. « C'è una gran dama venuta da Milano » annunciò il prete.

Saulina sgranò gli occhi da cerbiatta.

« E io che cosa c'entro? » avrebbe voluto dire, ma la sua bella espressione da zingara parlava per lei.

« La signora vuole vederti », concluse don Giuseppe.

Doveva essere una persona importante se anche un'autorità come il parroco la prendeva sul serio al punto di innervosirsi e sudare nonostante la gradevole frescura della chiesa.

« Non vorrà la mia tabacchiera? » s'impensierì Saulina.

« Ma che cosa vai a pensare », disse il prete prendendola per mano e facendola muovere con uno strattone. Saulina lo seguì riluttante facendosi quasi trascinare. « Muoviti », continuò, « non puoi fare aspettare una signora. » E intanto don Giuseppe pensava che quando, più di dodici anni prima, le aveva bagnato il capo nel fonte battesimale, avrebbe dovuto intuire che quella creatura sarebbe stata causa di guai e di sconvolgimenti. Anche se l'aveva partorita la mite Luigia, quella bambina non era una del borgo, era figlia del peccato. Invece di interporre i suoi buoni uffici con Ambrogio Viola perché l'accettasse in famiglia, avrebbe dovuto assecondare la mezza idea che aveva avuto l'uomo: affidarla alla ruota dell'ospedale.

« Vai ad agire secondo carità cristiana », brontolò don Giuseppe concludendo così i suoi pensieri.

« Vuole vedere proprio me, questa dama? » domandò Saulina più che altro per perdere tempo e differire l'incontro con l'estranea.

« Andiamo! » la strattonò don Giuseppe uscendo all'aperto e varcando il confine tra l'ombra della chiesa e l'acciottolato inondato di sole.

Da una ricca carrozza ornata di festoni dorati scese una giovane donna dal viso dolcissimo e sorridente. Indossava un abito color rosa antico, la cintura alta, quasi sotto il seno, e una cuffietta bianca di tulle con la tesa larga. Aveva le mani inguantate di bianco e le scarpine, che s'intravedevano nel movimento della veste, avevano una fibbia dorata ed erano dello stesso tessuto dell'abito.

Saulina spalancò gli occhi su quella visione inaspettata. Tanto tempo prima qualcuno le aveva raccontato una fiaba, ma mentre il narratore s'era profuso in particolari sui personaggi cattivi del racconto, aveva fatto soltanto un vago accenno alla fata buona: lei comunque se l'era immaginata così.

« Signora », s'inchinò ossequioso don Giuseppe, « questa è la bambina. »

La forestiera la salutò porgendole tutt'e due le mani e Saulina fece uno scarto di lato come un cavallo ombroso.

« È davvero la piccola selvaggia che mi è stata descritta », disse la signora rivolta al prete. Aveva una bella e limpida voce con un simpatico accento milanese.

« Non è detto », la mise in guardia il sacerdote. « È difficile prevederne le reazioni. »

« Comunque mi sembra buona, se non docile », giudicò la forestiera. « Sei famosa in tutta Milano, lo sai? » annunciò a Saulina. « Tutti parlano della contadina che ha salvato la vita al generale Bonaparte. Parlano di te. »

Saulina fissava la punta dei suoi piedi sporchi. Formavano un singolare contrasto la dama in rosa e la figuretta coperta di stracci, l'una di fronte all'altra. La signora si proteggeva la pelle candida del viso con un civettuolo ombrellino di pizzo bianco, Saulina offriva al sole la sua faccia abbronzata.

« Posso tornare in chiesa? » domandò vanificando il primo tentativo d'amicizia della visitatrice.

« Ti ho detto che tutta Milano parla di te », volle insistere la signora.

« E io vi ho domandato se posso tornare in chiesa », ripeté piano Saulina.

« Non stai volentieri con me? » chiese la signora.

« Ci sto volentieri », affermò la bambina, « ma sto volentieri anche in chiesa. » Le piaceva quella signora che, per quanto ne sapeva lei, poteva anche essere scesa dal cielo. Ammirava la sua carrozza, il maestoso cocchiere a cassetta, i superbi cavalli, i due lacchè nelle sgargianti livree verdi bordate d'oro. Ma lì nel sole, al centro del sagrato, scrutata impietosamente da forestieri, Saulina si sentiva piccola e vulnerabile.

Occhi curiosi spiavano la scena da lontano, ma nessuno osava avvicinarsi.

« Non vuoi proprio ascoltarmi? » la blandì la dama con una carezza.

Saulina fece una intraducibile smorfia e riprese a guardarsi la punta dei piedi.

« È molto timida », la scusò il parroco lieto d'interpretare l'atteggiamento della vagabonda come un segno d'umiltà.

« Davvero sei tanto timida? » le domandò la signora.

Saulina fece cenno di sì con la testa.

« Vuoi sapere come mi chiamo? »

« Se vi fa piacere », rispose senza troppo interesse.

« Mi chiamo Giuseppina Grassini. »

« Io Viola Saulina di Corte Regina », recitò la bambina tutto d'un fiato.

La visitatrice esplose in una bella risata di gola, chiara e musicale che investì Saulina con una ventata d'allegria. Il sacerdote credette d'intuire in quella sgargiante manifestazione di gaiezza i segni del peccato e della lussuria.

« Io sono una cantante », riprese.

« Anch'io canto », disse la ragazzina. « Quando vado alla roggia. O nel bosco. Da sola. »

« Cantare è il mio mestiere », raccontò la signora ormai certa di avere l'attenzione della sua piccola interlocutrice. « Canto alla Scala di Milano. Il Teatro Grande. Il teatro più bello del mondo. »

Saulina guardò Giuseppina Grassini, poi il parroco.

« Cos'è un teatro? » chiese. Curiosità e timidezza s'accapigliavano in lei, ma l'ansia di sapere vinceva sempre.

« Se tu verrai con me », mormorò l'artista all'orecchio della piccola contadina, « ti racconterò tante cose. Anch'io », soggiunse diventando improvvisamente malinconica, « prima di diventare una cantante, ero una bambina povera come te. E avevo la tua stessa voglia di sapere, la tua stessa paura del mondo. »

« Le bambine come me nascono solo a Corte Regina », affermò con grande serietà.

« Nascono anche a Milano. »

« Dove? »

« In una casa sul Naviglio del borgo di San Celso. »

Saulina si fece attenta.

« Come si canta in un teatro? »

« Vuoi che ti canti una canzone? »

« Mi piacerebbe », rispose la bambina mentre la sua bella faccia si riempiva d'attesa.

La donna la prese per mano, e insieme andarono a sedersi sulla panchina di granito davanti alla chiesa. Subito la cantante intonò senza sforzo, con straordinaria dolcezza, una canzone. Saulina era in estasi, mentre il parroco che riconosceva in quella melodia sensuale la verità della sua premonizione, piombò a grandi falcate sui parrocchiani, che avevano avuto l'ardire di ascoltare nascosti oltre la linea d'ombra, per allontanarli energicamente dalla tentazione e dal peccato.

« Via via! » intimò sventolando le braccia come quando disperdeva i passeri nell'orto. « Ma guarda cosa mi tocca sopportare », continuò tra sé, « per colpa di questi francesi del demonio. »

« È proprio bella la vostra canzone », si complimentò Saulina. « E come cantate bene. Non avevo mai sentito niente di più bello. »

« È una melodia antica. Avrà più di cent'anni. »

« Io so una ninnananna », prese coraggio Saulina.

« Perché non me la insegni? »

« Fa così », iniziò lei senza più farsi pregare, umettandosi le labbra con la piccola lingua rosea: « *Ding dong danga, porta chi la binda de bindà la gamba...* »

La cantante sorrise, si chinò verso di lei e proseguirono a due voci l'antica ninnananna in dialetto lombardo: « ... *tri fioeu la gh'eva, tri si ingureva, tri in brascia a l'ara, tri vestì de gala, tri in del cunin, tri vestì de rigadìn* ».

Saulina batté le mani per la gioia, mentre il pastore, messo al sicuro il suo gregge, continuava a sudare sotto il sole tormentando con le grosse mani un fazzolettone a scacchi blu e bianchi e chiedendosi quale altra sorpresa gli stesse preparando quella piccola vagabonda. Perfino una cantante della Scala veniva in quel borgo dimenticato a gorgheggiare con lei!

« Lo sai che m'ero scordata questa ninnananna? » disse Giuseppina. « È antica. Molto antica. »

« Più della vostra canzone? » si stupì Saulina.

« Oh, sì. Questo canto ha forse più di mille anni. E la tua vocina è molto intonata. » Ora poteva piazzare la domanda che aveva in serbo: « Vuoi venire a Milano con me? »

« A Milano con voi? » intervenne don Giuseppe che subito dopo si pentì del suo ardire, perché con questi signori non si può mai sapere.

La cantante non gli diede peso.

« Vuoi venire a casa mia? » ripeté la cantante alla bambina.

« Non so », rispose perplessa Saulina. L'idea di allontanarsi dal borgo non l'aveva mai sfiorata. La città poi era più lontana delle stelle perché quelle almeno poteva vederle. Ma non disse né sì né no. « Bisogna domandarlo a mio padre », mormorò.

« A domandarlo a tuo padre ci penso io. »

« Ma poi, che cosa faccio a casa vostra? » Era imbarazzata nelle risposte, ma le domande le formulava con grande facilità.

« Tante cose », spiegò la signora piena di speranza. « Potrei insegnarti a suonare il clavicembalo. »

« Che cosa è il clavicembalo? »

« Uno strumento musicale. Ti basterà vederlo e ascoltarlo per conoscerlo. »

« Come l'organo? »

« Più tenero. Più dolce », mosse con agilità le dita. « Potrei insegnarti altre canzoni. »

« Perché proprio a me? » chiese Saulina con la voce incrinata dal sospetto.

« Perché mi ricordi un'altra bambina. »

Saulina la guardò allora con sospetto e con gelosia.

« Quale bambina? » incalzò.

« La bambina che ero io. » Una nuvola triste passò nello sguardo luminoso della cantante.

« Le bambine come me non vi somigliano », affermò con durezza.

« Perché? » l'assecondò per non perderla.

« Le bambine come me, da grandi, hanno la faccia di mia madre. »

Giuseppina era commossa e turbata dalla logica concretezza di Saulina.

« Non è detto, mia cara. » Era un discorso lungo, un avvicinamento graduale e ci voleva tempo.

« Forse mi piacerebbe venire con voi », si decise Saulina, « ma credo che non potrò mai seguirvi. »

« La signora potrebbe fare la tua fortuna », cercò di invogliarla don Giuseppe che allontanando la proprietaria della tabacchiera aveva tutto da guadagnare.

« Ma se vado via devo sebararmi dalla tabacchiera », disse Saulina d'un fiato.

« Non devi darti pensiero », disse il parroco. « È affidata alla Vergine. »

« Posso sapere anch'io di che cosa si tratta? » s'incuriosì Giuseppina.

Saulina spiegò rapidamente le ragioni della sua perplessità.

« Questo il generale non l'aveva raccontato nemmeno a me », sorrise Giuseppina con un moto di dispetto, e suggerì subito una soluzione. « Ma non c'è motivo che tu debba rinunciare al tuo talismano. Una promessa è una promessa. La porterai con te. »

« Potrebbe perderla », tentò il prete esitante.

« Basta chiuderla in un sacchettino e cucirla alla veste », propose la cantante da persona pratica.

Il sacerdote si rese conto di non avere più argomenti da opporre al suggerimento.

« A questo punto non vi resta che parlare con il padre », disse don Giuseppe rassegnato.

Saulina non aveva perso una battuta e pose la sua condizione: « Ma la voglio cucita adesso, alla veste. Subito ».

Giuseppina Grassini si rivolse al parroco ch'era incerto se avviarsi verso la casa dei Viola o verso la chiesa.

« Sarà bene prendere subito la tabacchiera », decise per lui la cantante. « Eviteremo di perdere altro tempo, dopo. »

Il sacerdote prese lentamente la direzione della chiesa, maledicendo i francesi che avevano contaminato il borgo con gli strumenti del peccato.

## 4

SAULINA guardava la foresta correre via dal finestrino della carrozza che procedeva sulla strada per Milano. Da quell'insolita visuale il bosco perdeva in familiarità e guadagnava in suggestione. I colorati pensieri della ragazzina s'impigliavano nei rami degli alti pioppi, delle robuste querce e delle folte robinie come nastri colorati.

« Come va? » le chiese Giuseppina, lieta che la sua missione fosse andata a buon fine.

« Bene », disse Saulina. E in effetti si sentiva in uno stato di benessere. Il distacco era avvenuto senza traumi né lacerazioni. Ambrogio Viola, di fronte alle monete d'oro della signora, non aveva esitato a manifestare la propria disponibilità. Era stato facile convincerlo a lasciar partire la figlia. La cantante aveva colto la cupidigia del padre, l'ansia della madre, l'ammirazione della gente del borgo. Non era invece riuscita a decifrare lo stato d'animo del parroco, bravissimo a simulare la delusione e l'ira dietro una cerimoniosa partecipazione per l'evento che stava verificandosi sotto gli occhi di tutti. La tentazione era di opporsi, alla partenza della bambina e della preziosa tabacchiera, perché, se le vie del Signore sono infinite e vanno percorse con cristiana rassegnazione, quelle del demonio, più numerose di quanto la gente pensi, devono essere accuratamente evitate, quand'è possibile. Ma ci sono casi in cui bisogna fare di necessità virtù e affidarsi alla Divina Provvidenza...

« A che cosa pensi? » le domandò Giuseppina.

« Non penso a niente », rispose. Era tutta presa dal dondolio e dai sussulti della carrozza, dallo scalpitio dei cavalli, dalla cometa di polvere che lasciavano alle spalle.

« Sei contenta di venire a Milano? » indagò la signora.

« Non so. »

« Devi abituarti all'idea. A mano a mano che prenderai confidenza con le cose nuove che ti aspettano, lo stupore si trasformerà in gioia. »

Saulina non sentiva la nostalgia del passato, né si consumava nell'attesa di traguardi futuri. Viveva nel presente e subiva il fascino della strada che si snodava tra boschi rigogliosi carichi dei profumi dell'estate incipiente. Era presa dalla novità lussuosa del cocchio che sobbalzava allegramente a ogni cunetta.

« Voi sapete le cose », disse Saulina accettando il punto di vista della cantante. « E certamente avete ragione. »

La donna interpretò quelle parole come un segno favorevole.

« Mi fai felice », la ringraziò accarezzandole le mani.

Se avesse avuto la possibilità di scegliere, Saulina si sarebbe accomodata a cassetta di fianco al cocchiere, ma su questo punto madama Giuseppa era stata irremovibile, così s'era seduta come una signora su morbidi cuscini proprio di fronte a lei.

« Voi lo conoscete bene il generale Bonaparte? » domandò Saulina.

La signora s'illuminò d'orgoglio e una vampa di rossore le accese le guance.

« Lo conosco molto bene », rispose.

« Anch'io », avrebbe voluto dire la ragazzina, ma fece soltanto un piccolo segno di assenso.

« Sai », continuò Giuseppina, « lui ama molto la musica. Quando è a Milano viene sempre a teatro per sentirmi cantare. »

Saulina avrebbe voluto sapere nei particolari che cos'è un teatro, ma si rendeva conto che ormai era inutile domandare perché Giuseppina l'avrebbe condotta alla Scala e l'esperienza diretta avrebbe appagato la sua curiosità.

« I generali », domandò invece, « nascono generali? »

Giuseppina rise della sua ingenuità. « Solo i re nascono re », spiegò affabilmente. « Ci sono uomini particolarmente dotati che diventano generali. »

« Perché? »

Le domande di Saulina la mettevano in crisi, ma mentre cercava di imbastire una risposta verosimile, la carrozza ebbe un sussulto più forte. Seguì uno scarto, poi la voce possente del cocchiere si confuse con gli sbuffanti nitriti dei cavalli costretti a una brusca impennata. Saulina, per il contraccolpo, fu proiettata addosso alla sua ospite che lanciò un grido di terrore. Fortunatamente si ripresero tutt'e due senza danni. La nuvola di polvere che ora avvolgeva la carrozza entrava dai finestrini po sandosi tutto intorno come una cipria.

« Cos'è successo? » gridò la donna con voce spezzata da stizzosi colpi di tosse.

« Per il momento nulla », rispose una voce ferma e virile, mentre un uomo mascherato s'inquadrava nel finestrino della carrozza. Doveva essere giovane a giudicare dai capelli biondi e ricciuti, che sfuggivano da un cappellaccio, dagli occhi neri e scintillanti e dalla bocca ben disegnata.

« Oddio un... » Giuseppina strinse Saulina tra le braccia e le soffiò la parola « brigante » tra i capelli.

« Proprio così, un brigante », affermò divertito l'uomo mascherato. « Presto scendete! »

A Saulina il predone da strada parve un tipo di cui la gente come lei, che non ha niente da perdere, si può anche fidare La donna invece tremava di paura e obbedì sveltamente tirandosi dietro per mano la ragazzina. Sulla strada a pochi metri dai cavalli c'era un giovane pioppo per traverso che impediva il passaggio. Quattro brutti ceffi vestiti metà in borghese e metà in divisa, gli abiti sbrindellati, puntavano i fucili contro le passeggere, il cocchiere e i due tremanti valletti.

« Lasciateci andare », supplicò Giuseppina.

« Prima dateci danaro e gioielli », ordinò il brigante biondo

« Ma voi... voi non potete... »

« Noi possiamo fare un massacro! »

Un fremito d'orrore percorse la donna. Saulina, invece, rimase singolarmente tranquilla e, per quanto cercasse di imitare la signora, non riusciva a percepire l'uomo mascherato come veramente pericoloso.

« Il generale dell'armata d'Italia, ti farà impiccare », l'am monì Saulina con ingenua severità.

Giuseppina la strinse più forte a sé come per proteggerla da una possibile reazione.

« Taci! » la rimproverò in un sussurro.

« Lui ha altre cose a cui pensare », disse il brigante scoppiando in una fragorosa risata. « Dunque? » intimò diventando minaccioso.

La donna gli consegnò una borsa di monete d'oro e i gioielli che aveva addosso.

L'uomo ficcò tutto in una capace bisaccia e ringraziò con un perfetto inchino.

« Questo m'aspettavo da voi, bella signora », sorrise accarezzandola con uno sguardo irriverente.

« I vestiti! » tuonò all'improvviso uno dei manigoldi, una faccia patibolare che a guardarla metteva veramente paura.

Il tremito passò da Giuseppina a Saulina che sentì per la prima volta la tabacchiera in pericolo.

« Se mi tocchi ti ammazzo! » strillò la ragazzina pronta a difendere la sua povera veste fino alla morte.

« Sei di buona razza tu », si complimentò il giovane che sembrava essere il capo.

« Vediamo se riesco a farti cambiare idea », intervenne il brutto ceffo procedendo minaccioso contro di lei.

« Vi daremo tutto quello che chiedete », capitolò Giuseppina cercando di mettersi tra il brigante e la sua protetta. « Non dovete darle peso. È soltanto una bambina », cercò di scusarla.

« È bene che impari a stare al mondo, visto che è giovane », disse il tipo bieco alzando una mano enorme su Saulina.

Il brigante biondo, veloce come il fulmine, lo colpì di piatto al braccio con la sciabola e l'uomo si piegò su se stesso tenendosi l'arto percosso.

« Abbiamo già avuto quello che volevamo », disse calmo come se niente fosse successo. « Bernardino », ordinò, « l'occorrente per scrivere. »

Giuseppina e Saulina lo guardarono stupefatte. Un uomo alto e magro uscì dal bosco con carta, penna e calamaio di corno.

« Ecco », disse il bandito mascherato disponendosi a scrivere appoggiandosi alla schiena del servo, « questo salvacondotto vi preserverà da ulteriori brutti incontri. » Vergò veloce alcune righe e porse il foglio a Giuseppina.

« 'Io' », lesse la signora che era stata più volte sul punto di svenire, « 'io, Ribaldo, brigante di strada, dichiaro a chi spetta che la presente carrozza è stata fermata e derubata da me medesimo.' »

« E questo? » interrogò sbigottita Giuseppina.

« Grazie a questo, nessuno vi darà più alcun fastidio », le disse. « Parlo dei briganti da strada, naturalmente », precisò.

« Noi viviamo in un mondo frequentato solo da gentiluomini », si risentì la cantante.

« Nella vita di un gentiluomo c'è almeno un atto di pirateria e molte nefandezze », ribatté. « Quello che conta è il risultato concreto di questo crimine. Se si risolve con una manciata di monete d'oro da dividere in tanti, come nel nostro caso, certamente non cambia la vita di un uomo. »

Quel giovane brigante mascherato parlava bene, aveva uno sguardo in cui brillava una singolare intelligenza e adesso provocava in Giuseppina un sentimento diverso dalla paura, dal risentimento, dalla vendetta.

« Ragionate come una persona saggia e sensata », osservò la donna ormai rassicurata. « Perché allora depredate degli innocenti? »

« Il ladro è un mendicante timido », spiegò. « Si vergogna di chiedere. Così prende. Mi dispiace, bella signora, che abbiate perduto danaro e gioielli. Ma se conosco il mondo e la gente di mondo, sono certo che vi rifornirete alla prossima stazione di posta. Ribaldo non ruba a' poveri. Casomai li aiuta. »

Saulina aveva sentito parlare di certi contadini scacciati dalla terra: i più deboli e miti si davano all'accattonaggio, i più forti e aggressivi finivano per armarsi e depredare i viaggiatori sulla strada maestra. I vecchi raccontavano di malviventi che prendevano ai ricchi per dare ai poveri. Ribaldo sembrava appartenere a questa specie avventurosa e rara.

« Addio », disse il capo dei briganti prima di scomparire nella foresta facendo un largo gesto di saluto con il cappellaccio.

# 5

La carrozza raggiunse il borgo della Madonna di Loreto sul far della sera. Giuseppina era pallida per l'emozione e Saulina le prese la mano. Veniva dalla campagna un profumo sensuale e delicato.

« Ma tu non hai avuto paura? » le domandò la donna meravigliata.

« Ho avuto paura per la mia tabacchiera », rispose la bambina. « Quando quello brutto e cattivo minacciava di rubare i vestiti, ho avuto paura che la scoprissero. »

« E basta? »

« Di che altro avrei dovuto spaventarmi? » Voleva dirle che temeva il padre, il freddo, la fame, la fatica, la miseria, il dolore della madre, mentre non le aveva comunicato nessuna paura quel brigante mascherato dai capelli biondi, dallo sguardo nero e scintillante. Ma era troppo complicato rendere espliciti i pensieri che le si aggrovigliavano in mente.

« Sei una strana creatura », osservò la cantante stringendole le mani e chinandosi verso di lei per sfiorarla con un bacio.

Superarono la confluenza fra la strada postale veneta e lo stradone di Monza, poi il cocchiere incominciò a trattenere i cavalli con le redini e la voce; la carrozza gradualmente ridusse la corsa e si fermò. Fu un arresto dolce e senza contraccolpi che fece rimpiangere a Saulina per un attimo l'emozione del bosco.

« È Milano? » domandò guardandosi intorno delusa.

« È il borgo della Madonna di Loreto », spiegò Giuseppina.

« Perché ci fermiamo? » Si sentiva tradita. Nelle sue aspirazioni c'era la grande città di cui aveva sentito favoleggiare. Si aspettava le luci, il lusso, lo sfarzo.

« Se sarai buona e paziente ti spiegherò ogni cosa », disse meravigliata dall'atteggiamento della piccola che l'assalto dei briganti non aveva per nulla turbato.

Un lacchè s'affrettò ad aprire la portiera e a calare due scalini offrendo una mano a Giuseppina Grassini per aiutarla a scendere.

L'uomo aveva la livrea in disordine e la faccia stravolta.

« Sarò buona », sorrise Saulina saltando a terra con l'elegante agilità d'un cerbiatto. « Sarò buona, ma dubito di poter essere anche paziente », rise.

La carrozza s'era fermata davanti a un'imponente costruzione circondata da alberi secolari. Subito accorse una piccola folla, più curiosa che soccorrevole, a vedere che faccia avevano i viaggiatori aggrediti dai briganti. La notizia dell'assalto le aveva precedute. Infatti, uno dei cavalieri che le aveva soccorse aiutando il cocchiere e i lacchè a liberare la via maestra dall'albero messo per traverso dai briganti aveva poi fatto da araldo.

« Gesummaria che spavento avrà avuto! » esclamò un donnone allargando le braccia in un gesto di grande disperazione.

« È finito tutto bene », s'affrettò a rispondere Giuseppina che sembrava temere la reazione melodrammatica della sconosciuta più degli stessi tagliaborse.

« Avevo ragione io a volervi accompagnare », continuò portandosi ripetutamente le mani alla faccia e facendosi rabbiosamente il segno della croce.

« Non credo che avresti potuto fermare i briganti », s'intromise Saulina.

« È tutto finito », ripeté questa volta in tono di comando la cantante.

« Meglio così », sembrò rassegnarsi la enorme donna dal tono enfatico.

Era vicinissima a Saulina e la bambina sentì che emanava un odore pulito, ma un po' stantio, da vecchio cassettone. Incombeva su di lei come una montagna impedendole la vista per intero della villa seicentesca scolorita dagli anni e dalle intemperie.

« È la vostra casa? » domandò Saulina alla sua protettrice.

« No, è un albergo », rispose la cantante.

« Un posto per viaggiatori ricchi », ribatté Saulina che ormai cominciava a entrare nella favola che stava vivendo.

« In un certo senso », sorrise Giuseppina.

« Non è la parola che le manca », intervenne il donnone rivolto alla signora, ma alludendo a Saulina.

La ragazzina scartò di lato, com'era solita fare con gli estranei, quando la donna allungò una mano per toccarla.

« Non mi toccate! » strillò.

« Cos'hai, il diavolo in corpo? » chiese la sconosciuta che avrebbe preso volentieri a schiaffi la piccola impertinente.

« È soltanto spaventata », la difese Giuseppina. « Fidati », soggiunse rivolgendosi a Saulina. « Questa è Giannetta. È la mia cameriera. D'ora in poi avrà cura di te come di me stessa. »

Giannetta si avvolse in quella definizione come in un mantello di ermellino: non era da tutti essere la cameriera della grande Giuseppina Grassini.

Dall'adiacente stallazzo erano usciti alcuni famigli che aiutavano il cocchiere a staccare i cavalli.

« Vieni », l'invitò Giannetta, « saremo amiche. »

Saulina non respinse la mano che l'altra le porgeva, ma la seguì riluttante quasi lasciandosi tirare, la faccia rivolta a Giuseppina che la seguiva.

« Sì, signora », obbedì la bambina.

Giannetta subì il fascino irresistibile dell'adulazione e per il fatto stesso d'essere chiamata signora modificò il suo giudizio su quella piccola selvaggia.

« Così va meglio », disse. Si passò la mano libera sul lungo abito blu scuro su cui faceva spicco un grembiule bianco di tela rifinito con volantini di pizzo che richiamavano il motivo civettuolo dell'ala inamidata della cuffia. Ma più che nascondere i capelli, la cuffia incorniciava il viso tondo e sodo dai lineamenti marcati, sottolineandolo.

« Perché ci fermiamo nell'albergo? » domandò la ragazzina contrastando l'avanzata di Giannetta.

« Tutti i viaggiatori sostano in albergo per riassettarsi un po', prima di raggiungere Milano », spiegò la donna.

« Tutti? » replicò Saulina stupita.

« Tutti quelli che se lo possono permettere », precisò Giuseppina che le seguiva a pochi passi. « Quelli che appartengono a un determinato ceto. »

« Ma quante domande fa questa ragazzina? » la rimproverò la domestica.

« Calma, Giannetta », la riprese la signora vedendo Saulina vacillare per via d'un energico strattone. « Ci vuole pazienza coi ragazzi. »

« Come volete », annuì la donna anche se era certa di conoscere la ricetta più efficace per ricondurre alla ragione la scalpitante puledrina.

Erano entrate nell'atrio dove aleggiava una gradevole frescura. Il tempo di catturare con un unico sguardo le immagini del nuovo ambiente e Saulina dimenticò la domestica di cui avvertiva la naturale ostilità. Non aveva tempo per il donnone tracotante adesso che, davanti ai suoi occhi, passavano gli stucchi e gli affreschi che decoravano le pareti e il soffitto. Certo, quei colori pieni non assomigliavano a nessuno dei suoi ricordi, invece le ricordava qualcosa il plastico volteggiare di turgide nudità maschili e femminili che non aveva mai visto ma che sentiva vicine e familiari. C'era la sontuosità del bosco in quelle immagini e, insieme, il segno di un mondo nuovo per lei, tutto da scoprire. Erano bastate poche miglia di strada e tutto era cambiato, ma era troppo presto per stabilire se, nonostante le apparenze, era cambiato in meglio o in peggio. Saulina non sapeva che soltanto il tempo avrebbe chiarito questo suo dilemma, ma intanto si guardava intorno con grande curiosità.

Da una sala attigua si fece incontro una donna dal largo e ospitale sorriso che non aveva ancora obbedito alla nuova moda degli abiti a vita alta, abbondantemente scollati, ma indossava un vestito all'antica stretto in vita. L'unico segno dei tempi nuovi era un nastrino rosso che la donna portava stretto al collo nudo. Era il simbolo di una rivoluzione di cui si sentiva l'eco, il ricordo del sangue versato dalla ghigliottina, lo strumento di morte che aveva decapitato un secolo.

« Benvenuta, madama Grassini », disse la donna. Aveva una faccia giovane e ben nutrita, il naso piccolo, gli occhi sereni. Reggeva un vassoio grande e lucido come uno specchio sul quale c'erano due bottiglie: una d'acqua fresca, l'altra di rosolio.

« Ben trovata, signora Emma », la salutò Giuseppina.

« Ho saputo dell'aggressione », fece con partecipazione dolorosa.

« È finito tutto bene », tagliò corto la cantante.

« Sembrava che i briganti fossero scappati davanti alle armate di Francia », commentò, « invece... »

« I briganti non scappano nemmeno davanti al demonio », l'interruppe Giannetta.

« Un piccolo rinfresco? » chiese la donna tornando ai suoi doveri di ospite, senza tuttavia perdere d'occhio Saulina i cui abiti dimessi si facevano notare vicino a quelli della sua protettrice.

« Grazie, signora Emma », le sorrise Giuseppina.

« Dovere », fece la donna ossequiosa posando tutto su una mensola e inchinandosi alla cantante.

Quel balletto di buone maniere, cui Saulina non era abituata, le fece rimpiangere la rozza semplicità del borgo di Corte Regina.

« Dovere », ripeté la bambina imitando perfettamente la locandiera.

« Non farlo mai più », la rimproverò Giuseppina reprimendo faticosamente un sorriso.

« Dunque, sarebbe questa la ragazzina di cui si parla? » domandò la donna disponendosi a servire le bibite e fingendo di non avere sentito nulla.

« Proprio lei », rispose Giuseppina che accettò un bicchier d'acqua per sé, ma offrì a Saulina acqua e rosolio. « Ti piacerà », le disse piano.

Saulina vedeva le mani candide di quelle donne e le paragonò alle sue, sporche e graffiate. « Non ne voglio », disse respingendo la bevanda che invece desiderava. In realtà non voleva bere perché, bevendo, sarebbe stata costretta a mostrare le mani.

« Assaggiala », la consigliò la cantante, « non devi fare complimenti. Questa signora », le spiegò, « è la padrona dell'albergo. Con l'aiuto di Giannetta ha preparato una stanza dove ci riposeremo un poco. Tu farai un bagno. Un bel bagno. Così non avrai più paura di mostrare le mani sporche. »

« Però di quella roba lì non ne voglio lo stesso », insisté Saulina indispettita dalla rivelazione di madama Grassini.

« Come ti pare », l'aiutò la cantante. « Però, se può aiutarti, quando avevo la tua età anch'io non mi lavavo le mani. Era una pratica che detestavo. Dopo ho imparato. Ho capito che se volevo arrivare in un certo mondo e rimanervi, dovevo rispettare certe regole. Anche quella di lavarmi le mani. »

« E magari sporcarsi l'anima », pensò la signora Emma che disapprovava i vizi privati della Grassini e le sue amicizie. Questi pensieri, tuttavia, non le impedirono di manifestare sentimenti d'ammirazione e di stima nel momento del congedo.

Saulina non aveva mai visto una stanza così bella, così grande, così lussuosa. La finestra spalancata inquadrava il cielo dove saettavano le rondini.

« Ti piace? » domandò Giuseppina che sembrava godersi lo spettacolo di quello stupore.

« Molto », disse Saulina. Il soffitto di legno scuro a cassettoni istoriati, il pavimento in cotto tirato a lucido, il grande letto di noce massiccio appesantito dai drappeggi di broccato, la riempivano di meraviglia.

Al centro della stanza c'era una grande tinozza ovale colma d'acqua fumante. Le pareti della vasca, per ragioni igieniche, erano protette da un lenzuolo.

« Adesso Giannetta e io ti faremo il bagno », disse madama Grassini.

« Va bene », disse Saulina ch'era la prima a stupirsi della docilità con cui accettava tutte quelle cose nuove e sconvolgenti. Anche sua madre, qualche volta, molto raramente per la verità, nelle serate d'inverno l'aiutava a farsi il bagno in una piccola tinozza accanto al grande camino della cucina. Ma in questa stagione si lavavano tutti nella roggia con l'acqua fredda che frustava la pelle.

Gli eventi vissuti in quelle ultime ore l'avevano completamente presa e adesso, che per la prima volta da quando era partita da Corte Regina pensava a sua madre e alla sua famiglia, aveva l'impressione di ricordare un mondo lontanissimo.

« Hai cambiato idea? » domandò Giannetta che la vedeva assorta e silenziosa.

« A che proposito? »

« Sul bagno. »

« Voglio sempre lavarmi », disse.

« Allora cominciamo », consigliò Giuseppina, « prima che l'acqua si freddi. »

Saulina disse di sì, ma non sapeva da che parte cominciare. Il molle presagio della sera passava nel cielo inquadrato dalla grande finestra e la bambina si sentì lontana dal borgo come le stelle che presto avrebbero cominciato a brillare. Suo padre l'aveva affittata alla cantante per un pugno di monete, ma sarebbe stato disposto a venderla anche per meno. Sua madre le aveva sfiorato la fronte con un bacio.

« Anche se sei ancora bambina », le aveva sussurrato, « hai abbastanza giudizio per badare a te stessa. Ci sono ricchi buoni e ricchi cattivi. I più non sono buoni. Ti tengono fino a quando li servi o li diverti. Poi ti mettono da parte come uno straccio vecchio. È un rischio, lo so. Ma non è forse rischioso vivere qui? Per avere qualche speranza, devi tentare. Sappi che non saranno tutte rose e fiori. Ma non sarà peggio che a casa tua. Ragiona se puoi. E non affezionarti troppo. »

Era stato concluso un patto: Saulina sarebbe rimasta con madama Grassini per qualche giorno soltanto, ma se la piccola avesse voluto fermarsi di più, lei si sarebbe incaricata di farglielo sapere. La gente del borgo, parroco incluso, era stata a guardarla mentre si allontanava in carrozza e lei non aveva sentito nessuna nostalgia per quegli affetti e quei luoghi che stava lasciando. Quanto aveva di più caro, la tabacchiera d'oro di Napoleone, la portava con sé cucita nel vestito.

« Se non t'aiuti non finiremo mai », fece severa Giannetta che cercava di sfilarle il lungo abito pieno di rammendi.

« Certo che mi aiuto », ribatté la bambina.

La ruvida veste cominciò ad arrotolarsi sul suo corpo adolescente, le due donne la sfilarono dalle braccia e lei restò completamente nuda e inerme, la vita sottile, i fianchi leggermente arrotondati, la nascente peluria sul pube e sotto le ascelle, i seni appena accennati con i piccoli capezzoli e le areole che stavano prendendo un colore diverso da quello della pelle, testimoniavano un cambiamento fisiologico in atto, una graduale evoluzione al termine della quale la ragazzina sarebbe diventata donna. Era facile leggere su quel corpicino innocente i segni di una scarsa alimentazione.

« Piccola Saulina », s'infervorò la cantante abbracciandola con tenerezza. « Tu hai bisogno di essere nutrita con cibi sostanziosi: pane bianco, frutta e tante altre cose buone. »

In realtà, dietro l'apparente gracilità, Saulina nascondeva una forza e una resistenza non comuni: la vitalità di chi sopravvive alla miseria. Le sembrava fuori luogo la patetica commiserazione della sua protettrice. Saulina aveva assistito allo sterminio dei deboli, aveva visto bambini e adulti portati via da un brutto male, la pellagra, che mieteva vittime tra la povera gente, che si alimentava con scarse razioni di polenta, pane di mistura, cavoli e patate. Sua madre le aveva insegnato a difendersi dalla dolorosa e spesso mortale malattia, che si manifestava dapprima con fastidiose reazioni cutanee che degeneravano in croste sanguinolente.

Le mamme spingevano i bambini nei boschi dove i più forti si salvavano mangiando bacche e frutti selvatici. Saulina aveva seguito i consigli di sua madre ed era tra i fortunati, aveva resistito alla selezione ed era sopravvissuta.

Immersa nell'acqua della tinozza, si lasciò accarezzare dalle due donne socchiudendo gli occhi per meglio assaporare la felicità sconosciuta.

« Vuoi aiutarti? » la rimproverò Giannetta.

« Che cosa devo fare? »

« Lavarti », fece la domestica sbuffando. « Strigliarti. Aiutarci a portar via tutto questo nero. »

« Mi sembra già di essere molto pulita », sorrise a Giuseppina che rispose con una franca risata.

« Quando sarai lavata e rivestita, non ti riconoscerai più », promise la cantante. Pensava a se stessa, alle umiliazioni patite, a quello che avrebbe provato all'età di Saulina se qualcuno si fosse preso cura di lei nello stesso modo, se qualcuno avesse mostrato interesse per lei.

« Fortuna che non hai i pidocchi », intervenne Giannetta che aveva il dono brutale della concretezza. « Altrimenti ci volevano ore per liberartene. »

« Però ho le pulci », ribatté Saulina con orgoglio. Toccava con le dita ruvide martoriate dal lavoro e dai rovi la delicata consistenza della schiuma che montava sui suoi capelli. Quel profumo delicato e intenso la stordiva.

« I tuoi abiti pulciosi li abbiamo già fatti sparire », la rassicurò madama Grassini.

« E che cosa mi metterò? » chiese spaventata Saulina alle due donne.

« Vedrai, vedrai », la sorprese Giannetta che di tanto in tanto partecipava al gioco.

La cameriera l'avvolse in un lenzuolo di lino e cominciò ad asciugarla con cura.

« Guarda », la invitò Giuseppina indicando il letto sul quale erano appoggiati: un abito di cotonina celeste con un gran nastro di velluto blu a segnare il punto della vita, mutandoni bianchi di fustagno, gipponino di tela di bombasia che andava direttamente sulla pelle, calze bianche di cotone e un paio di scarpine azzurre. C'era anche una cuffietta di tulle celeste ornata da una ghirlanda di margherite di tundra rosata.

« Di chi è tutta quella roba? » domandò Saulina con un filo di voce.

« È tutta roba tua, se la vuoi », disse Giuseppina.

« Vuol dire che posso metterla? »

« Certo. Ti piace? » domandò Giuseppina.

« Mi piace », rispose Saulina immobile. Non riusciva a trovare le parole per dire i sentimenti nuovi che provava. Tutta quella roba allineata sul letto grandioso le fece venire in mente la fiaba di Stella Diana: una fanciulla amata da un nobile cavaliere e da lui ricoperta di ricchi doni. Quella fiaba apparteneva ai sogni impossibili di Saulina, come la composizione biancoazzurra che aveva di fronte, come i regni e i principi delle favole.

« È tutto quello che riesci a dire? » domandò la cantante commossa.

Saulina annuì con un cenno del capo e finalmente un sorriso radioso le illuminò il viso.

Giannetta le pettinò i lunghi capelli finalmente puliti, luminosi come seta chiara, che raccolse in una morbida treccia fermata sulla nuca con una forcina d'argento.

« Che meraviglia! » esclamarono le due donne quando la ragazzina fu vestita di tutto punto e cominciarono a girarle intorno lanciando gridolini di ammirazione.

La piccola contadina del borgo si era trasformata in una stupenda creatura dai capelli d'oro, il volto improvvisamente malinconico illuminato dai grandi occhi neri e brillanti. Il suo sguardo non rifletteva la gioia delle donne; stava immobile, imbronciata, intimidita.

« Non sei contenta? » si stupì Giuseppina che s'aspettava incontenibili manifestazioni di giubilo.

« Mi fanno male i piedi », disse piano, con voce monotona, mentre grosse lacrime le sgorgavano dagli occhi e rotolavano lungo le guance brune. « Con queste scarpe non posso camminare. Sono una tortura. »

« A questo cercheremo di rimediare », le andò incontro la donna che sembrava disposta a capire. In fondo Saulina aveva portato da sempre soltanto zoccoli per difendersi dal gelo invernale e d'estate si muoveva liberamente a piedi nudi. Quella costrizione poteva essere una negazione della sua libertà. E poi bastava trovare scarpe più comode. « Si può rimediare », la rassicurò.

« Ma non è solo questo », continuò Saulina che con madama Grassini sentiva di poter essere sincera. Solo che non trovava le parole per dare un senso logico ai suoi pensieri.

« Che cosa c'è ancora? » replicò con severità la cantante.

« Niente », mentì per l'incapacità di esprimersi. Le scarpe le facevano male, la cuffietta le impacciava i movimenti, il nastro al collo le toglieva il respiro, i mutandoni le impedivano di muovere le gambe e lei si sentiva prigioniera di tutto questo lusso così bello da vedere, così piacevole da ostentare, così faticoso da portare. Soltanto il timore di deludere Giuseppina e la paura di essere picchiata (perché a questo punto la sua protettrice avrebbe avuto più di una ragione per farlo), le impedì di strapparsi di dosso quella roba nuova e reclamare i suoi stracci pulciosi. Giuseppina Grassini non aveva nessuna intenzione di picchiarla e neppure si risentì per la reazione della ragazzina, cercò invece di spiegarsi la sua disperazione.

« Che stupida sono », ammise abbracciandola. « Avrei dotuto capirlo prima che tutte queste costrizioni sono insopportabili per te. Devi abituarti a poco a poco. »

Giannetta, al contrario, reagì con popolaresca decisione.

« *Quanti ball* », l'aggredì la domestica. « *Se la ohi bella la veur cumparì, un po' de mal la g'ha de suffrì.* » La sua faccia grintosa e i piccoli occhi lampeggianti sottolinearono la durezza delle parole.

Saulina smise immediatamente di piangere e oppose la sua fermezza all'aggressività della serva.

« Io non voglio comparire », replicò con durezza.

« Tu dovresti baciarti i gomiti », l'ammonì la cameriera.

« Io non ho chiesto mai niente », reagì la ragazzina con freddezza. E cominciò a sfilarsi le scarpe, si strappò la cuffietta, scompigliando l'accurata pettinatura e, uscita dalla stanza, scese furiosamente lo scalone come se avesse avuto le ali ai piedi.

« Oca! » gridò la cantante a Giannetta. « Hai visto che guaio hai combinato? »

Pensando che se ne avesse avuto l'autorità l'avrebbe messa in riga lei quella bestia selvatica, la domestica inseguì Saulina che a metà scala s'immobilizzò guardando in alto verso la porta della stanza da cui era appena uscita.

Giannetta, che l'aveva raggiunta, le pose una mano sulla spalla.

« Non toccarmi! » sibilò Saulina folle di rabbia. « Tu non devi toccarmi, mai! » Subito dopo risalì lo scalone per ritornare nella stanza dove Giuseppina Grassini l'aspettava sorridente.

« Sono contenta che tu sia tornata », le disse piena di speranza. Saulina non la degnò di uno sguardo.

« Sono tornata per questa », disse avvicinandosi al tavolo dove aveva deposto la sua tabacchiera.

« E io? » disse con profonda delusione.

« Non ce l'ho con voi », rispose dispiaciuta Saulina.

« Se ti ho fatto del male, perdonami. » La sua voce era così dolce e addolorata che la ragazzina le andò vicina e le accarezzò una mano guardandola con un'espressione grave, da adulta.

Il risentimento di Saulina si stemperò in un sorriso.

« Perdonatemi voi, madama Giuseppa », si scusò, « perché io sono ancora piccola e non capisco bene le cose. »

« Ci vuole tempo », l'accarezzò Giuseppina.

« Il fatto è che tutte queste novità mi hanno mandato in confusione. Io non so che cosa volete da me. Non so nemmeno perché avete deciso di portarmi con voi, ma se vi ho fatto soffrire mi dispiace. »

La primadonna dell'opera che vantava legioni di ammiratori e di corteggiatori, si sentì stupida e insignificante di fronte alla sincerità di Saulina. In fondo l'aveva strappata per gioco al suo ambiente senza preoccuparsi delle radici estirpate, delle abitudini acquisite, per trattarla come una marionetta senza volontà né sentimenti. La verità non era quella che aveva raccontato a Saulina. S'era voluta impadronire di un personaggio scoperto da Napoleone Bonaparte in una circostanza drammatica. Se avesse voluto semplicemente salvare una fanciulla dalla miseria, non avrebbe avuto bisogno di spingersi fino al borgo di Corte Regina: le sarebbe bastato guardarsi intorno per le contrade di Milano.

« La colpa non è tua », l'assolse Giuseppina. « Tu ti sei trovata coinvolta in un gioco più grande di te. »

« Un gioco? » si meravigliò.

« Volevo portarti nel gran mondo », confessò la cantante. « Volevo mostrarti agli amici come una rarità. Ora lo sai, non sono venuta a cercarti per affetto. »

« Vuol dire che non mi volete bene? » fece la ragazzina.

« Non è questo il problema. Io ti voglio bene. Vedi, in queste ore ho riflettuto, ho pensato e ho imparato tante cose. Ma quando mi sono mossa per venirti a cercare l'ho fatto per vanità. Solo per questo. »

« Non capisco », replicò Saulina scuotendo la testa.

« Volevo dire ai miei amici: 'Ecco la ragazzina che ha salvato la vita al generale Bonaparte. L'ho trovata io. Eccola qui, in casa mia, guardatela!' Questo volevo. Un giocattolo unico, più importante di un gioiello regale. Ma ora capisco di avere sbagliato. Vieni, ti riporto a Corte Regina. »

Corte Regina. Due parole che rimescolarono le carte e rimisero tutto in discussione. Saulina in un attimo confrontò la fastidiosa schiavitù delle buone maniere con la fangosa quotidianità del borgo senza calore e senza affetti, senza sorprese e senza gioie se si escludeva il fascino del bosco e le pallide, nascoste effusioni della madre che aveva per lei qualche riguardo. Sentì le staffilate sulle gambe, avvertì sulla pelle la rissosa promiscuità con i fratelli maggiori. In un attimo la sua intelligenza aveva messo sui due piatti della bilancia i due mondi e aveva tirato le somme.

« Resto con voi, madama Giuseppa, se ancora mi volete », disse.

« Certo che ti voglio », le sorrise. « Ma tu, non cambierai idea fra dieci minuti? »

« È furba la ragazzina », mormorò la serva che non s'era più azzardata a toccarla.

« Mi abituerò a portare le scarpe e tutto il resto », promise Saulina.

« Io credo che non te ne pentirai », esultò la cantante.

« Sarà ora di partire », azzardò la domestica.

« Lo credo anch'io », assentì madama Grassini.

« Andiamo. Ho proprio voglia di vederlo, questo gran Milano », disse Saulina.

La strada s'era fatta più larga e la vegetazione fitta e rigogliosa cominciò a diradarsi solo in prossimità del Lazzaretto, superato il quale si cominciò a intravedere in lontananza il passaggio della Porta Orientale.

Saulina sedeva compunta e silenziosa nella carrozza che ora ospitava anche l'ingombrante Giannetta che la guardava in cagnesco. La serva aveva deciso: quella ragazzina era una serpe che la padrona, poveretta, si stava allevando in seno. E lei la teneva d'occhio.

« Non c'è pericolo, qui? » domandò Saulina.

« Di che cosa? » si stupì Giuseppina.

« Dei briganti. »

« No », garantì la cantante. « Siamo a Milano, ormai. A Milano non ci sono briganti. »

Dopo Porta Orientale, affacciata al finestrino, Saulina vide uno spettacolo d'insolita magnificenza di cui nessuno le aveva parlato. Sui bastioni delle mura spagnole, che da Porta Orientale andavano verso Porta Nuova, era un viavai di carrozze di ogni stile e foggia: alcune erano chiuse, altre scoperte, alcune sobrie nei colori e nella linea, altre con fregi dorati e pennacchi, alcune erano ferme in lunga fila, altre in movimento nel faticoso tentativo di aprirsi un varco in quel traffico intenso e febbrile.

« Ma è fantastico! » esclamò la ragazzina.

« Questa è l'ora del corso delle carrozze », le spiegò Giuseppina. « Sono contenta che tu l'apprezzi. Perché è uno spettacolo superbo. Milano è la sola città al mondo dove si celebra questa usanza all'ora del tramonto. Gli stranieri rimangono colpiti esattamente come te. E loro vengono da Vienna e da Parigi, non da Corte Regina. Lo sai che nelle carrozze che vedi ci sono i più bei nomi della città? »

« No. E poi non sapevo che i nomi andassero in carrozza », saltò su Saulina che aveva ascoltato attenta e incuriosita le spiegazioni della signora.

« È un modo di dire », chiarì paziente. « A ogni nome corrisponde una persona importante. Le dame che fanno il corso si chiamano Borromeo, Porro, Melzi, Verri, Trotti, Serbelloni, Visconti. »

Erano nomi strani e sconosciuti che rimbalzavano nella sua mente come sassolini colorati.

« Voi le conoscete tutte queste dame? » domandò rendendosi conto che a bordo delle vetture c'erano soprattutto eleganti signore.

« Ne conosco molte, ma conosco soprattutto i loro mariti », rispose la cantante con una risatina maliziosa che Saulina non riuscì a interpretare.

« E che cosa fanno lì ferme, in carrozza? »

« Conversazione. Pettegolezzi. Una quantità di pettegolezzi. »

« Come noi? »

« In un certo senso. »

« È bello parlare in carrozza. »

« Dipende dalle persone. Con te è piacevole. »

Chiacchieravano ormai come amiche, la più giovane avida di conoscere i segreti della città, l'altra lieta di farle da guida

« Ma sono tutte dame così importanti? » s'informò Saulina

« In generale sì », affermò Giuseppina. « Alcune sono donne di grande intelligenza. Sanno molte cose e hanno letto tanti libri. Altre sono soltanto delle malelingue E non mancano le tresche amorose », sottolineò compiaciuta.

Saulina arrossì e provò un senso di disagio.

« Alcune vengono al corso per vedere il loro amante », riprese la Grassini. « Altre per sfoggiare l'ultimo modello di Parigi. Ma tutte queste signore hanno una cosa in comune: la ricchezza. »

« Sono tutti così ricchi a Milano? » si meravigliò la contadina.

« I ricchi sono quelli che vedi qui », commentò malinconicamente. « In Milano di miseria ce n'è tanta. La vedrai anche tu. È una miseria anche peggiore di quella del borgo di Corte Regina. »

Saulina non poteva credere che ci fosse una miseria più brutta di quella che aveva lasciato. Evidentemente Giuseppina esagerava.

« Ma i ricchi non vanno a mangiare? » chiese

« Hanno mangiato da poco. »

« Così tardi? »

« Qui ci sono abitudini differenti dalla campagna. Loro non pranzano alla sesta, quando il sole è alto nel cielo, ma alla decima. Nel tardo pomeriggio. »

« E basta? »

« Stai tranquilla che mangiano ancora. Dopo il corso, le carrozze si dirigono verso la Corsia dei Servi e i signori prendono un sorbetto. O una barbagliata. Lo sai cosa sono? »

« Non lo so », fece la piccola smarrita.

« Sarà tutto più semplice quando anche tu ne assaggerai. Comunque sono cose buone e dolci: una fredda come la neve, l'altra calda come la zuppa. »

« E poi? »

« Poi vanno a casa a cambiarsi d'abito per andare al Gran Teatro. E all'uscita mangiano ancora se ne hanno voglia. »

« È quello dove cantate voi il Gran Teatro? »

« Proprio quello. E ha un nome: La Scala. »

« Ci stanno tutti dentro a questa Scala? »

« Tutti no. Ma ci sono altri teatri. C'è il Carcano, c'è quello della Cannobiana, quello del Lentasio. C'è anche il teatro dei burattini. Ti porterò a vederlo una volta in piazza del Duomo. »

« Ce l'ha il buon tempo da perdere con questa malerbetta », brontolò la domestica tra sé, criticando la padrona ma badando bene a non farsi sentire.

La carrozza, adesso, procedeva con esasperante lentezza nel rumoroso traffico cittadino. Il caos piacque a Saulina che intanto studiava il volto vero della città e lo identificava nei palazzi patrizi, nelle chiese solenni, nei monumenti. E così, come le povere case del borgo rivelavano l'inconsistenza della gente di Corte Regina, le ricche ed eleganti dimore, che fiancheggiavano la contrada, esprimevano la potenza e la ricchezza dei loro abitanti.

Il cocchiere si destreggiò con abilità in quell'incessante, fittissimo viavai e guidò la carrozza all'altezza di una viuzza chiamata il Borghetto. Il Naviglio proseguiva il suo corso sulla destra scavalcato da un grazioso ponte proprio accanto all'alta colonna che reggeva la croce di San Dionigi. Più lontano c'era una piazzetta sul cui sfondo si profilavano il convento e la chiesa dei cappuccini. Man mano che procedevano, il traffico aumentava d'intensità.

« Non ho mai visto tanta gente neanche per la festa della Madonna », disse Saulina che, nonostante l'eccitazione, si sentiva un po' impaurita.

« Hai idea di quanti abitanti fa Milano? » chiese Giuseppina con l'intenzione di stupirla.

« Mille », esagerò Saulina.

« Centoquaranta volte mille », rise la donna.

La piccola contadina non sapeva immaginare tanta gente.

« Oh, Gesummaria! » si spaventò anche la domestica facendosi il segno della croce.

« Senza contare i forestieri che vivono nelle locande e negli alberghi. Ce ne sono più di cento entro le mura. »

« Di forestieri? »

« No », rise Giuseppina, « di locande e alberghi. Guarda quel palazzo », fece indicando un elegante, solido edificio. « È il palazzo dei conti Serbelloni. Lo stemma è stato distrutto dopo l'arrivo di Napoleone Bonaparte. »

« Perché? »

« Perché i simboli della nobiltà sono stati aboliti. »

« Perché? »

« Dall'altra parte », cercò di distrarla, « c'è la via dei Boschetti. E in questo momento passiamo il Naviglio di San Damiano. »

Non erano tanto i nomi illustri a stupire Saulina, alla quale quei nomi non dicevano assolutamente nulla perché non li conosceva, quanto i palazzi che si ergevano maestosi con i davanzali coperti da variopinti cuscinetti di velluto e circondati da giardini lussureggianti.

Superata la chiesa di San Babila, con la colonna e il leone issato fin lassù per sottrarlo agli insulti dei nottambuli che l'avevano trasformato in orinatoio, la carrozza infilò la contrada del Monte di Santa Teresa e superò la contrada di San Vittore ai quaranta martiri. Lontano si vedeva la Pusterla di Porta Nuova che fronteggiava un'elegante palazzina moderna costruita dove un tempo si ergeva la chiesa di Sant'Andrea. Qui la carrozza si fermò.

« Ecco, siamo arrivate a casa », disse Giuseppina con un sospiro di sollievo.

« Possiamo scendere? » chiese Saulina.

« Direi proprio di sì », fece la cantante massaggiandosi vistosamente le anche e i fianchi.

Un servo aveva già spalancato il portone di un'elegante palazzina a due piani, mentre un lacchè aiutava la padrona a scendere. Saulina era già a terra. La grossa Giannetta scese per ultima.

« Dove va la carrozza? » chiese instancabile la ragazzina.

« Il cocchiere la porta nella stalla dei conti Marliani », spiegò Giuseppina. « Non sono tanto ricca da permettermi questo lusso. Carrozza e cavalli li prendo a nolo quando mi servono. »

« Come », si preoccupò Saulina, « non siete ricca? »

« È tutto molto relativo », disse sorridendo la cantante. Prese la piccola contadina per mano e insieme varcarono il portone di casa.

# 6

ATTRAVERSO un elegante balconcino di ferro battuto, Saulina guardava le acque pigre del Seveso scorrere nell'antico fossato. Le piaceva l'incessante fluire della corrente, sempre uguale e sempre diverso, come i suoi pensieri che non le davano tregua. Si era alzata da poco, si era lavata con l'aiuto di Giannetta in una catinella decorata con fiori di papavero d'un bel rosso vivo, era scesa in cucina, uno stanzone immenso e un po' cupo, con una grande stufa in muratura che accentuava il caldo dell'estate incipiente, dove cuocevano dall'alba cibi succulenti.

La cuoca l'aveva invitata a prendere posto al tavolo di legno massiccio e le aveva servito una tazza di cioccolata densa, la cui fragranza si mescolava all'aroma del caffè che stava tostandosi dentro l'apposita padella. Ogni giorno, in quella casa, i chicchi verdi venivano tostati nella padella, perché c'erano sempre ospiti che sembravano apprezzare particolarmente il caffè.

Anche Saulina aveva voluto assaggiarlo, ma le era parso disgustoso.

« Sei troppo selvatica per apprezzarne la bontà », le aveva detto la cuoca di cui Saulina accettava i burberi, ma affettuosi rimproveri.

« Sarò selvatica, ma non mi piace », aveva insistito.

« Pensa che c'è persino una filastrocca che dice: 'Noi siamo i tre re / venuti dall'oriente / per consolar la gente / con zucchero e caffè.' Vedrai che un giorno ti piacerà. »

Saulina si rendeva conto di essere capitata in un mondo dove in ogni momento c'era qualcosa di nuovo da vedere e da imparare, ma soprattutto avvertiva che stava familiarizzando con il nuovo ambiente, dov'era considerata con simpatia anche quando si ribellava alle cose che non le piacevano come lavarsi, pettinarsi e stare composta a tavola.

Adesso c'era un'ultima novità: doveva imparare a leggere e scrivere. Guardava il sole giocare nelle acque del Seveso dalla finestra della sua cameretta e aspettava di essere chiamata, perché veniva un precettore che avrebbe cominciato a insegnarle come tenere la matita in mano.

« Lo faccio per il tuo bene », le aveva spiegato Giuseppina.

« Che bene potrà mai fare leggere e scrivere », s'era ribellata.

« Ascolta, Saulina. Io non voglio costringerti a rimanere con me. Credo che a questo punto tu mi conosca abbastanza, ma se tu vuoi restare, farò di te una signorina bella, elegante e istruita. »

A lei non importava molto di tutto questo. Da quando era arrivata a Milano aveva un solo pensiero in mente: rivedere il generale Bonaparte. Aveva sperato di conoscere gente, di essere presentata ad altre persone, perché tutti desideravano conoscerla (ormai lo sapeva) e lei si sentiva attratta dai gioiosi brusii che filtravano dalle porte socchiuse e rimbalzavano negli alti soffitti della casa, ma Giuseppina manteneva la sua promessa: non voleva trasformare Saulina in un'attrazione da salotto e, quando aveva ospiti, la pregava di ritirarsi nella sua stanza.

Le aveva persino regalato una bambola bellissima.

« Una *pigotta* così solo per me! » aveva esclamato abbracciando la bambola nell'età in cui le bambole si abbandonano. Saulina aveva riempito di lucertole la stagione delle bambole, accontentandosi di un fagottino di stracci cui lei sola poteva attribuire delle sembianze umane; di fronte a tanta verosimiglianza si comportò come una bambina, il che fece risaltare anche di più il suo sguardo luminoso che tradiva ormai i confini tra l'adolescenza e la prima giovinezza. « Una *pigotta* così solo per me! » aveva ripetuto estasiata, allontanandola da sé per meglio ammirare quella meraviglia.

Era di stoffa, con la faccina incantata di legno dipinto, gli zigomi e le labbra perfettamente disegnati d'un bel rosso acceso, il nasino deliziosamente modellato, gli occhi di smalto azzurro con le pupille nere sgranati sul suo stupore. Aveva i capelli di lana bionda, indossava un abito rosso di seta costellato di fiorellini d'oro e un grembiulino bianco di tulle. L'aveva chiamata Serena, perché tale era il sentimento che le ispirava e nelle pause di solitudine che coincidevano con l'arrivo degli ospiti, lei e la bambola si facevano molta compagnia.

Giannetta, la cameriera, sebbene continuasse a considerare Saulina una piccola serpe e la chiamasse « scimmia malerbetta », assecondava la volontà della sua stravagante signora e passava lunghe ore con lei per insegnarle a cucire nuovi abiti per la bella *pigotta.*

E adesso Giannetta la chiamava dalla soglia della sua stanza.

« La padrona vuole vederti », le comunicò.

« Perché? » tentennò per puro spirito di contraddizione.

« Dai, andiamo, che è arrivato il tuo maestro. »

Saulina seguì la donna nel salottino giallo, dove la cantante l'aspettava in compagnia di un giovane abate in redingote nera, il naso a becco, gli occhi castani, le pallide guance incavate, l'espressione improntata a una cronica malinconia.

« Questo sarà il tuo maestro », esordì la donna.

« Sì, signora », accettò formalmente Saulina, sbirciando con infantile franchezza il precettore. Una delle regole della nuova vita che ancora non aveva assimilato era quella che imponeva a una fanciulla perbene di abbassare lo sguardo di fronte agli estranei, soprattutto se di sesso maschile.

L'abate mostrò di non gradire l'atteggiamento che giudicò sfrontato e un tic apparve improvvisamente agli angoli della bocca obbligandolo a muovere ripetutamente in modo ridicolo le labbra. Sembrava un cenno d'intesa, quella reazione incoercibile, che aumentò la curiosità di Saulina e il disagio del giovane.

« Con lui imparerai a leggere, scrivere e far di conto », intervenne provvidenzialmente Giuseppina.

« Tutto insieme? » domandò Saulina spaventata.

« Questo lo deciderà il tuo precettore dopo avere valutato le tue possibilità. Lo chiamerai signor maestro. E sarai sempre rispettosa e ubbidiente. »

Saulina chinò il capo rassegnata, non convinta.

« Adesso? Così? » cercò di prendere tempo.

« Subito, signorina », puntualizzò l'abate. Aveva una voce sottile ma penetrante da cherubino che stonava sulla sua faccia da predatore affamato.

« Sì, signor maestro », obbedì Saulina.

« Tanto perché tu lo sappia », riprese, « mi chiamo Antonio Ceppi. Io ti parlerò in italiano, e tu dovrai sempre rispondermi in italiano. »

« Sì, signor maestro. »

« Quando sbaglierai io ti correggerò. Sono qui per questo », abbozzò un sorriso mostrando più d'un dente guasto alla padrona di casa che si disponeva ad andarsene.

« Non sarà tanto difficile come adesso credi », la rincuorò Giuseppina.

« Sì, signora », rispose automaticamente con voce triste.

« Mi aspetterai nella tua stanza », la catechizzò l'abate Ceppi. « Ti siederai al tavolo e quando entrerò dovrai alzarti e fare la riverenza. »

« La riverenza? » si stupì la ragazzina.

« Non pretendo questo per la mia umile persona », si schermì. « Ma per il rispetto delle buone regole che dovrai imparare. »

Saulina sentì irresistibile il desiderio di scappare, pensò al respiro e al profumo dei suoi boschi, ma pensò anche alle mani pesanti del padre, all'aggressività dei fratelli maggiori, alla disperazione della madre, alla miseria del borgo. In questo modo riuscì a padroneggiarsi. Quella dell'abate e dello studio, dell'apprendimento delle buone maniere era pur sempre una novità e la mattinata, con un po' di buona volontà, sarebbe passata presto. Nel pomeriggio di quel giorno si sarebbe verificato un evento grazie al quale Saulina avrebbe potuto realizzare la sua massima aspirazione. Giuseppina le aveva detto che il generale Bonaparte sarebbe venuto a trovarla, si sarebbe fermato a pranzo e forse si sarebbe trattenuto il tempo di una lunga conversazione.

« Allora vogliamo cominciare? » l'ammonì l'abate vedendola distratta.

« Sì, signor maestro », disse con allegria, improvvisando sotto lo sguardo divertito di Giuseppina una goffa riverenza.

# 7

SAULINA mangiava in cucina con la servitù, che aveva per lei un occhio di riguardo e la collocava in una posizione di privilegio. Mangiava in cucina, ma non era una serva come testimoniavano le affettuose attenzioni della cuoca, del maggiordomo, delle cameriere.

Aveva divorato una robusta porzione di risotto giallo con l'ossobuco e stava per affrontare un'imponente ciotola di ciliegie, quando udì l'argenteo tintinnio della campanella al portone di casa. Il suo cuore fece una capriola, una stretta le mozzò il respiro, il sangue affluì alla faccia che prese il colore scarlatto delle ciliegie.

« È arrivato! » gridò scattando in piedi per correre alla porta. Finalmente avrebbe rivisto l'uomo bello, giovane e forte che era sceso fino a lei per offrirle la tabacchiera, il prezioso talismano dal quale non si sarebbe mai più separata. Come non avrebbe mai dimenticato la promessa del generale: « Saulina Viola », le aveva detto, « io ricorderò sempre il tuo nome. E ricorderò che hai rischiato la tua vita per la mia. Se un giorno avrai bisogno di me, io correrò in tuo aiuto ».

« È arrivato! » ripeté con gioia incontenibile.

Giannetta la fulminò con lo sguardo.

« Rimettiti subito a sedere », la richiamò all'ordine.

« Ma ti dico che è proprio lui! » insisté, persuasa che per convincere la guardiana bastassero la sua sincerità e il suo stupore.

« Questo lo so », disse la domestica.
« E allora andiamo! » esclamò.
« Non tocca a te l'onore di riceverlo », la gelò sbarrandole il passo. « Pranzerà con madama Giuseppa e, quando sarà il momento, se lo riterrà opportuno, sarà lui a farti chiamare. »
« Ah, è così, dunque? » osservò Saulina con gli occhi lucidi, mentre riprendeva il suo posto a tavola.
La casa era diventata improvvisamente triste e inospitale; negli sguardi dei domestici, fino a un momento prima cordiali o affettuosi, la ragazzina lesse segni di ostilità per lei: persino le ciliegie erano impallidite.
« Ma che cosa ti sei messa in testa? » l'apostrofò Giannetta. « Chi ti credi di essere? »
« Nessuno mi credo di essere », disse anche se era convinta di essere più importante di chiunque altro per il generale.
« Il comandante dei francesi è una persona importante », sottolineò Giannetta.
« Lo so », sussurrò lei.
« Mica puoi pensare che sia uno da trattare da pari a pari come noi. »
Saulina riuscì a reprimere i singhiozzi per non dare soddisfazione all'arrogante guardiana che era la sola, in un certo senso, a gioire delle sue cocenti delusioni.
« Posso almeno andare nella mia stanza? » domandò garbatamente. Proprio mentre arrivava il suo idolo non voleva rendersi responsabile di una qualsiasi mancanza.
« In camera tua? » l'interrogò Giannetta messa in sospetto da tanta docilità.
« Ho già finito di mangiare », continuò assumendo il tono della sottomissione; ma non le servì molto.
« Se vuoi rispettare le buone maniere, devi aspettare che anche gli altri abbiano finito. Soltanto quando tutti noi ci alzeremo da tavola », la liquidò bruscamente, « anche tu potrai andartene e ritirarti in camera tua. »
I valletti intanto avevano infilato sveltamente la livrea per correre dall'illustre ospite, ma anche la cuoca e la stessa Giannetta considerarono finito il loro desinare.
Da un momento all'altro la padrona avrebbe suonato per il servizio di camera o per quello della sala da pranzo. Cameriere e camerieri dovevano mettersi in ordine per essere pronti a intervenire. Il maestro di casa, con la severità del suo sguardo,

ammonì i collaboratori a comportarsi con servizievole sveltezza senza commettere errori.

Nel nuovo clima di attesa Saulina, prima di quanto pensasse, ebbe l'opportunità di sgattaiolare fuori dalla cucina e salire al primo piano dove, invece di prendere la direzione della sua camera, andò a infilarsi nella sala da musica, un vasto ambiente chiaro, finemente affrescato, dove troneggiavano un clavicembalo e un pianoforte. Qui Giuseppina Grassini si esibiva per i selezionati ospiti della sua casa. Saulina non si nascose nel locale per rivivere musicali reminiscenze, bensì per tenere d'occhio la porta che dava nel salotto giallo, dove Giuseppina soleva intrattenersi con gli ospiti e dove lei sperava di venire presto chiamata.

Con la fantasia accesa da questa prospettiva, sedette compunta su una seggiolina bassa, dallo schienale imbottito, accanto a una finestra che dava su un vicolo della contrada di Sant'Andrea. In quel momento pecore e caprette passavano sotto il palazzo. Saulina ascoltò i belati, i richiami del pastore, l'abbaiare grintoso del cane e pensò che quel gregge doveva venire da molto lontano per passare da Milano in giorni così vicini all'estate.

I belati si allontanarono, venne il silenzio e l'attenzione della ragazzina ritornò al suo pensiero fisso. Perché ancora non la chiamavano? Sentiva dei rumori cui obiettivamente non sapeva attribuire un significato preciso, ma che le davano un senso di fastidio. Erano ignoti brusii, indecifrabili ammiccamenti verbali, misteriose e inquietanti comunicazioni. Con il cuore in tumulto, anche per il timore di essere scoperta, s'accostò alla porta del salotto giallo e si pose in ascolto.

Sentì la risata argentina, un po' smorzata, di Giuseppina, strani sospiri e la voce del generale che ordinava in modo supplichevole e si esprimeva sui toni bassi in una lingua incomprensibile.

Ma perché non la chiamavano? Perché le acustiche schermaglie che filtravano dalla porta del salotto giallo la sconvolgevano? Che bisogno c'era di escluderla? Lei voleva rivedere il generale perché se esisteva nella sua piccola anima un sentimento che assomigliasse all'amore, un sentimento che le gonfiava il petto e le pulsava nelle tempie, era per il generale Bonaparte, per l'uomo bello, potente e buono che le aveva promesso aiuto e protezione. Era vittima del primo folle, lacerante innamoramento e percepiva quelle sospirose effusioni come gli artigli della gelosia che le dilaniavano l'anima.

Perché non la chiamavano? Perché lui non diceva con la sua bella voce: « Voglio vedere Saulina! » Era questo che lei sperava più di ogni altra cosa, un invito che le avrebbe fatto dimenticare la gelosia, il risentimento, l'angoscia.

Si portò una mano alla cintura dell'abito. La tabacchiera era lì, cucita alla fodera e quella presenza dava un significato concreto ai sentimenti che il generale le aveva espresso davanti a tutti, nell'aia di Corte Regina. La presenza della tabacchiera testimoniava la verità dei suoi pensieri. Come poteva avere dimenticato la sua promessa solenne?

Tutti l'ammiravano e la rispettavano perché aveva salvato la vita a Napoleone Bonaparte, ma questo, in verità, era il solo punto che non la convinceva. La saggezza dei vecchi e l'esperienza di ogni giorno le insegnavano che la vita e la morte si assomigliano e che soltanto il buon Dio può modificare il corso degli eventi fatali. Vivere e morire, per lei, erano fatti assimilabili allo sbocciare e all'appassire di un fiore.

Rapida come lo scoccare di una scintilla, aveva visto aprirsi una dimensione nuova quando il guerriero gentile, che guidava gli eserciti alla conquista del mondo, s'era inginocchiato davanti a lei e le aveva fatto nascere dentro un sentimento profondo e indefinibile, le aveva fatto scoprire un vuoto che si sarebbe colmato soltanto se lui le avesse ripreso le mani tra le sue, come quel giorno a Corte Regina.

Giuseppina aveva ricevuto Napoleone nel salotto giallo.

« Siete in ritardo, *mon général* », lo rimproverò con fare vezzoso. « Vi aspetto da più d'un'ora, sapete? Dovrei essere in collera con voi. »

« Se è la collera che vi rende ancor più desiderabile », replicò dopo averle baciato la mano, « dovrò regolarmi in questo senso per il futuro. »

« Siete imperdonabile », disse modulando la voce e dondolandosi sulle anche come usava fare sulla scena.

« Sapete bene quanto gravi e assidui siano gli impegni che devo affrontare in questa città », sentì l'obbligo di giustificarsi nel rispetto dei preliminari. « Il tempo è un tiranno che non riuscirò mai a vincere. » La sua voce raccontava cose lontane, mentre il suo sguardo accarezzava l'oggetto del suo ardente desiderio.

« Comunque siete qui », osservò con melodrammatica efficacia Giuseppina. Le lunghe, seriche ciglia sbattevano sugli occhi languidi, la punta rosa della lingua passava sulle labbra sensuali.

« Mi accusano di essermi abbandonato all'ozio. Qualcuno ritiene di trovare un calzante termine di paragone in Annibale. Dicono che ho trovato la mia Capua a Milano. Glielo lascio credere. »

« Questi pettegolezzi potrebbero nuocervi », si preoccupò madama Grassini.

« Per una volta la maldicenza otterrà un effetto contrario a quello desiderato. Gli austriaci hanno le loro spie pronte a riferire anche queste voci. Si convincano pure di avere di fronte un generale dissoluto », disse abbandonandosi sulla *dormeuse.* « I nemici sono più vulnerabili nel momento in cui sottovalutano l'avversario. »

« Non m'intendo di strategia militare », ammise Giuseppina sedendosi al suo fianco, « ma posso personalmente testimoniare sulla vostra dissolutezza. »

Il generale sembrò non averla ascoltata.

« Sono distrutto dalle notti insonni, dalle battaglie, dagli spostamenti, dagli impegni con gli uomini che dovrebbero facilitare il mio compito nei paesi occupati. Il Direttorio non mi dà pace. I soli istanti liberi sono quelli che passo con te », disse passando dal voi al tu.

« Me lo auguro di cuore. »

« E non vorrei perderti per giustificare un piccolo ritardo. »

« E allora spiegatemi », lo sfidò la cantante alzandosi improvvisamente in piedi per meglio sostenere le sue ragioni, « visto che i vostri impegni non vi lasciano il tempo per respirare, spiegatemi come avete potuto dedicare ore e ore al sarto della principessa Visconti. »

« Il sarto della principessa Visconti è anche il mio sarto. Ecco la spiegazione. »

« Ma in città non si parla d'altro. »

« Perché il passatempo preferito a Milano è il pettegolezzo: al corso come nei salotti. »

Giuseppina recitava soltanto in parte.

« Lo sanno tutti che la principessa Visconti stravede per

voi. Lo sanno tutti che sta facendo follie per amor vostro », rincarò la dose come se interpretasse uno dei pezzi più difficili del suo vasto repertorio.

« Tutte le famiglie di Milano fanno a gara per ospitarmi », disse il generale divertito.

« Ma la principessa Visconti vi ha regalato due cavalli bai. »

« Animali superbi », ammise il giovane.

« E ora si offre di rifarvi il guardaroba. »

Il comandante espresse tutto il suo stupore: quella donna avrebbe fatto furore nei servizi segreti di qualsiasi Stato.

« È un dovere dei milanesi abbienti restituire dignità formale agli ufficiali dell'Armata d'Italia che hanno lasciato brandelli delle loro uniformi nel genovesato e sul ponte di Lodi. Non è poi un sacrificio tanto grande in cambio della libertà. »

« *Liberté, égalité, fraternité* », pensò Giuseppina ricordando una strofa che a Milano si cantava già pochi giorni dopo l'arrivo dell'esercito napoleonico, « *i frances in carrozza e num a pé.* » Ma era troppo astuta e sottile per dire tutto quello che pensava. Così rimase sul terreno della schermaglia amorosa, un campo nel quale lei si muoveva con grande abilità.

« Avete passato la mattina a provare calzoni e *redingote* », l'accusò spingendo qualche lacrimone a rotolare sulla gota con teatrale maestria. « Non è forse così? »

La gelosia della bella cantante sembrò eccitare l'uomo che se la prese in grembo e cominciò a sfiorarle il collo con piccoli baci.

« Vi assicuro che le vostre preoccupazioni sono senza motivo », la consolò.

« Provatemelo », lo sfidò.

« Visto che amate tanto i pettegolezzi, mia cara, voglio regalarvi una primizia. »

Giuseppina si asciugò le lacrime con un fazzolettino ricamato. La curiosità della donna prevalse su tutto.

« Vi ascolto », disse fingendo severità.

« La principessa Visconti non s'aspetta nulla da me. »

« E perché dovrei credervi? »

« Perché si è rivolta al generale Berthier, quando si è resa conto che il comandante in capo era inespugnabile. »

« Ne sono lusingata », l'abbracciò. « Ma vorrei almeno una prova. »

« La Visconti e Berthier hanno avuto una folle notte d'amore. Lui stamattina s'è compiaciuto di mettermi a parte di alcuni piccanti particolari. »

« Senti, senti », esclamò Giuseppina Grassini. « Ecco perché ieri sera non ho visto né la principessa né il vostro capo di stato maggiore al ballo in casa Tanzi. »

« Probabilmente erano insieme da qualche parte. Il vecchio Berthier », commentò scrollando il capo, « gagliardo come un giovanotto. »

« A quarantadue anni, mettersi a giocare all'innamorato », lo criticò lei.

« È il più anziano dei miei ufficiali », replicò orgogliosamente Napoleone, « forse è il più vecchio dei miei soldati, ma sfido chiunque a stargli alla pari. »

« Quella sgualdrina! » scattò la cantante che s'era dimenticata di Berthier per inquadrare la possibile rivale. « Certo non sta con lui per amore. »

« L'amore! » si rabbuiò Bonaparte alzandosi in piedi e mettendosi a camminare avanti e indietro per la stanza. « Anch'io sono stato vittima di questo pernicioso sentimento. Il solo risultato possibile dell'amore è l'infelicità. Amore è una parola vana. Un penoso stato d'animo: porta più danni che vantaggi. »

« Allora... io? » domandò imbronciata.

« Voi, che cosa? » l'apostrofò severamente fermandosi davanti a lei. Lo sguardo tagliente diceva la sua collera più del tono della voce e delle stesse parole.

« Dunque voi non mi amate? »

« Io vi desidero. E il desiderio è ben più importante di qualsiasi specie d'amore. »

« Oh, *mon général*! » esclamò felice.

« Così mi piacete », l'adulò. « Questo il vostro ruolo », soggiunse baciandola sulla guancia. « Voi siete la mia consolatrice. »

« Sedetevi, amico mio », l'invitò offrendogli da una scatola di porcellana delle praline all'anice di cui era ghiotto. « Mi piace il vostro nome, Napoleone. Suona bene. Mi piace pronunciarlo perché è immenso come la vostra gloria. »

L'ufficiale socchiuse gli occhi grigioazzurri e le belle labbra, che lo facevano somigliare a sua madre, s'incresparono appena.

« È strana la vita », disse con disinganno.

« Non mi credete? » s'imbronciò la cantante che passava dal riso al pianto con l'abilità di una teatrante.

« Vi credo, mia dolce signora », la rassicurò, « ma ridereste se vi dicessi che il mio nome italiano fu oggetto di scherno e di dileggio. »

« Nessuno oserebbe tanto nell'udire il nome del trionfatore di Lodi! » s'elettrizzò la donna.

« Il trionfatore di Lodi fu uno straniero inerme tra gli orgogliosi francesi, un piccolo corso tra i monaci di Brienne che si occuparono della sua prima educazione. » Dov'erano quei feroci coetanei che nel collegio disprezzavano le sue umili origini? Ebbe un moto di stizza. « Ora tremerebbero », pensò.

« Dite questo per farvi gioco di me », replicò Giuseppina.

« In un certo senso », si sforzò di sorridere.

« Siete l'uomo più imprevedibile che abbia mai conosciuto », esclamò con ammirazione. « Siete il più grande ».

E assumeva davvero proporzioni gigantesche lo smilzo ufficiale dal fisico asciutto e scattante, il colorito olivastro e i capelli neri come l'ala di un corvo.

« Siete adorabile, mia dolce amica. »

« Sono disposta a perdonarvi qualsiasi insolenza », lo assolse. « Domani c'è un ballo in onore dei francesi », cambiò improvvisamente discorso, « sarete dei nostri? »

« No », disse seccamente. « Detesto i balli, i ricevimenti, le feste; riempiono le orecchie di parole e lo stomaco di porcherie. » La severità dei grandi occhi grigi la mise in soggezione.

« A volte mi fate paura », disse Giuseppina percorsa da un fremito.

« Perdonatemi », la rincuorò prendendole la mano. « Il mio nervosismo non è per voi. »

Sentì irresistibile il desiderio di parlare, di confidarsi; era un uomo e parlava alla sua donna che in quel momento lo seguiva con materna condiscendenza.

« Questi per me sono giorni terribili », confessò. « Il Direttorio non mi dà pace e mi manda una serie di ordini idioti che non potrò eseguire. »

I grandi occhi di Giuseppina, l'espressione dolce del suo volto rassicurante, il sorriso vagamente ironico, la voce calda venata di malinconia, gli ricordavano la madre che lo aveva allattato al fuoco dei bivacchi, a ridosso delle foreste di lecci e di faggi, sulle montagne dell'aspra e amata isola, mentre il padre, giovane e indomito ufficiale, combatteva gli odiati nemici francesi. La cantante era troppo lontana dai pensieri segreti dell'uomo per intuirne l'intima essenza, ma sentiva sulla pelle il suo desiderio di parlare, di confidarsi. Giuseppina capì ch'era il momento di ascoltare il suo focoso, tenero, imprevedibile condottiero che stava lì, nel suo salotto, mentre le unità avanzate dei francesi si concentravano su Borghetto, lungo il Mincio, da dove sarebbero avanzati su Verona.

« Secondo i Direttòri », esclamò Napoleone, « dovrei tenere a bada gli austriaci con metà dell'armata e con l'altra metà conquistare l'Italia. »

Giuseppina annuiva. « Voi potreste conquistare il mondo soltanto con la forza del vostro sguardo », avrebbe voluto dirgli, perché la forza che sprigionava da quel ragazzo di ventisei anni era immensa. Invece tacque.

« Che senso ha aver preso Milano se non si conquista Mantova? » incalzò lui. « Beaulieu sconfitto sull'Adda ha potenziato la guarnigione di Mantova con undicimila uomini. Una fortezza al centro di un acquitrino difesa da trecento cannoni. E intanto bisogna arrivare all'Adige. » Fece un gesto stizzoso poi andò verso la finestra con le mani intrecciate dietro la schiena.

Anche la donna, abituata più alle frivolezze che ai discorsi sulla guerra, sapeva che il problema dell'armata francese era il denaro, i vettovagliamenti, i cavalli, le divise, gli stivali. Si parlava molto di quest'armata di allegri straccioni con ufficiali che avevano un paio di stivali in due e quando uno usciva l'altro era costretto a rimanere nel proprio alloggio. Amabili e gioviali, per quanto la riguardava, questi francesi; ma ladri patentati per necessità. Tuttavia i lombardi si dimostravano tolleranti, almeno fino a quando i nuovi conquistatori non interferivano nei loro affari, come avevano sempre preteso di fare gli austriaci.

C'era qualcosa, nella figura del Bonaparte, che ispirava fiducia sia ai soldati della sua armata sia ai notabili milanesi. Era potente, superbo, autorevole. Le donne impazzivano per lui, gli uomini strisciavano ai suoi piedi. Giuseppina Grassini era la sua prima avventura extraconiugale milanese e se ne compiaceva. Tutti sapevano, infatti, che Napoleone soffriva di nostalgia per la bella moglie, una nobile sfuggita alla ghigliottina, che lo aspettava in Francia.

Giuseppina Grassini, stella del Gran Teatro, non era una

nobildonna, ma un'autentica figlia del popolo e viveva nel tramonto di un secolo che pur fra tanti errori aveva illuminato gli angoli più remoti alla ricerca della verità. Lei amava quanto c'era di più autentico nella sua vita: la musica e l'amore. Essere desiderata dal generale in capo dell'armata d'Italia, l'uomo più potente del momento, appagava la sua ambizione di donna e di artista.

Si avvicinò al Bonaparte, intuendo che il suo sfogo era finito, e prese ad accarezzargli la nuca. Lui chiuse gli occhi abbandonandosi alle sue mani.

# 8

SAULINA restò immobile in una spasmodica attesa. Adesso dal salotto giallo non filtrava più alcun suono. Che fossero usciti senza chiamarla? Che si fossero dimenticati di lei? Abbassò con cautela la maniglia di ottone sbalzato, spinse la porta che scivolò docile sui cardini e guardò nel salotto attraverso lo spiraglio aperto. E finalmente lo vide. Era in maniche di camicia, i neri capelli un po' in disordine, il volto di un ovale pieno. La sua marsina blu dai risvolti rossi era abbandonata per terra. I pantaloni bianchi, attillati, gli modellavano le gambe nervose e finivano negli stivali neri e lucenti.

Era sdraiato sulla *dormeuse*, come madama Giuseppa chiamava una specie di grazioso lettino imbottito e rivestito di broccato color oro. Posava il capo sul grembo di Giuseppina che si chinava su di lui. Si baciarono a lungo e a Saulina parve non respirassero neppure. Non vista, guardò quella scena che non sapeva spiegare ma che le procurava un dolore atroce.

« Vieni, andiamo a letto », mormorò la cantante con voce roca.

« Qui va benissimo per fare l'amore », disse lui infilandole una mano nella scollatura.

Era dunque quello l'amore? Quel denudarsi osceno e concitato, quello sventolio di gonne, quella torbida aggressività fatta di sospiri animaleschi e di frasi spezzate, di parole penetranti come coltelli? Erano l'amore quegli indecenti toccamenti, quell'impudico sovrapporsi di corpi che le ricordavano gli accoppiamenti degli animali e i furiosi brevi incontri tra sua madre e suo padre, quando credevano che i bambini fossero addormentati? Era uno spettacolo brutto e volgare che le procurava dolore, un'atroce, insopportabile sofferenza.

All'improvviso si sentì tirare per i capelli.

« Brutta intrigante », incalzò Giannetta trascinandola via e richiudendo piano la porta.

« Lasciami. Non toccarmi o urlo », Saulina la minacciò.

Giannetta abbandonò la presa. Se la ragazzina avesse strillato, la Grassini e il suo ospite l'avrebbero sentita.

« Adesso vai anche a spiare nell'intimità della mia padrona », la rimproverò con voce dura.

« Io non vado a spiare nell'intimità di nessuno », singhiozzò.

« Piangi tanto per una tirata di capelli? » si stupì la cameriera che adesso cominciava a preoccuparsi della reazione di quella « scimmia malerbetta ».

« Io non piango per niente e per nessuno », fece decisa asciugandosi la faccia.

« Meglio così », ribatté Giannetta avendo ritrovato la sua severità. « E che non ti scopra un'altra volta a spiare dalla porta. »

« Tu non mi scoprirai mai più in nessun posto », disse la ragazzina sgusciandole davanti come un razzo.

« Saulina, vieni qui, non fare la stupida », le gridò dietro Giannetta. « La padrona ti punirà se non torni subito indietro. »

Ma lei era già lontana. Aveva sceso a precipizio lo scalone, era uscita dalla porta e, spinta da una forza irresistibile, era corsa lontano da quella casa, da quella gente, da quella contrada, da quella città, da Giannetta che detestava, dalla cantante che l'aveva tradita, da quell'odioso generale Bonaparte che, dopo essersi inginocchiato davanti a lei come se avesse voluto deporre il mondo ai suoi piedi, l'aveva volgarmente offesa, profondamente umiliata rendendosi responsabile di una turpitudine senza nome, comportandosi come un animale, come suo padre Ambrogio Viola.

Saulina si trovò di nuovo davanti alla chiesa di San Babila nel traffico cittadino che le parve più aggrovigliato, tra gente che adesso sentiva estranea, quasi ostile. Si guardò intorno senza sapere quale strada scegliere: era confusa, sconvolta e le lacrime le velavano gli occhi. Non aveva idea di dove sarebbe andata, ma voleva allontanarsi sempre più dal luogo dove aveva subito la più atroce offesa della sua giovane vita. Per evitare due uomini in divisa che le venivano incontro dal fondo della strada, voltò a destra. Rallentò il passo per non dare troppo nell'occhio, poi riprese a correre lungo la corsia dei Servi.

« Vuoi farti ammazzare? » le gridò il vetturino mentre una carrozza la sfiorava.

Scartò sveltamente, urtò dei passanti che si voltarono a guardarla pieni di stupore e continuò la sua corsa cieca fino a quando non raggiunse la piazza del Duomo. S'infilò sotto il coperto dei Figini e, dopo averlo percorso in tutta la sua lunghezza, si fermò nuovamente. Un assembramento le impediva di proseguire.

Ansimava per la folle corsa, aveva il cuore in gola, le guance infuocate e lo sguardo pieno di paura. Non sapeva dove andare. Si guardò intorno smarrita e terrorizzata, ma non piangeva più. L'affanno era soltanto esteriore, perché dentro di lei c'era un dolore lucido e freddo, sordo, senza concitazione. Pensò che in fondo era stata fortunata a non destare l'attenzione delle guardie, dei soldati o semplicemente dei passanti, e dal momento che non aveva nessuna intenzione di ritornare sui suoi passi e sulle sue decisioni, convenne che un atteggiamento composto era il modo migliore per passare inosservata.

Si riassettò il vestito, si passò ripetutamente la mano fra i capelli, cercò di mettersi in ordine e si aprì un varco tra la folla eterogenea che gremiva uno slargo della contrada di Santa Margherita. Si trovò dinanzi a un palco di legno addobbato con un drappo rosso smunto, malamente rappezzato. Facce attente e stupite guardavano in alto verso un tipo smilzo con gli occhietti furbi e penetranti, la faccia scarna ornata da una puntuta barbetta caprina e da un naso prominente. Aveva in testa una vetusta parrucca dove polvere e cipria si sovrapponevano confondendosi; indossava una *redingote* grigia trapunta di ricami; calzava logore scarpette di coppale.

« Il chirurgo dentista ed ernista Calderini Anastasio, matricolato in quest'alma città, si presenta all'inclito pubblico per offrirgli i suoi servigi. » Lo strano e inquietante personaggio si rivolgeva alla gente parlando una lingua che era un misto di dialetto milanese e di italiano colto che il pubblico mostrava di apprezzare.

Saulina, ascoltandolo, dimenticò l'atroce affronto di cui si era sentita vittima e avvertì che una generica solidarietà la legava agli uomini e alle donne che sostavano sulla via con gli occhi al cielo e la bocca aperta. Il chirurgo Anastasio Calderini saettava intorno i suoi occhietti puntuti catturando l'attenzione ora dell'uno ora dell'altro e teneva in soggezione l'uditorio.

Parlava della salute, assicurava guarigioni rapide e sicure, garantiva la liberazione dal male e dagli affanni. Prometteva tutto e subito per una cifra modica; il miracolo che la gente si aspetta dalla scienza, quello che giustifica e conferma la sopravvivenza dei ciarlatani. Accanto all'uomo, sul palco improvvisato, un tavolino con boccette, bottigliette e ferri strani.

« Opero nella maggior parte li denti guasti per la loro conservazione », continuò il singolare personaggio, « e, solo nell'estremo, mi risolvo a estrarli destramente. Li pulisco dal tartaro, calcinaccio e ogni altra sozzura. Fermo i vacillanti, eguaglio gli allungati, impiombo li cariati, dissecco li vasi insinuanti nelle radici, distruggo insomma la causa delle eccessive flussioni e insopportabili dolori. Li rimetto posticci e manualmente opero per tanto spettasi alla bocca, quanto dalla chirurgia francese, inglese ed italica possasi sperare. »

Saulina era affascinata da quell'insolito eloquio.

« Ripongo altresì ogni ernia », riprese il cerusico, « e fabbrico nuovi cinti per ritenerla e impedire i suoi accidenti. Invito pertanto i presenti a profittarsene di sì necessaria, utile e decorosa professione. »

« Io, signore », si fece avanti Saulina, « io vorrei profittarmene. »

L'elegante abito di mussola con la cintura di velluto, oltre il volto civile e graziosissimo, suscitarono l'interesse e la cortesia dell'oratore.

« Accomodatevi, dunque », l'invitò con bel garbo il chirurgo dal gran naso e dalla barbetta caprina, offrendole una mano per facilitarle la salita sul palco. « E ditemi, di grazia, qual è il malanno che vi affligge? »

Il pubblico seguiva con interesse lo svolgersi degli eventi, aspettando di conoscere i malanni che affliggevano una ragazzina tanto ben vestita e dall'apparente buona salute.

« Ecco », disse Saulina con incredibile faccia tosta, « io non ho disturbi ai denti. » Era incapace di spiegare anche a se stessa le ragioni di quella bravata. « Né soffro di ernia. Per la verità non ho male da nessuna parte. Nel corpo. » Si comportava come una consumata commediante e qualcuno rise, pensando al divertimento di una ragazzina ricca che recitava una parte per stupire la governante o un familiare.

« E allora per quale ragione la piccola vorrebbe approfittare della mia necessaria, utile e decorosa professione? » l'interrogò affabile, cercando tra la gente la persona che certamente accompagnava la impertinente ragazzina e che adesso si stava godendo lo spettacolo.

« Vorrei poter guardare come riuscite a fare tutte quelle cose che dite di saper fare su chi ne ha bisogno. »

Qualcuno approvò l'intervento che prometteva di arricchire una situazione già di per sé interessante; altri sorrisero, mentre gli sguardi si facevano più attenti in attesa di nuove sorprese.

« Se questo vi piace, non mancherà l'occasione di accontentarvi », promise con serietà il chirurgo Calderini.

Saulina fece una riverenza che risultò molto più graziosa di quella fatta, la prima volta, al suo precettore.

« Vi ringrazio », disse.

L'uomo dagli occhietti furbi e dalla barba caprina guardava quel bocciolo di bambina senza sorridere, intravedendo dietro la femminilità nascente la donna che sarebbe diventata di lì a poco. Deglutì faticosamente: un nodo di desiderio gli serrava la gola. La vista di quella splendida adolescente lo aveva sconvolto. Ma doveva essere molto cauto e controllare ogni suo gesto.

Le bambine erano il suo vizio segreto e, fra quelle che gli avevano acceso i sensi, questa creatura soavemente elegante era certo la più desiderabile. Se però si fosse tradito, non avrebbe avuto scusanti questa volta. Le guardie del ducato di Modena l'avevano già rinchiuso in un durissimo carcere per aver molestato una bambina. Non poteva rischiare di compromettersi anche a Milano.

Intanto tra la folla si faceva strada un omone grande e grosso dalla faccia gonfia e lo sguardo disperato.

« Venite, buon uomo », gli disse il chirurgo che non aveva bisogno di spiegazioni per capire la sofferenza del poveretto.

L'aiutò a salire sul palco, lo fece accomodare su uno scranno e, dimenticando momentaneamente Saulina che rimase accanto al tavolino su cui erano allineati i vari medicamenti, prese a descrivere il caso clinico che aveva sotto gli occhi.

« Come lor signori possono osservare », esordì, « il pover'uomo soffre dolori tremendi a causa di una flussione insinuatasi nelle radici di un dente cariato per sanare il quale non sarà bastante l'impiombatura essendo il dente medesimo insanabilmente guasto. » Il chirurgo parlava con grande solennità, gestendo pacatamente, indicando il malato e la malattia, senza perdere d'occhio l'uditorio.

Saulina era piena d'interesse per i fatti che si svolgevano sotto i suoi occhi e la curiosità aveva scacciato i cattivi pensieri che l'avevano spinta fin lì. Quando il chirurgo prese dal tavolino un ferro lanceolato, che mostrò al pubblico mentre proseguiva la dotta spiegazione volta a rassicurare il paziente attuale e quelli futuri, Saulina si preparò ad assistere all'operazione.

« Con questo ferro », spiegò, « signore e signori, andrò a incidere il bubbone che si è formato alla base del dente, ovverosia nella gengiva, onde tutta la materia putrida contenuta possa fluire all'esterno, liberando il paziente dal dolore che l'affligge. Voi allora vedrete come per miracolo che la sua faccia si sgonfierà. Allora, con l'aiuto di un'apposita tenaglia, potrò prestamente estrarre il dente che è stato causa di questo infortunio. »

Si rivolse quindi a Saulina come a un'assistente.

« Dammi quella scatoletta nera », ordinò alla ragazzina che lo guardava attonita, senza perdere una sillaba o un movimento.

« Quale, signore? »

« Quella che ha sul coperchio una biscia d'oro. »

Saulina obbedì prontamente.

« Qui, signore e signori, c'è un unguento preparato dallo speziale su mia indicazione, il quale unguento, spalmato sulla parte da incidere, ha il potere di renderla insensibile al dolore. »

Quando il chirurgo incise la gengiva fu chiaro a tutti che alle alate parole non corrispondevano fatti miracolosi e l'urlo terrificante del paziente testimoniò l'inefficacia della pomata anestetica.

Saulina, mossa a compassione per la sofferenza dell'uomo, gli andò vicino e gli prese la mano. Il paziente si placò e il chirurgo poté concludere la cruenta estrazione, trasferendo poi l'arte sua su altri uomini e donne bisognosi di cure.

Al calar della sera le rondini fendettero l'aria con allegri squittii, avvicendandosi nei nidi sotto le gronde; vennero accesi i lumi ad olio davanti alle immagini sacre dipinte sui muri delle case e nell'aria cominciò a spandersi l'odore della salsiccia, della polenta, dei piccioni arrosto e delle cotolette impanate che proveniva dalla vicina trattoria della Fenice, sotto il coperto dei Figini.

All'imbrunire, curiosità e dolore si sciolsero intorno al palco e la piccola folla che aveva assistito ai prodigi del chirurgo Anastasio Calderini si diradò e si disperse e l'uomo cominciò a riporre attrezzi e medicamenti.

« Tu non vai? » domandò a Saulina che lo guardava immobile e sembrava in attesa di ordini.

« Ora vado », mormorò.

« Così bella », l'adulò, « così elegante e così sola. Perché sei sola, vero? » domandò. E senza attendere una risposta soggiunse: « Questo è molto male con i tempi che corrono ».

Saulina non riuscì a spiccicar parola e il chirurgo s'arrovellava per capire il mistero di una ragazzina dall'aria tanto dolce e perbene che all'imbrunire s'aggirava ancora per la contrada di Santa Margherita, sola.

La guardò sforzandosi di non lasciar trasparire il suo desiderio smanioso.

« Prendi questi », disse offrendole cinque centesimi che aveva pescato nel taschino del panciotto.

« Perché? » si stupì la ragazzina, lasciando l'uomo con la mano tesa.

« Perché ti sei guadagnata la giornata. » Effettivamente gli era stata di molta utilità.

« Non voglio soldi », reagì Saulina.

« E allora, che cosa vuoi? » Quella presenza gli rimescolava il sangue.

« Voglio tornare a casa », lei disse, improvvisamente triste. Le voci della sera piene di caldi richiami le facevano nascere dentro un'acuta nostalgia che potenziava lo smarrimento, il vuoto incolmabile dell'abbandono.

« Nessuno te lo impedisce », osservò l'uomo. Non aveva ancora commesso nessuna azione sconveniente e poteva permettersi di giocare a quel gioco eccitante.

« Il fatto è che non conosco la strada. »

« Vuoi dire che non sai dove abiti? »

« Lo so e non lo so. » In città aveva perso il senso dell'orientamento che nel bosco aveva spiccatissimo.

Il chirurgo si grattò la parrucca più polverosa che incipriata e si domandò se non avrebbe fatto bene a consegnare quella piccola sventata a una guardia.

« Mi stai prendendo in giro? » chiese.

Saulina scosse il capo in segno di diniego e si rese conto che il desiderio non la spingeva verso il borgo di Corte Regina, ma verso la ricca casa di Giuseppina Grassini. La scena che aveva provocato la sua fuga era ormai sbiadita e aveva perso gran parte della sua drammaticità. Il chiodo della gelosia era stato schiacciato da quello ben più rilevante della solitudine.

« Abito in contrada del borgo di Sant'Andrea », disse.

« E perché non ci vai? »

« Perché non so la strada. »

L'uomo si accarezzò la barbetta caprina. Sapeva che in quella contrada c'erano le dimore di persone importanti: i Verri, per esempio, e i Marliani, nel cui palazzo aveva sede il Monte Camerale di Santa Teresa, abitavano lì. Conosceva anche i borghi circostanti: Borgo Spesso, Borgo di Santo Spirito, Borgo del Gesù, così chiamati perché un tempo erano esclusi dalla cerchia delle mura romane. Ora invece erano famosi per le residenze sontuose dei milanesi più in vista.

« Alla tua età non sai tornare a casa? » inquisì il chirurgo che intanto andava riponendo in bell'ordine i ferri del mestiere.

« Il fatto è che io non sono di qui », si confidò. « Vengo da molto lontano. »

Era un'ipotesi verosimile. Poteva essere ospite di gente facoltosa e Anastasio Calderini pensò che se l'avesse accompagnata a casa avrebbe ricavato un congruo compenso. C'era tuttavia un fatto che non lo convinceva: s'era accorto da inequivocabili segni che la ragazzina non sapeva leggere. Era anche possibile che fosse figlia di qualche serva; e allora, addio ricompensa. Tanto valeva accertarsene subito.

« Come ti chiami? » le chiese.

« Saulina Viola », rispose prontamente.

« Tua madre lavora presso qualche famiglia? »

« Mia madre non fa servizio da nessuna parte », reagì vivacemente.

« La signorina mi perdonerà l'ardire », ribatté il cerusico tra il serio e il faceto. Che avesse preso un abbaglio e si trovasse effettivamente di fronte a una giovane esponente del gran mondo?

« Perdonato », disse Saulina.

« Presso quale famiglia abiti? » incalzò il cavadenti.

« Sto con madama Giuseppina Grassini. »

« Bene, bene », commentò l'uomo mentre pensava: « Guarda guarda. La puttana del generale dei francesi si tiene in casa questo fiorellino. Chissà mai perché ». E di nuovo il suo sguardo lascivo si posò sulla ragazzina.

« Allora, m'accompagnerete a casa? » si preoccupò lei.

« Ma certo, piccola mia », fece prendendole una mano tra le sue. « Ma prima verrai con me, alla locanda dell'Orso dove sono alloggiato. Non è lontana da qui. Voglio solo depositare il mio strumentario. Dopo mi metterò a tua disposizione. »

« E mi porterete da madama Grassini? »

« Ma certo. Fidati di un maestro dell'arte sanitaria. »

« Purché si faccia presto », accondiscese, anche se il suo desiderio era quello di tornare subito in contrada di Sant'Andrea.

« Faremo prestissimo », la rassicurò l'uomo.

Nell'attraversare il sagrato vide la magnificenza trinata del Duomo contro il cielo di smalto blu: sembrava il grande cuore della immensa città avvolta nell'ombra dell'incombente crepuscolo. Sulla piazza dei Mercanti brillavano le prime torce e alla luce delle fiaccoline Saulina vide uomini che scaricavano da un carro, al quale erano ancora aggiogate tre coppie di buoi, le residue « bonze » di vino che gli ultimi compratori prendevano in consegna, caricando le damigiane sui propri carretti.

I mercanti, dopo essersi rifocillati in una delle cinquantasette osterie dentro le mura, avrebbero passato la notte dormendo sui carri poiché le porte di Milano erano già chiuse e soltanto i più audaci contrabbandieri avevano qualche possibilità di entrare o di uscire dalla città. Quei buoi pazienti le ricordarono il suo borgo, ma fu una rapida illuminazione perché non c'era tempo per pensare se voleva tener dietro all'uomo.

Presto furono nella buia contrada dei Cappellari. Qui l'attenzione di Saulina fu attratta da un'insegna, una specie di stendardo di ferro dipinto a smalto in vari colori, che rappresentava un orso.

« Finalmente siamo arrivati! » esultò. Non era necessario saper leggere per interpretare l'insegna. « È questo, vero, l'albergo dell'Orso? » soggiunse con sollievo.

« Questo è effettivamente l'albergo dell'Orso », ammise con untuosa condiscendenza il cavadenti, « ma noi siamo diretti alla locanda dell'Orso. La signorina dovrà sobbarcarsi ancora un piccolo tratto. »

Proseguirono per stradine anguste e maleodoranti, fiancheggiate da buie casupole dalle quali ogni tanto usciva un vociare da bettola, fino a raggiungere la contrada dove sorgevano i resti dell'antica chiesa di San Giovanni in Guggirolo.

La locanda dell'Orso non aveva insegna. Una fiaccola infilata in un fodero metallico di fianco a una porta sconnessa, metà di legno e metà di impannate di stamigna, gettava una luce rossastra sull'ingresso. Nell'aria immobile e calda c'era un lezzo disgustoso di escrementi e d'urina, così diverso dall'odore di stallatico della campagna e da quello stagnante che saliva dall'antico fossato dietro la casa di Giuseppina. Era un fetore che Saulina avvertiva per la prima volta, in cui si mescolavano ripugnanza e paura.

« Voglio tornare a casa », disse con voce tremante, impuntandosi davanti all'entrata della stamberga. « Voglio tornare a casa », ripeté senza che nella sua mente il desiderio si associasse alla ricca dimora della cantante. Le sarebbe bastata anche una vecchia cascina, il paglioriccio di Corte Regina.

« Eravamo d'accordo, no? » le disse l'uomo cercando di sorriderle paternamente, ma riuscendo soltanto ad accentuare la espressione lasciva.

« Eravamo d'accordo che mi avreste accompagnato a casa. »

« Certo, signorina. Devo soltanto depositare le mie borse. Non vorrai che vada in giro per Milano, di notte, in tempi calamitosi come quelli che stiamo vivendo, con una tenera ragazzina, tutta questa roba, e per di più senza il lume! Qualche malintenzionato, e non mancano i ceffi pronti ad aggredire un galantuomo, potrebbe farci del male pensando che io trasporti chissà quali tesori. Non trovi che la mia preoccupazione sia giustificata? »

« Sì, signore », si arrese Saulina.

« Così va bene », disse il cerusico aprendo la porta e guidando la bambina all'interno di quella topaia.

Nell'atrio, fiocamente illuminato da una lucerna a olio, l'odore acre dell'urina era ancora più intenso e pungente.

« Buonasera », biascicò un vecchietto dalle labbra infossate sulle gengive prive di denti, il naso accartocciato, gli occhi cisposi e opachi come molluschi; il cranio lucido e giallo sembrava una palla da biliardo.

« Buonasera, Aristide », rispose il cavadenti.

Il vecchio decrepito si alzò penosamente dalla lògora sedia impagliata e senza far caso a Saulina, che forse neppure vedeva, mise in mano al chirurgo un mozzicone di candela di sego d'Oleggio che spandeva un odore dolciastro, dopo averla accesa alla fiamma della lampada a olio. Poi riprese posto sulla sedia impagliata e si assopì.

« Vuoi essere tanto gentile da salire un momento con me? » l'invitò il chirurgo.

« Sì signore », disse. La sola alternativa era di attendere nel vestibolo della stamberga, in compagnia di quel vecchio mostruoso.

Salì dietro il chirurgo i gradini gementi di una scala di legno malferma. Ogni tanto l'uomo si voltava a guardarla.

« Ancora un piccolo sforzo e ci siamo », le disse.

In un tempo troppo breve era accaduto tutto: l'arrivo del generale francese, la partenza da Corte Regina, l'aggressione dei briganti, l'oscenità di una situazione che la coinvolgeva, la fuga dalla casa di Giuseppina, la scoperta della grande città che offriva l'eleganza dei quartieri alti e l'indecorosa miseria del Bottonuto. Era passata dalla povertà contadina ai fasti della migliore società e da questa alla spregevole fatiscenza di quartieri miserabili.

Ora si rendeva conto delle parole di Giuseppina Grassini: « In Milano di miseria ce n'è tanta. La vedrai anche tu. È una miseria peggiore di quella di Corte Regina ». Era passata dagli spazi aperti e dalla luce della campagna a quella dimensione fangosa dove un chirurgo dalla personalità inquietante e un vecchio miserando si dibattevano per raccogliere il soldo della sopravvivenza.

Anche i contadini avevano bisogno del centesimo per non morire, ma c'erano il bosco e gli animali, la solidarietà della gente. Saulina sapeva combattere contro la miseria della cascina, del bosco e del borgo, ma nell'ambiente nuovo sentiva l'inconsistenza delle sue difese e tutta la sua vulnerabilità. Si muoveva terrorizzata in quella tana angusta e maleodorante in cui non era mai entrato un raggio di gioia.

Il chiarore oscillante e rossastro della candela inventava ombre paurose contro le pareti rose dal salnitro.

« Accomodati pure », disse Anastasio Calderini precedendola in una stanzetta dove un letto sporco, ricettacolo di pulci e di cimici, conservava disperate pretese d'eleganza nei broccati della testiera insidiati dal tempo e divorati dalle tarme.

« È qui che abitate? » domandò.

« Itinerante portatore di salute », declamò con enfasi inopportuna, « m'insedio per alberghi e locande, nei luoghi dove esercito l'arte mia. »

« È lontana la contrada di Sant'Andrea? » s'informò la ragazzina che desiderava soprattutto allontanarsi da quell'antro.

« Ancora un po' di pazienza, signorina », disse l'uomo deponendo la candela sul tavolo e, poi, appoggiando a terra le pesanti borse che contenevano il suo armamentario.

Una sedia, un trespolo di ferro smaltato che reggeva una brocca d'acqua e un catino rappresentavano, con il tavolo e il letto, l'arredamento della camera, che forse non era tra le peggiori della locanda dell'Orso.

« Visto che non c'era niente di cui avere paura? » sorrise Anastasio Calderini.

« Io voglio tornare a casa », replicò la ragazzina.

« Proprio non ti piace questo posto, vero? »

« Non mi piace no », rispose con sincerità.

« Eppure », disse il chirurgo spegnendo per un momento il suo sguardo lascivo, « non è il posto più lercio che uno possa trovare. » Si tolse la parrucca rivelando radi capelli biondastri fortemente striati di bianco. « Tuttavia hai ragione, Saulina », continuò riponendo il posticcio in un bauletto. « Anch'io, vedi, ho conosciuto tempi migliori. Ho alloggiato in alberghi di primissimo ordine, come la *Bella Venezia*, il *Pozzo*, i *Tre Re*. All'albergo dei *Tre Re* alloggiò anche Carlo Goldoni nel suo primo viaggio a Milano. Grande uomo, stupendo narratore, mirabile inventore di situazioni e di personaggi », s'accalorò.

Per la prima volta Saulina lo ascoltava con interesse.

« Altri tempi », riprese, « altri alberghi, come vedi. Dove andavo io una volta », raccontava con nostalgia, « ci sono camerieri che ti servono in tutto e per tutto. Pensa che ti cambiano la lenzuola una volta la settimana. Ma nella vita », fece con rassegnazione allargando le braccia e inchinandosi al destino, « ci sono alti e bassi. Oggi sei in alto nell'azzurro, domani sei in basso nel fango. »

« Pregherò madama Giuseppa di aiutarvi a risalire in alto », gli promise Saulina commossa dal racconto.

« Sei proprio una brava e soccorrevole signorina », la ringraziò.

Mentre parlava andava disponendo alcune boccette sul tavolo. Versò poi da una boccetta un po' di liquido in un bicchiere che riempì d'acqua. « Vuoi bere? » domandò.

« Cos'è? »

« Acqua dolce. Ti farà bene prima di riprendere la strada di casa. »

Gli occhi di Saulina brillarono di riconoscenza; prese il bicchiere e bevve con avidità.

« Grazie », disse.

« Ora possiamo andare », il cerusico le tese la mano.

« Madama Giuseppa sarà... » mormorò per poi incepparsi.

« Dimmi, piccola », la sollecitò, « che cosa farà madama Giuseppa? »

La voce dell'uomo giunse a lei ovattata e flebile come un'eco. Si sentì piacevolmente leggera, come in un bel sogno in cui aveva immaginato di volare. Anche adesso si librava in larghi cerchi concentrici sul bosco e si avvitava nel cielo con una spirale dai mille colori. Il chirurgo non la lasciò cadere, la sorresse sollevandola poi sulle braccia per deporla dolcemente sul letto.

Era stupenda nell'abito di cotonina celeste, con il gran nastro di velluto blu a segnare il punto della vita, le calze bianche, le scarpine azzurre.

« Lo so che sarai la mia rovina », disse accarezzandole i capelli biondi sparsi sul cuscino, « ma sei troppo bella perché io possa rinunciare a te. » Era chino su di lei, con mani tremanti e lo sguardo scintillante.

Saulina, cui il chirurgo itinerante aveva somministrato un potente sonnifero, era completamente nelle mani dell'uomo.

# 9

Giannetta non aveva osato disturbare la padrona che da molte ore stava nel salotto giallo con il generale Bonaparte. Personalmente, il fatto che la bambina si fosse allontanata non le procurava né dolore né rimpianto, anzi, fosse stato per lei si sarebbe compiaciuta della circostanza che la liberava, almeno momentaneamente, di quella ragazzina ribelle.

L'ipotesi più plausibile era che Saulina, esaurito il capriccio, sarebbe ritornata a casa. Perciò s'era a lungo interrogata sull'opportunità di comunicare alla padrona la scomparsa della bambina e poi aveva deciso di tacere. Ma intanto il tempo passava, s'approssimava la sera e le previsioni della donna non si avveravano. In più c'era l'attaccamento morboso di Giuseppina per quella « scimmia ». Che cosa poteva rimproverarle la padrona? Di averla ripresa perché stava origliando alla porta del salotto? Non aveva fatto che il suo dovere. Se però avesse continuato a tacere e Saulina non fosse tornata, avrebbe rischiato di essere licenziata.

« Signora », chiamò piano bussando discretamente alla porta del salotto giallo.

« Non adesso! » rispose Giuseppina con la voce piena di dispetto.

« Signora », insisté bussando nuovamente.

« Chiamerò io! » gridò con rabbia.

« Perdonate, madama », non s'arrese la serva facendo appello a tutto il suo coraggio, « ma si tratta di cosa urgente e grave. »

« Che cosa c'è? » domandò seccamente la cantante affacciandosi alla porta che schiuse appena.

« La bambina è fuggita », confessò finalmente Giannetta.

« Quando? » chiese allarmata mentre sulla sua faccia si dipingeva un'espressione di sgomento.

« Prima... un po' di tempo fa. »

« Cercatela! Mandate fuori tutta la gente della casa », ordinò concitata. « La voglio qui, subito! » E sbatté la porta in faccia alla cameriera.

« Chi è fuggito? » chiese Napoleone pronto a consolarla per quella che non poteva essere che una delle tante bizzarrie della sua capricciosa compagna.

Giuseppina pianse senza singhiozzi e le lacrime le rigarono il bel volto disperato.

« Che disgrazia! » mormorò con voce troppo calma per esprimere una futilità.

« Sono qui io per rincuorarvi », fece lui soccorrevole. « Qual è il vostro problema? »

« Saulina Viola. »

Il generale ricordò tutto in quell'attimo e rivide la ragazzina che aveva rischiato la vita per salvarlo.

« Che c'entra Saulina Viola? » fece duramente.

« Fino al momento del vostro arrivo era in questa casa. »

« E adesso? »

« Fuggita, ahimé », si lamentò asciugandosi le lacrime. « Non mi chiedete perché Saulina fosse mia ospite? »

« Se foste meno enigmatica, sarebbe tutto più semplice », disse con tono di rimprovero.

Tra le lacrime, con frasi concitate e mozze, la donna spiegò al generale il motivo della sua disperazione.

« Ve ne avrei parlato a pranzo », si scusò. « Era una sorpresa che avevo in serbo per voi, *seulement pour vous, comprenez*? Ora tremo all'idea di non ritrovarla. La città nasconde più insidie della foresta. »

« La ritroveremo », affermò l'uomo abbracciandola.

« Mi date una grande consolazione », sorrise tra le lacrime.

« Asciugatevi il viso », ordinò affettuosamente. « Detesto le lacrime. Mi deprimono. »

« Non vi dispiace che l'abbia presa dal suo borgo e l'abbia

portata a Milano? » gli risparmiò l'episodio dei briganti. L'occasione per riferirglielo non sarebbe mancata.

« Sono contento che l'abbiate presa sotto la vostra protezione », la consolò. Quella bambina dall'espressione fiera e gli occhi scintillanti gli ricordava la sua infanzia, la Corsica, il sole dell'isola, gli intensi profumi della selva sulle aspre colline, la sua stessa ansia di libertà, il suo coraggio.

« Ma non preoccupatevi, mia cara », soggiunse. « La ritroveremo. »

« E se i miei domestici fallissero? »

« Farò rastrellare tutte le strade e tutte le case fino a quando non sarà ritrovata. Va bene così? »

La cantante gli sorrise con gratitudine.

« Mi sono incredibilmente affezionata a Saulina. Mi atterrisce l'idea che qualche pericolo possa insidiarla. E questa città è tutta un pericolo, soprattutto per una ragazzina graziosa, sola e indifesa. »

« Inutile a questo punto che io vi chieda di cantare per me », Napoleone adorava la musica e per abitudine, dopo l'amore, Giuseppina Grassini interpretava soltanto per lui i pezzi più belli del suo repertorio.

« Rischierei di deludervi », si giustificò. « Vi dispiace tanto se rimandiamo al prossimo incontro? »

Certo che gli dispiaceva, anche perché avrebbe dovuto raggiungere le sue truppe avanzate in territorio veneto alle prese con gli austriaci e con i contadini infuriati per le sistematiche requisizioni.

« Canterete per me la prossima volta », disse. Ormai l'incantesimo era spezzato.

Tornò Giannetta affaticata e ansante.

« Dunque? » l'interrogò la padrona.

« Nessuna traccia », ammise disarmata.

« Ma avete cercato bene? »

« Dappertutto, signora. La bambina non c'è. Però l'hanno vista. »

« Chi? » interrogò piena di speranza.

« *Due bosin* che cantavano una ballata ai piedi del leone di San Babila. Uno ha riferito d'aver visto spuntare dalla contrada del Monte una bambina che rispondeva alla descrizione di Saulina. Ha detto che ha preso la direzione della corsia dei Servi. »

« E non ha saputo dire altro? »

« Ha detto che correva come un fulmine », spiegò. « Come se fosse inseguita da qualcuno. »

Giannetta era molto preoccupata dalla piega che la storia stava prendendo. Presto o tardi la padrona avrebbe scoperto che Saulina era fuggita perché lei l'aveva maltrattata.

« Generale », lo supplicò Giuseppina, « dovete fare qualcosa. Dovete riportarmela a casa sana e salva. »

« Ve l'ho promesso », disse. « Ma quando ve l'avrò riportata, voglio trovarvi sorridente e disponibile. Domani partirò, ma già da questa sera darò ordine perché inizino le ricerche della nostra Saulina. »

# 10

Il chirurgo Anastasio Calderini s'avvicinò alla piccola addormentata reggendo la candela. L'osservò a lungo senza avere il coraggio di sfiorarla. Ogni volta che stava per accarezzare quella pelle di seta, le morbide labbra così ben disegnate, le lunghe ciglia, la fronte bianca e serena, i capelli d'oro, si ritraeva come se da quel corpo sprigionasse una forza misteriosa.

Il desiderio di profanare l'adolescente in suo potere era contrastato dalla paura del castigo che poteva seguirne. Per il suo vizio segreto aveva già pagato duramente e anche, a suo modo di vedere, ingiustamente, con due anni di carcere duro in un sordido sotterraneo della cittadella di Modena, senz'aria né luce, a zuppa di rape e pane ammuffito. Nelle galere scellerate degli stati italiani, nei sotterranei delle curie vescovili, anche trent'anni dopo la pubblicazione del celebre libro del Beccaria, *Dei delitti e delle pene*, i prigionieri vivevano in condizioni disumane e subivano feroci punizioni. La tortura era stata abolita, ma Anastasio Calderini subì il tormento della frusta e dell'acqua salata fino a quando decise di confessare una colpa che non aveva commesso. Ammise di aver compiuto atti di libidine e violenza su una ragazzina di appena dodici anni. Ma lui sapeva di essere innocente.

Una colpa tuttavia l'aveva: quella di non avere saputo resistere al desiderio perverso di mostrare i propri attributi sessuali a quella ragazzina che risultò essere la nipote di Tiburzio Cortese, vescovo di Modena. Partiva dalla mente l'incoercibile spinta a esibire il suo arnese di proporzioni mostruose di fronte alla innocenza, per poi godere di un piacere intenso fino allo spasimo. Questo aveva fatto; ma niente di più. La dodicenne, con maliziosa curiosità, era stata al gioco invece di sottrarvisi, come avrebbe dovuto fare. Anastasio Calderini s'aspettava che fuggisse, ma lei era rimasta a guardare sgranando tanto d'occhi.

« Puoi toccarlo, se vuoi », le aveva detto. E lei s'era avvicinata tutta compunta e aveva toccato il suo gigantesco affare che pulsava aggressivo.

Lui era esperto di medicina. Aveva imparato l'arte all'ospedale di Pavia, aveva fatto pratica a Milano e s'era guadagnato il pane per villaggi e città. Conosceva l'anatomia e si rendeva conto che un arnese come il suo poteva massacrare una donna, figurarsi una bambina. Oltre tutto le bambine le amava troppo per farle morire. Però, se queste ultime lo stavano a guardare, per lui era una gioia immensa. Ma il piacere supremo lo provava quando gli consentivano di strofinarlo contro le loro piccole candide cosce. Era il paradiso quando alzavano la gonna scoprendo il pube rosato dove un'impercettibile peluria cominciava a spuntare.

Molte scappavano, ma alcune la sapevano lunga sui misteri proibiti del sesso per essersi già accoppiate con i compagni di gioco e per avere spiato attraverso porte sconnesse i segreti più vergognosi. Certo, un arnese così tremendo nessuno l'aveva mai visto e il paragone correva al sesso dei cavalli e degli asini.

La dodicenne dallo sguardo angelico glielo aveva davvero accarezzato con le sue tenere manine e aveva obbedito quando lui l'aveva supplicata di sollevare la sottana. L'aveva lasciato fare, la maliziosa innocente; ma quando l'uomo le aveva inondato le gambe con il suo bianco seme, allora s'era messa a strillare. Urlando come una pazza, l'aveva coperto d'insulti e s'era buttata a perdifiato fuori del folto dell'orto gridando che un uomo cattivo le aveva fatto del male. Aveva sostenuto di essere stata violentata e la levatrice, prima del processo e della condanna, aveva appurato che la piccola non era più vergine.

L'isola di serena tranquillità creata dalla oculata amministrazione del mite e bonario duca di Modena, Ercole III d'Este, fu turbata dalla notizia del mostro che aveva violentato la nipote del vescovo.

Il chirurgo Anastasio Calderini fu imprigionato e da uomo avveduto preferì confessare un delitto che non aveva commesso piuttosto che subire la ruota e le tenaglie infuocate, barbari residui della Santa Inquisizione. No, non era responsabile di stupro e lo sapeva anche Sua Eccellenza il vescovo che, nelle segrete della cittadella, mentre erano in corso i cruenti interrogatori, aveva avuto modo di osservare gli attributi sessuali del prigioniero. Se quel mostruoso ordigno avesse penetrato, la bambina ne sarebbe morta.

Ma la notizia ormai era corsa per tutte le terre del ducato di Modena, Reggio e Mirandola; il popolo esigeva la punizione del colpevole che però, per intercessione del vescovo, cui bastava un capro espiatorio che giustificasse la perduta innocenza della nipote, non fu castrato come prevedeva la legge. Dopo due anni di carcere duro, fu invece bandito dalla città e i suoi beni furono confiscati.

Si ritrovò a Milano senza danaro e senza casa, sotto il dominio francese, costretto ad alloggiare al Bottonuto, il quartiere più sordido della città, dove però si campava con poco. Riuscì a combinare il pranzo con la cena facendo salassi per le flussioni, somministrando emetici, purghe e drastici per eliminare la materia peccante dell'organismo.

Preparando una pomata con grasso di maiale e argento vivo da frizionare sul braccio per curare la sifilide aveva cominciato a guadagnare qualche soldo e, ormai, usciva dal Bottonuto per andare a praticare l'arte sua nelle contrade civili. Proprio nella contrada di Santa Margherita il destino gli aveva buttato fra le braccia quel delicato bocciolo di bambina.

Ora la piccola, sotto l'effetto della droga, dormiva profondamente e lui avrebbe potuto finalmente abbandonarsi alla sua incontinenza. Ma era agitato e pieno di paura. Posò la candela sul tavolo, cercò tra le boccette di una delle sue borse qualcosa che facesse al caso suo e preparò una pozione calmante con oppio, giusquiamo e belladonna. Si sentì subito meglio e quando il tremito cessò andò nuovamente accanto alla piccola dormiente. Prese a slacciarle con delicatezza l'alta cintura di velluto annodata con una serie di nastrini di seta e già pregustava la gioia torbida di denudare la creatura inerme, ammirarla quanto voleva e praticare su di lei quei toccamenti osceni che lo mandavano in estasi. Dopo, magari, l'avrebbe rivestita e accompagnata a casa; ma quel momento era troppo eccitante per pensare al dopo.

Sentì il sangue pulsargli nel collo e nelle tempie quando

finalmente riuscì a sfilarle la cintura. Dalla strada venivano voci smorzate e di tanto in tanto si sentivano gemere i gradini sconnessi della scala di legno percorsa da qualche avventore o dal vecchio guardiano. I rumori e l'attesa spasmodica gli toglievano il respiro. Stava deponendo sullo schienale della sedia la cintura, quando avvertì al tocco la presenza di un oggetto consistente, cucito all'interno della fodera. La sorpresa della nuova scoperta si sovrappose al desiderio modificandolo in curiosità.

Il lume rossastro della candela di sego faceva somigliare la stanza della locanda all'antro di un apprendista stregone. Anastasio Calderini, a metà strada tra la sedia e il letto, spostava lo sguardo rapace dei suoi piccoli occhi penetranti dalla bella dormiente alla cintura e da questa a Saulina, combattuto fra la curiosità di sapere che cosa contenesse il nastro di stoffa e il piacere di esercitare sulla fanciulla indifesa la sua cupidigia.

Si decise per la cintura, perché sul piacere della lussuria prevalse un'altra e mai dimenticata bramosia: quella del danaro. Servendosi dello stesso ferro lanceolato con cui incideva la vena basilica, alla congiunzione del braccio, per praticare i salassi, tagliò la cucitura provando un'emozione di segno diverso, ma di uguale intensità. Non c'era possibilità d'errore, perché negli abiti si cucivano due cose soltanto: i preziosi e le monete d'oro. Staccò i lembi della stoffa nel punto in cui era visibile e palpabile il rigonfiamento e la cintura partorì il gioiello di Saulina: la più preziosa tabacchiera che il cerusico avesse mai sognato di poter ammirare. I suoi occhi ingordi ed esperti valutarono che nel gioiello c'erano tante perle e tanto oro per ricomprarsi la confiscata casetta nel vicolo delle Monache a Modena. Quel tesoro che ora brillava nella sua mano lo riportò alla realtà riducendo gli effetti della sensualità, che in cambio di quella meraviglia poteva essere differita.

Ma perché la ragazzina possedeva un simile tesoro? E se l'avesse rubato? Poteva essere questa la ragione che l'aveva indotta a fuggire? In questo caso, perché voleva che lui la riaccompagnasse a casa della cantante? S'era pentita dell'azione commessa e sperava nel perdono? Che vantaggi ne avrebbe ricavato se l'avesse riportata dalla Grassini? Trattandosi della Grassini, che era notoriamente amica del Bonaparte, c'era di mezzo anche il potere che sotto qualsiasi bandiera giustifica la violenza e l'arbitrio.

Fino a quel momento sapeva in coscienza di non aver commesso nessuna colpa di cui doversi vergognare, ma non avrebbe potuto giustificare la presenza della fanciulla nella stanza di una miserabile locanda. Era notte ormai; per molte ore Saulina non si sarebbe svegliata e il giorno dopo, anche se da quel momento in poi si fosse comportato da gentiluomo, non avrebbe avuto giustificazioni possibili. Perché l'autorità avrebbe sicuramente creduto di più a una ragazzina ben vestita con il faccino da vittima e gli occhi languidi, che a un ciarlatano lussurioso e recidivo.

Anastasio Calderini si coprì la faccia con le mani. S'era messo in un altro guaio, un pasticcio ben più grave e complicato di quello che l'aveva condotto nelle segrete della cittadella di Modena. La verità non era sufficiente a garantirgli una giusta sentenza e aveva provato sulla sua pelle che le pene infamanti e la tortura erano state abolite soltanto sulla carta e i criteri di maggiore salvaguardia della giustizia esistevano soltanto nelle illuminazioni di letterati insigni e nelle intenzioni di magistrati probi; che non erano la maggioranza dei giudici.

Aveva una sola alternativa possibile: la fuga. La preziosa tabacchiera rappresentava una risorsa concreta, un talismano capace di aprire molte porte quando l'avesse convertita in monete d'oro.

Anastasio Calderini sapeva dove trovare la persona giusta per l'operazione che poteva cambiare la sua vita come dal giorno alla notte. Recuperò le sue cianfrusaglie, dispose ogni cosa nelle grandi borse con il maggior ordine possibile e fuggì abbandonando Saulina addormentata nella squallida stanza della locanda dell'Orso.

# 11

Il conte Francesco Nava, vicario di Provvisione, misurava a lunghi passi il suo studio. Sembrava un leone in gabbia. Nemmeno la presenza rassicurante e solitamente rasserenante del conte Gaetano Porro che lo osservava, sedendo con le gambe accavallate su una comoda poltrona, riusciva a calmarlo.

« È inutile amico mio », consigliò il conte Porro, « che vi facciate sangue cattivo per una contrarietà che non ha soluzione. »

« Se non quella d'obbedire! » esclamò il vicario in preda all'ira.

« L'obbedienza ha il vantaggio di essere riposante », osservò il conte Porro, irritando l'amico con la sua filosofica imperturbabilità.

« Dite bene voi », replicò fermandosi davanti all'ospite. « Tutti quanti gli siamo andati incontro », soggiunse alludendo al generale Bonaparte, « e l'abbiamo accolto con le intenzioni migliori. Abbiamo creduto e vogliamo continuare a credere alle sue parole. »

« Quando si è dietro un cannone, le parole hanno un significato ambiguo. »

« Prima ordina la consegna di tremila fucili dell'armeria civica, chiede soldi, cavalli, senza troppi complimenti prende dalle pinacoteche e dalle collezioni private le opere migliori; e ora dovremmo far finta di non vedere e inviare i nostri gendarmi armati soltanto di buona volontà a stanare una ragazzina di cui non sappiamo niente. »

« Questa Saulina Viola è il male minore fra tutti quelli che avete elencato. » Gaetano Porro conosceva l'onestà, la serietà, l'impegno professionale del vicario di Provvisione e condivideva le sue critiche al generale Bonaparte che, mentre il popolo innalzava alberi della libertà, grattava dai muri gli stemmi nobiliari e le immagini sacre e rastrellava venti milioni per contribuzioni di guerra. « Abbiate pazienza. Ora che il generale s'è messo alle costole degli austriaci, toccherà ad altre città sostenere gli oneri della guerra. »

« Gli operai si ammazzano con il lavoro a cottimo faticando quattordici, sedici ore il giorno. »

« E i padroni fanno licenziamenti, gravati come sono da un peso fiscale che definiscono insostenibile. »

« Intanto la municipalità, per non tradire i principi della rivoluzione, obbliga gli industriali a fare assunzioni. Così le imprese non hanno la forza di risollevarsi e falliscono. Bonaparte diventa l'amico del popolo italiano, mentre gli operai francesi lavorano lo stesso numero di ore senza neppure il riposo festivo. »

« Nulla da eccepire », convenne il conte Porro, « ma qui non si tratta di organizzare la controrivoluzione. Bisogna semplicemente trovare questa Saulina Viola. Bisogna trovarla, con o senza gendarmi. Tutti i comandanti sono uguali, qualcuno è anche peggio. »

« Già », fece pensieroso il vicario di Provvisione. Invece di occuparsi di quella ragazzina avrebbe voluto impedire i saccheggi che i francesi perpetravano ormai sistematicamente. Vuotate le casse pubbliche, rubavano quadri, statue, pergamene, codici, preziosi cimeli, argenterie di valore inestimabile. Tutto veniva mandato al di là delle Alpi per arricchire i musei di Francia.

La nobiltà milanese, passato il primo entusiasmo, cominciava a nutrire sentimenti di ostilità nei confronti di Napoleone. Qualche mese prima, durante un ricevimento a palazzo Serbelloni, il giovane e intraprendente corso s'era abbandonato a un giudizio arbitrario e inopportuno, mentre conversava con la dolcissima contessa Nanette, moglie di Luigi Porro.

« Mi dicono, cittadina », l'aveva apostrofata, « che gli italiani sono tutti ladri. Devo crederci? »

« Bugia, *mon général* », aveva replicato la signora con spirito e coraggio. « Tutti no, ma buona parte sì. »

A nessuno era sfuggita la frecciata, tanto meno a Napoleone che, essendo italiano, aveva più dimestichezza con la lingua dei suoi ospiti che con quella francese. Tuttavia aveva preferito ignorare il doppio senso appartandosi invece con l'amico Massena.

La marchesa Barbara Litta Visconti l'aveva poi sentito commentare:

« Questi milanesi non mi sembrano più tanto sorridenti come i primi giorni. Non mi stupirei se mi arrivasse una coltellata nella schiena ».

« I bottini di guerra, da quando la guerra esiste », aveva commentato Massena, « servono a concimare i campi della politica. All'armata vanno onore e gloria. E poi il bottino serve per zittire quelli del Direttorio. »

« Non vorrei che un sicario dei preti o dei nobili potesse zittire me. Per sempre. Non mi sento più sicuro in questa città. Prima parto e meglio sarà. »

« C'è anche chi vi ama », aveva osservato Massena. « In fondo abbiamo portato loro giustizia e libertà. »

« Questo è vero. E poi gli ingenui e gli entusiasti non mancano mai », aveva concluso Napoleone.

Barbara Litta Visconti aveva affidato ai canali del pettegolezzo la conversazione che era circolata rapidamente in tutte le case milanesi, in Duomo, alla Scala.

« Certo, certo », riannodò la conversazione il vicario, « ogni comandante ha i suoi capricci, caro conte Porro. »

« Cittadino », celiò il nobile.

« Almeno tra noi non consideriamoci obbligati a giocare con le parole. Già, con tutto il da fare che c'è, siamo costretti ad occuparci della protetta di una cantante che gode dei favori del Bonaparte. Per non parlare delle denunce anonime. Valanghe di denunce, ogni giorno. Guardate qui. » Si avvicinò al suo scrittoio, aprì un cassetto colmo di lettere. « Ecco », disse prendendone una fra tante, « i giacobini dichiarano guerra agli stemmi nobiliari e i cittadini inviano denunce. Hanno obbligato un calzolaio a togliere la corona di ferro che era l'insegna della sua bottega alle Sbarre di Sant'Andrea. »

« È stata la municipalità ad abolire i titoli e a ordinare la distruzione delle insegne araldiche. Io stesso », si rannuvolò,

« ho rinunciato per primo ai miei titoli e ho firmato il decreto. »

« È stato più per far piacere ai francesi che per autentica convinzione », sottolineò il conte Nava. « Ma il popolo ha preso sul serio il provvedimento. Leggete, vi prego », concluse porgendo un'altra lettera all'amico.

« Passando ieri dal Duomo », lesse il conte Porro, « ho veduto sopra una cappella di marmo un'aquila cosiddetta imperiale. Spinto da zelo patriottico e non volendo che resti alcun vestigio dell'antica tirannia, ricorro a questo dicastero acciò venga levato questo segno della nostra detestabile schiavitù. »

« Ecco di cosa devo occuparmi », commentò rabbioso il vicario.

« Le istituzioni si reggono anche sulle lettere anonime. La storia, più che dai grandi fatti, è caratterizzata da eventi meschini di cui dobbiamo occuparci. I francesi che hanno vinto compiono gesti di pirateria, noi che abbiamo perso ci illudiamo pensando a grandi ideali e in realtà svolgiamo i compiti umili dell'ordinaria amministrazione. Tra i quali c'è anche quello di ritrovare la bambina smarrita. »

« È una conquista della rivoluzione? »

« Con gli austriaci, quando si annegava in un provincialismo pettegolo, le cose non andavano meglio. Pazienza, amico mio », lo esortò. « La strada dei cambiamenti è piena di dolore e di amarezza. È difficile dire come andrà il mondo dopo la rivoluzione francese, ma indietro non si torna. Le restaurazioni non sono mai riuscite a ricostituire le istituzioni cancellate. Questa è la storia che è fatta anche di piccole cose: di lettere anonime, di bambine da ritrovare. Comunque, sappiate che potrete contare sempre sul mio aiuto. »

« Questa disponibilità mi fa sentire meno umiliante l'incarico », disse il vicario che ne faceva una questione di principio. In realtà, senza il conte Porro che aveva mani lunghe e potenti e solide maniglie a tutti i livelli della scala sociale, la polizia milanese avrebbe potuto fare ben poco in una città per molti versi impenetrabile.

« Andrò a teatro, dalla Grassini », disse sul punto di congedarsi. « Mi farò dare direttamente da lei tutte le notizie sulla piccola da ritrovare. »

# 12

COMINCIÒ lo squillo di un bronzo lontano, poi si unirono le altre campane ad annunciare in concerto la prima ora. I rintocchi vibravano da tutti i campanili della città nella luce del mattino.

Il festoso scampanio e un fastidioso prurito al petto svegliarono Saulina.

« Pulci! » esclamò grattandosi per nulla preoccupata di trovarsi alle prese con un problema familiare.

Si tirò a sedere sul letto sordido di quella stanza ignota, così squallida e disadorna, tanto diversa dalla linda cameretta della contrada di Sant'Andrea e dal grande pulito stanzone nella cascina del suo borgo.

Il suono delle campane, a mano a mano che riprendeva coscienza emergendo dal sonno, aumentava di intensità e le martellava nelle orecchie, mentre alla memoria, a rendere più cupo il suo sgomento, si affacciavano pensieri bui e sequenze che avrebbe voluto cancellare come se si fosse trattato di un brutto sogno: la sua protettrice tra le braccia del generale francese, la fuga attraverso la città sconosciuta, il chirurgo (come si chiamava?) con il suo inquietante armamentario fatto di medicamenti e di ferri strani, i vicoli al crepuscolo e infine quell'orribile locanda.

Si stropicciò gli occhi, si guardò intorno, poi si portò una mano all'altezza della vita, ma non trovò quello che cercava.

« La mia cintura », mormorò con un filo di voce, « la mia tabacchiera! » gridò.

Il cuore fece una capriola e una luce si spense nel suo cervello. La stanza s'avvitò in un vortice terribile e lei precipitò in quell'infernale mulinello di cui non riusciva a vedere la fine.

Si riprese dallo stato d'incoscienza molto lentamente, con dolore, e cominciò a piangere, silenziosamente prima, poi con singhiozzi violenti che le scuotevano il petto. Dalle impannate di stamigna socchiuse filtrava il chiarore del giorno e i rumori del vicolo stavano trasformandosi in un autentico frastuono: le donne urlavano rimproveri, i venditori lanciavano richiami, un animale emetteva strilli selvaggi, i bambini gridavano con la loro voce acuta, i martelli squillavano sull'incudine. L'unico rumore che non si sentiva era quello delle carrozze: il vicolo era troppo stretto per consentirne il passaggio. In compenso i carretti contribuivano generosamente a quel putiferio.

Saulina riuscì a mettersi in piedi, mosse qualche passo per raggiungere la seggiola e prendere la sua bella cintura di velluto profanata dal ferro lanceolato del chirurgo.

Si guardò nuovamente attorno: era sola. Il cerusico l'aveva derubata del suo tesoro, quanto aveva di più prezioso, il suo portafortuna, il dono del generale Bonaparte. Poi era fuggito e lei non riusciva nemmeno a ricordare come si chiamasse quell'ignobile figuro, quel brigante più brigante dell'orgoglioso e gentile Ribaldo che almeno si proclamava ladro, mentre quello, fingendosi galantuomo, le aveva portato via quanto aveva di più caro.

Saulina non mangiava dal giorno innanzi e cominciava a sentire i morsi della fame, nonostante lo smarrimento, le lacrime e la disperazione. Inoltre, la droga che aveva ingerito l'aveva fatta dormire profondamente tutta la notte ma le aveva lasciato addosso un fastidioso stordimento che lei attribuì alla spiacevole sorpresa e all'angoscia della solitudine.

Stava in piedi in mezzo alla stanza indecente, incapace di adattarsi a quella nuova realtà. Continuando a singhiozzare, riallacciò la cintura al bell'abito ormai stazzonato e invaso dalle pulci. Sentì urgente il bisogno di fare pipì. In campagna non era un problema perché tutti i posti erano buoni; in città Saulina aveva imparato a usare il pitale. Nella casa di via Sant'Andrea tutte le camere da letto ne avevano uno, alcuni erano perfettamente bianchi, altri erano decorati con disegni colorati. C'erano vasi anche negli stanzini di servizio a ogni piano della casa, ma in quella stanza sordida non c'era nulla.

Guardò sotto il letto e scovò un secchio arrugginito, un bugliolo maleodorante che aveva contenuto le brutture di tutti i clienti di quel posto infernale. Saulina trattenne a stento i conati di vomito e piena di disgusto uscì dalla stanza.

Nel corridoio, appena rischiarato da un lucernario coperto di polvere e tessuto di ragnatele, una donna dal volto senza espressione arrancava trasportando due secchi pieni di acqua. Guardò Saulina continuando a camminare con faticosa lentezza.

« La latrina è là in fondo », le disse intuendo l'urgenza della ragazzina. E indicò una porta sgangherata su cui qualcuno aveva scritto qualcosa con della vernice rossa.

Si avvicinò all'uscio, lo aprì e si trovò in un bugigattolo angusto di un metro per un metro, i muri lerci ricoperti di scritte per lei indecifrabili e di disegni osceni facilmente comprensibili. Al centro del pavimento si apriva un buco tondo che dava sul vuoto. Vincendo la nausea per l'odore acre che veniva dalle pareti e dal basso guardò attraverso l'apertura e vide la strada con la gente che andava e veniva, i bambini che vociavano e giocavano, i venditori che gridavano.

« Ma qui va tutto in testa ai passanti », fu l'ultimo pensiero che le consentì l'urgenza divenuta ormai improrogabile.

Tuttavia fu lieta quando si rese conto che un cilindro di lamiera, che arrivava a una certa altezza da terra, era stato posto a difesa dei passanti, i quali, per altro, non erano per nulla turbati dalla presenza di quella latrina. Anche a lei, in fondo, parve una soluzione pratica.

Saulina uscì dalla locanda senza incontrare anima viva, neppure il vecchio guardiano. Si rese conto che era inutile chiedere del chirurgo imbroglione e intuì che per il momento la cosa migliore era tenersi lontana dalla gente.

Si stupì che, su tutti i suoi dispiaceri, prevalesse ormai il morso della fame, il bisogno impellente di mangiare. Il giorno prima il suo bell'abito avrebbe dato nell'occhio in quel quartiere miserabile, ma adesso così sporco e sgualcito passava inosservato. Nessuno aveva interesse per una ragazzina che passava.

La strada era in terra battuta ed era dissestata e piena di buche, peggio di una carreggiata, ma a differenza di quest'ultima non aveva spazi erbosi e, al posto degli alberi, si vedevano le facciate di case decrepite rose dal tempo e dalla sporcizia.

Sul lato opposto del vicolo, poco distante dalla locanda,

c'era una bottega di fornaio dalla quale usciva un buon profumo di pane fresco, fragrante. Un garzone, con un'aria spavalda e un'espressione allegra sul viso, si stava aggiustando sulle spalle un'enorme gerla di vimini intrecciata colma di pane profumato: filoni alla francese, ruote di pane giallo, michette milanesi.

Il ragazzo indossava una camicia bianca dalle ampie maniche arrotolate al gomito, gilè grigio, berretto chiaro, pantaloni di fustagno e sulla camicia bianca spiccava una cravatta nera a fiocco. Ma Saulina non ammirò tanto l'abbigliamento che indicava il mestiere del giovane, quanto il contenuto di quella profumata cornucopia. Il suo sguardo s'accentrò su una michetta tonda e lavorata come una cupola. Si augurò che scivolasse dalla gerla. Pregò per questo, ma il Signore non l'esaudì.

L'abilità del garzone mantenne intatta quella montagna fragrante e il sogno profumato di Saulina Viola sfumò nella prospettiva dell'angusto budello proprio dove il vicolo s'apriva in uno slargo pieno di sole.

L'idea della fanciulla, piena di fame e di speranza, fu di seguirlo, ma venne distratta dallo schiamazzo proveniente da una casa vicina. Due donne ancor giovani, ma segnate dalla miseria, scarmigliate e discinte, affacciate a un vacillante balconcino di legno, scagliavano nel vicolo insulti e capi d'abbigliamento all'indirizzo di un giovane che, gonfio di rabbia e di vergogna, gettava intorno occhiate smarrite.

« Troie! » gridò l'uomo che indossava soltanto dei mutandoni di tela lunghi fino alle caviglie, mentre una piccola folla divertita da quello spettacolo, non insolito ma pur sempre interessante, si disponeva a seguire la scena.

« Barbone! » replicarono sguaiatamente le donne.

« Me l'avevano detto che siete le troie più lerce del Bottonuto », le sferzò raccogliendo da terra i pantaloni e la camicia per rivestirsi affannosamente sotto gli occhi di tutti.

« Volevi forse inzuppare il biscotto gratis? » gridò la più giovane e assatanata delle due. « Credevi di poter fare i comodi tuoi per sei soldi? »

« Neanche un chilo di pane ci compri! » intervenne l'altra. « Morto di fame! »

« Vi mando le guardie », minacciò lui abbottonandosi i calzoni e già il suo tono di voce era meno stridulo e più sicuro adesso che il pudore era salvo.

Passò un vecchio bianco e robusto spingendo una carriola piena di sabbia.

« Lasciale perdere quelle due lì », lo consigliò fermandosi un attimo. « È meglio per te. Te non sei del Bottonuto, dunque non puoi sapere come vanno le cose qui. Torna a casa che è meglio. »

« Chiamo le guardie, io », replicò il ragazzo difendendo quelle che riteneva le sue buone ragioni.

« Vai a casa », disse il vecchio guardandolo con bonomia da sotto in su.

« M'hanno preso i danari e non m'hanno dato niente. Io chiamo le guardie. »

« Ma che cosa vuoi chiamare », sorrise il vecchio. « Le guardie non vengono da queste parti neanche se gli dai uno scudo d'oro. Segui il buon consiglio di un vecchio: tornatene a casa. »

Saulina era in mezzo alla gente e seguiva la scena. Non capiva bene il motivo della lite, ma sentiva che c'era qualcosa di torbido. Tutto era così insolitamente oscuro e indecifrabile in quella parte della città dalla quale cercava di allontanarsi. Istintivamente parteggiava per il giovanotto che le sembrava solo e indifeso.

« Ma che cosa sarà mai questo Bottonuto? » si chiese mentre il ragazzo, come un cane quando sente d'avere la peggio in una zuffa, s'allontanava ringhiando contumelie all'indirizzo delle due donne.

Saulina ricordò allora che una volta, dal pulpito, don Giuseppe aveva parlato di Sodoma e Gomorra, dei peccati che si annidano nelle grandi città, e aveva tirato in ballo proprio quel nome: Bottonuto, come il groviglio di tutte le perversioni. Ebbe paura.

« Santa Madonna! » disse tra sé, « sono capitata proprio bene. »

Gatti sonnolenti se ne stavano sdraiati sulle porte delle botteghe e sui davanzali delle finestre. Galline bianche, nere e rossastre becchettavano tra i rifiuti contendendoli a un cane macilento che presto avrebbe fatto parte, a sua volta, di un mucchio di rifiuti. Una famigliola di conigli stava ammucchiata nella rientranza di un muro. L'assembramento di gente si era sciolto, pronto a ricostituirsi alla prossima occasione degna di un qualche interesse.

Saulina sentì nuovamente i morsi della fame che prevalevano su tutto, anche sullo smarrimento e sulla paura. Il suo sguardo fu calamitato da una grossa e morbida gallina che si accovacciò su un cespo d'erba lungo il ciglio della via, in un atteggiamento che riempì la ragazzina di speranza.

« Quella sta facendo l'uovo! » esultò tra sé.

Poco dopo la bella gallina rossastra, con un robusto « coccodé » si alzò lasciando un tiepido uovo sul terreno. La forma perfetta e invitante era proprio lì, a due passi da lei. Bastava chinarsi e allungare una mano. Così fece, senza nemmeno guardarsi intorno. Quando ebbe in mano l'uovo caldo e levigato, si tolse una forcina dai capelli, bucò il guscio e cominciò a succhiarne avidamente il contenuto. Socchiuse gli occhi con voluttà senza sentirsi in colpa, forte del buon diritto di chi ha fame e deve badare alla propria sopravvivenza.

Una forza immane s'abbatté su di lei e Saulina, per un attimo, pensò che quel colpo tra la nuca e l'orecchio, che la stordì, fosse dovuto a una pietra o a un bastone, ma si rese subito conto che, invece, si trattava di un potente manrovescio inferto da una mano grossa e nodosa.

« Ma guardala, questa ladra! » gridò una voce sgangherata alle sue spalle. « Ci mancavano i forestieri a rubare le mie uova! »

Saulina fu presa da un accesso di tosse: l'ultimo sorso d'uovo, il migliore, le era andato per traverso. Guardò allibita la donna che stirava le labbra spesse e colleriche su una bocca dove campeggiava un unico dente che a Saulina parve lungo come quello di un cinghiale.

« Non sono una ladra », disse piano.

« E che cosa sei? » ghignò la donna vestita con una certa pretesa d'eleganza: un abito marrone sporco e chiazzato, ma senza uno strappo né un rammendo.

« L'uovo era sulla via », si giustificò Saulina.

« E allora? » la donna si faceva minacciosa e incombeva sulla ragazzina con la sua mole massiccia.

« La strada è di tutti », osò con un filo di voce.

« Ah, è così dunque? » fece la padrona della gallina pronta ad aggredire.

Saulina notò per la prima volta che la donna che la minacciava ostentava ciondoli d'oro alle orecchie. Pensò che fosse ricca.

« Non volevo rubare », disse, più spaventata che pentita.

« Mi devi dare un soldo! » le intimò.
« E dove lo prendo un soldo? » si guardò intorno smarrita.
« Mi devi dare un soldo! » ripeté tendendo verso di lei la stessa mano ossuta e forte che l'aveva colpita affinché la ragazzina vi deponesse la moneta richiesta.

L'una di fronte all'altra, si scrutarono fin dentro l'anima fra il disinteresse della gente che le circondava.

La donna riconobbe nell'accento di Saulina la forestiera di campagna, insolitamente vestita all'ultima moda di città, capitata chissà come nel Bottonuto; e la fanciulla, con la sua collaudata esperienza, sentì aria di botte e, dal momento che non avrebbe potuto prevalere, l'indicazione era quella di sottrarsi velocemente alla violenza.

Se fosse stata tra i suoi campi non avrebbe esitato a darsela a gambe sicura di avere la meglio, ma in quel dedalo di case, di botteghe, tra gente sconosciuta e l'andirivieni dei veicoli più disparati, si sentiva smarrita. Tutte le sue considerazioni caddero in mancanza di alternative: se non fosse fuggita, la donna l'avrebbe percossa a sangue e la gente non avrebbe mosso un dito per difenderla.

Scattò come una lepre e corse a perdifiato verso lo slargo dov'era scomparso il garzone del panettiere; giunta in pieno sole si guardò intorno in cerca di un rifugio, perché la donna non era tipo da rinunciare tanto presto ai suoi diritti. C'era un carro carico di fieno al quale erano aggiogati monumentali e pazienti buoi dalle lunghe corna, impassibili al pungolo di un contadino nerboruto che voleva indurli ad accelerare il passo.

Senza pensarci due volte, Saulina si gettò a capofitto nel fieno, come aveva fatto mille volte quando voleva sottrarsi all'ira forsennata del padre. Conosceva perfettamente la tecnica di mimetizzarsi nel fieno asciutto e crepitante restando immobile nella nicchia protetta dalla quale poteva, entro certi limiti, osservare quanto accadeva fuori.

Vide la donna, ansante e accaldata, raggiungere lo slargo e guardarsi intorno come una belva infuriata. La vide fermare alcuni passanti e, dalla mimica, capì che raccontava l'affronto subito, il furto patito e chiedeva notizie di Saulina.

La fanciulla era relativamente tranquilla, ma si sentì al sicuro soltanto quando la sua persecutrice tornò rassegnata verso il vicolo da cui era uscita.

Il carro s'era fermato, il contadino nerboruto sacramentava

e Saulina cercò di rendersi conto del posto in cui si trovava. Lo slargo, brulicante di gente e di animali, di carri e di carretti, andava digradando verso una conca d'acqua, una darsena dove erano all'attracco tre barconi di legno scuro: due carichi di grossi tronchi e il terzo, attorno al quale c'era un ansante andirivieni di uomini che si muovevano al ritmo di un coro possente, era carico di massi.

« Issaaaa! » cadenzati sottolineavano il lento trasferimento dalla chiatta al molo di un enorme blocco di marmo bianco con venature argentee, imbracato con spessi canapi.

Saulina adesso cominciava a capire. Giannetta, la cameriera di Giuseppina Grassini, le aveva raccontato che c'era una contrada chiamata del Laghetto, proprio dietro l'ospedale, dove approdavano i barconi con il marmo di Candoglia destinato alla Fabbrica del Duomo.

Il piccolo lago era alimentato dalla fossa interna del Naviglio e gli scaricatori, che assicuravano il materiale per la costruzione della cattedrale che durava da secoli, erano i *tencitt*: tinti di sporco, come le aveva spiegato Giannetta, perché oltre il marmo scaricavano anche legna e carbone.

« Dunque », pensò la fanciulla sgomenta, « sono in contrada del Laghetto, al confine del Bottonuto. Da qui alla casa di madama Giuseppa c'è di mezzo il mondo. E io, come ci arrivo? »

Di nuovo fu sul punto di piangere. Perché era fuggita di casa? Con quale coraggio, ammesso che avesse ritrovato la strada, sarebbe ritornata senza il suo tesoro? Che cosa avrebbe pensato di lei il generale Bonaparte? Perché il mondo intorno a lei era così cattivo e tutti cercavano di derubarla e di imbrogliarla? Eppure di qualcuno doveva pur fidarsi per cercare di ritrovare il chirurgo imbroglione che le aveva rubato la tabacchiera. Non avrebbe mai potuto tornarsene a casa senza il dono del generale dell'armata d'Italia. Intanto, per prima cosa, doveva uscire dal nascondiglio e, per quanto brutta, affrontare la realtà. Posò i piedi a terra giusto in tempo per lanciare un urlo di raccapriccio; ciò che aveva davanti agli occhi andava al di là perfino della sua immaginazione. Poteva aspettarsi una aggressione, oppure di essere investita da una carrozza o da un carro, ma quel bolide di legno velocissimo al quale era solidamente ancorato un uomo a metà, un uomo senza gambe, che con braccia erculee spingeva quel veicolo strampalato la terrorizzò. Il mezzo uomo, le mani protette da zoccoli neri di cuoio, si bloccò di colpo a pochi passi dalla ragazzina.

Saulina, che si era già vista travolta da quel singolare carretto, si immobilizzò, letteralmente impietrita dalla paura. Doveva trattarsi di un uomo giovane, aveva capelli neri e ondulati, lo sguardo beffardo e sornione, la faccia bella, l'espressione ardita.

« Preferivi che ti investissi? » le chiese con la sua voce calda e ironica.

« Il fatto è che non me l'aspettavo », mormorò lei che non si era ancora riavuta dallo spavento.

« Nemmeno io m'aspettavo che tu fossi rintanata nel fieno. » Parlava con un tono di voce che somigliava vagamente a quello degli uomini del borgo quando, a veglia, volevano rendere più verosimili le storie di diavoli e di fantasmi.

« Posso andarmene? » chiese timidamente.

« Scappa, sennò ti mangio! » la spaventò il mezzo uomo facendo la faccia feroce.

La paura s'impadronì nuovamente di lei e riprese la fuga.

« Ma dove vai, matta? » le gridò dietro. « Lo Scorciato di Candoglia non ha mai fatto male alle brave bambine! » E prese a inseguirla nel tentativo di rassicurarla; ma Saulina, sentendo il carretto che le rotolava dietro, aumentò la velocità, svoltò in un vicolo stretto e si rifugiò nella penombra di una bottega sperando d'aver seminato quel diavolo che la voleva mangiare.

Era finita in una bottega di pizzi e ventagli, almeno a giudicare dalla merce esposta sul bancone dietro cui una prosperosa donna di mezza età mostrava a un cliente, elegante come un damerino, un nastro di prezioso merletto.

Nessuno dei due parve accorgersi della sua presenza.

« Posso contare sulla vostra collaborazione? » stava dicendo il cliente.

« Come sempre, signore », rispose la donna che era bellocciа ma non abbastanza avvenente né abbastanza giovane per farsi perdonare le troppe smancerie. « Sapete bene che vi ho sempre accontentato », soggiunse con fare civettuolo. « Fidatevi di me. »

L'uomo era vestito elegantemente, fatto insolito in un quartiere come quello. Saulina notò che stringeva un bastone con una bellissima impugnatura d'argento. L'avventore pizzicò una presa da una tabacchiera di madreperla e la fiutò con immenso piacere.

« Io mi fiderò ancora di voi », replicò, « ma non è esatto che mi abbiate sempre accontentato. L'ultima volta mi avete mandato a casa un... un pizzo... diciamo così, di seconda mano. Non va bene, lo sapete? » la rimproverò con bonarietà sospetta. « Dovete stare molto attenta, mia buona Agnese. »

« È stato uno spiacevole errore », si giustificò la merciaia guardando dalla parte di Saulina. Si era accorta della presenza della ragazzina e non la perdeva d'occhio. La fanciulla, invece, si riteneva al sicuro essendosi mimetizzata fra gli scatoloni accatastati di fianco all'unico accesso della bottega. « Capita che una povera donna sola », continuò fingendo di non vederla, « venga raggirata. Succede che la merce sia differente da quella del campione. Ma non è stata colpa mia. Come potete pensare, signore, che io voglia imbrogliare un cliente affezionato come voi? »

« Lo so, lo so, mia buona Agnese », le sorrise cordiale. « È proprio per questo che sono tornato. »

« E avete fatto bene. Vi dirò in confidenza », gli sussurrò, « che aspetto qualche arrivo straordinario. Merce straniera », gli sussurrò.

« Da molto lontano? » si informò pieno di curiosità.

« Non fatemi dire di più », tagliò corto nell'atteggiamento di chi ha già parlato troppo. « Fidatevi di me e lasciatevi servire. »

« Sarete adeguatamente ricompensata », disse l'uomo voltandosi per uscire.

Saulina, che ricordava di avere già sentito quella voce, lo riconobbe: era un poeta che aveva visto con altri letterati e musicisti in casa di madama Grassini; un giovane dagli occhi languidi e sognanti, dall'eleganza raffinata e dall'appetito gagliardo. Era l'occasione per farsi riconoscere e chiedere aiuto. Quando l'uomo fu sulla porta, la fanciulla si slanciò per attuare il suo progetto; ma all'improvviso la merciaia le fu addosso e, con una gran manata, la mandò a rotolare tra gli scatoloni. Quando si rialzò, il cliente non c'era più.

« Allora, signorina, in che cosa posso servirvi? » C'era una nota beffarda nella sua voce che non sfuggì a Saulina.

« Mi avete già servito con una spinta », replicò stizzita Saulina.

« Stavi saltandomi addosso », si giustificò. « Sono tempi brutti, mia cara. Una persona, fino a quando non la vedi in faccia, può essere un nemico », mentì la merciaia che, invece, l'aveva vista benissimo in faccia.

« Volevo salutare quel signore che è appena uscito », fece Saulina cercando di mettere in ordine il suo bel vestito duramente provato da troppe battaglie.

La merciaia Agnese si pose in allarme.

« Vuoi dire che sei entrata per salutarlo? » chiese affabilmente.

« Voglio dire che lo conosco. »

« Perché allora ti sei nascosta tra gli scatoloni? »

« Non sapevo che fosse lui. »

« Allora volevi comprare qualcosa? »

« No. Sono entrata qui per sfuggire a un mezzo uomo che voleva... mangiarmi. »

La donna rise.

« Lo Scorciato di Candoglia », disse. « Si vede che non sei di qui. »

« Così ha detto di chiamarsi », tremò Saulina.

« È completamente innocuo », la tranquillizzò la donna che tuttavia era la prima a non esserne convinta.

« Perché è così... così disgraziato? »

« Un pezzo di marmo di Candoglia gli è caduto sulle gambe. Gliele hanno dovute tagliare. Da allora la gente lo chiama lo Scorciato di Candoglia. Lo conoscono tutti nella zona. Si vede che non sei di qui », ripeté. Quindi soggiunse: « Così conosci il signore che è appena uscito. »

« Sì, lo conosco », affermò.

« E sai come si chiama? » chiese la donna.

« Questo non lo so. Non lo ricordo. Però l'ho già visto. »

La merciaia, che cominciava a farsi un'idea tutta sua di quella ragazzina, cercava di essere materna senza tuttavia riuscirci in pieno.

« Io so come si chiamano le persone che conosco », disse scrutandola con i suoi occhi furbi che della vita avevano visto quasi tutto. Valutò la straordinaria bellezza di quella personcina che lo smarrimento, la fame e la disperazione accentuavano. I suoi raffinati avventori l'avrebbero trovata ancor più attraente e desiderabile.

« Io invece conosco persone di cui non so il nome », la sfidò.

« È possibile », ammise la merciaia mettendole affettuosamente una mano sulla spalla. « Adesso chiudiamo bottega », continuò spingendola familiarmente verso l'interno del locale, « e tu vieni di sopra con me. »

« Di sopra, dove? » si preoccupò Saulina.

« In casa mia », le sorrise.

« Perché? »

« Perché hai un gran bisogno di ripulirti », l'accarezzò, « e di mangiare. Non è così? » La donna non aveva fretta di sapere.

« Sì, signora. È proprio così », capitolò la fanciulla pronta a credere alla prima persona disposta a placare la sua fame e il suo bisogno di riposo.

## 13

La Scala risplendeva di mille candele e dal loggione alla platea era un fitto intrecciarsi di gioiosi richiami. I milanesi di ogni condizione affollavano il Gran Teatro giocando nel ridotto, chiacchierando, mangiando e bevendo, ma soprattutto erano in attesa di ammirare la bella madama Grassini e di ascoltare la sua calda voce da contralto nelle romanze dell'opera *La ballerina amante* di Cimarosa.

Il nome della popolare interprete era nel cuore degli appassionati del bel canto e sulla bocca dei pettegoli per la sua storia con il generale Bonaparte. La voce che estasiava Napoleone dava gioia a tutti: agli aristocratici dei palchi, ai popolani del loggione e dei corridoi, ai nobili del gran ridotto, ai borghesi del ridotto mercantile.

Il conte Gaetano Porro, seguito da due « cappe nere », entrò nel suo palco per assicurarsi che tutto fosse in ordine. Quella sera avrebbe avuto ospiti alcuni amici romani e voleva che si trovassero a loro agio.

Le « cappe nere » appartenevano a una classe privilegiata di servitori e avevano l'incarico di accompagnare i signori a teatro mettendosi a loro disposizione. I due servi, arcigni come bravi, stavano in piedi, immobili, alle spalle del padrone, pronti a intervenire a un suo cenno.

Il conte Gaetano Porro guardò lo spettacolo della folla con occhio disincantato e ricordò le cronache del grande letterato viaggiatore Charles de Brosse che descrivevano con verosimiglianza l'ambiente del Gran Teatro dove, come cinquant'anni prima, c'era altrettanto strepito che in un mercato, lo stesso battere di bastoni sui banchi, gli stessi grossolani saluti urlati ai cantanti, la stessa pioggia di fogli lanciati dal loggione in onore dell'artista preferito.

Nel ridotto, fortune cospicue passavano di mano nel volgere di una notte, ai banchi di faraone, bassetta, biribisso o alla roulette. Somme ingenti venivano sperperate nel gioco della cavagnola o dell'albero imperiale. Signore di gran nome e di poca virtù perdevano la loro ingombrante rispettabilità nei palchi dalle tendine abbassate e guadagnavano in popolarità.

Il cittadino Gaetano Porro, che aveva rinunciato spontaneamente al titolo, frequentava la Scala da sempre. Il teatro continuava a essere uno dei modi per trascorrere piacevolmente la serata in attesa di tirare mattina con un pranzo pantagruelico e interminabili chiacchierate dal *Battistino*, luogo di incontro del bel mondo milanese.

L'atmosfera chiassosa nella sala era all'altezza della più alta tradizione scaligera: le urla, il vocio, il fumo dei sigari, le tresche più o meno segrete. C'era persino, per soprammercato, l'abbaiare di un cagnolino.

Si sarebbe fatto silenzio e sarebbero state sospese le visite da palco a palco, soltanto all'apparire di madama Grassini. La sua potenza vocale, la sua grazia e la sua bellezza avevano la capacità di affascinare il pubblico. Il trionfo che aveva riportato con la rappresentazione de *I zingari in fiera* di Paisiello, aveva ispirato i versi che le erano stati dedicati: « Quattro le Grazie son, le Muse diece e le Veneri due / Giuseppa in tutte, e Grazia e Musa e Venere si fece ».

Pochissime persone, oltre una cerchia selezionata di artisti, avevano l'onore di vantarsi della sua amicizia. Giuseppina, infatti, sapeva amministrare saggiamente le proprie grazie limitandosi spesso a soffiare sul fuoco del desiderio che suscitava senza concedersi per appagarlo. Aveva intuito che la discrezione è l'elemento indispensabile per far scattare la molla del successo. Nei limiti del possibile, sapeva ammantare di mistero la sua vita privata e anche l'arrivo nella sua casa della piccola salvatrice del generale Bonaparte era un episodio che si conosceva ma al quale non aveva dato nessuna pubblicità.

Il conte Gaetano Porro consultò un moderno orologio « a ripetizione » che i Milanesi avevano ribattezzato *reputasion*, trasformando ripetizione in reputazione con un gioco di parole dialettale che nascondeva un doppio senso.

« Se la mia *reputasion* è giusta », pensò, « ho dieci minuti di tempo per recarmi dalla cantante e affrontare l'argomento. »

Si rivolse a una delle sue « cappe nere ».

« Andiamo da madama Grassini », ordinò.

Uno dei domestici lo precedette per la scala angusta rischiarando con una lampada il cammino verso la platea. Passarono in mezzo alla folla incuranti del baccano, schivando pacchettini di bonbon lanciati da una parte all'altra del teatro. Varcarono una porticina a destra del palcoscenico che dava su un corridoio, percorso il quale i due uomini si trovarono davanti al camerino della primadonna.

Il conte bussò discretamente. Gli aprì Giannetta: aveva appena finito di vestire e pettinare la padrona che risplendeva ora in tutta la sua bellezza.

« A che cosa devo l'onore e il piacere di questa visita? » disse Giuseppina mentre porgeva al conte Porro la mano da baciare.

« Il dovere di testimoniarvi la mia ammirazione », rispose galante, « e il desiderio di aiutarvi a risolvere un problema che vi angustia. »

Ammirò lo sguardo dolcissimo della donna, il sorriso delicato e concluse che se era in ansia per la sua protetta riusciva a mascherare da vera attrice i suoi sentimenti.

« Avete notizie di Saulina? » domandò esitando tra la fiducia che le ispirava quell'uomo e il rispetto per le convenienze che le imponevano un cauto riserbo.

« No, ma le avremo presto », la rincuorò. « Non avete motivo di affliggervi più del necessario. »

Il camerino traboccava letteralmente di fiori: rose di tutte le sfumature, dal rosso intenso al rosa acceso, gigli bianchissimi e fasci di margherite multicolori.

« Avete tutta la mia riconoscenza », disse invitandolo a sedersi.

Il conte e Giuseppina presero posto su un piccolo divano damascato.

« Perché io possa meglio aiutarvi, è necessario che voi mi parliate un poco di questa ragazzina », disse il conte Porro.

« Chiedete », lo incoraggiò Giuseppina e intanto pensava che Napoleone doveva aver impartito ordini perentori se l'esponente di una delle più antiche famiglie lombarde s'era messo a sua disposizione negandosi a impegni più importanti.

Gli raccontò con parole semplici l'intera storia e gli diede una descrizione particolareggiata di Saulina mettendolo al corrente anche delle poche notizie che i domestici avevano potuto raccogliere dopo che se ne era andata di casa.

« Milano è grande », commentò, « ma credo di conoscere la strada giusta per trovare la ragazzina. »

« Che Dio ve ne renda merito, cittadino », recitò con enfasi. « Perché sapete », continuò, « io tremo al pensiero dei genitori della piccola. L'hanno affidata a me come si affida un tesoro. E io l'ho perduta! » Ora la bella voce s'era incrinata per la commozione.

Il conte Porro sorrise con bonomia.

« Non lasciatevi abbattere, cittadina: troveremo il tesoro. » Intuiva che il padre di Saulina doveva avere assecondato il gioco della cantante in cambio di una ricompensa e quindi metteva sul conto di una certa teatralità le sue ultime battute.

Accadeva spesso che le ragazzine di campagna venissero cedute come serve o come trastulli a famiglie nobili o a gente ricca. Per i genitori che le cedevano era già un vantaggio essersi liberati di una bocca da sfamare.

« Sarò più tranquilla quando l'avremo ritrovata », affermò. E questo era vero perché tremava all'idea che Ambrogio Viola potesse un giorno presentarsi a reclamare la figlia, alla quale peraltro s'era sinceramente affezionata.

« A partire da questo istante farò tutto quanto è in mio potere per riportarvela. »

« Vi serberò eterna riconoscenza », disse Giuseppina mentre lui, congedandosi, le sfiorava la bella mano con le labbra.

Fuori del camerino la sua fedele « cappa nera » lo stava aspettando.

« Fai mandare una corbeille di rose bianche a madama Grassini da parte mia », ordinò.

« Sarà fatto », disse mettendo avanti la lanterna per rischiarare il cammino.

« E fai sapere », abbassò la voce al punto che lo stesso domestico lo sentì appena, « fai sapere a Ribaldo che voglio incontrarlo all'albergo del Pozzo, in contrada della Palla. »

Saulina era nuovamente nelle condizioni di spirito per riconciliarsi con la vita ora che il mondo non le sembrava più così cattivo come le era parso al suo risveglio nella lurida stanza dov'era stata depredata del suo tesoro.

Nella casa confortevole di Agnese, sopra la merceria, la fanciulla ripulita e rifocillata si guardava intorno con occhi diversi, capaci di cogliere il lato fiorito dell'esistenza. L'amore con cui la merciaia l'aveva assistita, il disinteresse con cui l'aveva aiutata, avevano ricostituito il suo equilibrio.

Così, proprio lei solitamente avara di parole, s'era abbandonata a una piena e completa confessione. Aveva raccontato di sé, del generale Bonaparte, di madama Giuseppa, delle sue avventure e disavventure; e mentre la fanciulla si liberava dei suoi recenti ricordi, la merciaia annuiva con aria seria e comprensiva.

« Tutte queste cose ti sono capitate, bambina mia? » esclamò con esagerata partecipazione.

« Proprio tutte », confermò Saulina. « Sono stata davvero fortunata a incontrare voi », continuò felice, mentre inghiottiva l'ultimo boccone di pane bianco intinto nel sugo grasso e profumato d'erbe di un tenero arrostino di maiale.

« Allora ti aiuterò a ritrovare il tuo gioiello », promise Agnese.

« Sarebbe la cosa più bella del mondo », esultò, « e anche il generale Bonaparte vi premierebbe. »

« Ne sono sicura, bambina mia. E sono in tutto e per tutto d'accordo con te. Faresti una ben magra figura tornando dalla tua protettrice senza la tabacchiera. »

« Ma riusciremo a trovarla? » chiese la ragazzina assalita dai dubbi.

« Abbi fede », disse Agnese. « Lo scoveremo quel ladrone di chirurgo che te l'ha rubata. » E siccome le parole della donna coincidevano con i suoi pensieri e le sue speranze, Saulina, ormai, era disposta a darle tutto il suo credito. Il fatto stesso che una persona adulta si interessasse tanto ai suoi problemi, la lusingava. Non si sarebbe certo affidata ciecamente a quella donna se le avesse detto: « Non troverai mai il ladro. La sola cosa che ti resta da fare è tornare dalla tua protettrice che sarà in pena per te. E lei che è una donna importante potrà aiutarti a ritrovare il tuo talismano ». Ma Agnese non le aveva parlato così, prima di tutto perché non credeva alla storia di Saulina e poi perché le conveniva compiacere l'enigmatica ospite per la quale aveva in mente certi progetti. Era convinta che la ragazzina celasse un segreto e forse, tra le bugie raccontate e le verità taciute, c'era la chiave di un mistero troppo banale per suscitare in lei qualche interesse. Indubbiamente la ragazzina era una mitomane, come tutti gli adolescenti. Anche lei lo era stata, a suo tempo. S'era inventata un passato diverso dalla squallida sequela di ricordi che si svolgeva alle sue spalle fino dagli anni della sua prima giovinezza. La fantasia dei bambini, superato il periodo della prima infanzia, costruisce storie incredibili, ma la straordinaria immaginazione di quella ragazzina sveglia e furba testimoniava una profonda inquietudine, una propensione innata alle esperienze stravaganti, a condizione che fossero vissute nella ricchezza e nel lusso che, secondo la merciaia, quella ragazzina risplendente di rara bellezza desiderava più d'ogni altra cosa. Aveva soltanto bisogno di essere incoraggiata e ben diretta. In questo lei, Agnese, poteva considerarsi maestra.

« Intanto che faremo le nostre ricerche », disse la donna, « tu alloggerai da me e ti comporterai proprio come se fossi a casa tua. Io provvederò per un abito nuovo: questo che indossi è sgualcito e sporco. »

« Voi mi fate troppo onore, signora. Io non avrò mai modo di ricompensarvi », disse Saulina commossa da tanto altruismo.

« La generosità si compensa da sola. Ma tu, se lo vorrai, potrai sdebitarti occupandoti di qualche piccolo incarico che io ti affiderò. » La merciaia doveva sforzarsi di padroneggiare la grande eccitazione che le cresceva dentro. E intanto ammirava l'acerba avvenenza di quella fanciulla in boccio. « Oggi stesso farai una commissione per me: consegnerai del pizzo a un mio cliente. Sarai gentile con lui e risponderai con bel garbo alle sue domande. È una persona molto importante. Se entrerai nelle sue grazie, potrà fare molto anche per te. »

« Anche ritrovarmi la tabacchiera? »

« Qualsiasi cosa, Saulina. Qualsiasi cosa! » esclamò Agnese abbracciandola felice.

## 14

Un giovane biondo, forte, elegante affiancò il suo vigoroso e agile cavallo inglese alla diligenza che, partita da Parigi, dopo un tribolato viaggio di dieci giorni, era finalmente in procinto di entrare in Milano. I viaggiatori, stremati dalla fatica, provati dagli spostamenti lungo strade impervie e dissestate, dai disagi di avventurosi pernottamenti in locande non sempre confortevoli, nutriti con cibi di qualità discutibile, si sentirono in paradiso quando la vettura s'arrestò all'angolo tra il Naviglio e la strada della Cavalchina. Scesero felicemente a terra per entrare nella bella chiesa di San Bartolomeo dove avrebbero recitato le « preghiere dell'itinerario » e offerto elemosine per ringraziare Dio di essere scampati ai pericoli della foresta e dei briganti. Nessuno di loro immaginava che, proprio alla porta della città, uno dei più temuti briganti della regione si era unito a loro: Ribaldo.

D'altra parte l'aspetto del giovane in marsina color tortora, pantaloni immacolati di morbido panno, stivali lucidati a specchio, camicia e cravatta odorose di lavanda, era quello di un gentiluomo. La delicatezza dei lineamenti, lo sguardo fiero, la virile eleganza dicevano molto sulle origini aristocratiche del personaggio che soltanto per un bizzarro gioco del caso s'era trovato a vivere e a lottare su un versante opposto a quello assegnatogli dalla sua nascita.

Piantato saldamente in sella, dedicò un lento e appassionato sguardo alla strada solitaria, al parapetto di granito che correva lungo il Naviglio, al cielo dove spiumavano i colori del tramonto e al riflesso di quei colori intensi che l'acqua del Naviglio gli restituiva tremuli insieme al bruno profilo della chiesa e al verde frusciante d'antichi frassini e faggi, ultimi testimoni d'una grandiosa foresta lussureggiante.

Milano gli ricordava Venezia, con le stesse magie, gli stessi incanti, la grazia dei colori caldi e trasparenti, le linee sobrie degli edifici e in più con una vegetazione rigogliosa e carica di profumi che non aveva facili paragoni.

Milano, la sua amata e detestata Milano, lo riempiva ogni volta di commozione. Toccò appena il cavallo facendogli sentire la pressione delle ginocchia e lo guidò verso il postiglione che, a cassetta, aspettava i viaggiatori.

« C'è un posto per me in carrozza? » domandò al conducente.

« Dipende », disse l'uomo accigliato.

« Devo essere all'albergo del Pozzo, questa notte », spiegò tendendo al postiglione una moneta da una lira. Un buon compenso per un così piccolo disturbo. Buono, ma non eccessivo.

« Dai, sali », disse il postiglione afferrando con un gesto svelto la moneta ed esplodendo in una franca risata. « Sali, e che sia finita con questa ridicola pantomima. »

« T'eri accorto subito di me, vero? »

« È già un'ora che sento il tuo odore e vedo la tua polvere. È un piacere incontrarti ogni tanto senza maschera. »

« Anche per me. Che novità mi racconti? »

« Le aspetto da te, le novità. Tra andare e venire, manco da Milano da più di venti giorni. »

Ribaldo smontò, legò il cavallo dietro la diligenza e con un agile balzo fu a cassetta, accanto al postiglione. Dal portale spalancato della chiesa giungevano canti di ringraziamento.

« Niente è più immobile del tempo che passa », disse Ribaldo che ricordava soltanto novità spiacevoli.

« Mi aspettavi da tanto? » domandò l'uomo.

« Sei stato puntuale come il destino », si rallegrò mostrando denti bianchi e brillanti.

« Siamo arrivati insieme al bivio della Madonna, allora », disse il cocchiere ch'era un uomo di mezza età.

« Ho fatto appena in tempo a raggiungerti. »

« Vai di fretta? »

« C'è un amico che vuole vedermi, stanotte », si confidò.

« Allora devi proprio entrare in città con me », disse guardandolo in modo significativo.

« Con te passerò dalla porta come un gran signore, invece che scalando le mura come un contrabbandiere », osservò battendogli amichevolmente una mano sulla spalla.

« Non sarebbe la prima volta. A te piace il rischio. »

« Il fatto è che non voglio sciupare questo bel vestito », si giustificò ridendo.

I viaggiatori, intanto, uscivano di chiesa dove avevano pregato e offerto l'obolo per grazia ricevuta. Parlavano, ridevano, avevano un altro aspetto rasserenati dalla consolazione e dalla certezza di essere ormai fuori pericolo. A uno a uno salirono sulla diligenza che riprese la strada verso la massiccia struttura di marmo della porta Nuova a cui il serizzo, un granito ricavato dai massi erratici disseminati nella pianura Padana, sagomato e levigato dagli scalpellini, conferiva un che di arcigno. Ribaldo guardò la porta Nuova, le due nicchie con i busti romani, provenienti dall'antica porta di Massimiano, il tabernacolo gotico con la Vergine, i santi Gervasio, Protasio e Ambrogio e sentì di amare profondamente la sua città.

Dalla tasca interna della marsina estrasse una tabacchiera, l'aprì e la porse al postiglione.

« Posso? » domandò l'uomo pregustando la voluttà della presa.

« Certo che puoi. »

« Rapé », giudicò da competente alludendo al tabacco. « Il migliore. »

I due uomini pizzicarono la polvere dal profumo gradevole, annusarono da intenditori, starnutirono un paio di volte e si sentirono appagati.

« *Egalité, fraternité* », lo provocò il postiglione.

« Parole », tagliò corto Ribaldo intuendo dove l'altro sarebbe andato a parare.

« Il francese ti fa concorrenza », dichiarò alludendo al generale Bonaparte.

« Potrei offendermi », scherzò.

« Non rubate tutt'e due? » ribatté lo smilzo.

« Ti ho mai derubato? » s'arrabbiò il brigante.

« Tu prendi a quelli che hanno », ammise il postiglione che si era reso conto di non poter spingere oltre lo scherzo.

« Puoi dire altrettanto del francese? » incalzò con odio.

« No », confessò. « Lui sì che mi ha derubato. Mi ha aumentato il prezzo del pane. Mi ha cresciuto il prezzo dell'olio di linosa. Anche la tempia di maiale costa di più. Invece la mia paga è sempre la medesima! »

« Però ogni tanto ti fa andare gratis a teatro. Non sei contento? » ironizzò Ribaldo.

« Non sono contento affatto. Si fa a pugni fra noi poveretti per arrivare primi e finisce che lo spettacolo non lo vede nessuno. E poi non campi con il teatro. Ci vogliono i soldi, altro che il teatro! »

I cavalli procedevano al passo e la diligenza, percorsa la strada del dazio di porta Nuova, prese la corsia dei Giardini, chiamata così perché anticamente in quel luogo c'erano i giardini dei Torriani, una famiglia illustre che aveva governato Milano prima dei Visconti.

Ribaldo e il cocchiere finirono per parlare dei gravi problemi del momento: il postiglione con veemenza, ma anche con un po' di timore, perché la presenza di Ribaldo se da un lato lo inorgogliva, dall'altro lo spaventava. I gendarmi della municipalità e i soldati di Napoleone non gli avrebbero perdonato quella dimestichezza con un brigante che vedeva nei francesi degli invasori tracotanti e ladri invece che dei paladini della tanto sbandierata libertà. Era scesa la sera e le torce fissate ai muri dei palazzi gettavano intorno bagliori rossastri.

« Dieci anni fa qui c'era il buio », disse Ribaldo che non voleva imbarcarsi in un discorso politico.

« Certo che l'illuminazione è una gran bella novità. Almeno i proventi del gioco del lotto servono a qualcosa. Da una parte rubano i soldi al popolo con il gioco del lotto e dall'altra gliene restituiscono una piccola parte facendo chiaro nelle strade. Ma non mi hai detto che novità ci sono a Milano », fece il cocchiere.

« Storie d'alcova e di lussuria », stigmatizzò Ribaldo. « Le nobili puttane che prima andavano a letto con gli ufficiali austriaci, adesso si disputano gli ufficiali francesi. Il colpo grosso l'ha fatto la cantante Grassini. »

« Se ne parla perfino a Parigi. Pare che questo Bonaparte sia un patito del bel canto. »

« Quando a cantare è una bella donna. »

« Comunque non è nobile. »

« E questa è un'attenuante. Lei, almeno », osservò concedendole delle giustificazioni, « ha alle spalle un passato di miseria. Le altre lo fanno per vizio. »

« Girala come vuoi, ma queste donne ci fanno becchi tutti quanti », constatò l'uomo tirando un poco le redini. « Adesso che vado a casa bisogna che mi ricordi di dare una battuta alla mia donna. »

« Ti ha tradito? »

« No, ma se non è oggi sarà domani... »

Ribaldo, che non era d'accordo su questo punto, cambiò discorso.

« Milano continua a essere il paese della cuccagna. Anche i cittadini più illuminati non capiscono che la Francia è compagna dell'Austria e della Spagna. Tutti qui per ingrassare a nostre spese. »

« La gente questo lo sa. Lo so anch'io che sono ignorante », commentò il cocchiere.

« Ma non quelli che potrebbero ragionevolmente pensare a un Lombardo-Veneto indipendente da qualsiasi ingerenza straniera. Quando non ci saranno più francesi, né austriaci, né spagnoli, quel giorno potrò morire dalla consolazione vedendo la mia città governata dai milanesi. »

La carrozza si fermò davanti all'albergo del Pozzo.

« Addio, amico », disse Ribaldo stringendogli la mano. « Non dimenticherò il favore che mi hai fatto. »

Saltò a terra e raggiunse il suo cavallo dietro la carrozza. L'animale, vedendolo, alzò la bella testa scrollando la criniera e sbuffando. Ribaldo lo slegò e, prendendolo per la cavezza, lo guidò all'abbeveratoio di pietra che correva lungo la facciata dell'edificio e assicurò le briglie a uno degli anelli di ferro che pendevano dal muro.

Un valletto dell'albergo lo raggiunse.

« Devo governare il cavallo? » domandò.

« Una borsa di biada », ordinò Ribaldo gettando una moneta che il giovane afferrò al volo.

« Subito, signore », disse allegramente.

« E bada che non sia di quella fermentata che tieni in serbo per i forestieri. »

« Fidatevi di me », e aggiunse: « Avrò cura del vostro cavallo come un giorno curerò il mio ».

« Avrai un cavallo? » si meravigliò Ribaldo.

« Avrò un cavallo e sarò ricco », affermò il valletto con sicurezza.

« Intanto bada al mio. E fallo bene », tagliò corto.

« Certo, signore », mormorò il ragazzo che non sapeva spiegarsi l'improvviso cambiamento di umore dello sconosciuto.

Se non avesse temuto di essere scoperto, Ribaldo l'avrebbe colpito con un manrovescio. Il suo sdegno moralistico era al massimo. Quel servitore d'infimo rango, invece di essere felice della propria condizione, osava aspirare alla ricchezza; non solo, ma la considerava a portata di mano. Ecco il bel risultato delle idee rivoluzionarie portate dai francesi.

« Sono convinti che il progresso sociale si realizzi dividendo la ricchezza esistente », pensò. « Tutto e subito. Ecco che cosa vuole la gente d'oggi. Ma le scale si salgono un gradino per volta. E ci vuole tempo e fatica per arrivare in cima. »

Carrozza e cocchiere erano spariti nello stallazzo. I facchini trasferivano i bagagli dalla diligenza all'albergo. I viaggiatori andavano nelle loro stanze per cambiarsi d'abito o si intrattenevano nel salone d'ingresso in attesa della cena.

L'arrivo dei francesi aveva abolito i titoli nobiliari e decretato la cancellazione degli stemmi, ma si continuava ad applicare la grida del 1779 voluta dall'arciduca Ferdinando, governatore della Lombardia, per porre dei limiti alle pretese degli albergatori, degli osti e dei locandieri, che dovevano accontentarsi di un onesto e ragionevole guadagno. Così perdurava la tariffa a prezzo fisso per il trattamento mercantile e la tariffa libera per il « trattamento alla nobile ». C'era anche una grida che stabiliva le responsabilità « delle robe che dai forestieri si ripongono nelle osterie ed altri pubblici alberghi ». E così, almeno in albergo, il viaggiatore veniva in qualche modo tutelato.

Ribaldo raggiunse un angolo della sala e sedette su una poltroncina sotto un finestrone che, invece delle impannate di stamigna tipiche degli edifici poveri, sfoggiava vetri a losanghe tenute insieme da saldature di piombo.

In una poltrona identica, di fronte a lui, sedeva il conte Gaetano Porro.

« È consolante vedere che anche di questi tempi le diligenze arrivano in orario », disse l'illustre gentiluomo.

« Con o senza la diligenza, sarei arrivato comunque puntuale al tuo appuntamento », dichiarò Ribaldo.

Il conte Porro gli porse un'elegante tabacchiera aperta.

« Serviti », disse.

Ribaldo strinse un'abbondante presa di tabacco tra il pollice e l'indice della mano destra poi modulò la nevicata di polvere bionda e aromatica sul dorso della sinistra. L'avvicinò al naso e aspirò intensamente, socchiudendo gli occhi per il piacere.

« Eccellente », commentò, « davvero eccellente. »

Un cameriere in parrucca candida e marsina d'un bel rosso acceso posò sul tavolino, in mezzo a loro, un vassoio con una bottiglia di Malvasia e sottili bicchieri di fine cristallo, calici leggeri come un soffio, istoriati d'oro zecchino.

« Sono proprio contento di vederti, Gaetano », disse Ribaldo con fraterna familiarità prendendo il bicchiere che l'amico gli porgeva.

« Anch'io. Ma sono in pena per te, soprattutto di questi tempi con i francesi che scorrazzano in lungo e in largo, mentre tu continui a giocare al bandito e ti metti anche a derubare la bella del Bonaparte. »

« Io faccio fuori della legge quello che altri fanno con la protezione dei governi e l'approvazione dei notabili. Ma non è certamente per disputare su chi è il vero ladro che mi hai fatto uscire allo scoperto. »

« D'accordo. Passione ed eloquenza non ti fanno difetto. Ma non ho nessuna intenzione di scendere su questo terreno. Anni di discussioni non ci hanno impedito di rimanere ognuno della propria opinione. »

Ribaldo si chinò in avanti per appoggiare il bicchiere sul tavolino.

« E tanto più rimango della mia opinione », disse, « ora che ti vedo mettere il tuo talento, la tua influenza, la tua intelligenza al servizio del francese. »

Il conte Porro impugnò con forza il pomo d'argento del bastone.

« Non al servizio del Bonaparte, Ribaldo, ma dei milanesi », precisò.

« I milanesi sono scombussolati dall'incoerenza di questi straccioni che con una mano abbattono i vecchi privilegi e con l'altra ne costruiscono dei nuovi », affermò il bandito.

« Come se non lo sapessi », lo rimproverò. « Ma tu credi che ci sia un solo modo per affrontare le situazioni: darsi alla macchia e colpire di sorpresa. Io invece credo che i problemi si risolvano all'interno delle istituzioni, contribuendo al loro lento ma inarrestabile cambiamento. Quanto al Bonaparte, non è il male peggiore che ci potesse capitare. »

Un crudele sorriso assottigliò le labbra del brigante.

« Il Bonaparte ha più fortuna che anima. »

« Anche ingegno e coraggio », riconobbe il conte Porro.

« Ma soprattutto fortuna. È un avventuriero al servizio della grossa borghesia di Francia. Se tu l'avessi conosciuto come me, cinque anni fa, a Parigi, ti renderesti conto della sua vera personalità. »

« Quello che era, amico mio, non ha nessuna importanza », osservò l'uomo. « Ha importanza quello che è. »

« Un fanatico della guerra. »

« Che però sta vincendo su tutti i fronti. »

« Se non si fosse appoggiato a Robespierre, sarebbe morto di fame, o l'avrebbero processato per tradimento. » L'impetuosità del giovane era tale che qualcuno si voltò dalla loro parte.

« Cerca di controllarti », l'ammonì l'amico.

Ribaldo abbassò il tono della voce ma non riuscì a cancellare il rossore e l'ira dalla sua bella faccia.

« Guarda come è ingiusta la vita », sorrise sprezzante, « qualche anno fa questo francese era pieno di debiti e impegnava le sue carabattole per sopravvivere, adesso è il nostro padrone. »

« Quando nacque, nel cielo passò una cometa », scherzò Porro.

« È una leggenda che circola sul conto degli uomini quando hanno un destino eccezionale. Comunque si dice che l'evento è realmente accaduto. »

« Ma perché lo odi tanto? »

« Non lo odio, Gaetano. Solo che io l'ho conosciuto bene e al contrario di voi non mi lascio abbagliare dalle apparenze. » Vuotò il bicchiere d'un fiato e proseguì: « Quando il Comitato di Salute Pubblica lo radiò dalla lista degli ufficiali, lui voleva andare a Costantinopoli per offrire i suoi servigi al Sultano ».

« La cosa non mi stupisce. Bonaparte è uno di quei tipi che, buttati dalla porta, rientrano dalla finestra. Hai ragione tu: ha più fortuna che anima. »

« Ma un giorno resterà senz'anima e senza fortuna. O io non sono più Guglielmo Gallaroli. »

Il conte Porro fiutò un'altra presa di tabacco.

« Quel giorno, che io ritengo lontano, certo non piangerò. Ma nel frattempo dobbiamo convivere con lui. Ed è proprio per portare avanti nel migliore dei modi questa convivenza che ti ho cercato. »

« Raccontami tutto. Sai bene che a te non posso mai dire di no. »

« Si tratta di una protetta del Bonaparte, anzi della Grassini, che è poi lo stesso. Si chiama Saulina Viola. È una ragazzetta sui dodici anni, figlia di contadini. Mi dicono sia particolarmente bella. È fuggita di casa e non si riesce a trovarla. »

# 15

C'ERA un bel sole sfavillante quando, tenuta per mano dalla merciaia, Saulina uscì dalla bottega di Agnese nella contrada dei Bergamini. Indossava un abito di cotone color panna punteggiato di fiorellini fucsia con piccole foglie verdi.

« Stai che è un incanto », l'adulò la donna sottolineando il commento con un largo sorriso. « Si voltano tutti a guardarti. »

La fanciulla arrossì e la sua andatura si fece più rigida per l'emozione.

« Dite davvero, madama Agnese? »

« Va là che te ne accorgi anche tu », disse osservando le sue reazioni.

« Mi avete voluta vestire troppo elegante », si schermì.

« Lascia fare che un giorno mi ringrazierai. »

« Se è per quello, vi ringrazio già adesso », fece lei riconoscente.

I passanti la guardavano con ammirazione. L'abito lungo fino alla caviglia era all'ultima moda. La vita alta sottolineava la figura sottile e la linea sciolta, classica, priva di fronzoli, mostrava, nel voler nascondere, la nascente femminilità, rivelando i seni appena accennati da una cintura verde di taffetà. Il volto dolce illuminato da uno sguardo limpido, il lungo collo candido, la figura delicata e flessuosa suscitavano davvero l'ammirazione dei passanti.

« Mi piace vederti così elegante. »

« Me lo merito, poi? » l'interrogò Saulina.

« Lascia che sia io a decidere. »

« Sì, madama Agnese », si rassegnò la ragazzina dopo averci pensato un momento.

« È difficile trovare a Milano un'altra signorina bella come te », la complimentò Agnese con mille smancerie.

Per quel modello che le era costato un occhio della testa, Agnese era andata fino in Contrada dei Servi, nella bottega di moda di madame Troussard e, a giudicare dai risultati, ne era valsa la pena.

Saulina si muoveva con grazia e con una punta d'involontaria civetteria. Si sentiva diversa, vedeva le cose con altri occhi e l'idea di piacere le procurava i primi brividi inconfessabili, le prime sottili, intense emozioni.

L'unico pensiero che inchiodava Saulina al passato era il ricordo del chirurgo Anastasio Calderini, il ladro della sua tabacchiera.

« È vero che domani avremo notizie di quel malfattore? » domandò piena di speranza.

« Puoi esserne certa. »

« Domani? »

« Forse non sarà proprio domani. »

« Quando, allora? »

« Prestissimo. »

« Mi consolate, madama Agnese. »

« Pensa soltanto a fare quello che ti dico. »

« Sì, signora. »

« Ho molti amici. Saranno lieti di aiutarti a ritrovare il tuo tesoro. »

Camminavano, la fanciulla e la donna, lungo angusti vicoli, strade chiassose, slarghi assolati, colorate piazzette e scintillanti, pigri canali che scivolavano lentamente verso fiumi lontani. Il caldo stringeva la città tra le sue braccia roventi sotto un cielo che da giorni si conservava d'un azzurro limpido. Saulina stringeva nella mano sinistra un biglietto scritto da Agnese; doveva consegnarlo a un cliente insieme con un certo quantitativo di pizzo di Francia.

« Sai leggere e scrivere? » le aveva chiesto la donna accingendosi a vergare la lettera.

« No, signora », aveva risposto. E per la prima volta era

arrossita di fronte a una domanda che soltanto un mese prima non le avrebbe fatto né caldo né freddo.

A Corte Regina le necessità erano altre: nessuno sentiva la esigenza di leggere e scrivere. C'era il parroco che scriveva e leggeva per tutti, c'erano i giramondo che vendevano i pianeti della fortuna e gli artigiani che capitavano nel borgo a raccontare le storie di fuori. Ma da quando era arrivata in città, si era resa conto che il sapere leggere e scrivere aveva i suoi lati positivi. Era come avere quattro occhi invece di due, come possedere un sesto senso, una più sottile e profonda capacità di percezione, un modo insolito e raffinato di comunicare.

« Non ha nessuna importanza saper leggere », mentì Agnese. « Meno cose sai meglio è. Si evitano guai e preoccupazioni. Ha due facce quest'arte della scrittura: una bella e l'altra spiacevole. »

« Però mi piacerebbe. »

« Avrai tempo di imparare, se lo vorrai. »

« Potreste aiutarmi anche in questo? »

« Certamente. Comunque adesso dovrai soltanto consegnare la lettera a un signore dal quale ti accompagnerò io stessa. »

« Se mi accompagnate, perché gli scrivete? »

« Perché usa, bambina mia. »

« Io non ho niente in contrario. »

« Così mi piaci. »

« Ma se lo conoscete e mi accompagnate da lui, perché devo consegnargli io la lettera? »

« Perché io non posso fare le scale », affermò la donna.

Saulina la guardò incredula.

« Non posso farle tanto spesso », si corresse. « Non sono più una ragazza. È faticoso per me. »

Saulina si lasciava guidare per quella città sconosciuta come si era abbandonata alla corrente del fiume una volta che suo padre l'aveva portata su un barcone. Non sapeva nuotare e doveva fidarsi di quello che le dicevano.

Così seguiva la donna nella confusione del traffico tra carri, sediole, carrozze e carretti, postiglioni forsennati e cavalieri prepotenti che mettevano a rischio l'incolumità e la vita dei passanti.

« Hai paura? » domandò Agnese strattonandola lontano dal muro.

Saulina rasentava le case con grande pericolo per il vestito nuovo sul quale la merciaia aveva investito una fetta del suo patrimonio.

« Potrebbero travolgerci », osservò la fanciulla sbarrando gli occhi.

« E pensare che la legge vieta di correre impetuosamente in città con carrozze. Quante disgrazie succedono per colpa della velocità », disse la donna alzando gli occhi al cielo.

Una carrozza le sfiorò terrorizzando Saulina che si riportò nuovamente contro il muro.

« E hanno l'obbligo di avvisare in tempo, questi lazzaroni », gridò Agnese all'indirizzo del vetturino. « Ti piombano addosso come briganti. Non dico la galera e la corda d'una volta, ma almeno la pena di cento scudi che l'autorità prevede. Guarda cosa mi combinano! » continuò tirando a sé la ragazzina per salvare il vestito.

Gli unici che non attribuivano importanza alla caotica viabilità cittadina, come se fossero stati invulnerabili, erano i venditori ambulanti. Si qualificavano urlando parole senza apparente significato ma con diverse modulazioni della voce: a ogni professione corrispondeva un'intonazione diversa.

Passò il venditore di latte in grembiule bianco e la marsina con le code rialzate. In bilico sulle spalle reggeva una lunga asta flessibile alle estremità della quale erano appesi due contenitori, vari dosatori e il colino a trama fitta per separare il latte dalle mosche e da altre impurità cadute nel secchio. Il lattaio emetteva un richiamo gutturale che a Saulina ricordò il grido dei pavoni nei parchi delle ville lungo il Naviglio.

A ridosso di un vecchio edificio, il *moletta* arrotava un coltellaccio pigiando con il piede il pedale che azionava la *moeula* appesa a un trespolo che, a contatto con la lama, sprigionava scintille come la bocca d'un drago. L'arrotino indossava una vecchia divisa francese, una camicia lisa tutta pizzi e fronzoli, aveva le gambe fasciate da ghette bianche lunghe fino al ginocchio e il capo coperto da un cappello di foggia spagnolesca con una vistosa piuma rossa.

Un macellaio nerboruto poco più avanti, sulla strada, stava per scannare un vitellone. Due garzoni avevano legato i piedi dell'animale, che si dibatteva e muggiva da strappare il cuore mentre quelli lo tenevano per le corna.

Intanto la gente faceva ressa davanti alla bottega del beccaio. Erano soprattutto donne e bambini che volevano assistere a quel rito sacrificale, non solo per la curiosità di vedere come una creatura del Signore passa dalla vita alla morte, ma anche per raccogliere parte del sangue dell'animale nelle scodelle che tenevano in mano.

Il sangue prima rappreso e poi fritto con il lardo sarebbe stato una pietanza prelibata da mangiarsi con la polenta.

La bestia sentiva scendere su di sé la propria morte, si divincolava per quanto glielo consentivano i legacci e lanciava strazianti invocazioni d'aiuto con la bocca schiumante, sporcando di sterco la strada.

Quando il macellaio fu pronto, l'animale venne issato con una carrucola per le zampe posteriori e Saulina incontrò quegli occhi buoni, supplichevoli e pieni di terrore. Fu un attimo. L'uomo, agguantato l'animale per la pelle, gli conficcò una lama lunga e acuminata nel collo e tirò a sé quel potente rasoio provocando uno squarcio netto che mise a nudo la trachea e la carne viva del vitello e dal quale irruppe a fiotti il sangue. Quello che restava della vita del povero animale si trasferì nelle scodelle protese dalle donne e dai bambini e sul suolo confondendosi allo sterco e alla schiuma. Già le mosche si posavano su quel fondo brunastro dove tra poco anche i polli e le galline avrebbero trovato di che nutrirsi.

« Vuoi vedere? » propose la donna.

« Ho visto tante volte », disse Saulina indifferente.

Sapeva tutto della macellazione: dall'abbattimento dell'animale, alla raccolta del sangue, dalla scorticazione allo squartamento alla decapitazione. Le bestie erano fatte per lavorare, per dare uova, lana, latte o per morire. Non c'era dunque nulla di nuovo e di strano nella macellazione di un vitello. Era singolare che il sacrificio legato alla sopravvivenza avvenisse sulla strada di una grande città. In campagna era diverso. Comunque la reazione di Saulina alla vista del sangue o del fuoco era sempre la stessa: una sete bruciante.

Proseguirono il cammino e, poco dopo, incrociarono un venditore ambulante d'acqua, la lunga bigoncia di rame lucido e brillante al sole portata a spalle come una gerla.

Saulina non seppe trattenersi dal formulare una richiesta che subito dopo giudicò imprudente.

« Potete comperarmi un mestolo d'acqua? » mormorò pentendosi immediatamente di questa audacia. « Se non vi sembro troppo sfacciata », soggiunse subito.

« La fame e la sete non si mettono mai a tacere », l'assolse Agnese che era decisamente disposta ad assecondarla in tutto in vista del prossimo affare. « Berrò anch'io con te. »

L'acqua era chiara e fresca e Saulina si sentì confortata da quel gran mestolo bevuto avidamente.

« Avevi sete davvero », disse la donna stupita da tanta avidità.

« Vi ringrazio », disse la fanciulla asciugando la bocca col dorso della mano.

Agnese e Saulina imboccarono una contrada dove andava intensificandosi lo strepito dei maniscalchi che battevano il ferro sull'incudine. I garzoni facevano andare i mantici e il carbone nelle forge diventava fuoco che rendeva il metallo duttile e plasmabile prima che le tenaglie l'afferrassero e i martelli gli dessero la forma voluta.

« Manca poco, vedrai », disse la donna.

Saulina non era preoccupata. Quell'animazione, a metà tra una fiera grandiosa e una bolgia infernale, la prendeva completamente. Gli spaccalegna andavano ammassando ciocchi all'angolo della strada, i calderai picchiettavano il rame, gli straccivendoli gridavano spingendo carretti carichi degli oggetti più disparati. Saulina sorrise a due piccoli spazzacamini. Avevano più o meno la sua età e la faccia nera come il cappello a cilindro che portavano e l'abito logoro: solo gli occhi brillavano fra tanta fuliggine.

Più avanti, lungo una strada costeggiata dal Naviglio, un pastore attorniato dal gregge mungeva una capra dopo l'altra per vendere il latte alle clienti in attesa.

Passò un venditore di dolci in palandrana chiara, grembiule lungo fino ai piedi, berretto alla malandrina.

« Dolci, belle signore? » sorrise ostentando il grande canestro di vimini largo e piatto coperto da una garza dove erano allineati dolci aromatici e coloratissimi: confetti alla mandorla, sassetti di zucchero, pasticche di Sant'Adalgisa, nocciole caramellate e nocciole con *el cioccolat.*

« Ne vuoi? » propose Agnese.

« No, signora: grazie. »

Il venditore passò via offrendo la sua merce ai passanti.

« Bomboni », gridava. « Chi vuole i bomboni? Bomboni freschi e saporiti per addolcire la vita! »

Dopo tanto camminare giunsero finalmente giù dal ponte di

San Celso, lungo il Naviglio, in una strada abbastanza larga in fondo alla quale c'era il monastero della Vecchiabbia. Si fermarono, prima del monastero, al portone di una moderna palazzina con i davanzali e i balconi guarniti di gerani rossi e bianchi.

Un parapetto traforato come una trina si specchiava sul Naviglio dove scivolava maestoso un barcone carico di gente: uomini, donne e bambini lanciavano intorno occhiate curiose e ammirate.

« Siamo arrivati », disse Agnese davanti al portone massiccio di legno scuro.

« Sì, signora », disse Saulina ammirando gli splendidi fiori alle finestre.

Il portone era socchiuso e c'era una panca di pietra sul lato destro dell'edificio.

« Ora tu salirai due piani di scale », le insegnò ostentando stanchezza e affanno, « che per le mie povere gambe sarebbero tanto faticosi. »

« Da sola? » s'allarmò.

« Da sola, mia piccola Saulina. Da sola. »

« Sì, signora », affermò facendosi attenta.

« Busserai alla porta che si affaccia sul pianerottolo del secondo piano. »

« Quale porta? »

« Quella che vedrai. C'è solo quella. »

« E poi? »

« Ti aprirà il signor Fortunato Sirtori », proseguì abbassando il tono della voce che tuttavia divenne più cerimonioso. « Ma a lui, soltanto a lui, consegnerai il pacchettino e la lettera. »

« E poi? » chiese ancora arrossendo per la confusione.

« Aspetterai una risposta. »

« Sì. »

« Hai capito bene? »

« Ho capito bene. Farò come avete detto. »

Agnese la chiamò a sé muovendo l'indice della mano destra e assumendo una cert'aria di complicità.

« Il signor Fortunato potrebbe avere piacere di farti qualche domanda », le disse con manierata cortesia.

« A me? » si stupì la fanciulla.

« Ma certo, piccola mia. A chi sennò? »

« E io? »

« Tu gli risponderai con garbo », l'istruì con tenace pazienza. « Se poi t'invita a intrattenerti con lui... »

« Gli dico: no grazie! » la interruppe energicamente Saulina. « Gli dico: no grazie, che madama Agnese è giù che mi aspetta. »

« Ma no, bambina mia », la riprese bonariamente la merciaia fingendo di smarrirsi.

« No? » interrogò Saulina che continuava a non capire.

« Eh, no! » affermò con sorridente severità. « Se ti invita, siedi con lui. »

« E voi? » fece Saulina presa da inquietudine. « E io? »

« Io non ho nessuna premura », la rassicurò. « E tu non corri nessun rischio », garantì. « Io me ne sto comodamente seduta a riposare che ne ho tanto bisogno. » Poi le sussurrò l'ultima e più viva raccomandazione: « Fai pure come meglio credi, anche se la buona educazione esige un minimo di condiscendenza. Ma non dimenticare mai che l'uomo che devi incontrare può fare molto per te. Solo lui può aiutarti a ritrovare il chirurgo Calderini. Solo lui può aiutarti a ritrovare il tuo tesoro. Se è questo che vuoi ».

« Lo voglio, madama Agnese », asserì convinta. « E voglio finalmente tornare a casa. »

« Allora lasciati guidare », disse la donna accarezzandole i capelli. « Solo così i tuoi desideri si realizzeranno. »

« Farò esattamente come mi avete detto. »

« E gli dirai che aspetto una risposta. »

Con questo viatico Saulina scomparve nell'ombra fresca dell'atrio mentre Agnese si lasciava andare contro il muro con un sospiro di sollievo. Faceva il mestiere della mezzana per interesse, ma anche per vocazione, ricavandone una sorta di diabolica ebbrezza, un piacere peccaminoso che le giungeva dalle fornicazioni altrui. Ogni volta che sacrificava al vizio una creatura innocente provava una gioia perversa che la gratificava come una vendetta. Anche lei era stata spinta alla depravazione, anche lei era stata ferita e aveva sofferto, ma poi il peccato era diventato per lei una specie di droga.

Così, all'ombra della palazzina fiorita, Agnese sembrava una signora tranquilla e timorata, di buona condizione, che si abbandonava a soavi considerazioni su quella stradina elegante e senza negozi lontana dal frastuono dei commerci e del traffico.

Saulina si fermò al pianerottolo del secondo piano. La porta alla quale avrebbe dovuto bussare era spalancata su una grande stanza luminosa. Dall'interno veniva un profumo denso e aromatico che le ricordava l'incenso delle chiese, un effluvio che le procurava una specie di vertigine. Da quel locale si sprigionava una gran luce abbagliante, come quella degli specchi quando riflettono il sole. In quel barbaglio cominciò a prendere consistenza una figura che aveva qualcosa di diabolico.

« Io cercavo il signor Fortunato », disse Saulina con un filo di voce.

## 16

QUALCUNO bussò alcuni colpi vigorosi alla porta dello Scorciato di Candoglia. Il mezzo uomo abitava uno stanzone al pianterreno di un misero edificio accanto al Ponte dei Fabbri.

Il carretto dell'invalido rotolò con rabbia sul pavimento accidentato.

« Se non sei chi penso io », tuonò spingendo con braccia possenti il suo straordinario mezzo di locomozione, « vuol dire che ti puzza la salute. »

Quando la porta si spalancò con violenza Guglielmo Gallaroli, detto Ribaldo, offrì allo Scorciato un largo sorriso e una mano sincera.

« Dunque sei proprio tu! » gridò il mezzo uomo stringendo la mano dell'ospite.

« Non darti troppe arie, spaccamontagne », lo ridimensionò Ribaldo.

« Vieni dentro », l'invitò tirandosi da parte.

Alessandro Casiraghi, prima di diventare lo Scorciato di Candoglia, era lo scaricatore più forte del Laghetto, una specie di Ercole dotato di popolaresca, irresistibile simpatia, con una salute di ferro e un ascendente sulle donne che se lo contendevano.

Giocondo, suo padre, che aveva esercitato il mestiere dello scaricatore in altre *sciostre* lungo il Naviglio, aveva voluto imporgli il bel nome di Alessandro in onore del beato patrono della congregazione. I *tencitt*, com'erano chiamati gli scaricatori del

Laghetto, tradizionalmente godevano fama di uomini sani, erano il risultato di una severa selezione naturale e sembravano poter sopravvivere alle malattie più terribili.

L'orrenda pestilenza che aveva falcidiato la popolazione nel 1630 aveva appena sfiorato i *tencitt*, che attribuirono il miracolo alla benevolenza della Vergine. Nessuno potrà mai dimostrare che la fibra robusta e l'alto potere disinfettante della polvere di carbone in grado di neutralizzare i germi aiutarono la Madonna e gli scaricatori in modo considerevole.

Più propensi a considerare la versione taumaturgica, gli scaricatori, quando il flagello della peste si placò, affidarono ad alcuni pittori l'incarico di dipingere un grande affresco sulla parete di una casa del Laghetto. Così la beata Vergine con i santi Sebastiano e Carlo, genuflessi davanti a lei sullo sfondo di un paesaggio dov'è riprodotto il canale Redefossi, Porta Renza e il cimitero di San Gregorio, conferirono sacralità a quell'umile dimora e all'intero quartiere, appagando il bisogno di fede di ognuno degli abitanti.

Ogni anno, il giorno di Ferragosto, l'onore di aprire l'armadio di legno che proteggeva l'affresco dalle intemperie e dalla sacrilega violenza dei vandali toccava a lui, Alessandro Casiraghi, il più forte scaricatore del Laghetto.

Era una grande e colorata festa popolare: si celebravano messe, c'era la processione, si organizzavano canti e balli e la miseria così vestita a festa si specchiava nel Laghetto con ghirlande di fiori di carta multicolori, luminarie e palloncini alla veneziana riuscendo a dare una straordinaria impressione di allegria e di forza.

Nelle osterie si fumava, si beveva vino e la gente si riversava sulle bancarelle piene di angurie scarlatte e di meloni profumati. Era un pretesto per scrollarsi di dosso la fatica, per esorcizzare la paura del domani, per godere delle gioie presenti ch'erano poche, violente e subito dimenticate: vino e femmine per gli uomini, qualche frutto per i bambini, per le donne una pausa dalla fatica quotidiana e dalla affannosa aggressione che i maschi chiamavano amore.

Il Ferragosto, che coincideva con il compimento del suo ventesimo anno di età, Alessandro Casiraghi, dopo avere aperto l'armadio della Vergine, ricevuta la comunione nella chiesa di Santo Stefano, s'era scatenato tra vino e balli. La sera aveva guidato un gruppo di compagni in un bordello del Bottonuto dove si era intrattenuto con le donne fino all'alba, passando alla fine della nottata direttamente dal letto di una venditrice d'amore, che si concedeva a lui gratuitamente, ai barconi del Laghetto.

Dopo qualche tempo avvertì certi disturbi che potevano far pensare a una brutta malattia di cui aveva sentito parlare sottovoce da gente che aveva conosciuto. Era un morbo tremendo, conseguenza del piacere sfrenato, un castigo di Dio, che guariva, se guariva, dopo mesi di costosissime cure e intanto letteralmente sfiancava l'organismo del malato.

Alessandro Casiraghi dapprima aveva sacramentato all'indirizzo della puttana che, insieme con l'estasi, gli aveva dato il tormento che adesso l'affliggeva, poi aveva scelto la strada più sensata. Si era rivolto allo speziale del Bottonuto il quale, dietro compenso, ospitava in casa sua i malati di sifilide e li curava immergendoli in tinozze d'acqua caldissima in cui venivano sciolte erbe medicamentose, frizionandoli poi con una pomata a base di grasso di maiale e argento vivo e tenendoli a dieta bianca e champagne.

Era una terapia lunga e costosa che aveva obbligato il più forte degli scaricatori del Laghetto a dare fondo a tutti i suoi risparmi e a quelli della sua famiglia, ma non sarebbe mai riuscito a saldare il suo debito con l'esperto speziale senza l'aiuto di Ribaldo.

Ribaldo e Alessandro, che facevano fronte comune contro le ingiustizie già ai tempi della dominazione austriaca, combattevano le prepotenze e i soprusi dei francesi. Erano legati da profonda amicizia, tanto che fra loro era sufficiente una parola o un cenno di intesa per capirsi.

Alessandro Casiraghi, aiutato anche dalla sua forte fibra, guarì, tornò subito al lavoro, ma s'accorse che qualcosa non girava più per il verso giusto. L'inattività e le cure l'avevano debilitato, la tensione e la rabbia l'avevano fiaccato, tuttavia aveva voluto riprendere subito il lavoro. Voleva dimostrare a tutti che il più forte era sempre lui: più forte degli uomini, più forte della malattia, più forte della pietra di Candoglia che in quel momento stavano scaricando tutti insieme dal barcone.

La lunga pala grondante acqua era appoggiata allo scafo. Guidati dagli « issaaaaaa! » cadenzati, i *tencitt* tiravano grossi canapi gonfiando muscoli e vene ai limiti della resistenza umana. Alessandro si accorse che un masso, un blocco abbastanza grande per scolpire due statue, si stava inclinando paurosamente mentre veniva trascinato sulla rampa perché uno dei grossi canapi s'era spezzato. Ma c'era lui, Alessandro, con la sua forza smisurata a evitare il peggio. Solo che la sua forza non era più quella di un tempo, un piede gli cedette e il masso lo travolse. L'uomo che sopravvisse a quell'orribile incidente, dopo sofferenze atroci che avrebbe volentieri barattato con una morte pietosa, non era più Alessandro Casiraghi, ma lo Scorciato di Candoglia.

La corporazione dei *tencitt* si offrì di aiutarlo secondo le proprie regole per cui agli infortunati e alle vedove si provvedeva con un tributo modesto, ma sufficiente per non morire.

Lo Scorciato di Candoglia sapeva che i *tencitt* per garantire questi aiuti a volte si toglievano il pane di bocca. Così il suo orgoglio gli impedì di accettare. Preferiva uscire dal quartiere, avventurarsi verso il Duomo o i Servi, o la Contrada dei Giardini o lungo le mura del Castello dove c'era gente, dove c'era confusione, per rubare fingendo di chiedere l'elemosina.

Dopo un po' di tempo le forze gli erano tornate ed erano le forze di quattro uomini concentrate in quell'uomo a metà. Le braccia erano di ferro e le mani erano tenaglie capaci di mettere in ginocchio un toro. Con l'aiuto degli amici falegnami e fabbri aveva assicurato quel che restava della sua giovinezza a un robusto carretto munito di ruote. La spinta delle sue braccia era possente, irresistibile, e quel tronco poderoso ancorato alla piattaforma sfrecciava come un bolide per contrade e vicoli, su e giù dai ponti, lungo i perimetri degli slarghi terrorizzando i passanti e facendo imbizzarrire i cavalli. E lui rideva di un riso beffardo che non riusciva a mascherare la disperazione.

Alessandro Casiraghi suscitava invidia e ammirazione, lo Scorciato di Candoglia faceva paura. Tutt'e due imponevano rispetto e odiavano le ingiustizie. Lungo il Naviglio, fiancheggiato di case con doppia fila di logge pensili in legno, dimore umide e buie nella stagione fredda, coperte di gerani rossi nei mesi caldi, c'erano le *sciostre*, i depositi di carbone che rifornivano l'intera città dove anche il padre di Alessandro aveva lavorato. Da tempo i proprietari le avevano concesse a un *reficciò*, un subaffittuario, che taglieggiava i carbonai rendendo loro la vita impossibile con sempre nuove richieste di denaro. Quando i poveretti non potevano pagare, le guardie provvedevano a sfrattarli brutalmente dalle loro botteghe.

Quel *refficciò* senza morale e senza Dio era uno che veniva da fuori, dallo Stato pontificio, si chiamava Mastrototaro, lo chiamavano Mastrocanaglia. All'alba di un giorno di nebbia lo trovarono morto sotto l'affresco della Madonna dei *tencitt*: qualcuno gli aveva spezzato l'osso del collo. Tutti lo considerarono un atto di suprema giustizia compiuto dallo Scorciato di Candoglia, l'uomo più forte del Laghetto, ma nessuno osò pronunciarne il nome. Dopo una breve indagine il delitto venne attribuito a ignoti e archiviato.

Ribaldo lo seppe e uscì dalla macchia per parlare con Alessandro Casiraghi perché quel mezzo uomo poteva fare più di cento uomini interi nell'interesse della gente del Bottonuto. Da allora non avevano più perso i contatti.

Lo Scorciato, adesso, aveva venticinque anni, continuava a vivere nella casa affacciata sul piccolo golfo del Naviglio, ma tutta la vasta zona compresa tra il Duomo, il Castello e Porta Cicca era sotto il suo controllo. Così aveva saputo di Saulina, la ragazza della quale Ribaldo gli chiedeva notizie, e raccontò all'amico quello che sapeva di lei. Erano seduti nel vasto stanzone e bevevano vino mentre, fuori, i *tencitt* scaricavano blocchi rosei di marmo di Candoglia per la fabbrica del Duomo.

« Tu affermi che è lei? » disse Ribaldo.

« Sicuramente », rispose lo Scorciato. « Non sapevo il nome, ma la descrizione che ne hai fatto corrisponde alla ragazzina che ho visto uscire dal fieno e di cui mi hanno parlato. »

« Chi te ne ha parlato? »

« Il vecchio Zaccaria. Il guardiano della locanda dell'Orso. »

« Cos'hai saputo? » l'interrogò Ribaldo.

« Che è una ragazzina fatta e vestita come hai raccontato tu. »

« E poi? »

« Che è arrivata alla locanda in compagnia d'un cerusico. »

« La costringeva? »

« No. Lei lo seguiva docilmente. Tanto è vero che il vecchio Zaccaria ha pensato che fosse la nipote. »

« E che altro? »

« Niente. Non sapeva che si chiamasse Saulina. »

« Sai niente di questo cerusico? »

« Il nome. Anastasio Calderini. Il giorno prima di sparire, con questa Saulina aveva organizzato le sue mercanzie in contrada Santa Margherita. »

« Che altro sai? » insisté Ribaldo.

« Che è di Milano. Che è stato lontano per anni, poi è ricomparso male in arnese con un gran bisogno di guadagnare. »

« E adesso? »

« Ha nuovamente preso il volo. E senza pagare la locanda. »

« La ragazzina dov'è? »

« Sta con Agnese. »

« Agnese chi? »

« Agnese la ruffiana. »

« Allora è in pericolo. »

« Se non è già stata servita di barba e capelli, poco ci manca. »

« Devi intervenire subito », ordinò Ribaldo.

« Bene. Ma quando l'ho trovata a chi la lascio? »

« La porti qui. A casa tua. » Ribaldo pensò all'incontro con Saulina e la sua protettrice sulla strada maestra tra il borgo di Corte Regina e la Madonna di Loreto.

« Non dovrebbe essere un problema », ghignò lo Scorciato.

« Però tienila ben stretta », lo ammonì. « Mi dicono, e non faccio fatica a crederlo, che sia un serpente che sguscia da ogni parte. »

« Bene. La porto a casa mia. E poi? »

« Questa notte vengo a prenderla. Voglio cavarmi il gusto di portarla personalmente a madama Grassini. Sono proprio curioso di vedere che faccia farà. »

« Conosci la primadonna di Bonaparte? »

« Ci siamo conosciuti, sì, ma non a un ballo di beneficenza. Lei era in carrozza e io l'ho fermata », disse con un sorriso spavaldo.

Lo Scorciato lo guardò con ammirazione.

« Avrai certo le tue ragioni per sfidare così il mondo », commentò lo Scorciato.

« Le ho », ribatté. « E anche tu, mi pare. »

« Quello che non capisco », obiettò l'invalido, « è come si possa rischiare la ghigliottina per una ragazzina e una cantante. »

« Non devi capire. »

« E dire che gli esempi non mancano », protestò. « Il palco di legno per le esecuzioni non basta più. Le autorità, con tutto il lavoro che c'è, propongono di costruirne uno in muratura per fare economia. »

Ribaldo fece gli scongiuri.

« Tieni per te le tue catastrofi », lo redarguì. « Alla mia incolumità penso io. »

« Allora siamo intesi », obbedì lo Scorciato. Il discorso era concluso.

« Così va bene », affermò Ribaldo alzando verso l'amico l'ultimo calice di un'eccellente bottiglia che si erano divisa fraternamente.

« Salve », ricambiò lo Scorciato.

Vuotarono i bicchieri fino all'ultima goccia.

« E prendi questa », soggiunse mettendogli sul palmo della mano una borsa di monete.

Lo Scorciato ringraziò con un sorriso.

« Verranno distribuite secondo giustizia », promise.

« Non ne dubito », annuì Ribaldo.

Quel denaro sarebbe andato alla povera gente.

« A questa notte », lo salutò.

Le mani dei due uomini si unirono. I miserabili del Bottonuto, della Vetra, del Castello avrebbero saputo che Ribaldo, il brigante della foresta, ancora una volta, si era occupato di loro. E l'avrebbero benedetto.

# 17

Il protofisico Fortunato Sirtori aveva qualcosa di dolce e di perverso nell'espressione ambigua, nella figura morbida e imponente.

Era un uomo immenso, solidamente costruito e indossava una palandrana di seta di Cina lucida e pesante, lunga fino ai piedi, color blu cielo, su cui brillava un firmamento di piccolissimi gigli d'oro. Aveva un viso chiaro dalla pelle rosea e chiarissimi occhi azzurri sottolineati da pesanti borse. Le labbra ridenti dalle pieghe amare, il naso forte ma ben proporzionato, i denti bianchi e scintillanti, gli conferivano un fascino irresistibile. Ma a tratti quel brillio che gli illuminava il viso si spegneva e per brevi istanti scendeva il buio sull'indecifrabile personaggio.

A Saulina, letteralmente soggiogata dalla visione che aveva l'intensità espressiva di certi quadri visti nelle chiese, il protofisico Fortunato Sirtori apparve come il più grande mistero della sua vita. Sul cranio calvo dell'uomo, che aveva gli anni e i segni dell'avanzata maturità ma gli slanci e gli splendori di una giovinezza patteggiata con il demonio, prendeva rilievo una corona di candidi capelli disposta a semicerchio che dalla nuca saliva fino alle orecchie come l'alloro dei poeti e dei sovrani; e lì nascevano due basettoni candidi e ben curati. Le sopracciglia cespugliose e scure, quasi nere, conferivano severità all'insieme del volto. L'uomo avanzava a piedi nudi verso Saulina che era rimasta impietrita sulla soglia.

S'immobilizzò a un metro da lei.

« Meraviglia », disse con ammirazione, « piccola, strepitosa meraviglia. » Aveva una voce bassa, vibrante.

Saulina si guardò alle spalle convinta di scorgere la persona alla quale erano rivolti i complimenti dell'uomo, ma trovò soltanto il marmo della scala. Allora pensò di avere sbagliato piano.

« Perdonatemi, signore », disse. « Certamente mi sono confusa. »

« Perché? » le sorrise invitante.

« Io cercavo il signor Fortunato. »

« E io non sono fortunato? » recitò con voce carezzevole. « La fortuna, il caso, il destino, la provvidenza, sono tutti con me. Quale combinazione felice se non l'incontro con tanta radiosa bellezza poteva rendermi più fortunato di quello che sono. Perché io sono il Fortunato che cerchi e il più fortunato degli uomini. »

Saulina, sempre più confusa, spalancò lo sguardo innocente su quell'uomo che la soggiogava più che affascinarla e sull'ambiente insolito, tanto diverso dai lussuosi insediamenti dei ricchi che aveva conosciuto.

Le pareti della stanza erano coperte di arazzi e di specchi. Gli arazzi dai colori intensi e setosi riproducevano grovigli di figure umane, discinte, e strani, incomprensibili intrecci floreali ripetuti all'infinito dal gioco degli specchi.

Da una stanza vicina veniva il suono struggente di un violino che si insinuava nell'aria profumata riempiendola di modulazioni arcane, di sconosciute impressioni, di rivelazioni ancora offuscate dall'incapacità di tradurle. Era un susseguirsi di novità troppo imprevedibili per Saulina avvolta nei profumi e nei suoni completamente sconosciuti e apparentemente irreali di una casa incantata.

Saulina sentiva di non avere più il controllo di se stessa e della situazione; ancora una volta si lasciò portare dalla corrente. Seguì il signor Fortunato, che l'aveva presa dolcemente per mano, verso una stanza più piccola in tutto simile alla prima con il pavimento ricoperto di arabescati, morbidi tappeti e grandi cuscini di seta cangiante.

« Ti manda Agnese, vero? » l'interrogò a colpo sicuro.

Il protofisico sorrideva e lei ammirò i denti bianchissimi. Erano belli, ma erano denti da lupo che negavano quello che la dolcezza dell'uomo prometteva.

« Sì, signore », rispose.

« E quel pacchetto e quella lettera sono per me, o sbaglio? » fece tendendo verso di lei la mano per prendere le cose che la fanciulla teneva ben strette, quasi fossero l'unico appiglio con la realtà.

« Sono per voi, signore », confermò Saulina.

Il pacchettino passò nelle mani del protofisico e volò in un angolo come una cosa senza importanza, mentre la busta venne aperta e il messaggio letto avidamente.

La ragazzina aspettava compunta e imbarazzata la risposta che avrebbe riferito alla merciaia Agnese. Il protofisico ripiegò il foglio, lo infilò in una tasca della palandrana e guardò nuovamente la fanciulla con gentilezza e ammirazione.

« Meraviglia », mormorò carezzevole e insinuante. « Vergine purissima. E bellissima. Agnese m'ha fatto un dono divino inviandoti a me. Dimmi cara, quanti anni hai? »

« Quasi tredici, per servirvi, signore. »

« Un fiore di bosco dall'intenso profumo. » Sussurrò e sfiorò con dita morbide, abituate a curare e a guarire, la linea del collo di Saulina, dalla spalla alla nuca, comunicandole un fremito che le tolse le forze.

« Devo aspettare ancora? » domandò con un filo di voce.

« Ma certo che devi aspettare », si rallegrò l'uomo. « E devi chiedere. Devi comandare. Devi esprimere i tuoi desideri. Hai nel tuo corpo e nei lineamenti una magia che realizza qualunque aspirazione. »

Saulina cominciò ad avvertire un vago pizzicorino in tutto il corpo. Era il campanello d'allarme che precedeva la voglia di scappare. Ma la merciaia era stata buona e il signor Sirtori, per quanto strano, la riempiva di premure e poteva aiutarla a ritrovare il malfattore che le aveva sottratto la tabacchiera donatale dal generale Bonaparte.

« Agnese mi ha detto di aspettare una risposta », trovò il coraggio di affermare.

« Una risposta? » annaspò con voce sorniona l'uomo come uscendo da un sogno.

« Me la darete? »

« Ma certo. Non una, ma cento risposte. Tutte le risposte che vuoi. Dimmi cara, che cosa ti piacerebbe? La tua bellezza merita un premio. »

« Potrò riavere la mia tabacchiera? »

« La tabacchiera? » mormorò l'uomo sorpreso da una richiesta imprevista, ma abituato a tutte le stranezze.

« La tabacchiera del generale », spiegò Saulina.

« Fantastica! » esclamò il protofisico pensando a un nuovo gioco. « Fantastica e bellissima. »

Lei che non si sentiva particolarmente bella e comunque ancora non attribuiva molta importanza alla propria avvenenza, si persuase che quell'uomo non era perfettamente a posto di testa. Aveva poca esperienza ma sapeva, per averlo sentito ripetere in famiglia e nel borgo, che i matti non vanno contrariati.

« La tabacchiera... » ripeté dando voce al suo pensiero fisso.

« Certo, certo », accondiscese l'uomo. « La tabacchiera, monete d'oro, un dolce fatto con petali di rosa, un ventaglio... »

« Mi basta la mia tabacchiera », l'interruppe la fanciulla che ormai si sentiva autorizzata a credere alle promesse della merciaia confermate dalle parole del signor Fortunato.

L'uomo si accoccolò al suolo, su un cuscino, incrociando le gambe proprio come faceva lei quando sedeva sull'erba, e la invitò a fare altrettanto. Quando anche Saulina fu seduta di fronte a lui, il protofisico batté due volte le mani. Immediatamente cessò il suono del violino e poco dopo comparve una giovane donna, di straordinaria bellezza, che indossava degli strani pantaloni di seta al posto della gonna, un'esigua fascia intorno al seno, e aveva i piedi scalzi e le braccia nude. Era pallida d'un pallore trasparente d'alabastro e aveva grandi occhi neri, labbra morbide e un'ombra di malinconia nello sguardo. Una fila di perle le cingeva i capelli scuri e soffici raccolti sulla nuca.

« Marzia, che te ne sembra di questo fiore? » domandò alla nuova venuta.

Marzia guardò Saulina con amicizia.

« Perché me lo chiedi? » replicò con voce asciutta e nervosa che contraddiceva la sua immagine. « Non ti bastano gli occhi? »

« Suona per noi, Marzia », la implorò lui.

La giovane donna sollevò il violino, lo portò alla spalla, appoggiò la guancia alla mentoniera, sfiorò le corde con l'archetto e dalla cassa armonica scaturì una dolce melodia.

Su questa musica soave il protofisico Fortunato Sirtori recitò: « Chi è questa che ven, ch'ognor la mira, / che fa tremar di claritate l'âre, / e mena seco amor, sì che parlare / null'omo pote, ma ciascun sospira? »

Saulina, sempre più smarrita e incapace di afferrare il senso di quel linguaggio e dell'intera situazione, si alzò in piedi di scatto trovando finalmente il coraggio di parlare.

« Signore, io sono una povera ragazzina ignorante », disse con fermezza. « E faccio anche fatica a parlare l'italiano, come potete sentire. Non mandatemi in confusione ancora di più con queste parole oscure. Ditemi invece se potete aiutarmi e se posso tornare da dove sono venuta. »

« Quelle che tu definisci parole oscure », spiegò il protofisico dall'alto della sua sapienza, « sono versi di Guido Cavalcanti, il grande amico del nostro sommo poeta. Ma che ne sai tu, piccolo fiore, se nemmeno conosci i primi rudimenti della scrittura come mi dice Agnese? Forse per questo sei tanto più bella e desiderabile. Vero Marzia, che la sua intatta bellezza ha il profumo dell'eternità? »

Marzia depose il violino sul tappeto. L'ombra di malinconia che le incupiva lo sguardo si trasformò in odio.

Marzia, quando lui l'aveva salvata da morte sicura, non sapeva che avrebbe finito per odiarlo tanto follemente quanto lo aveva temuto e desiderato. Ormai non tollerava più le sue perversioni, i suoi vizi. La misura era colma e non se la sentiva di condividere le turpitudini dell'uomo che pubblicamente metteva la propria scienza al servizio del malato e privatamente faceva scempio delle anime più belle.

Il protofisico Fortunato Sirtori veniva da un'antica stirpe di medici, era stimato e rinomato, aveva ancora competenza giurisdizionale civile e penale: aveva l'incarico di esaminare i medici prima di ammetterli all'esercizio della professione e visitare le spezierie secondo quanto stabilito dalle leggi locali.

I suoi metodi di cura erano stravaganti e stregoneschi anche se si ispiravano all'arte medica. Aveva fama di gran guaritore che si compiaceva di ostentare, mentre nascondeva quella di perverso seduttore.

Curava in ospedale e appagava i suoi vizi segreti nel giardino di delizie costruito nella palazzina, dopo il ponte di San Celso sulla strada lungo il Naviglio. Le delizie erano sue e il giardino troppo spesso si trasformava in un pericoloso roveto per le ragazzine che comprava e plagiava con l'aiuto di compiacenti ruffiane e la partecipazione attiva di Marzia.

Quest'ultima, che ora riusciva finalmente a tenergli testa, era stato un caso diverso. Lei, Marzia Marescalchi Valsecchi, non era arrivata fin lì con il viatico di una mezzana, il passo incerto e goffo e un disperato bisogno di soldi o di favori. Era arrivata volando sulle ali di un mito, il mito del protofisico Fortunato Sirtori, santo e profeta, stregone e sciamano cui andava la piena e incondizionata devozione di un'anima riconoscente. Perché lui l'aveva salvata dalla morte. Così ne era diventata prima l'amica, poi l'amante e infine la complice.

« Pensa alla gioia che questa creatura saprà darci », le disse l'uomo. « E dimentica il risentimento e l'odio che sono sfaccettature dell'amore. Vuoi? »

« Ma certo », accettò Marzia apparentemente pacificata.

« Portala con te », sorrise l'uomo pregustando la voluttà di un incontro imminente. « Cospargila di balsami. Voglio che questa creatura divina possa intravedere gli incanti del nostro paradiso. Che viso irripetibile », continuò sfiorando nuovamente con dita lievi il collo candido di Saulina, ma questa volta la mano leggera scese fino a sfiorare il seno appena accennato. « Sì, piccola Saulina, tu sei nata per la gioia, per dare l'estasi all'uomo e alla donna. Perché sei l'angelo che non conosce limiti. »

Marzia Marescalchi la prese per mano.

« Vieni con me, Saulina », disse.

« Dove? » reagì debolmente la fanciulla.

« Non temere », la rassicurò con voce fraterna. « Perché ti sono amica. E ti voglio bene. »

« Tutti mi vogliono bene », disse la ragazzina, « ma io ho paura. »

Marzia circondò le esili spalle di Saulina e le posò un bacio sui capelli mentre la guidava verso la porta.

Il protofisico Fortunato Sirtori le guardò allontanarsi. Era in estasi.

## 18

Lo Scorciato di Candoglia irruppe con il fragore del tuono nella fresca penombra dell'osteria della Tetta, che a quell'ora era deserta, dilaniando con il baccano infernale del suo trespolo lanciato a tutta velocità il silenzio della controra.

Casimiro, l'oste che se la dormiva beatamente su una panca, la testa appoggiata alle braccia incrociate sul tavolo, si svegliò di soprassalto, rovesciando sul mezzo uomo tutte le oscenità del suo nutrito vocabolario.

« Tua madre è una santa », gridò dopo averlo battezzato e ribattezzato, « ma tu sei un grandissimo figlio di puttana. »

« Ben detto, amico! » riconobbe lo Scorciato ridendo fragorosamente. « Non è colpa sua, povera donna, se le è capitato un figlio che gioca per non morire e ride per non piangere. »

« Avvicinati al tavolo che ti porto da bere », si rappacificò l'oste.

« Questo mi sembra un discorso serio », si complimentò lo Scorciato che era legato a Casimiro da una vecchia amicizia e da recenti complicità.

Casimiro doveva il suo nome al padre che in giovane età, per un fatto di gelosia conclusosi con spargimento di sangue, aveva scontato parte della pena nell'ergastolo di Porta Vercellina dov'erano rinchiusi duecento forzati. La sua natura irruente e indisciplinata l'aveva spinto ad aggredire una guardia tracotante, così fu deportato, insieme con un rissoso manipolo di reclusi, sulle galere del levante da dove, durante un naufragio, era riuscito a evadere. Aveva battuto tutti i mari sotto bandiera corsara, era stato brigante e soldato di ventura e aveva fatto fortuna in Oriente in una regione chiamata Kashmir. Era tornato con un discreto gruzzolo, si era sposato, aveva aperto una osteria e al primo figlio aveva imposto il nome di Casimiro per ricordare il suo avventuroso passato.

Casimiro non aveva mezzi termini e non conosceva le sfumature, per lui le cose si dividevano in due categorie: quelle da amare e quelle da odiare. Amava conoscere i fatti altrui, adorava la moglie e il suo lavoro, odiava i preti che, secondo lui, erano responsabili della vocazione religiosa della sua unica figlia, detestava letteralmente quelli che interrompevano il suo sacrosanto sonnellino quotidiano. Ma non poteva certo permettersi di detestare lo Scorciato di Candoglia. Il mezzo uomo era il solo, nell'universo di Casimiro, che godesse dell'impunità.

« Sei il più grande rompicoglioni del Lombardo-Veneto », disse. « E un giorno o l'altro ti spacco quella faccia da impunito. Oppure io non sono più il Casimiro della Tetta! »

« Aggiudicato! » assentì il mezzo uomo. « Allora che cosa beviamo? »

« Fa caldo. L'ideale sarebbe un bianco fresco. »

« Un calice di bianco, allora », concordò lo Scorciato.

« E ci mettiamo dentro una bella *mugnaga* a fettine che gli dà un abboccato più fine », fece Casimiro che se ne intendeva. « L'albicocca è quello che ci vuole. »

« Quando ti ci metti, non ti batte nessuno », lo adulò lo Scorciato.

Bevvero con gusto e parlarono in quel pomeriggio estivo mentre i clienti abituali erano al lavoro e, difficilmente, un forestiero si sarebbe avventurato nella contrada dei Bergamini.

Il nome dei Bergamini risaliva a tempi remotissimi e veniva dai pastori bergamaschi che svernavano in quella zona con le loro greggi. La contrada era ancora famosa per le sue botteghe di formaggi. Trent'anni prima, nel 1766, l'osteria della Tetta era una bottega di formaggi di latte vaccino e la denominazione derivava dall'antica insegna che inalberava una mammella di vacca. Era stato Casimiro a volerla conservare, sostenendo che un'indicazione di latteria andava bene anche per un'osteria, essendo il vino il latte degli uomini veri.

L'osteria della Tetta, in contrada dei Bergamini, stava quasi dirimpetto alla bottega di Agnese la merciaia. E non era a caso che lo Scorciato di Candoglia vi avesse fatto irruzione a quell'ora insolita quando era certo che non vi sarebbero state altre orecchie in ascolto.

I due uomini lasciarono il tavolo e si portarono sul gradino della bottega dove Casimiro sedette per trovarsi all'altezza dello Scorciato.

« Mi dicono che l'Agnese ha una nuova gallinella nel suo pollaio », disse lo Scorciato buttando là l'argomento come fosse un pettegolezzo senza importanza.

« Da quanto ti interessi di questa mercanzia? » si stupì Casimiro.

« Ho le mie buone ragioni », affermò. « Allora c'è o non c'è questa rarità? »

« C'è », confermò Casimiro. « Ma più che una gallinella è un pulcino. »

« Dici? »

« Mi domando perché quella ruffiana non va a praticare i suoi commerci nel Bottonuto. »

« Nel Bottonuto non c'è mercato per la sua merce. Roba fine. Dovresti saperlo. »

« Fine o non fine, io con quelle troie non mi ci mescolo », ringhiò. « Mia moglie mi basta. E per farmi passare i grilli penso alle conseguenze. »

« Ma un pensierino sulle gallinelle dell'Agnese ce l'hai fatto », lo provocò l'invalido.

« Un pensierino non costa niente. Ma la ruffiana si fa pagare oro. Poco fa è uscita con la piccola vestita a festa. Evidentemente ha trovato subito da collocarla. »

« Parli di quella biondina tutta boccoli con gli occhi neri? » domandò lo Scorciato.

« Perché, l'hai vista? » si meravigliò Casimiro. Quel demonio sul trespolo ne sapeva sempre una più del diavolo.

« Ti ricordi come la chiamava? »

« Vagamente. »

« Hai sentito che la chiamasse Saulina? »

« Mi sembra proprio di sì », annuì l'oste grattandosi la testa piena di capelli.

« Mi dicono che è arrivata alla locanda dell'Orso con il cerusico Calderini », gettò di nuovo l'esca.

« Questa è nuova », abboccò l'oste.

« Nuova perché? »

Casimiro si fece più attento.
« Non è possibile che la ragazzina fosse con lui », concluse.
« Come fai a esserne sicuro? »
« Il cerusico l'ho visto con questi occhi l'altra notte. »
« Dove? »
« È entrato qui. »
« Solo? »
« Solo. Ha depositato i suoi bagagli in quell'angolo », continuò indicando un punto della bottega. « Ha ordinato mezzo rosso e *tri oeuf in ciapa.* Proprio così: vino rosso e tre uova sode. Ha mangiato, poi si è messo a contrattare con l'Emilio del Barchetto, quello che trasporta la ghiaia dall'Adda. Dopo sono usciti insieme. Non ho più visto né il Calderini né l'Emilio. »
« Quindi è partito sulla barca dell'Emilio », disse lo Scorciato.
« Questo non te lo posso garantire », rispose Casimiro. « Di sicuro la bambina non era con lui. Conoscendolo sono certo che un bocconcino simile non se lo sarebbe lasciato scappare. E soprattutto non lo lasciava nelle grinfie dell'Agnese. »
« Forse mi hanno informato male », finse di arrendersi lo Scorciato. « Però mi piacerebbe saperne di più dall'Emilio del Barchetto. »
« Tu questa volta non me la conti giusta », dubitò Casimiro.
« Ti dico quello che posso. »
« Perché ti interessa tanto quella ragazzina? »
« Devo favorire due persone », spiegò lo storpio, « un amico e un nemico. Tutti e due vogliono che ritrovi questa Saulina per consegnarla a un'amica comune. »
Casimiro drizzò le orecchie come una comare.
« Non potresti dirmi chi sono queste persone? » tentò l'oste.
« Non ci crederesti. »
« Tu prova », insistè.
« Napoleone Bonaparte e il brigante Ribaldo. »
« Difatti non ci credo », disse Casimiro manifestando la sua delusione per quello che riteneva fosse uno scherzo.
« Ti avevo avvertito », lo liquidò tendendo il calice verso di lui. « Riempilo », ordinò. « Ho intenzione di restare qui fino a quando rientra la merciaia. »
La curiosità di Casimiro era al culmine. Neanche lui si sarebbe mosso dal suo posto d'osservazione, nemmeno se la bottega si fosse riempita di clienti.

# 19

Marzia introdusse Saulina in una stanza, dove la luce del giorno era schermata dalle persiane socchiuse, e la invitò a sedere su un canapè di tessuto chiaro, quasi bianco. Da una brocca di vetro versò in due bicchieri un'acqua lattiginosa che emanava un invitante profumo di mandorla.

« Per me? » disse stupita Saulina un po' rassicurata dal sorriso della giovane donna.

« Se vuoi », disse porgendole il bicchiere. « È dolce e rinfrescante. Dopo tutte le stranezze che hai dovuto vedere e ascoltare in questa casa, ne hai bisogno. »

« Grazie, signorina, ma non incomodatevi », mormorò Saulina ancora intimidita dall'ambiente che i modi affabili di Marzia e la sua disinvolta cortesia non riuscivano a renderle familiare. « Perdonatemi, signorina », aggiunse, « ma la sola cosa che desidero è andarmene da questa casa. »

« Hai ragione », disse Marzia. E avrebbe voluto confidarle che anche lei aveva lo stesso desiderio che di giorno in giorno si faceva più intenso e si trasformava in un'esigenza spasmodica di uscire da quella prigione dorata per ricominciare a vivere nella luce. Avrebbe dovuto dirle che sarebbe stato bello se loro due, in quel momento, si fossero prese per mano e insieme avessero abbandonato quella palazzina stregata.

Marzia provava per Saulina un irresistibile sentimento di protezione. Doveva prepararla per il sacrificio e invece voleva salvarla. Conosceva in ogni particolare le varie fasi del rito, le parole magiche, i profumi, le contaminazioni, le carezze lascive, l'orrore, il piacere nel quale alla fine lui riusciva a coinvolgerla. E dopo, quell'uomo diabolico le avrebbe servito sulle ali della sua perversa eloquenza mille giustificazioni.

La contessina Marzia Marescalchi Valsecchi sedette di fianco a Saulina nella quale improvvisamente si riconobbe. Nella purezza di quella ragazzina di campagna rivedeva se stessa, la fanciulla che era stata prima di diventare la schiava, la complice e, in un certo senso, la padrona di un angelo delle tenebre. Un piccolo graffio a un piede, infettandosi, aveva cambiato la sua vita. Il gonfiore e la febbre avevano preoccupato i genitori di Marzia.

Era stato chiamato un medico che aveva prescritto impiastri di mollica di pane bianco inzuppata nel latte, ma i giorni passavano, la febbre saliva, il gonfiore e l'arrossamento aumentavano. Riuniti a consulto alcuni medici e altrettanti cerusici avevano infine decretato che era indispensabile tagliare la gamba della ragazzina se si voleva salvarle la vita.

« Voglio morire la mia morte », aveva detto Marzia che era perfettamente consapevole, « non quella che questi signori vogliono impormi. »

« Vivrai la tua vita », promise una voce vibrante e autorevole che in quel momento sovrastò i commenti degli altri medici.

Con la forza di un dio vendicatore, più che con l'autorità della sua scienza, il protofisico Fortunato Sirtori disperse il branco dei ciarlatani che s'affrettarono a raggiungere la porta svolazzando come corvi con i loro luttuosi mantelli.

Alla prospettiva di un'esistenza intollerabile, ai mormorii incomprensibili, si sovrapposero un limpido sguardo azzurro, una voce sicura, delle parole consolatrici.

Fortunato Sirtori aveva osservato attentamente l'arto tumefatto e aveva visitato l'ammalata con estrema attenzione perlustrando ogni millimetro di quel corpo stupendo.

« Tu vivrai senza nessuna mutilazione », aveva decretato.

Marzia si era sentita all'improvviso piena di nuove energie e di fiducia.

Il protofisico aveva ordinato l'applicazione di sanguisughe alla radice dell'arto malato, poi era andato alla ricerca del canale fistoloso che non aveva trovato uno sbocco verso l'esterno, lo aveva inciso con il bisturi e immediatamente la « materia peccante » aveva cominciato a uscire. In seguito le erano stati somministrati decotti con erbe varie e cortecce di china per depurare l'organismo e abbassare la febbre. Marzia, la pupilla della famiglia Marescalchi Valsecchi, si avviava alla guarigione.

Dopo due settimane di quel trattamento, la fanciulla era guarita e la sua gamba era salva. Per tutti quei giorni il protofisico era rimasto al suo capezzale, instancabile, tenendo pulita la fistola che suppurava, applicando cere intrise di sostanze medicamentose, facendole bere pozioni calmanti, parlandole della vita solare che l'attendeva oltre il buio della prostrazione.

E Marzia si era perdutamente innamorata del suo salvatore, ma più che innamorata si era quasi consacrata a lui, al suo carisma, alla sua scienza, alla sua cultura, ai concetti nuovi e singolari che lui le proponeva, alla sua infinita dolcezza.

Completamente soggiogata dalla personalità di Fortunato Sirtori, poco tempo dopo era diventata donna tra le braccia dell'uomo in cui il bene e il male si alternavano confondendosi. L'aveva accolto dentro di sé con dolore e con gioia mentre le lacrime le bagnavano il sorriso ancora adolescente compiacendo, senza saperlo, il vizio segreto del protofisico, il suo desiderio incoercibile: sedurre le vergini quando ancora non erano mestruate per riversare in loro il culmine del suo piacere che si alimentava della loro angoscia.

« Io ti ho presa a poco a poco, con un po' di crudeltà », le aveva detto dopo per farsi perdonare.

In seguito Fortunato Sirtori si era giustificato dicendo che sceglieva sempre delle fanciulle per non procurare loro conseguenze spiacevoli, per non renderle madri.

Le giustificazioni al suo godimento depravato non gli mancavano.

« Ogni giorno », le aveva spiegato, « molte donne muoiono fra tormenti incredibili. Muoiono dissanguate, per infezione. L'aborto è un flagello del nostro tempo. Le comari raschiano l'utero con un ago da calza. Spesso lo perforano. Allora insorge un'infezione che le porta alla morte. Oppure infilano la radice di luminaria nell'utero dove si gonfia di ben otto volte provocando un'emorragia con conseguente distacco della placenta, e quindi l'aborto. »

Marzia, incapace ormai di sottrarsi alla situazione, aveva continuato a nutrire per lui una venerazione sconfinata. Per non distruggere un mito, per continuare a credere nella sua grande illusione e per ragioni che non osava confessare neppure a se stessa, accettò il gioco che il protofisico le proponeva e che consisteva nel coinvolgere un'acerba fanciulla nella quale concludere l'amore iniziato e lungamente protratto con lei. Infatti, Fortunato Sirtori amava se stesso, amava la vita, amava le ragazzine che seduceva, amava la sua scienza, ma soprattutto amava lei, Marzia.

Quest'operazione dissoluta che il protofisico diceva di compiere a fin di bene, aveva prodotto sempre più nell'animo di Marzia insopportabili sentimenti di colpa. Il tempo passava, continuava l'immorale commercio con la merciaia Agnese e intanto qualcosa si andava incrinando nelle convinzioni di Marzia.

La filosofia del piacere non coinvolgeva le ragazzine che venivano sacrificate alla loro lussuria, che si vendevano per denaro, o si concedevano per paura, soggiogate dall'uomo importante e dall'ambiente che lo circondava.

« Loro lo fanno soltanto per denaro », le spiegava il protofisico. « O in cambio di favori. Non sono come te. Non sono come me. La loro indifferenza è scontata. Lo smarrimento è una facciata. È normale che non sempre provino piacere. Perché si gode con la mente e le loro menti sono anguste e buie. La scienza ha bisogno di tempo per illuminare il buio. Il mio tempo io lo dedico all'arte, lo dedico a te. »

Il protofisico Fortunato Sirtori bruciava incensi su bracieri di bronzo sbalzato che servivano ad acuire i sensi e si abbandonava ai virtuosismi musicali di Marzia che gli evocavano magiche emozioni. Riteneva la musica una rivelazione più alta di qualsiasi saggezza, un mezzo per esplorare l'infinito dentro e fuori di noi e per aumentare l'intensità dell'amore.

Seduta di fianco a Saulina, l'aroma intenso degli snervanti profumi questa volta non provocò in Marzia il consueto stordimento, ma un vago senso di nausea come se un delicato equilibrio si fosse improvvisamente spezzato.

No, non c'erano più scuse né per lei né per il suo corruttore. Di fronte all'innocenza di Saulina, Marzia sentì di avere finalmente esorcizzato uno spirito maligno.

Si rendeva conto di essere ancora vittima del fascino di quell'uomo, lo amava disperatamente non soltanto perché gli doveva la vita, ma per la sua capacità di dare amore e per la sconvolgente sensualità che sprigionava. Ma non lo avrebbe più seguito nelle sue escursioni viziose.

D'ora in poi lui l'avrebbe amata senza ricorrere a turpi espedienti. Altrimenti l'avrebbe abbandonato, o forse sarebbe stata capace di ucciderlo pur di salvare se stessa e tante altre Sauline alle quali ormai si era ricongiunta.

Saulina la stava guardando con aria implorante. E Marzia si sollevò dai ricordi e dai pensieri dolorosi.

« Non ti piace qui, vero? » le domandò.

« Non è che non mi piaccia », rispose. « Non capisco. »

« Ma tu, che cosa ti aspettavi? »

« Niente di particolare. La signora Agnese mi ha detto di salire per fare una consegna e aspettare la risposta. Io la consegna l'ho fatta. La risposta non c'è stata. O se c'è stata non l'ho capita. Non m'aspettavo nient'altro. »

« Forse la capirai fra molto tempo », le disse Marzia.

« Voi dite? »

« Il più tardi possibile, mi auguro. Ora però ascoltami. Non so perché lo faccio, ma ho deciso così. Ho deciso che non sarò io la causa dei tuoi guai. »

« Se è per questo di guai ne ho già tanti, signorina. »

« Qui potresti avere guai più seri che altrove », l'ammonì. « Devi credermi. »

« Il signor Fortunato mi sembra buono. »

« Sì, certo. Ma è un po' matto. Hai sentito come parla? »

« Effettivamente è un po' strano », ammise Saulina.

« Allora facciamo così », propose Marzia.

« Come? »

« La vedi quella porta? » Le indicò un uscio mascherato nella tappezzeria tradito da un'impugnatura di bronzo.

« La vedo, signorina. »

« Tu uscirai da quella porta. Te l'aprirò io. Scenderai una scala. Ti troverai in un cortiletto. Gira subito a sinistra. Sbucherai in un vicolo che ti porterà nella strada parallela a quella dalla quale sei entrata. »

« In fondo alla scala », ripetè Saulina, « un cortiletto, un vicolo. »

« Vedo che hai capito. »

« E Agnese? »

« Non ti preoccupare. »

« Ma è giù che aspetta. »

« Lasciala aspettare. Scappa invece lontano da lei e da tutti i tipi che le somigliano. »

« E il signor Fortunato? »

« Gli parlerò io. Non dubitare, capirà. »

Saulina stava per raggiungere la porta quando si voltò.

« Ma la risposta », chiese, « che risposta era? »

« Ecco la risposta », disse la giovane donna prendendo da un cassetto una borsa di monete.

« Perché? » fece la fanciulla stupita.

« Perché tu possa trovare la strada di casa. Scappa da qui. E scappa lontano da Agnese. Non è buona come credi. Anzi è peggio del diavolo. Mi capisci adesso? »

« Capisco che devo scappare. »

« Addio, Saulina. Che il Signore t'accompagni. E se preghi, ricordati anche di me », Màrzia la salutò commossa chiudendo la porta sui suoi passi precipitosi.

Richiuse l'uscio, prese il violino e cominciò a suonare una melodia semplice e lieta. Adesso si sentiva leggera come una farfalla. Sentì Fortunato Sirtori battere le mani in segno di richiamo, ma lei, per la prima volta, non si staccò dal suo violino.

# 20

Agnese la mezzana era stata umiliata, insultata, minacciata e percossa. Era stata sconfitta. Aveva il cuore in tumulto, la testa in fiamme e un diavolo per capello. L'abitudine all'autocontrollo era una maschera impassibile su quel volto capace di trovare un'espressione per ogni circostanza.

Camminava impettita come sempre, il passo svelto, lo sguardo aggressivo del colpevole sempre pronto ad attaccare per prevenire gli assalti.

Casimiro e lo Scorciato, dal loro posto d'osservazione, la videro svoltare l'angolo e attesero di scorgere anche Saulina, ma la merciaia andava avanti sicura e di Saulina nemmeno l'ombra.

« L'ha venduta! » sibilò rabbiosamente lo storpio.

Prese lo slancio puntando a terra le mani protette dagli zoccoli di cuoio e il carrettino partì come un proiettile, superò la donna, si girò su se stesso e si fermò davanti a lei in prossimità della bottega tagliandole la strada e obbligandola a uno scarto.

« Mi vuoi uccidere? » protestò furiosamente.

« Non è escluso », rispose cupamente lo Scorciato.

« Di', ma sei diventato matto? » Il livore s'era trasformato in paura.

« Dov'è la ragazzina? » domandò lui a sua volta lasciando da parte i convenevoli.

« Quale ragazzina? » tentò un abbozzo di difesa facendo gli

occhioni, sbattendo le ciglia e atteggiando a sorpresa la sua mobile fisionomia.

« Hai già detto due parole di troppo », minacciò lo Scorciato. « Un altro sbaglio e ti spezzo le ossa. »

Lo conosceva e sapeva che ne era capace. Era spaventata, offesa, aveva i nervi a pezzi, ma con quel senza Dio c'era poco da scherzare. Impiegava niente a mettere in pratica le sue minacce.

« La ragazzina, dici? » cercò cautamente di prendere tempo.

« Saulina Viola », precisò chiudendole ogni possibile via di uscita.

« Scomparsa. Non c'è più. » Era la verità.

« Sei una vecchia pescatrice », replicò lo Scorciato. « Non ti lasci sfuggire il pesciolino d'oro una volta che l'hai preso all'amo. Voglio tutta la storia, ruffiana! E la voglio per filo e per segno. »

A nessuno sarebbe sfuggito che la tolleranza dell'uomo era al limite e Agnese si rese conto che non aveva scampo.

« Mi hanno giocata, Scorciato », confessò. « Mi hanno presa in giro. »

« Voglio tutta la storia », ordinò, « parola per parola. »

La merciaia cominciò a raccontare mettendo da parte l'orgoglio ferito e la dignità offesa. Sulla guancia le bruciava ancora lo schiaffo secco e violento come una schioppettata infertole dal protofisico Fortunato Sirtori che s'era comportato con lei con una brutalità plebea e crudele che nessuno si sarebbe sognato di supporre in un uomo della sua condizione. Il manrovescio le era esploso nelle orecchie facendo crollare insieme con il suo equilibrio l'inconsistente argine di sabbia che aveva tentato di edificare a tutela della sua lucrosa professione.

« Ruffiana da strapazzo! » le aveva urlato il protofisico quando lei s'era rifiutata di credere che Saulina fosse fuggita.

« Io capisco il vostro desiderio di impadronirvi di quel piccolo fiore », aveva replicato, « e mi sono messa per questo a vostra disposizione. Ma non potete negarmi quello che mi spetta. Non è da vostro pari agire così. »

Allora il protofisico non s'era controllato più ed era sceso alle più basse ingiurie.

« E tu, relitto umano della più infima specie, osi mettere in dubbio le mie parole! Tu, creatura strisciante, che arricchisci sul commercio di giovani corpi incorrotti! »

Era l'animosità del complice che avvelenava le accuse. Si trattava, in fondo, di accuse ridicole dal momento che erano pronunciate dalle labbra di un corruttore. D'altra parte non erano le parole che avrebbero aperto un varco nell'anima della mezzana. Lei si sentiva dalla parte della ragione come il brigante che non riesce a depredare il viaggiatore e impreca contro la propria vittima.

Agnese era stata tradita, offesa, umiliata. Le considerazioni sul suo indegno mestiere non la toccavano e quello che poteva essere successo a Saulina non la riguardava. Prevaleva la sua logica mercantile, una logica fredda e senza sfumature. Saulina Viola, a quel punto, era soltanto una buona merce perduta per colpa del cliente, un eccellente affare andato a monte.

Lo schiaffo, poi, non le aveva fatto più male di tanti altri schiaffi ricevuti nel corso della sua vita tumultuosa e violenta: piuttosto le bruciava la sconfitta subita, la battaglia perduta.

« Vi ho mandato un fiore di ragazzina che vale tant'oro quanto pesa », aveva reagito. « Vi ho servito una creatura docile, obbediente e voi volete farmi credere che è fuggita. Ma se ero sul portone! L'avrei ben vista scappare. Il fatto è che l'avete nascosta. Ma vi denuncerò per questo! »

Il protofisico la fulminò con uno sguardo.

« La parola di una ruffiana contro la mia! » aveva minacciato senz'alzare la voce. La collera, almeno apparentemente, era rientrata. « Fai un solo passo e ti ritroverai nel più buio sotterraneo della più schifosa prigione di Milano. Il carcere della Torretta. »

Era tornata alla merceria con una gran confusione in testa e il cuore in tumulto per l'affronto subito e doveva rendere conto dei fatti suoi anche a quel demonio dello Scorciato.

« Questa è la verità », concluse la donna.

Lo storpio la guardava adesso con occhi severi, l'espressione impenetrabile. Non aveva bisogno di ulteriori conferme: la donna aveva detto quello che sapeva, forse non diceva la verità, ma certamente aveva riferito la versione che le avevano fatto credere.

« E non sai dove sia? » fece lo Scorciato apparentemente soprappensiero.

« Io proprio non lo so» , disse lei, paonazza per l'ira. Ma perché l'ex scaricatore s'interessava alla piccola? Non per ragioni di letto. Le donne che si azzuffavano per disputarsi la sua virilità e la sua forza erano giovani femmine consapevoli, non bambine inesperte e spaventate.

« E io credevo d'averla in pugno! » esclamò l'uomo.

« È dunque tanto importante quella ragazzetta? » domandò, cominciando a rendersi conto che forse aveva sbagliato a non credere alle parole di Saulina.

« Più di quanto tu possa immaginare, ruffiana. »

« Ma allora », continuò sempre più sbigottita, « niente niente è tutta vera la storia di Giuseppina Grassini e di Bonaparte? »

« Com'è vero che tu sei uno degli esseri più spregevoli del Bottonuto. »

« Mi sembrava una storia fantastica », si disperò. « Mi sembrava tutta inventata. » Era sinceramente addolorata per l'occasione perduta e considerava con disappunto e dolore la prospettiva sfumata di un premio che avrebbe potuto incassare semplicemente segnalando la presenza della ragazzina. E, oltre tutto, in cambio della sola buona azione della sua vita.

« Tu non credi dunque che sia scappata? » le domandò l'uomo.

« No, non ci credo. È una ragazzina così docile e affabile », disse con il tono dolce di una zia. « Vuoi la mia verità? » gli confessò furtivamente. « Lui se la tiene nascosta e non me la vuole pagare. »

« Fortunato Sirtori? » mormorò lo Scorciato.

« Proprio lui », confermò la merciaia, sperando in cuor suo che lo storpio spezzasse il collo all'uomo che l'aveva giocata. « Ma bada a non tradirmi. È potente e potrebbe rovinarmi », si spaventò.

« C'è poco da rovinarti », disse l'uomo. « Tu sei già guasta. »

« Capace che mi manda alla Torretta. »

« Sarebbe una buona azione e ti troveresti al tuo posto, né più né meno. »

« Parli così ma in fondo sei buono », cercò di blandirlo. « Non faresti mai male a una povera donna. »

« Non t'illudere, Agnese. Apri la bottega, invece », ordinò.

« La bottega? » si preoccupò. « Perché? »

« Dobbiamo ancora parlare, noi due. »

Dall'altra parte della strada sulla porta dell'osteria, Casimiro e alcuni avventori seguivano incuriositi la scena. Un'occhiata e un gesto dello Scorciato li fece rientrare.

Agnese aprì e varcò la soglia del negozio seguita dal trespolo.

« Voglio sapere tutto », pretese lo Scorciato una volta dentro, « dal momento in cui Saulina è entrata in questa bottega perché l'avevo spaventata, fino a quando è scomparsa nella casa del protofisico. E bada di non dimenticare niente. »

« Il signor Fortunato mi rovinerà », si lamentò.

« Preferisci che ti rovini io con queste mani? »

« Se mi metto dalla tua parte, mi difenderai? »

« Ti prometto che per quanto spregevole tu sia, nessuno ti farà del male. Per questa storia », precisò.

Lo Scorciato guardò la creatura che aveva di fronte su cui la vita aveva gettato cumuli d'immondizia prima che lei, a sua volta, cominciasse a sporcare gli altri. Chi era lui in fondo per giudicarla? Che mondo era quello che la condannava assicurandone al tempo stesso la sopravvivenza? I soldati saccheggiavano e stupravano sotto tutte le bandiere, i ricchi tiranneggiavano i poveri, i potenti infierivano sui deboli e i deboli s'azzuffavano tra loro aizzati dalla miseria. Era poi la più spregevole delle creature, Agnese la mezzana? Lei gli raccontò ogni particolare e lo Scorciato riuscì a imbastire la storia del cerusico Anastasio Calderini fuggito nottetempo sulla barca dell'Emilio, con il resto della vicenda.

« Non tradirmi! » gli gridò dietro mentre lo Scorciato rotolava sulla strada dove già s'infittivano le ombre della sera.

Il carretto si fermò per un attimo davanti all'osteria.

« Fortunato Sirtori », mormorò mentre un'ombra di tristezza calava su di lui: il protofisico, il medico che l'aveva strappato alla morte dopo che il blocco di marmo di Candoglia gli aveva sfracellato le gambe. Senza di lui sarebbe morto dissanguato. Senza di lui la cancrena l'avrebbe divorato fin dentro l'anima. Senza di lui, una volta guarito, non avrebbe ritrovato il coraggio di vivere e sarebbe sicuramente impazzito, o forse si sarebbe gettato nel Laghetto con un blocco di marmo al collo.

Doveva confrontarsi con l'uomo che fino a quel momento aveva venerato come un santo e al quale doveva la vita.

# 21

SEGUENDO fedelmente le istruzioni di Marzia, Saulina si trovò in un graziosissimo, piccolo giardino dall'architettura singolare. Sembrava disegnato da un artista e ritagliato da un abile artigiano.

La fanciulla l'ammirò, ma non aveva punti di riferimento né cognizioni per giudicare quel piccolo gioiello di giardino classico alla francese, con *parterre* decorato, piccole aiuole ad arabeschi, eleganti cancelletti in ferro battuto, statue che arricchivano la suggestione dell'insieme e una fontanella piana, centrale, ultimo raffinato tocco che caratterizzava l'insieme, che a lei sembrò la ciliegina messa sulla torta dalla cuoca di casa Grassini.

Saulina, abituata alla violenta e selvaggia natura della foresta, non poteva cogliere i preziosismi profusi in quel giardino. Lei sapeva i nomi delle erbe, dei frutti, dei fiori selvatici, conosceva i loro significati magici e le loro proprietà curative, sapeva quando fiorivano e quando morivano, ma non si sarebbe mai immaginata che l'uomo potesse piegare la natura nella complessità di giochi stravaganti, trasformando cespugli, alberi, arbusti che si lasciavano plasmare come argilla nelle forme e nelle dimensioni volute.

Tutte queste considerazioni passarono nella sua mente nel tempo di un respiro, perché il suo unico pensiero, poiché credeva alle parole e ai suggerimenti di Marzia, era quello di fuggire il più lontano possibile dal protofisico Fortunato Sirtori e dalla merciaia Agnese che aspettava seduta sulla panca dall'altro lato della palazzina.

Ancora non aveva capito, ma aveva imparato che di qualcuno, nonostante tutto, bisogna pur avere fiducia. Fra tutti aveva scelto Marzia perché Marzia aveva scelto lei, anche se aveva intuito ormai per conto suo che nella casa del signor Fortunato, così prodigo di parole incomprensibili e di complimenti stravaganti, come nelle gentilezze della merciaia Agnese, c'era qualcosa di storto. La ragione ha bisogno di tempo per elaborare delle conclusioni, mentre l'istinto offre suggerimenti immediati. E Saulina seguì la propria disposizione naturale che fino a quel momento l'aveva aiutata a sopravvivere: fuggì a gambe levate.

Scavalcò una bassa recinzione ondulata in ferro battuto e si ritrovò in un orto tra due file di alberi di ciliegie e di amarene. I rami si piegavano sotto il peso dei frutti e lei si riempì le ampie tasche di duroni rosati.

La bellezza del giardino, i colori accesi dei frutti, il profumo dell'erba e della siepe di sambuco la rasserenarono. Da un vicino campanile vennero i rintocchi del vespro a segnalare l'approssimarsi della sera. Saulina era appena sfuggita a un pericolo e non voleva pensare al prossimo. Un posto per passare la notte l'avrebbe trovato.

Sedette al riparo della siepe di sambuco e cominciò a mangiare lentamente una ciliegia dopo l'altra pensando che a stomaco pieno si ragiona meglio. Da quando era fuggita dalla casa di Giuseppina Grassini aveva imparato molte cose. Aveva imparato a diffidare dei chirurghi ernisti che sono ciarlatani e ladri, a tenere a distanza le merciaie che ti assecondano per i loro loschi scopi, a evitare il Bottonuto che, se per tutti è un pericolo, per una ragazzina è peggio dell'inferno. Si era infine convinta che dire la verità non è il modo migliore per essere creduti e che spesso è meglio raccontare una bugia presentandola bene.

Ora, però, rispetto al giorno prima, aveva almeno tre vantaggi: la libertà, una borsa di monete e un buon consiglio. Facendo buon uso delle tre cose poteva trovare la contrada di Sant'Andrea dove abitava Giuseppina Grassini. Si rialzò dall'erba scuotendo l'abito con grazia tutta femminile e s'incamminò fino a raggiungere una via fiancheggiata, da una parte, da orti e giardini, e, dall'altra, dal Naviglio. In lontananza, nell'incipiente crepuscolo, si profilava una porta della città che probabilmente le guardie non avrebbero tardato a chiudere.

Saulina esultò: forse aveva a portata di mano la soluzione del suo problema, una soluzione semplice alla quale non aveva mai pensato. Avrebbe raggiunto la porta e chiesto la giusta indicazione ai soldati.

Anche a quell'ora il traffico era intenso: gentiluomini e ufficiali a cavallo, carri di contadini e di commercianti, carrozze di viaggiatori e di privati, ma anche molti passanti, persone benvestite, vagabondi coperti di stracci, artigiani abbigliati con dignitosa semplicità.

I gabellieri urlavano imposizioni perché era ormai ora di chiudere e i commercianti protestavano per non rimanere fuori delle mura con le loro mercanzie fino all'alba del giorno dopo.

Porta Romana *ad Placentiam* si apriva sull'antica strada percorsa dalle legioni imperiali che portava appunto a Piacenza dove si congiungeva con la via Emilia.

Saulina, con la fiducia di chi non ha alternative più convincenti, si stava avvicinando alla porta più antica e importante della città, l'ingresso d'onore al corso più illustre fiancheggiato dagli aristocratici palazzi delle grandi famiglie milanesi.

Gli ottocento cavalleggeri affamati, ma vittoriosi, del generale Massena e il generale in capo dell'armata d'Italia Napoleone Bonaparte erano entrati in Milano da Porta Romana ed erano sfilati lungo il corso.

Saulina sapeva poco del mondo e della guerra, ma queste notizie milanesi le conosceva anche lei. Scivolò tra la gente che s'accalcava alla porta e si avvicinò a un uomo in divisa. Aveva una faccia benevola da contadino che ispirava fiducia.

« Signore », l'apostrofò facendo appello a tutto il suo coraggio.

« Che cosa vuoi, bambina? » le chiese frettolosamente per farle intendere che aveva cose più urgenti e importanti da fare.

« E io vi dico che non sono un incettatore di burro », gridava un omaccione che cercava di passare con il carro.

« Buon per voi », fece burbero il doganiere. « Se questo fosse provato si dovrebbe procedere alla carcerazione. »

« Signore », insisté Saulina che più lo guardava, più sentiva aumentare la fiducia per quell'uomo dalla faccia cordiale.

« Ma non vedi che sto trattando questioni gravi? » la rimproverò.

« Posso aspettare », disse lei.

« Certo. E voi per questa volta andate », liberò finalmente il carrettiere che attraversò felice la porta con la sua mercanzia. « Che cosa vuoi, di grazia, in tutta questa confusione? » domandò a Saulina.

« Il fatto è che mi sono perduta », confessò rinfrancata dalla certezza di dire soltanto mezza bugia.

« E che cosa vorresti? » le chiese l'uomo.

« Che qualcuno m'accompagnasse a casa. »

« Stai prendendomi in giro? »

« Come potrei, signore? »

« Allora devi spiegarmi come mai una signorina così sveglia, così bella, così ben vestita, può allontanarsi al punto da non ritrovare la strada di casa. » Il gabelliere la guardava con il professionale sospetto con cui guardava ogni persona a quella porta, ma in realtà aveva una certa propensione a crederle. La ragazzina aveva un'aria civile, era timida e bene educata.

Saulina, dovendo scegliere tra una verità che somigliava pericolosamente a una bugia e una bugia che poteva somigliare a una verità, scelse quest'ultima.

« Ero andata con la mamma in visita a casa di amici », inventò. « Sono scesa nel giardino, ho attraversato gli orti e adesso non so più dove sono. »

L'uomo in divisa le sorrise.

« Dove devi andare? »

« In contrada Sant'Andrea. »

« E va bene. Ti porterò io stesso. »

Erano giunti, la bambina e la guardia, davanti alla palazzina di madama Grassini nel momento in cui i domestici dei Marliani, del Verri e di altre famiglie accendevano le torce per rischiarare la contrada, ma la palazzina della cantante era immersa nel buio. Le imposte erano chiuse, il portone sbarrato.

« Hai detto che è questa la casa? » domandò il soldato intimidito da tanto lusso.

« Sì, signore: è questa. »

« Allora fatti riconoscere », la consigliò. « Suona. »

Saulina tirò con forza la maniglia collegata al filo della campanella e dopo pochi secondi le rispose un suono argentino. Trascorse un interminabile silenzio. Tirò ancora e lo scampanio si diffuse per la casa che la ragazza immaginò desolatamente vuota.

« Mi sembra che non risponda nessuno », osservò il gabelliere.

Saulina guardò con sgomento quella faccia da onesto contadino che l'aveva accompagnata fin lì per un senso di solidarietà umana, anche se in cuor suo aveva accarezzato la speranza di una giusta ricompensa.

« Eppure non capisco », lei si giustificò. « Non so spiegarmi. La servitù almeno dovrebbe esserci. »

« Già », osservò con severità l'uomo, « dovrebbe esserci. Invece qui non c'è proprio nessuno. »

« Ma non è possibile! » gridò Saulina continuando a tirare la maniglia della campanella. Poi si volse disperata verso il gabelliere: « E adesso che cosa faccio? » disse. « Dove vado? »

« Di' un po', bambina, non m'avrai mica preso in giro, per caso! » fece l'uomo che cominciava a sentirsi coinvolto in un gioco sospetto.

« Ma cosa dite, signore? Forse madama Grassini è a teatro », cercò di spiegare.

« Madama Grassini? » Il pover'uomo cadde dalle nuvole.

« Con lei c'è anche Giannetta. »

« Grassini, Giannetta », perse le staffe, « ma a chi vuoi darla a bere! »

« E poi so », Saulina cercò di spiegare, « che ogni tanto alla servitù viene concesso di assistere allo spettacolo in loggione. Portatemi al Gran Teatro, per favore », lo supplicò.

L'uomo si tolse il cappello e prese a grattarsi la gran testa di capelli folti quasi che da quell'operazione si aspettasse una idea originale, una soluzione del problema.

« Senti, ragazzina », disse, « io ho fatto i capelli grigi, ormai. Me la sono cavata con gli austriaci e con i francesi. E se pensi di turlupinarmi, be' allora ti sbagli. »

« Vi sto dicendo la verità, signore. »

« Ma certo, signorina », ironizzò. « Prima mi racconti che non trovi più la tua mamma e mi chiedi di portarti a casa. Io ti do retta e mi trovo di fronte a una casa disabitata. Allora mi dici che qui abita la cantante Giuseppina Grassini. Che è a teatro con tutta la servitù. Mi vuoi spiegare che cosa c'entra la Grassini con la tua mamma? »

Era nuovamente nei guai perché, anche se avesse deciso di

raccontare tutta la verità, l'uomo non l'avrebbe certamente creduta.

« Il fatto è che mia mamma sta nel borgo di Corte Regina », raccontò guardando il gabelliere per registrarne le reazioni.

Dalla faccia dell'uomo si rese conto che aveva cominciato dalla parte sbagliata.

« E qui, se io non sono diventato matto, non siamo a Corte Regina. »

« No, signore », riprese fiduciosa. « Io ho detto che non ritrovavo più la mia mamma. Invece non trovavo più la casa di madama Grassini. Che adesso mi fa da mamma », provò a spiegare ormai sul punto di piangere per la disperazione. Si sentiva come nella paglia del fienile quando faceva solo movimenti sbagliati e invece di liberarsi continuava ad affondare.

« Perché non provi a dirmi la verità? » si rivolse a lei con aria paterna.

« Ma quella che vi sto dicendo è la verità », s'intestardì sapendosi dalla parte della ragione. « Se non volete portarmi al Gran Teatro, lasciatemi qui. Io mi metto accanto al portone e aspetto che madama Giuseppa torni a casa. E a voi che vi siete preso tanto disturbo do questa », disse cavando dalla tasca la borsa di monete regalatale da Marzia.

« Guarda, guarda! » esclamò il galantuomo, esemplare superstite di una specie in via d'estinzione. « E magari adesso mi racconti che questi sono i tuoi risparmi. »

« Sono un dono. »

« Un dono di chi, signorina? »

Saulina si arrese e scoppiò in lacrime.

« Tu, signorina, mi hai contato un sacco di frottole. Voglio solo augurarmi che tu non sia una ladra », disse con sincerità. « Perché passeresti un mucchio di guai. »

« Non sono una ladra! » protestò Saulina.

« Allora vieni con me dal Vicario di Provvisione », disse prendendola per un braccio. « Come dice il proverbio? Male non fare, paura non avere. »

E se la tirò dietro verso il Broletto.

# 22

Don Francesco Nava, Vicario di Provvisione, stava curandosi il cronico gonfiore agli occhi con impacchi d'infuso di malva. Quel disturbo fastidioso che cercava di alleviare con lavaggi rinfrescanti non era la più grave delle sue preoccupazioni.

Da quando, il 9 maggio, l'assessore di Lodi aveva fatto irruzione nella sua camera da letto per annunciargli che i francesi avevano cominciato l'invasione della Lombardia, aveva visto il quadro politico-sociale deteriorarsi e la sua personale situazione raggiungere livelli intollerabili. E adesso, mentre su tutto il territorio stava succedendo il finimondo, doveva occuparsi di ritrovare quella Saulina Viola per compiacere la favorita del generale Bonaparte. Il ritrovamento della piccola campagnola sarebbe stata un'operazione utile, un modo per convincere il generale in capo dei francesi che anche le autorità nominate da Ferdinando, governatore austriaco, potevano meritare la sua fiducia.

« Così, niente ancora? » chiese al suo segretario, applicandosi agli occhi una pezzuola di lino imbevuta nell'acqua di malva.

« No, cittadino », rispose il giovane gentiluomo incapace di abituarsi al linguaggio della rivoluzione che oltraggiava la nobiltà, sui cui simboli la stampa rivoluzionaria infieriva sistematicamente pubblicando attacchi spietati e disegni osceni riproducenti monelli scanzonati nell'atto di urinare sugli emblemi dell'aristocrazia.

« Forse il buon Dio ci aiuterà », disse Nava che credeva nella misericordia del Signore, soprattutto dopo aver inutilmente confidato nell'aiuto degli uomini.

« Il generale Bonaparte, dopo i tumulti di Pavia e di Milano, prenderà dei provvedimenti », l'ammonì il segretario che era dotato di un solido senso pratico.

Il Vicario di Provvisione si tolse la pezzuola di lino dagli occhi e l'immerse nell'infuso contenuto in un piccolo catino di porcellana.

« Non credo che vorrà attribuire a noi la responsabilità delle violenze commesse dal popolo disperato », argomentò intuendo la destinazione del messaggio. « Noi abbiamo risposto al suo appello e siamo corsi fiduciosi incontro alle bandiere francesi. Abbiamo salutato Bonaparte come un liberatore quando ci ha promesso solennemente che la nostra religione, le proprietà e le usanze sarebbero state rispettate. »

« Ma in seguito qualcuno ha protestato contro la sua avidità », obiettò il segretario, sapendo di minimizzare i gravi tumulti provocati dai popolani chiamati a raccolta dalle campane a martello.

« Lo so che sono stati abbattuti gli alberi della libertà a Milano e a Pavia », ammise Nava, « e che i più facinorosi hanno aggredito i giacobini della Società Popolare. Ma la situazione sta diventando insostenibile. Vuotate le casse, i francesi si accaniscono ormai sugli abiti, sulle camicie, sulle scarpe. Capisco il loro bisogno di rivestire un esercito, ma non possono farlo spogliando il popolo. »

Il segretario sorrise all'impennata d'orgoglio di quell'uomo tollerante fino alla rassegnazione.

« Sono voci non confermate », lo informò, « ma sembra che il Bonaparte sia stato ridotto a mal partito nel tentativo di espugnare Mantova. Inoltre, trentamila austriaci sarebbero sbarcati alla foce del Po. »

« Voci, amico mio. Nient'altro che voci, come quelle dell'intervento inglese a Nizza. »

« Dunque, voi credete che tutto questo non avrà seguito? »

Il giovane non amava gli austriaci, ma detestava i francesi e la sua unica consolazione era di vederli annientarsi a vicenda sui campi di battaglia.

« Credo che quando si ha un coltello puntato alla gola convenga pagare. »

« Ma è profondamente ingiusto », il segretario non si rassegnava.

« Di ingiustizie è piena la storia », continuò sereno il conte Nava. « E le ingiustizie dei vincitori si chiamano provvedimenti straordinari. »

« Così, mentre c'è in piedi questo putiferio, noi dovremmo continuare le ricerche della protetta di madama Grassini. »

« Dobbiamo, mio giovane amico », affermò con amarezza. « Anche noi potremmo trarre notevoli vantaggi da questo ritrovamento. Soprattutto adesso che il Bonaparte è stato costretto a sottrarre la cantante agli insulti della folla infuriata che si era adunata sotto la sua casa. »

« Giuseppina Grassini salvata dai soldati di Napoleone », commentò sarcasticamente il giovane. « Il vincitore di Lodi si fa protettore di cortigiane! »

« Tacete, ve ne prego », lo esortò zittendolo con un energico gesto della mano così insolito in un temperamento arrendevole. Ricordò le parole del generale Kilmaire, comandante di cavalleria, che a Lodi si era incontrato con Francesco Melzi d'Eril: « Che il Signore vi salvi dalla furia rivoluzionaria. La rivoluzione francese potrà essere utile ai figli dei nostri figli, ma alla nostra generazione non ha portato che lacrime e sangue ».

Ricordava Bonaparte quando in un'assolata domenica di Pentecoste era entrato in Milano da Porta Romana tra due ali di popolo, squilli di trombe, applausi, lanci di fiori. Spiccavano le uniformi verdi della Milizia Urbana con le coccarde tricolori cucite all'alto cappello. Si rese conto in quel momento che aveva avuto ragione Melzi d'Eril nell'indicare nella fisionomia del corso l'irritabilità, la penetrazione, la riflessione e il risentimento. Aveva anche rilevato la tinta biliosa di cui si colorava quando cercava di imporre il proprio punto di vista. Era decisamente un individuo collerico e vendicativo, quel Bonaparte.

Nelle stanze del palazzo risuonarono i passi dei militari e voci concitate. Il maestro di casa aprì la porta affannosamente e fu quasi travolto da un ufficiale francese seguito da due soldati.

« A che cosa devo il piacere di questa visita? » domandò imperturbabile il conte Francesco Nava, tenendo a freno con lo sguardo l'animoso segretario.

« Cittadino Nava, ho l'ordine di condurvi nel carcere comune del Capitano di Giustizia », disse con cortese fermezza l'ufficiale.

« È un provvedimento perlomeno singolare », fu il commento di Nava che non sembrò tanto turbato.

« È corso sangue a Milano, cittadino. Voi rappresentate il popolo che si è macchiato di questi delitti. »

« Io? » sorrise il Vicario di Provvisione, senza tuttavia protestare la propria innocenza.

« Voi, cittadino, e i vostri amici Belgioioso, Taverna, Arrigoni, Melzi e altri ancora. »

« Sarò in compagnia di galantuomini », replicò disponendosi a seguire il picchetto armato.

# 23

La porta era socchiusa e Ribaldo non ebbe bisogno di bussare. Lo Scorciato di Candoglia vide l'amico profilarsi nel vano illuminato dalla luna e invidiò la sua elegante e forte figura. Quando il brigante richiuse la porta, lo Scorciato accese la candela.

« E la ragazza? » domandò Ribaldo dopo una rapida perlustrazione.

« Non l'ho trovata », confessò dolorosamente.

« Che cosa vuol dire, non l'ho trovata? » chiese padroneggiando l'ira.

« È scappata. »

« Vuoi farmi credere che lo Scorciato si è lasciato scappare una ragazzina? »

« Io non l'ho neppure vista. È sfuggita alla ruffiana », spiegò. « Ma vieni avanti e mettiti a sedere. È meglio che ti racconti tutto dal principio. »

Ribaldo sedette a cavalcioni di una sedia, appoggiandosi con le braccia allo schienale.

« Ti ascolto », disse.

Le parole affollavano la mente e incespicavano sulla lingua.

Era difficile raccontare la storia che coinvolgeva il protofisico Fortunato Sirtori.

« C'è un uomo, Ribaldo », cominciò, « un uomo che credevo un santo e che ora non so più che cos'è. Forse un gran peccatore o un demonio. Ma non ne sono sicuro. Forse anche alle altezze in cui vivono con la loro scienza, gli uomini sono come noi: un impasto misterioso dove la bontà e la cattiveria si mescolano in modo irriconoscibile. »

« Se ti metti anche a fare il filosofo, non ne veniamo fuori più », scattò il brigante. « Che cosa c'entra questo tipo misterioso con Saulina? »

« È dalla casa di quest'uomo che la fanciulla è scappata », disse.

« La merciaia le aveva già trovato un cliente? » chiese.

« Ma lui non l'ha toccata. » Era ancora sotto l'effetto dell'emozione e dello sgomento per quello che era accaduto.

Qualche cosa dentro di lui si rifiutava di riconoscere nella personalità grandiosa del protofisico, l'abominevole abbozzo tratteggiato dalla merciaia. Poche ore prima, lo Scorciato era andato a casa dal medico, giù dal ponte di San Celso, lungo il Naviglio, vicino al monastero della Vecchiabbia.

Il domestico che gli aveva aperto aveva anche tentato di richiudere il pesante portone su quella creatura mostruosa dalla testa leonina, ma lo Scorciato aveva bloccato l'uscio con la mano poderosa.

« Di' al tuo padrone che c'è qui Alessandro Casiraghi e che devo parlargli », lo aveva ammonito.

Il cameriere era abituato alla singolarità dei visitatori che si avvicendavano nella dimora del protofisico, ma ancora non aveva visto un uomo a metà con la forza di un toro.

« Voi aspettate qui », gli aveva raccomandato, anche se non era certo che gli avrebbe obbedito. Con un tipo così c'era da aspettarsi di tutto ma, poiché da solo non sarebbe mai riuscito a escludere il visitatore, tanto valeva avvertire il professore.

Lo Scorciato scivolò quasi senza rumore sul suo trespolo solitamente chiassoso lungo sale e corridoi. Sull'ira prevaleva il timore reverenziale, il sacro rispetto che la presenza del protofisico sapeva evocare.

« Sei venuto in una sera triste », disse Fortunato Sirtori. « E la tristezza è una malattia tra le peggiori, che nemmeno io riesco a curare. »

« Sono venuto per compiacere un amico e salvare un'anima », si era giustificato lo Scorciato a mezza voce. « Sono venuto per sapere se devo continuare a rispettarvi oltre che a esservi eternamente riconoscente. » Non era più il mezzo uomo spavaldo e rissoso, motivato dalla rabbia di esistere nonostante tutto, sospinto dall'aggressività di chi è diverso. In quell'attimo era ritornato a essere un uomo tutto intero, alto, fiero, bello. Era ridiventato Alessandro Casiraghi e gli sembrava di camminare in punta di piedi come sapeva fare un tempo quando poteva muoversi con le sue gambe.

« Sei lontano dalla verità, Alessandro, se hai bisogno di parole e di testimonianze per giudicare un uomo. Acqua, vento, fango, profumo e fetore: questo è l'uomo, la costruzione più grande dell'universo, imprevedibile e misteriosa. Cade dal terzo piano e sopravvive, è colpito da un soffio di vento e muore. Dovrebbe essere un animale che ragiona, l'uomo; ma quando segue le tensioni che lo conducono al male, che uomo è? » Il protofisico era nel giardino illuminato dalla luna, sedeva sul bordo di una fontana di pietra, lo sguardo triste perduto nel nulla. Aveva abbandonato la palandrana di seta di Cina e indossava invece pantaloni chiari che nella notte limpida sembravano bianchi, una camicia candida aperta sul petto e calzava stivali scuri. Sembrava molto più giovane dei suoi cinquant'anni. « Dunque? » aveva detto invitando l'ospite a chiarire meglio la ragione della sua visita.

Alessandro Casiraghi s'era schiarito la gola prima di organizzare pensieri e parole. Era sovrastato dalla personalità del suo interlocutore.

« Oggi vi è stata portata una ragazzetta », aveva esordito. « Si chiama Saulina. »

Il protofisico aveva finalmente abbassato su di lui il suo intenso sguardo azzurro.

« Ebbene? » lo aveva invitato a proseguire.

« Voglio sapere dov'è », aveva sperato che il grand'uomo negasse ogni responsabilità.

« È vero. Saulina, quella meraviglia, è stata qui. Vieni dal Laghetto, perciò sai anche chi me l'ha portata », aveva ammesso.

« Appunto per questo volevo sapere. »

« Saulina è qualcosa di più di un fiore stupendo. È una magia. Forse non esiste, ed è soltanto la proiezione delle nostre fantasie. È un sogno e come tutti i sogni è svanito. »

« State dicendomi che se n'è andata? »

« Te lo sto dicendo perché è la verità, Alessandro. Agnese ti ha detto la verità », lo aveva rassicurato leggendogli nel pensiero.

Lo Scorciato era turbato. L'idea del grand'uomo che si metteva al suo stesso livello lo sconvolgeva.

« Devo ritrovarla. Potete aiutarmi? » gli aveva domandato.

« Per conto di chi? » Era fin troppo chiaro che lo Scorciato lavorava su commissione.

« Per conto di una persona molto in alto. »

« Posso sapere il nome? » Non gli sembrava stupefacente che una persona molto in alto si interessasse a quella meraviglia.

« Napoleone Bonaparte », aveva confessato.

Il protofisico Fortunato Sirtori aveva scosso significativamente la gran testa incoronata di capelli bianchi.

« Il mondo cambia sotto i nostri occhi, gli eventi incalzano come botoli ringhiosi; i nobili sono scontenti, il popolo si ribella, i vincitori non ci danno tregua e gli uomini che potrebbero incidere su questi cambiamenti, dirimere le vertenze, pacificare gli animi, raddrizzare i torti, lenire il dolore, sono alla ricerca di un sogno chiamato Saulina. » Parlava alludendo a se stesso e allo Scorciato, naturalmente, che lo guardava confuso e forse non riusciva a capire. Quindi aveva proseguito: « L'amore è un'ombra che passa, tutto il suo agitarsi non è che vanità, accumula beni senza sapere chi potrà raccoglierli ». Due lacrime erano sgorgate dai suoi occhi e avevano imprigionato il pallido incanto lunare restituendo allo scienziato i segni di un'umana vulnerabilità.

Alessandro non osava credere a quello che vedeva.

« Era tanto importante per voi? »

« Saulina? Saulina è passata come il volo di una farfalla sul mio giardino. Ma queste lacrime non sono per lei. Non si sprecano lacrime nuove per vecchi dolori. Io piango per Marzia. »

Lo Scorciato lo guardava senza capire, né all'illustre medico importava che lui capisse.

« Tu non la conosci, vero? E come potresti! Marzia mi ha lasciato, Alessandro. E con lei se n'è andato l'amore, la vita. Ha offerto del denaro a Saulina, l'ha fatta scappare e dopo se n'è andata. Per sempre. Senza un addio. Senza una parola. »

« Mi spiace. Ma non so proprio di che cosa parliate », disse piano lo Scorciato.

« E non puoi aiutarmi, lo so. Io invece so chi è Saulina e

ti assicuro che è uscita da questa casa pura come vi era entrata. D'altra parte nessuno potrebbe contaminare un sogno. »

« Io andrei via, signore. »

« Vai, Alessandro. E che la fortuna guidi i tuoi passi. Io resto in compagnia della mia pena. E se potessimo davvero imparare dai nostri dolori, come sostiene il saggio, il mondo avrebbe la formula della felicità. »

Lo Scorciato fece un racconto particolareggiato del suo incontro con Fortunato Sirtori, ma omise il nome dello scienziato e Ribaldo rispettò la riservatezza dell'amico.

« Se non fosse che l'ho vista con questi occhi », disse lo storpio, comincerei anch'io a credere che quella bambina è un sogno. È inafferrabile come una nuvola. »

Ribaldo si alzò e si diresse verso la porta.

« Ti sei lasciato incantare da quell'uomo », gli disse. « Non so se merita stima o disprezzo. Ma eri andato per strozzarlo e alla fine gli hai offerto una spalla su cui piangere. »

« È così », ammise mestamente.

« Non vergognarti per questo, Alessandro. » Anche lui adesso lo chiamava per nome. Parlava all'uomo, ai suoi sentimenti più intimi e non a un sicario o a un complice.

« Mi dispiace di non averti potuto aiutare. »

« Solo per il momento. Ma dobbiamo continuare le ricerche. »

« Ci tieni tanto a favorire la Grassini? »

« Lei, da stamani, è sotto la protezione dell'esercito francese. C'è caso che si sia dimenticata della bambina. Però un impegno è un impegno. Per qualcuno la ragazza può diventare un importante mezzo di scambio. Per me, a questo punto, è un motivo d'onore. C'è ben altro, adesso, che bolle in pentola. »

« Ti riferisci ai fatti di Pavia? » intuì prontamente lo Scorciato.

« Una protesta che alla fine è servita da giustificazione al saccheggio della città da parte dei francesi. »

« Per fortuna che non hanno messo a sacco Milano, dopo i disordini in piazza del Duomo. »

« Hanno ragionato bene a non sfidare i milanesi », osservò Ribaldo. « Non si sarebbero limitati a strappare qualche coccarda tricolore e ad abbattere gli alberi della libertà. »

« Hanno demolito perfino il palco con la scritta 'I diritti dell'uomo' e la cima coperta dalla berretta frigia e hanno cancellato il triangolo massonico, in mezzo al quale sorgeva, che è il simbolo del radicalismo ambrosiano. Insomma, il popolo che acclamava i francesi, adesso li odia. »

« Già », ammise Ribaldo. « Sono andati sotto la finestra della Grassini a gridarle improperi. E hanno tirato sassi contro le sue finestre. Ovvio che i mastini del Bonaparte la mettessero in salvo. » Ribaldo era preoccupato per la reazione dei francesi.

« In giro si dicono altre cose », incalzò lo Scorciato che era sempre bene informato.

« I nostri cari fratelli francesi si sono messi in mente che un gruppo di aristocratici, in qualche modo legato agli austriaci, siano i veri responsabili di questi tumulti e debbano quindi pagare per tutti. Hanno rinchiuso fior di gentiluomini nel Monastero di Santa Margherita dopo aver loro inflitto l'onta del carcere comune », lo informò il bandito.

« Conosci i nomi? » chiese lo Scorciato.

« Il principe Belgioioso, il conte Taverna, il conte Cavenago, il marchese Orrigoni, il conte Melzi d'Eril, il conte Nava e altri ancora. »

« E noi pensiamo a quella Saulina! » si stupì lo Scorciato.

« Sì, dobbiamo ritrovarla », ordinò. « Non dimenticarlo. »

Si strinsero forte la mano e si separarono.

Ribaldo aveva impartito un ordine e lo Scorciato avrebbe fatto il possibile per eseguirlo. Intanto sarebbe andato a trovare l'Emilio del Barchetto che aveva trasportato il cerusico Anastasio Calderini; poi avrebbe fatto il giro delle osterie, dal Bottonuto alla Vetra, dal Castello a Porta Nuova, per spargere la voce: il caso di Saulina ormai riguardava tutti, perché era Ribaldo che lo voleva.

Lo Scorciato si assicurò saldamente al suo bolide e uscì nella notte. Nel silenzio che era subentrato al clamore della rivolta c'era qualcosa d'inquietante e di pauroso. Era una città senza voci né gioia. I cavalli e le carrozze sfuggiti alla requisizione, pochi per la verità, restavano nelle stalle e nelle rimesse. I rari passanti camminavano rasente i muri. Il buio sembrava essere sceso anche nell'anima della gente.

## 24

SAULINA seguiva docile l'onesto soldato attraverso la città deserta, ma era in preda alla più cupa disperazione. Le parole minacciose dell'uomo l'avevano fatta tremare di paura. Già si vedeva in catene tra i gendarmi, gettata in un carcere buio, con l'accusa di aver rubato le monete d'oro che invece le erano state regalate.

Da quando aveva lasciato la casa della sua protettrice, tutto girava per il verso sbagliato. Era colpa di quel cerusico diabolico che le aveva rubato il suo portafortuna, la tabacchiera del Bonaparte. Era fermamente convinta che se l'avesse ritrovata, tutti i suoi guai sarebbero finiti.

« Signore », lo apostrofò con voce supplichevole.

« Cosa c'è ancora? » chiese lui, burbero.

« Non sono una ladra né una bugiarda », proclamò.

« E che cosa sei? » replicò l'uomo senza mollare la stretta e senza fermarsi.

« Sono soltanto una ragazzina sventata, cui nessuno crede », disse, il petto scosso dai singhiozzi, il viso bagnato di lacrime.

« E dovrei crederti io? » domandò il soldato sul punto di commuoversi.

« Sì, se avete buon cuore. »

« Se dici la verità, penserà il Vicario di Provvisione o la persona da lui delegata a restituirti la libertà. E' ti faranno anche riaccompagnare a casa. Io, per me, più passa il tempo e più mi convinco che mi hai turlupinato. »

Saulina diede un energico strattone che sorprese il gendarme e lo indusse a fermarsi.

« Il generale Bonaparte vi farà punire per quello che mi state facendo », gli urlò tra i singhiozzi e le lacrime. Non era una minaccia a vuoto; era proprio quello che sarebbe successo se avesse avuto l'opportunità di raccontare le sue disavventure al comandante dei francesi.

« Quello che ti serve », ribatté l'uomo per nulla intimorito, « è una buona lezione. Prima ti inventi una mamma che non c'è. Poi salta fuori la Grassini che ti fa da madre e alla fine inventi un Bonaparte amico tuo che dovrebbe mettermi in riga per le angherie che ti faccio. Senti, bambina, potresti essere mia figlia e proprio per questo ti dico che hai bisogno di una bella raddrizzata, sennò finisci su una cattiva strada. »

Per essere onesto, il severo guardiano di Saulina era onesto, e per essere buono, era buono; ma era profondamente convinto che i bambini bugiardi e ribelli si riportano sulla strada giusta con la fermezza. Con i suoi sette figli si era comportato così e si era sempre trovato bene. Ma aveva il cuore tenero e il pianto di Saulina gli faceva male, perché nel pianto di un bambino c'è sempre qualcosa di straziante. Così allentò la presa per passarle una mano paterna sul capo.

« Senti, signorina », cercò di consolarla, « adesso mi fai il santo favore di smetterla. E ti spiego perché: se non hai detto bugie, se quel denaro è davvero tuo e non l'hai rubato, se davvero abiti nella contrada di Sant'Andrea, il Vicario di Provvisione ti aiuterà certamente. Sennò a che cosa serve la giustizia? »

Quella parentesi affettuosa, quell'attimo di paterno abbandono, consentirono alla prigioniera di prendere il volo. Appena Saulina avvertì che la tagliola che l'imprigionava si era aperta, senza pensarci più di due secondi scattò con la velocità di una lepre e prese a correre a perdifiato come soltanto lei sapeva correre e non c'era ragazzo anche più grande a Corte Regina che riuscisse a tenerle dietro.

Il soldato, che era forte, tozzo, ma non particolarmente agile, tentò un goffo inseguimento.

« Torna qui », gridò. « Torna indietro. Non ti farò del male! »

Ma la figuretta di Saulina era ormai una forma evanescente nella strada buia.

Il gabelliere, se avesse voluto, avrebbe potuto cercare la collaborazione di qualche passante, ammesso che i milanesi quella sera avessero avuto voglia di aiutare una divisa verde della milizia cittadina. Ma anche se avesse gridato: « Al ladro! » non avrebbe trovato considerevole sostegno alla sua impresa. E poi sarebbe stata un'accusa umiliante più per lui che la pronunciava che per la personcina alla quale era diretta. Così lei ebbe il tempo di scomparire nel buio di un vicolo sbilenco e lui si fermò ansante contro un muro di piazza San Babila illuminato da una torcia, con un sacchettino di monete in mano.

Sorrise. Dopo tutto non aveva fatto un cattivo affare. Poteva tornare dai figli e dalla moglie, rivestirli a nuovo e ancora sarebbero avanzate delle monete d'oro. Ma sarebbe stata una cattiva azione. Lui aveva un dovere preciso da compiere.

Si recò svelto al Broletto senza lasciarsi sedurre dalle osterie che incontrava sul cammino; quel piccolo tesoro doveva consegnarlo a don Francesco Nava e a nessun altro.

Si rivolse a un soldato di guardia.

« Ho da conferire con il signor Vicario di Provvisione », disse.

« È meglio se non lo gridi tanto forte », lo consigliò questo.

« E perché mai? »

« Perché il cittadino Nava e altri galantuomini sono stati arrestati per ordine del generale Bonaparte », gli comunicò il soldato.

« Arrestati, perché? » chiese tra la meraviglia e lo spavento.

« Per aver istigato il popolo alla rivolta. »

« Grazie tante per l'informazione », disse l'onest'uomo rinunciando a confidare il suo segreto.

« Questi francesi barboni », pensò, « sono più ladri e malnati degli austriaci. »

Decise di mettere al sicuro le monete d'oro: al momento era la cosa più importante. Intanto poteva regalarsi una robusta bevuta. Il giorno successivo, dopo una buona dormita e dopo aver sentito il parere della sua donna, avrebbe pensato al da farsi. Mentre attraversava la piazza incamminandosi verso l'insegna di un'osteria, passarono due carrozzoni di girovaghi, tirati da buoi. Erano saltimbanchi, artisti di piazza che si dirigevano lentamente verso il borgo di Porta Orientale. Una lucerna a olio dondolava dietro ogni carro. Avrebbero sostato durante la notte accanto alla porta per essere i primi a uscire all'alba. Certo li attendeva un lungo viaggio.

Uno strappo nella tenda del secondo carrozzone inquadrò due occhi scuri e allegri che osservavano l'uomo mentre entrava nella taverna e una piccola lingua rosa gli fece sberleffi.

Saulina, accovacciata sul fondo del carro, era felice di avere riconquistato la sua libertà ma aveva un grande peso sul cuore: era sola, tutti l'avevano abbandonata. La sua protettrice, dopo tante promesse, si era dimenticata di lei ed era partita, forse con il generale Bonaparte, che a sua volta l'aveva scordata.

Qualcuno la tirò per i capelli, dolcemente, non per farle male, ma per richiamare la sua attenzione.

« Che cosa c'è? » chiese lei.

« Perché ti sei nascosta qui? » domandò una voce infantile.

« Scappavo da una guardia », confessò.

« Cosa hai fatto? »

« Niente. »

« Come ti chiami? » la vocina sussurrava, più che parlare, per non farsi sentire dagli altri che erano sullo stesso carro.

« Saulina », rispose. Anche lei parlava piano. « E tu, chi sei? »

« Icaro. Io mi chiamo Icaro. »

« Che nome è Icaro? »

« Perché, che nome è Saulina? »

La fanciulla, per la prima volta, s'interrogò sul proprio nome.

« Saulina è un nome di donna », disse, sembrandole questa una buona spiegazione.

« Icaro era uno che volava. Tu di dove sei? »

« Io sono di un borgo vicino a Milano. Sono lombarda. »

« Si sente che sei lombarda. Io sono del Regno di Sardegna. »

Il carro si fermò, una mano scostò la pesante cortina di tela incerata e il chiaro di luna illuminò l'interno del carrozzone.

« Adesso, bambini, scendete », ordinò bonariamente una voce di donna. « Bisogna rivoltare la paglia. »

Il pavimento del carro era coperto di buona paglia odorosa che veniva cambiata spesso per garantire un minimo d'igiene e consentire alle persone di riposare più comodamente possibile.

Saulina, ben nascosta in un angolo del carro, contò dieci persone: una intera famiglia.

Qualcuno era sceso anche dall'altro carro per accendere un fuoco a ridosso delle mura spagnole, a un centinaio di metri dall'ingresso della Porta Orientale. Una donna anziana, che indossava un abito con imbottiture ai fianchi, sedette sull'erba, accanto al falò e si appoggiò in grembo un grande tagliere di legno tondo dove erano allineate larghe fette di polenta. La donna radunò la brace e sui tizzoni ardenti appoggiò una griglia di ferro sulla quale adagiò a due a due le fette di polenta. Quando erano abbrustolite bene, la donna pronunciava un nome e l'interpellato accorreva tendendo un'assicella di legno, che serviva da piatto, su cui la vecchia serviva la polenta calda. Quella era la cena.

Saulina aveva fame e l'odore della polenta abbrustolita le faceva correre la saliva, ma rimaneva immobile nel timore di essere scoperta prima che i carrozzoni fossero usciti dalla città. Poi in qualche modo si sarebbe arrangiata. Magari i girovaghi sarebbero andati verso Corte Regina: la Porta Orientale si apriva proprio su quella direzione.

« Vieni fuori anche tu », chiamò la vecchia.

« Io? » mormorò Saulina.

« Credevi che non mi fossi accorta di te? »

« Cosa volete farmi? » Pensò alle guardie, a quello che aveva passato, a quello che ancora le riservava il destino.

« Voglio solo darti qualcosa da mangiare. Per questa sera ce n'è anche per te. »

« Grazie, non fa niente », si schermì. « Tanto non ho fame. »

« Ma sì che hai fame. Dai, vieni. »

Saulina guardò quella donna invecchiata con dignità, con il suo bel sorriso, i grandi occhi castani e la pelle abbronzata dall'aria e dal sole e si sentì confortata. Scese dal carro e le si avvicinò tendendo le mani, come aveva visto fare dagli altri. La donna le diede un'assicella.

« Vuoi bruciarti? » l'ammonì.

Saulina prese le due fette di polenta e si mise a sedere come gli altri attorno al fuoco, ma rimase vicina alla donna.

« Ti abbiamo accolta sul nostro carro senza fare domande », disse la vecchia, « ma adesso devi dirci chi sei e perché stavi scappando. »

« Si chiama Saulina », disse la voce infantile di Icaro.

Lei lo guardò alla luce del fuoco. Era un ragazzetto più o meno della sua età, rosso di capelli, coperto di lentiggini, la faccia simpatica, il naso piccolo e petulante.

« Zitto te, che nessuno ti ha interrogato », lo rimprovero la donna.

Adulti e bambini, pur continuando a mangiare, la guardavano incuriositi. Saulina, istruita dall'esperienza, preferì inventare una bugia verosimile, piuttosto che raccontare una verità incredibile.

« La mia padrona ha chiuso la casa », disse. « Oggi. Ha licenziato la servitù. E io sono rimasta senza tetto e senza lavoro. »

« Chi è la tua padrona? »

« Madama Grassini. »

« Nientedimeno! » esclamò la vecchia.

« La cantante più rinomata del Gran Teatro », disse un vecchio guardando Saulina con maggiore simpatia.

« Vergogna! » disse una giovane donna che sentiva di appartenere alla categoria della più illustre collega. « Un'artista come lei costretta a scappare per colpa di certe teste calde che non sanno riconoscere i veri nemici. Colpa di quelli che fanno politica », soggiunse senza che si capisse quello che voleva dire.

« La politica è la rovina dell'uomo », predicò la vecchia. « Un'artista come la Grassini va rispettata, non cacciata a sassate. Sono affari suoi se è amica del francese; agli altri la cosa non deve interessare. »

Saulina allora si rese conto che la sua protettrice non l'aveva abbandonata, ma era stata costretta a fuggire. Le si allargò il cuore.

« Se ha liquidato la servitù », ragionò la vecchia, « ti avrà pur dato quello che ti spetta. La generosità della Grassini è proverbiale. »

La fanciulla rispose compiacendosi della sua prontezza.

« La padrona mi aveva dato quello che mi spettava e anche di più », mentì. « Perché lei, come tutti sanno, è tanto buona. Mi aveva dato un bel sacchettino di lire milanesi. Mi ero seduta sotto il leone della piazza per contarle, quando arriva una guardia con la faccia da brav'uomo che prima guarda i soldi, poi guarda me e per farla breve mi strappa la borsa con le monete e comincia a darmi delle gran botte in testa. Io mi sono spaventata e sono scappata. Ho visto un carrozzone e mi ci sono rifugiata. Tutto questo, signora, se volete credermi è la verità. »

Il racconto di Saulina venne ascoltato in silenzio, sotto il firmamento illanguidito dal chiaro di luna, mentre i barbagli del fuoco illuminavano le facce dei presenti. Il silenzio della notte di tanto in tanto era spezzato dall'abbaiare di un cane o dall'eco di una schioppettata. A qualcuno parve di udire lontano il rombo del cannone, ma la città assediata più vicina era Mantova e se avessero sparato dal castello di Milano il frastuono sarebbe stato insopportabile. Tuttavia non era la grande calamità della guerra che da qualche parte si combatteva a commuovere l'esigua platea in ascolto, erano le piccole grandi ingiustizie della vita: su questo stavano riflettendo e se ne sentivano partecipi.

« Noi siamo acrobati », riprese la vecchia. « Lavoriamo sulle piazze dei paesi e delle città. Campiamo di quello che il pubblico ci offre e siamo contenti quando ci sfamiamo noi e le bestie. »

Era un discorso chiaro e sincero. Saulina si rese conto che per lei, in quella comunità, non c'era posto: le bocche da sfamare erano tante.

« Io, se è per questo, mangio come un pulcino », si affrettò a mettere le mani avanti. « Sono forte anche se non sembra. Porto secchi d'acqua e pesi come i grandi », s'accalorò. « Sono brava a fare le pulizie. Lucido il rame con la cenere. So governare le bestie, perché sono nata in campagna e conosco le erbe per guarire i loro mali. »

Ma non erano certo né le braccia né l'esperienza che mancavano alla famiglia dei girovaghi.

« Va bene », disse tuttavia la vecchia dopo aver valutato la situazione. « Per qualche giorno puoi restare con noi. Poi si vedrà. »

Il discorso era chiuso, senza commozione, senza lacrime, senza smancerosi ringraziamenti. Tutti si diedero da fare per riporre gli utensili che erano stati usati, fu buttata cenere sul fuoco e poi tutti risalirono sui carri per passare la notte.

Saulina si abbandonò sulla paglia fresca e odorosa, spossata per la fatica e le emozioni di quella lunga giornata. Di nuovo si sentì tirare dolcemente per i capelli.

« La nonna ti ha dato il permesso di restare », mormorò Icaro nel buio. « Sei contenta? »

« Sì, sono contenta », rispose. « Altrimenti non sapevo dove andare. »

« Non ce l'hai una famiglia? »

« Ce l'ho sì. In campagna. »

« Perché non ci vai? » incalzò.

« Qui mi piace di più », rispose e ricordò come la chiamavano nel borgo: Saulina la vagabonda. Avevano ragione quelli di Corte Regina.

« Come fai a sapere che qui ti piace di più se sei appena arrivata? »

« Me l'immagino », replicò per non essere scortese, ma era stanca e aveva voglia di dormire.

« Domani ci mettiamo in viaggio. »

« Per dove? »

« Andiamo fino a Venezia, francesi e austriaci permettendo. La prima tappa la facciamo a Cassano d'Adda. Ci sei mai stata? »

« No, ma so che non è tanto lontano », disse udendo quel nome che evocò ricordi recenti. Sarebbero passati dunque per la strada maestra dove aveva visto la carrozza del generale Bonaparte. Volendo, avrebbe facilmente potuto raggiungere il suo borgo. Ma ormai i legami erano spezzati e lei non apparteneva più a quel piccolo mondo. Pur nell'angustia e nelle difficoltà, sognava altri orizzonti, immaginava un altro destino, sentiva di avere diritto a spazi diversi.

« Ma i buoi vanno piano e ci vuole tempo », disse il ragazzo.

« Basta voi due », li zittì la vecchia. « Dormite. L'alba è vicina e con il caldo che fa il viaggio sarà faticoso. »

Saulina sentì che Icaro rideva.

« Domani ti faccio vedere come sono bravo sulla corda », mormorò.

« Va bene. »

« Faccio il funambolo, io. »

« Ora però taci, che la nonna s'arrabbia. »

« Ma no, è sorda. Mica ci sente se parliamo. Fa così tutte le sere. Spara al buio. »

« Taci lo stesso. Sono stanca e voglio dormire. » Finalmente glielo aveva detto. Ma Icaro non se ne diede per inteso.

« Io sono sveglio come un grillo », insisté. Quella presenza nuova gli dava una gioia che non riusciva a spiegare e gli comunicava un'ansia e una felicità sconosciute, sentimenti mai provati che gli mettevano addosso una gran voglia di cantare e di ballare.

« Io invece muoio di sonno », disse Saulina sbadigliando.

« Lo sai che sei bella? » ammise Icaro. « Sono tanto contento che sei con noi. E non ti lascerò andare via, mai più. »

Icaro parlò ancora a lungo senza accorgersi che Saulina ormai dormiva profondamente.

## 25

Dopo aver pagato con due monete d'argento l'Emilio del Barchetto che, risalendo i Navigli, lo aveva portato fino alla confluenza dell'Adda, il chirurgo Anastasio Calderini si arrampicò sulla riva superando il lieve pendio costellato di folte robinie, di faggi e di betulle. L'alba si preannunciava con un tenue chiarore e il fiume scivolava pigramente nel suo letto. L'ora dei cattivi incontri era passata, gli uccelli cominciavano a cantare e a saltellare tra i rami preludendo al gaio risveglio della natura.

La strada per Bergamo e Venezia si snodava come un nastro emergente dalle ultime ombre della notte. Allo spuntare del sole, dalla prima curva sarebbe apparsa la diligenza che per venti lire l'avrebbe portato fino a Brescia. Sicuramente gli avrebbero fatto posto. Per un chirurgo l'ospitalità era di rigore. I viaggiatori si sarebbero sacrificati pur di non lasciarlo a terra. Nessuno, per tradizione e per paura, avrebbe mai negato un favore a un praticante dell'arte medica del quale poteva aver bisogno. I briganti più feroci, pur spogliandolo dei suoi averi, non gli avrebbero mai sottratto le borse con i ferri del mestiere, gli unguenti e i balsami che ridanno la salute. Perciò si sentiva tranquillo. Nel doppio fondo della sua borsa di cuoio nero aveva nascosto i Luigi d'oro ricevuti la sera precedente da madama Giorgiana Formiggine in cambio della tabacchiera rubata alla piccola Saulina.

Dopo aver abbandonato la locanda dell'Orso, Anastasio Calderini si era trasferito in un alloggio più dignitoso, si era ripulito, aveva meditato a lungo sulla destinazione della tabacchiera. Per un paio di giorni non era uscito dalla sua nuova abitazione, consigliato alla prudenza dalle voci di sommosse e di disordini, ma una sera, vestiti i panni migliori, aveva finalmente deciso di agire.

Era sceso in strada, pur tra mille cautele, e aveva raggiunto il palazzo al numero 2841 di via dei Borromei che era la sontuosa dimora dell'uomo più ricco del Lombardo-Veneto, dell'Emilia e della Romagna: il modenese Moisé Formiggine che aveva enormemente dilatato le proprie ricchezze con le frodi in commercio, l'accaparramento del grano, l'usura, l'incetta dei buoni rilasciati dal comando francese in cambio delle requisizioni di fieno e cavalli con l'impegno di un futuro risarcimento.

Moisé era anche l'uomo più grasso della città e occupava con la sua mole l'intero abitacolo di una carrozza. Aveva una moglie disinvolta fino alla dissolutezza, corteggiata per la sua bellezza, desiderata per i suoi ardori, una creatura superficiale e vana, sventata e spendacciona che avrebbe dissipato in breve tempo le fortune che il marito accumulava se il corpulento sposo, pur amandola, non avesse frenato la sua folle prodigalità ponendo un limite preciso alle concessioni in danaro.

Moisé Formiggine era sempre a disposizione di chi aveva da proporgli un affare vantaggioso. Anastasio Calderini si sarebbe dunque rivolto a quel disgustoso Creso soltanto se non si fosse imbattuto nella moglie. Quella « donnetta sul candeliere », come venivano definite le signore molto in vista, realizzava lo sfarzo in cui viveva sui debiti contratti all'insaputa del marito e certo non si sarebbe lasciata sfuggire l'occasione di accaparrarsi quella tabacchiera da sfoggiare nella fiera delle vanità in cui si muoveva da protagonista.

La ruota della fortuna aveva ripreso a girare in favore di Anastasio Calderini. Se n'era reso conto dopo aver suonato all'ingresso del palazzo sfavillante di luci ed echeggiante il lieto frastuono di una grande festa in cui tintinnavano bicchieri, esplodevano gaie risate, s'intrecciavano voci e su tutto si diffondeva una musica allegra. Subito il mastro di casa l'aveva fatto passare in uno studiolo dove di lì a poco la signora Formiggine l'aveva raggiunto.

Era entrata sfarfalleggiando in un alone di profumo, di sudore e di cipria. Era bella, accaldata, frivola, lieta. Era lei il centro del mondo.

« Solo per voi, mio caro amico », aveva esordito porgendogli la mano da baciare, « ho abbandonato i miei ospiti. »

« Vi sono immensamente grato », s'inchinò.

« Immagino che siate qui per ragioni inerenti l'arte vostra », s'era affrettata a soggiungere aprendo graziosamente un ventaglio dalle stecche d'avorio e cominciando ad agitarlo con piccoli colpi nervosi.

« Si tratta di tutt'altro, madama. Desideravo sottoporvi un oggetto degno di una regina. »

« Purché sia cosa breve. Non posso abbandonare a lungo i miei amici. »

Doveva qualche riconoscenza al chirurgo che l'aveva liberata da un dolorosissimo ascesso, ma non tanta da rinunciare alla sua splendida festa per un tempo superiore a quello che lei riteneva rigorosamente necessario.

Anastasio Calderini, sottile conoscitore dell'animo umano, aveva subito estratto dalla tasca della redingote la tabacchiera.

« Credo che a vostro marito piacerebbe un gioiello di questa fattura e di così alta qualità. »

Il chirurgo aveva visto lampeggiare il desiderio nello sguardo della donna. La forma piatta ed elegante, la squisita composizione, la rara perfezione delle perle, il fascino delle figurette miniate sullo sfondo di un paesaggio agreste, suscitarono il suo entusiasmo. E, contrariamente a quanto avrebbe fatto il marito, che dopo aver osservato con l'occhio distaccato del predone l'oggetto di cui si sarebbe impadronito, avrebbe imposto il suo prezzo, Madama Formiggine aveva chiesto: « Quanto volete? »

« Settecento lire milanesi », aveva detto e subito si era pentito sembrandogli una richiesta eccessiva, ma era la somma che gli occorreva per riacquistare la sua casa confiscata a Modena.

Madama Formiggine non aveva battuto ciglio.

« Aspettatemi qui », aveva detto, « vado a prendere il danaro. »

Aveva pagato in Luigi d'oro il valore corrispondente alle settecento lire milanesi. Il chirurgo, che sapeva il vasto indebitamento della signora, non sperava tanto.

Dopo aver nascosto le preziose monete nel doppio fondo della borsa, che conteneva i suoi ferri, era tornato nei vicoli malfamati del Bottonuto perché soltanto in quel quartiere avrebbe potuto trovare qualcuno che lo facesse uscire di nascosto dalla città. Aveva dimenticato Saulina, la sua perversione sembrava assopita. Si era liberato della tabacchiera convertendola in un bel mucchio di soldi. Adesso aveva in mente soltanto la casa, l'orto, la sua arte da esercitare secondo coscienza per affrontare in serenità la stagione della vecchiaia.

Dall'erba dove si era sdraiato a riposare vide il sole levarsi nel cielo come una palla di fuoco e la luminosità dell'aurora diffondersi intorno, mentre nuvole bianche e rosa scivolavano nella conchiglia azzurra del cielo. Sentì il cuore gonfio di gioia, una sensazione dimenticata, un'ebbrezza che gli ricordava l'adolescenza. Alla sua età, che cosa aveva da chiedere ancora alla vita? Non si sarebbe mai più messo nei guai per colpa di adolescenti tentatrici. Stava invecchiando e voleva invecchiare bene, senza più obbedire agli istinti, ma utilizzando il bagaglio di esperienza e di saggezza che aveva accumulato. Se la buona sorte avesse continuato a essergli propizia, avrebbe potuto approfondire gli studi sulle erbe, affinare le sue conoscenze, perfezionare la sua tecnica chirurgica, dedicarsi a tutto ciò che davvero fa bella la vita.

Consultò l'orologio a ripetizione: erano quasi le sei e la diligenza non avrebbe tardato. Si alzò in piedi e si guardò intorno portandosi la mano alla fronte per attenuare il riflesso dell'astro nascente. Vide la strada biancheggiante e il fiume chiaro e tranquillo che rifletteva i primi raggi del sole. Guardò meglio e, controluce, vide scivolare sull'acqua, trasportata dalla corrente, una massa dapprima indistinta che andava precisandosi a mano a mano che si avvicinava. Era un barcone e sembrava carico di gente. Il chirurgo, senza distogliere lo sguardo dal fiume, inforcò gli occhiali a pince-nez per una visione più nitida. Dalla valle si alzò un fiato di vento che gli portò l'eco dei lamenti: erano soldati feriti in una delle tante battaglie, abbandonati alla corrente del fiume.

Anastasio Calderini li riconobbe dalle divise stracciate: erano giovani militari francesi, alcuni poco più che ragazzi, con occhi pieni di stupore per aver visto la morte in faccia. Era impossibile stabilire da dove venissero. Nessuno riusciva a seguire gli spostamenti del generale Bonaparte e della sua armata: lo si credeva a Mantova e invece era a Bergamo, lo si credeva a Brescia ed era già a Verona.

Sì, erano indubitabilmente francesi quei ragazzi in divisa,

avevano bisogno d'aiuto e, quand'anche la sua arte non avesse potuto sanarli tutti, aveva pur sempre il dovere di consolarli, perché era questo l'imperativo del suo mestiere. Se ne ricordava tardi, dopo aver molto peccato per un moto istintivo dei sensi, ma non per malvagità.

Guardava navigare quel grumo di dolore e in quel momento decise di intervenire. Dimenticò i suoi programmi e la diligenza che l'avrebbe portato lontano dal pericolo e vicino alla realizzazione dei suoi sogni. Poteva abbandonare quei feriti al loro destino? Gli tornarono alla mente le parole del suo maestro: « L'uomo sofferente vuole essere consolato e lo vuole non già per considerazioni razionalmente discusse, ma per un irrefrenabile impulso dell'istinto ». La sua farmacopea portatile avrebbe in qualche modo aiutato a lenire il dolore di quei ragazzi; fosse pur stato un unguento o una pomata, o soltanto una parola di conforto.

Inoltre non era il peggiore dei chirurghi né l'ultimo dei medici. Molti suoi colleghi spesso non erano altro che petulanti ciarlatani, senza alcuna nozione di anatomia, o tromboni che avevano un unico obiettivo: accumulare danaro. Altri, quelli di gran nome, spesso non osavano intervenire per paura di un insuccesso. Così facevano praticare i salassi dai barbieri e gli interventi più impegnativi dai cerusici. Se il malato guariva era merito loro, se moriva era colpa dell'esecutore.

Anastasio Calderini era di un'altra razza. Era coraggioso e l'audacia gli derivava dalla consapevolezza della propria capacità. La sua perversione aveva coinvolto psicologicamente molte adolescenti, ma la sua arte aveva salvato tante vite. Bambini soprattutto, che rischiavano di morire soffocati dagli effetti della difterite. Lui sapeva come praticare una tracheotomia senza farli soffrire e come ripristinare il collegamento, tra quel corpo languente e la vita, per mezzo di una cannula di rame che inseriva nell'apertura della trachea. Servendosi del suo lento trapano, curava i denti malati e sapeva esattamente quand'era il momento di fermarsi per non procurare dolore. Era maestro nell'arte di cauterizzare i vasi di una ferita emorragica mediante olio bollente che applicava con un ferro incandescente. Operava ascessi, fistole e carbonchi, applicava mignatte e vescicanti, saldava fratture, guariva storte, praticava salassi conoscendo la regione su cui agire e la vena da aprire, tenendo in giusta considerazione il giorno, l'ora e le congiunzioni astrali:

perchè gli avevano insegnato che v'è sempre una correlazione tra la medicina e gli astri. Sapeva giudicare se era necessaria l'amputazione di un arto e procedeva all'intervento lasciando un lembo di pelle per coprire il moncone.

Passò mentalmente in rassegna il suo strumentario: aveva taglienti di varia forma e dimensione, pinze fenestrate e a pressione, scalpelli e martelletti, aghi e filo. Forse tra i ragazzi alla deriva c'era qualcuno che aveva bisogno di interventi radicali e mutilanti. Fu così che fece cenno al soldato che teneva il timone perché si avvicinasse alla riva. Salì sul grosso natante e cominciò a curare, consolare, dispensare fiducia mentre il battello procedeva verso Milano, da cui lui era appena fuggito.

Il chirurgo Anastasio Calderini giunse insieme ai feriti nel piccolo golfo del Laghetto, che era l'approdo più vicino all'ospedale. Si prodigò anche dopo l'arrivo dei barellieri. E solo quando l'ultimo dei feriti fu portato via, si rese conto di essere tornato in un posto da cui avrebbe dovuto scappare. Ma ormai era troppo tardi: lo Scorciato di Candoglia era di fronte a lui e gli sbarrava la strada.

« Noi due abbiamo un conto in sospeso », disse lo storpio.

Anastasio Calderini guardò le sue mani coperte da zoccoli di cuoio puntate a terra, pronte a farlo scattare come una belva, e impallidì.

## 26

I SALTIMBANCHI si chiamavano Ciampa. Erano la famiglia Ciampa. Si erano accampati sul greto dell'Adda, ai piedi del bastione del castello medioevale di Cassano dove, come raccontarono a Saulina, nell'anno 877 aveva soggiornato il re Carlomanno.

I personaggi più importanti della compagnia familiare erano Giuliano Ciampa, nonno di Icaro e degli altri ragazzini, e sua moglie Ginevra, la vecchia matriarca. Il Ciampa, uomo ancora vigoroso, era stato un giovane bellissimo, acrobata d'insuperabile abilità. Insieme con la moglie aveva ottenuto clamorosi successi persino alla corte del re di Prussia. Era un saltatore splendido, perfetto nell'armonia plastica delle evoluzioni, primo nel coraggio.

All'occasione, il Ciampa sapeva trasformarsi in « caucco », uomo serpente con rare capacità di contorsionista. Senza apparente sforzo si produceva in esercizi che sfidavano i limiti delle umane possibilità, ripiegandosi su se stesso, annodandosi quasi e svolgendosi come un'anaconda.

Ginevra, da giovane, stupiva per le sue eccezionali doti di funambola: in equilibrio su un canapo teso ad altezze vertiginose, incantevole come un'apparizione in costume di scena, con scarpette di seta, mantello Adrienne e cappello a tre punte, riusciva a togliersi, tra i gridi di stupore e le esclamazioni terrorizzate del pubblico, tutti i capi d'abbigliamento, rimanendo nella tradizionale calzamaglia che rivelava un corpo stupendo.

L'audace svestizione esercitava sugli spettatori un fascino irresistibile.

Quando gli angeli volanti dello spettacolo precipitavano al suolo cadendo malamente, ritornavano a essere uomini o resti di uomini con la vulnerabilità e il carico di dolore di tutti i mortali.

Un banale incidente pose fine ai prodigiosi salti del Ciampa e alle sue mirabili contorsioni. Ginevra invece continuò a esibirsi fino a quando l'età glielo consentì, mentre il marito divenne l'istruttore dei figli prima e dei nipoti dopo.

Saulina tutte queste cose le aveva apprese da Icaro durante il lento trasferimento verso l'Adda, quando il procedere dei pazienti animali non consentiva alla famiglia altra occupazione che le chiacchiere. I racconti di Icaro e quelli di nonno Ciampa l'aiutavano a sopportare le sue pene che tuttavia non riusciva a dimenticare. Apriva la mente ai segreti affascinanti del mondo nuovo nel quale ormai si adattava a vivere, ma il cuore serbava intatta la nostalgia per la sua protettrice e il bisogno di sperare nel ritrovamento del suo talismano.

« Gli acrobati », raccontava nonno Ciampa, « sono sempre stati l'attrazione magica per eccellenza, lo spettacolo preferito dal pubblico. Nei tempi antichi, durante la prima rappresentazione dell'*Ecyra* di Terenzio, la folla abbandonò in massa il teatro per andare ad applaudire un funambolo che si esibiva sulla piazza. »

« Chi è Terenzio? » domandò Saulina.

« Un poeta comico latino, nato centonovant'anni prima della nascita di Cristo. Un giorno ti racconterò la sua storia e la storia delle sue opere. Ma adesso devi cominciare a imparare quali sono le più importanti specialità acrobatiche. »

« Sono tante? » fece incuriosita.

« Pensa », prese a enumerare il vecchio, « ci sono i saltatori, gli sbarristi, gli arrampicatori, i cavallerizzi, i funamboli, i saltimbanchi. »

« Sono tanti davvero. »

« Poi vengono i giocolieri », riprese, « ma sono destinati ai ritagli di gloria. Il giocoliere suscita ammirazione ma non comunica il brivido che è parente della morte. I veri maestri dell'emozione sono gli equilibristi. Quando Isabella di Baviera, moglie di Carlo VI di Francia, fece il suo ingresso a Parigi, un equilibrista con i due figli in braccio che tenevano una candela accesa, passò su una corda tesa da una casa del Ponte Saint-Michel alla più alta galleria della chiesa di Notre-Dame. »

Saulina non aveva idea delle dimensioni della chiesa di Notre-Dame, ma ricordò le guglie del Duomo di Milano e il coperto dei Figini, immaginò quell'uomo sospeso nel vuoto con i figli in braccio e fu percorsa da un fremito d'orrore.

« Ma è terribile », disse. « Poteva sfracellarsi. »

« Ci sono tanti modi per morire. Quello non è il peggiore. »

« Ci vuole molto coraggio », tremò la fanciulla.

« Il coraggio è un ingrediente insostituibile per qualsiasi forma d'arte. Non passa mai di moda. Nessun espediente è in grado di soppiantarlo. »

« Nonno Ciampa, sono belle le vostre storie. Come fate a conoscere tante cose? »

« Amando il mio lavoro, ascoltando gli altri e studiando. »

Saulina si trovò di fronte a un vecchio problema. Ormai, dovunque andasse, in qualunque situazione si trovasse, diventava fondamentale sapere almeno leggere e scrivere.

« Io non so né leggere né scrivere », trovò il coraggio di confessare.

« Non sei la sola », osservò malinconicamente il vecchio. « La maggior parte dei bambini non va a scuola. »

« E voi », osò formulare la domanda che aveva in mente, « voi m'insegnereste? »

« Che cosa dovrei insegnarti? »

« A leggere e scrivere. »

« Dovrai essere molto pronta e avere tanta buona volontà », sorrise nonno Ciampa accogliendo la richiesta di Saulina.

« Non so se saprò essere pronta », esultò lei, « ma la buona volontà ce la metterò tutta. »

Così mentre la famiglia Ciampa si esercitava, ognuno nella propria specialità, avendo per pubblico uno stuolo di bambini del posto, il vecchio spezzò con Saulina il pane della conoscenza e le impartì la prima lezione di scrittura servendosi di un bastoncino sulla sabbia bianca e fine dell'Adda. Fu una esperienza insolita, magica, appassionante che lei non avrebbe mai dimenticato.

Più tardi, quando i ragazzi nei costumi dai colori sgargianti, picchiettati di nastri multicolori con appesi tintinnanti campanellini, si avviavano verso il centro del paese per annunciare al rullo del tamburo l'esibizione della sera, dopo il vespro, sulla grande piazza, Saulina andava nel bosco a raccogliere la legna per il fuoco e poi aiutava nonna Ginevra a rimestare la polenta e a cambiare la paglia nei carri.

Lavorava duramente, ma era felice anche perché aveva imparato alcuni segni che corrispondevano ad altrettanti suoni che pronunciava sottovoce, instancabilmente: « A, BA, CA, DA ». Sillabava la sua conquista e intanto quei segni le passavano nella mente e vi si incidevano. Aveva imparato anche a leggere il suo nome, S-A-U-L-I-NA, e lo pronunciava per intero. C'era qualcosa di meraviglioso in quel nome familiare che era il suo, scavato nella sabbia fine e bianca dell'Adda. E c'era proprio lei come persona in quell'insieme armonioso di segni che formavano quasi un simbolo cabalistico.

Tra un lavoro e l'altro estraeva dalla tasca il bastoncino che le serviva da penna e scriveva, sia pure in modo grossolano e goffo, il proprio nome sulla sabbia.

« Donna », disse un giorno alla moglie il vecchio Ciampa, « quella ragazzina è vispa, ha tanta voglia di imparare. Potremmo insegnarle il mestiere e tenerla con noi per sempre. »

« Quella ragazzina ha le ali al posto dei piedi », replicò Ginevra che era più pratica e meno facile agli entusiasmi. « Ali per volarsene via, lontano, molto lontano. »

## 27

QUANDO mise piede sul molo del Laghetto, il chirurgo Anastasio Calderini si rese conto che non aveva scampo. Lo Scorciato di Candoglia era di fronte a lui, gli sbarrava la strada e lo inchiodava con la forza della sua presenza mostruosa. I feriti, che lui aveva amorevolmente curato sul barcone, erano tutti all'ospedale e lui, Anastasio Calderini, era in balia del più feroce lazzarone dei bassifondi di Milano, messo nei guai dall'unica disinteressata e nobile impresa della sua vita.

« Noi due abbiamo un conto in sospeso », ripeté lo Scorciato.

La gente girava prudentemente al largo, badando bene a non intromettersi negli affari dello storpio.

« Non ci siamo mai conosciuti, se ricordo bene », ebbe il coraggio di replicare il cerusico che tuttavia sapeva la fama dell'invalido e aveva sentito parlare della sua forza leggendaria.

« Ma abbiamo amici in comune », lo pressò.

« Credo di no », disse cercando di prendere tempo per capire quale poteva essere l'azione di cui doveva rendere conto a quel personaggio da corte dei miracoli. Poi soggiunse: « Se vi ho venduto un rimedio senza effetto, sono pronto a rimborsarvi ». Tirava a indovinare. Era ridotto allo stremo e i fatti di quei giorni, ma soprattutto quell'ultima lodevole fatica, l'avevano sfiancato.

« Sei dunque tanto ingenuo? » gli disse con un sorriso agghiacciante, tagliente come la lama di un pugnale.

Era un aggettivo che non si addiceva alla sua natura e alla sua biografia, anche se quell'insensato ritorno proprio al Laghetto con i soldati feriti poteva essere messo sul conto di una dabbenaggine senza giustificazioni.

« Può darsi », ammise sempre meno fiducioso di liberarsi da quella bestia feroce.

« Allora può darsi che quando ti avrò spaccato tutte le ossa », promise, « non ci sarà neppure un carretto come questo », soggiunse indicando il suo, « capace di contenere quello che resterà di te. »

« Per amore del cielo, dimmi che cosa ho fatto! » esclamò chiamando a raccolta l'orgoglio residuo.

Lo Scorciato di Candoglia pronunciò soltanto un nome.

« Saulina », disse piano.

Anastasio Calderini sbiancò e vacillò sentendosi mancare. La notte insonne, la coscienza sporca, il ricordo della prigione nella Cittadella di Modena, la paura di dover rendere conto del rapimento di Saulina e del furto della tabacchiera: « Quella ragazzina sarà la mia rovina », ebbe appena il tempo di mormorare prima di perdere i sensi.

Qualcuno s'era avvicinato per soccorrerlo, ma lo Scorciato s'era caricato il cerusico sulle spalle con un braccio solo.

« Lo porto a casa mia. » Rivolto a uno degli astanti ordinò: « Tu prendi le borse e portamele », indicandogli i bagagli del cerusico che erano rimasti sul barcone.

Lo Scorciato depose Anastasio Calderini sul letto e lo fece rinvenire brutalmente tirandogli in faccia un mestolo d'acqua fredda. Il pover'uomo sbarrò gli occhi su quella furia scatenata scuotendo la testa.

« Non mi hai ancora risposto », lo richiamò all'ordine lo Scorciato.

« A che cosa? » replicò il cerusico che ancora non era abbastanza presente a se stesso per ricordare tutto.

« Non mi hai detto che cos'hai fatto della piccola Saulina », tuonò lo Scorciato che sembrava aver esaurito la sua riserva di pazienza. Anastasio Calderini era stanco di lottare, stanco di difendersi, stanco di essere condannato quando meritava indulgenza, di essere punito quando, secondo giustizia, avrebbe meritato un premio.

« Lì ci sono i soldi! » disse senza esitazione, indicando la sua borsa da medico. Ecco che cosa voleva da lui quel cialtrone: il suo danaro, e allora tanto valeva darglielo.

« Quali soldi? » fece sorpreso lo Scorciato.

« I soldi della tabacchiera. »

« Che cosa mi racconti, vecchio barbagianni? » l'aggredì.

« I soldi della tabacchiera della ragazzina », disse il cerusico tenendogli validamente testa. Era sicuro che lo Scorciato volesse arrivare proprio a quelli. Altrimenti che interesse poteva avere un lazzarone della sua risma per quella soave fanciulla? E pensare che lui l'aveva rispettata, forse per paura, forse per cupidigia, o forse spinto da tutt'e due questi sentimenti; ma non senza un profondo desiderio di redenzione. Comunque le cose erano andate così e il risultato era che lui non aveva neppure sfiorato quello splendore.

Lo Scorciato per un momento pensò che all'uomo fosse dato di volta il cervello, ma vide che non aveva l'aria del simulatore e si rese conto che era perfettamente in sé.

« Era questo che volevi, no? » insistette il cerusico che adesso cominciava a dubitare.

« Era questo », convenne lo Scorciato. « Ma prima ti ho chiesto della ragazzina. Non mi hai detto come l'hai adescata e perché l'hai lasciata. »

Anastasio Calderini aveva deciso di raccontare tutto; tanto valeva vuotare il sacco fino in fondo. E parlò. Non più per paura, ma per il desiderio di finirla, di chiudere definitivamente la partita.

« Là ci sono i soldi », concluse indicando nuovamente la grossa borsa di cuoio nera. « Ci sono tutti. Non ho speso neanche un centesimo. Puoi tenerli o restituirli a madama Formiggine e tentare di riavere la tabacchiera; non credo, però, che abbia voglia di ridartela. »

Lo Scorciato prese la borsa, la svuotò dei ferri e dei medicamenti che conteneva, trovò il doppio fondo, lo fece scattare e rovesciò sul pavimento una manciata di monete d'oro.

« Dunque quel gioiello valeva un tale tesoro? » disse incapace di credere ai suoi occhi.

« Che cosa vuoi che me ne importi dell'oro? »

Il chirurgo Anastasio Calderini piangeva silenziosamente, il volto tra le mani. Era vuoto, privo di volontà, senza desideri, ma senza più paure se non per l'orrore del vuoto nel quale si specchiava la sua vita sbagliata.

« E la ragazza? » domandò lo Scorciato per avere un'ulteriore conferma.

« Non l'ho toccata. Non l'ho neanche sfiorata. Lo giuro davanti a Dio, alla Madonna e a tutti i Santi del cielo. »

« Ma allora, perché l'hai portata in quella locanda? Quando ce l'hai portata non sapevi ancora che avesse la tabacchiera? » gli chiese.

« È vero », confessò. « A ispirarmi è stato il mio vizio. Ma poi ho visto la tabacchiera e ho capito che era un oggetto di gran valore. Ho abbandonato Saulina alla locanda dell'Orso e sono scappato lasciandola addormentata. Mi sono eclissato per un po' e ieri sera sono andato da madama Formiggine che mi ha comprato quel gioiello. Volevo scappare », singhiozzò, « tornare a Modena. Invece », cercò di sorridere ma il risultato fu soltanto una smorfia, « ho avuto l'ispirazione di fare per una volta un po' di bene. Ho voluto obbedire al giuramento di Ippocrate e assistere gli infermi anche se non potevano ricompensarmi. Ma adesso sono stanco e non mi importa più niente di niente. »

Lo Scorciato ebbe pena per quell'uomo che forse non era peggiore di tanti altri ed era, invece, tra i più infelici, incatenato all'emarginazione da un'abitudine riprovevole. Aveva condotto in un porto sicuro un nutrito gruppo di soldati feriti, salvandone molti. Aveva compiuto un'azione meritoria che qualcuno non avrebbe esitato a definire eroica e, invece di una medaglia al valore, aveva trovato la brutalità di un giudizio sommario.

« Andiamo da Moisé Formiggine a riprenderci la tabacchiera », disse lo Scorciato con voce mansueta.

Il cerusico lo guardò dritto in faccia con i suoi occhi stanchi.

« Non voglio vedere nessuno, né desidero ripresentarmi in quella casa », si oppose. Era un medico di valore quando aveva conosciuto madama Formiggine, non un ciarlatano che si era reso responsabile di un furto infame sulla persona di una ragazzina addormentata con l'inganno e che solo per caso e per paura non aveva contaminato con la sua libidine.

« Allora? » lo sollecitò lo Scorciato che nel frattempo aveva raccolto tutto il danaro e se l'era messo in tasca.

« No, amico mio, non verrò con te », ripeté risoluto.

Lo Scorciato rotolò fuori dalla porta con il suo infernale carretto.

Mentre nella calura pomeridiana attraversava vicoli e piazze con la prospettiva di recuperare la tabacchiera di Saulina, andava freddamente ricostruendo la vicenda della piccola Viola adescata da un chirurgo come oggetto di laide fornicazioni, derubata di un prezioso gioiello, irretita da una mezzana per essere venduta al protofisico Fortunato Sirtori. E dopo? Lì si perdevano le tracce. Il mezzo uomo si meravigliò della capacità di Saulina di sfuggire a tanti pericoli.

Ma c'era da risolvere il mistero della tabacchiera. Perché quella ragazzina si portava cucito alla cintura un oggetto di tanto valore? L'aveva avuto dalla Grassini, oppure glielo aveva sottratto? E se apparteneva alla cantante, poiché la tabacchiera è soprattutto un oggetto maschile, la Grassini poteva averla avuta in dono da Napoleone. Ma certo, poteva trattarsi della tabacchiera di Bonaparte. Ecco perché Ribaldo non gliene aveva parlato. L'idea che quella tabacchiera che valeva tanti Luigi d'oro fosse del Bonaparte gli parve un argomento molto convincente del quale si servì per farsi ricevere da Moisé Formiggine.

« In che cosa posso esservi utile? » chiese Moisé quando giunse nel vestibolo. Non si conoscevano, ma ognuno conosceva la fama dell'altro.

« Vostra moglie ha acquistato una tabacchiera. »

« Mia moglie acquista tante cose. » Lo guardava dall'alto in basso con arrogante severità, seriamente impedito dalla pancia voluminosa fasciata in un abito di seta argentata.

« Quella tabacchiera era rubata. »

L'uomo d'affari era abituato a ben altre sorprese.

« Non vedo perché la cosa dovrebbe interessarmi. »

« È stata rubata a Napoleone Bonaparte », sparò lo Scorciato.

Un fiotto di sangue violaceo affluì alle gote vizze del padrone di casa.

« Badate a voi », minacciò. Era potente e non temeva lo storpio. « Se foste un millantatore... » non terminò la frase.

« Non sono io che devo preoccuparmi. L'oggetto trafugato si trova in casa vostra. » Lo Scorciato ribaltò la situazione, sorprendendo il ricco ospite. « Ho qui gli zecchini che la vostra signora moglie ha pagato », soggiunse deponendo su un tavolo la borsa con le monete d'oro.

« A suo tempo, a suo tempo », lo interruppe con alterigia. « Aspettate qui. » Moisé girò su se stesso come una mongolfiera e s'allontanò dondolando verso le sale interne del palazzo.

Lo Scorciato attese con pazienza. Sapeva che l'uomo, per quanto potente, sarebbe tornato perché gli aveva letto nei grandi occhi bovini uno spasmodico interesse. Infatti di lì a poco la mongolfiera tornò.

« Io credo, buon uomo », disse, « che ci sia un errore. Madama Formiggine non sa niente di quella tabacchiera. Quel danaro non è suo e quindi potete riprendervelo. Non disturbatemi più. » Era un congedo senza appello.

Lo Scorciato riattraversò la città rotolando sul suo fragoroso trespolo e rimuginando sui dubbi di quella strana vicenda. Possibile che il cerusico avesse mentito? Poteva aver mentito la bella Formiggine. E se invece a mentire fosse stato proprio il ricco banchiere?

Se quella tabacchiera esisteva davvero, se apparteneva al Bonaparte, e se adesso era nelle mani di Formiggine, sarebbe stato il banchiere stesso ad usarla nel modo migliore. Lo Scorciato irruppe in casa sua per approfondire il discorso con quel pover'uomo del cerusico.

Il corpo di Anastasio Calderini pendeva da una corda legata a una trave del soffitto. C'era un biglietto sul tavolo: « C'è un solo modo per entrare nella vita », lesse lo storpio, « ce ne sono tanti per uscirne. Spero di non avere scelto il peggiore e di aver salvato la mia dignità. Forse Dio ne terrà conto. »

# 28

SAULINA, vivendo con i saltimbanchi, si era resa conto che era possibile lavorare con gioia. Nuove motivazioni le consentivano di svolgere allegramente le incombenze che le venivano affidate, contrariamente a quanto accadeva nel suo borgo dove anche gli incarichi più elementari e necessari assumevano il carattere di una pesante imposizione. Le sue quotidiane insubordinazioni si traducevano nelle severe e brutali punizioni paterne. Mentre una volta lavorava per obbligo e, agli impegni familiari, preferiva le avventure nel bosco, adesso non avrebbe mai pensato di anteporre le sue fantasie al dovere di rendersi utile.

Quando aveva ultimato il suo lavoro e aveva la coscienza in pace, ripeteva a voce e sulla bianca sabbia dell'Adda le poche cose che aveva imparato a leggere e a scrivere.

Uno degli idoli di Saulina era Bianca, la nuora più giovane di Ginevra, specialista in ballo acrobatico, che ripeteva gli esercizi dell'antica scuola di Margherita Gaudenzi e del grande Sauter che al Teatro Ducale di Milano aveva interpretato *La morte di Ercole.*

Il sogno di Bianca era di emulare Sauter che aveva fatto duecento capriole e altrettanti *tours de jambes* per ricadere sul piede destro e rimanervi nella più assoluta immobilità per otto minuti mentre scrosciavano gli applausi. Bianca era anche una grande ammiratrice di Maria Medina, una spagnola che aveva sposato il coreografo Salvatore Viganò; insieme mandavano in visibilio le platee di mezza Europa. Così, avendo come punti di riferimento questi modelli, si esercitava seguendo un metodo faticoso che la impegnava per molte ore il giorno e otteneva il risultato di spingersi sempre più in alto con volteggi e capriole. Saulina ammirava la sua volontà, il suo corpo flessuoso che pareva più leggero dell'aria.

« Vuoi provare? » le domandò Bianca durante una pausa. Non intendeva coinvolgerla nella sua disciplina, né supponeva in lei qualità particolari per la danza; sentì soltanto il bisogno di manifestare in qualche modo il proprio interesse per quella creatura timida e sola che stava nella famiglia senza farne parte e rimuginava in solitudine chissà quali tristezze. « Vuoi provare? » ripeté.

« E come potrei pensare una cosa simile? » arrossì esprimendo in quel rossore la sua inadeguatezza per l'arte in cui Bianca era maestra. La ballerina sorrise. Quella silenziosa forestiera le ricordava la sorella tanto amata uccisa da una febbre maligna.

« Provare non costa niente », osservò Bianca. « Se pensi che sia un gioco, magari ti diverti anche. »

« Oh, sì », esclamò la fanciulla, facendosi coraggio. « Come devo fare? »

« Segui me », disse puntando le mani a terra e volteggiando con la leggerezza di una farfalla per ricadere delicatamente sui due piedi. Saulina imitò Bianca: prese lo slancio, puntò le mani per terra come aveva fatto tante volte sull'aia di casa sua, fece una mezza capriola e cadde goffamente sull'erba.

Maestra e allieva risero.

« Non è così che devi fare », le insegnò Bianca. « Devi essere convinta che riuscirai a volteggiare. Devi credere in te stessa, come se dovessi prendere il volo. » E mentre parlava riprese le sue acrobazie.

Saulina provò ancora e di nuovo ruzzolò; ma dopo mezz'ora di esercizi riusciva a compiere un intero volteggio nonostante l'impaccio del lungo abito.

« Hai grinta e razza », si complimentò Bianca.

« Grazie », disse Saulina, rossa, questa volta, più per la fatica che per l'emozione.

« È ancora presto per dirlo, ma provando e riprovando potresti imparare. »

« Non speravo tanto », si schermì Saulina accarezzando un sogno.

« Io per oggi ho finito », disse Bianca asciugandosi il sudore con una pezza di tela. « Ma tu, perché non stai con gli altri ragazzi? »

« Nessuno mi ha chiesto di andare con loro. »

« Lascia fare a me », concluse dirigendosi verso il carro intorno al quale si muoveva Ginevra.

« La ragazzina è triste », disse Bianca alla nonna.

« È qui da pochi giorni », ragionò la vecchia mentre ammonticchiava piccole fascine. « È normale che si senta a disagio. »

« Forse non dovrei intromettermi », affermò con rispetto, « ma non sarebbe il caso di dirle che può raggiungere gli altri? »

Gli altri erano i ragazzi che erano andati in paese per annunciare lo spettacolo della sera.

Ginevra le piantò addosso i suoi piccoli occhi severi.

« Raggiungere gli altri? » disse.

« Con il vostro permesso, naturalmente », sottolineò la ballerina.

« Saulina! » chiamò la vecchia.

Bianca la ringraziò con un sorriso. Ginevra, sebbene incutesse soggezione a tutti, era amata e rispettata perché, al momento opportuno, sapeva accettare un buon consiglio anche se le veniva dalla nuora più giovane.

Saulina accorse.

« Eccomi, signora. »

« Segui quel viottolo », le ordinò, « e arrampicati fino alla piazza del castello. Lì troverai i ragazzi ai quali potrai unirti. »

« Grazie tante, si... » stava per dire signora, ma si corresse, « grazie tante, nonna Ginevra. »

In quel momento si sentì integrata nella nuova famiglia. Si inerpicò per il ripido sentiero con un'agilità sorprendente, come se davvero avesse le ali ai piedi e stesse per prendere il volo.

« Mi piacerebbe insegnare qualcosa a Saulina », disse Bianca alla vecchia. « Mi sembra che abbia una naturale predisposizione per il ballo. »

« Vedremo », tagliò corto Ginevra. Tutti le volevano insegnare qualcosa, tutti, in un modo o nell'altro, subivano il suo fascino.

Era ancora presto per dire se questo fosse un bene o un male, era una realtà che andava tenuta in considerazione.

Sulla piazza dove si affacciavano poche botteghe artigiane, uomini donne e bambini avevano interrotto le loro attività per guardare incuriositi i saltimbanchi che improvvisavano capriole, scherzi, pantomime. I campanelli tintinnavano, il piccolo tamburo rullava, scrosciavano gli applausi.

Esaltata dalla recente prova con Bianca e confortata dall'atteggiamento di nonna Ginevra, Saulina si era lasciata trascinare dall'entusiasmo e volteggiava con i nuovi compagni intrattenendo il pubblico elettrizzato dall'insolita esibizione.

« Signore e signori », esordì la voce cantante e chiara di Icaro, « questa sera, dopo il vespro, su questa pubblica piazza, i valenti acrobati della famiglia Ciampa, già applauditi dai reali di Sardegna e di Prussia, si esibiranno per voi in uno spettacolo senza precedenti. Eseguiranno pericolosi salti con l'asta, doppi salti mortali, contorsioni che sfidano le leggi della natura, audaci danze sulla fune. Numeri altamente spericolati che vi daranno il brivido. Accorrete numerosi. Grande spettacolo, modico prezzo: i valenti acrobati si affidano al cuore di questo generoso pubblico. »

Icaro finì l'annuncio che sapeva a memoria sul rullo del tamburo.

« Anche tu, Saulina, sei dei nostri? » le gridò con gioia. La sua presenza lo faceva sentire felice.

« Nonna Ginevra m'ha detto che potevo venire », fece lei con orgoglio.

« Allora andiamo. »

« Dove? »

« A fare l'annuncio davanti al cortile della villa dei marchesi », disse con entusiasmo.

« È lontana? »

« Non l'hai vista? » si meravigliò.

« Non mi ricordo. »

« Ci siamo passati davanti con i carri », precisò Icaro.

« Si vede che non guardavo da quella parte. Che marchesi sono? »

« I marchesi Alberighi d'Adda », spiegò il ragazzo stupito dell'ignoranza di Saulina. « Sono i padroni del paese e di tutte queste terre che vedi. Ogni volta che arriviamo a Cassano, andiamo a fare l'annuncio davanti alla cancellata della villa. Se i signori sono in villa ci fanno entrare e ci danno delle monete. »

« E se non ci sono? » Saulina gettò acqua sul fuoco dell'entusiasmo di Icaro.

« Allora andiamo male », commentò mestamente. « Difatti », precisò, « non ci sono mai. Però la nonna dice che bisogna andarci lo stesso. Dice che ci vuole fede. Ma tu », l'interrogò, « tu che sei stata a Milano, non li hai mai sentiti nominare i marchesi Alberighi d'Adda? Perché loro », soggiunse, « vivono quasi sempre in città. E sono molto ricchi. »

« A Milano io ero in casa di madama Grassini, un'artista. E lei frequentava solo i grandi artisti come lei. E anche il generale Bonaparte. Ma di questi marchesi non mi ha mai parlato. »

« Pensa Saulina », le rivelò parlandole quasi all'orecchio, « che i marchesi Alberighi sono così ricchi che dal retro della loro villa parte un viale che arriva fino a Bergamo. Ti rendi conto? » sottolineò con enfasi. « Un viale lungo da Cassano a Bergamo e tutti i possedimenti dove passa la strada sono loro. »

« Tanta roba? » si stupì Saulina.

« E hanno terre e ville sul lago Maggiore, sul lago di Como e in tanti altri posti ancora. »

« Tu come le sai queste cose? »

« Le so », rispose con aria d'importanza. « Noi ci veniamo tutti gli anni da queste parti. E nonno Ciampa ci racconta tutte le storie dei posti dove andiamo. »

« Siete mai andati a Corte Regina? » chiese più per curiosità che per vero interesse.

« È un nome che non ricordo. Dov'è? »

« Un bel pezzo prima di arrivare a Cassano. »

« Allora ci siamo passati. »

« No », rispose malinconicamente Saulina. « Bisogna abbandonare la strada maestra e prendere per un sentiero nel bosco. Nessuno passa di lì. Bisogna proprio andarci. »

« Allora è un borgo piccolo e certamente povero. »

« Miseria ce n'è dappertutto, anche a Milano », disse Saulina che ormai aveva una certa esperienza e ci teneva a farlo sapere.

« Perché mi parli di questo borgo? Lo conosci? » chiese Icaro.

« Ci sono nata e ci sono vissuta fino a poco tempo fa », ammise.

« Allora un altr'anno chiediamo a nonno Ciampa di andare a Corte Regina, così facciamo divertire la tua gente. Sei contenta? »

« No », si incupì. « Non voglio tornarci. Lì non c'è nessuno che mi vuole bene. »

« Non hai una famiglia? » chiese con stupore.

« La mia famiglia si sarà già dimenticata di me. »

« Anche la tua mamma? » fece lui incredulo.

« La mia mamma forse no », disse pensando alla sua vita tribolata. « Se un giorno avrò tanti soldi, tornerò da lei per vederla sorridere. » Per la prima volta Saulina pensò ai soldi come fonte di felicità e lei stessa si stupì di avere collegato le due cose: denaro e felicità.

Parlavano e camminavano seguiti dal chiassoso corteo dei ragazzi. Superarono la chiesa.

« Guarda, Saulina, siamo arrivati », annunciò Icaro.

Saulina vide quello che non aveva mai neppure sognato: un edificio che non aveva uguali neanche a Milano. La conversazione l'aveva distratta a un punto tale, che s'era trovata di fronte a quella meraviglia all'improvviso, senza che la gradualità di un avvicinamento la abituasse a tanto splendore. La maestosa architettura di villa Alberighi d'Adda le esplose letteralmente in faccia dandole un'emozione che non avrebbe mai più dimenticato.

Introduceva alla grandiosità dell'edificio un cortile coperto d'erba verde ben pettinata, punteggiata di pratoline rosate e attraversata da viali di candida ghiaia in un trionfo di enormi vasi di pietra con alberelli fioriti, statue di fanciulle, acque zampillanti dal nulla che ricadevano nella vasca di una grande fontana con un fresco e musicale mormorio. Sull'asta del tetto, un vessillo sventolava nel sole del pomeriggio: raffigurava una aquila in campo bianco, l'occhio fiero e le ali spiegate, un simbolo di antica nobiltà sfuggito alla furia rivoluzionaria. Era grande il rispetto che in quelle terre circondava gli Alberighi d'Adda e nessuno aveva avuto il coraggio di fare scempio dello stemma dell'illustre famiglia.

Alla vista della bandiera sventolante, Icaro non seppe trattenere la gioia: quello era il segnale della presenza degli Alberighi.

« Evviva! » gridò il ragazzo. « La nonna ha avuto ragione. I signori sono in villa! »

Mentre i ragazzi ripetevano lo spettacolo dei loro acrobatici volteggi, Saulina si aggrappò con le mani alle sbarre del cancello centrale, altissimo, con un andamento a onde che conferivano all'imponente barriera una straordinaria leggerezza. Guardò sullo sfondo del cortile le finestre e la porta spalancate che offrivano un'insolita prospettiva del parco retrostante e del viale centrale che, come aveva detto Icaro, arrivava fino a Bergamo. Era una visione di straordinaria bellezza e di grande eleganza.

Icaro le parlò nuovamente all'orecchio.

« Ti sei incantata a guardare la villa dei marchesi. È bella, vero? »

« È bellissima », mormorò.

« Ti piacerebbe entrare per vederla meglio? »

« Mi piacerebbe che fosse mia. » Saulina non sorrideva più, c'era una determinazione nuova nella sua voce, una luce diversa nel suo sguardo.

« Questo non è possibile », si scandalizzò Icaro.

Saulina passò in rassegna le cose stupefacenti che le erano accadute. « Tutto è possibile », affermò con determinazione. « Io non sapevo scrivere il mio nome, e adesso lo so fare. Non sapevo ballare, e adesso ballo. »

Da una porta dell'edificio laterale di sinistra uscì una donna piccola e corpulenta che venne loro incontro.

« Il signor marchese» , annunciò sussiegosa rivolgendosi a Icaro, « dice di venire questa sera, dopo lo spettacolo in piazza. »

Il ragazzo ringraziò educatamente poi, quando la donna scomparve dietro la porta dalla quale era uscita, gettò per aria il suo berretto a nastri e campanelli gridando: « Evviva! Questo sì che è un avvenimento! Non era mai successo, prima ».

« Visto », disse Saulina per niente sorpresa, « che tutto è possibile? »

# 29

La marchesa Damiana Alberighi si portò una mano al ventre e provò un'emozione indescrivibile, una gioia commossa fra la intimità delle lacrime silenziose e il desiderio di urlare la propria felicità. La creatura che le nasceva dentro, il bambino che fino a un momento prima era l'espressione di un evento importante ma proiettato nel futuro, in quel preciso istante diventava il suo bambino e prendeva possesso del grembo materno imponendo il marchio inequivocabile della sua presenza con una specie di capriola seguita da una serie di sussulti. Che fossero stati i piccoli saltimbanchi a comunicargli, attraverso il suo entusiasmo, questa voglia di muoversi? Damiana sorrise continuando a osservare i ragazzi della famiglia Ciampa, sorvegliando con ogni fibra del suo essere le evoluzioni del suo turbolento bambino.

Le piaceva pensare che questa coincidenza non fosse casuale, ma che la vivacità dei giovani acrobati avesse in qualche modo stimolato la vita nascente. Gli spettacoli di piazza la divertivano molto di più dei noiosissimi intrattenimenti cittadini, delle volgari baldorie scaligere, degli stucchevoli rituali imposti dalla buona società, dei concerti che non sempre riuscivano a toccare le corde della sua sensibilità.

I ragazzini che vedeva laggiù, volteggianti e colorati come libellule, sul piazzale antistante la corte d'onore, le trasmettevano un sentimento vitale e una gran voglia di divertirsi. Si era accorta di loro mentre suo marito, il marchese Febo, prendeva congedo da lei.

« Riguardatevi », le aveva detto premuroso. « Nelle vostre condizioni », si era raccomandato, « dovete usarvi molte cure. »

« Non preoccupatevi, amico mio », l'aveva rassicurato sperando tuttavia che se ne andasse al più presto per potersi godere lo spettacolo dei saltimbanchi affacciandosi alla finestra della sua stanza, al primo piano della villa.

« Se non fosse per Pietro che mi aspetta... » disse il marito esprimendo il suo disappunto per quell'impegno che lo allontanava da lei.

« Andate da vostro fratello », gli aveva sorriso. « Andate. I sacerdoti », scherzò conoscendo il carattere del cognato, « sono pazienti ma detestano aspettare. »

Damiana e Febo erano giunti in villa appena un'ora prima provenienti da Milano, anticipando così l'inizio della villeggiatura. Pietro Alberighi, votato al sacerdozio, fratello di Febo, aveva pregato quest'ultimo di raggiungerlo al più presto nello studio per discutere importanti problemi di famiglia.

Il viaggio era stato lungo ma, tutto sommato, piacevole; nessun contrattempo l'aveva turbato e le imbottiture dei sedili volute dal marchese Febo avevano attutito i sobbalzi della carrozza e attenuato le asperità della strada. Nell'ultima parte del percorso lei si era persino addormentata e si era svegliata soltanto in vista della villa quando suo marito le aveva detto: « Guardate, signora, siamo arrivati ».

La carrozza, tirata da sei superbi cavalli d'un caldo biondo dorato, aveva rallentato l'andatura e lei si era sporta, nel momento in cui venivano varcati i cancelli, per ammirare il cannocchiale prospettico delle porte e delle finestre spalancate che consentiva di collegare la vista della corte d'onore con i saloni del piano terreno e il giardino retrostante.

Quando, due anni prima, a soli sedici anni, era arrivata a Cassano per andare sposa al marchese Febo, primogenito della famiglia Alberighi, e conferire il marchio della sacralità a un contratto matrimoniale delle famiglie, Damiana, pur non intravedendo alternative all'obbedienza, era turbata da qualche timore e molte perplessità. In fondo le si chiedeva di unirsi a un nobile sconosciuto e tanto più anziano di lei, perché Febo, quando la condusse all'altare, aveva ventotto anni. Prima del futuro sposo, Damiana vide la residenza estiva degli Alberighi e subito se ne invaghì. Questo amore a prima vista non fu estraneo alla tenera simpatia che provò per lo sposo che la ricambiò con un sentimento appassionato.

Il primo argomento di conversazione dei fidanzati fu proprio quella villa. Febo le raccontò come suo padre, nel 1781, ne avesse commissionata la ristrutturazione al Piermarini, quello della Scala e della Villa Reale di Monza, versandogli un anticipo di ben cento zecchini d'oro. Il geniale architetto aveva ottenuto uno splendido risultato operando su una struttura seicentesca, che aveva molti pregi.

Febo era appena quindicenne nel momento in cui il padre aveva preso questa decisione e ci vollero ben due anni per vedere i primi risultati dell'imponente cambiamento, ingentilito da un insieme armonioso di strutture di rara suggestione. Il corpo centrale era più alto rispetto a quelli laterali delimitati da portici aperti che proseguivano nelle ali perpendicolari alla fronte dell'edificio, chiuse alla fine da eleganti cancelli.

La villa di Cassano, dove s'erano avvicendati valenti stuccatori, pittori, tappezzieri, ebanisti, fabbri, marmisti, decoratori, era diventata famosa per la bellezza dello stile e la grandiosità delle feste. I personaggi più illustri si sentivano onorati dell'ospitalità nella villa.

Per Damiana, Cassano era un approdo felice, un luogo di pace gioiosa, una pausa corroborante dopo le interminabili serate alla Scala, un teatro che detestava condividendo pienamente le critiche di un'amica romana, la marchesa Margherita Gentile.

« Se non fosse per il mio Alessandro », le aveva confessato una volta la marchesa Gentile alludendo ad Alessandro Verri, suo amante, « eviterei la Scala come la palude. È un teatro oscuro e tetro, dove si gioca, si beve, si gozzoviglia. L'unica cosa straordinaria sono i sorbetti. Ma alle feste c'è una puzza di mangiare terribile. »

Cassano segnava la fine del noiosissimo corso delle carrozze, raduno di pettegolezzi e di intrighi, fiera di stucchevoli vanità, luogo d'incontri peccaminosi, dove si celebrava una liturgia profana alla quale lei, veneziana nata Mocenigo, doveva assoggettarsi per non sembrare provinciale.

Nella pace della villa del Piermarini non giungeva neppure l'eco delle malignità salottiere, del fitto intrecciarsi di storie d'alcova, di avventure extraconiugali che si realizzavano grazie all'indulgenza dei mariti che spesso sconfinava nell'impunità. I milanesi temevano di più lo scandalo, dei tradimenti. Mentre i francesi si difendevano dai libertini a colpi di spada, i lombardi reagivano con l'arguzia.

« Ho fatto rifare la facciata del mio palazzo perché tutti l'ammirino, e piace solo a me », ironizzava uno degli aristocratici più in vista. « Ho scelto mia moglie perché piacesse solo a me, e piace a tutti. »

Quello che stupiva Damiana, che del mondo conosceva molto poco, era che dietro l'altero aspetto delle dame milanesi si celassero abissi d'incontenibile desiderio, un bisogno forsennato di vivere e di amare, come se il mondo dovesse finire il giorno dopo.

Cassano era l'abbandono dell'etichetta e il piacere, entro i limiti imposti dalle convenzioni, della sincerità. Era assicurato il gusto della libertà, il gusto di muoversi sempre a proprio agio, la gioia di invitare soltanto gli amici simpatici, il diritto di alzarsi e di coricarsi secondo le proprie inclinazioni. E ora la felicità di avere in casa i saltimbanchi che avevano comunicato la loro straordinaria vitalità al figlio che portava nel grembo.

Osservò il colorato gruppo dei piccoli acrobati che trasmettevano con i loro esercizi un'allegria elettrizzante. I loro volteggi sviluppavano nell'aria complicati arabeschi. Damiana si avvicinò al letto e tirò la nappa di seta del campanello per chiamare il mastro di casa. Avrebbe organizzato una serata memorabile con quei girovaghi, una festa indimenticabile per se stessa e per il figlio che si nutriva del suo sangue e dei suoi sentimenti: il futuro marchese Alberighi d'Adda.

## 30

SAULINA si pizzicò un braccio: quello che vedeva non era un sogno. Come avrebbe potuto sognare uno spettacolo mai visto e nemmeno immaginato? Fino a quel momento le fantasie del sonno avevano ricalcato, abbellendoli e deformandoli, gli elementi della vita cosciente, e la realtà si era rivelata sempre più ricca, nel bene e nel male, della sua immaginazione. Saulina era felice e quello che vedeva era la cosa più bella che le fosse capitata davanti agli occhi.

Era scesa la sera, le statue del viale reggevano ognuna una torcia fiammeggiante e tutte insieme gettavano suggestivi bagliori sui bianchi viali, sui prati, dissipando o accentuando le ombre secondo la direzione del vento. Gli alberelli di limone collocati tra una statua e l'altra sembravano scolpiti nella giada. Le ninfee della fontana si erano colorate di rosa.

Ai piedi della breve scalea a semicerchio che immetteva nell'atrio, rischiarata da altre fiaccole, erano state disposte due file di poltroncine Luigi XV e, dietro, i domestici avevano allineato altre due file di sediette imbottite. A sinistra, sotto il porticato, era stata allestita, con cavalletti e assi, una lunga tavola ricoperta di una candida tovaglia. Il mastro di casa, secondo gli ordini della marchesa, vi aveva fatto collocare una quantità di grandi vassoi colmi di carne di manzo e di agnello arrostita, interiora in guazzetto, trionfi di salumi, torte di formaggio taleggio, caraffe di vino e pane bianco a volontà. Tutto quel ben di Dio proveniva dalle fattorie degli Alberighi.

Icaro aveva le vertigini di fronte a quello spettacolo che si riduceva per lui soprattutto alla concretezza gastronomica.

« Hai visto mai una cosa simile? » domandò a Saulina.

« No », affermò lei alludendo all'emozione che le provocava l'insieme.

« Stasera ci riempiamo la pancia », esultò il ragazzo.

« Come? » si stupì Saulina che avrebbe voluto cogliere una delle ninfee galleggianti nella fontana.

« Hai visto che c'è persino la carne? E quanta ce n'è! L'unica disperazione sarebbe che tutta quella roba non fosse per noi », si rabbuiò.

« Io da questo posto non me ne andrei più », disse Saulina che non lo ascoltava neppure.

« A chi lo dici! » Icaro pregustava la gioia della grande abbuffata.

« Sai una cosa, Icaro? »

« Cosa? » sondò con circospezione perché quella ragazza era il tipo più imprevedibile che avesse conosciuto.

« Mi piace il mondo dei signori », dichiarò Saulina.

« Bella scoperta », replicò il ragazzo. « Loro mica devono massacrarsi di lavoro per mangiare e bere. Noi poveretti, come tutti quelli che faticano, non riusciamo mai a riempirci la pancia. Ma c'è chi nasce saltimbanco e chi nasce marchese », concluse filosoficamente. « E nessuno può farci niente. »

Saulina preferì tacere, anche perché i pensieri che le giravano per la mente le sembravano quasi un sacrilegio. Era ancora persuasa che tutto fosse possibile, come aveva dichiarato al suo giovane amico, ma naturalmente entro certi limiti. Lei possedeva alcune convinzioni incrollabili, una di questa era che il buon Dio ha diviso l'umanità in ricchi e poveri: i poveri devono lavorare per servire i ricchi e non diventeranno mai ricchi. Così stanno le cose secondo il volere di Dio. Qualche volta l'Onnipotente illumina con la sua grazia un signore e allora si verificano episodi grandiosi come quelli che Saulina stava vivendo con la famiglia dei saltimbanchi.

Nonostante ciò, da quando la maestosa architettura di villa Alberighi le era esplosa in faccia non aveva smesso di desiderarla e ne era turbata.

Saulina e Icaro aiutarono nonno Ciampa a spingere un carretto su cui erano stati trasportati alcuni attrezzi per l'esibizione degli acrobati: funi, pertiche, cavalletti. Intanto i più piccoli volteggiavano nei loro costumi colorati, suonando il flauto e i tamburelli. Quando dalla villa uscì il gruppo dei signori, cadde un silenzio che permise di udire lo stormire della brezza tra gli alberi e lo sfrigolio delle torce.

I saltimbanchi si immobilizzarono sugli attenti, a capo chino, come quando il sacerdote espone l'Eucarestia all'adorazione dei fedeli.

La marchesa Damiana era al braccio del cognato, monsignor Pietro, che non vestiva l'abito sacerdotale, ma indossava una marsina da abate d'un bel marrone intenso. Era un uomo piacevole d'aspetto e di figura, con un sorriso difficile da interpretare.

« Avete organizzato una festa grande, signora », disse sottovoce.

« Spero che gli artisti siano all'altezza della cornice », rispose Damiana che inalberava con orgoglio il suo ventre enorme.

Il marchese Febo dava il braccio alla madre, la marchesa Ippolita nata Donà, veneziana come la nuora, ma che, al contrario di questa, detestava la villeggiatura che la teneva lontana dagli svaghi milanesi e soprattutto dal gioco. Veniva quindi suor Clotilde, sorella di Febo e di Pietro, appena ventenne, che indossava un severo abito monacale ravvivato da una scollatura tondeggiante consentita alle monache durante i mesi estivi. Suor Clotilde dava il braccio al marchese Antonio Litta, amico della marchesa Ippolita ed eccellente parlatore. Altri ospiti presero posto sulle sedie, dietro a quelle dei padroni.

Saulina e Icaro erano rimasti accanto al carretto, lontani dai loro amici, in parte nascosti da nonno Ciampa e dagli attrezzi.

« Guarda quanta gente », disse Saulina indicando all'amico il porticato di destra dove si era radunata una folla silenziosa. « Chi sono? » domandò.

« La servitù », disse Icaro sottovoce.

« Quanti sono? »

« Circa novanta persone », la informò il ragazzo, badando bene a non farsi sentire da nonno Ciampa che non ammetteva deroghe alla disciplina.

« E che cosa fanno tutte queste persone? »

« Sono cameriere, camerieri, cuochi, pasticceri, sguattere, lavandaie, falegnami, stallieri, fabbri, giardinieri, guardarobiere, cantinieri, mozzi. C'è un servo che ha un solo compito:

quello di aprire e chiudere le porte e le finestre della villa. Ti assicuro che lavora tutto il giorno. »

« Però sono buoni questi signori », disse Saulina. « Permettono anche ai servi di guardare la festa. »

« Solo se i servi si comportano bene. Devono stare in piedi, allineati, non fare schiamazzi e obbedire agli ordini del mastro di casa. »

Saulina diresse lo sguardo sulle persone che stavano accomodandosi sulle seggette disposte dietro le poltroncine, dove erano i membri della famiglia e gli ospiti.

« E quelli chi sono? Non mi sembrano servi. »

« È l'amministratore con la sua famiglia. I due scrivani. Il parroco del paese, l'abate di casa e le dame di compagnia. »

Quando tutti ebbero preso posto, i membri della famiglia Ciampa, compresa Saulina, si schierarono di fronte all'aristocratico pubblico e fecero un inchino. A quel punto la marchesa Ippolita, con un lieve cenno del capo, avvertì il mastro di casa che la rappresentazione poteva cominciare. Acrobati, giocolieri e funamboli, che avevano i costumi perfettamente in ordine per l'occasione, si ritirarono verso il carretto da dove nonno Ciampa li avrebbe diretti. Anche l'abito di Saulina, il solo che la fanciulla possedesse, quello acquistato dalla merciaia Agnese, era stato lavato e stirato così bene che sembrava nuovo.

Saulina non avrebbe preso parte allo spettacolo, perché non era in grado di eseguire perfettamente nessun esercizio. Si sarebbe resa utile porgendo gli attrezzi, spostando i cavalletti, consegnando i birilli, le palle, le mazze, aiutando i più piccoli a salire sulla fune.

Fu un'esibizione memorabile perché nessuno, dal più piccolo al più grande, sbagliò un passo, un esercizio, un movimento. Scrosciarono applausi e alla fine esplose una vera e prolungata ovazione.

Il marchese Febo fece un cenno a nonno Ciampa che subito accorse.

« Questo è per voi », disse mettendogli in mano una borsa piena di monete.

« La famiglia vi ringrazia, signor marchese, per tanta generosità », disse inchinandosi.

« Siete stati bravi », si complimentò il padrone di casa. « E soprattutto avete divertito la marchesa mia moglie. Questo è il compenso che meritate. »

« Signor marchese », disse il vecchio con sincerità, « aver allietato la vostra serata con la nostra umile prova, è un onore per noi. E quest'onore ci sarebbe bastato. Ma poiché nella vostra generosità ci offrite anche del denaro, ci rendete doppiamente felici. »

« E allora concludete la serata in allegria », lo congedò il marchese. « Quel cibo è per voi », continuò indicando la tavola imbandita. « Servitevi a volontà. E di questo ringraziate la marchesa mia moglie. »

Nonno Ciampa s'inchinò a Damiana che gli rispose con un sorriso.

« Andate », disse, « e godetevi quest'ora di gioia. »

Il vecchio fece ancora un inchino, rimpiangendo i tempi in cui poteva ringraziare con un doppio salto mortale, e raggiunse i suoi. Lanciò un'occhiata verso il porticato dove si erano raggruppati i figli dei servi che guardavano con avidità quel trionfo di cibi che i loro genitori avevano cucinato, ma che erano loro proibiti. Il mastro di casa fu svelto a cacciarli via. L'ordine doveva essere rispettato e nonno Ciampa, che avrebbe volentieri spartito quei doni con gli altri, si limitò ad autorizzare i suoi ad avvicinarsi alla mensa.

La marchesa Damiana lo richiamò con un cenno.

« Posso esservi utile, signora marchesa? » s'inchinò di nuovo.

« Mandatemi quella fanciulla », ordinò Damiana indicando con un gesto della mano Saulina, che stava riponendo certi attrezzi dentro un sacco.

« Quella? » fece stupito il vecchio guardando nella direzione indicata.

« Esattamente », confermò la marchesa, « se non vi dispiace », sorrise.

Così mentre i saltimbanchi si avventavano sui cibi con la coscienza di chi ha fatto un buon lavoro e l'euforia dei momenti gloriosi, Saulina si avvicinò impaurita alla prima fila di poltroncine dov'erano rimasti solo Damiana e Febo Alberighi. Gli altri familiari e gli ospiti passeggiavano nel vasto parco dietro la villa.

Saulina si avvicinò a capo chino, il cuore in tumulto, chiedendosi quale poteva essere lo sbaglio che aveva commesso. Dove aveva mancato? Durante tutto il tempo della rappresentazione aveva sentito, dapprima vagamente, poi addirittura bruciare sulla pelle, lo sguardo della marchesa. E lei non faceva niente di particolarmente impegnativo per giustificare tanta attenzione. Evidentemente, senza volerlo o senza pensarci, aveva commesso un'azione scorretta. Saulina sapeva che i potenti, a partire da suo padre, non avevano bisogno di giustificazioni o di pretesti per stabilire che un inferiore deve essere punito.

Damiana, per tutto il tempo dello spettacolo, aveva effettivamente osservato Saulina, chiedendosi come potesse far parte della famiglia dei girovaghi una creatura tanto diversa dagli altri, con quel viso strano e stupendo, con quella testa inanellata d'oro e quell'insolita eleganza.

« Come ti chiami? » le domandò con dolcezza.

« Mi chiamo Saulina, madama marchesa, per servirvi », rispose e si sentì avvampare per l'emozione e per il timore. Che senso aveva che una gran dama come la marchesa la chiamasse solo per sapere il suo nome?

« Perché non hai lavorato con gli altri? » l'interrogò con uguale affabilità.

Ecco perché l'aveva chiamata. Per punirla, perché non aveva lavorato. Allora pregò che il castigo si limitasse alla sola proibizione di partecipare al lauto pranzo. Guardò quel volto dall'ovale perfetto incorniciato da morbidi capelli di uno stupendo biondo tizianesco. Le sembrò diversa dalle signore che aveva visto in casa della Grassini: quelle erano severe nella loro altera bellezza, questa aveva il fascino di una misteriosa indolenza e di un'amabile familiarità.

« Hai paura? » le domandò.

« Sì, signora marchesa », disse Saulina con un filo di voce.

« E perché mai? »

« Non lo so, signora. » Osservò il delicato vezzo di perle attorno al collo di Damiana e ancora una volta, nonostante il timore per l'imminente castigo, sentì un'attrazione irresistibile per il mondo al quale la marchesa apparteneva. E pur sapendo che questo folle desiderio equivaleva a una grave trasgressione, quasi a una bestemmia, si sorprese a pensare: « Potessi essere come lei. Mi piacerebbe essere lei, la marchesa Alberighi d'Adda ».

Era così intensamente presa nei suoi pensieri che non udì le parole di Damiana.

« Mi hai sentito? » ripeté la marchesa mentre il marito seguiva il dialogo, non senza divertimento.

« No, signora », confessò candidamente.

« Ti ho detto che hai un bellissimo nome. »

« Non lo sapevo, signora. »

« Ti ho anche chiesto se fai parte della famiglia Ciampa. »

Arrossì di nuovo e di nuovo abbassò lo sguardo.

« Io sono una contadina », disse. « Sto con i saltimbanchi, ma mi chiamo con un altro nome. »

« Come ti chiami? » la marchesa si fece più attenta e il sorriso scomparve dalle sue morbide labbra mentre gli occhi limpidi riflettevano il chiarore delle torce.

« Saulina, signora. »

« Questo me lo hai già detto. »

« Saulina è il nome, signora. Il mio cognome è Viola. È esattamente così, signora marchesa. Ve lo posso giurare. »

Il marchese Febo si rivolse alla moglie.

« *Elle est très jolie, n'est-ce pas?* » disse in francese, perché la fanciulla non capisse.

« *Elle est ravissante* », lo corresse. « È una di quelle creature che affascinano lo spirito e i sensi », proseguì Damiana esprimendosi sempre in francese. Si capiva che la marchesa era turbata e sorpresa da quell'incontro.

« Avete ragione, mia cara. *Ravissante* è la giusta definizione », ammise Febo che tuttavia non seppe cogliere sul volto della moglie i segni di un improvviso turbamento.

Lo smarrimento di Saulina diventò panico e si chiese con spavento che cosa sarebbe accaduto adesso che i signori si erano messi a parlare quella strana lingua che anche la Grassini e il Bonaparte parlavano spesso. Avrebbero potuto decretare qualsiasi condanna a sua insaputa.

L'istinto tendeva a prevalere sulla ragione e le suggerì la fuga. Nell'atteggiamento di quei due nobili c'era qualcosa che non la convinceva; tuttavia la tempesta non si scatenò e lei rimase immobile davanti a loro con la tensione di un animale braccato la cui tana sta per essere scoperta dal cacciatore.

« Non devi avere paura », cercò di tranquillizzarla Damiana.

« Sì, signora », disse comportandosi con molta dignità.

« Vorrei che domani tu ritornassi qui a tenermi un po' di compagnia », le disse Damiana come se si rivolgesse a una persona conosciuta da tempo.

« Valli a capire questi signori », pensò Saulina. Quindi disse: « Io, per me, sarei ben lieta di obbedirvi, signora ». E si sentì finalmente un po' risollevata.

« Chiederò io al vecchio Ciampa che ti lasci venire in villa », sorrise. « E ora vai a mangiare con gli altri. »

Saulina non se lo fece ripetere due volte.

« Grazie, signora », si inchinò prima di congedarsi e raggiunse i suoi amici che erano in ansia per lei.

« Che cosa volevano da te? » chiese Icaro.

« Mi sembra di aver capito che la marchesa ha bisogno di compagnia e vuole che domani io ritorni qui da lei. »

Icaro replicò con un mugugno. Qualcuno cercava di portargli via la sua piccola amica.

« Come hai detto? » gli chiese Saulina.

« Ho detto che sei fortunata », replicò lui, ma senza convinzione.

Intanto Damiana sorrideva al suo sposo che, dopo averla aiutata ad alzarsi, le sfiorava la mano con un bacio.

« Mi hanno informato che le donne in attesa sono spesso capricciose », la rimproverò dolcemente. « Ora, però, mia cara, state attenta a non esagerare. Volete mettermi in casa una girovaga? »

« Prima di tutto », obiettò, « l'avete udito anche voi, Saulina Viola non è una girovaga ma solo una contadina. Poi, non vedo perché dovrei privarmi di una compagnia piacevole mentre voi siete impegnato con i problemi gravi della famiglia con vostra madre e con vostro fratello. »

« Sapete che non so negarvi nulla », concluse accondiscendente.

Si mossero per rientrare e, prima di varcare l'ingresso, Febo Alberighi d'Adda si volse un attimo e in quella breve frazione di tempo il suo sguardo catturò la figuretta incantevole di Saulina.

Quella sera, dopo che la cameriera l'ebbe aiutata a prepararsi per la notte, Damiana si affacciò un momento alla finestra che dava sul giardino e sentì sul viso accaldato il calmo respiro della notte. « Non devo emozionarmi troppo », pensò. « Il mio bambino potrebbe subirne le conseguenze. » Ma il suo bambino dormiva; si era fatto sentire un paio di volte durante lo spettacolo, poi si era messo tranquillo e adesso sembrava riposare profondamente.

Una bava di vento le portò il profumo intenso del giardino e dei campi, ma anche il fastidioso ronzio degli insetti notturni.

« Devo scrivergli », decise abbassando la pesante tenda.

Passeggiò qualche momento ancora nel silenzio della sua stanza, poi sedette allo scrittoio e vergò nervosamente un biglietto. « Caro amico », diceva il testo, « un caso insperato mi ha procurato una piacevole sorpresa per voi. Farò il possibile per serbarla fino a quando avrò vostre notizie. Ma affrettatevi. Vi abbraccio. D. » Chiuse il foglio in una busta, la sigillò con la ceralacca, dopo di che suonò per la cameriera.

« Mandami Giobatta », ordinò a una ragazza bianca e rossa con la faccia piena di sonno, « subito. »

Giobatta era un mozzo di stalla, un ragazzotto molto intraprendente che, quando i signori erano in villa, serviva anche da corriere. Era particolarmente devoto alla marchesa Damiana della quale conosceva un grande segreto; ma si sarebbe fatto squartare prima di rivelarlo.

Al giovanotto che si presentò a lei con il capo scoperto, inchinandosi cerimoniosamente, Damiana porse la lettera e una moneta d'oro.

« Vai subito all'albergo della Madonna di Loreto », gli disse, « e consegna questo messaggio al signor Guglielmo Gallaroli. »

## 31

Al secondo piano dell'Albergo della Madonna di Loreto, Guglielmo Gallaroli occupava un confortevole appartamento: uno studio, una stanza da pranzo, una camera da letto. Era il tipico appartamento di uno scapolo che aveva preferito le comodità di un albergo a quelle di una casa privata, e che aveva abbandonato il clamore della città per i brusii della foresta con i richiami degli animali, il frinire dei grilli, il lieve stormire delle foglie spettinate dal vento.

Era notte fonda. Il suo orologio a ripetizione batté le due e Guglielmo Gallaroli vegliava ancora seduto allo scrittoio del suo studio, completamente rivestito di libri, di fronte alla finestra spalancata su un cielo stellato.

Al lume vacillante della candela intorno alla quale s'avventurava una falena color tortora, gustava la prosa elegante di Cicerone che, con Seneca, Montaigne e Voltaire, era tra i suoi autori preferiti.

Quello che aveva sul piano della scrivania era un volumetto rivestito di madreperlacea cartapecora, un testo scolastico che era stato di sua madre, prima di passare a lui, intitolato: *Sentimenti di Cicerone ad uso della studiosa gioventù*, stampato nel 1751 in Torino, nella Stamperia Reale. Era aperto alla pagina 179 che cominciava con le parole: *Sed profecto mors tum aequissimo animo oppetitur...* « Ma allora, per certo si muore contenti », cominciò a leggere, « quando morendo si può avere il conforto di essere vissuti lodevolmente. Chi ha adempiuto perfettamente i doveri di una virtù perfetta, non ha vissuto brevemente. »

Sollevò il capo dal libro e si domandò per l'ennesima volta se la sua scelta di vita fosse la migliore. Se la sua scelta non poteva essere considerata la migliore, poteva tuttavia passare per il minore dei mali. Era su quelle stupende pagine di Cicerone che si concentrava per trovare una risposta ai suoi mille interrogativi. Guglielmo Gallaroli, detto Ribaldo, sempre, alla vigilia di una delle sue imprese banditesche, predisponeva l'animo all'idea della morte che è un incidente della vita, una conclusione inevitabile. Ma se per i vecchi è l'ultimo approdo in un porto silente, per i giovani è un rovinoso fatale naufragio. E lui, Ribaldo, bandito di strada, andava sfacciatamente incontro alla morte per lenire i tumulti della sua anima. Cercava il pericolo per cancellare la macchia delle proprie origini, la sua condizione di emarginato.

Quella era una notte di veglia, per lui, domani lo aspettava una nuova avventura.

Era stato informato che il giorno seguente Joséphine Bonaparte, la moglie disinvolta e frivola del generale francese, che a Milano era stata ospite in casa Serbelloni (Cerbelloni, come scriveva Napoleone Bonaparte), avrebbe attraversato la foresta per raggiungere il marito che l'aspettava a Verona. Napoleone, infatti, aveva preferito non allontanarsi dalla città preoccupato dalle sommosse dei contadini veneti, infuriati per le requisizioni dell'esercito, e temendo un contrattacco delle truppe fresche dell'esercito austriaco al comando del generale Wurmster che aveva sostituito Beaulieu.

Ferocemente ossessionato dall'idea di ricongiungersi con la moglie adultera che, mentre lui faceva tremare l'Europa, lo teneva al guinzaglio come un cagnolino, Napoleone aveva sottratto un manipolo di militari al fronte per metterlo al servizio dell'affascinante creola che sapeva incantarlo con le sue grazie, con le sue lettere bugiarde, ma soprattutto con il suo corpo in cui egli spegneva i brevi, violenti ardori.

Joséphine viaggiava dunque con un buon seguito, molto denaro, molta argenteria e molti gioielli. Gli uomini di Ribaldo avevano preparato una trappola per riprendere alla bella francese una piccolissima parte delle ricchezze che il marito aveva sottratto ai milanesi.

Ci sarebbe stato un ricco bottino da dividere.

Ribaldo era immerso nei suoi pensieri quando udì lontano, sulla strada maestra, il felpato galoppo di un cavallo che si avvicinava. Si affacciò alla finestra e scrutò nel buio.

Soltanto qualcuno spinto dalla necessità si avventurava di notte attraverso la foresta perché un viaggiatore, per quanto coraggioso, sapeva che ci sono momenti in cui è sconsigliabile praticare certe strade.

Il galoppo diventò trotto e infine passo. Guglielmo Gallaroli spense il lume e attese perché era evidente che il viaggiatore era diretto proprio lì. Il passo del cavallo si attutì sul velluto del prato dietro l'albergo e si fermò sotto la sua finestra. Ribaldo armò una pistola e attese nell'ombra. Subito gli giunse un fischio lieve e modulato che sembrava appartenere alla voce della notte.

« Giobatta », pensò il brigante. L'aveva riconosciuto subito. Damiana, la sua dolce Damiana, lo stava cercando.

Quali notizie poteva portargli il messaggero della marchesa Alberighi? Certo una notizia importante, nel bene o nel male, se aveva affrontato i rischi di un viaggio nella foresta. Riaccese il lume e, schermando la fiamma con la mano, cominciò a scendere senza fare rumore, sforzandosi di controllare l'ansia che gli faceva pulsare il sangue.

Armeggiò piano con la serratura e uscì. Girò intorno all'albergo e vide il profilo del messaggero a cavallo, sullo sfondo della roggia che, col suo perpetuo fluire, rinfrescava l'aria infittendo la vegetazione circostante.

Udì il respiro dell'uomo e del cavallo.

« Che cosa c'è, Giobatta? » mormorò Guglielmo padroneggiando l'emozione.

« Una lettera, signore », rispose il ragazzo porgendogli la busta.

« Aspettami qui », ordinò. Poi volle almeno una certezza: « La marchesa, sta bene? »

« Ottimamente », lo informò il corriere. « E attende una risposta. »

Ribaldo tornò in casa e lesse la lettera al lume della candela.

Ritornò da Giobatta.

« Di' alla marchesa che domani, dopo il tramonto, sarò da lei. »

« Riferirò il messaggio, signore. E vi prego di considerarmi sempre al vostro servizio. Non vi ringrazierò mai abbastanza per quanto avete fatto per la mia famiglia », disse il ragazzo. « Con il vostro aiuto mio padre ha potuto riscattare la sua terra ed è felice. Non so come faremmo noi poveri, senza di voi, signore. »

Giobatta si allontanò spingendo il cavallo al piccolo trotto per non affaticarlo. Ormai non aveva più nessuna fretta.

Ribaldo tornò nel suo appartamento. Di lì a poco doveva raggiungere i suoi uomini per avvertirli che c'era un cambiamento nel programma. Erano abituati a obbedire senza discutere gli ordini del loro capo.

Quanto alla cittadina Bonaparte non avrebbe mai saputo che doveva la salvezza delle sue gioie, e forse la sua stessa incolumità, a una ragazza di nome Saulina e a un brigante gentiluomo capace di rinunciare a un tesoro per inseguire un sogno.

## 32

COMPITANDO dapprima le parole, poi arrotondandole via via con la sua bella voce musicale e ridente, Saulina cominciò a leggere: « Torna a fiorir la rosa / che pur dianzi languia; / e molle si riposa / sopra i gigli di pria. / Brillano le pupille / di vivaci scintille ».

Nonno Ciampa era orgoglioso della sua allieva.

« E brava la mia Saulina! » la lodò. « Brava davvero! Hai letto bene, con l'anima. Senza nemmeno un errore. Sei perfino più brava dei miei nipoti che studiano da anni. »

I complimenti del vecchio la fecero arrossire. Si sentiva piena d'orgoglio ma pensò bene di gettare acqua sul fuoco di un giudizio tanto lusinghiero.

« Forse sarà anche come dite voi », precisò. « Però non ho capito niente. »

« Questo non ha importanza », sorrise con indulgenza il vecchio. « Presto capirai. Sei d'intelligenza pronta e di animo sensibile. E quando si svelerà a te la musica di questi versi, saprai che nella vita ci sono gioie differenti da quelle che hai conosciuto finora. »

Qualche gioia Saulina l'aveva conosciuta, ma i disinganni e i dolori erano sempre stati più intensi e cocenti.

« Sì, nonno », disse.

Il vecchio si passò una mano sulla vasta fronte.

« Sai chi ha scritto questi versi? » domandò.

« Non lo so proprio », rispose.

« Sono versi del professor Giuseppe Parini », continuò. « Grande insegnante », precisò, « grande poeta », sottolineò.

« Che cos'è un poeta? » s'incuriosì Saulina.

« Un uomo indispensabile agli altri uomini », spiegò paziente il vecchio.

« Indispensabile? »

« Nell'anima di ognuno di noi c'è una musica nascosta. Il poeta la rivela. »

« Voi l'avete conosciuto, questo signor poeta? »

« L'ho conosciuto », affermò nonno Ciampa. « È un vecchio come me, ma ha l'anima di un bambino. Gli piacciono i saltimbanchi. Apprezza le evoluzioni degli acrobati. Vedi questo libro che stai leggendo? Me l'ha regalato lui. Dice che anche noi, alla nostra maniera, facciamo della poesia. » Una punta di orgoglio gli coloriva la voce.

Sedevano su un masso levigato all'ombra di un salice frondoso che si specchiava nell'Adda. Icaro, a qualche decina di metri, raccoglieva sassi dal greto e li scagliava rabbiosamente nel fiume aspettando che dal campanile della chiesa di San Zenone suonasse la terza. A quell'ora avrebbe scortato Saulina a villa Alberighi. Riflessi nell'acqua vedeva i volti dei signori che abitavano nella villa e li lapidava senza pietà. Perché doveva essere proprio lui ad accompagnare la sua dolcissima amica? Quel pensiero lo tormentava e non lo aveva lasciato dormire per tutta la notte.

« Perché non dormi? » gli aveva chiesto Saulina la sera prima quando si erano coricati nel carrozzone.

Icaro non aveva risposto. Aveva tante cose da dirle, ma un nodo gli serrava la gola. Qualcosa gli diceva che Saulina, appena conosciuta, subito amata con l'intensità e il furore dell'adolescenza, non avrebbe fatto più ritorno all'accampamento.

Anche lei aveva dormito poco e male, ma per tutt'altri motivi. Passata la paura di un rimprovero e di una punizione, quando si era resa conto che la marchesa la voleva accanto a sé perché le tenesse compagnia, aveva intuito di essersi forse imbattuta nella persona giusta.

C'era qualcosa che meritava fiducia nel volto aristocratico della bella Damiana e lei, che non aveva rinunciato a ritrovare Giuseppina Grassini, sentiva che forse si sarebbe potuta fidare della marchesa Alberighi. Le avrebbe potuto raccontare le sue disavventure con la speranza di essere creduta e aiutata. Anche nonno Ciampa e Ginevra probabilmente l'avrebbero creduta, ma sicuramente non avrebbero potuto aiutarla. Provava tenerezza per quei girovaghi ai quali si sentiva affine, per inclinazione naturale e per sangue. Lei cui un padre arrogante e violento aveva sempre rinfacciato, fin dalla più tenera età, di essere la figlia di un vagabondo senza patria.

Saulina sentiva che in lei era cominciato un processo misterioso e inarrestabile e questo fatto importante le dava la certezza che non si sarebbe più lasciata fuorviare dall'emotività, perché la sincerità dei sentimenti era un lusso che non poteva ancora permettersi, mentre avrebbe teso con tutto il suo essere a ottenere dei risultati concreti.

Forse non erano proprio queste le parole che le frullavano nella mente, ma certo questo era il senso dei suoi progetti.

La marchesa Damiana Alberighi, una delle prime dame di Milano, conosceva certamente Giuseppina Grassini, forse sapeva anche dove si era rifugiata. Di sicuro non avrebbe riso se le avesse descritto il suo incontro con il generale Bonaparte, se le avesse detto del dono ricevuto, se le avesse confessato il raggiro e il furto del cerusico, se in una parola l'avesse messa a parte delle sue tribolazioni.

I Ciampa erano brava gente e lei li amava, dividevano tutto con lei, anche il sapere che è il bene più prezioso. Ma Saulina si sentiva in prestito come si era sentita estranea nel borgo di Corte Regina dov'era nata e dove aveva la sua famiglia.

Solo accanto a Giuseppina Grassini, ora lo capiva, aveva conosciuto attimi di vera tranquillità, di serenità profonda e, a parte l'episodio che l'aveva indotta a fuggire insensatamente, aveva saputo essere docile, ubbidiente e disponibile.

Allora non aveva riconosciuto la felicità perché c'era dentro, ma adesso che la vedeva da lontano era proprio certa di rimpiangere la situazione che desiderava più d'ogni altra: una casa vera, solida, un rifugio sicuro, un nido caldo e protetto, dove il vento gelido del passato non potesse raggiungerla. Il palazzo della contrada di Sant'Andrea era il punto d'approdo dei suoi pensieri più segreti, il traguardo dei suoi desideri.

Anche i saltimbanchi le avrebbero dato, come le davano, affetto e comprensione, ma erano argini fragili e inadeguati, simili alla debole protezione di sua madre che pure la preferiva agli altri figli e a modo suo sapeva darle amore. Ma non era di questo nido esposto alla bufera che aveva bisogno: la precarietà l'atterriva e l'incertezza la disorientava.

« Cosa c'è, Saulina? » le chiese nonno Ciampa preoccupato per la sua faccia scura.

« Niente, pensavo », rispose.

Neanche quel vecchio saggio l'avrebbe capita, lui che conosceva il Parini e sapeva di lettere e di filosofia. Perciò avrebbe modulato le sue verità, qualche volta avrebbe dovuto travestirle, perché lei, Saulina Viola, non più bambina e non ancora donna, stava attuando un progetto che nemmeno la mente più aperta ed elevata del suo tempo avrebbe potuto condividere.

Saulina aspirava al mondo dal quale sventatamente era fuggita. Nella casa di madama Grassini aveva lasciato il suo cuore e là, dove si respirava l'odore delle cose buone che durano nel tempo, sarebbe ritornata.

Ricordava i saloni, la grande cucina ricca d'ogni ben di Dio, la ricchezza degli abiti, i sorrisi della gente, la gentilezza dei modi, l'ossequio dei domestici che creavano intorno un morbido cordone di benessere.

A Corte Regina l'abbondanza di cibo o semplicemente il pane della sopravvivenza erano legati alla buona o alla cattiva stagione, alla siccità o al gelo, al sole o alla tempesta, alla benevolenza dei padroni o alla discrezione degli eserciti; e con i saltimbanchi bisognava affidarsi alla generosità dei signori e alla disponibilità di un pubblico che aveva gli stessi problemi economici degli artisti.

« Sarà ora che ti prepari », la consigliò nonno Ciampa alludendo al sole che s'era spostato nel cielo.

« Io sono pronta », saltò su lei piena di brio.

Il vecchio saltimbanco chiamò Icaro.

« Vengo », obbedì il ragazzo dopo aver rinunciato malvolentieri al fitto lancio di sassi nel fiume dove galleggiavano le facce dei suoi nemici.

« Dovrai comportarti con molta prudenza », le raccomandò il nonno avvicinandosi a Saulina.

« Sì, certo », rispose lisciandosi la veste con le mani e mettendosi a posto i capelli biondi che le scendevano a boccoli sulle spalle.

Icaro pensò che non aveva mai visto una creatura così bella.

« Devo andare proprio io? » brontolò.

« La scorterai come un vero cavaliere », l'ammonì il Ciampa.

Saulina era lontana mille miglia dalle raccomandazioni del vecchio e dalle malinconie di Icaro. Pensava a quando Giuseppina Grassini si era seduta con lei sulla panca di pietra davanti alla chiesa del borgo per cantarle, con la sua voce chiara, una canzone antica. Quel motivo le ritornava in mente ed era legato al primo momento veramente felice della sua vita.

« Mi hai sentito bene? » la riscosse il vecchio Ciampa.

« Sì, signore », mentì. E non si accorse che l'ex acrobata aveva gli occhi lucidi.

« Tu hai voglia di correre lontano, vero? » mormorò mostrando di sapere quello che Saulina intuiva confusamente dentro di sé.

« Io faccio quello che mi consigliate », disse.

« Vai », l'allontanò da sé. « E se incontri la tua grande occasione, non buttarla via. » L'accarezzò con la mano forte parlando come se la vedesse per l'ultima volta.

« Andiamo, dai! » fece bruscamente Icaro.

Saulina abbracciò il vecchio Ciampa e poi si incamminò al fianco di Icaro.

« Che Dio ti benedica », disse il patriarca salutandola con un ampio gesto della mano.

Camminarono di buon passo.

« Sei contenta? » le chiese dopo un po' il ragazzo.

« Molto », rispose lei, incapace di fingere.

« Io preferirei giocare con te, invece. »

« Grande come sei pensi solo a giocare », lo criticò.

Il ragazzo tacque e andò avanti un pezzo strappando rabbiosamente dei ciuffi d'erba che gettava in aria.

« Qui cominciano gli orti del castello », le disse quando furono arrivati in cima alla scarpata.

« Manca poco », disse lei.

« Devo venirti a prendere al tramonto? » le domandò.

« Non lo so. »

« Che cosa non sai? »

« Non so se a quell'ora la signora marchesa deciderà di lasciarmi libera », ribatté con un certo sussiego.

« Puoi chiederglielo tu », la consigliò.

« E che cosa dovrei dirle? »

« Che domani si parte », annunciò solennemente il ragazzo. « Abbiamo molte cose da fare per prepararci al viaggio », soggiunse.

Circolava la notizia che il generale Bonaparte aveva ripiegato nuovamente su Mantova e quindi la strada verso Bergamo e Brescia doveva essere relativamente sgombra di truppe e il cammino della compagnia ne sarebbe stato agevolato.

« Se è il caso posso sempre ritornare da sola », lo rassicurò. « Non devi preoccuparti. »

« Il fatto è che noi girovaghi », Icaro proseguì con il suo discorso, « dobbiamo approfittare dei momenti buoni per i nostri spettacoli. Se questi benedetti francesi fossero arrivati d'inverno, per noi sarebbe stato molto meglio. »

« Ah sì? » fece Saulina fingendo partecipazione.

« Be' sì. Nella stagione fredda ce ne stiamo a Torino. A casa nostra. Non andiamo in giro a fare spettacolo. » Parlava come un adulto ormai, pienamente partecipe della vita della famiglia.

Saulina, che lo precedeva di qualche metro, si voltò di scatto verso di lui.

« Ce l'avresti con i francesi, per caso? »

« Io non ce l'ho con nessuno », replicò calmo.

« Ti hanno forse fatto qualcosa? »

« Per noi girovaghi, francesi o austriaci, non fa differenza. »

« Come non fa differenza? » obiettò Saulina.

« Quello che ci porta danno sono le guerre. Gli uomini sono tutti uguali. Non è così? »

« No, non è così », ribatté lei.

« E com'è? » le rifece il verso il ragazzo.

« Mi dicevano che i francesi sono diavoli. Invece ho visto che sono uomini come gli altri. Dicevano che rubavano e invece a me hanno fatto un regalo. »

Icaro si fece attento.

« Senti, senti », disse prendendo a saltare e a gestire come un Arlecchino. « E che cosa ti hanno regalato, bella Colombina? »

Senza accorgersene si era spinta troppo lontano e preferì fare marcia indietro finché era in tempo.

« Niente, Icaro », sorrise. « Dicevo così per dire. »

Lui la prese per mano impedendole di proseguire. Ormai erano sulla piazza e svoltando a destra avrebbero presto raggiunto la villa.

« Posso dirti una cosa? » le domandò facendosi improvvisamente triste.

« Ma certo », l'incoraggiò. « Puoi dirmi tutto quello che vuoi. »

« Ho paura », confessò.

« Tu hai paura? » rise la ragazza. « Un uomo ha paura? »

« Ho paura che non vorrai più tornare con noi », disse.

« Ma cosa vai a pensare? » Saulina s'intenerì avvertendo su di sé l'ansia e l'amore che Icaro aveva per lei.

« Dimmi che mi sbaglio », la sfidò lui.

Saulina non trovò subito le parole per rispondergli, perché tanta dedizione la colmò di tenerezza. Gli strinse affettuosamente la mano.

« Icaro », disse finalmente, « tu sei l'acrobata che vola. Ti mancano le ali per essere un angelo. Ma un giorno ti spunteranno. E quel giorno volerai da me. »

« Allora hai proprio intenzione di non partire con noi? » si commosse.

« Io non lo so », rispose mascherando verità e desiderio. « Comunque sono sicura che ci incontreremo ancora. »

« Saulina, io... » erano parole difficili quelle del commiato e le strinse più forte la mano.

« Lasciami andare, Icaro », lo ammonì.

Camminarono in silenzio fin davanti ai cancelli della villa.

« Addio, Saulina », disse lui.

« Arrivederci, Icaro », mentì lei.

Il ragazzo ebbe comunque la certezza che non l'avrebbe vista mai più. Allora fece una cosa che non aveva mai fatto e che non avrebbe mai pensato di fare: prese tra le sue mani goffe e impacciate il volto di Saulina e la baciò sulla bocca con la veemenza di un bandito che ruba. Poi la guardò spaventato, arrossì fino alla radice dei capelli e scappò con il cuore che gli saltava in gola.

Lei lo guardò allontanarsi fino a quando scomparve con una capriola in fondo alla strada.

« Addio, Icaro », disse tra sé.

Tirò la campanella del cancelletto laterale e attese che qualcuno venisse ad aprirle.

« Che cosa vuoi? » le domandò una donna che si era avvicinata a passi pesanti. Era la moglie del custode e aveva la faccia arcigna.

« Sono stata invitata dalla marchesa Damiana », spiegò Saulina con modestia ma anche con fermezza.

« Per che cosa? » s'informò burbera la donna.
« Devo farle compagnia. »
La donna pingue e affaticata fece una smorfia.
« Sei la ragazzina dei saltimbanchi? »
« Sono Saulina Viola », s'impermalì.
« Allora è vero », disse la moglie del custode. « Sono stata informata. Ma non posso aprirti. »
« Perché? » si allarmò.
« Perché questo è l'ingresso dei signori », le ricordò con voce dura.
« E allora? »
« Allora devi fare tutto il giro del muro di cinta. E devi entrare dal cancello della scuderia, da dove passano i servitori. »
A parte il tono un po' grossolano, non c'era nessuna intenzione offensiva nell'osservazione della donna, e non c'era nulla di stravagante nel riaffermare le regole di un costume codificato nei secoli. Da sempre i servi percorrevano strade diverse da quelle dai padroni. Tuttavia Saulina si sentì avvampare.
« Io non sono una serva », ebbe il coraggio di affermare guardando la donna negli occhi, tremando visibilmente più per la collera che per la paura delle conseguenze.
« Io non ho detto questo », s'intimidì il donnone che di fronte alla determinazione della fanciulla era ormai incapace di classificarla in una categoria precisa.
Saulina intuì il disorientamento della guardiana. « Se vuoi aprirmi, bene », disse con fermezza passando al tu. « Altrimenti me ne vado. Così spiegherai tu alla marchesa perché non mi sono presentata. » E fece per andarsene.
La donna spalancò la bocca, sbarrò gli occhi, si strofinò le mani arrossate per il lavoro nel vasto grembiule a righe verdi e blu in un gesto meccanico, poi si affrettò a tirare il catenaccio.
« Scusatemi », borbottò piano. « La signora marchesa non mi aveva detto che dovevo farvi entrare dall'ingresso dei signori. Perdonatemi. » E intanto pensava alla lavata di capo che le sarebbe arrivata se la ragazzina avesse riferito l'incidente.
Ma non era questo che Saulina aveva in mente adesso che aveva vinto la sua prima battaglia.
Passò impettita davanti alla donna che si fece da parte.
« Conosco la strada », mentì Saulina che non era andata mai oltre lo spazio della corte d'onore.

« Sì, signorina », si inchinò la guardiana dopo un attimo di perplessità e la seguì con lo sguardo mentre si allontanava.

Il marchese Febo e monsignor Pietro, suo fratello, interruppero l'indolente conversazione quando la videro avanzare scalza sulla ghiaia del viale verso la fontana dove l'acqua chioccolava instancabile.

I due uomini erano fini conoscitori della bellezza femminile ed erano entrambi in condizione di stimare l'avvenenza di una donna. Milano era nota per le sue femmine affascinanti, anche se il sacerdote sosteneva che gli occhi più belli erano quelli delle bresciane.

L'uomo di mondo e il prelato erano sul punto di esprimere un apprezzamento, ma nessuno dei due parlò. La morbida e acerba naturalezza di Saulina, l'incedere cauto ed elegante di un corpo senza inibizioni, il fiore di bosco tanto più desiderabile quanto più ignaro della propria avvenenza li lasciò senza aggettivi.

« Da dove spunta questa rarità? » chiese il monsignore, non sapendo come classificarla. « Serva o padrona? » domandò sorridendo ironico. Era in gran dimestichezza con le une e con le altre, ma questa volta non era pronto a giurare a quale delle due categorie Saulina appartenesse.

« Un capriccio di Damiana », disse Febo che l'aveva finalmente riconosciuta.

« Ora mi metti addosso una gran curiosità », disse il religioso avvicinandosi a lui. « Come nasce questo capriccio? »

« È della famiglia dei saltimbanchi », spiegò Febo. « È piaciuta a mia moglie. E siccome, soprattutto adesso che aspetta il bambino, si sente sola, crede che questa ragazzina possa aiutarla a tenere lontana la malinconia. »

« Un desiderio comprensibile e legittimo », fece tollerante. « Potrebbe persino risolversi in una buona azione. »

« Questo mi sembra secondario », osservò Febo con secolare concretezza.

Pietro era abituato a leggere negli occhi del fratello i pensieri più segreti.

« Se non fosse per la tua faccia accigliata, direi che questa fanciulla non ti è del tutto indifferente. »

« È una bambina », tagliò corto Febo cercando di controllare le sue reazioni che sarebbero state evidenti anche per chi non avesse avuto la stessa capacità d'osservazione del fratello. Il fatto di provare attrazione per una ragazzina lo turbava profondamente.

Saulina si era avvicinata a un punto tale che ormai poteva udirli e vederli. Andò loro incontro, fece un inchino molto elegante e sorrise con grande disinvoltura.

« Sono attesa dalla signora marchesa », disse sfoderando il suo italiano migliore.

« Avvicinatevi, signorina », scherzò garbatamente il prelato.

« E noi che cosa possiamo fare per compiacervi? » domandò Febo.

« Uno di lor signori potrebbe accompagnarmi da lei? » Nemmeno se fosse cresciuta alla scuola dei teatranti si sarebbe potuta comportare meglio.

I due fratelli si guardarono con aria seria e divertita. Contemporaneamente chinarono il capo davanti a lei.

« Permettete che sia io a farvi strada, mia piccola amica », disse Febo porgendole il braccio.

Il marchese non era più tanto sicuro che quella strana creatura facesse parte della famiglia dei girovaghi, nonostante l'abbigliamento e i piedi scalzi. Fu invece propenso a credere che fosse una ninfa dei boschi capitata per caso nel suo giardino.

# 33

RIBALDO cavalcava al piccolo trotto lungo la strada per Cassano d'Adda seguito dal fedele Bernardino che si teneva a rispettosa distanza. Bernardino sapeva quando era il caso di stare al fianco del padrone, intrattenendolo magari con qualche chiacchiera allegra, e quando doveva invece tenersi alla larga perché il giovane aveva bisogno di solitudine.

Bernardino era un uomo alto e magrissimo, ma con un'inesauribile riserva di energie. La faccia incartapecorita e la bocca infossata per mancanza di denti potevano trarre in inganno, ma gli occhi vivissimi esprimevano la vera forza e la determinazione dell'uomo.

La madre di Guglielmo Gallaroli, molti anni prima, ispirata da una buona e devota amica, era riuscita a strappare Bernardino Sala all'ergastolo di porta Vercellina, intercedendo presso il capitano di Giustizia che l'aveva rinchiuso nel durissimo carcere in attesa della deportazione sulle galere del Levante. In realtà il solo torto di Bernardino era quello di essere il fratello minore di quel Carlo Sala, ladro sacrilego, che tra il 1765 e il 1774 aveva saccheggiato trentotto chiese nel Milanese. Il fatto suscitò clamore e scandalo anche perché Carlo Sala era stato prete e, dopo aver gettato alle ortiche la sacra veste, si era macchiato di orrendi delitti. Così il Senato di Milano e l'arcivescovo Pozzobonelli s'accapigliarono ferocemente per stabilire se dovesse giudicare il colpevole la magistratura laica o quella religiosa; e fu necessario l'intervento dell'imperatrice d'Austria Maria Teresa che decretò la competenza della giustizia civile.

Carlo Sala, dal momento dell'arresto a quello della condanna, tenne sempre un contegno sprezzante e inutilmente i dottori della Scuola di San Giovanni Decollato, che dovevano prepararlo al passo estremo, cercarono di indurlo al pentimento. E non servì neppure la generosa offerta del duca Serbelloni il quale si dichiarò disposto a risarcire il danno patito dalla chiesa, valutato intorno alle centomila lire. La condizione, però, era il pentimento, ma il ladro sacrilego non si lasciò convincere dalle argomentazioni dei teologi, dai buoni consigli dei laici, né dalle preghiere del popolo che fin sotto il patibolo lo supplicò di mettersi in pace con Dio.

Al carnefice che tergiversava, messo in soggezione dal suo folle coraggio e dalla sua atea insolenza, il condannato disse: « Presto! Fai il tuo sporco mestiere! »

Il saccheggiatore di chiese morì ridendo spavaldamente e fu sepolto in terra non consacrata, nella foresta tra le porte Ticinese e Vercellina, di notte al lume di una torcia a vento. Il carnefice ebbe sei lire per avere staccato il corpo dal patibolo e quindici soldi toccarono ai cinque fanti che trasportarono il cadavere nel luogo designato ch'era proprio la lunetta sopra la darsena.

Dopo quella terribile notte nessuno osò più passare dopo il tramonto su quel bastione dove compariva lo spettro orrendo del ladro sacrilego trascinato dai demoni che sputavano fuoco dalle fauci come draghi.

Bernardino adorava il fratello e lo difese fino all'ultimo, per questo fu condannato; ma non si era mai macchiato di nessun reato tranne quello di avere tentato di aiutare Carlo a fuggire. Perciò la madre di Guglielmo mosse cielo e terra perché quell'anima buona non si perdesse come s'era perduta l'anima scellerata di Carlo. Così Bernardino diventò l'uomo di fiducia di casa Gallaroli dove il solo maschio era Guglielmo, che aveva allora pochi anni di vita. Pronto di mano, abile di spada e di pugnale, Bernardino fu maestro d'armi, scudiero e fedele servitore di Guglielmo il quale crebbe sotto la sua guida e protezione.

Il disco infuocato del sole si inabissava lentamente dietro gli alberi, ma nonostante l'approssimarsi del tramonto il caldo era opprimente. Era stato un giorno afoso e il cielo, velato da un involucro lattiginoso che era in attesa di una bava di vento per disperdersi, avviluppava il bosco in un torrido, appiccicoso abbraccio.

« Il caldo ci brucerà tutti », pensò Bernardino.

Era convinto che il sole e la siccità avrebbero arrostito il mondo, perché il cielo sembrava deciso a non aprirsi per lasciar cadere una lunga e fresca pioggia ristoratrice.

In altri tempi, senza quei dannati francesi, le chiese avrebbero organizzato processioni solenni per chiedere all'Altissimo la grazia di una copiosa pioggia. La campagna, gli animali e gli uomini erano assetati, il mondo aveva bisogno d'acqua per lavarsi degli umori maligni e scongiurare la minaccia delle epidemie che uccidevano la gente. Ma quei miscredenti di francesi avevano sconsacrato le chiese, abolito le sacre funzioni e il buon Dio adesso puniva anche i lombardi che avevano avuto il torto di accoglierli come liberatori, portatori di libertà e di idee nuove. Presto anche le rogge della foresta si sarebbero prosciugate e allora come si sarebbero comportati i francesi? Avrebbero finalmente capito che il buon Dio va rispettato e umilmente pregato? Dopo tutto l'acqua era indispensabile anche a loro.

« Eppure basterebbe che ci lasciassero fare una processione come si deve », disse tra sé Bernardino. « Ma vediamo chi cede prima, l'Altissimo o il generale Bonaparte. »

Mentre ragionava così, asciugandosi il sudore che gli colava dalla fronte e dalle tempie inzuppandogli il collo della camicia, guardò con invidia Ribaldo che lo distanziava di una decina di passi. Era fresco come un prato all'alba. Ribaldo non sudava mai, mangiava e beveva pochissimo, non l'aveva mai sentito lamentarsi del caldo e del freddo, era capace di stare giorni e notti senza dormire; e non era mai stanco.

Anche quando era bambino, stava sveglio fino a ore impossibili mentre gli adulti cadevano addormentati. Che cosa aveva addosso quel ragazzo? Il diavolo o lo Spirito Santo? Bernardino, vicino al traguardo dei cinquant'anni, davanti a Ribaldo andava ancora in confusione. Com'era fatto quel giovane imprevedibile? Lui che gli era stato vicino fin dalla più tenera età, qualche volta riusciva a decifrarlo; più spesso, però, il suo comportamento usciva dalle regole dettate dal senso comune e obbediva a ragionamenti di cui soltanto Ribaldo riusciva a seguire il filo.

« Per qualche verso somiglia a mio fratello », pensò facendosi il segno della croce. « Sembrano tutti e due posseduti dalla disperazione. »

Erano ormai prossimi a Treviglio quando Ribaldo lasciò la strada maestra per avventurarsi lungo un sentiero che si snodava tra campi di stoppie lucenti su cui correvano interminabili filari di gelsi.

« Siamo sulla terra degli Alberighi d'Adda », disse Ribaldo rompendo il lungo silenzio.

Bernardino assentì con un cenno del capo.

« Continuiamo? » domandò.

Senza rispondere Ribaldo smontò da cavallo e abbandonò le redini sul collo del superbo animale che scosse la bella testa per liberarsi dell'aggressione dei tafani. Il giovane si sdraiò sull'erba sotto un gelso.

Il servitore prese da una sacca una borraccia d'acqua e vino e bevve un lungo sorso. Era inutile offrirne al padrone, tanto non avrebbe accettato.

« Gran brutto carattere », mugugnò piano all'indirizzo di Ribaldo.

Il giovane fece un cenno a Bernardino perché si avvicinasse.

« Fine dell'isolamento », commentò tra sé l'uomo, mettendo a sua volta il piede a terra.

« Aspettiamo che venga buio », ordinò il giovane.

« Mi sembra una saggia decisione », commentò Bernardino.

« Non ho voglia di farmi vedere sulle loro terre », soggiunse.

Era una spiegazione superflua per Bernardino che sapeva benissimo a quali guai sarebbero andati incontro se fossero stati scoperti lì o altrove, ma soprattutto sui possedimenti degli Alberighi d'Adda.

« Sì, signore », annuì in segno d'obbedienza tenendo per sé le proprie considerazioni.

« Non ci resta che riposarci », decise Ribaldo appoggiandosi al tronco rugoso del gelso. Lungo il filare correva un canale con poca acqua chiara. Bernardino con molta cautela riempì una borraccia, poi si rinfrescò bagnandosi la faccia e la testa. Si guardò intorno per antica abitudine prima di sedersi a sua volta, avendo cura di assumere una posizione che gli consentisse di vedere la parte opposta a quella sorvegliata da Ribaldo.

Cavò dalla tasca della bisaccia un pezzo di legno di faggio in parte smussato e abbozzato, ma dai contorni ancora troppo imprecisi perché si potesse riconoscere la figura che ne sarebbe scaturita. Tenne a portata di mano il pugnale, la spada e la pistola; impugnò un coltello a serramanico che gli serviva per mille usi e cominciò a intagliare il legno.

Osservò Ribaldo con la coda dell'occhio: sembrava che dormisse, ma Bernardino sapeva benissimo che il suo padrone vegliava, stava in quella posizione anche da bambino quando voleva abbandonarsi alle sue fantasie.

Ribaldo era visitato da ricordi lieti pensando a Damiana che tra non molto avrebbe incontrato e si sentiva invaso da un piacevole abbandono.

Aveva visto per la prima volta Damiana sul ponte del Lovo a Venezia. Lui era un ragazzo di quindici anni, vestiva un abito molto elegante ed era fiero della marsina che gli andava a pennello, del panciotto color argento e della braghetta di un bell'azzurro cielo. Calzava scarpine di vernice nera, calze bianche e sfoggiava la sua prima parrucca incipriata con il codino legato da un fiocco nero. Sua madre, Amalia Gallaroli, lo guardava in adorazione attraverso la bautta con la quale si copriva il viso per non essere riconosciuta. Amalia era una delle donne più belle di Venezia, aveva avuto una giovinezza turbolenta e per molti versi criticabile. Camminava leggera ed elegante al braccio del figlio di cui attrasse l'attenzione proprio all'altezza del ponte con una leggera pressione della mano.

« Ecco, Guglielmo », l'aveva avvertito bisbigliando. « Quella è Damiana. »

Il ragazzo era impallidito.

« E la donna che l'accompagna, chi è? »

« La sua istitutrice », aveva mormorato la madre.

Damiana Mocenigo era una lussuosa, morbida bambina di quattro anni, agghindata come una gran dama. Indossava un abito di taffetà rosa pallido, bordato di pizzi di seta, stretto in vita da un'alta cintura dalla quale pendeva un grazioso ventaglietto. I lunghi capelli biondo tiziano erano raccolti in un elaborato chignon sulla nuca, mentre sulla fronte passava un filo di perle come un diadema.

Guglielmo le aveva sorriso e si era inchinato con scherzosa cerimoniosità.

« Buon giorno, signorina », le aveva detto.

Damiana aveva risposto al saluto mostrando due file di dentini candidi come le perle che portava sulla fronte. E poiché l'istitutrice proseguiva quasi trascinandola, lei si era divincolata dalla stretta ed era ritornata sui suoi passi per avvicinarsi a Guglielmo.

« Riverisco, signor mio », gli aveva detto esibendosi in un perfetto inchino.

« Lor signori vorranno perdonarmi », si era scusata la donna riacciuffando la piccola indisciplinata. « È tanto strana questa bambina. »

Passarono molti anni prima che Damiana e Guglielmo si rivedessero, eppure tutti e due avrebbero conservato intatto quel ricordo. Se lo confermarono incontrandosi a Milano in casa del conte Porro.

Le zanzare ronzavano fastidiose nell'aria, mentre la luna si stava alzando e il cielo si accendeva di stelle.

« Vado a villa Alberighi », disse Ribaldo alzandosi con la agilità di un gatto.

« E io? » fece impassibile Bernardino in attesa di ordini.

« Vienimi dietro fino al cancello del giardino. Mi aspetterai lì. »

« Va bene », disse mettendo il piede nella staffa e disponendosi a rimontare a cavallo.

I due uomini si mossero e, uno dopo l'altro, attraversarono la strada maestra; poi Bernardino lasciò che il padrone si inoltrasse in un altro viottolo tra i campi. L'avrebbe seguito a distanza senza perderlo di vista.

Ribaldo sapeva che se avesse avuto fortuna avrebbe trovato il cancello aperto, altrimenti avrebbe dovuto scavalcare il muro di cinta con il rischio di essere scoperto. Damiana era molto prudente e, siccome l'aspettava, aveva sicuramente predisposto le cose in modo da facilitargli il cammino. Si sarebbero incontrati, come sempre d'estate, lungo il carpineto dove filtrava appena il chiaro di luna e lì, finalmente, avrebbe potuto riabbracciarla.

Ribaldo smontò da cavallo a pochi metri dalla cancellata che proteggeva dagli estranei il vasto parco retrostante di villa Alberighi. Lasciò l'animale in una macchia di castagni: Bernardino era certamente nei paraggi e non lo avrebbe perso di vista. Il fedele scudiero era una presenza su cui poteva sempre contare, era un appoggio sicuro, una persona devota molto vicina alla figura di un padre. Il vero padre di Guglielmo lo aveva brutalmente rifiutato e Bernardino, a modo suo, aveva cercato di sostituirlo.

Un allegro mulinello di lucciole passò sul sentiero che correva lungo il muro di cinta. Avvicinandosi all'alto cancello di ferro battuto il giovane scorse le luci che venivano dalle finestre della villa e nell'aria profumata passò il suono garbato di un minuetto modulato da flauti e archi.

« Damiana ha certamente organizzato questa messinscena per tenere occupata la famiglia e gli ospiti », pensò con ammirazione.

Ribaldo conosceva bene il grande parco fiancheggiato da due lunghe gallerie di carpini, attraversato da un largo viale che dalla soglia posteriore della villa, passando dal cancello, proseguiva verso Bergamo. Il parco, nei mesi della villeggiatura, era il luogo di brevi, avventurosi incontri tra lui e Damiana.

A volte Ribaldo arrivava senza avere avuto la possibilità di avvertirla, ma ogni volta aveva trovato lei in trepida attesa nel luogo consueto dell'appuntamento.

« Come sapevi che sarei venuto? » lui chiedeva commosso.

« Non lo sapevo », lei sorrideva. « Semplicemente me lo sentivo. »

Nelle altre stagioni, invece, si incontravano a Milano, spesso nella biblioteca del conte Porro quando il nobile apriva la sua casa per qualche ricevimento. Ma dopo l'arrivo dei francesi, era facile imbattersi negli ufficiali di Bonaparte e Ribaldo aveva diradato i viaggi a Milano escludendo dai suoi itinerari il palazzo del conte Porro che ai francesi era legato da ragioni ideali e politiche. Lo stesso Porro, per incontrarsi con lui, l'ultima volta, aveva suggerito prudentemente la sala dell'albergo del Pozzo, affollata di viaggiatori e di commercianti, dove era più facile passare inosservati.

A Ribaldo e Damiana non mancava la possibilità di comunicare attraverso messaggi e lettere che i pochi amici recapitavano ai due giovani.

Ribaldo udì il fruscio della veste, il passo leggero, poi sentì il suo profumo di violetta. Quella presenza ancora vaga era sicuramente Damiana, ma lui rimase ugualmente immobile, trattenendo il respiro, nell'ombra fitta del carpineto.

Nel buio si riconobbero e si abbracciarono.

« Mia piccola cara », lui mormorò.

« Sapevo che saresti subito accorso », lei disse con voce ridente.

Lui la sentì ingrossata e facendo un rapido conto concluse che non doveva mancare molto tempo al parto.

« E il bambino? » domandò. « Quando nascerà? »

« C'è ancora tempo », rispose lei.

Ribaldo le passò le dita tra i capelli.

« Mia dolce Damiana, sei preoccupata? » le chiese.

« Devo partorire il primogenito degli Alberighi. Ti pare che di fronte a un evento tanto importante possa restare impassibile? »

Ribaldo l'accarezzò, ma voleva dirle che lui parlava proprio di paura.

« Non devi preoccuparti », la rincuorò.

« Sono serena », disse. In realtà, come tutte le donne, era impaurita dall'avvicinarsi di un evento che comportava dei grossi rischi. Era un pensiero cupo che la ridente prospettiva di una nuova vita non era sufficiente a mitigare. Così Damiana decise di non affliggere Ribaldo con le sue paure.

Le comunicazioni dolorose come quelle liete non hanno sempre bisogno di essere espresse e Ribaldo intuì il disagio di Damiana.

« Quando il bambino sarà nato me lo farai sapere subito », disse lui.

« Ti manderò Giobatta, come sempre », garantì lei.

« C'è una levatrice in villa? » domandò apprensivo. Affrontava con disinvoltura un argomento che un gentiluomo e una signora solitamente non trattavano.

« C'è. È venuta con noi da Milano. »

« Brava? » chiese in cerca di rassicurazioni.

« La migliore », affermò. « Quindi stai tranquillo. »

« Perché hai voluto che venissi? » domandò finalmente.

« Ho una sorpresa per te, Guglielmo. »

« Quale sorpresa? » Damiana stava bene, dunque poteva permettersi anche di giocare con lei.

« Ora la vedrai », lei disse con entusiasmo.

« Devo chiudere gli occhi? » disse.

« Devi spalancarli, invece. Guarda chi sta venendo dalla nostra parte e dimmi se riesci a indovinare. »

Era solo un'ombra vaga quella che si stava avvicinando, poi

l'uomo cominciò a distinguere i contorni di una figuretta sottile e slanciata.

« Non capisco », disse rivelando una palese irritazione.

« Si chiama Saulina Viola », dichiarò esplicitamente Damiana. « Adesso riesci a capire? »

Ribaldo dimenticò l'apprensione per Damiana e ogni altro pensiero.

« Ho capito bene? » domandò.

« Hai capito benissimo », s'inorgoglì la donna.

Saulina si fermò a un passo da loro, fece una riverenza e disse a Ribaldo: « Buona sera, signore. Siete voi che mi riporterete da madama Grassini? »

Guglielmo Gallaroli riconobbe la piccola contadina dai capelli d'oro e dai grandi occhi neri pieni della sua stessa ansia di libertà.

« Sì », confermò. « Sono io che ti porterò da madama Grassini. »

Aveva tante cose da chiedere a Damiana, ma la presenza della fanciulla, il luogo, le circostanze non lo consentivano.

« Saulina ti racconterà come è arrivata a Cassano », lo prevenne la marchesa. « È una storia lunga che lei stessa ti narrerà cammin facendo. Vero? » fece rivolgendosi a lei.

« Sì, signora », disse Saulina.

« Ora devo proprio rientrare », annunciò con rammarico Damiana.

« Subito? » protestò Ribaldo.

La marchesa si strinse nelle spalle.

« Ahimè, sì », rispose lei rassegnata, « ma non prima di averti detto che è stato il conte Porro ad avvertirmi che la stavi cercando. »

« Ti ha detto anche perché? »

« Mi ha detto tutto quello che sapeva su questa complessa vicenda. Ma ora vai! »

Ribaldo le baciò la mano.

« Abbi cura di te », l'esortò lui, « e del bambino. »

Damiana li guardò allontanarsi fino a quando svanirono nell'oscurità. Sentì il morbido passo di un cavallo nel bosco, allora uscì dal carpineto, si inoltrò nel viale e, camminando a fatica, si diresse verso la villa.

Già da qualche ora fitte sempre più forti le trafiggevano la schiena, ma non aveva voluto occuparsi di se stessa perché doveva consegnare Saulina a Guglielmo. Adesso, invece, poteva abbandonarsi a un evento che sentiva prossimo, che già avvertiva doloroso e crudele e che la riempiva di smarrimento e di paura.

## 34

Le dita rosate dell'alba accarezzavano l'orizzonte lontano quando Ribaldo, Bernardino e Saulina giunsero sull'aia della grande cascina. Era un borgo in miniatura, molto più piccolo di Corte Regina, con la casa colonica, la stalla, il porcile, il fienile e la concimaia, le grandi barchesse dove erano allineati carri e attrezzi. C'era anche una chiesetta e la linea purissima del campanile si stagliava contro l'azzurro del cielo.

« Finalmente a casa », commentò Bernardino facendo un cenno di saluto a due contadini che si tolsero rispettosamente il cappello.

La cascina era in piena attività; le donne si occupavano della mungitura, gli uomini ripulivano le stalle, i ragazzi si davano da fare nelle mansioni loro assegnate. Un cane vivacissimo, risultato di molti, successivi incroci, andò incontro festoso ai due cavalieri.

Ribaldo zittì il bastardo che mugolava: Saulina, sopraffatta dalla stanchezza, si era addormentata tra le braccia del giovane.

« Dovremo affidarla alle donne », suggerì Bernardino.

« Adesso la portiamo nella mia camera e la lasciamo dormire », decise Ribaldo.

Nell'aia razzolavano polli e galline. Un gallo tronfio e pettoruto lanciò il suo lieto chicchirichì agitando la cresta e i bargigli. Oche e anatre procedevano dondolandosi mollemente con naturale sussiego verso il canale più vicino.

« Me ne occupo io? » si offrì Bernardino.

« No, faccio da solo », mormorò Ribaldo. « Avverti Giustizia che stia con lei e l'assista quando si sveglierà. »

« Sarà fatto », confermò l'uomo.

« Deve essere molto stanca, povera piccola. »

C'era qualcosa di lieto e di commovente in quel corpo morbido, in quell'abbandono sereno che Ribaldo associò alla presenza rassicurante della casa e al fumo che si arricciolava sul camino prima di disperdersi nell'aria del primo mattino.

« E quando si sveglierà? »

« Mi avverti. »

« Dove? »

« Al solito posto. »

Bernardino annotò mentalmente le disposizioni del padrone e si allontanò in direzione della casa colonica dove sicuramente stavano cucinando la polenta della prima colazione. Quell'edificio già segnato dagli anni, ma ancora forte, in un certo senso gli assomigliava.

La gente della cascina passava vicino a Ribaldo senza fermarsi se non per il tempo di un deferente saluto. A un cenno del giovane un garzone si avvicinò e prese in consegna il cavallo mentre Ribaldo smontava tenendo tra le braccia la piccola Saulina addormentata.

« Governalo e striglialo come si deve », ordinò al garzone.

« Sì, signore », si affrettò a obbedire il ragazzo.

Il fatto che tenesse in braccio una fanciulla addormentata non suscitò il minimo moto di sorpresa tra quella gente, uomini e donne di antica semplicità, pronti a stupirsi per il passaggio di un forestiero, ma abituati alle stravaganze del loro signore e incapaci di attribuirgli sentimenti insani. Vivevano per lui, grazie a lui avevano esorcizzato il demone della miseria e per lui erano pronti a tutto. Erano i custodi gelosi del suo rifugio segreto. Ribaldo osservò il volto di Saulina e strinse a sé per un attimo quel corpo stupendo di donna. Vecchi pensieri e sentimenti nuovi affioravano a quel contatto infondendo in lui, tanto facile all'ira e al dolce abbandono, terribile nell'odio, appassionato nell'amore, una tenerezza infinita.

La fiducia con cui Saulina gli si era abbandonata, travolta dalla stanchezza e dalle emozioni, fino ad addormentarsi profondamente sul suo petto, non giustificava il formicolio dei sensi che inutilmente cercava di contrastare ripensando alle brutte avventure che la ragazza aveva vissuto.

« Qualche volta », pensò, « c'è davvero un santo che protegge gli innocenti. »

Ricordava le parole che le aveva detto dopo che Saulina gli aveva raccontato la sua storia: « Ti prometto che ritroverai i tuoi amici e la tua tabacchiera ».

Lei gli aveva creduto e si era finalmente addormentata contro il suo petto cullata dal lento procedere del cavallo.

Sempre tenendo tra le braccia la fanciulla addormentata, Ribaldo salì la sgangherata scala esterna di pietra, che portava al piano superiore della casa colonica dove una serie di porticine e piccole finestre si affacciavano sulla ringhiera che dava sull'aia.

In una nicchia scavata nel muro della solida struttura agreste che risaliva al 1400, un ingenuo affresco riproduceva l'immagine della Vergine. Davanti al dipinto ardeva perennemente un lume. Ribaldo passando di lì era abituato a segnarsi devotamente, ma questa volta, avendo le mani impedite, dovette farlo mentalmente.

Con la punta del piede spinse la prima porta del corridoio, si trovò in un andito stretto, richiuse la porta e rimase per pochi istanti nel buio più completo. Premette un punto preciso sulla parete e una porta misteriosa si aprì nel muro rivelando un ambiente di inconsueta bellezza, tanto più grandioso, forse, perché del tutto inatteso.

Ribaldo ammirò la sua reggia. Probabilmente la bellezza era un bene effimero, un'apparenza scintillante e inutile, ma lui, Guglielmo Gallaroli, dalla sfarzosa inutilità della sua piccola Versailles traeva un infinito godimento dell'anima, un piacere ineffabile che gli ricordava le espressioni più alte della musica, della poesia, dell'amore.

I muri erano affrescati sui toni del grigio, del verde e dell'oro in un intreccio di fiori stilizzati, di putti su cui si avvolgevano nastri con scritte in latino. Un grande camino occupava la parte centrale della parete di sinistra, proprio di fronte a un lettone a baldacchino dalle pesanti cortine di broccato verde pallido.

Guglielmo depose Saulina sul letto.

« Peccato che ingenuità e bellezza subito appassiscano », disse ammirato e rapito da quell'espressione così pura, da quella pelle trasparente, dall'alta fronte, dalle guance rosa su cui si dipingevano le lunghe ciglia. Nella pace del sonno le sue labbra morbide erano distese e la sua fisionomia non serbava tracce degli affanni che da qualche tempo dovevano averla angustiata.

Ribaldo guardò a lungo quella sublime creatura e si sentì incapace di contrastare la febbre che nasceva in lui. L'aveva stretta per ore tra le braccia e ora l'ammirava senza trovare la forza di staccarsi da lei.

« Che cosa mi sta succedendo? » pensò.

Avrebbe atteso volentieri il risveglio di Saulina, ma un altro impegno lo aspettava. Abbassò la tenda dell'alcova, attraversò la stanza e andò a chiudere le due finestre che davano sul bosco. S'avvicinò al camino, spinse un fregio di pietra della mensola mettendo in azione un meccanismo che provocò l'apertura di un pannello. Ribaldo dovette curvarsi per passare nell'angusta apertura di un passaggio segreto mentre il marchingegno azionato in senso contrario si chiudeva alle sue spalle.

## 35

OGNI partenza si traduceva per Damiana in un senso struggente di abbandono, in una lacerazione dell'anima. Una carrozza che parte, una stazione di posta, l'idea stessa del viaggio le procurava un turbamento profondo, ma quando Ribaldo e Saulina avevano lasciato il giardino di villa Alberighi ebbe la sensazione che la vita stessa l'abbandonasse.

Dalla sala ottagonale del primo piano, illuminata da candelabri a braccio appesi alle pareti, venivano le note di una sonata di Vivaldi eseguita da un'orchestra d'archi. Damiana, la cui verde età dava diritto a pensieri lieti, fu aggredita invece da cupi presentimenti.

La fitta alle reni persisteva e il dolore era diventato sofferenza. L'intermittenza di quello strazio sempre più frequente si associava all'idea del distacco. I tempi di sollievo erano sempre più brevi e si caricavano d'ansia nell'attesa che un nuovo attacco la trafiggesse.

Damiana si portò una mano alle reni mentre un sudore freddo le inumidiva la fronte. Che fossero quelli i segni del parto imminente? Eppure mancavano ancora alcune settimane alla data presunta.

Si era fermata e si era appoggiata a un albero per riprendere fiato. La sua memoria biologica registrava ancestrali paure riproducendo il ricordo di ataviche morti e di antichi terrori che scaturivano dall'attuale sofferenza.

Cercò parole nuove per rivolgersi al Signore, ma seppe soltanto tradurre il suo bisogno di aiuto in una semplice preghiera: « Padre nostro che sei nei cieli », mormorò, « sia fatta la tua volontà ».

Pensò di fare un voto o di sacrificare il gioiello cui teneva di più in cambio di una grazia, ma la sua anima rifiutò quel patteggiamento. « Sia fatta la tua volontà », ripeté.

« Non pronunciate il nome di Dio invano! » tuonò una voce, mentre una mano di ferro le attanagliava una spalla facendola vacillare.

Lo stato di tensione provocato dal terrore per la brutale aggressione, la voce tonante, la mole dell'uomo che incombeva su di lei avevano cancellato ogni dolore fisico. Il bambino fece dentro di lei una improvvisa giravolta.

« Padre nostro che sei nei cieli », supplicò.

« Ora mi farete il favore di raccontarmi ogni cosa, signora! » la sferzò la voce.

Damiana riconobbe il marito e in quell'istante il dolore tornò irradiandosi al ventre e alla schiena.

« Sono molto stanca », disse Damiana reggendosi a stento.

« Purtroppo sono arrivato tardi. »

« Lasciatemi andare », lo pregò.

« Non prima che mi abbiate rivelato quello che cercate di nascondermi », l'incalzò continuando a serrarle il braccio con tutta la sua forza come se volesse spezzarglielo. L'avrebbe percossa senza pietà se la sua condizione e lo stato di lei non avessero rappresentato un ostacolo insormontabile.

« Non ho nessuna rivelazione da fare », replicò meccanicamente. Ormai non lo ascoltava più, il terrore si era dissolto, era tornato il dolore ed era nuovamente svanito. Tutto il suo essere viveva nell'attesa che il bambino dentro di lei si facesse sentire, perché dopo la brusca giravolta era rimasto immobile come se fosse precipitato nel fondo di una voragine.

« Parlate, dunque! » le ordinò Febo.

Il dolore l'aggredì più forte di prima. Per un attimo aveva temuto che suo marito potesse avere scoperto il suo incontro con Ribaldo, ma adesso non gliene importava più niente. La idea della morte che si era insediata nei suoi pensieri affievoliva tutte le altre preoccupazioni fino a cancellarle.

« Vi prego, sto male. Lasciatemi! » si ribellò.

« Prima dovete confessarmi tutto », sibilò Febo in preda alla collera.

Il dolore era ormai senza pause, era un lungo strazio che si concluse quando Damiana cadde priva di sensi.

A un richiamo del marchese Febo, accorsero servitori con torce, parenti e amici e la giovane donna fu ricoverata nella grande camera nuziale.

Gli uomini appartati parlavano sottovoce, le donne stavano intorno a lei sperando di leggere sulla faccia bianca e rossa della levatrice pronostici favorevoli. La vita di Damiana e del suo bambino era una fiamma vacillante su cui soffiava un vento freddo e nero.

« Febo », chiamò con un filo di voce quando rinvenne.

Il marchese si avvicinò chinandosi su di lei.

« Damiana », disse. La reale sofferenza della moglie, la prospettiva di un evento che poteva anche non essere lieto per lui, per lei, per il bambino o per tutt'e tre, l'aveva indotto a ragionare.

« Sono sempre stata una buona moglie », sorrise in una pausa senza dolore.

« Lo so », disse Febo che non voleva aggravare la situazione in un momento tanto delicato.

« Le due persone che hai visto fuggire erano Saulina, la piccola acrobata e... » Una nuova fitta le strappò un urlo straziante.

« Pensa solo a te stessa », l'ammonì teneramente.

L'onda del dolore si ruppe placandosi.

« Ti ricordi i teatranti? » domandò Damiana, il volto sempre più pallido, il sorriso sempre più stremato, gli occhi sempre più grandi.

Febo ricordava. Erano venuti l'anno prima in villa e avevano recitato una tragedia e alcune commedie.

« Stai tranquilla », l'esortò preoccupato.

« Sono tranquilla, adesso », affermò. I capelli biondo tiziano facevano un violento contrasto con la sua pallida bellezza. « Mi domando anzi perché ci affanniamo tanto a mentire e a nascondere. » Parlava come in un soffio.

« Non c'è più niente da nascondere », replicò commosso.

« Ti ricordi quel teatrante con la faccia da zingaro e gli occhi neri come tizzoni? »

Febo rivide la faccia del capocomico, lo sguardo beffardo, il sorriso ironico mentre declamava sul palcoscenico improvvisato nel salone.

« Era un uomo singolare. »
« Aveva gli occhi e il sorriso della piccola acrobata. »
« Perché mi parli di queste cose? »
« Qualsiasi momento è buono per liberarsi della menzogna e dire soltanto la verità », affermò Damiana.
« Avrai tanto tempo per parlare, dopo. »
« Non lo so. »
« Sei spaventata perché è la prima volta. Sei soltanto una bambina. »
« Sento l'inverno nelle ossa », rabbrividì.
« Presto starai meglio. »
« Forse morirò. »
« Come puoi pensare una cosa simile? »
« Non ho paura », sorrise.
Febo era commosso e fece uno sforzo per trattenere le lacrime.
« Domani queste tristezze saranno lontane », disse fingendo di non dare peso alle parole di lei.
Damiana increspò le labbra.
« Mi viene in mente quell'attore girovago », ricordò ancora.
« Riposati, ti farà bene. »
« Nel giardino c'era un uomo con Saulina », confessò candidamente, « un uomo che tu dovresti amare se... » Un dolore crudele le spezzò nuovamente la frase.
Febo chiamò la levatrice.
« Fate qualcosa! » ordinò.
La donna continuò ad armeggiare con i panni bianchi e una catinella d'acqua calda.
« Farò tutto quello che è nelle mie possibilità », disse la donna.
« Dovete aiutarla », indicò Damiana che si torceva dal dolore.
« Bisognerebbe che Dio ci mettesse la sua santa mano », replicò la levatrice alzando lo sguardo al cielo.
« Tutti preghiamo per questo », disse piano Febo.
« Ora sono io che mi vedo costretta a pregare il signor marchese di allontanarsi », suggerì l'ostetrica con una certa soggezione.
Febo Alberighi d'Adda obbedì alla levatrice. Quella donna dalla faccia onesta e sana era certamente più importante di lui in quel momento, al capezzale di Damiana.

« Tutte le donne della casa sono a vostra disposizione », soggiunse prima di uscire. Avrebbe potuto chiamare un medico, ma non era mai successo che un uomo, per quanto giustificato dalla propria scienza, assistesse una partoriente. Nemmeno alla corte dei re di Francia.

La levatrice mandò a chiamare le due cameriere di Damiana.

« Tu asciugale il sudore sulla fronte », ordinò alla più giovane. « E tu », disse all'altra. « fai quello che dico. »

La marchesa Ippolita, madre di Febo, stava in disparte immobile come una sfinge a osservare la scena.

L'ostetrica scoprì Damiana e si trovò di fronte a una complicazione prevedibile ma non frequente.

« Dovete spingere, signora », l'esortò con dolce fermezza.

Le vene e i muscoli del collo erano tesi allo spasimo.

« Basta, Dio mio! » gridò la donna in preda alle doglie.

« Siete già dilatata », spiegò l'ostetrica. « È segno che il vostro piccolo vuole uscire. »

« Il dolore mi uccide. »

« Spingete inarcando bene la schiena », le consigliò. « Spingete con tutte le vostre forze. »

Damiana urlava di dolore chiamando a raccolta tutte le sue energie. La levatrice forniva alla partoriente le indicazioni dettate dall'esperienza, ma non le aveva detto che stava perdendo sangue, molto sangue. Era il segno che la placenta si era già staccata e se il bambino non usciva prestissimo sarebbe morto. Se già non lo era.

« Spingete, signora », la incitò nuovamente.

C'era stata una spinta più vigorosa che aveva rivelato il segno inequivocabile del dramma. Invece della testa era uscito il braccio del nascituro. Un bambino e una madre in quelle condizioni non erano mai stati salvati. Il terrore passò negli occhi della levatrice. Aveva sentito dire che uno spavento poteva provocare il fatale sconvolgimento, ma chi poteva avere spaventato quella signora di diciott'anni, nata tra gli agi, prediletta dalla sorte, amata e riverita? Non l'avrebbe mai saputo.

« Mi sento meglio », mormorò Damiana.

« È un buon segno », mentì la levatrice.

Damiana aveva il volto imperlato di sudore, diventava sempre più pallida, la sua pelle aveva la trasparenza dell'alabastro ora che la linfa vitale la stava abbandonando. Il sangue defluiva copioso dal suo corpo, ma fortunatamente le contrazioni dolorose erano cessate e lei provava una spossatezza molto simile a quella che precede il sonno.

L'ostetrica aveva visto soffrire e sentito urlare partorienti anche per quaranta ore di seguito prima che la morte ponesse fine a quella tortura.

« Dio ha avuto pietà di lei », pensò.

« Ne avrò per molto? » chiese Damiana.

« Nessuno può dirlo. L'importante è che non soffriate. » Era sincera. Lei, come le altre donne di casa, sapeva che l'evento della nascita poteva tramutarsi in una tragedia. Erano tutte rassegnate a questa eventualità, poiché è destino della donna partorire con dolore e, a volte, morire generando. Era un destino che si compiva silenziosamente tra le donne con coraggio e pudore.

Il marchese, come tutti i mariti, avrebbe saputo dall'ostetrica che la madre o il bambino o tutt'e due avevano cessato di vivere.

« Voglio mio marito », sussurrò Damiana.

Ippolita, la madre di Febo, che si era avvicinata al letto, rispose con un cenno d'assenso allo sguardo interrogativo della levatrice sorpresa da questa bizzarria.

« Febo », chiamò Damiana con un filo di voce.

L'ostetrica coprì la macchia di sangue con una coperta bianca e si stupì che, nonostante quello sfacelo, la marchesa trovasse ancora la forza di parlare.

In certe famiglie si pretendeva l'estrazione della creatura per stabilirne il sesso. Ma era una manovra inutile e cruenta basata sull'uso di strumenti che facevano scempio dei corpi. Lei non avrebbe commesso una simile atrocità, neppure se i marchesi glielo avessero ordinato.

Febo Alberighi non ebbe bisogno di parole per rendersi conto di quello che stava accadendo.

« Damiana », la chiamò piano chinandosi su di lei.

Le donne erano uscite per lasciarli soli.

« Amore mio », le disse con le lacrime agli occhi prendendo tra le sue le piccole mani della moglie.

« L'uomo che hai visto questa sera », disse lei con voce appena percettibile.

« Non parlare », si raccomandò. Si sentiva responsabile di quello che stava accadendo e prendeva su di sé la colpa maggiore. Si era comportato ingiustamente, con brutalità, e non aveva giustificazioni.

« Sono debole », affermò la donna, « ma non provo dolore. »

« Ne sono felice », disse Febo mentre grosse lacrime gli rigavano il viso e non faceva nulla per arrestarle.

« L'uomo che hai visto questa sera », riprese lei con determinazione, « era Guglielmo Gallaroli. »

A Febo Alberighi d'Adda questo nome non suscitava particolari emozioni.

« Non ha nessuna importanza », non voleva costringerla ad affaticarsi con ulteriori spiegazioni.

« Guglielmo Gallaroli è Ribaldo », continuò Damiana, « il brigante della foresta di Loreto. »

Febo pensò a un'aggressione, a un tentativo di estorsione o di ricatto e l'ira lampeggiò nel suo sguardo.

« Ti ha spaventata? » domandò.

« No, amico mio », gli sorrise serena. « Guglielmo Gallaroli... Ribaldo... è mio fratello. »

Il marchese Alberighi d'Adda trasalì appena.

« Cerca di riposare, adesso », disse per tranquillizzarla.

Come poteva essere vera una affermazione tanto assurda? C'è sempre sangue di rapina nella terra dove affondano le radici delle grandi famiglie e tra i suoi antenati c'erano sicuramente dei pendagli da forca, dei briganti da strada o soltanto dei campioni di brutalità che uccidevano per il gusto di uccidere. Certamente il primo Alberigo, il suo avo nominato marchese dal re Carlomanno, non doveva essere uno stinco di santo se era riuscito a far ruotare come una giostra i più grandi possedimenti di Lombardia sulla punta della sua spada. Ma ora i tempi erano cambiati, il mondo stava percorrendo l'ultimo tratto del ponte tra due secoli e nessun nobile avrebbe potuto giustificare la presenza di un bandito vero nella sua famiglia. Ladro, prevaricatore, intrallazzatore, accaparratore, corruttore e corrotto questo sì, ma non bandito nel senso schietto del termine. E poi Damiana non aveva fratelli.

« Non sei in collera con me? » chiese Damiana con ansia.

« Ma no, perché dovrei essere in collera con te? » l'accarezzò. « Pensa a rimetterti. »

Damiana si assopì reclinando lievemente il capo sul cuscino. Febo le baciò i capelli.

## 36

RIBALDO accese una torcia che illuminò il passaggio segreto e si mosse in quell'ambiente familiare. Attraversò un cunicolo da cui partiva una scala a chiocciola, cominciò a scendere i gradini di antica pietra che sembravano avvitarsi in una spirale senza fine. In pochi minuti raggiunse una galleria spaziosa dal soffitto a volta realizzato a regola d'arte con blocchi di granito perfettamente sagomati.

Guglielmo camminò per oltre mezzo miglio, superò un avvallamento, proseguì in discesa poi risalì sempre seguito dall'eco dei suoi passi e giunse all'inizio di una scala a chiocciola identica a quella che aveva disceso nel suo rifugio.

Salì agilmente e quando fu in cima abbassò una leva infissa nella parete mettendo in azione un meccanismo che aprì silenziosamente una porticina. Ribaldo si trovò così nello studio del suo appartamento al primo piano dell'albergo della Madonna di Loreto che, prima di essere un punto di riferimento per viaggiatori facoltosi, era stato una villa patrizia edificata in tempi lontani dalla famiglia Visconti.

Il cunicolo che sfociava nel cuore della foresta passava addirittura sotto il letto del Lambro grazie a un'ardita opera di ingegneria che aveva richiesto, alla sua costruzione, la temporanea deviazione del fiume. E quando, a lavori ultimati, il corso d'acqua aveva ripreso il naturale assetto, nessuno avrebbe potuto sospettare l'esistenza di un passaggio segreto che superava un ostacolo naturale rappresentato addirittura da una via d'acqua.

Di quel passaggio si era perduto il ricordo. Ribaldo l'aveva riscoperto e rimesso in funzione. Nell'albergo, che aveva opportunamente acquistato, lui era conosciuto con il suo vero nome: Guglielmo Gallaroli. Nella fattoria, che nascondeva una dimora principesca, era Ribaldo; il capo dei briganti della foresta di Loreto. Spalancò le imposte e si affacciò alla finestra del suo studio. Il sole si era alzato nel cielo annunciando un nuovo giorno afoso e senza pioggia.

Sentì bussare alla porta.

« Avanti », disse con voce allegra.

« Buongiorno, signore », disse Emma entrando con fare leggiadro; reggeva un grande vassoio dove erano disposti in bell'ordine bricchi, piattini, biscotti e pane tostato. Intorno si diffuse l'aroma del caffè.

« Puntuale come il destino », scherzò il giovane togliendo sveltamente carte e libri dal piano dello scrittoio per fare posto alla colazione, come se avesse smesso di lavorare in quel momento.

« Ma voi siete già vestito », si stupì la donna.

« Se è per questo non mi sono ancora spogliato », ribatté il giovane.

« Volete dire che non avete dormito per tutta la notte? »

« Voglio dire che non mi sono nemmeno coricato. »

« Per quanto forte, finirete per ammalarvi », lo rimproverò affettuosamente.

« Terrò conto dei vostri preziosi consigli. »

« Intanto bevete un buon caffè, vi rimetterà in sesto », lo consigliò mentre versava nella tazzina il fragrante infuso. « E mangiate, santo cielo. »

Guglielmo bevve lentamente provando un senso di benessere.

« Avevate ragione, mi sento meglio », ammise.

« E riposate un po'. »

« Seguirò il vostro consiglio. »

« E io farò in modo che gli avventori e la servitù non vi rechino disturbo. »

« Della vostra cortesia non vi sarò mai abbastanza grato. »

« Con permesso », lei s'inchinò congedandosi.

Quando richiuse la porta, Ribaldo si lasciò andare di

schianto sulla poltrona. Avrebbe fatto colazione, avrebbe dormito a lungo e al tramonto si sarebbe rimesso in strada per condurre Saulina a Milano.

Il pensiero di quella ragazzina gli riempiva il cuore e la mente e avrebbe cavalcato ancora tutto il giorno e tutta la notte pur di poterla stringere tra le braccia.

Il ricordo di quel profumo e di quel calore, l'impronta di quella presenza annullò la stanchezza e il sonno. Bevve il caffè e si ritrasse disgustato dal cibo.

Per mantenersi in quello stato di felice trepidazione, gli bastava il ricordo dell'espressione di Saulina, della sua pelle trasparente, delle sue palpebre delicate, della sua figuretta flessuosa.

Al confronto con i sentimenti che gli ispirava il pensiero di Saulina tutto il resto perdeva importanza. Il suo desiderio di vendetta, il piacere del rischio, l'ansia della giustizia, le contraddizioni della sua vita avventurosa sembravano lontani, perduti, apparentemente risolti. Non sapeva definire questo sentimento ma somigliava terribilmente all'idea dell'amore che aveva sempre sognato e che, prima di quel momento, non aveva mai conosciuto. Sognando i begli occhi di Saulina, finalmente si addormentò.

## 37

SAULINA riemerse lentamente e lietamente da un sonno profondo, un sonno sereno che forse non aveva dormito dai giorni lontani della prima infanzia. Socchiuse dapprima gli occhi, poi li spalancò sulla penombra del grande letto e la scoperta dell'ambiente nel quale si trovava fece suonare in lei il primo campanello d'allarme. Dov'era capitata questa volta? Per quanto si sforzasse, non riusciva a ricordare il momento che aveva preceduto l'oblio; tuttavia si confortò accorgendosi che non aveva paura.

Caso mai le sembrava di essere al centro di una fiaba che stranamente assomigliava molto alla realtà. Era immersa in un soffice benessere distesa nel grande letto che odorava di spiga e di lavanda, confortevole e morbido come una nuvola.

A mano a mano che rientrava nella realtà, le vennero in mente Icaro, nonno Ciampa, il marchese Febo, la marchesa Damiana e infine Guglielmo e Bernardino, la cavalcata notturna nella foresta, poi il nulla: una successione di ricordi resi ancora più lieti dalla prospettiva di tornare a Milano nella contrada di Sant'Andrea e dal calore delle braccia di Guglielmo Gallaroli, il primo uomo al quale si era aggrappata fisicamente provando emozioni e turbamenti sconosciuti.

Ma dove si trovava adesso? Di chi era quel letto meraviglioso nel quale si era svegliata? Allungò una mano e scostò la tenda di broccato verde sgranando gli occhioni scintillanti su una stanza dorata che era più bella e più ricca di quella di madama Grassini, più sontuosa e fiabesca di quella di Damiana Alberighi.

« Finalmente ti sei svegliata. Buongiorno », la salutò una vocina dolce con un inconfondibile accento lombardo.

« Sì, mi sono svegliata », disse volgendosi verso il punto da cui la voce proveniva.

« Avrai fame, immagino », suggerì la voce.

Le finestre erano chiuse e le parole gentili provenivano da un angolo in penombra verso il quale Saulina si diresse con cautela.

« Ecco, brava, avvicinati », la incoraggiò la voce.

Fu allora che la vide; una mite vecchina era seduta su una piccola poltrona.

« Io mi chiamo Saulina », si presentò, « Saulina Viola. »

« Lo so », disse la donnina molto avanti negli anni, ma con un'espressione giovane e innocente. Era piccola e aveva un tale distacco dalle cose che Saulina si domandò se per caso non fosse una proiezione della sua fantasia.

« Lo sapete? » domandò stupita la fanciulla.

« Lo so », ripeté la vecchina dalla voce gentile.

« Non ricordo di avervi mai vista », disse Saulina.

« Mi hanno detto che sei molto bella. »

« Vi hanno detto? »

« La bellezza posso soltanto immaginarla », confessò con apparente serenità. « O ricostruirla con le mie dita », soggiunse muovendo le mani sottili e diafane perché Saulina le vedesse.

« Ma allora, voi...? »

« Sì, piccola, sono cieca », sorrise. « Ma questo non significa che io sia infelice. »

Saulina si rese conto che la vecchina non la guardava. I suoi occhi chiari seguivano una linea che la escludeva e sembravano diretti oltre il letto verso la finestra dalla quale filtravano lame dorate di sole.

« Mi dispiace », disse la fanciulla riprendendosi dallo stupore.

« Io ti ringrazio, ma tu non devi preoccuparti per me », la rassicurò puntando il suo sguardo spento verso il nulla.

« Dove sono? » domandò Saulina.

« Sei sotto la protezione di Guglielmo Gallaroli. In casa sua. Lui si è fermato qui perché tu potessi riposare. Eri molto stanca. Questa sera o domani ti porterà a Milano. »

« E voi chi siete? »
« Io sono Giustizia. »
« Che nome è? » domandò Saulina.
« Un nome che esprime un'idea. »
Quel dialogo assurdo la confondeva.
« Un nome vale l'altro », decise di arrendersi.
« Tu sai perché ti chiami Saulina? » la sorprese la vecchina conservando la propria imperturbabilità.
« Perché così ha voluto mio... mia madre », s'inceppò prima di correggersi.
« E a tua madre l'ha suggerito qualcuno che aveva a che fare con il teatro? »
« Non saprei », si vergognò un poco per l'intuizione di Giustizia.
« I nomi vengono dati a caso », spiegò la vecchina con severità, « ma poi si impadroniscono delle persone e finiscono per condizionarne la vita. »
« Dite davvero? »
« Saulina deriva da *Saul*. *Saul* è la tragedia della solitudine, la storia di un personaggio la cui anima è dilaniata dalla lotta tra la passione per il potere e la consapevolezza della propria fragilità. » Erano parole belle ma incomprensibili per la ragazzina.
« È una favola quella che mi raccontate? » disse allarmata con un desiderio estremo di concretezza.
« Se così ti piace », accondiscese la vecchina, « allora è una favola. »
« Finisce bene? » si preoccupò la fanciulla.
« Non lo so », disse la donna dirigendo su un altro punto il suo sguardo spento. « Questo nessuno può saperlo. O forse », precisò, « finisce eroicamente. »
« Sapete molte cose, voi », l'ammirò Saulina.
« Ho letto tanti libri e ho raccolto parole come fiori tra le loro pagine. »
« Parole come fiori », sillabò Saulina mentre sulle sue labbra spuntò un sorriso. « Fiori nei libri. E tu li hai colti. »
« Ogni parola scritta è un fiore. Anche tu potrai coglierli, se leggerai tanti libri. »
« È davvero così importante? »
« Ho letto una volta », raccontò Giustizia, « che le due estremità della conoscenza si toccano. La prima estremità è la

pura ignoranza naturale in cui tutti gli uomini si trovano nascendo. »

« La mia! » esultò Saulina.

La vecchina sorrise prima di continuare.

« L'altra estremità », completò, « è il traguardo delle anime grandi che, avendo percorso tutti i gradi della conoscenza, si rendono conto che non sanno nulla. »

« Questa siete voi », riconobbe Saulina.

« Può darsi, ma, come vedi, tu e io siamo uguali. »

« È una cosa bella, mi pare », disse Saulina, molto orgogliosa dell'affermazione di Giustizia. « Però che nome, Giustizia », ritornò sul primo discorso ora che la familiarità nata fra lei e la vecchina sembrava darle diritto a una maggiore confidenza.

« Perché? Non ti piace la giustizia? »

« Per piacermi mi piace », affermò. « Il fatto è che ne ho trovata così poca finora », constatò cambiando espressione.

« Qui esiste, te lo posso garantire », dichiarò allegramente.

La luce violenta del giorno materializzava un pulviscolo dorato che filtrava dalle persiane socchiuse. Fuori, il sole picchiava con implacabile vigore e l'estate bruciava la campagna, ma i muri della casa, spessi due braccia, conservavano all'interno una temperatura gradevole.

« Devo tornare a letto? » rise Saulina toccando le mani di Giustizia.

« Altro che tornare a letto », la minacciò bonariamente la vecchina. « Dovrai lavarti, cambiarti d'abito e mangiare. »

« Chi vive in questa stanza? » domandò la fanciulla.

« Tu, dal momento che ci sei. »

La vecchina aveva sempre una risposta pronta e convincente.

« Intendo dire quando non ci sono io », insisté.

« Così giovane e così curiosa », la rimproverò.

« Perdonatemi », si scusò. « Ma voi, perché vi occupate di me con tanta premura? » chiese muovendo i piedi nudi sul tappeto di paglia intrecciata che ricopriva quasi interamente il cotto del pavimento tirato a lucido.

« Obbedisco a delle precise disposizioni », replicò.

« Non lo fate perché, forse, vi sono simpatica o perché mi volete un po' di bene? » la corteggiò con naturalezza.

« Bernardino mi ha detto che devo essere paziente e premurosa. E io lo sono. Il signor Guglielmo ha ordinato che questa deve essere la tua stanza. E io l'ho preparata per te. »

Il sangue le affluì violentemente al viso che si fece di porpora.

« Dov'è lui? » s'informò mentre il ricordo di quel giovane forte e delicato le riempiva l'anima.

« Lui chi? » si rabbuiò la vecchina.

« Il signor Guglielmo », precisò.

« Lui è dove vuole essere », decretò con energia. « La cosa non ci riguarda. E adesso basta con le domande », la zittì.

Giustizia si incamminò sicura come se potesse vedere.

« E io? » domandò Saulina.

« Devi soltanto seguirmi », disse la donna continuando a precederla verso una porticina a destra del letto.

La ragazza entrò dopo di lei in uno stanzino dove c'era una tinozza colma d'acqua tiepida, ancora più grande di quella di casa Grassini e, come quella, foderata da un morbido lenzuolo di lino per evitare che il corpo venisse a contatto diretto con il legno.

« Spero che saprai farti il bagno da sola », disse Giustizia.

« Certo che so lavarmi da sola », affermò orgogliosamente.

« Sullo sgabello accanto alla tinozza », l'avvertì, « c'è un pezzo di sapone speciale del signor Guglielmo. Viene dall'Inghilterra. »

« Che cos'è l'Inghilterra? »

« Un paese. »

« Come Cassano? »

« Più grande e più lontano », si spazientì. « Molto più grande e molto più lontano. Però adesso basta con le domande e comincia a lavarti. »

Saulina si spogliò velocemente, saggiò l'acqua con un piede come le avevano insegnato, poi si immerse provando un senso di profonda beatitudine.

« E cerca di non allagare il pavimento », si raccomandò la vecchina.

« Sto attentissima », la rassicurò.

Afferrò la saponetta di forma rotonda e liscia che aveva già visto in casa Grassini. Il profumo era quello del gelsomino, il colore era un pallido delicato lillà e provava un piacere dolcissimo nell'accarezzarsi con quella forma tondeggiante che liberava tanta morbida schiuma.

« *Floris Soap* », lesse senza difficoltà. Ecco che cos'erano quei segni che prima di imparare a leggere non riusciva a decifrare. E intuitivamente fece anche la sua prima traduzione: *floris* stava per fiore e *soap* per sapone. Leggeva, dunque, e capiva.

Si ricordò con riconoscenza di nonno Ciampa e degli acrobati che l'avevano affettuosamente ospitata e rivide il bel volto di Icaro segnato dalla tristezza per la sua partenza.

« Lavati bene dappertutto », le ricordò Giustizia. « Anche dove il pudore ti suggerirebbe di sorvolare. L'acqua e il sapone sono importanti per il corpo come le preghiere per l'anima. »

Saulina arrossì.

« Sì », disse. Poi, dopo un attimo di riflessione, aggiunse esitante: « Immagino che questa sia la stanza da bagno del signor Guglielmo ».

« Ancora domande? » finse di arrabbiarsi.

« Non ho fatto una domanda », si difese, « ho fatto una semplice osservazione. »

« Sarai una buona allieva per chiunque si prenda la briga di educarti », disse ammirata dalla prontezza della fanciulla.

« Ho immaginato giusto? » giocò sul vantaggio.

« Più o meno », ammise.

« Posso riavere i miei vestiti? »

« Sanno di selvatico. Dopo il bagno ne indosserai di nuovi. »

In un'altra occasione avrebbe esultato per quella novità, ma in quel momento aveva un'altra e più forte curiosità.

« Ma tu, Giustizia », rischiò, « chi sei? »

La vecchina non la rimproverò e non se la prese per quell'intrusione nella sua vita privata.

« Sono la madre di chiunque abbia subito un'ingiustizia », disse.

Saulina tacque per un lungo istante.

« Adesso mi prendo cura di te », concluse la vecchina.

Quando Saulina uscì dall'acqua, Giustizia era pronta a porgerle un grande telo di lino perché potesse asciugarsi. La vecchina non sbagliava mai un intervento, sembrava che un sesto senso la guidasse nella direzione giusta.

« Mi sento come una regina », sorrise beata avvolgendosi nel bianco telo profumato di lavanda.

« E ti vestirai come una regina », le disse la vecchina. « Torna nella camera e guarda sulla poltrona. »

Saulina obbedì.

« Sono colori fantastici! » esclamò ammirata osservando gli indumenti.

« Li ho scelti io », la stupì Giustizia.

« Voi? » replicò Saulina.

« Amo i colori vivaci. I miei occhi ciechi sono pieni di rosso e di azzurro. Dai, vestiti! » ordinò.

Dopo essersi infilata i mutandoni bianchi, che terminavano al ginocchio con una serie di volants, Saulina indossò un costume zingaresco: una gonna con grandi balze arricciate dai colori violenti e contrastanti in cui si mescolavano giallo, turchese, rosso e verde, una camicetta gialla di cotone fresco con maniche corte a palloncino e una scollatura tonda appena accennata.

« C'è anche un regalo per te », disse Giustizia estraendo dalla tasca della gonna una scatola di velluto grigio.

Saulina la prese fra le mani senza parlare. Aprì il cofanetto e vide che conteneva una collana, orecchini e un bracciale di corallo montati in oro. Le parvero gioie degne di una gran signora e non riusciva a convincersi che fossero per lei. Inoltre, ormai aveva imparato a essere diffidente.

« Giustizia, dimmi », le chiese, « che cosa mi succederà se accetto questo dono? »

« Viene dal signor Guglielmo », rispose la vecchina, « puoi prenderlo senza timore. Se lui fa questo per te, vuol dire che te lo meriti. »

« Non ne sono sicura », ragionò. « Sono una testa balzana. Adesso che il signor Guglielmo mi riporta dalla mia protettrice, voglio mettere giudizio e stare lontano dai guai. »

« E così sia », concluse Giustizia mentre Saulina, davanti a una piccola specchiera veneziana, si ammirava con civetteria tutta femminile.

La vecchina le accarezzò la faccia e passò le sue piccole mani diafane sul corpo della fanciulla come se volesse plasmarlo.

« Sei molto bella », disse.

« Grazie », mormorò.

« La tua bellezza sarà un lasciapassare », profetizzò. « Perché è una bellezza strana e nessuno resterà insensibile alla dolcezza che riesci a comunicare. Ma usala con discrezione. Potrebbe ritorcersi contro di te. »

Le parole della vecchina quasi la spaventarono.

« Ora, seguimi », disse Giustizia e le fece strada, con la sicurezza consueta, in una sala da pranzo con il soffitto a cassettoni al centro del quale pendeva un candelabro d'argento. Argento e oro erano profusi ovunque: piatti, bicchieri, stoviglie, brocche, vassoi messi in evidenza da tovaglie di pizzo finissimo che sottolineavano la grazia di giade preziose, di rare porcellane, di finissimi cristalli.

« Se hai fame, sul tavolo c'è di che sfamare un reggimento », disse la vecchina indicando la tavola imbandita.

« È tutto vero quello che vedo? » trasecolò.

« Assaggia e te ne renderai conto. »

« Siamo in una grande città? » volle sapere.

« Siamo nel cuore della foresta. »

« E tu vuoi farmi credere che nel cuore della foresta c'è un palazzo come questo? »

« Non voglio fartelo credere. È vero. »

« Deve essere molto ricco Guglielmo Gallaroli. »

« È buono e giusto. Vuole che tu sia felice. Quanto alla ricchezza, non farci caso. »

« Il parroco di Corte Regina », ricordò Saulina, « quando spiegava il Vangelo diceva che era inutile farsi dei tesori sulla terra dove la tignola e la ruggine li consumano. Dove i ladri scassinano e rubano. Erano insegnamenti buoni che però non servivano a nessuno, perché il massimo tesoro che il più fortunato possedeva era il pane per l'inverno. Ora ho visto come sono i tesori. »

« Non farci caso », ripeté Giustizia. « Oggi si nuota nell'abbondanza, ma domani potrebbero esserci soltanto rape e fagioli. »

« Perché non mi spieghi meglio? Sono sveglia, sai? » ritornò alla carica.

« Lo so che sei sveglia. Se ti fermassi qui, capiresti da sola senza bisogno di tante spiegazioni. Ma siccome stasera riparti, non c'è niente da capire. Mangia quanto vuoi e taci, se ti riesce », concluse sedendosi sul bordo di una sedia in un angolo della grande sala.

« Tu non puoi vedere quello che vedo io », insisté Saulina. « Altrimenti capiresti il mio stupore. »

« I miei occhi, prima che diventassi cieca », spiegò con voce dolce, « hanno visto fin troppe cose. Conosco questa casa come tu conosci le dita della tua mano destra. »

Saulina cominciò a girare per la sala passando di stupore in stupore, ma la sua più grande sorpresa fu di vedere, affacciandosi a una delle finestre, che all'esterno quella reggia scintillante d'oro, d'argento e di broccati era soltanto una povera casa contadina per molti versi simile a quella di Corte Regina dove lei era vissuta.

Andò dalla vecchina e si inginocchiò davanti a lei.

« Ma io credevo di essere in un palazzo », disse confus

« La casa non si giudica dalla facciata », l'ammonì.

« Ma questa non è una casa », precisò con forza, « è una cascina. E nessuna cascina, che io sappia, ha mai contenuto dei tesori. »

« Ora sai una cosa in più. »

« Ma il signor Gallaroli chi è? » cominciò a piangere silenziosamente.

« Ho paura. Qui, qualcuno mi sta di nuovo ingannando. Dimmi la verità, Giustizia. Io ho conosciuto una merciaia che voleva vendermi », e aggiunse disperata: « Voi, che cosa volete farmi? »

La vecchina prese tra le sue le mani della fanciulla.

« Nessuno ti sta ingannando », cercò di persuaderla. « Queste mie mani, tanto tempo fa, hanno ucciso un uomo che aveva abusato di una ragazza come te. Queste mie piccole mani hanno trovato la forza per fare giustizia. »

« Come posso crederti? » singhiozzò Saulina.

« Perché quella ragazzina era mia figlia. Calmati ora. Nessuno mai, qui dentro, ti farà del male. »

## 38

In fondo al bosco fiammeggiava il tramonto. Voli d'uccelli solcavano il cielo che si caricava d'azzurro. Saulina ammirava quello spettacolo antico e nuovo.

In compagnia di Giustizia, guidata dal passo sicuro e dalla memoria infallibile dei suoi occhi spenti, aveva visitato il piccolo sontuoso regno di Guglielmo Gallaroli.

A questo punto poteva vantarsi di conoscere un pochino il mondo: era stata immersa nella miseria, aveva condiviso il fastoso benessere di un'artista famosa come la Grassini, aveva respirato l'indecorosa povertà del Bottonuto, si era adattata alla semplicità spartana dei saltimbanchi e aveva intravisto l'eleganza patrizia dei marchesi Alberighi.

Ma niente l'aveva rapita, affascinata e incantata come quella dimora principesca contenuta in un involucro impenetrabile che la rendeva più preziosa e rara. Era passata di sorpresa in sorpresa e aveva imparato che al meglio e al peggio non c'è mai fine. Ma ora sentiva che avrebbe sofferto lasciando quel rifugio.

Poi c'era il ricordo di un contatto fisico, il fascino di un profumo, la tenerezza e la forza di un lunghissimo abbraccio, la memoria di una sicurezza assoluta che avevano risvegliato in lei sentimenti di donna.

L'ultima tappa dello splendente itinerario era quella stanza più piccola delle altre, una via di mezzo fra un salotto e una biblioteca, con la finestra affacciata sul bosco. Le pareti erano interamente rivestite di libri e c'erano sparsi con un meticoloso disordine divanetti e poltroncine che non avevano la manierata frivolezza dei mobili di casa Grassini, ma erano più comodi, più solidi, più confortevoli. C'era una poltrona, sulla quale Saulina si era seduta con un libro in mano, che invitava alla lettura. Si guardò intorno come una regina chiedendosi se Guglielmo Gallaroli avesse davvero letto tutti quei volumi.

Con il permesso di Giustizia aveva guardato, toccato con estrema cautela e infine scelto un volumetto delle dimensioni di un messale, con la copertina di un bel marocchino blu a fiori d'oro. Il titolo l'aveva incuriosita: *Zelamira, ossia le Unioni Singolari*, stampato in Venezia nell'anno 1742.

Saulina cominciò a leggere a voce alta, lentamente dapprima, poi sempre più speditamente.

« È brava la nostra piccola lettrice », la interruppe una voce d'uomo. Era una voce bella, calda, virile.

Saulina guardò verso la porta e vide Ribaldo che le sorrideva mostrando due file di denti bianchissimi e forti. Era una faccia gentile e schietta quella del giovane. La fanciulla rimase inchiodata sul divano per la sorpresa e l'emozione. Fu così che Ribaldo l'avrebbe ricordata per sempre: il libro in mano, le guance di porpora, nella luce del tramonto che faceva risaltare i colori accesi dei suoi abiti zingareschi, la cascata di capelli d'oro inanellati sulle spalle armoniose. Rimase senza fiato di fronte a quella sconcertante, acerba bellezza. Dovette dissimulare il turbamento che si era impadronito di lui. In fondo quella che aveva di fronte era soltanto una ragazzina di non ancora tredici anni.

Ma quegli abiti sgargianti facevano risaltare la sua radiosa bellezza, una bellezza purissima, senza età e senza peccato.

« Ben trovata », la salutò.

Saulina scattò in piedi vergognandosi di essere stata sorpresa in un atteggiamento che forse le regole del galateo giudicavano sconveniente.

« Buona sera, signore », disse inchinandosi come le aveva insegnato madama Grassini

« Col vostro permesso, io me ne vado », decise Giustizia alzandosi dal suo angolino. Non c'era segno di servilismo nel suo atteggiamento, nelle sue parole, nel tono della voce.

« Grazie », disse Guglielmo come se si rivolgesse a una donna della famiglia. « Spero che la signorina non abbia creato problemi. »

« È stata una compagnia piacevole », disse la vecchina uscendo dalla stanza.

Ribaldo indicò a Saulina un divano.

« Siediti, ti prego », la invitò.

La fanciulla obbedì abbassando il capo. Il giovane le sedette accanto.

« Posso vedere il libro che stai leggendo? » le domandò.

« Certo, signore », lei rispose porgendoglielo con bel garbo.

« Hai scelto bene. Se vuoi, puoi tenerlo così potrai proseguire la lettura che hai cominciato. »

« Voi mi fate troppo onore », si schermì Saulina.

« Per un libro? » disse Ribaldo.

« Mi avete regalato abiti nuovi, gioielli e ora anche questo. È troppo », disse lei decisa. « Anzi, se non vi dispiace, avrei pensato che non posso accettare questi coralli. » E così dicendo si andava sfilando orecchini e collana.

Ribaldo la fermò con un gesto imperioso. Avrebbe voluto dirle che quelle piccole cose non valevano la millesima parte dei gioielli sottratti a Giuseppina Grassini e confessarle che per lui i preziosi non avevano nessun valore se non quello di alleviare la miseria della povera gente o di compiacere la vanità di una creatura amata. Ma perché sentiva fortissimo il desiderio di raccontare tutto di sé a quella ragazzina che per la seconda volta entrava nella sua vita?

« Terrai queste cose per mio ricordo », disse risoluto.

« Ma perché? » si difese appena.

« Perché ho deciso così », affermò. « E tu mi ubbidirai. »

« Sì, signore. »

Il giovane si diresse verso la porta.

« Vieni », disse, « è ora di partire. »

« Adesso? » Era una domanda ansiosa e un'esclamazione di sconforto che le era sfuggita.

Lui si fermò, si voltò verso di lei e la guardò dritto negli occhi.

« Come hai detto? » le chiese facendole intendere che aveva capito benissimo.

« Niente, signore », lei arrossì.

« Ho sentito quello che hai detto », la riprese.

« Allora è inutile che ve lo ripeta », osservò mentre una luce malinconica le illanguidiva lo sguardo.

« Che storia è questa? » le disse accarezzandole il viso.

« Nessuna storia. » Il contatto di quella mano forte, tiepida e asciutta la faceva rabbrividire, ma non aveva paura.

« Non vuoi tornare a Milano? » la interrogò.

No, non voleva. Per settimane aveva vissuto nell'attesa di quel momento, ma adesso non lo voleva più. C'era qualcosa che l'attraeva in quell'uomo, c'era una magia misteriosa in quella reggia segreta. Ma il pensiero dell'affettuosa, solida certezza rappresentata da madama Giuseppa ebbe il sopravvento.

« Allora non vuoi tornare a Milano? » ripeté Ribaldo.

« Sì, signore », affermò.

« Sì, che cosa? »

« Voglio tornare a Milano », ripeté con un filo di voce.

« È giusto che tu ritorni da Giuseppina Grassini », le spiegò. Era la decisione più saggia, anche perché Ribaldo si rendeva conto che procedeva gradualmente verso una passione impossibile. Quel corpo flessuoso, quei boccoli biondi, quegli incantati occhi neri gli stavano entrando nel sangue. Meglio disfarsene subito di quest'angelo che rischiava di dannargli l'anima. L'avrebbe riportata a Milano alla svelta, perché lei, con imprudenza di bambina, poteva essere indotta a qualsiasi sciocchezza e lui, obbedendo alla debolezza dei sensi, avrebbe potuto macchiarsi di una colpa terribile.

« Va bene », disse rudemente. « Allora andiamo. »

Scesero insieme la sgangherata scaletta.

« Io sono pronto, signore », disse Bernardino che li stava aspettando davanti alla stalla.

« Tu sai cavalcare? » Ribaldo chiese a Saulina.

« Sì, signore. »

« Allora sella anche il cavallino bianco », ordinò a Bernardino.

« No », protestò lei. « Niente sella. »

« Perché? » si stupì Bernardino.

« Perché non ho mai cavalcato con la sella », spiegò. « E non credo di esserne capace. Ecco perché. »

Il vecchio servitore scomparve nella stalla e ritornò poco dopo con una stupenda bestia perfettamente sellata.

« Imparerai », disse Bernardino invitandola a montare.

« No, con la sella non ci monto », reagì Saulina con determinatezza. Non si trattava più di libri, di eleganza, di comportamento, di etichetta. Adesso agiva sul suo terreno.

« Senti, ragazzina », si spazientì Bernardino, « non fare troppi capricci. Prima di te ho avuto altri ragazzi da educare. E conosco un metodo infallibile. »

« E quale sarebbe, di grazia? » lo provocò.

« Quello di prenderti a sculacciate », minacciò.

Ribaldo osservava divertito la scena e si guardò bene dall'intervenire. In cuor suo teneva per Saulina. Se era quella ragazzina puntigliosa e caparbia che lui pensava, non avrebbe ceduto neanche di fronte alla prospettiva di una punizione.

« È pericoloso montare senza sella », cercò di farla ragionare Bernardino.

« Non per me », insisté lei.

« Senti, ragazzina », si risentì Bernardino, « cerca di calmarti e di ragionare. »

« Devi credermi se ti dico che non mi fido a montare a cavallo con la sella », gli occhi scintillanti di Saulina non ammettevano repliche.

« E va bene, signorina », esclamò facendo sibilare l'aria con il frustino. « Senza sella. Ma stammi alla larga. Io e te abbiamo chiuso. » Slacciò la fibbia e tolse la sella al cavallo bianco.

« Aiutatemi voi, signore, vi prego », lei si rivolse a Ribaldo.

Il giovane predispose l'appoggio delle mani incrociate e Saulina balzò agilmente in groppa al docile animale. Aveva vinto.

« Quella ragazza è destinata al successo », pensò Ribaldo. « Quando il coraggio, la bellezza e la determinazione si incontrano, gli ostacoli saltano come rami secchi. »

Erano già usciti dal bosco e avevano preso per il sentiero che, aggirando il borgo della Madonna di Loreto, immetteva nella strada maestra per Milano. Nel cielo si accendevano le prime stelle e i grilli cantavano.

« Fermatevi! » ordinò improvvisamente il giovane.

Bernardino e Saulina obbedirono prontamente.

« Che cosa c'è? » chiese il vecchio servitore.

« Taci. »

Dalla parte del rifugio venne un fischio modulato che sovrastò il concerto dei grilli. Ribaldo conosceva bene quel richiamo.

« È Giobatta », disse.

« Che cosa facciamo? » disse Bernardino.

« Torniamo indietro », decise Ribaldo invertendo subito la marcia. Di nuovo, questa volta più vicino, si udì il fischio modulato.

A un certo punto, sul sentiero, si profilò un cavaliere. Era Giobatta.

« Credevo di non riuscire a rintracciarvi, signore », disse il ragazzo smontando da cavallo.

« Che cosa c'è? » domandò allarmato Ribaldo.

« Non so se posso di fronte a loro », disse indicando Saulina e Bernardino.

« Parla », ordinò Ribaldo.

« La marchesa Damiana è morta. »

## 39

Poco prima di entrare a Cassano, Ribaldo consegnò il suo cavallo a Bernardino.

« Aspettami qui », disse. « In questa macchia. »

Erano le prime parole che si rivolgevano da quando erano ripartiti dal rifugio nella foresta, dopo avere affidato Saulina a Giustizia. Si erano messi in cammino prima che il sole spuntasse, perché Guglielmo Gallaroli voleva passare inosservato e mescolarsi alla folla della povera gente che avrebbe partecipato alle esequie di Damiana. Questa era anche la ragione del suo travestimento. Aveva indossato panni da contadino e si era calcato in testa un cappellaccio di paglia che gli nascondeva gran parte del viso.

Il suo era un dolore freddo, un dolore di pietra senza la consolazione delle lacrime. Un'infinita solitudine pesava sul suo cuore. Damiana era il solo riferimento di quel legame che il sangue sanciva e le convenzioni sociali negavano. Per la legge degli uomini era morta la figlia del conte Antonio Mocenigo, moglie del marchese Febo Alberighi d'Adda, non la sorella di Guglielmo Gallaroli.

Giobatta, il mozzo di stalla degli Alberighi, fedele servitore di Damiana, gli aveva riferito che, per via del caldo, i funerali si sarebbero svolti alla seconda ora dopo il mattutino, poi gli aveva consegnato un biglietto del marchese Febo Alberighi che Ribaldo aveva subito letto.

« Signore », diceva il breve messaggio, « apprendo costernato da mia moglie, sul suo letto di morte, il legame di sangue che vi unisce a lei. Le sue ultime parole sono state per voi e io rispetto la sua volontà. So chi siete ma non farò niente contro di voi. La vostra storia mi è in parte oscura e personalmente non desidero chiarirla. Tuttavia per rispetto alla memoria di mia moglie, e unicamente per questa ragione, mi degno informarvi del suo avvenuto decesso. Apprezzerò il vostro riserbo anche in questa circostanza. »

Era un invito esplicito a non farsi vedere a Cassano o comunque a partecipare alle esequie in modo da non essere visto. Ribaldo capiva perfettamente l'atteggiamento di Febo, il cui comportamento, per altro, rivelava l'affetto profondo che lo aveva unito a Damiana.

Ribaldo entrò in Cassano da solo per la strada maestra mischiandosi subito alla gente che occupava lo spiazzo prospiciente la corte d'onore della villa: c'erano signori venuti apposta da Milano, forestieri di passaggio, contadini e artigiani che avevano lasciato il loro lavoro.

I cancelli erano stati spalancati e addobbati con drappi di seta pesante in cui dominavano il bianco e l'oro, i colori degli Alberighi, e l'aquila, emblema dell'illustre casata. Carrozze e cavalieri entravano e uscivano dalla villa le cui imposte erano state socchiuse in segno di lutto. Il vessillo degli Alberighi d'Adda sventolava a mezz'asta sul culmine del tetto. Nell'aria chiara del mattino d'estate vibrava l'eco delle campane che rintoccavano a morto dalle chiese di San Zenone, San Dionigi e Sant'Ambrogio.

Un valletto in marsina di velluto bianco con ricami d'oro e parrucca incipriata, sul cancello della villa, distribuiva a chi ne faceva richiesta un'immagine della Madonna col bambino prendendola da un cofanetto dove ce n'erano altre tutte uguali ordinate in pila. Quei santini erano il risultato di un giorno e di una notte d'intenso lavoro dei copisti che in bella grafia avevano vergato sul retro dell'immagine una scritta dettata dal marchese Febo e concordata con il fratello Monsignore.

« Soave come incenso », diceva la preghiera, « si innalzi al trono di Dio la nostra prece a suffragio dell'anima benedetta di Damiana Carola Alberta, nata contessa Mocenigo, coniugata Alberighi d'Adda, rapita all'amore dei suoi cari a soli diciotto anni, vero tesoro dell'illustre famiglia. »

Ribaldo lesse quelle parole vane e frettolosamente enfatiche

che non rendevano giustizia alla memoria di Damiana e alla maestà della morte che incombeva su tutti con il suo mistero inesplicabile.

C'era un domestico che riferiva a un gruppo di persone i particolari orecchiati della morte della giovane marchesa. Era la sua grande occasione e mai più quel cronista improvvisato avrebbe avuto su di sé tanta attenzione. Anche Ribaldo si avvicinò.

« È spirata senza accorgersene », spiegava il servo.

« Ma il bambino? » chiese qualcuno.

« Nessuna notizia del bambino », disse il domestico.

« Dicono che è morto dentro la madre », affermò un altro.

« Nessuno ne sa niente », assicurò il domestico.

« Non sarà che magari il bambino aveva un muso da coniglio? » si intromise una comare.

« A Vaprio, l'anno passato », raccontò una vecchia, « una contadina ha fatto una bimba col muso da coniglio. La levatrice, come l'ha vista, l'ha subito buttata sotto il letto. »

« A me hanno detto che usciva un braccino », si confidò in gran segreto il servo.

« Magari era la coda di un pesce », mormorò la vecchia segnandosi.

« Nessuno lo saprà mai », qualcuno disse.

« I signori sono molto segreti », fece la comare con aria misteriosa.

« Neanche la levatrice racconta tutta la verità », aggiunse piano.

Ribaldo ascoltava questi racconti che appartenevano a ogni nascita e a ogni morte, poiché nascere e morire erano spesso gli unici eventi importanti nella vita della maggior parte di quella gente.

Intorno a quei frammenti di verità il popolo tesseva fiabesche fantasie, nelle quali predominava l'idea del mistero, l'esaltazione del mostruoso e dell'eccezionale, forse per ravvivare con i colori dell'immaginazione la monotonia di una vita paludosa e ferma, sempre uguale a se stessa.

« E pensare che i conti Mocenigo di Venezia, i genitori di lei », riprese a narrare il domestico, « non sanno ancora niente. Il marchese Febo ha inviato un messo soltanto stamattina. »

« E perché mai? » interrogò un uomo di bell'aspetto.

« Il marchese ha detto che se anche l'avesse mandato ieri,

non sarebbe cambiato niente. Per andare e venire da Venezia, anche sfiancando i cavalli, ci vuole tempo. E con il caldo che fa non si poteva aspettare l'arrivo dei parenti per fare i funerali. Arriveranno a cose fatte. »

Dunque, pensò Ribaldo, il padre di Damiana, lo stesso padre che aveva rifiutato lui, non era ancora informato della disgrazia. Si chiese come avrebbe reagito alla notizia e concluse che probabilmente non si sarebbe nemmeno scomodato a venire a Cassano, dal momento che non c'era più nulla da fare.

Antonio Mocenigo, padre suo e di Damiana, in tutta la vita aveva amato appassionatamente, con tutta la profondità dell'animo suo, una sola persona, la moglie Elisabetta Rezzonico che una febbre maligna aveva stroncato in giovane età. Non era mai stato sensibile ai suoi doveri di padre anche se con Damiana, figlia legittima, presto imparentata con gli Alberighi d'Adda, era stato formalmente corretto, mentre aveva esercitato tutta la sua crudeltà contro di lui rinnegandolo e ripudiandone la madre.

Ma non c'era più tempo per le riflessioni e per i rimpianti perché Damiana avanzava dal fondo del viale inondato di sole. Era adagiata su una barella ricoperta di seta bianca trapuntata d'oro, trasportata a spalle dal conte Litta, dal conte Parravicini, dal marchese Solbiati e dal cavaliere Archinto. Dietro di lei Febo dava il braccio alla madre, la marchesa Ippolita. Seguivano gli altri componenti la famiglia, gli amici e i servitori.

Apriva il corteo, che avanzava in un silenzio assoluto e con la solennità dei grandi eventi, Monsignor Pietro paludato nei sacri paramenti, attorniato da chierichetti compunti; seguivano le bimbette in abito bianco, il capo coperto da un candido velo.

Ribaldo si appiattì contro la cancellata mentre le donne e gli uomini si inginocchiavano al passaggio di Damiana. Voleva vederla ancora una volta, quella creatura tanto amata; e la vide nel ricco abito da sposa che aveva indossato due anni prima quando era entrata come un soffio primaverile in quella famiglia sussiegosa che ora l'accompagnava al sepolcro.

Il giovane sorrise al volto sereno della sorella incorniciato dalla morbida cascata dei capelli rosso tiziano; e poiché un refolo di vento le scompigliò un ricciolo, a Ribaldo parve che lei ancora respirasse, che fosse ancora viva. In quel momento pregò con tutta l'intensità di cui era capace, pregò e credette come non aveva mai pregato e creduto, perché quel corpo si levasse sulla barella funebre per dirgli: « Sono viva, fratello. Sono la tua Damiana. E sono viva ».

Ma lei continuò a restare immobile, immersa nel grande sonno senza fine.

Monsignor Pietro aveva iniziato una preghiera e i chierichetti gli fecero coro.

« *De profundis clamavi ad te, Domine* », supplicava il religioso. « *Domine, exaudi vocem meam. Fiant aures tuae intendentes in vocem deprecationis meae. Si iniquitates observaveris, Domine, Domine quis sustinebit?* » Le parole del Salmo dei morti passavano di bocca in bocca, recitate con devozione da nobili e da plebei, da tutti egualmente storpiate poiché l'antico senso di sgomento e d'implorazione che esprimevano aveva finito per prevalere su di esse trasformandole quasi in una formula magica per esorcizzare l'idea del buio senza ritorno, per rimuovere l'idea stessa della morte.

Il dolore di Ribaldo finalmente si sciolse e il giovane pianse amaramente. Vide passare Febo e la marchesa Ippolita che, per essere vicina al figlio, aveva allontanato il suo cavalier servente, il conte Litta. Febo soffriva e lei lo consolava, ma già in cuor suo pensava al modo, neppure tanto difficile, di trovare un'altra sposa che sostituisse la perduta compagna. Febo aveva trent'anni, un gran nome, una cospicua fortuna, un aspetto gradevole: avrebbe pensato lei a cogliere nel giardino dell'aristocrazia del sangue il nome più giusto, a scegliere il grembo più degno per assicurare una discendenza agli Alberighi.

Suor Clotilde si era coperta il volto con un fitto velo nero e recitava le preghiere dei morti con mistico accanimento, ma per quanto facesse non riusciva a spremere neppure una lacrima. Aveva detestato Damiana per la sua bellezza altera, per la sua fortuna sfacciata, per la sincerità, non l'avrebbe mai uccisa né avrebbe desiderato di vederla morire, ma ora che il buon Dio nei suoi disegni imperscrutabili l'aveva chiamata a sé, suor Clotilde, per quanto se l'imponesse, non riusciva a commuoversi. Dava il braccio al marchese Giuseppe Alberighi, suo padre, giunto dal quieto ritiro di Bergamo per accompagnare Damiana all'ultima dimora e sperava che tutto finisse presto per tornarsene nella villa in collina dove c'era aria migliore, un gradevole panorama e piacevoli occupazioni. Pregava distrattamente e pensava alla sua Enrichetta, la giovane contadina, furba e sensuale che riusciva a farlo sentire nel pieno della virilità nonostante i suoi sessant'anni suonati.

Mancava Marianna, la figlia dissoluta, una delle dame più chiacchierate di Milano, instancabile frequentatrice d'alcove costretta a rifugiarsi in una villa sul Lago Maggiore per rimettersi da un guaio venereo. Un medico si recava presso l'inferma per curarla con bagni medicamentosi. Così non aveva potuto partecipare al lutto di famiglia.

Non c'era nemmeno Cesare, il terzogenito, che aveva seguito l'arciduca Ferdinando per motivi non certo ideali e politici, ma spinto dalla passione per il gioco e per la nobildonna viennese Mitzy Reiner.

Ribaldo li conosceva uno per uno e di ognuno conosceva la storia più o meno segreta e li guardò passare in quel mesto fiume dove c'era anche il dolore, ma dove soprattutto scorreva la finzione, il pettegolezzo sullo sfondo di un rituale che coinvolgeva più il popolo in ginocchio che i parenti e gli amici diretti alla chiesa di Sant'Ambrogio dove le spoglie mortali di Damiana avrebbero ricevuto l'estremo saluto prima della sepoltura.

Erano trascorsi ventidue anni da quando nel 1774 l'imperatore Giuseppe d'Austria aveva promulgato la legge con cui si vietava di seppellire i morti nelle chiese o nei sagrati e si ingiungeva di edificare cimiteri staccati dall'abitato. Ma gli Alberighi, dal lontano 887, riposavano in una cripta della piccola chiesa che già da allora era dedicata a Sant'Ambrogio. E lì Damiana avrebbe riposato per sempre con il suo bambino mai nato. Intorno alla chiesetta, per volere della marchesa Ippolita, proprio in quell'anno era sorto il cimitero per i morti di Cassano: la plebe sottoterra, i signori nel granito della cripta.

Ribaldo, asciugate le lacrime, era rimasto lì, immobile, il viso premuto contro le sbarre del cancello, ormai indifferente a una cerimonia che lo escludeva. Aveva visto la sua Damiana per l'ultima volta e adesso era tutto finito.

Era rimasto solo sul piazzale antistante la corte d'onore della villa.

L'atmosfera sembrava quella che segue le fiere quando la festa è finita: valletti, camerieri e uomini di fatica andavano staccando gli addobbi, riassettando le vaste aiuole e spazzando i viali, aprendo le imposte. L'eccezionalità di un evento che aveva commosso l'intero paese si dissolveva con la polvere sollevata dalla processione. Damiana Alberighi nata Mocenigo usciva dalla vita per entrare nella leggenda.

« Non vai al cimitero? » domandò una voce alle sue spalle, una voce un po' rauca e appassionata, una voce giovane di donna che accarezzava forse il primo esaltante momento di libertà.

« No », rispose Ribaldo incamminandosi per la strada maestra verso l'uscita del paese.

« Neanch'io ci vado », disse la donna, prendendo la stessa direzione del giovane e seguendolo a due passi di distanza. « Però, quella povera signora », soggiunse.

« Già », disse Ribaldo proseguendo il cammino.

« La morte non guarda in faccia a nessuno », osservò la donna. « Per lei non ci sono i ricchi e i poveri. A chi tocca, tocca. »

« Ma tu che cosa vuoi da me? » reagì lui voltandosi di scatto e fermandosi a guardarla.

« Ti ho visto, sai, mentre piangevi », mormorò con sincera pietà.

Era una giovane contadina di singolare avvenenza con una morbida lucentezza nello sguardo e la pelle brunita dal sole.

« Hai preso un abbaglio », negò il giovane.

« No, ho visto bene », lei insisté. « E ho capito che non sei di queste parti. E non sei neppure un contadino come il tuo vestito vorrebbe far credere. » La donna gli sorrise dolcemente.

« E che cosa sarei, secondo te? »

« Non lo so », disse con la sua voce un po' roca. « E non voglio saperlo. » Lo prese per mano e se lo tirò dietro in una macchia di mortella. « La tua non è una mano di contadino », continuò, « come non lo sono i tuoi modi. Hai la faccia gentile e lo sguardo fiero. Negli occhi dei nostri uomini c'è la sottomissione, la rabbia o la disperazione. Il tuo sguardo è diverso. »

« Che cosa vuoi da me? » ripeté. Sentiva sulla faccia il respiro caldo e buono, mentre il corpo morbido e forte della ragazza aderiva al suo. La donna di cui conosceva appena lo sguardo, il sorriso e la voce lo baciò appassionatamente e lui ricambiò quel bacio.

« Voglio dimenticare la morte », le sue parole erano un soffio bruciante. « Voglio prendere la tua vita dentro di me. » La donna cominciò a piangere e le lacrime e i baci si confusero in un inestricabile groviglio.

Lontano, le campane continuavano a suonare a morto, ma sul dolore e sul cordoglio prevaleva la vita, il bisogno insopprimibile di ripristinare un equilibrio, la necessità di cancellare un lutto con un atto d'amore.

Si amarono sull'erba, nel boschetto di mortella, con la naturalezza e l'ardore di un uomo e di una donna che si incontrano per caso in una gioia profonda e completa bagnata di lacrime e illuminata dal sorriso.

« Grazie », gli disse la donna. « Adesso non ho più paura. »

« Vorrei fare qualcosa per te », disse Ribaldo.

« Quello che c'era da fare lo abbiamo già fatto. »

« Come ti chiami? » domandò lui confuso.

« Il mio nome lo dimenticheresti. Ricordati solo il mio amore per te. »

I suoi occhi erano più grandi e luminosi.

Dalla tasca del camicione Ribaldo tirò fuori un fazzoletto di batista con ricamate le sue cifre, lo strappò e ne offrì metà alla donna.

« Sapevo che non eri un contadino », disse accettando il dono e sorridendogli con riconoscenza. « Lo terrò per la vita. »

Si baciarono e si lasciarono senza più parlare. Ribaldo la guardò allontanarsi per un sentiero tra i campi verso un borgo o un casolare nascosto di là dagli alberi, mentre i primi contadini rientravano alla spicciolata dal funerale.

Il giovane raggiunse Bernardino nel bosco e lo trovò dove l'aveva lasciato. Lo strazio per la morte di Damiana si era trasformato in un doloroso ricordo che il tempo non avrebbe mai più cancellato.

## 40

GIORGIANA Formiggine fece il suo ingresso con civettuolo sussiego. Era una signora di gran nome e di cospicua fortuna, sposata a uno degli uomini più ricchi dell'epoca.

Al suo apparire gli ospiti del salotto della marchesa Barbara Litta si divisero subito in due partiti: quello degli invidiosi e quello degli adulatori. I cavalieri si inchinarono cerimoniosamente al suo passaggio, le dame le dispensarono smaglianti sorrisi. I quattro giovani eleganti e raffinati che la scortavano a un suo cenno si dispersero fra gli ospiti, pronti ad accorrere a un suo richiamo e a ricostituirsi come scorta d'onore.

Giorgiana era l'espressione più elegante della vanità e del vuoto: « Un paio di vezzi, mezza dozzina di freddure, poca testa, molto sfarzo e niente cuore », come scriveva di lei un poeta.

Indossava un abito di cotonina bianco, calzava guanti e scarpette dello stesso colore, agitava con grazia un candido ventaglio. Aveva perle al collo, alle orecchie e fra i capelli intrecciati.

« È carica di orpelli come una Madonna », sussurrò malignamente la marchesa Antonietta Trotti a un'amica.

« Ingioiellata come un'accaparratrice », replicò sferzante l'altra.

C'era un fondo di verità nelle considerazioni delle due signore, ma non era da un'intenzione moralistica che partivano le loro critiche, bensì da rabbiosa invidia per l'eleganza, l'avvenenza e la ricchezza di quell'incantevole creatura ritagliata sullo sfondo di una favolosa fortuna, quella del marito: il potente banchiere Moisè Formiggine.

Molte signore che, se gli sguardi uccidessero, l'avrebbero mille volte incenerita, erano costrette a riverirla avendo contratto con il suo sposo qualche debituccio all'insaputa dei propri mariti. Questa consapevolezza aumentava la forza ma non l'arroganza di Giorgiana.

Porse la mano ad alcuni cavalieri che gliela sfiorarono con le labbra, salutò la padrona di casa, poi, sorridendo con signorile distacco, si guardò intorno. I suoi occhi acutissimi scorsero ben presto l'obiettivo della sua ricerca. Su un divanetto, proprio nell'ultimo salotto, il più appartato, vide la moglie del generale Bonaparte al cui fianco sedeva un aitante giovanotto vestito all'ultima moda.

Barbara Litta chiamò Giorgiana Formiggine nel momento in cui stava muovendosi in direzione di Joséphine de Beauharnais.

« Perdonate, signora », disse con manierata cortesia.

Giorgiana si volse e le sorrise.

« Qualcosa non va, signora marchesa? » rispose con una domanda che non prometteva niente di buono.

« La signora Bonaparte... » tentò di spiegare. « La signora Bonaparte... » si inceppò nuovamente.

« È con Hippolyte Charles », dichiarò Giorgiana completando la frase.

« Lo sapevate? » finse di stupirsi.

« Sì. E allora? »

Barbara Litta girava intorno un sorriso terrorizzato.

« La cittadina Bonaparte è così... »

« Così come? »

« Così permalosa, se mi è consentito. »

« Tutti sanno che monsieur Hippolyte è il suo amante, dunque? » rincarò la dose Giorgiana.

« Ve ne prego », si spaventò la marchesa, scrutando le immediate vicinanze nel timore che qualcuno avesse sentito l'ultima frase di Giorgiana.

« E non è neppure un segreto che monsieur Hippolyte abbia occupato a letto il posto lasciato libero da Barras », si divertì Giorgiana. La potenza e la ricchezza autorizzavano la sua insolente sincerità.

« Siate cauta », si raccomandò Barbara Litta. « Forse madama Bonaparte desidera rimanere appartata in compagnia di quel signore. »

« Ma se lo mostra a tutti come un raro stallone », affermò. « Non potete certo bendare gli occhi ai vostri ospiti. »

In quel momento Joséphine de Beauharnais la vide e le fece un cenno di saluto, subito ricambiato.

« Che cosa vi avevo detto? » sottolineò Giorgiana sfoderando uno smagliante sorriso all'indirizzo della generalessa.

« Comunque, abbiate prudenza », insisté la padrona di casa che temeva lo strepito di uno scandalo.

« Ma certo », la tranquillizzò. « Questa grandissima puttana francese, piena di boria », pensò, « presto si indebiterà con mio marito, se non l'ha già fatto, e allora abbasserà le ali. »

Joséphine de Beauharnais, scampata per miracolo e grazie alla sua vocazione per l'intrigo alla ghigliottina che aveva invece reciso il nobile collo del marito, pochi mesi prima aveva sposato il Bonaparte più per assecondare la volontà del suo amante Barras, ormai stanco di lei, che per amore o soltanto per semplice convinzione. Joséphine era cordialmente antipatica a tutte le dame di Milano che tuttavia la temevano. Dicevano di detestarla per la sua arroganza e per il tono di sufficienza con cui accettava le loro buone grazie, ma la odiavano soprattutto perché era la moglie di un vincitore senza casato, mentre loro erano le spose di uomini dalle origini antiche che al posto dello stemma araldico, divelto dalla furia rivoluzionaria, avevano impresso a fuoco il marchio della sconfitta.

Alcuni di questi mariti illustri e austriacanti si erano rifugiati temporaneamente nelle dimore di campagna sui laghi o in Brianza, mentre le mogli a Milano erano libere di dispensare i loro favori ai giovani e aitanti ufficiali di un esercito straccione ricco di fantasia e di ottimismo, con una fede assoluta nei grandi ideali, baciato in fronte dalla fortuna e dalla vittoria.

I mariti comunque, vicini o lontani che fossero, non impedivano alle signore di godere pienamente dei piaceri mondani per poi purgarsi dei peccati della vanità e della carne dinanzi alla grata dei confessionali. E in questa altalena di peccato e di redenzione oscillava la buona società milanese quando Giorgiana Formiggine fece la sua apparizione nel salotto di Barbara Litta.

Giorgiana non provava nessuna simpatia per Joséphine de Beauharnais, anzi nutriva un profondo disprezzo per quest'avventuriera creola non certo bella che a trentatré anni, età difficile per una donna, riusciva a sedurre quel piccolo, affascinante Bonaparte al punto di renderlo cieco alla bellezza di altre donne. Ma aveva un dovere preciso da compiere e quindi avrebbe usato tutta la prudenza del caso e le avrebbe sorriso, come sorrideva, con buona grazia, tanto più che la francese aveva fatto il primo passo, mostrando di riconoscerla.

La raggiunse nel salottino che madama Bonaparte aveva scelto per appartarsi con il giovane Hippolyte, troppo giovane per mostrare apprezzabili difetti, troppo bello per passare inosservato, troppo pigro e corrotto per rinunciare alla protezione della matura creola in cambio dei suoi favori.

All'apparire di Giorgiana il ragazzo si alzò in piedi e si inchinò allontanandosi a un cenno di Joséphine, obbediente come i giovani alla moda che facevano da scorta a madama Formiggine.

« Vi piace? » si informò la Bonaparte alludendo al ragazzo come se avesse mostrato una toilette o un gioiello.

« Credo di non avere abbastanza esperienza per giudicare », si defilò prudentemente.

« Vi sottovalutate, cittadina », replicò sottolineando quel termine nato dalla rivoluzione. « Siete troppo bella e troppo intelligente per non avere maturato una sottile capacità di giudizio. »

« Bontà vostra, cittadina », la ricambiò.

« Hippolyte è un focoso Adone », spiegò in vena di confidenze intime. « È così impertinente da ritenersi il padrone della mia persona. »

« È una caratteristica tipicamente maschile. »

« È il segno della nostra debolezza, ahimè! » ammise malinconicamente. Era amabile, piacevole in quel momento. Sorrideva con discrezione e la sua voce bassa e musicale conferiva verosimiglianza e credibilità ai suoi pensieri. Improvvisamente cambiò tono e ritornò la femmina frivola che le milanesi detestavano. « Dunque, mia cara », domandò, « quali novità mi portate dal mondo della finanza? »

Giorgiana ricordò le parole del marito. « Devi dirle », si

era raccomandato: « 'Il mio sposo ha acquistato questa tabacchiera per un gran prezzo da uno sconosciuto che gli ha detto di averla trovata. Ritiene che vi possa interessare e desidera che io ve la offra.' »

Invece disse: « Il mondo degli affari mi annoia. Lo trovo assolutamente infrequentabile e incomprensibile, cittadina Bonaparte ».

« Potete chiamarmi Joséphine, mia cara. »

« È un onore che mi fate », disse aprendo il ventaglio.

« Come sta vostro marito? »

« Bene, grazie a Dio. E vi manda i suoi saluti. E il generale Bonaparte come sta? »

« Poco fa è giunto il suo corriere dal Veneto », disse senza rispondere alla domanda. « Qualcuna di queste gentili amiche milanesi si è presa il disturbo di fargli sapere qualcosa a proposito del giovane Charles e di me. »

« Spero tanto che il generale non abbia creduto a simili ignobili calunnie », sorrise.

« Il generale crede soltanto a me. Ama solo me e le poche persone che io desidero lui ami. »

Il sogno di Moisè Formiggine era quello di diventare ministro delle Finanze nel nuovo governo e per realizzare questo sogno era disposto ad attingere a piene mani ai suoi forzieri. Giorgiana lo sapeva e sapeva altresì che parte di quel potere avrebbe potuto esercitarlo lei, in prima persona.

« Chissà se potrò rientrare nel ristretto numero di questi privilegiati », disse con sottile ironia.

« Ma ci siete già », le sorrise Joséphine.

« Allora non considererete il gesto che sto per fare un tentativo di accattivarmi le vostre simpatie e di ottenere la vostra benevolenza », disse.

Joséphine si fece attenta.

« Dipende dal gesto », scherzò per nascondere la curiosità.

« Ho qui un oggetto che forse interesserà vostro marito », le rivelò finalmente.

« Mio marito? »

« Il cittadino Formiggine », dichiarò estraendo il gioiello dalla borsettina bianca, « ha acquistato questa tabacchiera da uno sconosciuto a un prezzo considerevole. Soltanto dopo ha saputo che poteva appartenere al generale Bonaparte. » E così dicendo porse a Joséphine la tabacchiera di Saulina.

« Ma è stupefacente! » esclamò. « Voi non sapete la gioia che provo », disse osservando con estrema attenzione l'oggetto prezioso. Lei stessa lo aveva donato al marito pochi mesi prima, il 9 marzo, in occasione delle loro nozze. L'aveva scelto fra tanti altri gioielli perché l'ignoto artista che aveva stupendamente miniato il coperchio l'aveva datato 1769, l'anno di nascita di Napoleone. Notò che era scheggiato in un angolo. Doveva essere caduto. Dunque suo marito le aveva detto la verità scrivendole a Parigi il mese addietro.

« Ho perduto la mia tabacchiera », le diceva tra l'altro. « Per favore acquistane una che sia altrettanto piatta e vi farai scrivere una parola d'amore da intrecciare con i tuoi capelli. »

« Sono contenta di avervi donato un momento di felicità », disse Giorgiana.

« Una gioia immensa », esclamò Joséphine. « Questa tabacchiera l'ho regalata proprio io al generale. »

« Una straordinaria coincidenza. »

« Mi piacerebbe sapere come vostro marito ne è entrato in possesso », ragionò guardando negli occhi la sua interlocutrice.

« Questa è una domanda alla quale temo di non poter rispondere », replicò registrando un vago turbamento.

« Ma forse io chiedo troppo alla fortuna », cambiò tono Joséphine ritrovando la consueta allegria. « L'importante è averla ritrovata. È sicuramente un buon segno. Il generale deve averla smarrita durante uno dei suoi frequenti spostamenti. Se ne era molto rammaricato. »

« Sono lieta per voi e per lui. »

« Questo, mia cara amica, è un gesto che non dimenticherò mai. »

« Siete molto buona. »

« Il generale Bonaparte non mancherà di testimoniarvi personalmente alla prima occasione la nostra riconoscenza. »

« Non è per questo che vi ho offerto la tabacchiera, cara Joséphine. Comunque, sappiate che il merito è del banchiere Formiggine », precisò. Sapeva che quando avesse riferito a Moisè le parole della creola avrebbe potuto convertirle in monete sonanti.

« È un uomo che vale tant'oro quanto pesa », osservò Joséphine quasi le avesse letto nel pensiero.

« E pesa parecchio. »

« Nessuno può saperlo meglio di voi. »

Risero schiettamente insieme.

« Dirò al generale di tenerlo nella giusta considerazione », promise.

« Non pretendevo tanto », mentì. Poi cambiò discorso: « Vi fermerete a Milano ancora a lungo? »

« Ho preso l'eroica decisione di partire domani per Brescia. »

« È un viaggio faticoso con questo caldo. »

« Lui mi aspetta », fece rassegnata.

« Lo farete felice restituendogli la sua tabacchiera. »

« Credo che non potrei fargli una sorpresa più gradita. »

Fece un cenno con la mano e Hippolyte riapparve, servizievole.

Giorgiana, spiata da sguardi velenosi, si congedò da Joséphine con un invidiato abbraccio. Ripercorse la fuga dei salotti e con un semplice gesto ricostituì la sua scorta. Salutò la padrona di casa che avrebbe voluto sapere la ragione di quell'inconsueto e imprevisto abbraccio, ricevette gli omaggi dei signori e delle signore, dopo di che abbandonò casa Litta.

# 41

TRA Joséphine de Beauharnais e Giuseppina Grassini passò una immediata corrente di simpatia. La creola, arrivando a Brescia, si era subito recata da Murat, soldato valoroso e amico fedele di suo marito, inchiodato al letto da una galanteria inopportuna e crudele trasmessagli dalla celebre ballerina Elisabetta Ruga che, insieme con la delizia delle sue grazie, gli aveva regalato gli atroci dolori del mal venereo.

Erano affezioni, quelle veneree, di cui si discorreva molto in società, ed erano argomento principe di lacrimevoli lettere d'amore; erano infermità che più di altre richiedevano la consolazione di gentili presenze. Fu proprio al capezzale di Murat furibondo e ruggente che madama Bonaparte incontrò la prima donna del Gran Teatro di Milano.

L'esuberante giovinezza e la travolgente carica di simpatia della cantante piacquero a Joséphine che conquistò la Grassini con l'aristocratica semplicità della sua eleganza. Sapevano quasi tutto l'una dell'altra, ma nessuna delle due si sentiva in imbarazzo per questo. D'altra parte la creola era troppo occupata nelle sue avventure per togliere al marito una distrazione alla sua folle gelosia.

Inoltre Joséphine era consapevole del proprio fascino e della propria sensualità con i quali teneva avvinto Napoleone, così come la Grassini sapeva che il generale in capo dell'armata d'Italia adorava in lei soprattutto la voce e l'arte, anche se non disdegnava la donna. E questa certezza l'appagava completamente.

La cantante stava soccorrendo amorevolmente l'infermo, rinfrescandogli la fronte con pezze di lino imbevute in acqua fredda e aceto per attenuare l'ardore della febbre, quando la de Beauharnais irruppe nella camera da letto come una ventata di gioia.

« *Oh, mon pauvre ami* », esclamò abbracciando il giovane ufficiale.

« Joséphine, mia cara Joséphine », la ricambiò lui con voce sofferente.

« Napoleone mi scrive che siete furibondo. E minacciate uno scandalo », lei disse quasi volesse addolcire le sue reazioni.

« Sono stato ignobilmente tradito », s'infuriò.

« Ragionate, amico mio », cercò di ammansirlo. « Calmatevi. Ne riparleremo. Il caso si risolverà. Per questo, appena arrivata a Brescia, sono venuta a trovarvi. »

« Siete una creatura squisita », le sorrise riconoscente.

« E questa gentile signora? » domandò alludendo alla cantante.

« Perdonatemi, mia cara », si scusò Murat. « Preso dal mio sconfinato egoismo mi ero dimenticato di presentarvi. La signora è Madame Grassini », disse.

« La celebre interprete della Scala, suppongo », si felicitò Joséphine.

« Per servirvi, cittadina Bonaparte », si inchinò.

Si guardarono con interesse più che con curiosità.

« Mio marito mi parla molto di voi », le sorrise.

« Forse immeritatamente », disse mentre sul suo viso affiorava un vago rossore.

« Mi ha parlato soprattutto della vostra voce incantevole », la rassicurò.

« Il generale è un critico molto indulgente », ringraziò schermendosi. « Ed è un vostro adoratore. Parla spesso di voi. »

« Chissà quali maldicenze... » disse aprendo e agitando velocemente il ventaglio che subito richiuse con un grazioso scatto.

« Parla di voi con tanta passione », si infervorò l'artista.

Era un discorso onesto. Una sembrava dire all'altra: « Non ci diamo nessun fastidio, quindi possiamo essere amiche ».

La Grassini, fuggendo da Milano per sottrarsi alla furia dei rivoltosi, aveva accettato la protezione del generale Bonaparte che l'aveva ospitata nella pace grandiosa di villa Crivelli a Mombello, eletta a sua residenza e dove tutti accorrevano per rendergli omaggio come a un re. Era contento di avere per sé quel corpo disponibile e quella voce stupenda, perciò l'aveva convinta a seguirlo anche nel suo ultimo spostamento. Il giorno prima l'aveva avvertita dell'arrivo di Joséphine e la cantante, con grande sollievo, si preparava a tornarsene a Milano dove nel frattempo i tumulti erano stati sedati.

La sua presenza al capezzale dell'infermo era quella di un'amica premurosa.

« Sono contento che quest'incontro vi renda felici », disse Murat. In realtà ascoltava le parole che le due donne si scambiavano e osservava costernato le loro mutevoli espressioni. Si erano dimenticate di lui, della sua malattia, della sua sofferenza.

« La nostra gioia sarebbe completa se anche voi poteste prendervi parte », mentì Joséphine con femminile prontezza.

« Non pensate a me », s'imbronciò.

« Napoleone teme che vogliate dare la vostra disavventura in pasto alle gazzette », quasi lo rimproverò.

« È quello che si merita », replicò alludendo alla Ruga.

« Ma Bonaparte spera che io vi persuada a non fare una simile sciocchezza », proseguì fingendo di non avere udito le sue parole.

« Vi sembra una sciocchezza il mio stato di salute? » si lamentò.

La de Beauharnais lo guardò con profonda ammirazione: era bello, di una bellezza virile ingentilita dal pallore e dalla sofferenza.

« La vostra salute mi è cara », replicò prontamente, « ma l'idiozia che avete in mente non sarà certo un medicamento », soggiunse. « Quando i gazzettieri sapranno che Elisabetta Ruga vi ha fatto questo dono ne riderà tutta la Lombardia. Si saprà a Milano e a Parigi. Ora a voi l'ultima decisione », concluse con elementare buonsenso.

Un servitore annunciò la visita del medico, il dottore Giuseppe Bossi, di cui era noto il dotto trattato: *Esposizione delle malattie veneree e della medicazione di esse.* Era un uomo imponente dallo sguardo severo, l'espressione piena di certezze. Osservò le due donne con distacco.

« La cittadina Bonaparte e Giuseppina Grassini », disse Murat che alla vista del dottore si era messo a sedere sul letto.

Il medico si inchinò quel tanto che si addice a un uomo della medicina.

« Dovrò procedere a un consulto », annunciò. « E immagino che le signore vorranno ritirarsi. »

Tra le due donne scoccò un contemporaneo sguardo di ironica, divertita intesa.

« Al momento opportuno », intervenne la de Beauharnais, « toglieremo il disturbo. »

« Nessun disturbo », precisò il medico, « ma una conveniente opportunità. »

« Non ci accapiglieremo sul significato delle parole », osservò la creola.

Il dottore si avvicinò all'infermo.

« Dunque? » domandò invitandolo a riferire i sintomi.

« Un dolore terribile », disse sperando che le due donne sarebbero finalmente uscite.

« Dolore o bruciore? » precisò.

« Dolore e bruciore », ripeté Murat.

« Si impone una visita approfondita per poter fare una diagnosi corretta », cominciò a spiegare, guardandolo negli occhi e prendendogli il polso. « Ma già da ora tenderei a escludere un guaio inveterato o sifilitico. »

« Guaio sifilitico? » tremò il giovane.

« Direi piuttosto », pontificò facendosi pensoso e prendendosi il mento tra il pollice e l'indice, « che siete affetto da un male venereo minore. Ma voi sapete che l'altro male, quello che temete più di una battaglia, può essere una conseguenza del primo, se il primo non viene adeguatamente curato. »

« Ma voi lo curerete come si deve, vero? » lo supplicò.

Le due donne lo guardarono commosse e si guardarono quasi sul punto di piangere.

« Secondo scienza e coscienza », affermò solennemente l'illustre clinico. « Nelle iniezioni locali riponiamo la maggiore speranza per la guarigione. »

« Farò quello che mi ordinerete », si sottomise l'eroe di tante battaglie.

« Comunemente si usano decotti di erbe vulnerarie, alle quali si aggiunge forza con qualche goccia di estratto di saturno, con una piccola dose di pietra medicamentosa del Crolio, oppure con qualche grano di mercurio dolce. Ma questi, si sa, sono rimedi estremi. »

« E il dolore? » si preoccupò il giovane.

« Si dice che Grant, chirurgo inglese di grande reputazione, abbia dato l'oppio a un giovane per mitigare gli atroci dolori del male venereo, e che questo sia perfettamente guarito. »

« Datemi l'oppio! » esclamò Murat.

« Se questo è il rimedio », si intromise Joséphine, « dateglielo, dunque. »

« Rimedio estremo », replicò severamente il medico.

« E allora? » si afflosciò Murat.

« Innanzitutto devo procedere a una visita », annunciò in tono definitivo ormai con la mano sul lenzuolo e pronto a scoprire l'infermo.

« Ma io quella sporca baldracca l'ammazzo! » minacciò Murat infuriandosi come un leone.

« Calmatevi », lo ammonì caldamente Joséphine, « non può che nuocervi. »

« Vi rendete conto che dovrei essere a Mantova al fianco del generale e sono inchiodato al letto da una settimana? »

« Pensate solo a guarire », disse la Grassini.

« Ma non guarirà mai se prima non uscirete », intervenne il medico.

Le due donne se ne andarono senza indugi e, una volta richiusa la porta alle loro spalle, si dimenticarono del medico, della malattia, dell'infermo, della ballerina Elisabetta Ruga e imbastirono una corroborante, intensa chiacchierata in un comodo salottino.

« Mio marito mi scrive che tornerete a Milano molto presto », affermò Joséphine. « Spero di avere il piacere di ammirarvi e ascoltarvi alla Scala. »

« Parto oggi stesso, cittadina Bonaparte. Riprenderò il teatro la settimana prossima. »

La creola aveva tante cose da chiedere su Milano e la cantante aveva molte curiosità sulle meraviglie di Parigi. Parlarono a lungo, il tempo volò e quando un servitore le interruppe con tono concitato, ebbero l'impressione che fossero passati soltanto pochi minuti.

« Il generale Bonaparte chiede di voi, cittadina », disse tutto di un fiato mangiandosi le parole per l'emozione. Quell'instancabile, imprevedibile comandante in capo che era sempre imbronciato e furioso gli metteva addosso una gran paura.

« Sono desolata di intralciare in qualche modo la vostra... la vostra intimità », si affrettò a congedarsi la cantante.

« Potete rimanere, mia cara », la trattenne la de Beauharnais.

« Mi sentirei colpevole », si scusò. E girando su se stessa per allontanarsi andò a sbattere diritto contro Napoleone graffiandosi una guancia con il ventaglio che impugnava.

« Vi credevo a Milano », le disse l'uomo con tono freddo e distaccato.

Un piccolo solco scarlatto affiorò sulla guancia vellutata della Grassini.

« Ma non vedete che la poverina si è fatta male a causa della vostra irruenza? » lo rimproverò Joséphine ancora prima di salutarlo.

« Mi dispiace », fu tutto quello che seppe dire per scusarsi.

« Non è niente », minimizzò la Grassini portando la mano al viso.

Joséphine fece scorrere il cordoncino della sua borsetta.

« Ecco, mia cara, tenete », disse porgendole un fazzolettino di batista.

La cantante la ringraziò.

« Vi assicuro che non è niente », ripeté tamponando una macchiolina di sangue.

« Un salotto non è un campo di battaglia », disse la francese riprendendo il fazzoletto dalle mani della Grassini che la ringraziava della cortesia. Riponendolo nella borsetta, si accorse della tabacchiera di cui, nella foga della conversazione, si era completamente dimenticata.

« C'è qualcosa che ti turba? » lui si preoccupò, vedendola cambiare espressione. Vedeva soltanto lei, l'altra era come se non esistesse.

« Ho una sorpresa per voi, *mon général.* »

Napoleone atteggiò le labbra a un mezzo sorriso.

« Sono lusingato di tanta attenzione », disse. In realtà detestava le sorprese che, purtroppo, non sempre erano piacevoli.

« Aspettate di vedere », lo tenne sulla corda guardandolo fisso negli occhi e affondando la mano nella borsettina. « Poi giudicherete voi. »

« Che cosa sarà mai? » reagì da uomo incapace di aspettare.

« Forse un segno del destino », scherzò lei senza averne l'aria.

« Vediamolo questo segno », disse con voce bassa ma perentoria.

« Ecco! » esclamò offrendogli sul palmo della mano la tabacchiera di Saulina avuta da Giorgiana Formiggine a Milano.

« La mia tabacchiera! » disse incredulo guardando alternativamente la moglie e Giuseppina Grassini.

« Io te l'ho ritrovata! » esultò fieramente.

Napoleone osservò il prezioso oggetto, lo tenne a sua volta sul palmo della mano, vide la piccola scheggiatura nello smalto e ricordò un mattino di maggio, dopo la battaglia di Lodi. La tabacchiera gli era caduta di tasca, l'aveva raccolta dicendo all'amico Murat: « È un brutto segno. O Joséphine è ammalata o mi tradisce ». Era molto superstizioso e legava a una scaramanzia anche l'episodio più banale. Il fatto che la tabacchiera donatagli da Joséphine gli fosse caduta di tasca scheggiandosi su una pietra, aveva suggerito entrambe le ipotesi, anche se quella dell'infedeltà tendeva a prevalere. Inoltre quest'ultima interpretazione sembrava confermata dal disinteresse che la creola mostrava per lui, non degnandosi neppure di rispondere con generici messaggi alle sue infuocate lettere d'amore.

Stranamente il generale aveva dedicato al pensiero della moglie, che il più delle volte lo ossessionava, il tempo di uno sguardo fugace. Nei colori del soggetto pastorale deliziosamente miniato sul coperchio della tabacchiera vide trascorrere il suo recente passato: la battaglia di Lodi, il sangue versato, l'immane carneficina, l'ingresso trionfale a Milano, palazzo Serbelloni, la solenne accoglienza dei notabili della città, la partenza in carrozza insieme con il conte Melzi D'Eril e il suo seguito, la corsa sulla strada per Brescia e l'apparizione della piccola Saulina.

Era stato uno slancio del cuore a suggerirgli di donare il gioiello alla fanciulla che gli aveva salvato la vita a rischio della propria. Aveva regalato a quella strana creatura bionda l'oggetto che gli era più caro.

Rivide il volto di Saulina illuminarsi di un sorriso radioso mentre gli tendeva una collana di verdi lucertoline.

Anche la cantante osservava la tabacchiera e stava per commuoversi al pensiero della ragazza scomparsa per colpa della sua sventatezza e della sua vanità.

A Joséphine non sfuggì quell'intrecciarsi di sguardi fra il marito e l'artista. Certo dietro quella tabacchiera banalmente perduta e magicamente ritrovata doveva esserci qualcosa di ben più importante. Ma era troppo intelligente per creare un caso che poteva rivelarsi controproducente per lei. Avrebbe invece indagato con discrezione per avere un asso da tirare fuori al momento opportuno.

« Dove l'hai trovata? » domandò il generale.

« Mi è stata regalata. »

« Da chi? »

« Dalla bella Giorgiana Formiggine. »

« E da chi l'avrebbe avuta? »

« L'ha avuta suo marito da qualcuno », precisò Joséphine. « Qualcuno che gliel'ha ceduta a caro prezzo. »

« E questo qualcuno? »

« Che cosa vuoi sapere? » lei sorrise.

« Chi è costui? »

« Non mi sono preoccupata di chiederglielo. Né ho indagato sul come e sul dove sia stata rinvenuta. È importante? » domandò con voce ironica.

« È importante che sia stata ritrovata », tagliò corto Napoleone.

Anche Giuseppina Grassini, ansiosa di avere notizie sulla sorte di Saulina, avrebbe interrogato volentieri la moglie del Bonaparte, ma se il generale non aveva affrontato l'argomento era segno che neppure lei ne doveva parlare. Ma perché un uomo tanto deciso aveva nascosto quell'innocente particolare alla moglie?

« È vero », convenne Joséphine, « l'importante è che sia stata ritrovata. E ancora più importante », sorrise, « è che il mio dono di nozze sia ritornato a te. »

« Ne convengo », lui disse.

Ecco perché non aveva confessato alla moglie di avere fatto

quel prezioso regalo alla piccola Saulina. Trattandosi di un pegno d'amore avrebbe dovuto fornire spiegazioni e giustificazioni, e questa era l'ultima cosa che avrebbe voluto fare.

Un lamento straziante venne dalla stanza di Murat.

« Il vostro fedele amico sta combattendo una battaglia che non si addice a un guerriero », lo informò Joséphine tra il serio e il faceto.

« Conseguenze inevitabili di deplorevoli errori », commentò Napoleone. Poi rivolto alla Grassini: « Allora, fate buon viaggio », le disse ignorando i lamenti del suo prode ufficiale.

« Grazie, generale », disse la cantante cercando di nascondere l'aria contrita di chi viene messo alla porta.

Bonaparte prese una mano della donna e se la portò troppo energicamente alle labbra.

« Perdonatemi », si scusò. « Come vedete e sentite ho altri problemi. Insistete nelle ricerche della vostra protetta », mormorò sollevando su di lei i suoi gelidi occhi grigioazzurri. « E usate pure il mio nome, se lo ritenete utile. »

Nel suo modo brusco aveva voluto rassicurarla e dirle che neanche lui si era dimenticato di Saulina.

## 42

NELLA stessa stanza dove si era risvegliata il primo giorno, nel rifugio di Guglielmo Gallaroli, Saulina varcò una frontiera inattesa.

« Non ti sei ancora alzata questa mattina? » domandò Giustizia entrando nella camera.

« No », rispose appena la fanciulla.

La vecchina passò una mano leggera sul volto di Saulina e non trovò il suo solito sorriso.

« Che cosa ti succede? » si preoccupò.

« Ti prego, Giustizia », disse Saulina in procinto di piangere.

« Non ti senti bene? » intuì la vecchia.

La ragazzina scoppiò in singhiozzi.

« Ho paura », disse.

« Non c'è motivo. Qui sei al sicuro », cercò di confortarla Giustizia.

« Non si tratta di questo », disse fra i singhiozzi.

« E allora di che cosa si tratta? » replicò Giustizia con dolcezza.

« Non posso dirtelo. Non posso dirlo a nessuno ».

Saulina smise di singhiozzare, ma continuò a piangere così disperatamente che Giustizia si preoccupò. Uscita dalla stanza, fece chiamare Bernardino.

« Vai ad avvertire il padrone che venga qui. Saulina ha bisogno di aiuto », gli ordinò.

« La ragazzina fa i capricci? » obiettò Bernardino.

« Digli che venga al più presto. »

« Saprei io come trattarla », disse il servitore la cui tolleranza era messa a dura prova dalle frequenti intemperanze dell'ospite.

« Lo so che cos'hai in mente », lo disapprovò la vecchina.

« Una robusta dose di sculacciate le farebbe meglio di una medicina », si sfogò.

« Vai, Bernardino », lo spronò bonariamente Giustizia.

Dopo quest'ultima esortazione, il servitore si affrettò a mettersi in cerca di Ribaldo.

Ribaldo non si era più visto al rifugio dalla notte in cui Giobatta, il mozzo di stalla di Villa Alberighi, gli aveva portato la notizia della morte di Damiana. Al ritorno da Cassano si era chiuso nel suo appartamento all'albergo della Madonna di Loreto, ripiegandosi sul proprio dolore che liberava in lui un odio cupo e disperato. Era immerso in quella sofferenza senza lacrime da tre giorni. Indossava ancora gli umili panni del funerale, non si era lavato né sbarbato, passava dal sonno alla meditazione, dalla meditazione al torpore, poi di nuovo al sonno. E ogni risveglio era più triste del precedente. Il solo sforzo di volontà lo compiva rintuzzando i tentativi della signora Emma che mal si rassegnava all'idea di lasciar solo per tanto tempo l'ospite che da tre giorni non toccava cibo.

« Saulina ha bisogno di voi », disse Bernardino la cui improvvisa apparizione non aveva suscitato in Ribaldo alcuna emozione.

« E perché mai? È successo qualcosa? » domandò emergendo lentamente alla realtà, senza chiedere conto dell'intrusione al suo fedele luogotenente.

« No. Non lo so. Mi manda Giustizia », spiegò.

« E voi non siete capaci di dominare le bizze di una bambina? » quasi lo derise ricordando l'episodio della sella

« Giustizia vi manda a dire di tornare al più presto », insisté Bernardino grattandosi la fronte in segno d'imbarazzo.

Ribaldo sorrise.

« Saulina », disse. E la sua mente mise a fuoco l'immagine tenera e aggressiva di quella ragazzina affascinante, su cui il dolore per la morte di Damiana aveva gettato un velo d'oblio che improvvisamente il ricordo di lei cominciava a sollevare e a disperdere. La rivedeva negli abiti zingareschi che le aveva regalato mentre cavalcava senza sella, a piedi scalzi, il busto eretto, il profilo da cammeo e quella gran cascata di capelli biondi e inanellati che le scendevano sulle spalle incorniciandole il viso.

« Avrei dovuto riportarla a Milano già da un pezzo », pensò ad alta voce.

« È quello che penso anch'io », convenne fermamente Bernardino. « E col vostro permesso », soggiunse, « in città la riporto io stesso. E se è il caso le somministro una robusta dose di sculacciate. »

Ribaldo scattò in piedi pieno di vigore e di forza.

« Tu adesso sparisci nello stesso modo in cui sei arrivato », ordinò.

« E voi? » chiese il servitore deluso.

« Sarò in cascina prestissimo », garantì.

Una delle doti di Bernardino era l'obbedienza.

« Va bene, signore », disse.

Ribaldo non lo ascoltava più. Si diresse verso la pesante porta di legno scuro che aveva chiuso a chiave. L'aprì, si affacciò al ballatoio e urlò con voce allegra: « Il bagno, presto! »

La signora Emma apparve immediatamente da una stanza vicina. I passi alacri dei servi, obbedienti ai comandi della governante che finalmente poteva dedicarsi al suo ospite, risuonarono su e giù per le scale.

L'acqua calda e il profumato sapone d'Inghilterra portarono via la stanchezza e l'uomo che poche ore dopo si presentò a Saulina era un giovane elegante, affilato dal digiuno e dal dolore.

« Esci da quella trincea! » la esortò con tono scherzoso vedendo il suo volto disfatto dal pianto emergere da un cumulo di cuscini dietro i quali si era barricata nel letto di Ribaldo.

« Io non esco », si difese.

« E io ti vengo a prendere », scherzò, cercando di sdrammatizzare la situazione. Stava affacciato alla porta della camera e ancora non si era mosso da lì.

« Avevate preso degli impegni che non avete mantenuto », gli ricordò.

« Sono accaduti fatti di fronte ai quali il tuo problema è diventato un'inezia », la rimproverò seccamente.

Giustizia era scivolata silenziosamente fuori della stanza lieta per l'arrivo di Ribaldo, ma spaventata dall'idea di un evento che poteva verificarsi fra i due e che lei non voleva condividere.

« Ti porterò subito a Milano », promise Ribaldo.

« Non so se posso. È successo qualcosa », annunciò tristemente.

« Che cosa? » si allarmò.

« Non posso dirlo », disse Saulina con un filo di voce.

« Che cos'hai, dunque? » cominciava a perdere la pazienza.

« Sono malata di solitudine », cercò di eludere la domanda.

« Dalla solitudine si guarisce », respirò di sollievo.

« La marchesa Damiana è morta e voi siete andato da solo al suo funerale. »

« Che cosa avrei dovuto fare? »

« Avrei molto desiderato venirci anch'io. »

« Avresti dovuto dirmelo », prese tempo.

« Non sarebbe servito », lei replicò. « Avevo per la marchesa Damiana una profonda gratitudine. »

Ribaldo capì che Saulina diceva la verità e ne fu commosso. Ma come poteva spiegarle chi era Damiana per lui? Era impensabile e di fronte allo smarrimento della ragazza si sentì a disagio.

« La solitudine si guarisce in mezzo alle gente », tentò di rimediare. « Ti riporto a Milano dove ti rimetterai presto. » Afferrò i suoi abiti e glieli buttò sul letto. « Vestiti e lavati », ordinò. « Dirò a Giustizia che ti faccia preparare un bagno. »

Saulina reagì trincerandosi nuovamente dietro i cuscini.

« Non posso alzarmi », disse con umiltà.

« Però mi spieghi la ragione. »

« Sono malata davvero. »

Ribaldo con un colpo rabbioso scostò la cortina del letto, disperse i cuscini e l'apostrofò severamente: « Adesso, basta! »

« Non vi avvicinate! » gridò Saulina. C'era tanta sincerità in quell'esortazione che il giovane si intenerì.

« Che cosa ti succede, piccola? » chiese con tono addolcito sedendosi sul letto.

« Una cosa che mi vergogno a confessare, signore. »

« Devi aver fiducia in me », cercò di ammansirla con una carezza.

« È una cosa della quale ho molta paura. » Ribaldo la fissò per cercare di indovinare una risposta nei suoi immensi occhi neri e scintillanti.

« Ho sporcato il vostro letto, signore », confessò mentre lacrime brucianti le sgorgavano attraverso le ciglia.

« Mia piccola Saulina », esclamò il giovane che finalmente capiva.

« Potrete mai perdonarmi? » chiese lei esitante.

« Non c'è niente da perdonare, davvero. Senti male da qualche parte? » si informò.

« No, signore », rispose. « Solo una fitta leggera al ventre e alla schiena. Ma non sempre. »

« Sei diventata donna, lo sai? »

Lo sapeva. Aveva visto sua madre, aveva orecchiato i discorsi delle ragazze più grandi nel borgo di Corte Regina.

« Credo di sì, signore. » Mille impercettibili trasformazioni erano avvenute in lei negli ultimi mesi e avevano provocato, alla fine, la prima mestruazione. Che dipendessero da questo i repentini cambiamenti d'umore, gli improvvisi rossori, le imprevedibili emozioni? Passava dal riso al pianto per motivi che in altri momenti non l'avrebbero mai coinvolta.

« Credo che quello che ti è capitato sia un fatto molto importante », la consolò.

« Sì, signore », disse lei continuando a piangere piano.

Le prese il volto fra le mani e le asciugò le lacrime sfiorandole le guance con dita lievi.

« Non c'è ragione che tu pianga. »

« Ho sempre saputo che alle donne succede una cosa del genere », si confidò. « Ma non immaginavo che sarebbe accaduto anche a me. Se mi fossi tagliata un dito, non avrei avuto paura a confessarlo subito. Ho molto coraggio, sapete? » affermò orgogliosamente.

« Allora perché continui a piangere? »

« Non so bene. Ma mi vergogno tanto d'aver sporcato il vostro meraviglioso letto! »

« Lo faremo lavare. Non è un problema. Credo invece che Giustizia potrà darti dei buoni consigli. » Era più sereno adesso che si spiegava i capricci e gli sbalzi d'umore della ragazzina.

« Farò come dite voi. »
« Vedi com'è facile intendersi? » Quell'affascinante vagabonda era diventata donna proprio nella sua stanza, nel suo letto, sotto la sua protezione, e questo in un certo senso lo commuoveva e gliela rendeva più cara.
« Ora mando a chiamare Giustizia e lei ti aiuterà. D'accordo? »
« D'accordo. »
« E niente più misteri, vero? »
« Promesso. » I suoi occhi erano adesso sereni come un cielo d'estate.
« Sei diventata donna », le ricordò. « Puoi esprimere un desiderio. »
Voleva, premiandola, manifestarle il suo affetto e la sua tenerezza.
Lo sguardo fisso della ragazza si fermò negli occhi di lui.
« Davvero posso? » domandò.
« Se te lo dico io. »
« Vorrei restare qui, signore. » Lo spiazzò.
« In questa casa? »
« Vorrei restare con voi », precisò. « Almeno fino a quando sarò completamente guarita. Perché non durerà a lungo questo malessere, vero signore? » lo interrogò abbassando gli occhi.
« Penso di no », spiegò imbarazzato. « Tre, quattro giorni... forse. »
Era tutto quello che sapeva.
« E voi dove starete? » C'era molta ansietà nella sua voce.
Ribaldo trasse un profondo sospiro. « Nel limite del possibile, starò qui con te. » Sì, sarebbe rimasto accanto a lei in attesa che qualcosa accadesse, qualcosa che desiderava e temeva, ma che già gli era entrato nel sangue. Quella creatura che nella sua casa aveva versato il sangue della maturità biologica lo attraeva come una vertigine e lui non poteva affacciarsi su quel vuoto senza rischiare di essere inghiottito.
La lasciò soltanto quando si fu addormentata. Allora raggiunse una piccola camera sull'ala estrema della cascina. Al lume di un candeliere cominciò a leggere.
« Mi volete, signore? » disse una voce gentile. Una bella e florida ragazza dalle gote accese d'amore si era affacciata alla porta.

« Vieni, Mirella », la invitò Ribaldo.

Mirella lo amava con appassionata devozione. Si avvicinò a lui e si sciolse i capelli lasciandoli cadere sulle spalle come a lui piaceva, mentre il lungo abito di cotonina si afflosciava ai suoi piedi rivelando lo splendore di un giovane corpo.

Giacquero insieme e lui l'amò e lei si lasciò amare, ma nel momento supremo del piacere la chiamò Saulina. Perché ormai era Saulina che lui amava e desiderava più di ogni cosa al mondo. E Mirella pianse perché capì che lo aveva perduto.

# 43

Era un bellissimo giorno di sole, un giorno ventilato e asciutto; un indimenticabile giorno d'estate percorso da profumi caldi e violenti. Saulina, allegra come un fringuello, raggiunse la sala da pranzo che nel suo ricordo si era fissata come la stanza del tesoro. Sedette composta alla tavola apparecchiata per la colazione con una tovaglia di lino damascato, piatti d'oro massiccio splendenti come soli, scintillanti bicchieri di cristallo e ghirlande di piccole variegate rose canine che meglio di qualsiasi altro fiore esprimevano la fragilità delle cose delicate e preziose.

Saulina indossava un abito di seta lieve, di un bel giallo dorato, con una cinturetta rosa come il nastro che le raccoglieva i capelli sulla nuca e il fiore che Giustizia le aveva appuntato tra i riccioli.

« Il giallo è un colore che amo », le aveva ricordato la vecchina. « E quello che indossi è un bel vestito. E tu sei bella. Ma l'abito che più ti si addice è quello da zingara », aveva concluso la cieca con l'aria di volerle fare un complimento.

Entrò una contadina bella e florida. Saulina la giudicò più anziana di lei e in effetti doveva avere quasi vent'anni. L'allegra cordialità che cercava di esprimere non sembrava sincera. Indossava un modesto abito di cotonina chiara e aveva folti capelli neri raccolti e fermati con un pettine sulla nuca. Reggeva un vassoio con un bricco fumante.

« Sono Mirella », si presentò, « e vi auguro una felice giornata, signorina. »

Le separava un vestito e una posizione di privilegio, ma la percezione istintiva delle due ragazze era intatta e al di là delle apparenze sapevano cogliere tutt'e due i segnali di pericolo e le sfumature ironiche. Saulina si mise in guardia.

« Buongiorno », ricambiò.

« Vi ho portato del latte appena munto. Sentirete com'è profumato », le annunciò.

Saulina si comportò come aveva visto fare in casa di Giuseppina Grassini e in casa della marchesa Damiana. « Grazie, posa lì », disse e indicò la tavola davanti a lei. Aveva dormito un lungo sonno senza sogni né incubi e vibrava nell'attesa di Guglielmo al quale sarebbe stata fiera di mostrare come sapeva essere brava comportandosi da vera signora.

Mirella le girava intorno con l'apparente vocazione di servirla, ma con la segreta intenzione di scoprire chi fosse in realtà quella Saulina di cui il padrone aveva pronunciato appassionatamente il nome mentre era fra le sue braccia.

Saulina la scrutava a sua volta con la discrezione che il suo ruolo richiedeva, ma anche con la curiosità che l'istinto le suggeriva e concluse che, tutto sommato, si assomigliavano. Anzi, si convinse che Mirella era la copia identica di quella che lei era un tempo e che non sarebbe stata mai più. Quello che mancava all'altra era la volontà di combattere, di rischiare per affermarsi; quello che mancava a lei era il piacere sublime della dedizione assoluta. Con qualche anno di differenza, Mirella e Saulina s'incontravano allo stesso punto che per la prima era un traguardo, per la seconda una partenza.

Mirella godeva di piacere riflesso e le bastava una carezza e una parola gentile per sentirsi appagata, mentre Saulina vibrava soltanto per le sue vittorie e si realizzava nelle sue conquiste. Le sarebbe piaciuto intavolare una conversazione con la ragazza che la serviva, ma aveva imparato che le distanze sono importanti per la definizione e il rispetto dei ruoli. Ed era consapevole di trovarsi ora, di fronte a Mirella, in una posizione di privilegio.

Di che cosa avrebbe dunque potuto parlare con lei? Di Corte Regina? Quante cose erano accadute da allora: speranze e delusioni prima, tristezze e paure poi, fino alla gioia esaltante conosciuta in questa reggia nascosta nella foresta. Sì, ne aveva fatta di strada in poco tempo; ed era anche diventata donna. Come sua madre? No, certamente no. Pensò a lei, all'uomo che obbedendo ad un ipocrita rituale tutti continuavano a considerare suo padre; ai fratelli. Ne ricordava ancora i nomi? Provò a passarli in rassegna. Prima i più grandi: Anteo il pacifico, Pino il collerico, Angelo il sornione che lavoravano nei campi assieme al padre; poi i più piccoli: Tano il sognatore divenuto zoppo da una gamba dopo una febbre maligna e Ghita la solitaria che erano stati sotto la sua tutela. Ma erano immagini sbiadite sullo sfondo di un bosco dove Saulina lanciava i nastri colorati dei suoi sogni che ora stavano traducendosi in realtà.

Chissà se i suoi fratelli la pensavano? Chissà se sentivano la sua mancanza? Guglielmo Gallaroli, se lei glielo avesse chiesto, avrebbe potuto accompagnarla un giorno nel borgo dove era nata. « Un giorno », pensò allontanando da sé un appuntamento che non la interessava più. Prima doveva rivedere madama Grassini e trovare la tabacchiera, perché senza il suo talismano non avrebbe più osato presentarsi al generale Bonaparte che era l'espressione più alta della potenza e della protezione di cui sentiva di aver bisogno per realizzare i suoi desideri, quando si fossero districati dal caos che aveva in testa per precisarsi definitivamente.

« Siete davvero bella come dicono », disse Mirella interrompendo le sue riflessioni.

« Chi lo dice? » si incuriosì, dimenticando le regole di prudenza che fino a quel momento era riuscita a imporsi.

« Tutti lo dicono, a Cascina Chiara », precisò la contadina sistemando un trionfo di frutta.

« Si chiama così questo posto? » Saulina sorrise a quel nome allegro. « Proprio Cascina Chiara? » Tutto sommato le piaceva sempre di più questa Mirella che pure sembrava tenere in serbo per lei qualche spiacevole sorpresa.

« Perché, non lo sapevate? » si meravigliò la contadina per la quale quel posto era l'intero universo. Poi le sembrò che la sua osservazione fosse stata irriverente. Si scusò: « Vi sto facendo perdere tempo con le mie chiacchiere. Fate colazione, vi prego ».

« Aspetto il signore », rispose compunta. Aveva un notevole appetito, ma nelle case dove era stata, non si iniziava il pranzo se mancava un commensale.

« Il padrone non viene », la gelò.

« Come non viene? » Saulina cambiò improvvisamente umore.

« È uscito da un pezzo. »

« Dov'è andato? » si informò.

« Nei campi, con i contadini. Stanno scavando un canale. Sapete, l'acqua scarseggia con questo caldo e bisogna pure irrigare con quella che c'è. »

Saulina passò dalla luce al buio. Pensò: « Questa non si era mai vista! Un signore che si mette a lavorare nei campi come un contadino! »

« Non fate colazione? » la invitò nuovamente Mirella.

« No, portami dal tuo padrone », le ordinò.

« Questo non posso farlo », Mirella, per la prima volta, tirò fuori le unghie.

Saulina la guardò con rabbiosa alterigia.

« Tu farai esattamente quello che ti ho ordinato », replicò seccamente.

« Voi fareste bene ad andarvene da questa casa », l'aggredì la contadina.

Saulina era avvampata di sdegno.

« Ti farò frustare », sibilò.

« La frusta non rientra nelle abitudini di Cascina Chiara », disse con mite ironia, « ma anche se tu gli avessi fatto perdere la testa al punto da farmi frustare, non cambieresti nulla. » Il tu le aveva messe definitivamente sullo stesso piano.

« Perdere la testa? » chiese Saulina smarrita da quell'affermazione.

« Tu hai altri posti dove andare », riprese Mirella che era tornata conciliante, « hai altri uomini da far innamorare. Hai altri progetti in mente. Hai un futuro. Io ho soltanto lui. So di non essere la sua sola donna e mi accontento di averlo quando lui mi vuole. Ma se venisse da te lo perderei per sempre. »

« Che cosa dici? » la fermò Saulina.

« Sto dicendoti tutta la verità, una verità che forse mi costerà cara », confessò abbandonando ogni ritegno.

« Una verità che non riesco ad afferrare », obiettò Saulina.

« Non hai capito che ti sta lontano perché è innamorato di te? »

« Vattene! » gridò sconvolta.

« Me ne vado », disse Mirella ristabilendo le distanze, « ma voi ripensateci. Anche voi potreste uscire male da Cascina Chiara. »

« Pensa per te », l'aggredì.

« Voi non sapete chi è Guglielmo Gallaroli », l'avvertì in tono minaccioso prima di richiudersi la porta alle spalle.

La rivelazione di Mirella l'aveva letteralmente sconvolta, anche perché le aveva fatto brutalmente capire quali erano i sentimenti di Guglielmo per lei, ma anche quali erano i suoi per lui. Ecco perché soffriva della sua lontananza e perché le piaceva tanto la sua presenza. Lo amava! E doveva essere quella contadina a rivelarglielo con la sua gelosia. E quel giovanotto bello, ricco, forte, con addosso un profumo che la stordiva, era innamorato di lei! Allora, perché la sfuggiva?

Uscì di corsa dimenticando per un istante le regole della buona educazione che un po' tutti avevano cercato di impartirle. Nel bosco imboccò un sentiero che portava al fiume. Se i contadini scavavano un canale, era dal fiume che sarebbero partiti. Lo individuò subito, sotto il sole, vicino all'argine, anche se era voltato di schiena. Era il più alto e aveva il corpo più bello e armonioso di tutti. Era nudo fino alla cintola e sotto la pelle abbronzata i muscoli guizzavano nel ritmico sforzo di sollevare badilate di terra. Bianchi pantaloni aderenti gli fasciavano i fianchi ed erano tagliati sopra il ginocchio. Saulina lo vedeva per la prima volta sotto una luce diversa ed esaltante.

I contadini finsero di non vederla e continuarono a lavorare.

Si fermò a due passi da lui: era affannata per l'emozione e per la corsa. Vide il collo e il dorso del giovane lucidi di sudore.

« Buon giorno, signore », disse piano. « Come state? » si informò come se fossero i preliminari di un approccio salottiero.

Ribaldo si girò di scatto spalancando su di lei i suoi occhi cupi che avevano la morbidezza del velluto.

« Che cosa ci fai qui? » chiese con tono sferzante. La guardò severamente senza curarsi di nascondere la sua contrarietà.

« Sono venuta a trovarvi », rispose sforzandosi di sorridere per sdrammatizzare l'incontro, mentre avrebbe voluto rifugiarsi sul suo petto e piangere tutte le sue lacrime.

« Vieni con me », le ordinò prendendola per mano e tirandosela dietro sotto l'ombra di una grande quercia.

« Non imparerai mai a obbedire », la rimproverò.

L'istinto le suggerì una consapevole accettazione.

« Ho saputo che questo posto si chiama Cascina Chiara », cercò di deviare il discorso.

Lui ignorò le sue parole espresse con femminile e patetica grazia.

« Tornatene immediatamente a casa! »

In quell'isola d'ombra l'estate era più bella, la luce più limpida, il profumo della campagna più intenso. Saulina si sentiva al sicuro sotto la protezione della grande quercia, lontana daï contadini che continuavano il lavoro di scavo.

« Come desiderate, signore », si piegò docile ai suoi voleri e gli girò le spalle avviandosi verso la cascina.

Aveva fatto pochi passi quando lui l'agguantò per un braccio costringendola a voltarsi e guardandola dritto negli occhi, questa volta, come se volesse ucciderla.

« Saulina, dannazione! Perché sei venuta qui? »

Per tutta risposta lei si rifugiò tra le sue braccia sentendosi quasi mancare. Che cos'era quella forza che le lacerava l'anima e le accendeva i sensi facendole provare sensazioni che la stordivano? Era quello l'amore? Una dolcissima malattia che la sconvolgeva e che nessuno avrebbe mai saputo spiegare? Stava avvinta a quel sentimento come il naufrago all'unico legno del mare. Avrebbe voluto incatenarsi a quella sensazione perché aveva paura che svanisse per sempre.

Anche lui, per un attimo, l'aveva teneramente abbracciata, ma subito la allontanò da sé e, afferratala per la mano, cominciò a trascinarla verso la cascina.

« Bernardino! » gridò quando furono sull'aia.

Il fido servitore uscì prontamente.

« Sella i cavalli », ordinò.

Mirella li spiava da dietro il fienile e si sentì rincuorata da quello che stava accadendo.

Saulina cercò di divincolarsi, ma le sue deboli forze non le avrebbero mai consentito di recuperare la libertà.

« Non voglio tornare in città! » cominciò a gridare disperatamente.

« Quello che vuoi non mi interessa », affermò Guglielmo. « Tu farai come dioo io. E basta. »

« Tornerò da madama Grassini solo quando sarò guarita. »

« Tornerai subito. »

« Me lo avevate promesso. »

« Vuol dire che sono uno che non mantiene le promesse. »

« Ho detto che non voglio. »

« Non ho chiesto la tua autorizzazione. »

« Volete che me ne vada per restare solo con Mirella! » Aveva visto la contadina che era uscita un attimo allo scoperto per godersi meglio la scena. Ma quando Ribaldo guardò dalla sua parte fu svelta a nascondersi di nuovo.

« Non sai quello che dici! » Saulina l'aveva mandato in confusione con quell'affermazione e cercò di smentirla.

« Voi invece sapete bene quello che volete », ribatté pronta.

« Come ti pare », ammise Ribaldo andando incontro a Bernardino che usciva dalla stalla con i cavalli sellati. Stava prendendo una decisione terribile ma necessaria, stava liberandosi di quell'ossessione che gli era entrata nel sangue e che non gli dava pace. Sarebbe stato imperdonabile se si fosse lasciato andare con una ragazzina di quell'età. E lui non voleva perdere il rispetto di se stesso. Una cosa era certa: se non l'avesse subito allontanata, Saulina avrebbe fatto tutto il possibile perché l'irreparabile si verificasse e lui non era abbastanza forte per evitarlo, perché l'amava.

« Voglio vedere Giustizia », disse Saulina con il tono del condannato che esprime il suo ultimo desiderio.

La vecchina dagli occhi spenti, chiamata da Ribaldo, le andò incontro.

« Mi portano via », si lamentò Saulina.

« È per il tuo bene », le sorrise la donna.

« Tutti sanno quale è il mio bene », disse rassegnata. « Tenetemi con voi », la supplicò.

« Devi andartene, piccola », rispose la vecchia con voce ferma.

Saulina si guardò intorno come un animale in trappola.

« Addio, Giustizia », la salutò ormai vinta. « Hai fatto molto per me. »

Ribaldo montò a cavallo tenendosela stretta tra le braccia anche se quel contatto gli dava le vertigini. L'avrebbe volentieri affidata a Bernardino, ma non voleva correre rischi.

« Vi prego, fatemi stare con voi solo per qualche giorno », lo implorò in un ultimo tentativo.

« È necessario che tu ritorni a Milano », replicò.

« Non voglio andare in città », protestò lei sempre più debolmente. « Non voglio tornare dalla Grassini. Non voglio andare da nessuna parte. Voglio solo stare con te. »

I cavalli ormai si erano allontanati dalla cascina e procedevano lungo il sentiero fra i boschi, così le ultime dichiarazioni di Saulina furono udite soltanto da Ribaldo e dal suo fido scudiero. Per una volta, il vecchio Bernardino non pensò di somministrarle una robusta dose di sculacciate, ma dovette fare appello al suo autocontrollo per non cadere vittima di un attimo di commozione.

Quei due giovani erano degni di rispetto perché entrambi soffrivano per amore, perché si amavano alla follia anche se lui non voleva ammetterlo e lei non poteva saperlo. Ma perché il suo padrone non aveva voluto cogliere quel fiore primaverile appena sbocciato? Questo, Bernardino non l'avrebbe capito mai.

## 44

Lungo la strada avevano ragionato e Saulina si era calmata.

« Perché devo andare proprio oggi? » domandò la ragazza.

« È inutile che te lo spieghi », rispose Ribaldo. « Un giorno capirai. »

Era stanca di quella monotona filastrocca sul domani che una volta raggiunto sarebbe stato l'oggi, un oggi ugualmente impenetrabile e buio.

« Mai una risposta decente », mugugnò. « Mai adesso, qui, subito. Domani. Sempre domani. I fatti loro, però, gli adulti li risolvono immediatamente. »

« Sembri una pentola di fagioli », la derise il giovane.

Il sole aveva attraversato gran parte del cielo e ora scendeva lentamente all'orizzonte. I due uomini e la ragazza procedevano al passo fuori dei sentieri battuti per evitare spiacevoli incontri. L'ombra frequente degli alberi e la brezza leggera impedivano al caldo di estenuare i viaggiatori.

A mano a mano che diminuiva la distanza dalla città si rafforzava in Guglielmo la convinzione di aver scelto il partito migliore riconducendo Saulina alla sua protettrice. Quella mattina, infatti, tra le notizie giunte da Milano c'era quella di una taglia per chi forniva indicazioni utili alla cattura del rapitore o dei rapitori di « certa Viola Saulina, giovinetta dell'apparente età di anni tredici, capelli biondi, incarnato chiaro, occhi neri e figura sottile ». L'avviso che portava il sigillo della municipalità di Milano ed era stato firmato dal presidente Pioltini e dal segretario Cesati, era stato affisso in ogni contrada.

Per superare la barriera ed entrare in città Bernardino era ricorso all'aiuto di un contadino che lavorava in una cascina vicina agli orti di Milano, fuori Porta Tosa, e aveva disposto all'interno delle mura una scorta guidata dallo Scorciato per fronteggiare eventuali emergenze. Era un servitore saggio e previdente il vecchio Bernardino.

Era stata scelta Porta Tosa perché il contadino che li aspettava sul suo carro di fieno passava spesso da quella porta. L'appuntamento era al bivio dei Tre Pioppi che distava meno di un miglio dalla città. L'uomo sedeva davanti ai due buoi aggiogati e si alzò lentamente in piedi al loro apparire. Salutò togliendosi il cappellaccio di paglia sfilacciato.

« Riverisco, signori », disse.

Bernardino lo conosceva appena, sapeva che andava quasi ogni sera in città ed era noto ai gabellieri.

Ribaldo e Saulina smontarono da cavallo e il giovane affidò l'animale al fedele servitore.

« Aspettami all'alba fuori Porta Orientale », disse.

Bernardino annuì. Tese al villano una moneta d'oro di conio recente che era il compenso pattuito per il trasporto.

« Addio, Bernardino », lo salutò Saulina tendendogli la mano.

« Addio, Saulina. »

Il villano, che aveva buone orecchie, ascoltò la conversazione e mise i personaggi, ma soprattutto la ragazzina, in relazione con l'avviso esposto in città. Lui non sapeva leggere, ma accanto a ogni avviso c'era sempre uno istruito che leggeva per gli altri. E quel nome insolito pronunciato da Bernardino era proprio quello che circolava in città.

« Accomodatevi, signori », disse sollevando una tela di sacco che copriva un'apertura. Nella paglia era stato scavato un vuoto sufficiente per contenere almeno tre persone.

Saulina passò davanti a quel villano tozzo e forte, tutto sorrisi, che emanava un acuto odore di selvatico. Guardò la sua faccia irsuta, la fisionomia asimmetrica, la bocca molle e sensuale dal sorriso sbilenco, i piccoli occhi pieni di furbizia e di crudeltà e rabbrividì.

Ribaldo se ne accorse.

« Che c'è? » chiese.

« Niente », rispose lei e si infilò nel carro. L'odore buono del fieno la consolò.

Ribaldo si fermò ancora un attimo a parlare con il contadino.

« Quando ci lascerai nei pressi della contrada di Sant'Andrea », gli disse, « avrai un'altra moneta. »

« Vi servirò, signore », rispose lui.

Ribaldo salì a sua volta nel carro e l'uomo, dopo avere abbassato la tela di sacco, la mimetizzò in modo che nessuno potesse sospettare l'esistenza di quel nascondiglio.

Nella grande nicchia scavata nel fieno, al buio, Saulina e Ribaldo rimasero per qualche minuto in silenzio, poi la piccola mano di lei cercò quella forte dell'uomo.

« Non mandarmi via », disse, « finché sei ancora in tempo. »

Il carro si era messo in moto e un piccolo sobbalzo avvicinò l'uomo alla fanciulla.

« Non posso... » lui mormorò.

I loro respiri erano un solo respiro.

« Ieri sera non la pensavi così », sussurrò lei comunicandogli un brivido.

Ribaldo posò un bacio lieve sulla sua guancia e la sentì bruciare sotto le labbra.

« Un giorno ci rivedremo », le disse.

« Un giorno appartiene a un tempo lontano », replicò Saulina. « Il tempo che mi dà gioia o dolore è adesso. » Si stupiva della sua sicurezza.

L'intenso profumo del fieno li stordiva. Saulina si rifugiò tra le braccia del giovane e vi rimase quieta.

« Che cos'è l'amore? » domandò improvvisamente.

Ribaldo la tenne presso di sé cullandola al lento dondolio del carro.

« Amore è una parola. A volte corrisponde a un sentimento. »

« Quello che provo per te, è amore? »

Era una domanda ingenua e semplice come l'apparire della prima stella.

« Sei una bambina. »

« Può darsi. Però vorrei che tu mi volessi bene. »

« Io ti voglio bene. »

« E allora dimostramelo. »

« Te lo dimostro portandoti in salvo. »
« Potresti dimostrarmelo meglio tenendomi con te. »
« Così farei il tuo male. »
« Eppure sono diventata donna. »
« È un modo di dire. »
« Tutti gli adulti lo sostengono. Anche don Giuseppe. »
« Sei troppo giovane. »
« Quando sarò meno giovane? »
« Fra quattro anni. Quando ne avrai sedici. »
« Fra quattro anni sarò vecchia. »
Il giovane le asciugò le lacrime con i suoi baci.
« Facciamo un patto », propose.
Saulina singhiozzò e tirò su con il naso.
« Sentiamo. »
« Fra quattro anni io verrò a prenderti ovunque tu sia. E non ci lasceremo più. »
Saulina s'avvinghiò a lui con infantile disperazione.
« E in tutto questo tempo? »
« Tu diventerai davvero donna. Andrai a scuola. Imparerai a vivere. »
« E Mirella? » fece sospettosa.
« È soltanto un breve incontro. »
« Che cosa vuol dire? »
« Che non c'è motivo di essere gelosa di lei. »
« Eppure ti vuole bene. »
« Anch'io gliene voglio, ma in modo diverso. »
« Perché ti nascondi? » lo interrogò bruscamente.
« Ho molti nemici. »
« Tu non sai chi è Guglielmo Gallaroli, mi ha detto. »
« Chi? » Ribaldo trasalì nel buio.
« Mirella. »
« Parole di una donna gelosa. »
« Ma chi sei veramente? »
« Quando ti verrò a prendere fra quattro anni ti spiegherò tutto. »
« Si può morire in tutto questo tempo. »
« Sarà il 1800 », lui disse. « Cominceremo la nostra vita insieme con il nuovo secolo. »
Questa prospettiva la fece sorridere: non ci aveva ancora pensato.
« Una vita insieme », disse. Era pienamente appagata vicino

a lui. Si sentiva per la prima volta protetta, sicura, felice.

Alternavano lunghi silenzi a parole leggere, avevano l'amore tra le braccia, erano l'amore in quel buio profumato nel quale inventavano un futuro da vivere insieme.

« Ascolta », l'avvertì Saulina.

Al rumore del carro che rotolava pesantemente trainato dai buoi con le sue ruote cigolanti si sovrapposero rumori di altri veicoli e voci.

« Stiamo avvicinandoci alla porta », spiegò Ribaldo.

« Ho paura », disse lei.

« Di che cosa? »

« Non lo so di preciso. » Tremava come se avesse la febbre. Tremava ogni volta che doveva affrontare una punizione o si avvicinava un pericolo. Al borgo dicevano che Saulina aveva l'istinto degli animali che intuiscono le disgrazie.

Il carro si fermò.

« Siamo alla porta », le mormorò Ribaldo all'orecchio. Era teso come la corda di un violino. Eppure lì dentro era al sicuro e fuori c'erano lo Scorciato e i suoi amici pronti a intervenire.

Porta Tosa per Saulina era uno dei varchi obbligati per entrare in città, ma per Ribaldo era un luogo importante della sua vita. La porta era accanto al ponte della Torretta e i milanesi dicevano che il Naviglio, umile e laborioso da Porta Ticinese fino a Porta Romana, diventava altezzoso e nobile tra Porta Tosa e San Marco, dove si affacciavano i giardini sontuosi di alcune tra le più belle case patrizie. Ribaldo ricordava le ghirlande fiorite di gelsomini e di glicini che ombreggiavano le balconate di pietra scandite da colonnette, grandi vasi di granito e statue. Pensava al passato per sfuggire alle angosce del presente e respirò di sollievo quando il pesante carro si mosse.

« Hai avuto paura », gli disse Saulina.

« Come lo sai? » lui chiese.

« L'ho sentito. Anche se non ti vedo sento tutto di te. »

« Anche tu hai avuto paura? »

« Più che altro voglia di scappare. Ti avrei messo nei guai? »

« In un brutto guaio. Io non posso entrare in città. »

« Un giorno mi dirai perché? »

« Un giorno ti dirò tutto. »

Ribaldo calcolò che il carro procedesse lungo il borgo di Porta Tosa in direzione dello slargo del Mulino, verso la strada di Santa Prassede, costeggiando il Naviglio. Ma la strada della salvezza si interruppe di colpo. Il veicolo si bloccò, la tela di sacco fu sollevata di colpo e la luce del tramonto ferì violentemente gli occhi di Saulina e Ribaldo rimasti per tanto tempo nel buio più completo.

« Potete uscire, signore », disse il contadino con un sorriso untuoso.

Il giovane si affacciò per respirare l'aria pura mentre i suoi occhi cercavano di mettere a fuoco l'ambiente. Vide lo Scorciato su un barcone attraccato alla riva del Naviglio con gli altri amici.

« Siamo arrivati, vero? » affermò Saulina con rammarico. Ribaldo non ebbe neppure il tempo di rispondere perché in quell'istante, nel bagliore purpureo e d'oro del tramonto, emersero bocche di fucili e divise militari.

« Fermo dove siete! » disse una voce con un forte accento francese. Il contadino scivolò giù dal carro.

« Grazie, amico, per averci consegnato il rapitore della ragazza », gli disse un soldato.

Saulina guardava i militari con le armi spianate senza riuscire a rendersi conto di quanto accadeva, mentre alcuni uomini dal barcone saltavano sulla riva e altri facilitavano lo sbarco dello Scorciato.

« Cittadina Viola », disse il capo dei gendarmi, « costui è dunque l'uomo che vi ha rapita? »

« Rapita un corno », rispose prontamente. « È l'uomo che mi ha salvata e mi stava riportando a casa », proseguì con rabbia.

Il comandante del drappello, sbilanciato da quella risposta decisa, diede ordine ai suoi uomini di abbassare le armi. In quel momento Ribaldo con un volteggio prodigioso superò le sbarre del carro e prese la fuga. I militari spararono, una macchia di sangue esplose sulla sua camicia bianca e il giovane rovinò a terra.

Saulina lo raggiunse, si chinò su di lui, e prese la sua bella testa in grembo. L'abito giallo dorato si macchiò di sangue.

« Ti hanno ferito, povero amore mio », gli mormorò sulle labbra.

Lui non sentiva dolore ma le forze lo abbandonavano. Riuscì a sorriderle.

« Torna dalla tua protettrice », disse.

« È successo tutto per colpa mia », singhiozzò. « Non posso lasciarti così. Come potrò perdonarmelo? »

« Tu non c'entri. Vattene, ti prego. » Ora gli costava un grande sforzo parlare perché la vita lo abbandonava.

Saulina lo intuì e si aggrappò alle parole.

« Mi hai fatto una promessa, ricordi? »

« Io mantengo sempre la parola data. »

Lei piangeva silenziosamente accarezzandogli i riccioli biondi.

« Lo so », disse.

I militari li avevano circondati.

« Alzatevi, cittadina », le disse l'ufficiale. « Per ordine del generale Bonaparte dobbiamo accompagnarvi alla casa di Giuseppina Grassini. »

« Era quello che stavamo facendo. Chiamate qualcuno. Non vedete che quest'uomo sta morendo? » La sorreggeva uno straordinario coraggio.

« Vai, Saulina », la pregò Ribaldo con un filo di voce. Lui che era sempre andato incontro spavaldamente alla morte per soffocare i tumulti dell'anima, nel momento in cui sentiva la vita sfuggirgli provò un'infinita nostalgia per l'amore che lasciava.

Era la prima volta che non si era preparato all'idea di morire e sul limite estremo dell'esistenza non pensò alle stupende pagine di Cicerone, che sapeva a memoria, ma cercò lo sguardo appassionato di Saulina in cui bruciavano i fuochi languenti della sua breve vita. Furono l'ultima cosa che i suoi occhi videro prima di chiudersi. Saulina distinse la terribile figura dello Scorciato osservare da lontano la scena mentre due uomini si erano avvicinati ai soldati e dicevano: « Abbiamo qui la barca. Lo portiamo noi all'ospedale ». In quel momento due mani robuste afferrarono Saulina con decisione, costringendola ad alzarsi.

« Lasciatemi stare! » gridò. Cercò disperatamente di liberarsi ma venne caricata a forza su una carrozza. Vide a terra, sul bordo del Naviglio, il contadino che aveva venduto Guglielmo. Aveva gli occhi sbarrati e due segni lividi sulla gola.

Qualcuno, nei pochi istanti in cui si era svolto il dramma, l'aveva strangolato.

Mentre la carrozza si allontanava, Saulina fece in tempo a scorgere ancora una volta il corpo di Guglielmo Gallaroli riverso sul selciato. Poi perse i sensi.

# *Saulina: 1800*

# 1

La madre superiora del collegio di Santa Teresa del Bambin Gesù, a Monza, consultò l'ora del piccolo orologio a ripetizione che portava in una tasca della veste monacale sotto la pettorina candida. La religiosa che aveva rinunciato al nome illustre di Viviana Alberighi d'Adda per assumere quello di suor Clotilde era in pace con Dio e con se stessa.

Amava il potere che riteneva di esercitare per volontà del Signore e preferiva di gran lunga essere la prima nel collegio di Monza che l'ultima nel palazzo di Milano o nella villa di Cassano d'Adda. L'adulazione, figlia della paura e dell'intrigo, teneva il posto dell'affetto e della stima e il nome di suor Clotilde poteva aprire molte porte e chiuderne altre. Era meglio essere suoi amici che averla contro.

Ripose l'orologio e giudicò che cinquanta minuti di attesa erano un tempo più che soddisfacente per mettere a disagio un ospite inopportuno. Si lisciò la veste, assunse una posizione perfettamente eretta, sollevò un poco la testa. Era davanti a una massiccia porta scura e lucida che rifletteva con fantastica approssimazione la sua figura imponente. Lo sguardo della monaca era freddo, spietato e senza ironia. Aveva gli zigomi larghi, le mascelle forti e le labbra sottili e crudeli. Rimase qualche secondo immobile come un attore che si concentri prima della sua entrata in scena, quindi aprì energicamente la porta ed entrò con passo risoluto nel parlatorio.

L'unico arredo di quell'ambiente spoglio e inospitale era una tela immensa del maestro fiorentino Giuliano Traballesi raffigurante Santa Teresa, l'espressione e la bella figura drammaticamente rapita nell'estasi mistica. Ma a mitigare il rigore della stanza non bastava quel trionfo di colori caldi e luminosi, come non era sufficiente il solo braciere ad allentare la morsa del gelo.

Giuseppina Grassini, nel tempo dell'attesa, si era consumata le scarpette a furia di girare in tondo con l'idea di non gelare, ma il risultato era comunque i piedi indolenziti e ghiacciati. Inoltre la cantante, schiava della moda come tutte le artiste e le signore della buona società, aveva rinunciato al pesante mantello di pelliccia adottando, per compiacere il gusto dell'epoca, un pesante scialle di cachemire la cui frangia arrivava quasi alla caviglia. Un cappello di velluto alla Pamela le incorniciava il bel viso nel cerchio dell'ala ampia raccolta sotto il mento.

Quando vide la religiosa, Giuseppina si fermò di colpo e la fulminò con la rabbia dei suoi occhi.

« *Laudetur Jesus Christus* », disse la suora imperturbabile.

« *Semper laudetur* », rispose l'artista accennando a un inchino.

Sulla bocca delle due donne l'alito si materializzava in una nebbia lattiginosa. Suor Clotilde era separata da Giuseppina Grassini da un'inferriata a grossi riquadri, invalicabile confine tra il collegio vero e proprio e i visitatori.

« Eccola finalmente la terribile superiora che mi ha fatto attendere oltre i limiti della buona creanza », pensò Giuseppina. La sua voce ne avrebbe sicuramente risentito e quest'idea la mandava su tutte le furie.

La madre superiora schiuse le labbra sottili in un rapido sorriso di circostanza, poi la sua espressione ritornò immobile. Aristocratica per nascita, autoritaria per vocazione, arrogante nell'esercizio di un potere dispotico voleva far sentire all'ospite l'abisso che correva tra una cosiddetta artista e un'esponente della nobiltà del sangue che aveva scelto la via del monastero raggiungendo, per grazia del Signore, il vertice massimo.

« A che cosa dobbiamo questa improvvisa e inaspettata visita? » domandò suor Clotilde con voce ferma e chiara.

« Sono qui per Saulina, Reverendissima Madre », disse con una umiltà che non corrispondeva al suo stato d'animo. Se gli austriaci e i russi non avessero impedito il ritorno di Napoleone a Milano, se la gravità di un evento che riguardava Saulina non si fosse profilata minacciosa, se ne sarebbe andata da un pezzo mandandole a dire quello che pensava di lei. Ma nell'attuale situazione non poteva proprio permetterselo.

Giuseppina Grassini era appena tornata da Parigi dove aveva cantato all'Opéra. Era stata un'impresa azzardata anche se essere un'artista universalmente ammirata le garantiva una certa protezione e gli austriaci e gli austriacanti non avevano nessun interesse a perseguitare un idolo delle folle. Un qualsiasi ostracismo si sarebbe tradotto in una pericolosa impopolarità.

A Parigi l'artista aveva cantato soprattutto per Napoleone Bonaparte, che dal 13 dicembre 1799 era stato proclamato Primo Console. Mentre Milano era attraversata dalla furia barbarica degli austriaci e dei russi che fino dall'aprile si abbandonavano alle violenze più brutali, Parigi esultava in un tripudio di balli c di feste.

Doveva essere cauta Giuseppina ora che la sua Milano era percorsa e percossa da quel pazzo del generale russo Suvorov, una belva che si cibava di carne cruda e non esitava a finire i suoi stessi soldati feriti se gli erano d'impedimento. Si ubriacava come un carrettiere, cadeva in ginocchio singhiozzando davanti alla bandiera russa e consentiva ai suoi cosacchi di saccheggiare, confiscare, rubare, stuprare e insultare senza misericordia.

Napoleone aveva incontrato Giuseppina in un appartamento di rue Chantereine che il Primo Console aveva messo a sua disposizione. Era stato un incontro di affettuose intimità e di familiari confidenze. La nostalgia di Milano non aveva mai abbandonato il Bonaparte.

« Leggete, mia cara », le aveva detto, « che cosa mi ha scritto in novembre Francesco Melzi d'Eril. »

Giuseppina aveva letto il toccante messaggio che si rivolgeva più all'uomo che al generale. « *L'homme, plus encore que le général, nous manquait* », scriveva il nobile milanese. Gli parlava della sua città e della sua gente dall'esilio di Saragozza che aveva scelto come alternativa alla deportazione.

« Mi supplica di scacciare gli odiati nemici », aveva affermato Napoleone.

« Siamo in tanti a condividere questa supplica », aveva detto Giuseppina.

« Quando i francesi erano a Milano », aveva ricordato il Primo Console, « avevo più cortigiani che amici veri. Molti rimpiangevano l'Austria, altri si lamentavano di noi. E adesso... »

La cantante che aveva vissuto, pur con molti privilegi, sul versante che subiva la serie incessante delle « liberazioni » avrebbe avuto ragioni e argomenti per rispondere, ma non era il caso.

« Quando tornerete a liberarci dagli austriaci? » aveva chiesto con aria implorante, mentre sulle labbra morbide affiorava un sorriso.

« Molto presto », aveva promesso.

« Quando? »

« Mi chiedete troppo. Ci sono segreti che non si confidano neppure nell'intimità dell'alcova. »

Giuseppina era arrossita.

« Ve ne prego, amico mio. »

« Prima dell'estate canterete di nuovo per me alla Scala. »

« È una promessa? »

« È una promessa. »

Così Giuseppina si era rassegnata a tornare a Milano dove il contratto con l'impresario Barbaja le imponeva un certo numero di recite nel Gran Teatro. Una vera maledizione, ora che Napoleone aveva cominciato a frequentarla con un'assiduità più affettuosa da quando il legame con la moglie si era notevolmente allentato e la furiosa passione di un tempo si era trasformata in una solida amicizia fatta di affettuosi incontri e di saggi consigli.

Al suo ritorno a Milano, la cantante aveva trovato un messaggio di don Giuseppe Roncoroni, parroco del borgo di Corte Regina. Era una comunicazione breve e drammatica: la madre di Saulina versava da tempo in cattive condizioni di salute e avrebbe avuto caro di rivedere la sua bambina prima di chiudere gli occhi sulle miserie di questo mondo. Ecco perché si era presentata in quella fredda mattina di gennaio nel collegio di Santa Teresa del Bambin Gesù a Monza.

« Siete qui per Saulina Viola », ripeté suor Clotilde vedendola distratta da altri pensieri: « Ebbene? »

Giuseppina aveva in serbo un discorso chiaro e leale, ma il freddo, l'attesa e il tono della religiosa l'indispettirono.

« Ho bisogno di riaverla con me per qualche giorno », replicò decisamente.

Il volto impassibile della religiosa non espresse la collera che la richiesta di quella donna frivola le suscitava, senza contare che Saulina era una delle allieve più brillanti. Ma non era quello il motivo dell'indignazione. Saulina era sulla buona strada e quella donna, con la sua presenza, l'avrebbe distolta dallo studio, dalla meditazione, dalla preghiera. Suor Clotilde sapeva quello che accadeva tra i sostenitori dei costumi francesi. Bastava leggere (e lei le aveva lette) le annotazioni del sacerdote-cronista Mantovani sui giovani di ambo i sessi che al tempo della Cisalpina scherzavano senza alcun ritegno sulle pubbliche piazze e nei teatri; le femmine si pavoneggiavano di immodesti vestiti che erano inni alla lussuria. Braccia, seno, spalle; era tutto scoperto. Per non parlare della profusione di fiori, piume, oro vero e falso, di capelli posticci e dell'impudenza di alcune che indossano una veste sciolta da capo a piedi e aperta nel mezzo, per cui si vedevano gambe e cosce strette in sottilissime maglie color carne. Erano questi gli esempi che Giuseppina Grassini aveva in mente per Saulina?

« Non potete! » si oppose decisamente.

« E perché mai? » ribatté la cantante.

« La ragazza ha iniziato soltanto adesso il quarto corso. »

« E allora? »

« Sarebbe inopportuna un'interruzione. »

« Inopportuna, ma non impossibile. »

« La ragazza ne soffrirebbe. »

« La signorina », la corresse Giuseppina, « è sotto la mia protezione. Ho su di lei i diritti dei suoi genitori naturali. »

« E anche i doveri, immagino », fece sferzante la monaca.

« Devo dirvi, Reverendissima Madre, che non sono disposta a discutere con voi i limiti e la discrezionalità del mio mandato », spiegò con lucida determinazione. « Quindi cercate di ridurre all'essenziale la procedura. Ritengo di aver perso fin troppo tempo in attesa di questo colloquio. »

Suor Clotilde, che sapeva leggere oltre le parole e le espressioni, sentiva che la forza della sua interlocutrice non era soltanto la conseguenza di uno stato d'animo, ma derivava piuttosto dalla consapevolezza di un imminente cambiamento. La furiosa reazione degli austriaci e dei russi aveva l'intensità, e quindi avrebbe potuto avere anche ragionevolmente la brevità, di un violento temporale. E certamente più d'ogni altro poteva saperlo la cantante che era legata, Dio sa come, a Napoleone Bonaparte.

Le due donne, l'aristocratica e la cantante (la Grassini aveva ventisette anni, la religiosa aveva appena compiuto i trenta) parlavano quindi da due posizioni di potere, due ruoli senza frontiere. Giuseppina non poteva opporsi apertamente alla politica austriacante e suor Clotilde non voleva alienarsi la simpatia di Bonaparte che poteva tornare in qualsiasi momento.

« Risponderete a me personalmente della sua educazione e della sua incolumità », aveva detto il generale alla Madre Superiora il giorno dell'accettazione. « E in mia assenza », aveva soggiunto, « ogni decisione per quanto riguarda Saulina è affidata a madama Grassini. »

Il Bonaparte, ora Primo Console, non era uomo da promettere invano.

« Mi rendo conto della vostra posizione », si ammorbidì la monaca, « e non ho intenzione di mettere in discussione i vostri diritti, ma non credete che potrebbe nuocere alla vostra protetta una brusca interruzione degli studi in un momento tanto delicato? » domandò con finto candore.

Giuseppina, che non si aspettava questa ragionevole svolta, accusò il colpo.

« Ne parlerò con Saulina », decise.

La seconda botta toccò la religiosa che non aveva messo in bilancio l'alternativa.

« La farò subito chiamare », disse tirando un cordone che muoveva una campanella interna al collegio.

Pochi istanti più tardi comparve una suorina piccola, umile e silenziosa.

« La signorina Saulina Viola », disse piano suor Clotilde. « Qui. Subito. »

Saulina non si fece attendere. Era una donna ormai, una giovane donna, una bellezza altera e severissima, uno splendore senza sorriso che lo sguardo zingaresco e i lunghi boccoli biondi impreziosivano. Il suo sguardo lampeggiava, ma l'educazione aveva addolcito i modi anche se non aveva placato la sua curiosità, e risolto i suoi dubbi.

« Lasciati guardare », le disse sorridendo Giuseppina dopo averla abbracciata. « Definirti splendida è poco », si accalorò per quanto fosse possibile in quell'ambiente gelido. « Sei qualche cosa di meglio e di più. »

« Vi prego, signora », si schermì da quelle attenzioni poco monacali fatte in presenza della Madre Superiora.

« Dovresti venire con me », andò subito al sodo l'artista.

« Ma non posso seguirvi, madama Giuseppa », si oppose subito la ragazza.

La cantante sentì più crudamente i morsi del freddo e controllò una reazione forse eccessiva che non sarebbe servita a nessuno.

« Almeno tu mi spiegherai la ragione di questo rifiuto », pretese seccamente.

Suor Clotilde gioiva sotto la propria impassibilità.

« Ho lasciato in sospeso la lezione di latino », fu la sua giustificazione. « Devo tradurre delle lettere di Cicerone. »

Giuseppina decise a questo punto che nulla poteva smuovere Saulina se non la cruda verità. E gliela disse.

« Non sono venuta a prenderti per un mio capriccio », spiegò, « anche se non mi sembra strano il desiderio di passare qualche giorno con te dopo tanto tempo. »

« Naturalmente », osservò la fanciulla con grande serietà.

« Si tratta di tua madre », mormorò rattristata.

« Che cos'ha mia madre? » domandò.

« Sta male », le annunciò.

Saulina la guardò perplessa ma non turbata, certo non addolorata. Quella notizia sembrava averle riportato alla mente un pensiero molesto o uno spezzone dimenticato della sua vita: la famiglia, il piccolo borgo, la foresta, i campi.

« Mia madre », disse con un tono fra il trasognato e il distaccato. « Che cos'ha? »

« Parlo di tua madre, Saulina », la richiamò alla realtà Giuseppina, colpita dalla sua indifferenza. Guardò la grande immagine di Santa Teresa e cercò in quell'espressione trasfigurata nell'estasi mistica, in quei colori caldi e luminosi, una risposta al suo angoscioso interrogativo. Possibile che Saulina, nel tempo del collegio, avesse dimenticato e cancellato il ricordo del suo passato, l'immagine dei suoi cari? Pregò intensamente che fosse una sua impressione, provocata dal disagio e dal freddo, dall'arroganza della Madre Superiora, dall'ostilità di un ambiente dal quale si sentiva rifiutata. Lei, Giuseppina Grassini, si sentiva in parte responsabile perché aveva fatto ben poco per conservare intatta in Saulina la memoria delle sue radici, si era invece sforzata di toglierle di dosso la terra e il selvatico senza tuttavia riuscirci perché lei, oltre l'immagine di raffinata esteriorità, conservava ancora i caratteri inafferrabili della creatura del bosco.

« Tua madre sta morendo. Desidera vederti. » Giuseppina aspettò una qualsiasi reazione.

« Va bene, andiamo », rispose Saulina senza scomporsi e senza che il minimo segno alterasse la sua enigmatica bellezza. Si capiva da come guardava suor Clotilde che accettava per dovere questa incombenza.

Giuseppina le appoggiò le mani sulle spalle costringendola a guardarla negli occhi. Era più alta di lei, più sottile e più forte.

« Saulina », le disse esortandola a riflettere. « Ti sto parlando di tua madre. Ti sto dicendo che tua madre sta molto male. E vuole vederti. »

« Ho capito. »

« E non hai altro da dirmi? »

« Vi ho già detto che accetto di sospendere la mia lezione di latino. E di abbandonare per un certo tempo la scuola. Ho detto che intendo seguirvi. »

« Povera bambina », disse Giuseppina.

« Posso andare a prepararmi? » chiese a suor Clotilde.

« Certo », disse premurosamente la religiosa. « Pregherò per tua madre. »

« Ti aspetto fuori, in carrozza », disse Giuseppina.

« Con permesso », si congedò Saulina che, quanto a imperturbabilità, dava dei punti alla Madre Superiora.

Saulina non sapeva più piangere né ridere, non conosceva la gioia ma neppure il dolore, la sua anima era una lastra di ghiaccio su cui niente faceva presa se non il calcolo, visto nella prospettiva di un'ascesa sociale che era il solo obiettivo al quale tendeva. Tutte le sue lacrime le aveva consumate più di tre anni prima quando aveva lasciato Guglielmo Gallaroli in una pozza di sangue sul selciato del borgo di Porta Tosa. Il dolore l'aveva inaridita e adesso non aveva più lacrime né emozioni. Per nessuno.

## 2

La carrozza era trainata da quattro cavalli. A fianco del cocchiere sedeva un premuroso lacchè. I due uomini erano pesantemente intabarrati contro il freddo. Saulina salì a fianco della cantante senza mostrare il benché minimo interesse per quel viaggio. Aveva interrotto a malincuore il programma di studio, perché da sempre era persuasa che la conoscenza fosse un passaggio indispensabile verso tutti i traguardi.

Cristalli di neve volteggiavano radi e piccoli contro il cielo plumbeo.

« Speriamo che non nevichi », pregò Giuseppina. « Sono terribili i viaggi con la neve. »

« È troppo freddo », spiegò Saulina che se ne intendeva, guardando fuori del finestrino appannato verso quel cielo gonfio e cupo.

La carrozza procedeva veloce sulla neve battuta della strada maestra e le campagne intorno erano bianche, i gelsi e le robinie sembravano fiori di cristallo e l'architettura del bosco faceva venire in mente certi racconti narrati la sera vicino al fuoco. Di tanto in tanto si vedeva un casolare e il fumo che usciva dal camino faceva pensare a una famiglia riunita.

« Non sembra anche a te? » domandò Giuseppina alludendo al comignolo fumante.

« No », rispose la ragazza. « Un camino di quelli, per me, significa freddo, miseria, violenza e disperazione. »

La cantante si sentiva a disagio di fronte alla sicurezza di

Saulina, al suo realismo senza sfumature. Si aggiustò in grembo uno scaldino di rame col manico di legno che era stato riempito di tizzoni ardenti protetti da uno strato di cenere in modo che la brace si consumasse lentamente dispensando un po' di calore.

« Ma tu non hai freddo? » chiese rabbrividendo.

« Io mi copro, madama Giuseppa », rispose sottolineando la differenza fra la praticità del suo abbigliamento e quello della cantante.

Saulina indossava un mantello di lana d'un bel grigio perla lungo fino ai piedi foderato di un morbido pelo di martora con un ampio cappuccio.

« Ma questo mantello non usa più ormai da diversi anni », inorridì Giuseppina, rabbrividendo nel suo scialle di cachemire. « Non pensare di poterlo indossare anche in città. Ora usano questi », soggiunse mostrando l'indumento che non la riparava dal freddo ma appagava la sua vanità. « Vengo da Parigi », le confidò, « e so tutto sulla moda di quest'anno. » Sorrise con la segreta speranza di avere azzeccato un argomento capace di riscuotere la sua pupilla dall'apatia.

Saulina la misurò con i suoi occhi severi.

« Perdonatemi, signora », disse, « ma se la moda impone di morire di freddo, io non sarò mai disposta a seguirla. »

Aveva sbagliato un'altra volta.

« Vuoi dire che solo gli sciocchi seguono la moda? »

« Non voglio dire niente più di quello che ho già detto. »

La carrozza era costretta a rallentare nei punti in cui la neve non si era bene stratificata o dove c'era ghiaccio.

« Di questo passo non arriveremo mai », protestò Giuseppina.

« A Dio piacendo arriveremo », disse Saulina.

Un prete intabarrato camminava lungo un sentiero tra i campi seguito da un chierichetto che suonava la campanella e da un cane stremato. Portavano l'olio santo. Procedevano verso un casolare sul cui tetto fumava un camino e dove qualcuno stava morendo. O era già morto.

Saulina pensò a sua madre.

« Credete che arriverò in tempo per vederla viva? » chiese alla sua protettrice cogliendola di sorpresa.

« Non lo so. Conosco quello che c'è scritto nel biglietto di don Giuseppe. Ma spero per te che tu possa parlarle un'ultima volta. »

Saulina abbassò lo sguardo, poi sollevò la bella faccia incorniciata dal grigio della pelliccia su Giuseppina.

« Oh, non saprei che cosa dirle », la deluse.

« A tua madre? » si meravigliò.

« Non abbiamo mai avuto molto da dirci neanche quando stavamo insieme. » Lo diceva con disinteresse o con rammarico? Ancora una volta Giuseppina non capì.

« Quando si è insieme le parole non servono. »

« Noi contadini parliamo sempre lo stretto necessario », le offrì una giustificazione. « Badiamo più ai fatti che alle parole. »

« Ma ora non sei più una contadina. E saprai trovare le parole giuste per rivolgerti a lei convenientemente. »

« Se è per questo non sono mai stata una contadina, io. Sono nata nel borgo di Corte Regina per caso. Sapete anche voi che Ambrogio Viola non è il mio vero padre. Se mia madre avesse avuto il coraggio di seguire quello zingaro teatrante, forse ora farei l'attrice. O la ballerina. Certo non sarei qui con voi, su questa carrozza. Invece a mia madre è mancato il coraggio. » Non pensò nemmeno per un attimo che c'erano degli altri figli, una famiglia, dei principi da rispettare. Saulina era fatta così: c'era lei e il fine da raggiungere. Tutto il resto non contava

« Ti è mai venuta voglia di vederlo in faccia, questo tuo padre vagabondo che forse ti somiglia? » si incuriosì la cantante.

« Sì. Soprattutto quando ero più piccola. Mia madre mi aveva detto ch'ero tale e quale a lui, salvo per i capelli biondi. Allora mi specchiavo nell'acqua dell'abbeveratoio e lo vedevo. E mi faceva tanto ridere questo padre con la faccia da bambina e i boccoli. »

« Ora non ridi più? »

« Non rido più e non piango più. »

« Pensi ancora a Guglielmo Gallaroli? »

Saulina non l'ascoltò, cambiò discorso.

« Siete stata a Parigi per oltre un mese », disse, « e non mi raccontate niente del Bonaparte. Ho saputo che ha rovesciato il Direttorio e ora è Primo Console. »

« Vedo con piacere che le tue suore ti consentono di aggiornarti sugli avvenimenti del mondo. »

« Quando non possono farne a meno », precisò Saulina.

« E quando per esempio non possono farne a meno? » s'incuriosì la cantante.

« Quando gli avvenimenti incalzano », ragionò la fanciulla.

« Che avvenimenti? » continuò Giuseppina stupita dalla ferrea logica di Saulina.

« Suor Clotilde », esemplificò, « è molto intelligente e ha una notevole sensibilità politica. Pur essendo austriacante fino al collo si è resa conto che l'Austria ha le settimane contate in Lombardia. »

Giuseppina la guardava e si stupiva della bellezza e dell'eleganza della sua protetta, la ascoltava parlare ed era sbalordita dall'efficacia delle argomentazioni. Per quanto si sforzasse le riusciva difficile ricordare la piccola analfabeta vestita di stracci, sporca, le mani e le gambe graffiate dai rovi, scoperta per caso in un borgo a poche miglia da Milano. Da quella rozza e informe crisalide era nata una farfalla dalle ali multicolori e dalle sensibili antenne; e nessuno poteva prevedere dove sarebbe volata.

« Con te suor Clotilde è stata sempre molto gentile », affermò.

« Capisce che con me non perde il suo tempo », disse orgogliosamente.

« Hai un'alta opinione di te », la riprese.

« Sarei un'ipocrita se fingessi modestia », ribatté pronta.

« La modestia si addice a una signora. »

« Madama Grassini », spiegò con voce ferma, « in questi anni ho pensato molto, ho letto molto e qualcosa ho imparato. Alcune definizioni mi sono rimaste impresse nella mente. Una in particolare. E mi sono persuasa che è controproducente minimizzare il proprio valore. È stupido. Solo i pusillanimi si apprezzano meno di quello che valgono. E la virtù non ama l'ipocrisia. »

Giuseppina inventò un attacco di tosse, trasse dalla borsa un fazzoletto rosa e guardò fuori del finestrino la neve che cominciava a cadere. In realtà cercava di sottrarsi a un confronto dal quale sarebbe uscita con le ossa rotte. Il lessico salottiero era un'arma spuntata contro le argomentazioni, sottili o polemiche, della piccola selvaggia di Corte Regina.

« Comunque la tua suora ti ha lasciato libera di scegliere se restare o partire », disse la cantante tenendosi alla larga dal contrasto.

« Solo per convenienza. O per paura. »

« Sono affermazioni gravi », si scandalizzò.

« Meno di un anno fa, mentre il Bonaparte era impegnato su due fronti, la campagna d'Egitto e la lotta per il potere in Francia mettendo l'Austria in condizione di riprendersi le nostre terre, suor Clotilde ci leggeva un epigramma che circolava per Milano. Diceva: 'Qui giace una repubblica / Già detta Cisalpina / Di cui non fu la simile / Dal Messico alla China. / I ladri la fondarono / I pazzi l'esaltarono / I saggi l'esecrarono / I forti l'ammazzarono'. E metteva l'accento su quei forti che 'l'avevano giustiziata'. Solo di sfuggita aveva accennato allo scarso valore poetico del componimento di parte. Un anno fa non avrei potuto facilmente prendere posto su questa carrozza. »

Giuseppina convenne con lei che la Madre Superiora sapeva manovrare e intrigare da par suo. Sorrise invece al componimento pseudo poetico che lapidava tre anni di Cisalpina enfatizzando il dominio austriaco. Una volta alla Scala gli austriacanti avevano interrotto una rappresentazione per elogiare il nobile Landriani e dedicargli un coretto ridicolmente patriottardo: « Viva l'Austria e il Russo Marte / Che dei Galli è il domator / La vittoria in ogni parte / Testimonia il gran valor ».

Tutto quello che aveva fatto il nobile Landriani, prima di affacciarsi al suo palco per raccogliere apprezzamenti e applausi, era stato quello di trasferirsi, in odio ai francesi, in una confortevole residenza in campagna. Questo, però, rientrava nella logica irrazionale dei capovolgimenti politici. Ogni volta che sopraggiungeva un nuovo tiranno si sprecavano rime in sua lode che poi si trasformavano in invettive quando la storia con i suoi bruschi sussulti lo disarcionava.

« Credo che tu abbia tratteggiato bene il profilo di suor Clotilde », ammise Giuseppina.

« Sono lieta che siate d'accordo con me. »

« I francesi torneranno presto da noi », le disse. « Sei contenta? »

« Dio sia lodato », disse con un tono di voce freddo e distante che non corrispondeva all'intensità delle parole.

« Quanto al Primo Console », disse con civetteria, « è l'amico caro di sempre. E ti manda i suoi saluti. »

Saulina ora sapeva benissimo che cosa intendesse la Grassini per « amico caro » ma questa ammissione non modificò la sua indifferenza.

« È contento dei miei progressi? » domandò più per tener desta la conversazione che per reale curiosità.

« È orgoglioso degli ottimi risultati. Mi chiede sempre tue notizie », l'informò prendendole una mano tra le sue e guardandola con affetto. « Gli ho promesso che quando avrai terminato gli studi ti condurrò a Parigi. Ne ho parlato stamattina con la tua Madre Superiora. »

« Posso sapere la ragione della vostra conversazione, visto che mi riguarda? »

« Mi pare che tu abbia studiato abbastanza. »

« Non si è mai studiato abbastanza », la contraddisse.

« Sai il latino, il francese, conosci le scienze e le matematiche. »

« So anche ricamare, se è per quello, so cucinare, scrivere biglietti d'invito e lettere di circostanza », precisò puntigliosamente.

« In compenso hai fatto poca musica », la riprese. « Poca e male », soggiunse. « Che ne diresti di chiudere con il collegio e venirtene a casa a studiare seriamente un po' di musica? »

« È una proposta allettante », ringraziò la fanciulla, « a condizione che io possa completare anche lo studio delle altre materie. »

« Vuoi dire che saresti disposta a lasciare quel tristissimo collegio? » esultò tendendole le braccia.

« Voglio dire che a certe condizioni sarei lieta di accettare il vostro invito. »

« Tu mi consoli, Saulina! » esclamò stringendole le mani. « Ho tanto bisogno di un'amica vicina », si commosse, « un'amica sicura sulla quale poter contare. »

Saulina in fondo non escludeva una soluzione come quella proposta dalla sua benefattrice. La vita del collegio, che percepiva come un sacrificio necessario per garantirsi un solido futuro, non era facile per lei. Il confronto tra i suoi meriti e l'insipienza di nobili cretine sul cui stemma araldico avrebbero dovuto figurare le orecchie d'asino, era snervante. La snobbavano per le sue origini che il pagamento di una cospicua retta e l'intelligenza non riuscivano a cancellare.

I sentimenti della Madre Superiora per lei erano contrastanti, ma non contraddittori. In un primo tempo l'aveva accolta con una certa manierata benevolenza sapendola protetta da Bonaparte senza tenere conto delle doti effettive della ragazza. Era scontrosa, chiusa, determinata, ferocemente gelosa dei propri sentimenti e della propria riservatezza. Accettava le regole più dure con stoica naturalezza, superava le difficoltà con ingegnosa facilità. Non si lamentava di nulla, ma nessuna cosa la esaltava. Andava per la sua strada, un passo dopo l'altro, senza recriminare, senza lamentarsi, senza mai voltarsi indietro.

Saulina si era subito imposta per volontà e intelligenza e, se fosse stata di nobili origini, avrebbe certamente contribuito a dar lustro al collegio. Alla Madre Superiora piaceva la grinta dura di quella creatura angelica che per qualche verso le assomigliava e non si era scandalizzata per la sua smisurata ambizione, anche perché, fintanto che esprimeva con tanta franchezza i suoi proponimenti, non era un pericolo per nessuno. Sarebbe stata una presenza insidiosa nel momento in cui avesse imparato a occultare i suoi progetti.

Aveva anche accarezzato l'idea di schiudere per lei le porte del monastero e con molto garbo le aveva enumerato i possibili vantaggi, ma su questo punto Saulina era stata irremovibile.

« La mia strada è un'altra », le aveva detto. « Se dovrò salire nella scala sociale sarà sotto gli occhi di tutti e non nel chiuso di un convento. »

« Salire nella scala sociale significa diventare nobile », le ricordò la monaca dall'alto della sua autorità. « Tu dovresti diventare nobile. Ma un aristocratico non sposerà mai... »

« Una contadina? » l'aveva interrotta freddamente Saulina.

« Una borghese », aveva precisato la religiosa assegnandole un settore di maggior riguardo nella geografia sociale.

Saulina non aveva replicato e per una volta, la prima, si era tenuta dentro un segreto importante che era più di una sensazione. Un signore di antica nobiltà che guarda caso, era anche fratello di suor Clotilde, da qualche mese aveva intensificato le visite al collegio. Il marchese Febo Alberighi d'Adda non si era più risposato dopo la morte di Damiana, aveva mandato a monte un paio di vistosi contratti nuziali e aveva messo invece gli occhi su di lei.

La carrozza rallentò.

« Siamo arrivate », disse Giuseppina.

Saulina guardò dal finestrino e vide delle ombre scure dietro il pulviscolo di neve che continuava a cadere accendendo l'aria di minuscoli puntini scintillanti.

« Abbiamo fatto presto », osservò.

Tornava nel luogo dove era nata, nella casa dei suoi genitori e dei suoi fratelli e non manifestava nessuna emozione, non il minimo trasalimento. Giuseppina pensò di farle notare la cosa ma decise di non distrarla per paura di interrompere il corso dei suoi pensieri. Quella ragazza cominciava a metterle addosso una certa soggezione.

La carrozza si fermò sul selciato davanti alla chiesa di Corte Regina. Cocchiere e lacchè scesero battendo i piedi per terra, soffiando forte sulle dita intirizzite, in attesa di ordini. Il vento pungeva la pelle.

Sul portale della chiesa si affacciò don Giuseppe. Sembrava un po' più vecchio, un po' più povero e rassegnato. Saulina lo riconobbe.

« Sono Saulina Viola », gli disse andandogli incontro.

« Saulina Viola? » ripeté, spalancando gli occhi su quella apparizione che i fruscoli di neve e il buio del cielo rendevano simile a un sogno.

« Non vi ricordate di me? »

Pover'uomo! Se ne ricordava, eccome. Non l'aveva mai dimenticata. Solo non si aspettava quella signorina aristocratica che si esprimeva ora metà in italiano e metà nel dialetto del ceto colto. A Saulina Viola, la figlia dello zingaro, avrebbe porto la mano da baciare, ma non lo sfiorò neppure l'idea di trattarla con la familiarità di un tempo.

« Siete venuta per vostra madre, vero? » le domandò.

« Come sta? »

« Come Dio vuole. Ha una gran voglia di vedervi. »

« Sono qui. »

La fanciulla elegante avvolta in una calda pelliccia di martora e il vecchio prete vestito con una tonaca malandata erano immobili sullo sfondo dell'antica chiesa.

« Se volete vi accompagno », si offrì don Giuseppe.

« Ancora un attimo, per favore. »

Saulina si accostò alla carrozza per salutare la cantante che cercava un inutile conforto al freddo nel suo inadeguato scialle di cashemire.

« Non preoccupatevi per me, signora », le disse. « Credo che mi fermerò qui per qualche giorno. »

« Va bene se mando una carrozza a prenderti fra quattro giorni? »

« Va bene. E grazie di tutto, madama Giuseppa. »

« Credo che tu abbia fatto molto bene a tornare », disse la cantante cercando anche nel momento del commiato di toccare la corda del sentimento.

« Lo spero », la deluse la ragazza con indifferenza.

« Addio », la salutò facendo cenno al cocchiere di risalire a cassetta per ripartire subito.

Saulina guardò la carrozza mentre scompariva dietro gli alberi verso la strada maestra, poi si rivolse al parroco.

« Andiamo », gli disse precedendolo verso la povera cascina dov'era nata e dove aveva vissuto fino a quattro anni prima.

A un certo punto vide che sulla neve battuta del sentiero si era assiepata la gente del borgo: occhi sorpresi, espressioni strabiliate, bambini silenziosi e vecchi mormoranti.

« L'è la Saulina Viola », sussurrò uno.

« La *tosa* dell'Ambrogio? » interrogò un'altra.

« Proprio lei », disse un terzo.

« Ma non è possibile », contestò una ragazza che da bambina aveva giocato con Saulina.

Le donne si stringevano lo scialle sotto il mento e gli uomini si erano levati il cappello come quando passava la Madonna in processione. Saulina vide subito Ambrogio Viola e riconobbe i suoi fratelli. I due maggiori erano uomini, i piccoli erano soltanto diventati più grandi.

« Benvenuta, signora », disse suo padre inchinandosi goffamente.

« Voglio vedere mia madre », era indispettita dal cerimoniale.

Solo la piccola Ghita ebbe il coraggio di buttarsi tra le sue braccia: « Sei bella », mormorò con religiosa ammirazione.

« Andiamo da mia madre », disse.

Un contadino si offrì di portarle le due pesanti borse di velluto che erano state scaricate dalla carrozza.

« Le porto io le borse della signora Saulina », si fece avanti il fratello Pino.

« Però che fortuna ha avuto », disse una donna.

« È anche istruita », commentò un'altra.

« L'intelligenza è un dono del Signore », fece un terza.

« Dicono che sia tornata per comperare il borgo », intervenne un vecchio.

« Ci penserà l'Ambrogio a darle dei buoni consigli », profetizzò una comare.

Gli uomini guardavano affascinati la sua bellezza, le donne il ricco abbigliamento, mentre Saulina procedeva spedita verso la cascina. Quando prese a salire la sgangherata scaletta di legno che portava alla stanza da letto, Ambrogio Viola la chiamò.

« No, signora », l'avvertì. « Vostra madre adesso sta giù, in cucina. »

Saulina lo guardò severamente.

« In cucina? »

« Sapete, è per via del freddo », disse Ambrogio, aprendo sollecitamente la porta e tirandosi in disparte per lasciarla passare.

Saulina entrò in quell'ambiente buio dove aveva vissuto i giorni caldi e i giorni freddi, dove aveva riso, pianto, mangiato, saltato pasti, preso calci dai fratelli più grandi e staffilate dal padre, ma era anche il luogo che serbava intatto il ricordo delle fugaci carezze di sua madre.

Luigia stava su un pagliericcio accanto al fuoco, in un angolo riparato fra la legna e il camino. Sembrava assopita.

« Madre », la chiamò Saulina prendendole una mano.

Sotto un Cristo di legno oscillava la fiamma di un lumino a olio.

« Sei tu? » mormorò la donna emettendo un doloroso sospiro.

Luigia, abituata alla penombra, già la vedeva in tutto il suo splendore, mentre Saulina non riusciva ancora a penetrare la spessa cortina grigiastra nella quale stava rannicchiata la donna.

« Ti immaginavo proprio così », disse mettendo in quelle parole l'orgoglio di una profezia avverata.

« Non affaticatevi », le suggerì banalmente.

« La tua presenza mi richiama in vita », sorrise.

« Verrà un dottore vero a curarvi », promise facendo balenare la speranza di una guarigione.

Ambrogio Viola sollevò il suo faccione greve e rozzo sull'espressione meno coinvolta di don Giuseppe che lo sovrastava d'un palmo.

« Chiamerà un dottore », ripeté. « Avete sentito? »

C'era un odore di fuliggine e di legna, di focolare, di latte appena munto, di polenta. La mano di Luigia sembrava l'ala di un uccello ferito tra quelle gelide e nervose di Saulina.

« Sono contenta che sei venuta », disse. La presenza di Saulina faceva riaffiorare un'insospettata vitalità.

« Sta già meglio », disse Ambrogio Viola al parroco che continuava a tacere.

« Starò vicina a te finché ne avrai bisogno. »

Luigia scosse significativamente il capo ma non la smentì.

« Accendi un lume », disse. « Così ti vedo meglio. Hai addosso un buon odore di freddo e di salute. »

Ghita comparve con una candela di sego tenuta in serbo per le grandi occasioni e l'accese. Il padre e gli altri fratelli stavano in piedi, immobili, dietro di lei.

« In quelle borse ci sono regali per tutti voi », li liquidò Saulina, indicando le grandi sacche a fiori. « Prendetele e uscite. Voglio restare sola con mia madre. » Era un ordine e nessuno si sarebbe sognato di metterlo in discussione, neppure don Giuseppe.

« Faremo così », obbedì Ambrogio prendendo le due borse.

L'idea che le due eleganti valigie contenessero qualcosa per loro, li mandò in confusione. Era la prima volta che ricevevano un dono; e quel giorno, che fu il giorno in cui morì la povera Luigia, sarebbe stato ricordato come il giorno dei regali.

Luigia Viola aveva trentasei anni ma sembrava più vecchia del freddo e della casa, più vecchia del tempo. Aveva avuto quindici gravidanze tra parti e aborti, era sopravvissuta al colera e alle febbri maligne, ma dall'ultimo aborto, avvenuto dopo la partenza di Saulina, non si era mai più ripresa. Accusava dolori alla schiena e un gran peso al basso ventre, deperiva a vista d'occhio e le forze l'abbandonavano. A Natale aveva perfino rifiutato il minestrone con le cotenne di porco e il vino rosso.

C'era stato consiglio di famiglia, poi, con l'astensione di don Giuseppe che tuttavia non si oppose, era stato deciso di chiamare a consulto Lucia la « segnona » una comare molto reputata di un borgo vicino resa celebre dalle sue guarigioni miracolose. La donna l'aveva guardata a lungo anche nel bianco degli occhi, le aveva toccato il ventre gonfio e dolente.

« Raccomandatevi al Signore », le disse.

« Volete dire che non ho nessuna speranza di guarire? »

« Io posso fare ben poco per voi », le comunicò, abbassando lo sguardo che levava fieramente sulle malattie guaribili. « Forse un vero dottore. Ma no: solo il buon Dio. »

Luigia sapeva da tempo che la morte l'aveva agguantata per la sottana e non l'avrebbe lasciata più. Si chiedeva soltanto quanto tempo le rimaneva da vivere e da soffrire, perché la sofferenza che, secondo don Giuseppe, avrebbe dovuto accettare come un modo di espiare i suoi peccati o come un tributo ineluttabile al mistero della divinità, era un'aggressione bieca e insopportabile che la costringeva a gesti e lamenti infantili.

« Quanto tempo mi resta? » aveva chiesto alla guaritrice. « Un mese? Un anno o soltanto pochi giorni? »

La « segnona » aveva visto altre donne morire dello stesso male e lo riconosceva. Le bastava guardarle in faccia, esplorare gli occhi, sentire al tatto lo stato di idratazione della pelle, per fare una diagnosi.

« Nessuno può dirti quando morirai, ma nessuno può dirti se guarirai. Solo l'Onnipotente », concluse levando gli occhi al cielo. « Io posso aiutarti a soffrire meno. »

« Vi ringrazio. » Era già una consolazione. Non la spaventava il lunghissimo sonno, ma il modo crudele in cui doveva arrivarci.

« Quando la vostra sposa si lamenta per il male », aveva detto ad Ambrogio porgendogli un sacchettino contenente una polvere fine in cambio di poche monete, « datele due prese di questa sciolta in un po' d'acqua. Le calmerà il dolore e la farà dormire. »

Qualche giorno dopo Luigia, al parroco che era andato a trovarla e aveva recitato con lei un consolante rosario, aveva detto: « Vorrei tanto rivedere la mia Saulina ».

E ora la sua piccola Saulina era lì, bella come l'aveva sempre pensata, seduta su un ciocco di legno, accanto al suo pagliericcio. Quell'immagine lungamente accarezzata nel ricordo, nutrita di sogni e di speranze, era identica a quella che aveva desiderato negli anni della disperazione.

« Soffrite molto? » le chiese la figlia.

« Che strano », si stupì Luigia. « La tua presenza mi fa l'effetto della polverina. Solo che non mi fa dormire e mi dà una gran gioia. È brutto il male, sai? Lui sta sempre in agguato e tu ti aspetti l'aggressione. Così ti avvelena anche i momenti in cui non c'è. Ma non parliamo di questo. »

Saulina le accarezzò le mani. Sapeva che, se sua madre aveva voluto vederla prima di morire, non era per essere consolata, o almeno non era soltanto per quello.

« Devo parlarti di tuo padre », le annunciò con solennità.

« Non di Ambrogio Viola », chiarì Saulina.

« Ambrogio Viola è mio marito », la seguì sulla strada della verità. « Ti ha dato il nome. Per pietà forse. O per paura dello scandalo. Non lo so. »

Saulina pensò a tutte le volte che Ambrogio l'aveva chiamata bastarda e vagabonda e ricordò che quegli insulti le facevano più male delle frustate.

« È inutile recriminare », disse.

Luigia sollevò una mano affaticata quasi volesse sottolineare con quel gesto l'inutilità di certi ripensamenti.

« A modo suo, non è stato il peggiore dei mariti », lo giustificò.

« Ma non è stato il migliore », fece la figlia meno disponibile al perdono.

« Io invece », confessò, « sono stata una pessima moglie. Non mi sono mai pentita di averlo tradito. Spero che don Giuseppe mi assolverà lo stesso. »

« Vi assolverà, non dubitate », garantì Saulina che aveva in animo di fare una cospicua elemosina alla chiesa.

« Dio sarà un giudice migliore », sperò.

« Dio è misericordioso con chi ha molto amato e molto sofferto », citò la ragazza.

« Dici davvero? »

« È scritto », affermò Saulina che, per la prima volta dopo tanti anni, sentiva sciogliersi il gelo che aveva dentro.

« Mi hai pensato qualche volta? »

« Siete la sola persona che ho ricordato. Forse perché siete la sola che mi ha voluto bene », disse.

Sulle labbra esangui di Luigia affiorò un mite sorriso.

« Io ti ho seguito passo per passo. Sempre. »

La lasciò nella sua bella illusione e non volle addolorarla con il racconto delle sue afflizioni.

« Avrei dovuto farmi viva prima. »

« Non serve correre, basta arrivare in tempo. » Si sentiva straordinariamente bene e provava un grande sollievo a parlare con la figlia.

« Se lo dite voi », disse Saulina che, dopo tanto tempo, si apriva a uno scambio di affetti.

« Anche tuo padre ti ha pensato », confessò.

« Ambrogio? »

« No. Quellc vero. È lui che ti ha pensato. »

« Ma se non sa neppure che esisto. »

« Lui sa che esisti. Perché ti ha vista. Sa chi sei e come ti chiami. Il nome che porti te l'ha dato lui. È la versione femminile di un nome di re. »

« Credevo che fosse uno zingaro. Venuto e andato. »

« Era un teatrante. Uno zingaro teatrante. »

« Non vedo la differenza », disse alla madre.

« Si chiamava Catalin », proseguì Luigia senza ascoltarla. « Si chiamava Catalin Petre. I Petre, mi raccontò, discendono da una nobile famiglia boema. Sono stirpe di re. E tuo padre aveva la figura elegante, la parola pronta e gentile, gli occhi neri e dolci come i tuoi, i capelli folti e ricci e sapeva cantare canzoni e declamare poesie. »

Saulina ascoltava incantata l'ultima fiaba raccontata dalla giovane madre invecchiata dal male e dalla miseria.

« Mi dicevate che gli assomiglio », l'invitò a proseguire.

« Sei uguale a lui. Soltanto i capelli sono biondi come i miei. Per il resto sei una Petre. Come lui. Quando ci siamo... conosciuti », non osò dire amati, « io ero giovane e bella. Lui voleva che lo seguissi. Ma io non potevo. Avevo dei figli. Un marito. Catalin tornò che tu avevi tre mesi. Ti vide, ti baciò, pianse di fronte al tuo primo sorriso. E mi diede una cosa per te. »

« Che cosa? » domandò Saulina incuriosita.

Luigia fece cenno alla figlia di aiutarla a sfilarsi dal collo un sacchettino di pelle attaccato a un cordoncino bianco.

« Lo conservo da allora », disse alla figlia porgendoglielo. « Aprilo. »

Dal piccolo sacchetto consumato dagli anni, le cadde in grembo una medaglia. Saulina l'esaminò alla luce del focolare. Era in tutto simile a una moneta, solo un po' più grande. Intorno a un profilo maschile incoronato d'alloro, Saulina lesse: *Katalyn Petre - Dux - Bohemiae.* Sull'altra faccia della medaglia spiccava in rilievo una croce greca contornata da una scritta in un alfabeto incomprensibile.

« Hai visto? » esultò Luigia. « C'è il nome di tuo padre inciso. E le parole vicine al nome che cosa dicono? »

« *Dux* significa condottiero d'eserciti », tradusse Saulina per la madre analfabeta.

« Ecco vedi », rispose. « Quell'unica volta che lui ti vide

lui mi disse: 'Se mai questa bimba ti chiederà di suo padre, tu le darai questa e lei saprà chi sono'. L'ho portata sempre al collo da allora. Adesso è tua. »

Saulina guardava affascinata la moneta che la madre morente le offriva come unica testimoniana delle sue origini.

« *Katalyn Petre - Dux - Bohemiae* », lesse piano.

« Dovevi sapere da che stirpe discendi. Stirpe di re », disse Luigia spalancando gli occhi su quella che avrebbe portato con sé come l'immagine della felicità.

Luigia volle che Saulina si allacciasse al collo il cordoncino bianco con il sacchettino. La aiutò e fu come un rituale solenne.

Forse era soltánto un'invenzione del suo splendido padre vagabondo, ma qualcosa di vero doveva esserci, perché lei lo aveva sempre saputo di essere diversa dagli altri.

« Grazie, madre », disse.

Luigia la pregò di avvicinarsi con un lento gesto della mano. Saulina si piegò sull'inferma e la baciò ricevendone un bacio.

« Grazie, bambina mia », disse Luigia sorridendo. « Prendimi la mano », la supplicò, « e stringila forte. Perché me ne sto andando. Vedo una gran distesa bianca e senza dolore... tiepida neve che mi avvolge festosa... che cos'è... cos'è questa gran pace, bambina mia?... »

Fu così che Saulina accompagnò la madre fino alle porte misteriose della vita, poi la lasciò all'infinito silenzio che apparteneva a lei sola.

# 3

Luigia Viola era stata sepolta nel piccolo cimitero dietro la chiesa della Vergine nel borgo di Corte Regina. C'era tutto il paese a quel funerale senza fiori. Don Giuseppe aveva cantato le litanie dei morti sollevando dal turibolo nuvole d'incenso e aveva parlato della cara anima, madre affettuosa e sposa esemplare che Dio, nella sua infinita misericordia, aveva voluto accogliere presso di sé. I figli minori di Luigia, per la prima volta protagonisti in una vicenda che li coinvolgeva, partecipavano alla recita sorridendo eccitati. I grandi invece seguivano compunti la cerimonia pensando a quello che sarebbe accaduto adesso che erano fratelli di una signora tanto importante. Anche Saulina, che pure era stata la più vicina alla madre negli ultimi istanti della sua vita, pensava più a se stessa che alla povera scomparsa cui rimaneva il conforto di una croce e di una preghiera.

Soltanto Ambrogio Viola, che non era mai stato tenero con lei e non le aveva risparmiato fatiche e maltrattamenti, viveva drammaticamente quel lutto e si sentiva orfano e abbandonato. Avrebbe pianto volentieri se soltanto le lacrime avessero trovato la via per uscire. Ma non soffriva per lei che se n'era andata e forse, barattando la vita con la morte, aveva fatto un cambio vantaggioso; soffriva per la solitudine nella quale sarebbe piombato, senza quella presenza rassegnata e devota priva di sorriso ma ricca di umanità.

Esaurita la carica emotiva, assolto quello che riteneva un

impegno morale con la madre, Saulina non aveva più niente da fare nel borgo: era esclusa dalle parole, dai gesti, dagli atteggiamenti. Tutti avevano ripreso la loro vita abituale e lei vagava, sola, tra la stalla e la legnaia, tra il fienile e il capanno degli attrezzi.

L'accompagnava una voce pacata e dolce, quella di sua madre, che, accanto al fuoco, le raccontava antiche fiabe con parole intrise di freddo e di dolcezza.

« *Adess te cünti una pensaniga* », diceva Luigia tramutando in gioia per sé lo stupore che affiorava sul volto della bambina.

*Pensaniga* era il nome dialettale della favola che per la bambina diventata donna aveva un significato di festa e di abbandono, di rivelazione e di sogno.

« *Mamm* », la implorava la bambina, « *cuntem quella de la Stella Diana!* »

« Stella Diana Stella Diana », recitava piano Saulina, « quante foglie ha la tua maggiorana? »

Saulina recuperava così la stagione più verde della sua vita e il ricordo della madre.

Salì la sgangherata scala di legno scuro che portava alla camera da letto e al magazzino la cui ricchezza assicurava la serenità invernale. Nella sua infanzia c'erano stati inverni di relativa abbondanza, quando alle travi dell'ampio sottotetto pendevano grappoli d'uva e rami di pere insieme con un prosciutto protetto da un sacco. Una volta aveva visto alcune forme di stracchino messe a stagionare su assicelle assicurate alle travi da fili sottilissimi per impedire la discesa dei topi. Negli anni buoni c'erano stati persino profumati salami conservati sotto la cenere, mentre le pareti erano decorate con ghirlande di agli e cipollone bianche che emanavano uno stuzzicante profumo. Per non parlare delle mele che erano la gioia dei bambini.

Adesso l'assenza di questo ben di Dio metteva a nudo i segni della carestia. L'unica riserva alimentare era costituita da una vescica di grasso di tacchino.

In cucina Saulina aveva visto dei cavoli che, lessati e passati nel grasso con la polenta o un po' di pane di mistura, sarebbero stati l'unico cibo per settimane e forse per mesi. In quelle povere case, in quel magazzino spoglio, c'erano i segni dei saccheggi e della paura. Uomini armati, con divise di nazionalità diverse, si davano battaglia alternandosi sul podio del vincitore.

Tutti però sembravano d'accordo nel praticare una sistematica spoliazione della povera gente che quando non veniva esercitata nella forma vera e propria della rapina, era mascherata sotto l'etichetta della requisizione.

Così le conseguenze delle guerre volute dai signori, nominalmente ispirate a grandi ideali e sostanzialmente dettate da interessi economici e territoriali, finivano per ricadere sulle spalle dei poveri. Gli eserciti opposti, vincitori e vinti, nella stagione propizia avevano sconvolto terre seminate e campi arati. La soldataglia a caccia di cibo aveva razziato porcili, stalle e pollai. Ora i contadini erano alla fame.

Era la guerra che non si combatteva sui campi di battaglia che Saulina aveva conosciuto da bambina e che non aveva dimenticato nel dorato isolamento del collegio di Santa Teresa del Bambin Gesù, dove i contraccolpi delle scorrerie militari non s'erano sentiti. I ricchi erano sempre più ricchi e pretendevano dai contadini, sempre più poveri, il pagamento delle decime che rendeva intollerabile il loro stato d'indigenza.

Saulina pensò che doveva fare qualcosa per quella famiglia nella quale non si riconosceva, che non sentiva sua, ma nella quale, bene o male, aveva trascorso gli anni della prima infanzia. Bisognava fare qualcosa per l'intero borgo, perché la miseria la sentiva sulla pelle, la conosceva, la toccava da vicino.

Lontano ulularono lupi affamati. Nel borgo da alcune notti i capifamiglia vegliavano armati di roncole e di forconi perché sapevano che i lupi sarebbero tornati per sbranare i pochi animali superstiti. Tutti in paese la invidiavano per l'acquisita posizione di privilegio: il suo letto era il migliore, il suo cibo era diverso e meglio cucinato, ma lei non riusciva a nutrirsi e lasciava che i fratelli più piccoli si disputassero le porzioni che don Giuseppe, con l'aiuto della provvidenza e dei contadini meno indigenti, riusciva a procurarle.

Saulina viveva nell'attesa della carrozza mandata da madama Grassini che l'avrebbe finalmente riportata a Milano.

Ogni tanto l'agghiacciante ululato di un lupo graffiava l'aria cupa di quel tristissimo inverno. E se le bestie affamate avessero assalito i cavalli durante il viaggio? Aveva già sentito episodi del genere, cronache spaventose narrate con voci cariche di paura. I vecchi riferivano di bambini nati con la testa di lupo, di bambini portati via dai lupi e allattati dalle femmine del branco. Saulina rabbrividiva per il freddo e per la paura. Il pesante mantello foderato di martora non era sufficiente per proteggerla dal gelo, dalla miseria e dalla disperazione che la circondavano.

Saulina scese sull'aia pronta a partire quando la carrozza si fermò davanti alla chiesa. Respirò sollevata. La miseria, lo squallore, la desolazione di quel posto le erano ormai intollerabili.

Mentre Ambrogio Viola, i fratelli, don Giuseppe e la gente del borgo l'attorniavano per salutarla, il cocchiere le si fece incontro con la faccia stravolta dall'emozione, ma non spaventata.

« I briganti », disse sbarrando gli occhi e sorridendo.

Saulina conosceva bene Colombano Gariboldo, il cocchiere di madama Grassini. Era un brav'uomo ma non era un eroe. Quindi il suo sorriso messo in relazione all'annunciato assalto dei briganti le fece pensare che gli avesse dato di volta il cervello.

« Spiegatevi, Colombano. Che cosa è successo? » domandò.

L'uomo mise una mano nella tasca del cappotto con la mantellina e tirò fuori una borsa.

« Mi hanno dato questa borsa perché ve la consegnassi », dichiarò concitato.

« Chi vi ha dato questa borsa? »

« Ribaldo, il brigante della foresta di Loreto. »

Saulina allentò il cordone della borsa e guardò: era piena di monete d'oro.

« I briganti vi hanno dato questo? » Era impietrita dalla sorpresa. « Per chi? »

« Per voi », affermò Colombano sorridendo e dicendo sì con la testa.

« Per me? » Quell'uomo decisamente era diventato matto.

« Ha detto », spiegò il cocchiere, « 'darete questo danaro a madamigella Saulina Viola, perché provveda ai bisogni della sua famiglia e della sua gente'. »

Saulina in collegio aveva disimparato a credere nei briganti che rubano ai ricchi per dare ai poveri.

« Proprio così, ha detto? » domandò stupita.

« Testuali parole », confermò Colombano.

Saulina consegnò la borsa a don Giuseppe.

« Sono certa che ne farete buon uso », disse la ragazza.

« Ma se poi davvero è l'oro di un bandito? » tentennò il parroco già con la mano protesa sotto gli occhi dei fedeli i quali speravano in una pronta accettazione.

« E se fosse un segno della Divina Provvidenza? » obiettò Saulina facendo di due dubbi una certezza.

Il vecchio prete si guardò intorno e vide nascere la speranza sulle facce della gente. Sembrava facesse meno freddo e c'era più luce intorno.

« Il Signore ve ne renda merito », disse don Giuseppe.

Saulina salutò i suoi, baciò la mano al parroco e partì per Milano.

## 4

La nebbia avvolgeva la foresta come un velo da sposa, e il bosco, stretto nel gelo lattiginoso, oscillava tra lo scenario fiabesco e il paesaggio spettrale. In quel vapore fluttuante gli alberi, a volte, sembravano gigantesche strutture di zucchero filato e a volte inquietanti apparizioni. Il silenzio era vasto, profondo, e la fumosa inconsistenza della coltre di bruma attutiva il trotto dei cavalli e il cauto procedere della carrozza.

Saulina rabbrividì mentre quel mondo opalescente le scorreva intorno. Era davvero un inverno crudo, spietatamente incapsulato dal gelo, senza più voci né suoni: solo scricchiolii e gemiti sinistri. Si strinse nella calda pelliccia di martora e cercò una spiegazione logica alla borsa di monete d'oro che il buon Colombano aveva avuto l'incarico di consegnare a lei perché aiutasse i poveri di Corte Regina a passare l'inverno.

« Ribaldo », disse tra sé.

Ricordò il bandito mascherato che anni addietro aveva assalito la carrozza di Giuseppina Grassini. Quel giovane che comandava i predoni della foresta non le aveva mai fatto paura, neppure nel momento dell'aggressione. E per quanto in collegio le avessero parlato, ma soprattutto sparlato, delle bande di briganti che infestavano il Lombardo Veneto, particolarmente dopo il ritorno degli austriaci e dei russi, Saulina non si era lasciata influenzare. E così, il fatto che Ribaldo avesse voluto aiutare con un gesto romantico i contadini affamati devolvendo loro parte dei suoi bottini, in fondo non la stupiva.

Era un episodio leggendario, certamente insolito, ma non incredibile in una società dove c'erano più galantuomini fra i banditi che fra i potenti. Quello che invece non riusciva a spiegarsi era che Ribaldo conoscesse il suo nome e cognome, che sapesse che proprio in quel giorno si trovava nel borgo e fosse al corrente del viaggio e del percorso del buon Colombano, il cocchiere di Giuseppina Grassini, partito da Milano a un'ora e in un giorno noto soltanto a lui e alla sua padrona.

Era troppo facile concludere che i briganti erano certamente meglio organizzati di quanto la gente credesse e che potevano contare su una fitta ed efficiente rete di informatori. Ma perché Ribaldo aveva scelto proprio lei come se la conoscesse? Perché non il parroco, come sarebbe stato logico? Saulina osservò che una delle costanti del suo insolito destino si manifestava in prossimità del borgo della Madonna di Loreto. Perché? Certo quello era uno snodo stradale importante, con pochi abitanti anche se molto frequentato, ricco di boschi che favorivano gli agguati e le fughe, era un posto da briganti; ma come mai tante coincidenze?

Saulina cercò di identificare il punto esatto in cui s'era verificato l'assalto alla carrozza della Grassini, ma non ci riuscì. Gli alberi bianchi avvolti in garze di nebbia erano tutti uguali e l'aria lattiginosa aveva l'andamento pigro di un fiume.

Sentì irresistibile il desiderio di picchiare con l'apposito bastone sulla parete della carrozza per invitare il cocchiere a fermarsi, ma nell'istante stesso in cui respingeva quella tentazione e si opponeva alla verifica delle sue fantasticherie, la carrozza rallentò improvvisamente e i cavalli trattenuti si misero al passo per poi fermarsi.

Colombano saltò a terra e dopo qualche minuto si affacciò al finestrino di Saulina.

« Perdonatemi, signora », l'avvertì con aria dispiaciuta.

« Che cosa succede? » domandò turbata.

« C'è una ruota da riparare », spiegò il cocchiere.

« Dove siamo? » s'informò lei.

« A poche centinaia di metri dal borgo della Madonna di Loreto », disse Colombano che anche nella nebbia aveva i suoi punti di riferimento.

Saulina rabbrividì e non solo per il freddo.

« Devo scendere? » fece dichiarandosi pronta a collaborare.

« No, signora », l'assicurò l'uomo. « Rimanete pure al vostro posto. Ho visto il danno », precisò alludendo alla ruota. « Basta procedere al passo fino al più vicino casolare. Con l'aiuto di pochi attrezzi posso sistemare io stesso la ruota. »

« Posso aspettare in carrozza? » chiese Saulina.

« La cosa potrebbe andare per le lunghe », disse facendo una smorfia di disappunto. « Potrebbero essere necessarie alcune ore. C'è l'albergo della Madonna di Loreto », consigliò il cocchiere. « L'ambiente è signorile, l'ospitalità è buona. Potrebbe aspettare al riparo dal freddo. »

« Faremo così », decise Saulina.

Colombano si inchinò, risalì a cassetta e i cavalli si incamminarono al passo.

« L'albergo della Madonna di Loreto », pensò la ragazza. Era proprio lì che voleva andare. Era più compiaciuta che turbata per la straordinaria facilità con cui, casualmente, i suoi desideri si realizzavano. Ma si trattava davvero di un caso?

Sullo spiazzo antistante l'albergo, il lacchè con la livrea verde di madama Grassini saltò a terra prima che la carrozza si fermasse. Il freddo era pungente e Saulina scese con i piedi intorpiditi il predellino che il giovane servitore aveva calato e si diresse verso l'ingresso dell'edificio dove si era affacciata in quel momento una signora.

Saulina la riconobbe sebbene l'avesse vista una sola volta quattro anni prima. La signora Emma invece la trattò con il rispetto dovuto ai clienti di riguardo e si comportò come se la vedesse per la prima volta.

« Benvenuta, madamigella », la salutò spalancando la porta e lasciandole il passo. « Entrate, presto. Il freddo è terribile. »

Le guance di Saulina erano pallide per il gelo.

« Forse tutto il male non viene per nuocere », mormorò Saulina infilandosi nel caldo ingresso.

Il camino acceso diffondeva chiarore e calore lambendo di luce rossastra le dorature degli stucchi e delle cornici.

« È un tempo da focolare », sorrise la signora Emma attizzando il fuoco dal quale sprigionò un vortice di scintille che si avventò su per il camino.

« È un paradiso qui da voi », si complimentò l'ospite.

Emma l'aiutò a togliersi la pelliccia.

« Siamo qui per servire nel modo migliore i viaggiatori », disse Emma premurosa.

Saulina guardò con discrezione l'albergatrice che sciorinava tutta la sua riserva di cortesie e le parve molto diversa dalla prima volta. Quattro anni prima, alla bambina proveniente dal borgo, era parsa una gran signora; adesso invece appariva a Saulina come una ordinata governante che mandava avanti un buon albergo.

« Vorrei fare un bagno caldo. È possibile? » chiese Saulina con il garbo e l'autorevolezza acquisiti in anni di buona educazione.

« Se volete avere la bontà di accomodarvi accanto al fuoco, provvederò », dichiarò premurosa la donna. « Intanto vi farò portare un *canarino* bollente. Vi farà bene e vi ristorerà dopo un viaggio così disagevole. »

Acqua, zucchero e buccia di limone, una semplice ricetta per una bevanda calda e corroborante. Saulina ne stava ancora assaporando l'ultimo sorso quando l'albergatrice ricomparve.

« Il bagno è pronto », si inchinò affabilmente.

Aveva atteso una decina di minuti, un tempo troppo breve per riscaldare acqua sufficiente a riempire una grande tinozza. C'era qualcosa di magico nell'aria in quel giorno di nebbia: non faceva in tempo a formulare un desiderio che subito si realizzava.

Saulina seguì l'albergatrice al piano superiore per la scala che aveva salito piena di curiosità e di attesa con la Grassini e la sua cameriera Giannetta. Allora cominciava l'estate, faceva caldo e le finestre erano spalancate sul verde; adesso l'albergo, che sembrava deserto, era immerso nella nebbia.

Emma, leggermente appesantita, portava la borsa da viaggio di Saulina. Precedette l'ospite verso il fondo di un lungo corridoio e aprì una pesante porta di quercia.

« Accomodatevi, madamigella », si inchinò sulla soglia.

Saulina entrò in uno studio arredato con sobria eleganza, le pareti completamente rivestite di librerie chiuse da sportelli con piccoli vetri a riquadri. C'era un allegro caminetto acceso e intorno, disposte in meticoloso disordine, alcune poltrone ricoperte di broccato francese con disegni gigliati di un acceso *bordeaux* su fondo *crème*. Sotto la finestra c'era una grande scrivania barocca.

Quell'ambiente non aveva niente che facesse pensare a un

albergo. Saulina guardò la signora Emma, ma non osò manifestarle la propria perplessità.

La donna le rispose con un sorriso che voleva dire tutto e niente.

« Spero che l'appartamento sia di vostro gusto », disse.

« Ma io avevo chiesto un bagno », protestò Saulina che, senza sbilanciarsi, voleva chiarire il mistero che si stava infittendo intorno a lei.

« Se madamigella ha la bontà di seguirmi », replicò con voce carezzevole precedendola nella stanza successiva, una camera riccamente ammobiliata dove, accanto al camino acceso, era stata collocata una grande tinozza di legno più grande di quelle che aveva visto fino a quel momento, foderata con un immacolato lenzuolo di lino, colma d'acqua calda profumata di lavanda.

« È di vostro gradimento? » chiese la signora Emma orgogliosa del confortevole allestimento.

« Solo a guardarla mi sento meglio », sorrise Saulina.

« Volete che mandi una cameriera per aiutarvi? » si offrì la donna.

« Grazie, faccio da me », disse Saulina. « Posate pure lì la mia borsa. »

L'albergatrice se ne andò e Saulina cominciò a spogliarsi appoggiando in bell'ordine i suoi abiti su una poltrona accanto alla porta.

La tentazione era di osservare meglio la biblioteca che aveva attratto la sua attenzione, ma poi pensò che aveva tutto il tempo per un'ispezione minuziosa dal momento che quello era l'appartamento in cui avrebbe dovuto attendere che Colombano rimettesse la carrozza in condizione di riprendere il viaggio.

Aprì invece la sua borsa e tirò fuori, un capo dopo l'altro, la biancheria di ricambio che posò su uno sgabello accanto alla tinozza dove si immerse provando un senso di beatitudine.

Sull'orlo del bagno trovò un sapone tondo con la scritta *Floris Soap*. Dove l'aveva visto quel sapone? Tanto tempo fa, a Cascina Chiara, nello stanzino da bagno di Guglielmo Gallaroli.

Ora sapeva che l'Inghilterra è un paese più grande di Cassano e non la fabbrica dove confezionavano il sapone per l'unico vero, grande amore della sua vita. Il fatto che la signora Emma gliel'avesse fatto trovare sulla tinozza era una pura coincidenza. Tuttavia un'ombra oscurò il suo bel viso, e si spaventò all'idea che i sentimenti cristallizzati in fondo ai suoi ricordi potessero in qualche modo sciogliersi per tormentarla ancora. Meglio nessuna gioia che un cocente dolore come quello che aveva cambiato il suo carattere.

Prese a strofinarsi vigorosamente dappertutto con una pezza di lino insaponata, si sciacquò con cura, uscì dalla tinozza e si avvolse in un lenzuolo per scaldarsi accanto al fuoco. Un capo dopo l'altro indossò la biancheria intima disposta sullo sgabello, poi cercò gli indumenti che aveva appoggiato sulla poltrona alle sue spalle, ma i suoi abiti, le sue scarpe, la sua stessa borsa da viaggio non c'erano più.

Si guardò intorno e sul letto vide, appoggiati, un abito di mussola di lana bianca con ricami d'oro, stivaletti di capretto bianco, il tacco appena accennato, foderati di pelliccia, un ampio mantello di ermellino e un cofanetto di velluto grigio che conteneva degli splendidi gioielli con perle e brillanti. Abiti e gioielli da regina. Qualcuno era entrato nella stanza mentre lei si faceva il bagno e aveva operato la sostituzione. Qualcuno, forse, la stava ancora spiando.

Prontamente, Saulina afferrò gli abiti e si vestì. Sentendosi più tranquilla si ammirò allo specchio che stava sopra la mensola del camino e non riuscì a trattenersi dall'indossare anche i gioielli. Il mantello di ermellino le conferiva una dignità regale e gli ornamenti di perle e brillanti accentuavano l'eleganza dell'insieme, sottolineando la smagliante bellezza del suo viso.

Chi poteva permettersi di giocare un gioco tanto fastoso?

Si guardò intorno con maggiore attenzione per scoprire un segno, una traccia, un indizio, qualcosa che l'aiutasse a capire. Passò nello studio per ampliare la sua ricerca e soltanto dopo avere esplorato tutto l'ambiente notò sulla tappezzeria della parete di fianco al camino una fessura luminosa, una lama di luce viva che dall'alto scendeva fino a terra. Quando toccò la fenditura la parete girò su se stessa rivelando un'apertura mimetizzata nella tappezzeria.

Saulina si affacciò a quel varco e si trovò su un piccolo ballatoio. Si rese conto di essere in cima a una scala a chiocciola con i gradini di pietra illuminati da una torcia. Ormai non aveva dubbi: la persona misteriosa che aveva sostituito i suoi abiti era venuta da lì, perché la porta dell'appartamento era accuratamente chiusa. Scese due gradini ma vide soltanto altri gradini che si avvitavano su se stessi. Subito si ritrasse sospettosa e impaurita. Meglio tornare in camera e chiamare la signora Emma che era comunque tenuta a fornirle una spiegazione.

Ritornò sui suoi passi e si accorse che l'apertura dalla quale era uscita non c'era più. Di fronte a lei c'era soltanto un muro, una massiccia geometria di grosse pietre incastrate le une nelle altre secondo un preciso ordine simmetrico. La granitica muraglia diceva che la porta non era mai esistita. Tentò di percuotere il muro massiccio con il pugno ma riuscì soltanto a farsi male. Fu colta da vertigine e da un senso di nausea nel sentirsi così intrappolata. La curiosità l'aveva tradita.

Ora non aveva più alternative e doveva per forza scendere la scala. Un gradino dopo l'altro si trovò ai piedi della scala a chiocciola da dove partiva una lunga galleria rischiarata dalla luce delle torce. Il fascino e la paura dell'ignoto l'attraevano e l'atterrivano come un precipizio, tuttavia decise di vedere il fondo di quel mistero.

Poi l'emozione vinse anche la paura e camminò come in un sogno inseguita dall'eco dei suoi passi. Nel primo tratto si voltava spesso, spinta a quell'automatismo dalla sensazione di essere aggredita alle spalle, ma poi aumentò l'andatura e quasi correndo giunse alla fine del sotterraneo. Al termine della galleria c'era una scala a chiocciola perfettamente identica alla prima. Saulina cominciò a salire col cuore che le martellava in gola. Arrivata all'ultimo gradino si trovò davanti a una porticina aperta. Dovette chinarsi un poco per superare il vano della porta e si trovò in una stanza che non aveva mai dimenticato; quella di Guglielmo Gallaroli a Cascina Chiara. Però ad aspettarla non c'era il solo, vero grande amore della sua vita ma un uomo mascherato che sedeva in poltrona davanti al camino acceso.

« Ben tornata, madamigella », le disse. « Vi stavo aspettando. »

Gli abiti potevano essere di un bandito o di un gentiluomo, la maschera era sicuramente un travestimento da brigante, ma la voce, quella voce modulata e calda poteva appartenere a una sola persona che purtroppo non esisteva più.

Saulina si fermò impietrita di fronte allo sconosciuto che continuava a celare la propria identità. Era pallida e tesa, ma lucida e ben determinata dopo lo smarrimento iniziale, gli occhi scintillanti di sdegno.

« Cos'è questa pagliacciata? » domandò la ragazza con tono freddo e impersonale.

« Non sei cambiata, Saulina », disse l'uomo.

Ancora quella voce che evocava un ricordo incancellabile, ancora quella maschera a protezione di un mistero che lei avrebbe voluto subito svelare per quanto fosse certa che la realtà avrebbe cancellato per sempre una grande illusione.

La voce era di Guglielmo Gallaroli, l'uomo tra le braccia del quale aveva conosciuto i primi indimenticabili fremiti dell'amore. Ma il suo splendido eroe si era spento nel proprio sangue sul selciato di una via colpito a morte dai soldati francesi; lei lo sapeva perché si era seduta per terra vicina a lui e gli aveva preso la bella testa in grembo e il suo abito giallo dorato si era macchiato di sangue. Doveva liberarsi da quella assurda suggestione per non riaccendere il disperato dolore che aveva sepolto in fondo al cuore. No, Guglielmo Gallaroli era soltanto un'ombra, il ricordo di un naufragio, l'evocazione di un'immagine recuperata da una voce sorprendentemente somigliante.

« Mi dovete delle spiegazioni, signore! » pretese con fierezza.

« Anche se sono un brigante? »

« Soprattutto se siete un brigante. »

L'uomo si alzò e si avvicinò a lei.

« Non hai paura? » le domandò.

I riflessi del fuoco illuminarono il volto incantevole di Saulina.

« La paura è un sentimento che può turbare chi ha qualcosa da perdere », rispose orgogliosamente. « Io ho perso tutto molti anni fa. E non intendo protrarre ancora a lungo questa inammissibile situazione. »

Erano l'uno di fronte all'altra quando l'uomo si tolse la maschera.

« Sei ancora convinta di avere perso tutto? » Il sorriso di Guglielmo Gallaroli splendeva vicinissimo al viso di Saulina.

« Guglielmo », mormorò. « Perché?... »

« Perché era il solo modo per salvarti », rispose prontamente.

« E se invece mi avessi perduta? »

« Ma sei qui con me », le disse abbracciandola.

« Quante volte in questi anni ho cercato di ricostruire i

tuoi lineamenti », gli disse lasciandosi baciare sulle guance. « Non riuscivo più a ricordare la tua faccia. » Era una voce distaccata che non riconosceva come sua, una voce che raccontava fatti che non la riguardavano.

« Ora non ne hai più bisogno », la consolò.

« Perché tu sei Guglielmo, vero? » l'interrogò senza più curiosità e senza emozione.

Il giovane annuì. Era esattamente come quando Saulina l'aveva lasciato, solo un po' più magro, affilato e un po' più bello.

« O sei Ribaldo? » incalzò lei.

« Sono l'uno e l'altro », ammise.

« Sei tu che hai mandato il danaro a Corte Regina », affermò.

« Sono io. »

« Sei tu che avevo creduto morto », disse con lo stesso tono di voce.

« Sono io ». Le prese la faccia tra le mani e la baciò con estrema delicatezza.

Guglielmo la invitò a sedere al suo fianco su un divano accanto al fuoco che scoppiettava nel camino.

« Così, mi hai attirato nel tuo regno attraverso il passaggio segreto. »

« Volevo farti una sorpresa. »

« E sei stato tu a portarmi via gli abiti, nella stanza dell'albergo? »

« Sì, ma quella stanza è la mia stanza. E quell'albergo è il mio albergo. »

« Così non sei morto », affermò come parlando da sola.

« Sembra che la cosa non ti emozioni poi tanto », osservò deluso.

« Ricordo quando mi strapparono da te », disse Saulina vincendo per un attimo la sua apatia. « Ti ricordo riverso e insanguinato sulla strada di Porta Tosa. »

« Avevo chiuso gli occhi, mi sentivo morire », prese a raccontare Ribaldo, « ma udivo tutto. Anche la tua voce che si allontanava. La carrozza. '*Il est foutu*', aveva detto uno dei soldati francesi. Per lui ero uno dei tanti che aveva visto morire in questa lunga guerra. Sapevo che lo Scorciato di Candoglia era nei pressi con i suoi amici e non mi stupii udendo la sua voce che diceva: 'Del corpo ce ne occupiamo noi'. Per i francesi ero spacciato e non era il caso di provocare un tumulto per un cadavere.

« Il comandante francese, d'altra parte, era già sparito in carrozza con te per consegnarti alla Grassini e prendersi il merito dell'impresa e la gratitudine del generale Bonaparte. Quindi i francesi decisero che era inutile mettersi a fare gli eroi con quei milanesi che avevano l'aria di essere svelti di mano e di coltello e che forse avevano altre armi nascoste. Un corpo senza vita non valeva un simile rischio. »

« Chi ti ha tradito? » chiese Saulina.

« Il contadino che guidava il carro di fieno. »

« L'ho visto sul ciglio della strada. Strangolato. »

« Mi sentii sollevare e allora persi conoscenza », continuò Ribaldo. « Il resto me l'hanno raccontato gli amici. »

« Che cosa ti hanno raccontato? »

« Mi caricarono su una barca e navigarono fino ai giardini dell'ospedale, dopo i giardini della Guastalla. A braccia mi trasferirono all'infermeria. C'erano suore, infermieri e anche un medico, ma lo Scorciato li aveva tenuti tutti alla larga: 'Voglio il signor protofisico Fortunato Sirtori!' Sapeva che se esisteva una sola possibilità di strapparmi alla morte, l'unico che poteva riuscire era il protofisico della *Ca' Granda*. »

Saulina aveva un ricordo sfarzoso e inquietante di Fortunato Sirtori alla cui perversione era sfuggita grazie all'intervento di Marzia. Ma non era un brutto ricordo, tutt'altro, quell'uomo nella sua memoria, era legato all'atmosfera di una favola grandiosa con un finale lieto.

« L'ho conosciuto anch'io quell'uomo », disse lei.

« Lo so », ribatté lui con rabbia.

« Così ti ha preso sotto la sua protezione », lo richiamò al racconto.

« Chiamato dallo Scorciato », proseguì Ribaldo, « Sirtori arrivò presto. Avevo perso molto sangue e la camicia era tutta inzuppata. Sembrava che la pallottola mi avesse squarciato il petto, invece si era conficcata nella spalla senza ledere il polmone. L'emorragia si era fermata spontaneamente. Con una lunga pinza il protofisico ha estratto il piombo e poi ha medicato e curato la ferita. »

« E poi? » insisté Saulina.

« Lo Scorciato mi ha assistito come un fratello. Quando ho ripreso conoscenza il mio primo pensiero è stato per te. Dai nostri informatori abbiamo saputo che eri stata condotta a Monza e accettata nel collegio di Santa Teresa del Bambin Gesù per interessamento dello stesso Bonaparte. »

« E non hai sentito il desiderio di comunicarmi almeno che eri vivo? »

« Sapevo mese dopo mese, anno dopo anno il procedere della tua vita. Avrei potuto farti pervenire un messaggio, ma sarebbe stato troppo pericoloso. »

« Così non ti fidavi di me? »

« Era una precauzione, non una questione di fiducia. »

Saulina pensò al suo dolore, al naufragio delle sue speranze, alla fine dei suoi sogni.

« Avrei saputo aspettarti senza tradirti. »

« Ne sono convinto, ma eri pur sempre una bambina. »

« Ora non sono più niente. »

Ribaldo le prese la mano.

« Siamo insieme », la rassicurò. « E poi », soggiunse, « non ti ho mai perso di vista. Un paio di volte non ho resistito alla tentazione di trovarmi sul tuo cammino per poterti rivedere. E ti ho vista. Eri diventata una fanciulla bellissima », disse. « Portavi sciolti sulle spalle i lunghi capelli biondi, come adesso », indugiò accarezzandoglieli. « Sono sempre arruffati anche quando ti sforzi di trattenerli con un nastro. »

Saulina arrossì.

« Ho ammirato la tua espressione eternamente imbronciata, la fierezza del tuo sguardo. Quante volte ho sentito il desiderio di avvicinarmi a te, di prenderti tra le braccia, di portarti via. Ti ho amata sempre con tutto me stesso. Non ho mai smesso un momento di volerti bene. »

« Perché hai deciso di vedermi proprio adesso e non un mese o un anno fa? »

Ribaldo si passò una mano tra i capelli.

« Perché non volevo arrivare troppo tardi. »

« Non capisco », disse lei.

« Il marchese Febo Alberighi d'Adda aveva messo gli occhi su di te. »

« E allora? »

« Poteva convincerti a sposarlo. O peggio ancora. »

« Fare di me la sua amante? »

« Non ho detto questo. »

« E spero tu non l'abbia nemmeno pensato. »

« Inutile pensarci, ora che siamo nuovamente insieme. »

« Sono fra le tue braccia e non ho più niente da chiedere alla vita », Saulina sorrise. « Che cosa può chiedere di più una donna? Sono amata da un bandito e da un gentiluomo. Un signore ricco e potente, e un eroe senza paura. »

Ribaldo non si stupì della commozione e delle lacrime di Saulina che le rigavano silenziosamente le guance.

« La nostra storia comincia qui, oggi, in questo preciso momento. »

« Ti piacerebbe? » domandò la ragazza.

« Pensavo che facesse piacere anche a te », replicò sconcertato dal tono di lei.

Saulina si alzò in piedi, il viso acceso e gli occhi scintillanti per la collera. Guardò con ironia il suo eroe.

« Hai dimenticato un particolare », precisò sferzante. « Hai dimenticato i giorni della mia disperazione. Ma forse non ci hai mai pensato », soggiunse.

« Mi riesce difficile seguirti », disse Ribaldo che non si spiegava l'improvviso voltafaccia di Saulina.

« Certo, anche perché ti aspettavi l'incondizionato riconoscimento del vincitore. L'amore sconfinato, la dedizione senza limiti. »

« Mi aspettavo di ritrovare una donna dai sentimenti immutati », si risentì.

« Una Saulina riconoscente e in estasi », l'incalzò lei.

« E invece trovo una bambina capricciosa e viziata », la interruppe duramente.

« Della quale tutti si sono serviti », replicò lei.

« Non sai quello che dici. »

« No, vero? » Gli splendidi occhi erano pieni di lacrime. « La verità è che ognuno ha fatto il proprio gioco », affermò come se in quel momento avesse finalmente capito il mistero della sua vita. E tu », pronunciò con labbra tremanti, « tu lasci passare quattro anni e non ti chiedi che cosa può essersi spezzato dentro di me. »

« Eri una bambina. Eri in mani sicure. »

« E io che ti avevo visto morto sul selciato dovevo aspettare un miracolo? È così? »

« Calmati, Saulina! » Ribaldo cercò di arginare la piena della sua amarezza nel momento in cui sentiva che la donna stava travolgendo le sue giustificazioni facendole apparire ovvie e banali, scontate ed egoistiche.

« Una bambina », proseguì invece la donna, « una bambina messa al sicuro, in dispensa, come un frutto in attesa che maturi. »

« Non è quello che pensavo e che penso io. »

« Tu pensavi che potevo ancora aspettare. Ma siccome ti ha morso la gelosia per Febo... »

« Basta così, Saulina! »

« Me l'hai detto tu che ti sei mosso perché il marchese Alberighi d'Adda aveva messo gli occhi su di me. Se tu non avessi avuto questo cruccio chissà quanto tempo avrei dovuto ancora aspettare. Ma che cosa volete tutti quanti da me? » gli domandò con rabbia.

« Voglio il tuo bene e possibilmente il mio », si affrettò a rispondere.

« Forse la sola persona che mi ha avvicinato senza secondi fini », disse malinconicamente, « è il generale dei francesi. Quella volta, quando ho visto una ruota della sua carrozza uscire dal mozzo, credevo che la mia vita sarebbe cambiata. »

« E non è forse cambiata? »

« Credevo che avrei preso io le redini della mia vita », si rammaricò. « E invece erano gli altri che guidavano i miei passi. Erano gli altri che decidevano il mio destino. »

« Sei maledettamente complicata », sorrise Ribaldo avvicinandosi affettuosamente a lei con propositi di conciliazione.

« No, Guglielmo », lo respinse con il tono freddo della voce. « È un modo troppo facile per risolvere un problema difficile. Sono stata giocata, tradita. Credevo di obbedire alla mia volontà invece ero l'oggetto di un gioco che non dipendeva da me. Il cocchiere era d'accordo con te », affermò.

« Sì, ma non vedo il male di questa alleanza. »

« La signora Emma era al tuo servizio. »

« E lo è ancora. »

« Tutti insieme contro di me. »

« Ma io ti amo. »

« Anch'io... ti... voglio bene, mentre tu mi ami a modo tuo. Come una cosa tua. Con egoismo. »

« Io mi batto per gli altri », si risentì l'uomo.

« E per la tua gloria. »

« Rischio la vita per loro. »

« Ma ti sei costruito una reggia nella foresta. »

« Sono pronto a donare tutto come ho sempre fatto. »

« Ma vuoi l'adorazione dei tuoi sudditi, la devozione delle tue donne, il loro amore incondizionato. »

La bella faccia di Ribaldo si alterò per l'ira.

« Ma tu chi sei per impartirmi delle lezioni di vita? » l'aggredì.

« Una persona che non concede deleghe. Tu sei padrone della tua esistenza. Ma puoi decidere solo per quello che ti riguarda. A me stessa voglio pensare da sola. D'ora in poi mi prendo sotto tutela e rinuncio a qualsiasi protezione e consiglio. Voglio sbagliare da sola. »

« Tu non puoi », si allarmò Ribaldo, « tu non conosci il mondo. »

« Ma certo », disse lentamente, « io non conosco il mondo. E devo fidarmi degli altri che mi guidano dall'alto della loro saggezza. La Grassini voleva fare di me una graziosa bambola parlante da mostrare in società come un fenomeno da fiera. Uno mi insegna che la giustizia è francese. La nobile suor Clotilde mi suggerisce subdolamente che l'ordine e il benessere vengono dall'Austria e dalla chiesa. Tu mi insegni ad essere contro gli uni e contro gli altri. »

« Io ti ho soltanto amato più della mia vita », cercò di intenerirla.

Una luce febbrile illuminava lo sguardo di Saulina.

« Io, ti ho amato più della mia vita », lo riprese con serietà. « Tu mi hai desiderato come il protofisico Fortunato Sirtori. Per il tuo piacere. La sola differenza era che lui quel piacere lo voleva subito. Tu invece hai avuto la freddezza di differirlo. »

« Mi rimproveri di non avere abusato di una bambina? »

« Ti rimprovero di avermi messo da parte come una cosa. Una cosa importante, preziosa, della quale godere nel momento in cui tu avessi deciso di farlo. Nel frattempo la mia vita cambiava, il mio animo si inaridiva, i miei sogni si sbriciolavano come cristalli scagliati per terra. »

« Sono dunque così diverso dall'uomo che hai lasciato quattro anni fa? »

« No. Sei esattamente lo stesso. Io, sono cambiata. E sono cambiata nel tempo necessario per percorrere un passaggio segreto. »

« Così non mi ami più », disse con profonda amarezza.
« L'uomo che amavo è morto sul selciato di Porta Tosa una sera d'estate. »
« E non mi amerai mai più? » chiese.
« Non lo so », ammise mentre sul suo bel viso affiorava una profonda tristezza.
« Che cosa posso fare per te? »
« Restituirmi la mia carrozza e i miei abiti. Voglio tornare a Milano. »

Saulina, sulla carrozza che aveva ripreso il cammino verso Milano, era scoppiata il lacrime. Piangeva per le rivelazioni che le avevano mostrato un aspetto inatteso della personalità dell'uomo che amava, ma piangeva soprattutto perché continuava ad amare Ribaldo di un amore disperato e immenso. Ancora una volta una carrozza la portava lontana da lui: la prima volta nel sole, ora nella nebbia. Lo chiamava, lo invocava, ma nonostante tutto non trovò la forza di tornare da lui. Se fosse tornata indietro avrebbe placato la sua ansia e appagato un desiderio che la bruciava, ma avrebbe tradito se stessa e il proprio destino.

# 5

Palazzo Marescalchi Valsecchi in quella profumata notte di giugno era diventato il punto d'approdo degli equipaggi più sfarzosi e dei nomi più altisonanti della nobiltà milanese. Nessuno voleva mancare all'appuntamento con Napoleone Bonaparte, vincitore di Turbigo, trionfatore di Marengo. Le gesta scellerate dei cosacchi di Suvorov erano un odioso ricordo ora che il Primo Console, valicato il San Bernardo per mulattiere sassose tra le nevi eterne, aveva sbaragliato gli austriaci, vincendo per merito di Desaix una battaglia che avrebbe dovuto perdere.

« Desaix? Ma chi è costui? » domandò scandalizzata la contessina Bicetta Cairati. Vestiva un elegante abito da ballo e raccoglieva testimonianze sulla sua altera bellezza.

« L'uomo che ha salvato Napoleone », disse un giovane alto e pallido.

« Marchese Litta », lo apostrofò la fanciulla, « Bonaparte non ha bisogno di essere salvato da nessuno. »

« I vostri occhi e la vostra avvenenza sono più veri della verità stessa », l'adulò il giovane. « Auguriamoci che la storia riservi un angolino all'eroico Desaix. E lasciamo che Napoleone trionfi. »

« Parlate per invidia », lo rimproverò Bicetta.

« È possibile », ammise il giovane Litta. « Nei sogni di ogni donna c'è la figura mitica dell'eroe di Marengo sul suo cavallo bianco, avvolto nell'ondeggiante mantello azzurro. »

Bicetta sorrise estasiata pensando a quell'immagine.

« Non trovate che sia meraviglioso? » arrossì.

« È una questione di punti di vista », obiettò lui.

I salotti di palazzo Marescalchi Valsecchi si andavano animando di dame, cavalieri e ufficiali francesi in alta uniforme. Signori galanti, fanciulle in fiore, donne spiritose e passionali. Si parlava della virile prestanza di Murat entrato a cavallo poche settimane prima da Porta Vercellina e della composta fierezza di Berthier passato alla testa dei suoi uomini da Porta Ticinese ribattezzata per l'occasione Porta Marengo. Ma l'eroe del momento era sempre lui, Napoleone, che era rientrato a Milano dalla stessa porta su una berlina tirata da sei cavalli con un folto seguito di ufficiali.

Le luci e lo sfarzo erano profusi a piene mani nel salone delle feste dove la serata era al culmine. Le note dell'orchestra d'archi echeggiavano sulle volte affrescate dall'austriaco Martin Knoller che aveva narrato le mitiche nozze tra Paride e la bella Elena.

Sei grandi lampadari, opera dei maestri vetrai di Murano, con centinaia di candele, illuminavano il vasto locale che dispensava luce al giardino del palazzo dalle finestre spalancate. Ogni tanto qualche coppia si avventurava tra le siepi e non soltanto per godersi il fresco della sera.

Nell'interno del palazzo la conversazione s'infittiva tra nobili, ricchi borghesi, letterati, medici, artisti, mentre le donne, le esuberanti bellezze lombarde, affilavano le armi dell'eleganza e della civetteria nella speranza di attirare anche per un solo attimo l'attenzione dell'eroe di Marengo, il Primo Console di Francia, il trentunenne Napoleone Bonaparte entrato ormai nella leggenda.

Ma Bonaparte ancora non si era visto, anche se la festa, come tutte le feste della nobiltà milanese, era in suo onore. Gli impegni della sua vita frenetica e una punta di arroganza giustificavano gli abituali ritardi. Qualche volta non si presentava, ma tutti preferivano correre questo rischio piuttosto che rinunciare a una probabilità remota.

« I padroni di casa hanno fatto le cose in grande », osservò una elegante signora.

« Il risultato è evidente », riconobbe un'amica.

« Sono stati spesi ben cinquanta zecchini per il pranzo. »

« E sono stati ingaggiati quarantasei camerieri in aggiunta a quelli di casa. »

« Più dieci zecchini per gli addobbi floreali. »

La signora elegante tirò fuori da una minuscola borsetta una boccettina di cristallo di rocca con il tappo d'argento contenente acqua odorosa di gelsomino recante incisa la data della vittoria di Marengo: 14 giugno 1800.

« Per regalare questa a ogni ospite », disse, « sono occorsi trentacinque zecchini. »

I padroni di casa, il conte Prospero Marescalchi Valsecchi e sua moglie, la contessa Malvina nata Visconti, guardarono con soddisfazione l'esito dei loro sforzi organizzativi. Ma nei loro occhi c'era l'ombra di un infinito rimpianto. Il pensiero di Marzia, la loro figlia adorata, che quattro anni prima aveva rinunciato alle gioie mondane per la pace del monastero, era l'unica nota triste in quella serata di gioia. Proprio in quella tiepida sera di giugno, Marzia compiva ventidue anni e come dono aveva chiesto alla madre superiora del convento, dove aveva preso i voti, di ritornare a casa per assistere la vecchia nutrice morente che l'aveva tanto amata.

Mentre nel salone del piano terreno la festa era al culmine, Marzia, nel severo abito monacale che dava maggior risalto alla sua purissima bellezza, era accanto alla donna, la teneva per mano nell'ultimo e più solitario tragitto del breve viaggio terreno e recitava con lei le preghiere della sera.

Per Marzia i clamori della festa erano vacue risonanze di un mondo dimenticato. Lei era stata sempre indifferente al luccichio della mondanità che attraeva invece molte fanciulle. La solitudine era sempre stata per lei un luogo per elaborare i più vivi pensieri e anche nella spirale della perversione, nell'abbandono alla sua sensualità, c'era sempre stata una componente mistica e filosofica che le aveva fatto cercare nel piacere sessuale una sorta di umana perfezione. Marzia era stata grandiosa nel peccato come adesso lo era nella virtù. Lo smarrimento dell'ultima vittima di Fortunato Sirtori, la piccola Saulina, l'aveva illuminata e da quel momento si era votata alle gioie dello spirito e aveva messo la sua vita al servizio degli altri e della preghiera.

La nutrice si era addormentata, Marzia ascoltò il suo respiro leggero e ringraziò il Signore che ancora non l'aveva presa con sé. Uscì dalla stanzetta all'ultimo piano del palazzo e scese nella sua camera.

Si affacciò alla finestra che dava sul giardino illuminato da palloncini colorati, animato dal passeggio degli ospiti. Udì l'eco di un garbato minuetto e il lieto chioccolio della fontana sotto la sua finestra e si sentì felice, immensamente felice. Considerò la quiete della sua camera e la mise a confronto con la ridicola fiera delle vanità che si svolgeva sotto i suoi occhi e si sentì libera. Guardò più con pietà che con intenti moralistici quel turbinio di mondanità e paragonò quelle figure leggiadre a falene impazzite attorno a un lume.

Vide coppie all'affannosa ricerca di un rifugio dove potersi amare, altre che si appartavano in un angolo nascosto per potersi odiare. Vide gente passare dalla luce all'ombra e dall'ombra alla luce e sotto un lampioncino veneziano scorse la figura alta e imponente del protofisico Fortunato Sirtori. Indossava un elegante abito scuro e stava appoggiato a un glicine tortuoso e antico. Guardava in alto verso le finestre spalancate del palazzo.

Marzia sapeva che se Fortunato aveva accettato l'invito dei suoi genitori, non era per unirsi al coro di quelle inutili chiassose cicale, ma soltanto perché sperava di incontrarla ancora una volta. La amava ancora, disperatamente. In quel momento lui non poteva vederla perché la camera della ragazza era immersa nel buio.

« Fortunato », lo chiamò Marzia.

Il protofisico si voltò dalla sua parte riconoscendo subito la voce della donna.

« Marzia, non ti vedo », disse con tono commosso avvicinandosi quanto poteva al punto dal quale proveniva la voce.

« Non c'è più niente da vedere », affermò lei.

« Come stai, bambina mia? » le domandò.

« Sto bene. Ma ho pena per te. »

« Ti amo sempre, lo sai? »

« Lo so. »

« Sei la parte più bella e preziosa della mia vita. »

« Che Dio ti assista, Fortunato. »

« Potrai mai perdonarmi? »

« Ti ho già perdonato. »

« Non ci sono state altre donne nella mia vita dopo di te. »

« Lo so. »

« Fammi salire », la supplicò.

« Addio, Fortunato. »

« Solo un momento, per dirti addio », pregò disperatamente.

« Addio », ripeté piano la donna.

« Addio, Marzia », disse in un sussurro.

Il protofisico chinò il capo e s'allontanò con passo stanco verso l'ingresso del palazzo. Marzia lo guardò scomparire nell'atrio, s'inginocchiò davanti a un'immagine della Vergine e pregò. Si lasciò avvolgere in una nuvola di misticismo, cancellando l'ultimo tenue legame con il mondo.

Il protofisico Fortunato Sirtori mentre si dirigeva verso il guardaroba per farsi riconsegnare le sue cose, fu distratto da un annuncio fatto dal maestro di casa.

« Madama Giuseppina Grassini e madamigella Saulina Viola », scandì l'anziano servitore con voce stentorea.

L'uomo riconsegnò guanti e cappello a un domestico, si volse e vide entrare due splendide creature, una bionda e una bruna. Conosceva la cantante per averla tante volte ammirata in teatro, ricordava la sua pastosa voce di contralto e apprezzava l'artista che a ventisette anni aveva raggiunto il culmine della potenza espressiva. La bellezza bionda che l'accompagnava era davvero straordinaria, ma non fu tanto lo splendore della fanciulla a colpirlo, quanto il nome e lo sguardo che gli riportò alla memoria un ricordo preciso: la rivide ragazzina sulla soglia dell'adolescenza, frastornata dall'arredamento di casa sua, dai colori intensi e setosi degli arazzi, incantata dal suono struggente del violino di Marzia che si insinuava nell'aria profumata riempiendola di modulazioni arcane. Era la bambina mandata dalla merciaia Agnese: i neri occhi pieni di stupore, la matassa folta e intricata dei riccioli biondi a incorniciarle il viso. Ma sì, era proprio lei: Saulina Viola, la piccola contadina dall'espressione intraducibile che aveva saputo provocare la ribellione di Marzia. In questi quattro anni era diventata donna, era ancora più bella, di una bellezza rara e preziosa. Aveva l'incedere elegante e sicuro delle fanciulle aristocratiche, ma nello sguardo conservava l'aggressività e lo stupore di un tempo.

« Ecco una donna che sa quello che vuole », pensò Fortunato Sirtori.

Anche Saulina lo vide e gli sorrise dopo averlo fissato per un breve istante.

« Il protofisico Fortunato Sirtori », lo salutò la Grassini.

« Mia dolce signora », disse lui sfiorandole il dorso della mano con le labbra.

Sollevò i grandi e intensi occhi azzurri sulla fanciulla che a sua volta gli tendeva la mano guantata.

« È davvero piccolo il mondo, signor protofisico », disse Saulina.

« E il destino è implacabile », commentò l'uomo avvolgendola in uno sguardo inquietante.

« Dopo tanti anni ci si rivede. »

Saulina gli dedicò uno schietto sorriso senza turbamenti. Era perfettamente tranquilla e Fortunato Sirtori seppe di non essere stato classificato tra i ricordi spiacevoli.

« Voi avete mantenuto la promessa », affermò con galanteria. « Il bocciolo ha prodotto una rosa superba. »

« Che nessuno ha ancora colto », ribatté lei con una punta di malizia.

« Chiunque provasse », replicò, « dovrebbe fare molta attenzione alle spine. »

« È un rischio inevitabile per chi vuole una rosa », scherzò.

« Parlate a un signore di una certa età che ha perduto per strada ogni velleità di conquista. »

« Non sottovalutatevi. E Marzia? » domandò improvvisamente Saulina.

« Perduta », si rabbuiò il protofisico. Poi cambiò discorso e il suo viso si rasserenò in un sorriso. « Credo non ci sia nessuno tra questi baldi giovani che meriti di cogliere questo fiore. »

« Voi mi adulate », disse Saulina.

Nel fondo della sala apparve il marchese Febo Alberighi d'Adda.

« Forse lui », si contraddisse il protofisico.

Saulina arrossì.

« E perché proprio lui? » domandò.

« È bello, ricco, relativamente giovane. »

« E nobile. »

« Nessuno è perfetto. »

Fortunato Sirtori aveva capito perfettamente l'allusione di Saulina. Nessun nobile avrebbe mai sposato una fanciulla di umili origini.

« E poi? » insisté la fanciulla divertita da quel gioco.

« Certamente è innamorato di voi. »

Saulina si guardò intorno timorosa che qualcuno potesse avere sentito l'ultima battuta del dialogo.

« Come potete saperlo? » lo sfidò.

« Non dimenticate che sono un po' mago. »

« Me lo ricorderò. »

Il cameriere a un cenno del protofisico gli tese guanti e cappello.

« Pensateci », si inchinò a Saulina dimenticando Giuseppina Grassini che era stata esclusa dalla conversazione. « Avete fatto molta strada, ma ve ne rimane ancora molta da percorrere. »

Se ne andò mentre Saulina si avviava verso il marchese Febo Alberighi d'Adda. Mentre s'inchinava al nobile milanese che, avendola riconosciuta, le era andato incontro, Saulina ripensò alle parole del protofisico Fortunato Sirtori che in un attimo aveva saputo leggere nella sua mente un progetto nascosto.

## 6

« Dovrei fingere di non conoscervi? » domandò Febo Alberighi d'Adda a Saulina che gli porgeva la mano.

« È una decisione che spetta a voi, signore », lei disse con voce flautata e gli occhi bassi obbedendo così alle regole del galateo.

Febo Alberighi guardò Saulina e ricordò la ragazzina della famiglia dei saltimbanchi che avanzava sulla ghiaia del viale nella villa di Cassano verso la fontana. Sotto l'elegante abito da ballo c'era lo stesso corpo senza inibizioni, il fiore di bosco trapiantato nel giardino dell'alta società e nutrito da una raffinata cultura. L'aveva ripetutamente ammirata a Monza dove si recava col pretesto di far visita alla sorella, ma in realtà con l'intenzione di rivedere Saulina. Suor Clotilde si era accorta del garbato maneggio.

« Attento, fratello », l'aveva messo in guardia. « Ricordati che è soltanto una figlia del popolo. Non potrai mai sposarla. »

Era la prima volta che Febo metteva gli occhi su una donna dopo la tragica morte di Damiana. Per anni aveva continuato a vivere nel ricordo della moglie.

« È stata una disgrazia », non si stancava di ripetergli la marchesa sua madre, « ma non puoi drammatizzare questo lutto fino al punto di rifiutarti di vivere. Quante sono le donne che muoiono di parto? Quanti sono i bambini che non vedono la luce? Se un uomo non dovesse più risposarsi per questo, l'umanità sarebbe estinta. »

Febo non si era ancora risposato perché non aveva trovato la donna giusta.

« Sciocchezze », lo rimproverava la marchesa. « Una moglie sana, con una dote cospicua, è quello che ci vuole per restituire a te il sorriso e nuovo respiro alle finanze famigliari depredate dagli eserciti. »

Era un discorso sensato quello della madre che d'altra parte rifletteva una realtà patrimoniale che non corrispondeva più al decoro, alla tradizione e alla condizione sociale degli Alberighi.

Saulina, la sola donna sulla quale avesse messo gli occhi, non aveva nessuno dei requisiti richiesti dal grado di nobiltà e dalla crisi economica. E Febo, per quanto fosse di idee liberali, unico in tutta la sua famiglia austriacante e conservatrice, non avrebbe mai ipotizzato l'eventualità di un simile matrimonio. Una nobiltà di nove secoli non poteva considerare tra le cose possibili un legame con un'esponente, per quanto affascinante e colta, del mondo contadino. Tuttavia poteva fare molto per lei; prenderla sotto la sua protezione, offrirle una sistemazione degna della sua bellezza, un elegante alloggio, un sufficiente numero di servitori. Sì, poteva fare tutto questo per la bella Saulina Viola.

Adesso che Saulina era davanti a lui, il marchese aveva perso la sicurezza e l'eloquio che erano un tratto distintivo delle persone del suo rango.

« So che siete la più diligente e brillante allieva del collegio diretto da suor Clotilde. »

Giuseppina Grassini, dall'altra parte del salotto, era al centro di un gruppo di ammiratori e teneva banco.

« Mi hanno insegnato a diffidare dell'adulazione », affermò Saulina, « ma non riesco a sottrarmi alla suggestione dei complimenti. A condizione che siano sinceri. »

Febo sentì provenire da Saulina le onde di una bruciante sensualità.

« Indicatemi una ragione sola per cui dovrei mentire », la sfidò offrendole il braccio.

« Potrei enumerarvene mille », gli sorrise accettando l'invito. « Ma è una serata stupenda e non voglio turbarvi mettendovi in imbarazzo. »

Camminarono insieme verso il salone delle feste da dove fluivano le note di un minuetto.

« Mi farete felice accettando di ballare con me », disse.

« Suor Clotilde non approverebbe », replicò maliziosa.

« La prontezza e l'arguzia arricchiscono il vostro fascino », fu costretto ad ammettere. « E non è giusto dal momento che la bellezza da sola è sufficiente a fare di voi una persona eccezionale. »

« Volete dire che stupidità e femminilità dovrebbero essere sinonimi? » l'aggredì dolcemente.

« Voglio dire che siete una creatura straordinaria », la elogiò con sincerità.

« Voi mi onorate al di là dei miei meriti », sottolineò la fanciulla, « dedicando la vostra attenzione alla più insignificante delle creature. »

« Questa frase che io conosco a memoria », l'ammonì Febo pensando con motivata soddisfazione alla sorella, « fa torto alla vostra intelligenza. »

« Allora mettiamola così », spiegò Saulina senza accusare il colpo, « diciamo che il mio è un suggerimento a mantenere le distanze stabilite dalle regole sociali. »

Un'altra ragazza, magari di nobili natali e di cospicua dote, sarebbe andata in estasi di fronte all'assedio di un uomo tanto importante, ma Saulina sapeva conservarsi imperturbabile nelle situazioni più difficili. Le esperienze vissute l'avevano fatta maturare e lei conosceva perfettamente il seguito della storia. Certamente il nobile marchese, in uno dei prossimi incontri, con il dovuto garbo le avrebbe proposto di diventare il suo protettore. La prospettiva non la scandalizzava, faceva parte di una possibile realtà che una donna della sua condizione, decisa a intervenire sul proprio destino, doveva considerare al di sopra delle emozioni.

L'amore sorridente nato nella reggia della foresta, il grande amore della sua vita si era congelato nel suo cuore in una sera d'inverno. Ora avrebbe badato soltanto a se stessa e alla propria affermazione sociale.

Saulina e Febo si impegnarono nel minuetto suscitando sguardi ammirati e commenti invidiosi. La fanciulla eseguì una leggiadra figura aprendo il ventaglio dietro il quale si nascose sottolineando la luminosità dello sguardo. Febo l'assecondò imitando con eleganza i movimenti di lei, piegando lievemente le ginocchia, liberando un piede in avanti sulla punta, lasciando poi cadere il tallone. Stavano passeggiando di lato e alzando il braccio in segno di saluto in una tipica figura della danza, quando il brusio si spense e nei salotti e nei saloni del palazzo cadde improvviso il silenzio. Le note del minuetto si spezzarono e anche la musica tacque mentre gli occhi di tutti si volsero verso il fondo della sala dove avanzava, tra la folla degli invitati, l'eroe di Marengo.

Saulina l'avrebbe riconosciuto anche se quel mare di eleganza non si fosse aperto al suo passaggio, per la dignità dell'incedere, lo sguardo penetrante che metteva in soggezione gli interlocutori ed esprimeva forza e capacità di decidere, le labbra morbide che pronunciavano parole essenziali.

« La storia spesso è fatta più dalla fortuna che dal genio». si lasciò sfuggire il marchese.

« Consentitemi di non condividere il vostro punto di vista, almeno per quanto riguarda Napoleone Bonaparte », rispose secca Saulina.

Febo Alberighi d'Adda s'inchinò per chiudere un argomento che poteva turbare il loro incontro.

Napoleone Bonaparte si avvicinò alla Grassini che sedeva su un divanetto in compagnia della contessa Marescalchi Valsecchi. Si inchinò appena davanti alle signore e pronunciò parole incomprensibili a Saulina che era troppo lontana da loro.

E per un attimo Saulina, diventata donna, rivide una scena che apparteneva al passato: il denudarsi osceno e concitato, lo sventolio di gonne e la affannosa aggressività fatta di frasi spezzate e di torbidi sospiri. Quelle immagini che l'avevano spinta a una fuga disperata, improvvisamente le comunicarono un brivido, una sensazione di attesa convulsa, un sentimento diverso dal grande amore che l'aveva spinta tra le braccia di Ribaldo, diverso dalla ammirazione che provava per Febo Alberighi d'Adda.

Giuseppina Grassini fece un cenno a Saulina.

« Perdonatemi, signore », disse a Febo disponendosi al commiato.

« Mi lasciate così? » replicò con gelosia.

« Come vedete anche voi, la mia protettrice mi chiama », concluse piantandolo in asso.

Nessuna donna l'aveva mai trattato così.

« Ma noi ci rivedremo, piccola vagabonda », pensò Febo,

mascherando il suo disappunto dietro un mezzo sorriso.

Saulina si avvicinò alla Grassini nel momento in cui il Primo Console estraeva dalla tasca della giacca una tabacchiera. Bonaparte aprì il coperchio della preziosa scatoletta e non badò alla fanciulla, che era una figura indistinta, essendo l'attenzione dell'uomo concentrata sulla tabacchiera. La sua intenzione era quella di prendere una presa di tabacco, ma prima che Giuseppina potesse impedirglielo, con un gesto svelto e civettuolo Saulina si impadronì del suo talismano.

Gli occhi grigioazzurri del Primo Console lampeggiarono d'ira.

« E questa? » domandò irritato a Giuseppina, dispiaciuto che l'autore del gesto non fosse un uomo per poter sfogare su di lui il suo livore.

« È la legittima proprietaria della tabacchiera, *mon général* », affermò Saulina con garbata decisione, « che si riprende il suo talismano. » Si era espressa in un francese perfetto.

Lui la guardò come si guarda un sogno.

« E tu », esclamò con gioia, « tu sei Saulina. »

« Saulina Viola, per servirvi », s'inchinò.

« Non riesco a crederlo », disse mentre la severità delle sue labbra si attenuava in un sorriso.

« Invece sono proprio io », affermò sorridendo.

« Io ricordavo una ragazzina spaventata. »

« Scontrosa e selvatica come una lepre », aggiunse lei.

« E ritrovo questo indicibile splendore », mormorò ammirato e incurante degli sguardi che si appuntavano su di lui e dei commenti che nascevano su quell'incontro.

« Dovrei dirvi che mi dispiacciono i vostri complimenti? »

Napoleone prese tra le sue la mano di Saulina e la baciò.

« Puoi parlare o tacere », disse come se fossero stati soli nel grande palazzo. « La tua bellezza parla per te. » L'avvolse in uno sguardo molto più audace di una carezza, più intenso di un abbraccio, più bruciante d'un bacio.

Saulina non abbassò gli occhi dinanzi all'uomo che senza nessuna cautela la corteggiava di fronte al mondo e non si sentì offesa da quell'impudenza. E nessuno si sarebbe stupito se il Primo Console l'avesse presa tra le braccia e baciata appassionatamente.

Giuseppina Grassini vide lo sguardo di Napoleone e impallidì. L'eroe di Marengo aveva perso la testa per Saulina Viola. E quella notte l'avrebbe avuta. Perché anche Saulina, per lui, aveva dimenticato tutti i suoi progetti.

# 7

SAULINA scoprì con piacevole naturalezza la propria nudità e se ne stupì. Da un momento all'altro, senza malizia, aveva superato quelli che l'educazione e la morale consideravano i confini della decenza e del pudore; e non era accaduto nulla di particolarmente drammatico, ma nemmeno nulla di particolarmente esaltante. Eppure nei sogni la nudità le comunicava angoscia e sgomento. D'altra parte l'amore sognato le aveva fatto conoscere l'estasi che la realtà continuava a negarle. Era passata dal sonno alla veglia con limpida gradualità e ricordava, come se si fosse trattato di un gioco, il rapido tramonto del suo pulzellaggio, la fine di una verginità che in collegio le avevano insegnato a difendere come un bene supremo. L'amore per lei continuava a essere un sogno, mentre per l'uomo, più che la realizzazione di un desiderio, era l'appagamento di un bisogno; e andava convincendosi che la donna è soltanto un riflesso di questa corsa affannosa, l'osservatrice non sempre partecipe di una malattia acuta che si manifesta con una febbre dei sensi e si conclude con uno sbadiglio.

Qualcuno bussò discretamente alla porta. Saulina aprì gli occhi e vide il tenue chiarore del primo mattino filtrare attraverso le cortine di velo bianco della grande finestra. Sentì un movimento al suo fianco e subito due braccia forti l'afferrarono per le spalle.

« Sei bella », disse Napoleone stringendola a sé.

« Hanno bussato », disse lei.

« Lo so. »
« E non vai ad aprire? »
« È quel rompiscatole di Bourienne. »
Il segretario del Primo Console doveva essere immobile e silenzioso in attesa dietro la porta.
« Rispondigli », fece Saulina.
« Non ci penso nemmeno. »
« Potrebbe essere una cosa importante. »
« C'è una sola cosa importante, oggi. Sei tu. »
Saulina si lasciò accarezzare, baciare, adulare da mille dolci parole d'amore, da poetiche effusioni che non avrebbe mai sospettato in un uomo come Napoleone. Tutte le tenerezze e le delicate attenzioni che un tempo, quando l'amava appassionatamente, aveva avuto per la moglie Joséphine, Napoleone le riversava su Saulina, unica, tra le numerose amanti, che avesse riacceso in lui il fuoco dell'amore.
« Mi ami? » disse l'uomo che aveva bisogno di continue rassicurazioni.
« Non sarei qui se non ti volessi bene », osservò lei che tuttavia non riusciva a spiegare neppure a se stessa l'improvvisa capitolazione. Si era lasciata amare per allegria, per ambizione o forse per calcolo. Probabilmente aveva ceduto all'eroe di Marengo travolta dal fascino che sprigionava dall'uomo, ma adesso che l'irreparabile era accaduto le ritornò in mente l'immagine di Guglielmo Gallaroli di cui si era creduta follemente innamorata e quella del marchese Febo Alberighi d'Adda che l'aveva corteggiata la sera prima. Il passato ormai era lontano e lei, ancora una volta, con zingaresca impulsività, si era imbarcata per una nuova avventura bruciando i ponti alle sue spalle. Eppure in qualche modo doveva amarlo quest'uomo dal fisico asciutto e dallo sguardo penetrante al quale si era concessa completamente e senza finzioni. Lui la stringeva tra le braccia, e lei in quel momento sentiva di averlo in pugno. Ma certo che l'amava e per rendersene conto le bastò pensare al motivo vero e profondo che un tempo l'aveva spinta a fuggire dalla casa della Grassini.
« La gelosia », mormorò mentre lui le sfiorava con un bacio il collo sottile e candido.
« Che cos'hai detto? » chiese lui.
« La gelosia », ripeté.
« Quale gelosia », insisté lui che non capiva.

« Sai quando fuggii dalla casa di Giuseppina Grassini? »

« Mi ricordo. »

« Nessuno di voi pensò mai alla vera ragione della mia fuga. »

« Una lite con una domestica, credo. Il colpo di testa di una bambina capricciosa. »

« No, la reazione di una ragazzina gelosa. »

Napoleone sorrise.

« Gelosa tu? Ma di chi? ».

« Ti scoprii mentre facevi l'amore con la mia protettrice. »

« Dove? » trasecolò.

« Nel salotto giallo. Fuggii perché ero pazza di gelosia Ora me ne rendo conto. Fin da allora ti desideravo, Bonie. E non lo sapevo. »

Napoleone sorrise. Lo sciocco diminutivo che gli avevano affibbiato gli inglesi aveva attraversato la Manica e ora lo seguiva dappertutto. A Saulina era piaciuto e sulle sue labbra il nomignolo perdeva l'intenzione ironica che i britannici gli avevano attribuito e assumeva invece un tono affettuoso.

« Bonie », ripeté. « Soltanto gli inglesi potevano trovare un nome così per un soldato. »

« Ti dispiace se ti chiamo Bonie? » si preoccupò Saulina.

« Ma no », la giustificò. « Le alcove sono piene di parole vane e di nomignoli insensati. »

Saulina non volle interpretare il giudizio dell'uomo.

« E di gelosia », disse.

« Nessuna donna è gelosa di me », affermò decisamente: « nemmeno mia moglie ».

« E Giuseppina Grassini? » domandò con amarezza. Aveva certamente ferito la sola donna alla quale non avrebbe mai voluto fare del male.

« Giuseppina è gelosa del suo prestigio. »

« Eppure voi due... »

« Abbiamo diviso qualche volta il letto », la interruppe.

« Senza amore? » e fu come se rivolgesse a se stessa quella domanda indiscreta.

« Solo con desiderio. »

« Credi davvero che una donna non possa amarti? »

« Le donne sono innamorate di quello che io rappresento », sentenziò, « amano il potere, la forza, il mito dell'invincibilità.

Qualcuna mi ama per gioco o per semplice curiosità. Ci sono sempre molte donne ai piedi dei vincitori, quasi mai », soggiunse con amarezza, « la donna che il vincitore desidera. »

« Nemmeno questa volta? »

« È troppo presto per dirlo. »

« Ma io ti amo », disse più per convincere se stessa che per influire sulle convinzioni dell'uomo.

« E io ti desidero più di ogni donna al mondo. »

« Non è stupendo? »

Il sole doveva essersi alzato sul bosco perché ora la luce che filtrava dalla finestra era più viva e più calda.

« Sei una creatura strana », l'accarezzò. « Ricordo benissimo », prese a raccontare, « il giorno in cui mettesti a repentaglio la tua vita per salvare la mia. »

« È passato tanto tempo. »

« Ti donai allora la tabacchiera. »

« Eri bellissimo », esclamò Saulina. « E ho in mente ogni particolare di quel mattino di maggio. Perché ho continuato a pensare a quel momento un giorno dopo l'altro per tutti gli anni in cui siamo stati lontani. Ti regalai una collana di lucertole vive. Poi me ne sono vergognata, ma era l'unico modo per testimoniarti l'ammirazione che avevo per te e ricambiare il tuo dono. »

« Io invece non mi sono vergognato di essermi inginocchiato davanti a te », confessò. « Eppure non mi ero mai inginocchiato di fronte a nessuna donna. Nemmeno a mia moglie. Neppure a mia madre. E quel giorno sentii il desiderio di farlo. »

« Ero curiosa, sporca e denutrita. Ero un orrore. »

« Eri affascinante e sincera. Quando ti dissi che ero Napoleone Bonaparte, tu dicesti: 'Quello che ruba i polli'. Ricordi? »

« Il parroco ci aveva terrorizzati », spiegò senza giustificarsi. « Voi francesi eravate il diavolo. » Si strinse a lui e lo sentì fremere. « Ricordo i tuoi capelli lunghi e neri. Il tuo italiano dallo strano accento. E io che parlavo solo il dialetto. Ci intendemmo ugualmente. »

« Anche adesso ci siamo subito intesi. È bastato rivederci. »

Di nuovo ci fu un discreto bussare alla porta. Napoleone sollevò le tendine, si sporse dal letto, afferrò una delle scarpe di vitello lucente che aveva calzato la sera prima per recarsi al ballo e la scagliò con forza contro la porta.

« Perdio, Bourienne! » tuonò, « vuoi lasciarmi in pace? »

Saulina soffocò una risata.

« È il tuo segretario? » chiese.

« È la mia disgrazia », rispose. « Con la scusa che eravamo compagni di scuola me lo sono trovato appiccicato come una sanguisuga. E non mi molla più. Inoltre è pettegolo. »

« Così la nostra storia si risaprà », si preoccupò lei, ma nemmeno tanto.

« No, se io gli imporrò il silenzio », la rassicurò. « Temo tuttavia che tutta Milano sappia già, in questo momento, che noi siamo insieme. Non mi sembra importante. E anche se lo fosse, sarebbe troppo tardi per pensarci. Dovrò occuparmi invece di quella disgrazia di Bourienne. »

« Se è una disgrazia, caccialo », fece lei che non amava le mezze misure.

« Sa essere utile come pochi quando ho bisogno di lui. Un giorno, se mi sopravviverà, racconterà un sacco di storie sul mio conto. E sarà il suo momento di gloria. E allora gli sarà servito fare il cane fedele. »

Saulina fu percorsa da un brivido di terrore.

« Perché parli di morte? »

« Faccio un mestiere difficile in una società che si libera dei potenti con grande facilità. Soffiano venti impetuosi nelle vette più alte. »

Saulina non sorrideva più e s'avvinghiò a lui disperatamente.

« So di essere soltanto un momento della tua vita », disse con consapevolezza, « e vorrei essere un momento felice. »

« Sei un momento di felicità radiosa. »

Si amarono ancora, poi restarono a lungo in silenzio l'uno tra le braccia dell'altro. A giudicare dalla luce che penetrava dagli spiragli della finestra, il sole splendeva alto. Napoleone aveva gli occhi chiusi. Saulina osservò meglio la stanza dal soffitto affrescato con delicati motivi floreali ripetuti negli stucchi dei pannelli alle pareti e nel mosaico del pavimento, gli arredi stile Direttorio. L'appartamento era stato messo a disposizione del Primo Console dai marchesi Casati i quali conoscendo il Bonaparte gli avevano riservato, tra le molte residenze, quella più vicina ai suoi gusti. Saulina osservò i particolari del letto con le preziose dorature, gli oggetti da toletta, i quadri alle pareti.

Napoleone aveva spalancato gli occhi e la guardava ammirato.

« Mi auguro che ci siano ancora tanti momenti come questo. »

« Dipenderà da noi », disse lei.

« Certo », ammise Napoleone.

Che cosa poteva pretendere di più una ragazza sola al mondo, senza un nome e senza patrimonio, dalla sua prima notte d'amore? Buttò via il lenzuolo per alzarsi.

« Dove vai? » le domandò.

« Vorrei fare un bagno », spiegò divincolandosi da un nuovo abbraccio.

Nella stanza da toletta c'era una grande vasca di marmo grigio. Saulina tirò il cordone di velluto: era il segnale per la cameriera che doveva riempire il bagno di acqua calda. Napoleone la raggiunse mentre si ammirava in una grande specchiera con una cornice di radica. Si vedeva nuda per la prima volta e vicino a lei c'era un uomo. Avevano la stessa statura ed erano belli: lei bionda con gli occhi neri e la pelle chiara, lui scuro con gli occhi chiari e la carnagione olivastra.

« Sei bella », disse lui.

« Lo vedo », rispose con semplicità.

« E sei molto eccitante. »

« Di questo non mi ero accorta prima d'ora. »

Napoleone s'incupì improvvisamente.

« Non vorrei perderti ora che ti ho ritrovata », disse.

« Dipende da noi », ripeté Saulina.

« Ma noi, purtroppo, dipendiamo in gran parte dagli altri. »

« Proviamo a non guastare quello che abbiamo, con il pensiero di quello che, forse, non potremo mai avere. »

« È una proposta ragionevole. »

La cameriera bussò alla porta e i due giovani si rifugiarono dietro le cortine del grande letto.

## 8

A METÀ luglio Saulina seppe d'essere incinta: era bella e lieta come un mattino di primavera.

« Molto edificante », fu il commento di Giuseppina Grassini al festoso annuncio.

Saulina pensò che la reazione della cantante fosse motivata dall'invidia.

« Credevo tu mi avessi perdonata », disse.

« Questo non significa che non debba compiangerti », replicò con severità.

« Posso rendermi conto della tua amarezza », la giustificò.

Gli occhi di Giuseppina erano dolci e buoni.

« Ti sei comportata avventatamente », la rimproverò scegliendo le parole giuste che riflettessero il suo stato d'animo e non offendessero la fanciulla.

« Mi dispiace, Giuseppina », si rammaricò sinceramente.

« Allora non vuoi proprio capirmi! » si alterò.

« Capire che cosa? » si impermalì Saulina.

« Sto cercando di spiegarti che quella che ti è capitata non è la cosa stupenda che credi. »

« Ma come, ti dico che aspetto un figlio da Napoleone... »

« Molto patetico », l'interruppe Giuseppina. « Nasce una vita nel grembo di un'avvenente fanciulla italiana dall'incontro con un giovane côrso divenuto Primo Console di Francia e arbitro dei destini d'Italia. »

« Perché? Non è così? » si offese Saulina.

« È la tua versione, mia piccola amica », la disilluse.
« Napoleone sarà felice quando glielo dirò », disse alzando le spalle alle obiezioni di Giuseppina.
« Te lo auguro », disse guardandola con infinita pietà. « Ma se volevi un figlio da lui per costruire su questo evento il tuo futuro, hai sbagliato bersaglio. »
Saulina avvampò per la collera e l'indignazione.
« Sei una povera donna sconvolta dalla gelosia », l'apostrofò, « e ti compatisco. »
« Vorrei che tu avessi ragione », disse con voce calma.
Saulina la piantò in asso e si rifugiò precipitosamente in camera sua scoppiando in lacrime. Scaricata la tensione, la giovane cercò di ricordare la tenerezza dell'incontro con Napoleone. Aveva due punti di riferimento: l'unica notte d'amore col Primo Console e le osservazioni di Giuseppina con la quale, dopo un salutare, inevitabile scontro, aveva riannodato i fili di una sincera amicizia che l'annuncio della accertata maternità e il dialogo concitato che ne era seguito avevano nuovamente spezzato.
Saulina voleva credere alla gelosia della sua protettrice, ma sentiva in cuor suo di non poter sostenere questa comoda versione dei fatti. Fino a un momento prima si era sentita padrona del suo destino, ma ora stava convincendosi che il castello costruito sulla sabbia delle sue illusioni poteva crollare da un momento all'altro trascinandola nella rovina. Davvero voleva mettere al mondo un figlio di Napoleone? Giuseppina non le aveva risparmiato le notizie sull'uomo.
« La prima a sapere i particolari dei suoi incontri più intimi è la moglie Joséphine », le aveva confessato. « E le sue lamentele, o le sue finte lamentele, non l'hanno mai turbato. Allo stesso modo che i tradimenti del marito non hanno mai disturbato lei. Joséphine non l'ha mai amato. Lui non l'ama più. Ma lo svanire della passione non incrina la loro preziosa reciproca collaborazione. È lei che lo guida nei tortuosi meandri della politica di Francia. »
Saulina si buttò affranta sul letto.
« Le soluzioni sono due, allora », singhiozzò, « o un aborto o un bastardo. »
Giuseppina aveva ragione: quando questo figlio fosse nato, per lei non ci sarebbe più stato un futuro. Una donna senza nome e senza fortuna e con un bastardo tra le braccia non

aveva alternative onorevoli. Si vide in una sordida locanda del Bottonuto, costretta alla prostituzione per vivere. Nella migliore delle ipotesi sarebbe ricaduta nelle grinfie di una delle tante merciaie Agnese e sarebbe passata da un'alcova all'altra fino alla malattia, fino alla morte.

Quel germoglio di vita che le stava crescendo dentro e sul quale, più o meno inconsciamente, aveva contato per costruire il proprio avvenire, la separava dal mondo nel momento più favorevole della sua esistenza. Non si era mai sentita tanto sola e terrorizzata.

Pensò a Ribaldo, il bandito gentiluomo che l'amava e di cui era innamorata. Ricordò la nebbia che avvolgeva la foresta. Perché era fuggita da lui? Sì, le giustificazioni non mancano mai quando si abbandona una strada per seguirne un'altra ritenuta più vantaggiosa o più nobile. Perché non aveva assecondato il suo istinto che era stato quello di darsi a lui per la vita e aveva invece ascoltato la voce dell'orgoglio? Adesso, quando ormai sarebbe stato impossibile ricostituire un legame con quel meraviglioso passato, si rese conto che niente al mondo avrebbe mai potuto cancellare Ribaldo dal suo cuore. E lei l'aveva perso per sempre. Che cosa poteva essere Napoleone Bonaparte se non l'amante di una notte? Perché non si era fatto più vivo con lei, pur essendo a Milano, né con una breve visita, né con un semplice messaggio?

Saulina si prese il volto tra le mani e continuò a piangere.

« Guglielmo », singhiozzò. « Il mio stesso orgoglio mi ha perduta », si ripeté con infinita nostalgia.

Saulina fu ricevuta in un vasto ufficio di palazzo Serbelloni dal segretario del Primo Console, Fauvelet de Bourienne. Aveva l'aspetto mite del cane fedele che poteva diventare ringhioso e aggressivo se riteneva il padrone in pericolo. Era un uomo compiaciuto di vivere all'ombra del Bonaparte e terrorizzato dall'idea di perdere quel privilegio. Aveva le guance cascanti del bracco e l'occhio vivo del furetto. Doveva la sua fortuna alla propria benevolenza per il piccolo côrso quand'erano allievi alla scuola di Brienne. Era il solo che non lo deridesse per la sua inadeguatezza fisica e per le sue origini disprezzabili. Così visse al fianco di Bonaparte generale e Primo Console com'era vissuto con il ragazzo straniero in terra di Francia. Quando gli altri lo schernivano per il suo nome e la sua condizione, Bourienne gli testimoniava affetto e stima; e questo Napoleone non lo dimenticò mai.

« Questa è dunque la celebre Saulina », pensò vedendo la fanciulla il cui pallore e la cui severità denotavano un gran turbamento interiore. « In che cosa posso esservi utile? » le disse indicandole una elegante poltroncina.

« Cerco il Primo Console », lo informò con tono sbrigativo la fanciulla che sapeva distinguere un inferiore anche quando occupava i gradini più alti della scala gerarchica.

« Capisco », annuì Bourienne. Era abituato alle donne di ogni condizione che rivendicavano l'onore di vedere Bonaparte. Saulina forse era più bella, più giovane, più seducente e strana ma era pur sempre una delle tante.

« Non credo che almeno per oggi potrete vedere il Primo Console », la deluse il segretario.

« È cosa urgente », cercò di persuaderlo.

« Tutti gli affari di Napoleone Bonaparte sono urgenti. »

« E domani? » chiese. « Se tornassi domani? »

« È molto improbabile », affermò spietatamente Bourienne.

Saulina aveva perso la sua sicurezza e si sentiva mancare. Ogni passo che faceva demoliva il lieto ma inconsistente castello delle sue previsioni.

« Che cosa devo fare? » mormorò spalancando sull'uomo i suoi occhioni disperati.

Bourienne ebbe per lei un'improvvisa pietà, ricordò le sue illusioni di ragazzo e ragionò sulla violenza del potere, sul male che poteva fare in un attimo un uomo come Bonaparte a una fanciulla come quella che aveva di fronte.

« Potete soltanto aspettare », disse il segretario.

« Quanto tempo? »

« Quanto gli impegni del Primo Console lo imporranno. »

« Ma io sono Saulina... »

« Saulina Viola, lo so. » Bourienne interruppe bonariamente la veemente dichiarazione della fanciulla.

« Mi conoscete? » si stupì piacevolmente.

« C'ero anch'io quel giorno a Corte Regina. »

« Quando fermai la carrozza del generale Bonaparte? » l'interrogò passando di sorpresa in sorpresa.

« Esattamente », affermò il segretario.

« Perdonatemi, non mi ricordavo di voi. »

Bourienne fece un vago cenno della mano: « È il mio destino quello di passare inosservato », disse.

« Mi aiuterete? » domandò Saulina ritrovando nel funzionario una rassicurante umanità.

« Ahimè, posso fare ben poco », ammise lui.

« Siete l'uomo più vicino al Bonaparte », lei disse.

« Posso essere sincero? » chiese.

« Ve ne prego », lo sollecitò lei pronta a tutto pur di finirla con l'ambiguità della situazione in cui si era cacciata.

« Vedete, mia cara », spiegò, « i grandi uomini nella loro vita privata si dividono in due categorie: quelli che si occupano degli affari quando non hanno più donne; quelli che si dedicano alle donne quando hanno concluso tutti i loro affari. »

« Che cosa mi state dicendo? » si allarmò Saulina.

« Soltanto quello che vi ho detto », tagliò corto l'uomo. « Soltanto quello che anche voi avete capito. »

La fanciulla non accennava a muoversi e Bourienne non aveva più nulla da dirle, mentre gli pesava la sincera tristezza di lei.

« Non mi avete aiutato molto », fece Saulina rassegnata.

« Mi sono imposto di non mentire con voi. »

« Ma poi, siete stato sincero? »

« Tra i pericoli che ho conosciuto la sincerità è forse il più serio. » Che cosa avrebbe dovuto dirle? Che il Primo Console si abbandonava con le donne che aveva posseduto alla maldicenza e al motteggio? Che se scopriva dai rapporti di polizia che una signora tradiva il marito avvertiva lo sposo ingannato? Che un'altra italiana di sedici anni bella come lei che aveva ricevuto nel suo letto, Napoleone l'aveva messa alla porta a metà notte, liberandosene come di un fastidio? Che non resisteva al piacere sadico di insultare le donne?

« Ditegli che... Non ditegli niente », si interruppe Saulina congedandosi dal segretario.

Sulla carrozza che la riportava a casa vide nella morte l'unica possibilità per uscire dalla disperazione e dalla vergogna. Giuseppina Grassini era stata buona e comprensiva con lei anche quando aveva preso il suo posto nel letto di Bonaparte.

Giuseppina era stata esplicita fino alla brutalità e lei non le aveva creduto, mentre aveva prestato ascolto alle sue illusioni e alle parole che un uomo aveva pronunciato in un attimo di abbandono.

Arrivata a casa, evitò di incontrare Giuseppina e si rinchiuse subito in camera sua dopo essersi rifornita di laudano e di oppio. Mise gli ingredienti in un bicchiere e bevve fino all'ultima goccia per cancellare dal mondo la sua vita e i suoi errori. Si abbandonò sul letto e mentre pronunciava un'ultima preghiera a Dio sentì il suo corpo e la sua mente fluttuare in un'immensità oleosa dalla quale era sempre più difficile districarsi. Vide i volti di Ribaldo e Napoleone confondersi in una sola espressione, il sorriso amichevole di Giuseppina, il viso stanco di sua madre, riudì la voce sicura della mite Luigia che le profetizzava un glorioso avvenire. Poi venne un silenzio cupo e profondo e infine il nulla.

Un'orribile nausea e un violento dolore allo stomaco la risvegliarono. Aveva in bocca un sapore disgustoso. Un dottore le aveva somministrato l'emetico che aveva provocato i conati di vomito per espellere il veleno e i domestici si avvicinavano al suo capezzale per fare pulizia sotto gli ordini perentori del medico.

« Aprite gli occhi », ordinò il medico.

« Non posso », rispose Saulina con un filo di voce.

« Dovete svegliarvi », la scosse brutalmente l'uomo.

« Lasciatemi in pace », mormorò la fanciulla.

« Ho l'ordine di salvarvi », spiegò il dottore preoccupato più della propria carriera che della vita della paziente.

« Sono stanca. »

« Dovete reagire », la spronò. « Dovete reagire con la mente e con il corpo. »

« Svegliatevi, Saulina », pronunciò una voce calda e autorevole.

La fanciulla, con grande fatica, aprì gli occhi e vide il Primo Console.

« Non avete avuto fiducia in me. Eppure sapevate di poter contare sempre e comunque sul mio aiuto », la rimproverò Napoleone.

« Credevo non mi restasse altro da fare. »

« E invece guarirete. »

« E il bambino? » chiese in un soffio.

« Vostro figlio nascerà. » Era un ordine, una disposizione fredda e precisa. « Avrà un padre: il marito che sceglierò personalmente per voi. »

## 9

MOISÈ Formiggine trascinò la sua mole mastodontica verso l'appartamento della sua giovane e graziosa moglie. Procedeva implacabile e furioso come una mandria di bisonti verso la camera della sua sposa costringendo i domestici che incontrava sul suo cammino a strisciare contro i muri per lasciarlo passare. Gli occhi piccoli e cisposi sulla sua faccia lustra e tirata brillavano d'insolita luce quando, dopo aver quasi travolto una graziosa piccola cameriera, sollevò le cortine del letto dove dormiva la sua dolce compagna.

« Svegliatevi, amica mia », la chiamò scuotendola per una spalla con dita grosse come salsicciotti.

La donna articolò parole incomprensibili. Aveva un aspetto delicato di fragile bellezza capace di incrinarsi a un soffio di vento, ma una straordinaria capacità di difesa nel sonno. Il sole era spuntato da poco dopo una notte di violenti temporali che avevano provocato disastri, allagato cantine, scoperchiato tetti, divelto giovani alberi fra tuoni, fulmini e un fracasso infernale.

« Che cosa c'è? » farfugliò aprendo finalmente, ma con grande fatica, gli occhi.

Moisè Formiggine aveva il volto congestionato a chiazze violacee.

« Mi sentite, signora? » domandò.

« Vi sento », affermò.

« Indovinate che cos'è successo? »

Era un modo indubbiamente idiota di cominciare una conversazione in apertura di giornata dopo avere strappato una creatura al sonno, ma se l'approccio era completamente assurdo, la ragione di quel risveglio doveva essere decisamente seria. Moisè Formiggine aveva la sensibilità di un banchiere e la grossolanità di un sensale, ma non avrebbe mai osato svegliare sua moglie senza un motivo importante.

« Credo di aver sentito che c'è stato un gran temporale » disse lei sbadigliando.

« C'è dell'altro », aggiunse cercando di tenere viva la sua curiosità.

« La municipalità non ha pagato i buoni delle requisizioni? »

« No, amica mia. »

« I raccolti di grano acquistati in anticipo sono andati distrutti e noi siamo sul lastrico? » domandò ormai completamente sveglia accettando il gioco dell'uomo.

« Ma no, piccola mia. Un evento importante. Un evento fondamentale. »

« In bene o in male? »

« In bene », disse. « O almeno spero », soggiunse con il superstizioso pessimismo dei commercianti. « Napoleone Bonaparte mi ha mandato a chiamare », confessò finalmente.

« Quando? »

« Adesso. »

Giorgiana si tirò a sedere sul letto, scosse la testa, e i folti capelli si disposero a cascata sulle spalle creando un piacevole contrasto con la camicia bianca tutta pizzi e volants.

« E perché invece di andare da lui venite a interrompere il mio sonno? »

Il banchiere ebbe un moto di stizza che rese ancor più evidente le macchie violacee sulla sua faccia.

« Ma non vi rendete conto dell'importanza dell'avvenimento? »

« Perdonate la mia scarsa perspicacia », si scusò con ironia, « ma non ho ancora recuperato la necessaria lucidità. »

« Vi aiuterò io », fece in tono concitato. « Vi ricordate quattro anni fa? »

La signora resisté alla tentazione di metterlo alla porta.

« Se volete essere più preciso », lo invitò.

« Quattro anni fa comprammo a caro prezzo una tabacchiera che il generale Bonaparte aveva smarrito. »

A quelle parole la donna si fece più attenta.

« Io », precisò. « Io, signore, comprai a caro prezzo quella tabacchiera. »

« Questo non cambia niente. »

« Fatta da voi un'affermazione del genere non può che suscitare stupore. »

« E va bene », ammise asciugandosi il sudore sulla fronte con un ampio fazzoletto di seta, « comunque sia è sempre con il mio danaro che l'oggetto è stato comperato. »

« Siete di una delicatezza estrema », sibilò la donna.

« Ma non è questo il problema », eluse l'ostacolo. « Quello che voglio dire è che i miei investimenti cominciano a dare frutti. Attraverso Sommariva », le confidò in gran segreto, « ho fatto giungere alla moglie del Primo Console una collana di zaffiri circondati di diamanti. Mi è costata più di centomila franchi. Per non parlare dei due bottoni di diamanti per madame Murat. Finalmente il Primo Console s'è degnato di mandarmi a chiamare. Che ve ne pare? » le domandò come se si rivolgesse all'oracolo.

« Nel vostro futuro c'è un ministero delle finanze. »

« Lo pensate anche voi? » disse il banchiere che verificava sulle risposte della moglie la portata delle proprie ambizioni.

« Ma certo, amico mio », lo rassicurò. « Andate », lo congedò, « con una sola cautela », lo richiamò quando ormai era sulla porta.

« Quale? » domandò girandosi faticosamente su se stesso.

« State attento a quel moralista di Melzi d'Eril », lo mise in guardia.

Moisè Formiggine fece un gran sospiro di pena, scosse tristemente il capo e si rimise penosamente in cammino.

Napoleone Bonaparte non aveva particolari ragioni di stimare il banchiere Moisè Formiggine, ma in diverse occasioni aveva fatto ricorso alla sua conoscenza di problemi economici. Sapeva dei suoi intrallazzi con Petier e Murat, ma non poteva farci niente, o meglio qualsiasi intervento non avrebbe modificato la situazione. Tra i *parvenus* arricchiti con l'usura e l'intrallazzo l'ebreo modenese era forse il più intelligente e quindi poteva anche essere utile all'occorrenza e meno pericoloso di altri.

Moisè Formiggine salutò con un inchino, poi si insediò con tutta la cautela di cui era capace sulla più grande poltrona del palazzo che era stata predisposta per la sua mole: lo conteneva appena. Appariva stanco, nervoso, il volto solitamente ilare era teso e corrucciato.

« Vengo subito al sodo », esordì Bonaparte appena il banchiere ebbe preso posto di fronte a lui. « Qual è il più illustre esponente della nobiltà milanese che una fanciulla potrebbe desiderare? »

Era una domanda brutale, difficile e imprecisa che aumentò i rossori, i tremori e i calori dell'ospite il quale si aspettava l'investitura a ministro delle finanze, un incarico che quella domanda bislacca allontanava irreparabilmente. L'uomo più ricco della Cisalpina si passò la mano sulla fronte in un adeguato tentativo di arginare il sudore che in quella afosa mattina di luglio lo metteva a disagio. Il temporale della notte non era stato sufficiente a rinfrescare l'aria.

« Di nomi illustri Milano è piena », disse scegliendo bene le parole. « E voi, generale, li conoscete meglio di me. »

« Mettiamola così, allora », cambiò registro Napoleone, « c'è un nobile di rango e di indiscusso prestigio che abbia urgente bisogno di danaro per rimettere in sesto il proprio patrimonio? »

« Ce ne sono tanti. »

« Uno », ribatté seccamente il Primo Console. « Il migliore. Il più illustre. »

« Questo nobile c'è », sorrise Formiggine respirando di sollievo.

« Il nome. »

« Si chiama Febo Alberighi d'Adda. Ha circa trent'anni. È vedovo da quattro. Senza figli. Il marchese suo padre sta dissipando una fortuna dietro una giovane. La marchesa sua madre è posseduta dal demone del gioco. Il fratello Cesare segue le orme materne. La sorella vive sul lago di Como dove contrae debiti per mantenere uno stuolo di spasimanti spiantati e avidi. »

« Bella famiglia! » esclamò il Primo Console.

« Queste sono le pecore nere. Poi c'è Pietro, il fratello monsignore e suor Clotilde che sono esempi di rara virtù. Ma i fittavoli, ridotti allo stremo, non pagano. Gli eserciti si sono avvicendati sulle loro terre distruggendo i raccolti. La famiglia è stata tassata, se mi consentite, dai francesi, prima, poi ancor più pesantemente dagli austriaci e dai russi. E ora di nuovo dai francesi. »

« Particolari irrilevanti. »

« Per pagare questi ultimi tributi, il marchese Febo si è rivolto alla mia banca. »

« E voi avete provveduto? »

« Naturalmente. »

« Con quale garanzia? »

« Un'ipoteca sui palazzi milanesi. » Il banchiere aveva detto tutto.

Il Primo Console rimase qualche istante soprappensiero, si alzò in piedi di scatto e misurò a grandi passi l'ampio studio e finalmente si fermò davanti al banchiere, le mani dietro la schiena, gli occhi piantati addosso.

« Credete che una fanciulla senza nome, ma con una fortuna tale da ripristinare l'equilibrio economico della famiglia, potrebbe essere accettata in moglie dal marchese? »

« Questo non posso saperlo, generale. A quanto ammonta la dote? »

« L'equivalente delle ipoteche degli Alberighi d'Adda. »

« E voi pensate di provvedere, se mi è consentito, a una dote così vistosa? »

« No », rispose prontamente, « a questo penserete voi che, oltre tutto, sapete bene a quanto ammonta il debito della famiglia. »

Se non fosse stato seduto il banchiere avrebbe avuto serie difficoltà a mantenersi in piedi.

« Io? » chiese come se pronunciasse l'ultima parola della sua vita.

« Voi, *monsieur* Formiggine. È un favore che, naturalmente, non dimenticherò. »

Si tirò in piedi con insospettata agilità e s'inchinò al Primo Console. Era più sudato, più lustro e più congestionato che mai.

« Consideratemi a vostra disposizione », disse facendo buon viso a cattivo gioco. Ma forse il gioco era meno cattivo di quanto pensasse in quel momento. In fondo quell'investimento, per quanto considerevole, gli avrebbe dato come contropartita il ministero delle finanze, un centro di potere economico dove avrebbe potuto pareggiare il conto in breve tempo.

## 10

SAULINA stava meglio e si godeva pienamente il lento ritorno alla vita. Il tempo della ripresa e della convalescenza coincideva con la consapevolezza di una nuova e più chiara gioia di vivere. Gli emetici che le erano stati somministrati dal dottore, prontamente chiamato dalla Grassini, l'avevano liberata dal veleno e ora beveva latte, miele e decotti d'erbe per disintossicarsi.

Giuseppina Grassini cantava alla Scala e le aveva lasciato accanto Giannetta perché avesse cura di lei e non la perdesse di vista. Alla povera donna erano bastati il crepacuore e i rimorsi di tanti anni prima, quando Saulina era fuggita dopo che lei l'aveva aspramente rimproverata. In quegli anni la fanciulla e la donna avevano familiarizzato e avevano imparato a stimarsi reciprocamente. Ora la burbera Giannetta avrebbe affettuosamente vegliato sulla sua incolumità.

Sebbene non avesse recuperato le forze, Saulina aveva voluto fare un bagno e indossare una camicia di seta che Giuseppina le aveva portato l'anno prima da Parigi. Era pallida di un pallore che accentuava la sua bellezza e il suo fascino. Le ombre della sera stavano invadendo la stanza.

« Accendi il lume, Giannetta », disse.

« Sì, signorina. » L'anziana domestica abbassò le tende di mussola per evitare l'invasione delle zanzare, prese un candeliere e lo accese.

« Leggimi qualcosa, Giannetta. »

« Che cosa volete che vi legga, signorina? » si stupì lei che non aveva molta dimestichezza con la carta stampata.

« C'è un libriccino sul mio tavolo. »

« Ce ne sono diversi », osservò la domestica cominciando la ricerca.

« S'intitola *Zelamira ossia le unioni singolari* », precisò.

« Ve lo vedo in mano da anni », disse Giannetta prendendo il libro e incominciò a leggere.

La buona donna non poteva conoscere i ricordi laceranti che quel piccolo romanzo evocava.

Saulina chiuse gli occhi e si abbandonò ai ricordi.

Uno scampanellio imperioso interruppe la lettura di Giannetta. Poco dopo Napoleone Bonaparte si affacciò alla porta della camera facendo cenno alla domestica di lasciarli soli.

« Ho buone notizie per te », annunciò dopo averle sfiorato la fronte con un bacio.

« Voi, siete una buona notizia », mentì.

L'uomo sedette accanto a lei e le sorrise.

« È così insolito vedervi sorridere, amico mio », si stupì.

« Credo di avere risolto nel modo migliore il nostro problema. »

Era un'ammissione confortante. Quel « nostro » esprimeva la lealtà dell'uomo e ne mitigava in parte l'egoismo rendendo meno penosa la situazione.

« Non ho mai dubitato di voi », disse sapendo che era una affermazione opportuna.

« Però ti sei comportata come se dubitassi », replicò lui.

« È di me stessa che non ho più molta fiducia », ragionò in modo da non creare ulteriori complicazioni.

« Vedi Saulina », prese a dirle Napoleone, « gran parte delle cose che dicono di me, e che tu sicuramente conosci, sono vere. Io, se può valere come giustificazione, non ho tempo per l'amore, per i convenevoli, per le formalità rituali. »

« Ma non vi ho chiesto nulla », disse lei con umiltà.

« Sono spiegazioni che devo dare a me stesso », precisò il Primo Console. « Quando sei stato in alto non puoi più respirare l'aria della pianura. Ma anche in alto la vita non è sempre facile come la gente crede. »

« Perché mi dite queste cose? »

« Non lo so. Forse per non parlarti d'amore. Forse per non

dirti che l'amore è una perdita di tempo e uno dei mali del mondo. »

« Mi confondete. »

« Vedi Saulina, passeranno gli anni, le nostre strade si divideranno, ma io ti porterò sempre nel cuore. »

« Però devo sposare un altro », disse malinconicamente.

« È la sola possibilità che abbiamo. Non ci sono alternative. »

« Posso sapere chi devo sposare? » domandò con il cuore in tumulto.

« Febo Alberighi d'Adda », disse Napoleone.

« E sposerebbe una ragazza della mia condizione? » dubitò.

« Ti garantisco che entrerai in quella casa da padrona. »

Un mese prima Saulina si chiedeva quali sarebbero stati i vantaggi e gli svantaggi se avesse accettato di diventare la protetta del marchese Febo Alberighi d'Adda. Ora Napoleone Bonaparte le offriva su un piatto d'oro il titolo di marchesa.

Pochi giorni prima credeva che la vita per lei fosse finita e avrebbe voluto morire, adesso invece si rendeva conto che il suo futuro era appena cominciato. Si immaginò nell'abito da sposa davanti all'altare dove un sacerdote nei paramenti sacri e in nome di Dio avrebbe legato indissolubilmente il suo nome e quello della creatura che portava in grembo alla nobile famiglia Alberighi d'Adda. Per la piccola contadina inselvatichita dalla miseria che soltanto quattro anni prima era partita dal misero borgo di Corte Regina si aprivano le porte di un sogno nel momento in cui credeva di avere perso tutto.

Pensando a Febo Alberighi d'Adda guardò davanti a sé e vide Ribaldo. Passò una mano tra i suoi riccioli biondi e lo baciò con tutta la passione di cui era capace. Ma l'incanto si spezzò presto, perché si accorse che non era Ribaldo l'uomo che stava baciando, ma Napoleone Bonaparte.

E le lacrime scivolarono sul suo radioso sorriso.

# *Epilogo*

La ricostruzione del mio passato finiva lì. I documenti, le testimonianze e le lettere non andavano oltre il 1800, ma c'erano le basi per una ricerca più approfondita.

Don Colli, il parroco di Cassano, mi aveva invitato a cena da lui, ma io avevo rifiutato. Avevo bisogno di riflettere in solitudine dopo tante ore trascorse nella camera verde di Napoleone in compagnia dei personaggi evocati dalle carte che ricostruivano la storia della marchesa Saulina Alberighi d'Adda.

« Ha trovato quello che cercava? » indagò il buon prete.

« Ho trovato molte cose, ma non so se è quello che cercavo. »

« E la tabacchiera? » insisté curioso.

« So da dove viene. »

« E da dove viene? »

« Dalle mani di Napoleone Bonaparte. »

« Davvero? » fece con gli occhi brillanti.

« Era stata regalata a Napoleone dalla moglie Joséphine de Beauharnais in occasione del loro matrimonio. »

« E come è finita al suo bisnonno? »

« Questo devo ancora scoprirlo. So invece che la marchesa Saulina, durante la campagna d'Italia, entrò in possesso del gioiello. »

« La marchesa Saulina? »

« Non era marchesa, per la verità. Era solo una ragazzina

di campagna. Ma lei salvò la vita al generale e lui le regalò la tabacchiera. »

« Fantastico! » esclamò, « davvero fantastico! »

« Effettivamente ci sono dei risvolti strabilianti in questa storia. »

« Si fermi a cena con me », mi invitò, « parleremo con comodo. »

« Sono molto stanco », mi scusai.

« Me ne rendo conto », disse. « Avremo tempo nei prossimi giorni. Perché le sue origini sono lì, tra quelle carte, vero? »

« No, reverendo. I documenti non vanno oltre l'anno 1800, alla vigilia del matrimonio tra Saulina e il marchese Febo Alberighi. Però mi pare ci siano le basi per approfondire la ricerca. »

« Anche questa è una buona notizia », disse. Doveva essersi accorto che ero stanco e sconvolto perché mi aveva accompagnato alla macchina senza prolungare una conversazione che pure l'avrebbe divertito.

« Arrivederci », lo salutai senza fissare esattamente un prossimo incontro.

« Spero tanto anch'io di vederla presto, professor Valera », disse dimostrandosi molto comprensivo. « Penso che avendo trovato la strada buona non vorrà fermarsi qui con le sue ricerche. »

Certo che non mi sarei fermato dopo una partenza così esaltante, ma adesso avevo bisogno di riflettere per raccogliere le idee, per capire.

Guidai nella sera lungo la Padana superiore in direzione di Milano, mi bruciavano gli occhi per la stanchezza e in più il parabrezza era velato da una strage di moscerini. Poi c'era un'automobile che di tanto in tanto sparava gli abbaglianti sul mio specchietto retrovisore. C'erano molte cose che mi infastidivano, ma quei bagliori improvvisi mi rendevano particolarmente nervoso. Rallentai e rallentarono anche i fari alle mie spalle: il solito imbecille domenicale che probabilmente in condizioni normali sarebbe passato inosservato.

All'altezza di Vimodrone si accesero le luci e i colori di un distributore di carburante. Mi rifugiai nell'ambiente familiare della stazione di servizio, pregai l'incaricato di fare il pieno e di darmi una pulita al vetro e andai nella toilette dove mi lavai la faccia con acqua fresca. Passato e presente si confondevano nella memoria e non vedevo l'ora di arrivare in albergo: una bella doccia mi avrebbe aiutato a togliermi di dosso il caldo e la stanchezza.

Ripartii guidando con molta calma. Da qualche anno avevo imparato che schiacciare l'acceleratore non serve ad abbreviare le distanze, ma ad aumentare la tensione e il rischio. Guidavo e mi raccontavo incessantemente la storia di Saulina. La tabacchiera che il bisnonno Ribaldo ci aveva tramandato era appartenuta a Napoleone Bonaparte, che l'aveva regalata alla piccola Saulina Viola. Ma in che modo da Saulina era arrivata alla famiglia Valera? Questo interrogativo era rimasto senza risposta.

Come mai il bisnonno Ribaldo portava lo stesso nome del bandito gentiluomo di cui Saulina Viola era innamorata? Adesso sapevo che mio padre era stato effettivamente nella villa degli Alberighi d'Adda e che i tedeschi si erano ferocemente divertiti con lui mettendo in atto una specie di tiro al bersaglio dal quale uscì con la vita salva, ma con il meccanismo vitale a pezzi. Alle sue spalle c'era la tela che riproduceva lo stesso soggetto della tabacchiera. I tedeschi in guerra si erano resi responsabili dei delitti più efferati, ma lui, Alberto Valera, mio padre, che cosa cercava nella villa di Cassano?

Gli interrogativi si erano moltiplicati. Prima di aprire la cassapanca volevo soltanto scoprire le mie origini, mentre adesso avevo altre curiosità. Volevo sapere l'intera storia di Saulina, la contadina dai boccoli biondi e dagli occhi neri, figlia di uno zingaro commediante discendente di stirpe regale che era diventata marchesa mentre portava in grembo il figlio di Napoleone. Ma poi: figlio o figlia? E ancora: sarebbe nato l'erede dell'imperatore dei francesi? Che destino avrebbe avuto? A quale crocevia i discendenti del figlio di Napoleone avevano incontrato la mia famiglia? Perché anche questa era una delle ipotesi possibili.

Il vento del passato aveva sollevato le storie di tante vite che rivelavano il profilo di un'epoca. La piccola Saulina e i personaggi che le facevano corona avevano evocato un mondo di due secoli fa, ma, a voler vedere, ancora attuale. La società è piena di briganti che non hanno più né il tratto né lo stile dei gentiluomini, siamo circondati da banchieri corrotti, da primedonne sdolcinate, da snob travestiti da radicali, da arrampicatori sociali, da talenti della medicina, da ciarlatani senza scrupoli.

Da medico mi rendevo conto che la bella marchesa Damiana era morta di parto perché il piccolo s'era presentato di spalle. Oggi il taglio cesareo avrebbe salvato mamma e bambino. Maria Luigia, madre di Saulina, era probabilmente morta di un tumore all'utero. Ancora oggi il cancro uccide e la terapia del dolore praticata dalla guaritrice contadina, con qualche variante, è valida ancora oggi.

La contessina Marzia Marescalchi Valsecchi, mistica e dissoluta, peccatrice redenta e con tanta fede nell'amore che tutto giustifica e tutto guarisce, potrebbe farsi ascoltare anche oggi. Il protofisico Fortunato Sirtori, se si escludono le sue inclinazioni sessuali, doveva essere una grande figura di scienziato e di guaritore disponibile per i ricchi e per gli umili. La biografia tragica e violenta dello Scorciato di Candoglia, quella appassionata e generosa di Ribaldo che ancora, però, non aveva svelato completamente l'entroterra del personaggio, turbinavano nella mia mente. Ma soprattutto ero stato travolto dal profilo cinico e impetuoso di un Bonaparte che passava da un campo di battaglia a un'alcova con la stessa furiosa veemenza; e dalla sfaccettata vicenda umana di Saulina, protagonista ancora inafferrabile e incompleta che certamente aveva molte cose da raccontare.

La scoperta delle mie origini era probabilmente rinviata, ma intanto avevo trovato sbalorditive assonanze tra il passato e il presente: Ribaldo il mio bisnonno e Ribaldo il bandito gentiluomo amato da Saulina; Stella Diana la protagonista di una fiaba cara a Saulina e Stella Diana la bionda bellezza da poco conosciuta. Che legame c'era?

I soliti fari lampeggiarono fastidiosamente alle mie spalle. Ma forse non erano i soliti fari, erano due dei tanti fari che sciabolavano la chiara notte d'agosto.

Due secoli fa Saulina aveva percorso la stessa strada in carrozza e questo particolare mi riempì di nostalgia. Immaginai il susseguirsi di selve e di boschi, la grande foresta lombarda dove adesso c'erano campi intervallati da palazzoni anonimi, villette a schiera, fabbriche, depositi, magazzini.

Mi sarebbe piaciuto scoprire il borgo di Corte Regina che certamente si trovava lungo il percorso, ma Saulina non era stata prodiga di riferimenti, salvo precisare che distava quattro miglia dalla città ed era sulla strada che dal borgo della Madonna di Loreto va a Cassano.

Quando arrivai in piazzale Loreto ricordai che proprio lì c'era un altro borgo, una chiesa, un oratorio, un'antica villa trasformata nel Settecento in albergo e che da quest'albergo partiva un lungo passaggio sotterraneo che lo collegava a una fattoria, rifugio segreto di un bandito. Probabilmente gli scavi della metropolitana avevano fatto giustizia sommaria di questi segni che appartenevano ormai a un altro mondo.

Asfalto, automobili, insegne luminose, sirene delle ambulanze, vetrine scintillanti di indispensabili inutilità, cemento armato e acciaio avevano distrutto una dimensione dove le ore della vita venivano scandite dal campanile della chiesa, un mondo dove i ricchi vivevano da ricchi e i poveri campavano da poveri senza tante frustrazioni.

Feci mezzo giro della piazza e presi per corso Buenos Aires, dove ai tempi di Saulina c'era la foresta di faggi, betulle, robinie e platani fino alle mura spagnole della Porta Orientale, l'attuale Porta Venezia che si profilava nella luminosa prospettiva del viale. Anche Saulina, in carrozza, aveva percorso la stessa strada, quando giunse a Milano in compagnia della cantante Giuseppina Grassini nel 1796. Oltre la porta c'erano gli orti. Dove sorgono le grandi dimore signorili ottocentesche, c'era il borgo di Porta Orientale e il convento dei cappuccini costruito verso l'interno, più o meno nello spazio attraversato dall'attuale via dei Cappuccini. E c'era il nastro d'argento del Naviglio all'altezza di via San Damiano che proseguiva lungo la macchia folta dei giardini di via Senato, verso Porta Nuova.

L'istinto mi guidò lungo il percorso seguito due secoli prima a piedi o in carrozza dai personaggi della mia storia. Il leone di San Babila e l'antica chiesa sono quelle di allora, ma la piazza così vasta e delimitata da moderni edifici era uno slargo su cui sfociava un dedalo di viuzze o meglio di contrade, come si chiamavano.

Saulina aveva imboccato la contrada del Monte di Santa Teresa, l'attuale Via Montenapoleone, ed era arrivata alla contrada di Sant'Andrea, da dove, proseguendo, si incontrava il borgo del Gesù, di Santo Spirito e il Borgo Spesso.

Potevo fermarmi in via Manzoni che ai tempi di Saulina si chiamava Corsia dei Giardini in ricordo dei giardini dei Torriani, ma invece di parcheggiare all'altezza del mio albergo, decisi di proseguire. La città era deserta. Lontano, alle mie spalle, lampeggiarono i fari di un'auto. I rompiscatole non mancavano neppure in pieno centro.

Raggiunsi il teatro della Scala, il Gran Teatro di Giuseppina Grassini, e mi trovai a combattere una lotta impari con una serie di divieti che mi impedirono di arrivare in piazza Duomo. Feci un lungo giro e mi trovai in via Orefici, da dove ammirai la vastità della piazza, per fortuna isolata dal traffico automobilistico, e cercai di fare un confronto con la piazzetta di un tempo, fiancheggiata dal coperto dei Figini che era il proseguimento della Corsia dei Servi, l'attuale corso Vittorio Emanuele.

Svoltai in via Torino che doveva essere la contrada della Palla, lì c'era l'albergo del Pozzo dove si erano incontrati Ribaldo e il conte Porro. E Saulina, invece, quale vicolo aveva preso per arrivare alla locanda dell'Orso? Lei parlava della contrada dei Tre Alberghi, del Bottonuto che era un dedalo di stradine sordide e malfamate frequentate da prostitute, mezzane, ladri e personaggi da corte dei miracoli come lo Scorciato di Candoglia.

Da piazza Missori presi per via Larga addentrandomi nel cuore del celebre Bottonuto ormai completamente cancellato e mi trovai in via dei Bergamini. Mi vennero in mente Casimiro dell'osteria della Tetta e la merciaia Agnese.

In via Laghetto dove i barconi scaricavano il marmo rosa di Candoglia per la Fabbrica del Duomo, cercai di identificare il luogo dove sorgeva la casa dello Scorciato che era al Ponte dei Fabbri. Ma non c'erano più ponti né Naviglio né vecchie case con le *sciostre*, né balconi di legno coi rossi gerani e i panni stesi al sole, non c'erano punti di riferimento all'infuori dell'immaginazione.

In Largo Augusto nessun segnale m'indicava l'antico borgo di Porta Renza, con gli orti, il Naviglio, le ricche dimore dei Sormani e dei Litta e dei Bolagnos. Immaginai invece il corpo di Ribaldo ferito riverso sull'acciottolato e la disperazione di Saulina. Lì gli uomini dello Scorciato avevano caricato il brigante dato per morto sulla barca.

Era tardi, quasi mezzanotte, quando tornai verso Montenapoleone diretto al Grand Hotel. Parcheggiai l'auto in via Croce Rossa, proprio di fronte al cinema Capitol, scesi e salii sul marciapiede per girare l'angolo e andare in via Manzoni.

Fu un colpo di maglio in mezzo al petto che mi fece sbandare, una violenza atroce senza dolore che somigliava alla morte. Udii delle detonazioni e fui ancora colpito, ma la mia reazione fu più di sbigottimento che di paura, poi mi afflosciai rassegnato come un sacco pieno di niente. Mi salì alle labbra un amaro sorriso: « Lo sapevo che prima o poi mi avrebbero ucciso », pensai.

Guardai lontano, verso il fondo di via Manzoni, dove un tempo era l'ingresso in città dalla Porta Nuova. Mi sentii sfiorare dal vento del passato e in un barbaglio luminoso vidi una carrozza bianca e leggera come neve. Sulla portiera c'era il profilo araldico degli Alberighi d'Adda. Saulina vestita da sposa sedeva accanto al marchese Febo. Lei mi sorrise, scese dalla carrozza, si chinò su di me senza curarsi del suo bell'abito bianco; mi prese la testa in grembo e disse tra le lacrime: « Amore mio, che cosa ti hanno fatto? »

Continuai a sentire la sua voce, ma non capivo più il senso delle sue parole. Poi sulla mia coscienza cadde un ovattato silenzio.

Cercavo di liberarmi per raggiungere la luce, ma mi impedivano ogni movimento schiacciandomi il petto. Pensai che se soltanto fossi riuscito a fare un segnale allo Scorciato di Candoglia, lui sarebbe corso sul suo trespolo a liberarmi, anche se quel carrettino faceva un baccano infernale e non era possibile coglierli di sorpresa.

Intanto Laura, mia moglie, che vestiva e gestiva come Giorgiana Formiggine senza averne la grazia, cercava di rinfrescarmi il viso con un ventaglio.

« Era necessario il centro di rianimazione », diceva. « Perché vedi, caro, un arresto cardiaco è un'eventualità da non sottovalutare. »

La detestavo. Vuota, insulsa, priva di spirito, ripeteva pappagallescamente l'ultima frase che aveva udito. Intanto Alberto Valera, mio padre, che non era morente in una corsia d'ospedale, ma un giovanotto bello, sano, in giacca di velluto a coste e pantaloni alla zuava, sedeva sui gradini di villa Alberighi a Cassano e fumava una sigaretta.

« Papà, spegni per l'amor del cielo », lo pregai. « Come faccio a respirare se mi aliti addosso tutto quel fumo. »

Mio padre sorrise e schiacciò il mozzicone sotto la punta della scarpa. Mi sembrò di star meglio.

« Grazie », dissi.

« Stella Diana ti sta cercando », mi avvertì indicando l'interno della villa.

Guardai e oltre l'ingresso vidi invece Saulina abbracciata al protofisico Fortunato Sirtori. Si stringeva all'uomo e io trovai una giustificazione alla gelosia che mi faceva un gran male al petto. Poi il dolore si attenuò fino a scomparire quando mi accorsi che avevo visto male. Il protofisico non era nella villa, era con me, nel tunnel, e con la sua forza smisurata stava spingendoli via tutti.

« Bestie! » urlava. « Non vedete che così lo fate morire? Via! via!, di lui mi occupo io. »

Allora cominciai a salire lentamente, senza scosse, verso la luce dove presi coscienza di me stesso e della situazione in cui mi trovavo. Ero in un reparto di terapia intensiva, ma ero stato liberato almeno dalle cannule che mi impedivano di parlare.

« Ciao », disse una voce. Sopra la mascherina due occhi chiari spruzzati d'oro mi osservavano.

« Saulina », mormorai.

« Io sono Stella Diana, ricordi? »

« Non mi hai mai detto il tuo cognome », dissi.

« Alberighi d'Adda », rispose sorridendo con gli occhi.

« Sei tu l'ultima discendente di Saulina, vero? »

« Non ti affaticare, sennò i tuoi colleghi mi cacceranno. Sono severi. Hanno cacciato anche tua moglie. »

« Mi sembra giusto. Quanto tempo è passato? »

« Due giorni dall'operazione. Hanno estratto due proiettili. Quello che sarebbe stato mortale è stato deviato dalla tabacchiera. »

« Ho avuto fortuna. »

« E colleghi abili. Sei su tutti i giornali. »

« Straordinario che gli 'sparati' facciano ancora notizia! »

« La polizia aspetta che ti rimetta in sesto per interrogarti », disse.

« E io muoio dalla voglia di raccontare in giro tutta la storia », replicai.

Sapevo che sarei guarito perché avevo più ragioni per vivere di quante non ne avessi mai avute, e avrei risolto da solo la brutta faccenda che stava per costarmi la vita.

Ero un groviglio di cannule. Vidi Fulvio Rinaldi avvicinarsi al letto. Lo riconobbi per la figura esile e gli occhiali cerchiati d'oro. Se qualcuno mi aveva strappato alla morte, questi era lui.

« Come sto? » gli chiesi.

« Vivrai, uomo bianco », scherzò. « Tu, come ti senti? »

« Da schifo. »

« Allora ho ragione io: stai migliorando. »

« Pensa che la mia presenza lo affatichi? » domandò Stella Diana al medico.

« No, se non vi abbandonate a pesanti fornicazioni », scherzò.

Fulvio aveva la mia età e ci eravamo fatti le ossa per cinque anni in diversi Teaching Hospital americani lavorando anche sessanta ore consecutive. Tutto questo era accaduto vent'anni fa. A Brooklyn avevamo fatto un lungo *training* e poiché su dieci ricoveri cinque erano di malviventi « sparati », in fatto di ferite di arma da fuoco eravamo i primi in classifica. Ero in buone mani.

« Ti ringrazio », dissi.

« Pensa a guarire », e mi salutò.

Stella Diana fece per alzarsi e seguirlo. Era bellissima nel camice dell'ospedale, la cuffia di plastica, il volto semicoperto dalla mascherina.

« Resta ancora un po' », dissi.

Si rimise a sedere.

« Dovresti riposare. »

« Hai visto troppi film di dottori », scherzai. « Lo hai saputo dai giornali? » le domandai.

« Ti aspettavo in albergo. »

« Quando? »

« La sera in cui ti hanno sparato. »

« Non eri in Sardegna? »

« Ero tornata per te. Sapevo che dovevi tornare da Cassano e ti aspettavo. Sono corsa fuori quando ho sentito i colpi. Ti ho preso la testa sulle ginocchia. Ti credevo morto. »

« Ti sarebbe dispiaciuto? »

« In un certo senso. »

« E basta? » finsi di scandalizzarmi.
« Saresti morto senza sapere chi sei, né chi sono io. »
« Ma tu chi sei? »
« Una donna che ti vuole molto bene e che per caso, come te, discende da una vagabonda di due secoli fa, da una ragazza chiamata Saulina. »

FINE

## I libri di Sveva Casati Modignani

***Anna dagli occhi verdi***

*Alla morte del padre, Anna Boldrani eredita un patrimonio, ma deve confrontarsi con il passato della propria famiglia. La saga appassionante di quattro generazioni.*

***Il Barone***

*In un palazzo di Piazza Armerina nasce Bruno, erede di una famiglia di baroni siciliani. Amato da tre donne, entra in un rischioso giro di traffici internazionali...*

***Come stelle cadenti***

*Intorno a un forte personaggio femminile ruota la storia di una ricca famiglia milanese, le cui vicende si svolgono nell'arco di un secolo. Un romanzo intenso e coinvolgente.*

***Disperatamente Giulia***

*Una scrittrice e un medico di fama vengono travolti da una bruciante passione che cambia le loro vite. Da questo romanzo è stato tratto lo sceneggiato prodotto da Canale 5.*

***Donna d'onore***

*Da bambina, Nancy assiste all'uccisione del padre da parte di un killer mafioso. L'episodio fa di lei una donna coraggiosa e spietata, divisa tra l'America e la Sicilia.*

***E infine una pioggia di diamanti***

*Un anziano editore milanese organizza una beffa a danno degli eredi. E alla lettura del testamento... Un romanzo giocato sull'azione e il sentimento.*

***Lo splendore della vita***

*Di nuovo Giulia in un romanzo drammatico e intenso. Superata l'operazione al seno, scivola in una crisi d'identità. Tutto sembra vacillare, ma prevarranno i valori di sempre.*

***Il Cigno Nero***

*L'avvincente saga di una dinastia di editori, dilaniata da lotte intestine negli ultimi cinquant'anni. Torbide trame di passioni e tradimenti in un libro vibrante di emozioni.*

***Come vento selvaggio***

*Una schiera di personaggi si affolla al capezzale di Mistral, pilota di Formula Uno, vittima di un pauroso incidente. Odi, amori, speranze, rimpianti... in un superbo intreccio.*

***Il Corsaro e la rosa***

*Sentimento, passione, sete di potere nell'avvincente saga di una famiglia che ruota attorno a Lena, una donna capace di vivere la vita come un'incessante avventura.*

***Caterina a modo suo***

*La vita di Caterina, scrittrice di successo, è stata segnata da incontri entusiasmanti, amori appassionati, dolorose esperienze... Denso di suggestione e nostalgia.*

***Lezione di tango***

*Amori, rancori, tradimenti: ricca di pathos e sorprese, la storia di una singolare amicizia tra un'affascinante antiquaria milanese e un'anziana diseredata che il mondo respinge.*

***Vaniglia e cioccolato***

*Pepe e Andrea dopo diciott'anni di matrimonio e tre figli non hanno mai smesso d'amarsi. Ma un giorno la magica alchimia si spezza e lei, delusa e umiliata dalle scappatelle del marito...*

**Vicolo della Duchesca**

*Complice il destino, tra la principessa Josepha e la popolana Teresa nasce un legame che consentirà alle due donne di sostenersi vicendevolmente per tutte la vita.*

*Finito di stampare nell'ottobre 2002*
*presso la Mondadori Printing S.p.A.*
*Stabilimento N.S.M. di Cles (TN)*
*Printed in Italy*